傑作集

北上次郎・日下三蔵・杉江松恋 編

〈日本ハードボイルド全集〉最終巻は、これまでの六巻には登場していない作家の傑作短編を、一作家一編で厳選したアンソロジーとしてお届けする。大坪砂男の探偵作家クラブ賞受賞作「私刑《リンチ》」をはじめ世評の高い作品から、片岡義男、小鷹信光、小泉喜美子など翻訳者としても功績のある人々の珠玉の一編、笹沢左保、藤原審爾といった流行作家が生んだ名シリーズの代表作、さらには高城高の全集未収録短編「骨の聖母」等の知られざる逸品まで全十六編を収録。解説として編者三名が書き下ろした大部の「日本ハードボイルド史」を収め、有終の美を飾る。

日本ハードボイルド全集7

傑作集

北上次郎・日下三蔵・杉江松恋 編

創元推理文庫

COLLECTION OF JAPANESE HARDBOILED STORIES

Vol. 7

edited by

Jiro Kitagami, Sanzo Kusaka, Mckoy Sugie

目次

日本ハードボイルド全集7

傑作集

私刑《リンチ》

大坪砂男

初出：〈宝石〉1949年6月号

『私刑』岩谷選書（一九五〇年二月）

大坪砂男（おおつぼ・すなお）一九〇四（明治三十七）―一九六五（昭和四十）

東京府生まれ。本名・和田六郎。父は鉱物学者の和田維四郎。長男は俳優・劇作家の和田周。孫は脚本家・作家の虚淵玄。東京薬学専門学校（現・東京薬科大学）卒。谷崎潤一郎に師事する一方、警視庁刑事部鑑識課に勤めた。戦時中は長野県南佐久郡に疎開し、そこで佐藤春夫の知遇を得て門下となる。一九四八年、佐藤の推薦で〈宝石〉に「天狗」、〈別冊宝石〉に「赤痣の女」を発表し、探偵作家としてデビュー。「天狗」の奇想は多くの読者に衝撃を与えた。五〇年、「私刑」で第三回探偵作家クラブ賞（現在の日本推理作家協会賞）の短編賞を受賞。海外の新ジャンル「ハードボイルド」の日本版を明確に企図して書かれた最初期の傑作である。

本格推理、ユーモア小説、幻想小説、時代小説、SFと多彩なジャンルの作品を次々と手がけ、山田風太郎、島田一男、香山滋、高木彬光と共に江戸川乱歩の名付けた「戦後派五人男」の一人に数えられた。しかし、文章に凝り過ぎるあまり作品量は次第に減り、晩年は同じく佐藤春夫門下の柴田錬三郎に作品のアイデアやプロットを提供していた。没後の七二年、澁澤龍彥と都筑道夫の編集で作品の大半を収めた全集（全二巻）が薔薇十字社から、二〇一三年、日下三蔵の編集でさらに作品を増補した新版全集（全四巻）が創元推理文庫から、それぞれ刊行されている。（日下）

わたしは賛成できませんね。そりゃア、あなたの言うことはもっともです。世の中は嘘でかたまっている、人情なんか薬にしたくも有りはしない、いくら悲鳴をあげてみても百円札一枚舞いこんでくるではなし、どいつを見ても首吊りの足を引張りそうな顔つきばかりだと……まあ、そう悪く合点したんでは、気も滅入るでしょう。今はみんな自分の自由というやつに忙しいんで、つまり世並《よなみ》が悪いんですよ。だからと言って、無法者の仁義にあこがれるなんて大間違いです。

まだやっと二十歳を越したばかりのわたしが、立派に学もあり世間も知っているあなたに向って、生意気な口を利くと笑っちゃアいけません。野師《やし》や的屋《てきや》の渡世のことなら、わたしはいやらわたしに泌みこんだ体験があるんですから……そのわたしが今どうしたいと考えてるか分りますか……大学に行きたいんです。

ひょっとした事から、わたしは大金持になってしまった。それで、こんなとり澄ましたことも言ってられるんだろうと思わないで下さい。本来なら、血桜と縄張を争って、若い親分親分とおだてられながら面白可笑《おか》しく暮す、そうした泥んこ稼業をするわたしだったんでしょうが……

　もともと野師とか、的屋とか物売りはして歩いても、こうした連中の内幕は法律の外にある。とは言っても、アウト・ロウだってグループを作って行くからには、仁義というものが無くては治まらない。そりゃそうでしょう、人間の寄合いだったら、何かしら極《きま》りがなけりゃてんでんこになってしまいますものね。

　むろん、仁義というのは不文律ですが、そこは良くしたもので、こんな仲間に身を投げこもうなんて、どうせ生れついた無頼漢なんだから、本能的にこれを知っている。無頼の正義観だといったら、並の人には変に聞えるでしょうし、封建思想とけなしてしまえばそんなものでしょうが、大体この正義観はごく自然に、具体的な金銭で裏附けられている。これが強みなんです。

　あなたは仁義という字面を読んで、何かこう精神的なものを感じてるんではないかしら。こんところを間違えると飛んでもないことになるんですが、玄人《くろうと》仲間でいう仁義とは金銭ですよ。親分子分の間から、仲間うちの附合、三下奴《さんしたやっこ》の扱いまで、みんな金銭で計算される。指一本つめるつめないの騒ぎだって、これがいくらと見積られるからです。

　賭場から得て来た金銭の分配法に一切の正義が基礎づけられる、と、こんな風に仁義を説明したら分りいいでしょうか。だからお止しなさいと言うんです。あなたの精神的煩悶のはけ口を、そんなところに求めたって、結局今までより一層世智辛い金銭に縛られるだけだとしたら、愚の骨頂じゃありませんか。

今は法律の力が弱まって、闇の世の中だからこそ、妙な仁義が迷い出して肩で風をきっている。若い人達には見た目が派手で、さぞ何か良いことでもありそうな気がする。それに惹かれて行ったら相手の思う壺。彼等は始めから社会を白い眼で見ている。自分達の猟場とよりしか考えちゃいません。

そりゃそうでしょう。飲む買う打つと三拍子揃ったら、世間で相手にしませんからね。ところが、酒・女・博打が人生無上の快楽だと、少しも怪しまない奴ばかりが集っていたとしたらどうです、生れた時から土性骨が捻れてきてるんで、てんで常識が違うんですよ。

持ったが病気、殺されても止められないって度胸ばかり良いのが、世間からかすりを取って暮そうというんですもの、いきおい仁義の酷しさも一通りでは済まないが、またこの仁義を破ろうって二重に輪をかけた無法者も出てくる訳で、こんな奴等にやきを入れ直してやるためにも、私刑というものが必要になってくる。こいつ残酷無慈悲、用捨の無いもんです。

まあ、そんな話を一つ聞かせてあげようじゃありませんか。世の中は桜が咲いたと浮かれていた、つい去年の春のことですが……

一

巨人国のような灰色の壁を廻《めぐ》らして、厳しくそそり立った鉄門の片隅に、これはまた小さな人間がやっと通れるだけの瀬戸がぽっかり口を明けて、一人の男を放り出した。

男は、うしろでぱたンとそっけなく閉められた扉の音に弾かれた恰好で、つつッと右へ小走りに、それがどう隠しようもないびっこをひいて、高壁添いに半丁ばかり、急に抱えていた風呂敷包を地べたに置くと、ゆっくり靴の紐を締め直している。

この様子を、わたしは遠くの二階から望遠鏡で眺めていたんです。

よく見れば、男の手は靴の上でもじもじしているだけで、青白くつやの無い額の下にきらりと光る大胆不敵な細い目は、油断なく上目使いに前の方や腋《わき》の下から後に気を配っている。菅原一家の目を誤魔化して、広場をうまく町の中に紛れこもうと、そのチャンスを狙っているんです。

それをまた、わたしはわたしで、この男をそっと逃してやろうとやきもきしている。妙に三すくみの形だったんですが、三階松が教えてくれた通りとすれば、十年前にも、野師の清吉は、これと全く同じ仕ぐさをした筈《はず》です。

もっとも、その頃はちんばではなかったし、今の胡麻塩頭がまだ真黒で、もう一つ違うところは、風呂敷包のかわりにひどく穢らしい座蒲団を後生大事にかかえてたんだそうで……

十年前、八王子の刑務所で三年の刑期を終えた清吉は、放免と聞かされてサッと顔色を変えた。

「夜になってから出してくれ！」

始めはおとなしく歎願していた清吉も、同じ言葉を繰返しながら、時間がせまってくると、もう我慢ができず、戸でも柱でも、手当りしだいにしがみついて、わめき立てたが、法律なんて奇妙なもので、きまった時間にはいやでも娑婆に追出さなきゃならない。

清吉もとうとう、四方に立っている壁のような看守たちの顔色には抵抗できないと諦めたのか、今度は、渡されたばかりの苦役金を摑んで差出し、どんなんでも結構だから、なるべく厚い座蒲団を一枚売ってくんなさいまし、と目を据えた。

度胸をきめて、ぐッと正面きって立たれると、命ひとつで世渡りしてきた気魄がこの小柄な男の体を突出して、なまな典獄なんかでは受けきれない。所内で物を売る規則が有るの無いのと、ぶつぶつ呟きながら、ぼろ座蒲団を一枚やることになってしまった。

清吉は潜戸《くぐりど》を出ると、つつッと高壁添いに半丁、靴の紐を直すふりで町角を窺う。居ない、よしこの間に、と立上ろうとした時、うしろに人の気配を感じて、はッとして座蒲団を取上げたとたん、シュッと耳元の空気が唸り、ぱッと壁に小さな穴ができて石が散った。

ダン——と響くと一緒に清吉は走っていた。その十間あとから、声もなく、黒い影が拳銃を手に追って行く。

もとより、清吉は身に寸鉄も帯びていない。座蒲団一枚が最後の盾なので、ともかくこれで弾が避けられるとは、凄まじい渡世が教えてくれたぎりぎりの智慧だったんです。

蒲団を肩に、首を丸め、相手の気合を計りながら、体を左右に振って走るのだから、間合はぐんぐんせばまって、ダン――と二発目をあやうくひっぱずし、やっと町の中に駈けこんで、ちらりと後を振向いたとき、つい五間の距離から第三発。これは手際よく座蒲団で受けて右へよろけた。

清吉は、相手のピストルが旋回式《リボルバー》で、弾は六発きりだと承知している。数えている、一・二・三。残りはあと三発。これをどう撃たせてしまって反撃するか、それには路地を曲り曲って相手をいらだたせるに限るのだ、と、刑務所前の広場を逃れて町に入った時、もうしめた、と、右へよろけたはずみを利用して、そこの路地へ跳びこんだ。

勢よく突き抜けようとしたのが、正面に石垣。右も、左も、家、家、しまった、これは袋路地だった。是非なく、手に当った硝子戸を明けようとしたのが、どっこい、動かない、戸には錠が下りていた。

そこを路地の入口から、狙い定めたダン――今度は清吉の太股《ふともも》にきりりッと焼火箸を突刺したように、たまらずごろんと転んだのが、まだまだ生きる一念で、石垣と用水桶の間に身を縮め、頭にかぶった座蒲団の隙から睨みかえし、右手に触った石塊《いしくれ》をひッつかんだ。

ここで目をつぶるようだったら、おしまいなんで、人の運勢の強い弱いは、こう切羽つまったときに、ひょっこり顔を出すんです。

往来の銃声に、どう戸惑って逃込んだものか、気の利かない田舎者のおかみさんがおろおろと、狭い路地の殺気に惹かれて、さ迷い出たところを、ダン――ぎゃッ――と、たばしる女の悲鳴で形勢が一変してしまった。

勝負に早い清吉が、この天の与えたチャンスを外す筈はない。胸を撃たれて崩れかかる女の腰を抱くように、だだッと押出す。相手は間近に迫りすぎた自分の力に弾かれて拳が上り、ダン――と空を撃ってしまった。清吉は女を引き捨てながら一本足で跳び上る。相手もとっさに身構えて引金を引いたが、カチッと空しい音。清吉はその隙を突込んで、握りしめた石で横面を撲《なぐ》った。

がッと音がして、ぶっ倒れる上に馬乗りになりながら鼻を殴った。どろどろッと赤いものを吹出して振り廻わす顔に、力いっぱい石を下した。相手の体が清吉をゆすぶって痙攣した。続けて打下す石が血のりで滑る。清吉は相手の耳を摑んで殴って殴ってやめなかった。

急を聞いて巡査が駈着けたころには、脳味噌まで流れ出した男と、血を吐いて死んでいる田舎女との間で、清吉は幽霊より青くなって寝ていたという。

殺された男は、足ごしらえも厳重に、まるで殴込《なぐりこみ》の風体だった。これから察しても、清吉が夢中になって座蒲団をほしがったのは、出獄を待構えて私刑をかけに来られるだろうと、覚悟していたものに違いない。

男の身元は簡単に分った。顔は柘榴《ざくろ》になっていても、いずれ指紋を取って前科を調べたらと、そんな面倒をかけるまでもなく、服を脱がした背中一面、これは見事な刺青が、可愛らしい稚児の立姿を飾って朱彫の紅梅・白粉《おしろい》彫の白梅。

刑事係なら先刻ご存じの、青梅《おうめ》から五日市にかけて縄張をもつ菅原一家の梅若という野師の中でも顔の売れた男でした。

こうなってみると、思い出されるのは三年前に青梅の金剛寺でおこった黄金仏紛失事件でした。当時から、この迷宮事件の裏には野師の手が働いているらしく、その動きは微妙だったし、こりゃどうでも清吉の傷が直って病院を出てきたら、一度叩いてみなければなるまいと、青梅署や警視庁とも連絡をとっていた。

わたしは、このやり方では清吉の口は割れなかったと思う。世間の裏道を歩いてる者には、警察なんかよりは仲間の私刑の方がよっぽど怖いんだから、まず利目は無かったでしょう。刑事の方でもそこは察していたと見えて、中には清吉をそっと逃して尾行したらといい出す者もあったらしいが、やっぱり責任て問題になると引込思案になるんでしょう。なかなかそんな芸当はできやしません。

この最中に、菅原一家の三階松と血桜が訪ねてきた。いずれも刺青からの綽名《あだな》で、年の順に三階松・梅若・血桜と、この三人が血を啜《すす》り合って興したのが菅原一家なので、いま梅が散って、いよいよ松と桜が姿を現したという訳です。

それが、二人口を揃えて言うには、「梅若は鳴滝の崖から落ちたあと、すっかり頭を悪くして、時々狂暴性を発揮するようになっていた。自分等も充分注意しては居たのだが、ちょっとの隙に飛出して何を感違いしたものか、とんだ人騒がせをしでかし申訳ない。とばっちりを喰った清吉も気の毒で、もともと菅原一家のものではあるし、引取って面倒を見てやりたいから、何分穏便に願いたい」と。

これは、あなたが聞いても変でしょう。義侠心にもよりけりで、兄弟分の頭を柘榴にした男の身柄を引取って世話をしようなんてのは理屈に合わない。

警察でも、これは引取っておいて私刑にする魂胆と察しがついたから、こいつを利用して、清吉に泥を吐かせようと思いついたのはうまい。

早速病院に行って、清吉の枕元から、「菅原一家が心配して、お前を引取りたいと言ってきた。直りしだい引渡してやろうか」とかまをかけた。これで清吉の顔色が変ったら、じわじわ脅しにかけて落そうと待ちうけたのに、清吉は「ええ有難うございます」と、にっこりした。すっかり当がはずれてね……

清吉はたしかに肝の太い男でした。そう言って警察を安心さしときながら、その晩病院をずらかってしまった。それが、もう電車のない時刻で、気のつくのが早かったから、すぐ非常線を張ったのに、出て来ない。町でも問題になってた男のことだし、警防団まで協力して虱《しらみ》つぶしに、自転車の盗難もないとなると、さあ分らない。足に傷を負いながらどこに逃げたか。一方、野師仲間も血眼になって捜してるらしく、時々刑事連と鉢合せするところは、お芝居と思えない真剣さだった。

これから先の話にも出るんですが、清吉はふッと姿を隠す。それが、遠くへ逃げたのかと思ってると、またひょっこり顔を出す。まるで忍術使みたいな男ですよ。

警察も音を上げて、これはもう駄目なのかと捜しあぐねた三日目の朝、浅川の中でごそごそしているところを見附けて、目出度く御用にしたんですが、それもその筈、太股の傷がすっかり化膿しきって太鼓のように、身動きもつかなくなってたんですから。

また病院に逆戻りで、骨を削るほどの手術を受け、とうとうひどいびっこになってしまった。しかも、その傷跡が五つに割れて肉が盛り上り、まるで梅鉢みたい。殺された梅若の一念がここにとり憑いたんだと……

はッはッ、あなたのようなインテリの前じゃ、こんな話は止しましょう。

二

話は逆になりましたが、ここらで黄金仏紛失事件を説明しなければ筋が通らない。

昭和十年といえば、まだ戦争前のインフレ気分で、金の値段ばかり上っていた頃に、十二貫目の純金の仏さんが無くなったのは、新聞なんかでも書き立てて随分有名だったそうだから、あなたも覚えてやしませんか。わたしもこの話ばかりは、三階松から詳しく聞いてるんで説明なんて、偉そうに言うんですが……

青梅の金剛寺というのは由緒のある古い寺です。何でも、ここの庭にある梅の木は、妙なことに、実が熟さないで、青いうちに落ちてしまう。それで、青梅という名がついたってぐらいのもんですから。

ここで四月八日の花祭りに御開帳するのがシャム渡りのお釈迦さんで、もとは山田長政がはるばる使をよこして将軍に献上し、この寺に納まって秘仏になっていたという。それを初代の梅若が和尚を口説いて、大正天皇御即位を祝うという名目で、年に一度だけ本堂に飾って拝ませることにしたんです。

ひどくぴかぴかな飾のついた台座は鍍金《めっき》物だけど、その上にすらりと立ったお釈迦さんは、身の丈三尺六寸、薄肉ながら十二貫の黄金仏。外国物だから、様子は大分変っている。いぼいぼに渦を巻いた髪の毛の天辺が塔のように尖って、腋につけた両手は肱から先を前に突出し、掌は二つ並べて立てている。まるで、子供の遊びの押しっくらみたいな恰好なんで、野師の間では『おしっくらの縁日』と呼んでたものです。全くこの名の通り、見物人が押すな押すなの繁昌でした。

境内《けいだい》も広く、本堂も格天井《ごうてんじょう》の立派な伽藍《がらん》で、その真中に、ちんと据えて花を飾ると、お釈迦さんは美男だったそうですが、この仏さんの純金の御面相ときたら飛切りだった。つんと澄ましてるようでいて、口元の辺が微かに笑ってるような、女の子なんかきゃァきゃァ言って賽銭を投げたもんです。

この賽銭が、桝《ます》で量るほどだったというから、従って、梅若の家に落ちる銭も相当なもので、往来から境内にかけて二側に並べる店の割振りには、幾日も前から骨折ったくらいなんで……

で、いよいよその晩のこと、十時をくぎりに店をかたづけ始め、十一時に門の閂をさしてからは境内に人影もなかった。本堂では扉に錠を下し、坊さん達が賽銭箱の小銭をヂャラヂャラいわして箕《み》にかっこんでは奥に運んでいた。それが一段落ついて、さてシャム仏を宝庫にしまいこもうと、みんなが立ちかけた時、本堂の方でガラガチャンと凄い音がした。

びっくりした坊さん達が飛んで行くと、西側の窓が突き破られて外側に落ちている。さては、と見ると金の仏さんが消え失せて、台座ばかりぽつんと光っていた。さあ一大事と、三人窓から跳下りたとき、池のあたりでドボンと水音がしたという。

本堂に残った中で気の早いのが、鐘を叩いて「火事だ、火事だ！」と騒ぎ立てる。境内に出た連中は、月影にすかして見ると、池の向う側、恰度《ちょうど》満開の桜の下で、塀を乗越えている人影を発見した。

「そら、墓地へ逃げたぞ！」と、勢よく追いかけて、塀を跳下りたが、そこは黒い墓石がずらりと並んでいて、見通しがきかない。やたらにばたばた駈けてる横から、むっくり立ち上った男が、

「どうしたんですね。大騒ぎで……」

見ると、梅若じゃありませんか。

ちょっと立竦《たちすく》んだけれど、何しろ坊さん達は気が立っている、誰彼の見境なく引捕まえようと、ここで少しばかり立廻りがあって、ともかく本堂まで引立ててきた。

「何しやがんでえ、俺は昼間初代の墓に礼参りしたとき、落し物をしたから捜しに来たんじゃ

ねえか」

それにしても、案内を乞わず、裏の締りを越えて入ったというのは穏当でないし、捜し物をする灯火の用意が無かったのもおかしい。

警察側の調べでは、寺の東側と南側はまだ相当に人の往来があって、とても仏様なぞ担いで出られるものではない。北側は庫裡《くり》で、何人かの証人が怪しい者は見かけなかったという。結局、残るところは西側の墓地だけより逃路はなかったのだし、この方面は水音を聞きつけて逸《いち》早《はや》く駈けつけたのだから、梅若の嫌疑は簡単には晴れなかった。

ほんの五分たらずの間に、仏が消えて無くなったのでは、誰の見込もこうだった。

本堂の暗がりに隠れていた梅若が、坊さんの引込んだ隙を見計らい、黄金仏の両手を肩に担いで窓から跳下りるとき、何しろ十二貫目の重みだから、扉にひっかかって大きな音を立ててしまった。慌てた梅若は、境内をつッ走って、仏を池に投げこんどいて墓地に逃げた、と。

早速、電灯線を借りてきて、池を照らしながら、法力自慢の若い坊さんが褌《ふんどし》一つになって、水の中をじゃぶじゃぶ長い竿で突立て廻ったが、なにぶんにも古い池で、泥が深い。一時間ばかりで一先《ひとま》ず打切り、張番を置いて夜明けを待ったのは手ぬるかったという噂。

いよいよ、本式に池を浚ってみると、いくら水を搔出しても湧いてくる。これを見て、やっと和尚が思い出したのは、この池は昔からつい向うの桜堤をこえた多摩川と地下でつながっていたという。それも、鳴滝の発電所ができてからは、どうなったことやら、水が湧くところを見ると、まだどこぞに穴が通っているのであろう。

そう分ると、こんな想像ができた。

つまり、多摩川のへりから来る穴を知っていた者が、池まで縄を通しておいて、一人が仏を担ぎ出し、足の先に縄を縛りつけて池に放りこむ、相棒が遠くからこれを手繰りよせる。

と、こんな風に警察までが考えて調査を進めると、梅若の片腕と頼まれた清吉がその夜はどこにも姿を見せなかったという聞込があった。すぐ引っぱって、アリバイを追及すると、あの晩は宵から体の工合が悪くて若水の奥に寝ていたととぼける。野師が書入れの日に宵寝するのもおかしなものだが、若水のおかみを呼んでもその通りだという。もっとも、若水というのは、梅若が昔から女房代りに世話している女に出さしている小料理屋だし、子供まである梅若の一味に、不利な証言をする筈もなかった。

どうにも、肝心の仏が出ないかぎり、総てがうやむやになって行って、梅若も釈放しなければならなかったし、それに、よく考えてみれば、仮に多摩川と池とが地の下で通っていたにしろ、調べてもよく分らなかったくらいの穴なのだから、むろん泥んこの細いものだろうし、ここにどうやって縄を通すか、一丁以上もあるところを、人間が潜れやしない、まさか川獺《かわうそ》を使った訳でもなかろうに……

迷宮入りだと、新聞に書き立てられ、警察もやっきとなって、寺の内幕や野師の動勢に内偵を進めながら、物はいずれ潰しになったとの見込で、地金の取締に厳重な通牒を発し、それなりに一ト月ばかり日がたって行った。

そこに突然、梅若が鳴滝の崖から落ちて大怪我をし、若水にかつぎこまれているという情報が入った。これは怪しいぞと、刑事が見舞がてら様子をさぐりに行って見れば、三階松や血桜まで詰めていて、本人は重態で会わせられないが、別に喧嘩ではなく、深酔いして足を踏み滑らしただけ、現にそれを見て知らしてくれた者さえある、と、こんな挨拶をされて空しく引上げて来た。

だが、当然そこに居なければならない清吉の顔が見えなかったのは変だった。そこで、刑事が動いて聞出したのは、梅若が怪我して崖を這上ってきた日から、清吉と若水のおかみと、二人とも姿を消しているという。そう聞くと気のせいか、野師仲間の動きが妙で、要処要処に張込んでいる気配が感じられた。

それから四日目の真夜中に、青梅署の裏木戸を越えて這入りこんできた男が刑事部屋を叩いた。真青に息をはずましてげっそりとなった清吉で、水を一杯もらうと、ほっと一息、ぺこりとお辞儀をしながら、持前の口元をニヤリとさして、

「申訳ない悪さしてしまいまして……」

さては、と緊張した刑事の前で自白したのは、何のことはない、一年以上も前に犯した覆面強盗の一件で、その頃鳴滝発電所の工事場に働いていた清吉は、金に困って押込に這入り、その後、そしらぬ顔で梅若の家に草鞋《わらじ》を脱いでいたのだという。

「つくずく嫌になりました。心を入れ替えたくなったんで、犯した罪を洗いに来ました」

清吉はそう言ったきり、栄螺《さざえ》になった。

これ以上は、叩いても喋る奴ではなかったし、自首して出たとはいえ、前橋にいた頃の賭博

の前科もあって、結局、三年の刑を言渡され、八王子刑務所を勤めあげて、出て来たところを梅若に襲撃され、血闘の果に入れられた病院を逃出しはしたものの、股の傷で動けなくなってたところを、また捕まった、と言った順序なんです。

清吉は梅若殺しを正当防衛だと大いに抗弁した。しかし、警察の取調に何一つ満足な受け答えをしない態度が、すっかり心証を害してしまって、脱走と残虐行為で起訴されて二年の判決。

これで、またもや八王子刑務所に戻されてくると、清吉の性質がひどく荒々しくなっていた。前の三年間は、所内でも可愛がられるくらい調子のよかった利口者が、急にこう変ったのも、人ひとり殺して来た興奮からだろうと、気にかけずにいたのが、一ト月目に脱獄を企てたのは、どう考えても非常識です。それに何といっても足が悪いんだから、高い壁を乗り越えないうちに見つかって、刑期も五年に延びてしまった。莫迦なことをしたものじゃありませんか。

それが懲りもせず、二度三度と、労役場から川へ跳込んだり、暴動を煽動したり、こんな癖は一ぺんついたら最後、まともに刑期を終えるのがやりきれなくなって、つまんない目をみると知りながら繰返《くりかえ》す。とどのつまり、十年喰《くら》いこんで、今、清吉は再び娑婆の光を浴びたんです。

わたしが望遠鏡で覗いているとは、清吉はもとより、血桜の奴だって知りはしない。十年の間には戦争をはさんで世の中は大変り、変らないのは野師の世界で、三階松が死んだあと、一人残った血桜が執念ぶかく張り廻らした網の目を、清吉はどう潜って出るつもりか、わたしは胸を躍らして見てたんです。

三

その頃、わたしはひどくしけこんでいた。東京の場末の入組んだ路地の入口に、靴修繕の看板を出してるしがない身の上に成下って、三坪のバラックの表一坪を仕事場に仕切り、お定まりのズックの前掛、自分の靴はほころびてもそのまんまの不精さは、良い若い者が顔についた靴墨も拭かずに、日暮の往来のあわただしさを、春空のようにぼんやりと、頬杖ついて眺めてたんで……

この路地の突当りが温泉。といっても、東京の中で温泉といったんでは普通に通用しないから、なぁに玉の湯でいい、入口にペンキで書いてあるとおり、小さな銭湯ですよ。

燃料不足を口実に、七時にのれんを下して八時には路地の木戸まで閉めてしまう。だから日暮時の下駄の音はひっきりなしで、そろそろ湯垢がにおってくると、どうにも仕事が鈍《にぶ》ってくる。良い匂のものじゃあないけれど、わたしぐらいの年頃には、これが妙に人懐しい。手を休めてぽかんとしていると、若い娘たちが、てろりとした肌を赤く上気さして、金盥《かなだらい》を抱きながら流行歌をふりまいてくのも奇妙な図なんだが、それに溜息ついてるわたしはまるで莫迦のよう、情ないが金がなかった。

「つまんなそうだねえ」

と、不意に入口に立って目の前を遮ったのは、とくべつ赤くひらひらさした若い娘で、人をからかうように鼻の頭をすぼめて見せた。口調は男とけじめがないが、声は綺麗に澄んでいる。

「もう店、おしまいにおしよ」

勝手に硝子戸をガタガタいわすと、遠慮なくカーテンを引いてしまった。

「商売の邪魔ぁすんない」

そう言ったって、引込むような相手ではない。玉の湯の看板娘になって、番台を勤めているお桑で、お手のものを一風呂あびて来たのか、急に薄暗くなった仕事場の革臭い中にほんのりと、白くほてった頰ぺたの一処《ひとところ》が脹《ふく》らんでるのは、飴玉をしゃぶってるんです。

わたしの横に並ぶと、手に持った紙包を突出して、

「さあ……」

おかしくって飴玉なんか、わたしは「ふん」と、鼻先で笑ってやった。するとお桑は、

「食べさしてやろうか……」

いきなり、わたしの首っ玉にかじりついて、口移しにしようとするから、いくら何でも、わたしは邪慳《じやけん》に突っぱなすと、手の甲で唇のへんを拭いた。

「ふん、偉そうに」と、お桑は笑う。お桑は自信たっぷりなんだから、逆にわたしのうぶをからかうように、「穢《きたな》がることないじゃあないか、え、信さん、あんたわたしをお嫁にほしがってるんだろう?」

わたしは、返事のしようがなく、むっつりしてたが、顔中安クリームが匂ってしかたがなか

った。

ほんとうのところ、その頃はまだ女を知らなかったんだから、お桑になめられるのも当然なんで、わたしのような男が二十歳すぎても、と不審に思うでしょうが、むろん、これには事情があったんです。

隠すこともないから言ってしまえば、清吉と同じ八王子刑務所に、十九の春から二年間、まったくつまんない目を見たもので、一生をやくざで通すつもりなら箔をつけとくのもいいでしょうが、今じゃあ後悔もんですよ。

前科者――そう呼ばれることなんかは、笑っておけば済むことですが、ただ、思い出していやアな気になるのは、わたしの指紋が警視庁や裁判所にちゃんとしまいこんであることです。何かこう、仕事にどじを踏んで証拠を残してきたような後味がする。

いろんな符号がついてる大きな紙の桝ぐみの中に、真黒々のインキをつけた指先を、左から右にぐるりと廻しながら圧しつけられると、これが自分の指紋かと見直すくらい、グロな大きな跡がついていて、これを左右十本の指に順番にやられて御覧なさい、物を見せつけられるだけに、つくずく観念させられますよ。

こんな莫迦げたことになったのも、事のおこりは下らない意地ずくで、大きな望を持ってた体が、思えば血気の勇ってやつでしたなア……

終戦で工場を放《ほっ》ぽり出されると、わたしは早耳と相談して、当分はやっぱり担ぎ屋して元金を作るより法はあるまいってことになったんで、同じ工場に女工してたお桑を仲間に誘い、その手引で玉村に行ったんです。八高線を倉賀野で下りると、あとはバスで二十分ばかり、お桑の育った所だから顔が利いて、地下足袋《じかたび》と米の交換は、結構商売になった。

　わたしたちは三人して、荻窪の一間きりの狭いところで我慢しながら稼いでいたんで、年が明けたころには相当の元が溜って、早耳もお桑もうずうずしだした。中央線の沿線は復興が早かったから、これを見せられるとたまらないんです。

　お桑は孤児で、格別かまってくれる人もないのを幸《さいわい》に、いつもわたし達と一緒に一人前のリック担いで、陽気な子だから汽車の中も賑やかだった。わたしも工場にいた頃から優しくしてやったが、妙に慕って兄さん兄さんと離れなかった。でも、誤解しちゃア困りますよ。三つ違いの兄さんには違いないが、その頃のお桑は明けて十六の小娘だったんですから……

　買出しの途中は嫌でも血桜組の縄張りを通る。戦争中に三階松が死んでからは、菅原一家を一人で切り廻し、根がハッタリの利く男だけに、特攻くずれか何かの機嫌をとりながら、たちまちのうちに立川の辺まで伸《の》して来やあがった。が、もともと素人の集り、わたし等から見れば、えらい格下げで、何かといえば仁義をお題目みたいにとなえたがって、見境なしに因縁をつけて喜ぶんだから、いかにジープが走ったからって、三階松が生きてたらねえ……

「姉ちゃん……てばよ……姉ちゃん」

　嫌味なマフラーを巻いたのが三人、女と見るとからかう。わたし等は万事素知らぬ顔ですごそうと極めていたから、お桑が口惜《くや》しがることがあっても、受附けないことにしていた。

ところが、その日は天気が良すぎて風も強かった。それに帰りの汽車の中で早耳は、とても血桜に対抗はできないんだから、いっそ河岸《かし》を変えようという。お桑もそれに賛成なんで、わたしは内心面白くなかった。それがお桑にも分って、妙に気が立ってたんでしょう。おちょっかいな奴にちょっと尻を叩かれただけで、

「何すんのさあ……」

と、口を利いてしまったのは、まずい。

莫迦どもは三人、口を揃えてわッはッはと笑う。もう一度何か言わして、話を切出す糸口にしようというので、見え透いてるから、わたしはお桑の手を引いてさっさと歩いた。それを見ると、また一層「ようよう」と囃《はや》しながらついてきて、「姉ちゃん……てばよ……姉ちゃん」と、しつッこい。

わたしは、前から気がついてたが、奴等は胸に妙なバッヂをつけてるんで、そいつがぐんと癪にさわった。

真赤な桜の花のバッヂなんです。血桜組なら野師じゃあねえか、赤い花つけようが黄色い洟《はな》を垂らそうが御自由だが、野師なら職で渡世したらどんなもんだい、与太者じゃあるまいし、何て真似をしやがんでえ、と、まあこう言いたいところを、ぐっと堪《こら》えて脇見もしなかった。

そこへまた一人寄ってきてお桑の腰を……

今度は、声を立てなかったが、お桑はわたしの握ってる手に力を入て、じっと見上げる。こうされたんでは、相手は三下じゃあなく、お桑なんで、わたしはお桑には見上げられたくない

筋がある。どうしよう……と、ためらうわたしに愛想つかして、握られた手を抜こうとする。何はさて、お桑に手を抜かれたんでは、わたしは丸太ン棒みたいな男になっちまうし、ええ、ままよ、と、いきなりお桑の肩に両手をかけ、ぐっと引寄せて抱きしめると、わたしは生れて始めて、女の頰ぺたを……

不意だったから、お桑は真赤に、三太郎どももあっけにとられた間ぬけっ面です。その隙に、わたしはさッとリックを外す。早耳が、兄貴まあ我慢しときな、という手にお桑を渡して、

「お前の言うとおり、河岸を変えるから、行きがけの駄賃、ここは一番やらしておくれ」

「そうか、だったら簡単にやっときなよ」

早耳は心得て、女と荷物を取って引下る。

わたしは身軽になったら、一肩ゆすって、ゆっくり的等を眺めてやったんです。

的等は、感が鈍いから覚りもしないで、きざな形をつけながらのそのそと、のっぽが一人先に出てきて、

「野郎！　俺達の前で、なめゃがったな」

「ご覧の通りよ、やけたかい、靴下！」

「何だと」

「三下が三足寄りゃ靴下だろう……」

言い切らないうちに、メリケンを突出してきた。わたしは左に開くと、腰から引抜いたやつ

でぱさり。

　驚いちゃいけません。腰をひねって抜いたって、刀じゃアない。ベルトですよ。

　だが、これが唯のじゃアない。見た目は柔かい鹿革でも、二枚合わせた間に大時計のゼンマイが仕込んであって、先にちょっぴり金具がついてる。バックルを握ってすらりと抜けば、長さが恰度一メートルぞと、これはこけおどしの文句でなく、狂犬を退治るときもほんの一打だったんです。

　ぱさり、野郎の首に巻きつくと、のっぽがのの字になってぶっ倒れた。

　返すベルトで二番手の横ッ面、と狙ったのが、慌てて顔を引きやがったんで、先の金具がまともに奴の目の玉へ——ギャー、と蝦蟇《がま》を踏みつぶしたような声を立てた。

　残りは、とジロリと見れば、逃ればいいに、内ポケットからちゃちな刃物をちらつかせてる。

　身構えさせないうちに、二歩踏みこんで袈裟がけに——がっくり前につんのめって、バタバタしてる上へ、おまけを一丁お面にくれて——これでおしまい。あっけないもんです。

　あとは、早いとこ逃げるが勝と、リックを取りに引返せば、早耳とお桑が顔を強張らせて目を据えていた。

　おやッと、不吉な予感が走って、振返って眺めれば、最後の奴が、倒れるはずみに自分で抜いたドスを脇腹に突差して、のたうち廻っているんです。

　こんな莫迦げた事で、二年は長すぎますよ。この辺でちょいちょいおこっている刃傷沙汰《にんじょう》のみせしめに、わたしが懲戒的刑罰を食っちまったんだから、何のことはない、血桜組の風儀の悪さをなすりつけられたようなもので、この裏では、何々役員とかの肩書で二足の草鞋をはきだした血桜が、赤い舌を出したんです。

二年間、靴の造り方を教ったお蔭で、靴修繕の看板も出せたようなものの、入っている間は、わたしはかなり焦っていた。

なるようにしきゃならねぇ、と、落着く気になれたのは、一年すぎた頃で、それがまた、刑期が終る日を算《かぞ》えだすようになると、何ともいえなくじれてくる。わたしにも分りましたよ。清吉が何度も懲りずに、牢破りしようって気持が……

放免の朝は生憎《あいにく》と冷たい氷雨《ひさめ》で、冬服の襟を立てて、例の鉄門の潜戸を出されると、案の定、早耳とお桑が出迎えていた。

「信さん……」と、声も弾んだお桑は十八になっていた。いきなりわたしと手を組んで、相合傘で歩きだしてから、ふっと白い息を吐きかけて、

「待ってたよ」

早耳は、わざと自分から退け者になって、先に立って行く。遠慮はいらない、わたしは右手で傘を受けとって、左手をお桑の肩に廻した。二年間に、すっかり肉がついていた。

「お桑。お前のことばかり考えてたよ」

「いいねえ!」

と、さらに擦り寄るお桑は、見違えるように着飾っている。こりゃあ大した御身分になった

んじゃあるまいかと、わたしは二年間の気がかりが、つい口に出て、

「留守の間に、お前、えらい良い事でもあったのかい？」

すると、お桑はそう言われるのを待ってましたといわんばかりに、ぐっと左の袖を二の腕まで捲くりあげ、

「見ておくれよ！」

そこには青い文字が三つ〔信夫命〕と彫ってあった。わたしの名の下に、命という字が、それがつンと目に泌みて、わたしはこみ上げてくる感情で、きっと身ぶるいしたんだと思う。それが相手に伝わって、お桑は自分の刺青に自分で感激しながら、もう一度、

「いいねえ！」

四

ともかく、八王子の辺でうろうろしているのは面白くない。急いで新宿まで出ることにした。俗に娑婆の風って言いますが、さぞ身に泌みそうに思うでしょうが、そうでもない。お桑が出してくれたリンゴを齧っても、歯にさくさくッと音はするんだが、はたして自分で嚙んでるんだかどうだか頼りなくて、そのくせ匂だけはつんつんする。プラットホームに立ちながら、氷雨の町を見て、タバコの煙を流してる恰好はえらく落着いてるように見えても、内心はがた

がたしてる。感じのピントがぼやけてるんです。

それが、電車の響と人込はひどく神経にこたえるんで、わたしはしっかり腕組したまま目をつむってた。だから、早耳もお桑もちょっと向うからは話を切り出しにくいって風で、黙ってました。

わたしは、刑務所の中にいながら、その後の様子はあらまし知ってた。と言うのが、暮れに新入りした男から聞出したんです。

早耳は、脊《せい》がすらっと高くって洋服が似合う。それだけに好みもバタ臭く、調子も軽い。もてるとひどく嬉しがる様子は可愛らしいから、人が用心しない。どこに顔を出しても邪魔にされるってことがなく、みんなうちとけてうっかり喋る。それを要領よく耳に納めて帰ってくるから、聞き込みにかけては本人も自慢だが、早耳って名がぴったりしていた。

年から言っても向うが上なのに、まあわたしのむっつりして腕ッ節の強いところを買ってくれるんでしょう、一度喧嘩の時に「兄貴、頼むよ！」と悲鳴をあげてからは、ついそれを口癖に、何かとわたしを立ててくれて、性質のがらっと違うところが却《かえ》ってうまが合うんでしょうか……

早耳のやってくるしくじりだけは、どうにも本気で腹が立てられない。それに向うだって、正面からわたしに盾を突いてくるってことはなかったけれど、担ぎ屋していた頃から、わたしの商売一方のやり方にはあまり賛成できないって口ぶりで「政府が儲けてるのも酒とタバコ。米なんかだとよくよく困ってる時だって値を聞かなきゃ買やしない。そこへいくと酒の方は、飲み屋のは高いと承知で出かけてくじゃないか」とか何とか、自分が女の子に取りまかれるとぽーッとなる気持から割り出すんです。

こんな早耳だから、わたしの留守に、ずぶの素人相手の手なぐさみ、娯楽本位の賭場に一枚加わったって、別に驚くことはありませんが、男一匹だったら独立独行、ちったぁ苦しくとも人の檐下《のきした》を借りるなんて意気地がなさすぎると、まあ、こんな風に考えたがるわたしだもんで、早耳としては、何とかうまく機嫌をとって素直に仲間に引入れようと、気をもみながらも、電車の中ではちょっと口を利きそびれてたんですね。

あとで詳しく分ってみれば、さっき話した銭湯の路地は、時間が来るとすーッとトラックが入って、車庫代りになってしまうと、もう人が擦り抜ける隙もない。たって用事があるんだったら、わたしの店を通るよりない仕掛。

そのかわり、表通りの社交喫茶の奥から、身元の知れた御常連だけが女連れかなんかで入ってくる頃には、玉の湯の脱衣室が幕を張ってルーレットを据えてるんです。これが即《すなわ》ち温泉《いで》て符牒で通ってるモダン遊戯場。妙なものが流行《はや》ってきました。

素人衆ほどみえ《い》が強いもんで、ここでは万事隠語を使ってもらうことにしてる。二三度遊んで一通り覚えると、もう嬉しくって、自然と足が向いてくる。こりゃあ的屋の駈け出しがやたらと仁義きりたがるのと同じ心理でしょうね。

「素人女の方に勝負の好きなのが多いんだから驚いたねえ、きっと女には最後のものってえのがあるんで度胸が出るんだろう。また、それを狙って連れてくる男も多いんだが」

そんなこと言って喜んでる早耳を、わたしは情無いとも思いましたが、またいかにも早耳に似合いの穴を掘ったという気もしたんです。

いろんなこと考えながら、新宿に着いて、ものの一丁も歩かないうちに、今度は本当に身内がしまってきた。二年前とはがらッと変った景色、通行人の身なりが違う、目つきが違う。露店を並べてる売人の口上一つ聞いたって、こりゃあ商売もむずかしくなってきたぞと、そこは勘で分かります。

早耳に注意されるまでもなく、裏ではデンスケがおおっぴらで人気を呼んでいるらしい。わたしは何かこう気が重くなって、世の中に素人玄人のけじめが無くなってくるのは、世ならしか知らないが、ひどい不景気がくるように思えてならなかった。

中華料理に案内されても、まだだんまりのわたしにじれた早耳は、そっと肩を叩いて、

「信やん、よかったら今夜、婚礼にしようって相談なんだけど……」

わたしは箸を止めて、

「お桑とかい?」

「きまってるじゃないか」と、真顔に言って、今度はからかうように「それとも信やんには、ほかにおぼしめしのでもあるかしら?」

そばに聞いていたお桑は若いから、むきになって、

「そんなの無いねえ、信さん?」

「当り前よ。命がけで張ってるのはお前一人さ。それだけになぁ……」

そうはっきり言っといて、わたしは早耳の方に開き直ると、

「新婚旅行には、お手のものの温泉に入れといて、ついでにエロ・ショーまで見せてくれるって訳なのかい？」

とたんに、二人とも顔を突っぱらせた。

今思えば、随分邪慳な口を利いたもんです。だけど、刑務所の中にいる時の気分はまた別で、お桑がエロ・ショーをやってると聞かされたんでは、少しは腹も立ちますよ。

まあまあ、ともかくと、拝まんばかりに温泉に連れて行かれて、事情をきけばこうなんです。例の路地の両側に三軒ずつ、しもた屋と見えたのが、いずれも専門専門を張っていて、ルーレットなんかでは喰い足りない客を呼んでいた。

その一軒にお桑がやっかいになりながら、下働きをしているうち、気性が強いからつい手が出したくなる。始めは小さい勝負で、女の子だからと見逃してもらっていたのが、或る日からい客にかかって、金が無けりゃ着物を脱げと言われた。これをお桑は感違いして青くなった。それでも手をついてごめんなさいと謝れない負けん気が、いきなりぱッと着物を脱いで踊りだした。めんくらったのは客の方で、これがすっかり評判をとってしまった。

いつか綽名も温泉の名物テッカのお桑、金を積んだって見せやしない、見たけりゃ勝負で勝って見ろと、そんな噂が立って、名ざしの申込が絶えなくなった。

客は二人、その家のおかみとお桑と、四人座蒲団の四方に坐って、花札です。

客の目的は、お桑を負かすのにあるんだから、自然とおかみの点になる。おかみがお桑を大事にするのも、早耳に頼まれた義理だけでなく、ここらはやっぱり慾ですね。

お桑だって、根が好きな上に商売となればめっきり手をあげて、気合が入ったらめったに負けない。これが一層、見られないもの見たさの人気を呼んで、三度に一回、五回に一度、お桑は一点でも負けたとなれば、すっと立った屏風の前で、腰に手がかかるとするするッと帯が解けて、肩から着物が滑り落ち……なんの、踊りのダンスのって心得があるんじゃない。若さと意気と、それも一、二分申訳になんて出し惜みは嫌いの質《たち》だから、威勢よくぱッぱッと、飛んで跳ねるのが自分で面白いように、息がはァはァ弾んで、体中がぽーッと桜色に汗ばんでくる。見ている客の方でげっそり目が窪んだ思いがするころ、お桑も息が切れてぶっ倒れる……あなたは、何もこうまで話さなくってもいいと思うでしょうが、お桑があなたの女だったらどうします。

何の、それっきりのこと、と思いたかったが、正直に言って、わたしはやっぱり大やけにやけたね。わたしだって、まだ見てない体だし、疵物《きず》じゃないと言訳されても、面白かァないや。お桑は包み隠さず喋ってから、渋い顔してるわたしの前に、紙包を二つ並べて、

「信さんの留守の稼ぎは、この温泉の株を一口と、これ二つッきり……」

十万円の束を二つ、刑務所から来た男の身の振り方をつけてやろうと、お桑が裸で稼いだ金なんです。

わたしだって、これは受取れるもんじゃないが、見ているうちに、甘い気持が喉から鼻の頭に抜けて出て、結局、甘から煎餅みたいな顔になってしまったんだから、始めの威勢はありません。とうとうずるずるべったりに、温泉の仲間に入ったような入らないような、路地の入口で甘から煎餅を陽にほしてると、お桑は毎日来てせめたてる。わたしは全く、意地張ってるのがつらくなって、何度か、もういっそのこと、とやけをおこしかけながらも、二タ月ばかりたったんです。

で、その日の夕方。わたしは上手の女のように振舞うお桑から、飴をなめさせられても手だしもできず、危険だからとカーテンだけは開いておいて、やたらにタバコばかり吹かしていると、側でお桑はいつまでも喋っていました。

「……ねえ、どうするんだよ。いつまで番台に坐らしとくんだい?」

「また商売はじめたらいいだろう。おかみが喜ぶよ」

「言ったね……それ本気かい?」

本気か本気かとつめよられて、また返事を出しそこなったわたしは、もう暗くなった往来の人影を眺めていたが、ここらが本気の出しどころだと、お桑の手をとった。

「お前、今夜、場が引けたら、ここへこっそり忍んで来ないか……さしで勝負しよう」

「勝負を?」

「負けたら、お前の言う通りになる」

「勝ったら?」

「お前の踊りを拝見するんだ」

「ふん」

「それも、唯《ただ》では済まさないかもしれないぞ」

「なんだ、それじゃ同じことじゃないか」

「同じだっていいさ」

二人は顔見合せて、大笑いした。急に機嫌のよくなったお桑は、路地にトラックを入れる時間がくるまではしゃいでいて、鼠鳴きして帰って行った。

わたしは、トラックの手伝いをして、木戸を閉め、さて、店の締りをしようと、板戸を立てている横から、影のように寄ってきた男が、

「兄さん、ちょっと……靴を直して貰いたいんだが……」

そのまま店にすべり込んだ恰好は、隠しきれないびっこをひいた、清吉でした。

五

話が横道にそれて行き過ぎた。

三日前に戻って、清吉が刑務所から出てくるのを、わたしが望遠鏡で眺めてるところでしたね。

清吉は靴の紐を締直しながら、あたりの様子を窺っていたが、べつだん変りもないんで安心したらしく、ゆっくり町の中に入ってきた。これがまっすぐ停車場まで行こうとしたら危いんで、駅前の露店通りには、今日は特別に血桜組の若い者が二三十人詰めている。うっかり通りかかったら、仕組んだ喧嘩かなんかの中に巻込んで、怪我人のように見せかけながら、自動車に乗せて運んでしまう寸法だろうと、わたしははらはらしていた。

十年たっているんで、清吉はすっかり気を許してるんではあるまいか。タバコ屋に入ると、一本つけながら出てきた。なるべくびっこを見せたくないのか、あっちの店こっちの店と、物珍らしそうに見入っては、どうやら莫迦高くなった物の値段に驚いているのでしょう。

十字路のところまで来かかった時、角でゴム紐を売っている的屋の顔に石が飛んできて、あッと声を立てた。無論わたしが投げたのだ。その声を聞くと、清吉ははッと一間ばかり飛んだように見えるや、駅とは反対の方角へ走りだした。一足ごとに頭をがくんがくんふる奇妙な恰好で二丁ばかり。そこの大きな病院までくると、無造作に玄関へとびこんで姿を消した。

清吉は、脱いだ靴を手に持ち、スリッパーをつっかけ、勝手知った廊下をずんずん通り抜けて便所へ出た。そこの一番奥の戸を開いて中へ入り、桟《さん》を下すとほッと一息、またすぐ忙しそうに、ズボンを脱ぎ股引まで外してしまった。それを細長くたたみあげて風呂敷に包み、首にしっかり結えつけた身じたくができると、上の小窓から外を覗いた。そこはすぐ高い石塀に続いて、石炭殻の捨場になっていた。清吉は、滑るように小窓を抜け下りるや躊躇なく、すぐ脇手の地面にある丸い鉄蓋を開いた……

と、こんな風に想像していいんでしょう。

三階松も永いことこれに気がつかなかったそうですが、或る日、下水掃除して踏貫《ふみぬき》した男が、足ッ首をゴムマリみたいに腫らかしてるのを見て、さてはと気がついたんだそうで市役所まで行って、図面を借りて調べてみると、案の定、中央の一番太い穴が病院裏を通っていた。おまけに、これが浅川へ出る吐け口は、清吉がじゃぶじゃぶやってて捕まった処からたいして遠くなかったんだから。

おそらく、清吉は苦しまぎれに、一時しのぎのつもりで潜りこんだ穴が、存外広かったので、どうなることかと伝って行ったら浅川に出た。だが、その頃には夜が明けていて、うっかり顔をだしたら大変。日の暮れまで持ってる間に、熱は上る傷は腫れる、それでも捕まって締められるよりはと、思ってみてもぞッとするような二日だったでしょうよ。

まあこれほど私刑は怖いんです。

野師仲間の執念深さを知りぬいてる清吉は、十年たったからといって安心はしない。タバコ屋でマッチの用意までして、わざと目につくように病院にとびこみ、相手の注意をここに集めといて、早いとこずらかる算段です。

清吉は、浅川の土手下に出て窺うと、天の助け、つい近くに自転車が一台置いてある。釣りに来た男がぽかぽかする春の陽ざしに、外套から帽子まで脱いで、それも釣場を代え代えして、かなり離れた川下で一心に浮を見つめてる。清吉はそろそろと、這い寄って、見れば自転車には鍵もかけてない不用心さ。まず、外套と帽子を叢《くさむら》に引きこんで、願ってもない変装を済ますや、いきなり自転車を土手に引っぱりあげ、雲を霞とつッ走る。釣りの男は、その影を見送って、ニヤリとした。言うまでもなく、わたしなんで……

三階松は淋しく死んだ。飛行場の人入れに、血桜からひどいペテンを喰って、中風を永く患ったあと、子飼いからのわたしを呼んで、

「血桜なんぞに、どうでも清吉を渡しちゃアならねえ、奴が出てきたらこうしなよ」

と、細々と言い残していったんで、万事はその言い附け通り、わたしの智慧才覚なんてものじゃない。

わたしの靴店に入ってきた清吉が、帽子も外套もそのまんまなので、つい可笑しくなるのをやっと噛みこんで、

「もうしまうんですよ。簡単なんでないと困るんだけれど……」

「なあに、綻びをちょっと縫って貰えば」

「じゃあ、店しめといてやりましょう」

わたしは、清吉が外から見られるのを嫌がってると察し、カーテンを引いてから仕事にかかった。清吉も安心してか、小椅子にかけて、股をさすりながらタバコを吹かしてる。うまくわたしに話つけようと思案しているんです。

こんな間近に清吉を見ては、どうにも指先が顫《ふる》えて針が運ばない。だが、清吉はさぞ図太い面魂をしているだろうと予期していたのに、可哀想なほど老けこんで、頬なぞしぼんだような

感じさえする。それが愛嬌笑いを浮かべて、

「さっきここに可愛らしい娘さんがいたねえ」

「おやッ、小父《おじ》さんは見てたのか」

「あんまり仲が良さそうだから、遠慮してたのさ。兄さんの彼女かね？」

「まあね。一緒になろうって話になってるんだが、何しろこの通りの始末だから……」

「いいなあ、若いうちは」

「よかないですよ。こうしけてちゃ女にまで莫迦にされて……」

「そんなことあるまい。相当に温泉で暖っているだろうに」

「温泉ッて？」

「早耳の兄さんから紹介されてきたのさ」

「なあんだ、そんならそうと早く言えばいいのに……だけど、小父さんは……」

「はッはッは、こう見えても、懐《ふところ》の中は大丈夫だよ」

清吉は財布をちらりと覗かせながら笑った。前歯が二本かけていて、それに出した財布は、わたしが外套のポケットに入れといた物なんだから滑稽で、どうやら紙を詰めて脹ましてあるらしい。

清吉は、その姿のままでは青梅に入れない。どうでも元金を稼がなければ動きがつくまいと、早耳に渡りをつけさせて、おびき寄せたんですが、憎たらしい風体と思いの外のしおらしさに、うっかり油断したくなるのを、いやいや、相手は目から鼻に抜ける男、ここらが腹の締めどこ

ろとなるべく控え目にあしらっていた。

「遊びには、まだ少し時間が早いけれど、一服していて下さいよ」

「ああ、いいとも」

「だけど、見たところ、小父さんは球ころがしの方じゃなさそうだが、得手は?」

「これさ」と、鼻の頭をなでて見せた。

「だったら、お桑の家がいいだろう」

「お桑っていうのは?」

「さっきここにいた子さ」

「ああ、あの別嬪《べっぴん》さんか」

「そんなにほめて、手を出してもだめだよ」

「まさか……もう年だよ」

「そう言うのが危ない。お桑はまだ本当の生娘《きむすめ》なんだから」

「この辺の娘にしては珍らしいね」

「腕ッ節の強いのがついているもの」

わたしが力瘤を作って見せたら、清吉は感心したように触ってみる。いやもう、気持の悪いことと言ったら……

それとなく聞き出したがる清吉に、行ってもまごつかないだけのことを教えて送りだしてから二時間近く、すっかり仕度済まして、度胸定めに一眠りしてみようと毛布を被ってみたものの、駄目でした。

それも、清吉に背負投げ喰う夢でも見るんならまだしものこと、情ないではありませんか、お桑の白いむっちりした体が枕元に坐ったり立ったり。わたしは、まだ見てない裸踊りをあれこれと想像して、無性に腹を立てながら、身内を暑くほてらしてるんです。

この期に及んで何事だろうと、わたしは早耳が迎えにくるのも待たず飛び出した。お桑の家までくると、二階でドタンバタンと、もう始まっていた。駈け上って襖《ふすま》あけて見れば、額から血を流した清吉が、簀《す》巻《まき》にされて転がされた前で、早耳と外に二人、きおった形で手を顫わしていた。

「どうした、どうしたんだ？」

「いかさまだ！」と、早耳。

「札のこべりにべにうちゃがったんだ」

と、外の二人が手真似で説明した。

「で、どうする気なんだい？」と、わたしは三人の気をしずめにかかった。

「どうすると言って、お前、我慢がならねえや……」

「そうか。だがね、俺が案内した客だ、ちょっと口を利かして貰うぜ」

わたしは、三人を見廻したが、すぐに苦情が出なかったんで、清吉のそばへ寄って、

「おッさん、困るね。わたしに案内さしといてさ……話を聞くと、大分あざやかな手口らしい

が、無論ただの鼠じゃないね……どうだろう、その奥の手を、この三人にだけ伝授と願えないかしら、笑って帰る方がお互のためだと思うんだが……なあ、みんなもそれでおふけにしてやってくんないかなあ……」

わたしは、こんな風に話をつけた。

あなた方が見たら笑うでしょうが、こんな事にでも、伝授となると作法があって、みんな四角な顔して並びます。清吉は、手先が働かなくなったんで、と言訳しながらも、見事なさばきを見せました。三階松が言ってた通りで、わたしから注意しておかなかったら、とても三人には見破られなかったでしょう。

わたしは、清吉をつれて自分の部屋に帰ると、まあ一杯と燗《かん》をつけた。

「おッさん、このまま帰って貰っても、まさかさすような真似はしないだろうね?」

「とんでもない。兄さん。本当にいろいろ有難うよ」

「若いのがなま言うようだが、おッさんも考えて、なるべくこんな処は遠退きなよ……俺だって、何とかして堅気になろうと心傷めてるんだ、惚れた女ができたらやくざはいけねえ、つまりは泣き見せることになるからね」

「その心がけだ。兄さんは早く気がついて仕合せ。わたしが悪い手本だからね」

妙なぐあいにしんみり話が合って、座を立ちながら清吉に酒を薦めていると、裏口をトントン叩いて、お桑の声が、

「信さん、信さん」

「おお、いま明けるよ」

わたしは、清吉を促して仕事場へ送り出し、靴をはいている肩に、

「静かに帰って下さい、縁があったらまた逢いましょうね」と、優しく言って障子を閉めた。

お桑は入ってくると、いつもの遠慮のない声で、

「あのインチキ、もう帰ったの？」

「うん」と、わたしは生返事をした。

お桑は一度坐って、そばの徳利《とっくり》を取上げ、

「おあがりよ」

「もういやだ。酔っぱらうと悲しくならあ」

「なぜさ、え？　なぜさ」

すり寄ってきたお桑は、急に腰をあげると、あぐらかいたわたしの膝に身を投げこみ、胸元に顔を埋めて「ねえ、ねえ」と、わたしを揺った。

「お桑、まあさ、話を聞いておくれよ」

わたしがそう言っても「いや、いや」と、首を振るばかり。勢い、わたしも肩を抱くようになって、力がはいった。

「今も話してたんだが、こんな稼業はつくずくいやだ。だけどねえ、お前と二人でここを出るんだったら、先だつものはお宝だろう。だからさあ、もう一年待っててておくれ。何としてでも一山当てて帰ってくるから……」

と、言い終らないうちに、わたしは「あいたたッ」と悲鳴をあげた。お桑が胸に噛みついたんです。

「何いってんだい。信公の莫迦の愚図のもものもんがあ。今日からここはあたいの家だよ。帰ってなんかやるものか」

お桑は、どうでもわたしを押し倒そうと、揉み合う騒ぎになった時、スーッと障子が明いて、清吉が顔を出した。

「姉さん、驚いちゃいけません。さっきのインチキ野郎が、今度は福の神になりますよ。兄さん、助けて貰った恩返しに、宝の在処《ありか》を教えて上げようじゃありませんか」

六

深夜の青梅街道をトラックが走っていた。拝島を過《す》ぎるころ、遠く東の空が白んできた。

「運転手さん、スピード頼むよ」

空車のシートにくるまっていた清吉が、窓ごしに運転台へ声をかけ、また心配そうに空を見上げ、わたしの方へ小声で、

「夜が明けちまうと不味《まず》いんでね」

「だって小父さん」と、わたしも心配でたまらない。「向うへついて、仕事するまでは持つま

いよ」

「仕事なんか無いのさ。暗いうちに着きさえすればいいんだが……」

「スピード！　スピード！」と、お桑だけは独り嬉しそうに叫んだ。

お桑は何も知らない。大した宝物が隠してある、力を貸してくれたら山分けにしてもいい、そう清吉に言われても、わたし一人を出すのは承知しなかった。どうでも一緒について行くという。わたしもその方がよかった。清吉が、ちょっと危い処を渡るんだが、と言ったのが、一層お桑を刺戟して、口癖の『いいねえ』を繰りかえして、自分で運転手も口説きに行った。路地のトラックで一気に突ッ走ろうというので……

青梅に入るころには、もうヘッド・ライトがぼやけて、家々が黒く見えるように明けてきた。だが幸、朝霞がこかった。

電灯が洩れている家の前にさしかかった時、三四人ばらばらッと出てきて停車を命じた。運転手がギーッとブレーキを踏む。わたしは目を凝すと、巡査ではなかった。

「畜生！　血桜だ！」

わたしは、思わず口走った。清吉は一層ぎょッとして「停めるな！」と叫んだ。

「停めるな、停めるな！」と、わたしも怒鳴った。運転手がアクセルを踏み変える間に、一人が車体に飛びついて覗こうとする。わたしはそいつをはたき落した。残りの奴等は、一丁あまりも車のあとを追いながら、何かわめいていた。それに、お桑は手を振りながら「やーい」と、やり返《か》えした。

青梅の町を一気に抜けて、桜の八丁堤の急坂を登りきったところで、急停車を命じ、今夜の八時にまたここでと約束しといて、三人ころげるように土手に隠れ、車を真直ぐ走り去らして様子を見たが追手の姿はもう見えないで、うす暗い街道に満開の桜が一筋、ほのぼのと白かった。

清吉に指図される通り、発電所の鉄管の下を潜り抜けてから、一足ごとに踏み場をたしかめては、崖を横に伝って行く。わたしは、お桑を負《お》ぶって、清吉のやる通り真似をした。足元も大してこわくなく、次々と岩のでっぱりがあって、手がかりもある。ただ何といっても暗い中で、お桑の熱い息が襟ッ首にかかるし、その上、身近に凄じい滝の響が耳を飛ばしそう。こんな恰好で、四五間横這いを続けていると、ひょっこり鳴滝の裏へ出た。そこが、畳にしたら三枚敷けそうな岩穴なんです。

発電所の工事の時に、滝の落口をコンクリートで均《なら》したのが、この岩崩れのところで、丁度庇《ひさし》のようになって、こんな洞穴をつくったんでしょう。清吉は、工事場にいた頃、これを見覚えていたんですね。

お桑を下して、びっしょりかいた汗を拭っていると、すーッと冷い空気が肌に泌みて、目の先に流れ落ちる滝の幕が、段々と輝いてくる。それに従って、洞穴の中がぼーッと薄緑色に見えてくるんで、何とも不思議な景色でした。

清吉は、ゆっくり腰を下して、股を揉んでいる。わたしもお桑と並んで岩角にかけた。どのみち、夜になるまでは出られないんで、急ぐことはなかった。さすがのお桑も、あんまり意外な所に連れてこられたせいか、じっとわたしに擦り寄って動かない。思えば可哀想なようなもので、わたしは薬を出して飲ませてやった。

さて、口を利こうとすると、ごーッという滝壺の音が、あたり一面に立ちこめていて、かなり大きな声を出さないと通じない。これでは、泣いてもわめいても、外に聞える気づかいは無いでしょう。

「兄さんは、血桜を知ってるの？」

清吉は、ぼそりと言った。わたしは、しまったと思ったが、なあに、喧嘩のことをありのままに喋ったって構わないんだから、

「うん、恨みがあるんだ、奴等のお蔭で臭い飯を喰っちまって……」といいきさつを話してやると、お桑もそばから相槌を打った。

「そうか」と、清吉も安心したらしい。

わたしは、もういい頃と、洞穴を見廻して、

「宝物っていうの、小父さん、ここに隠してあるんですか？」

清吉は動かずに、頤で奥の方をさす。

わたしは、お桑の手をひいて、立って行って見れば、一処だけ苔がこんもりして色が変っている。そこに手をかけてぐっと引くと、ずるずるっとつながって剝れた苔の下に……

きらきらと金色の、子供心に見覚えのある金色の仏さんの顔が――その顔と一緒に、はッと

わたしがと胸を打たれたのは、白々した骸骨が黄金仏を抱いていたのです。

薄緑色の洞穴の中で、この奇ッ怪な姿を見せられ、お桑はわたしの腕にすがったまま、くらくらッと目眩《めまい》がしたらしく、力がぬけて行きそうなのを、わたしはしっかり膝に抱いて坐りこんだ。

わたしは、眺めたばかりで、手出しもできなかったが、清吉も、おそらくこれを察していて、自分で苔を剝がす勇気がなかったのでしょう。そう思って見れば、ここに来てからの清吉は、じっとあらぬ方を見つめて、物に憑かれたような素振りさえする。時々、股の傷がいたむように顔をしかめて……

「兄さん、その仏さんは無垢で十二貫目ある。それだけあったら、お桑さんと二人で結構楽しい夢が見られるだろう」

わたしは、お桑を見た。お桑はわたしの手の中ですやすやと寝こんでいる。わたしは上衣を脱いでその上にお桑をうつした。

「小父さん、この素晴らしい仏さんと、それに抱きついてる骸骨とは、随分奇妙な取り合せですね。これには、入組んだ曰《いわ》くがあるんでしょう。ゆっくり聞かしてくれませんか」

清吉は、それにはすぐ返事をしないで、じっとお桑の寝顔を見たり、目をつむったり、やがて、またぼっそりと、

「……田舎にいたころ、ふッと或る女を見染めてさ……わたしの懐工合では、及ばないと知りながら後を追い追い、とどの詰りが無理な博打で挙げられた……出て来た時には、もうどこへ

行ってしまったものやら、そこで諦めたらよかったものを……何度も身を堅めようと思いながら、年がたつほど忘れられない……

それが、青梅で見たという噂を頼りに、この鳴滝の工事場に入りこんだ。なるほど、いるにはいた……若水という、気の利いた料理屋のおかみに納まって、おまけに菅原一家の梅若という親分の思いものさ……尋ねて行って見れば、どうにか思い出してはくれたものの、『ほんとに久しぶりだねえ、ゆっくりしておいでよ』と、酒の二三本も出されて、勘定はいいからと帰された。むッとしてみても、こっちは土方風情では……

それでも因果さ。時々顔が見たいばかりに、たたきかけて作った金で、梅若の盃もらいに行ったんだよ……始めはおとなしくしていたが、少し顔が売れ出すと、もういけねえ。梅若が弟分の血桜から融通うけた金の期限で、四苦八苦なのにつけこんで、金剛寺のシャム仏盗みを囁いた。

四月八日の御開帳の晩のこと。坊さんたちが、賽銭を奥に運びこんだちょっとの隙にさ、格天井の一枚が明くと、縄にぶら下った梅若が、つるつるッと降りるや、手早く仏の首にわっこ掛けた。仏はまたするする天井に昇って行く。梅若の方は、窓を破って、逃げしなに池へ石を放りこんだ。坊さん達は、そっちを追って、知らぬが仏は永いこと天井裏に隠れていたんだが……

ほとぼりが冷めた頃、また二人して仏を降ろして、今度は本当に担ぎ出したのが、ついそこの八丁堤さ……桜の下に仏を下して、今考えてみれば莫迦な話で、熱に浮かされてたんだからしかたがない……この仏と引換えに女を譲って下さいと頼みこんだ。『野郎！　裏切りやがるな！』と、梅若に突いてかかられたんでは、こっちも受けなきゃくたばるんで……揉んだ揚句が、梅若は崖から下へ落ちてしまった……
急いで仏をここに隠して、若水にとってかえると、女を誘い出したんだが……

「うまく、計画通りやったんだね？」

わたしが、つっこむと清吉は苦笑して、

「始めからそれほどの悪だったら、しっかり息の根を止めておくのに……女連れて来たころには、死なずに這い上った梅若から事情を聞いた身内の一人が、俺を見るなり『仇！』と、抜いてかかってきた。蹴倒しといて、女かかえて逃げ出したが……もう、どうなるもんでもありはしない……」

「やけになって、いじめ殺した女があれなのかい？」

わたしが、指した骸骨を、清吉は始めてじーッと見ていたが、

「だから、兄さん、女は怖い。祟るからね」

「全くよ。十三年目に祟るからね」

「えッ！」と清吉は顔を上げた。

「ちっとばかり変えちゃあるが。お前、俺の顔に見覚えはねえか……十三年前には、まだ八ツの餓鬼だったが……」

清吉の目玉は飛び出るかと思った。声も出ない。互にじっと睨み合う何分間だったか……わ

たしが肩をゆすったのを切掛に、清吉は、つッと膝を揃えると、右手をついて左手を前に、

「お久しうござんす……梅若の若旦那……」

さすが、型にはまった仁義の作法でした。

「立て！　清吉、勝負だ！」わたしが、そう叫んでも、清吉は姿勢を崩さない。わたしは用捨なく叩き倒して、用意の細引でぐるぐる巻きに縛り上げた。そいつを岩にもたせかけ、前にしゃがんで覗きこんだ。

「清吉！　目には目をってこと知ってるだろう。お前が親父にしてくれた通り、てめえの頭を柘榴にするから、覚悟しろ！」

清吉は目をつぶったまま動かない。わたしは、口元でにッと笑って、また言った。

「だが、その前に一言聞きたいことがあるんだ。ねえ、清吉。お前どうして何度も牢破りしたんだい？　この仏さんに未練があったとだけじゃ筋が通らねえ。お前、ほかに心掛りがあったんだろう？　え、清吉。言えなきゃ代りに言ってやろうか。お前のまえに立って人盾になった女はなあ、身元を詳しく洗ってみれば、お前が玉村に残してきた女じゃねえか。しかも間に女の子まであってよ。

お前が何度も逃げだしたがったのは、その子の迷ってる姿が浮かんで、金の仏を譲ってやりたかったのと違うかい？

お前は今度刑務所出ると、ぐるッと信州廻りで高崎へ出た。それから玉村へ行って聞き出したのは、娘は東京の温泉にいるッてね。

その娘飼っとくに、俺は長いこと苦労したんだ。てめえが出てくりゃ、きっとお桑に逢いにくるだろうとな。

やい、清吉！　歯には歯をってこと知ってるか。てめえがお袋にしてくれた通り、娘にそっくり返してやる。そこからゆっくり眺めていろ！」

わたしは、薬を飲まして眠らしておいたお桑の帯に手をかけ、引き起しざまに、ぐッと胸を開いたが……そのくったりした肌の重みは心の重み、どうにも小手が顫えて、いっそどうしたらばと、惑っている横から、清吉の声が、

「若旦那！　お桑のお袋は、この無情な清吉の人盾になってくれた女です。そのお袋の娘ですもの、お桑は笑って死ぬでしょうよ。若旦那のためだったら、きっと笑って死ぬでしょうよ！」

清吉の体が、二度、海老のように跳ねて、つッと消えた。はッとして覗きこんだ滝壺から、またも轟々《ごうごう》たる鳴滝の響が昇ってきた。

おれだけのサヨナラ

山下諭一

初出：〈ユーモア画報〉1963年5月号

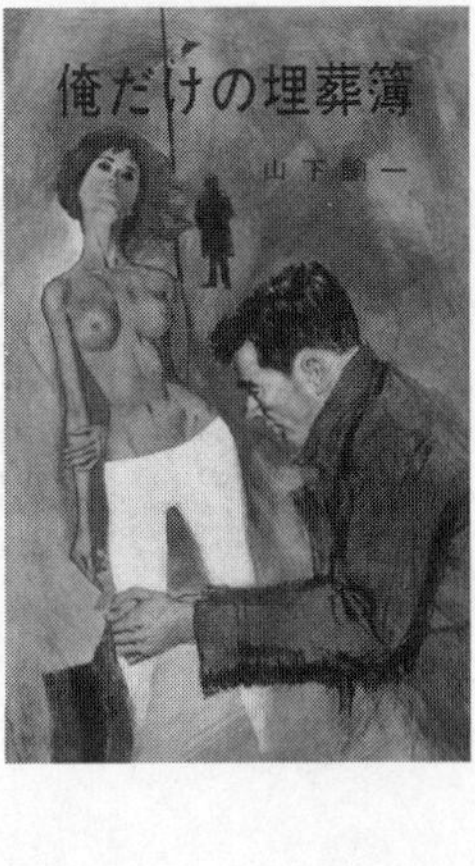

『俺だけの埋葬簿』芸文新書（一九六五年三月）

山下諭一（やました・ゆいち）一九三四（昭和九）―二〇一八（平成三十）

兵庫県生まれ。早稲田大学中退。在学中から角川書店で社外校正のアルバイトをしていたのがきっかけで、日本初のハードボイルド・マガジン〈マンハント〉（久保書店）編集長の中田雅久と知り合い、創刊号から編集者として参加することになる。二号からは翻訳スタッフにも名を連ね、沖山昌三名義も使って多くの作品を訳した。「通俗ハードボイルド」という呼称も、山下が命名したものだという。リチャード・デミング『クランシー・ロス無頼控』（一九六二）が当時の代表的な訳業で、小説の代表作である《曾根達也》シリーズは同作の荒唐無稽な活劇要素から影響を受けている。

〈マンハント〉在籍中から小説修業を本格的に始め、同誌の後継である〈ハードボイルド・ミステリィ・マガジン〉一九六三年十二月号と、休刊号となった一九六四年一月号に連作《おれだけの点鬼簿》第一、二話「灰色のサヨナラ」「鮭肉色のサヨナラ」を発表している。今回収録された「おれだけのサヨナラ」も同シリーズの一篇で、単行本としては『俺だけの埋葬簿』（一九六五）が刊行されている。小説家としての最初の著書は『危険な標的　ソネ・タツヤ無頼帖』（一九六四）で、看板となった《曾根達也》シリーズは以降『危険とのデート　ソネ・タツヤ点鬼簿』（一九六五）、『曾根達也無法ノート　危険猟区』（一九六九）が刊行された。その他の著書に『殺し屋を消せ　灰色の禁猟区』（一九六六）、『美食殺人倶楽部』（一九八九）などがある。（杉江）

1

思ったとおり、若い男が立っていた。

建物の脇腹にくっついた、階段の下の暗い影のなかに、男はひっそりと立っていた。いささかお古くなったマーキュリを、おれは階段のすぐそばにとめた。男の眼がじっとおれのほうを見ているようだ。

ポケットから煙草の箱をとり出して、唇のはしに一本ぶらさげ、おれは車のドアを開けた。

「あんた」

男に呼びかけて、アスファルトのうえにゆっくり足をおろした。

顔はおれにむけているが、男はだまっていた。

「火を貸してくれないか」おれは言った。

「車のライターはどうしたんだね？」男が言った。低いしわがれ声だ。

「こわれちまったんだ」

おれから視線をそらさずに、男はポケットへ手を入れた。

男の服の左脇が、わずかにふくれている。

「パシフィック商事にたのまれたのかい？」おれはさりげなく訊いてみた。

男の体が、ほんの一瞬こわばった。ポケットに入れた右手が、そのまま動かなくなった。

「あんた、誰なんだ？」男が言った。

「おれが先にたずねたんだぜ」

「なにを訊かれたんだったかね」

「パシフィック商事にたのまれたかと訊いたんだ」

「火を貸してくれといったんじゃなかったのか」

男がポケットから右手を出した。いれちがいに、おれは右のこぶしを男の胃袋へぶちこんだ。

男の体がふたつに折れた。あごが手ごろな高さになったところで、こんどは左のストレートをめりこませてやった。

車のバック・シートへ、おれは男をほうりこんだ。

運転席にのりこんで、おれは煙草に火をつけた。ダッシュボードの時計は、すでに十二時をだいぶすぎている。

パーキング・ロットの、いちばん隅っこに車をいれた。バック・シートにうつって、おれは男のポケットをあらためてみた。

男の財布には、ある暴力団がやっているインチキ会社の職員証がはいっていた。男のホルスターから拳銃をとり出して、弾丸をぜんぶぬきとり、もとへもどした。

男は安らかに眠っている。おれはグラブ・コンパートメントへ手をのばし、ロープをとり出して、男の手足を手早くしばりあげた。さるぐつわもかませた。こうやって車の床へころがしておけば、しばらく男のことを心配しなくていいだろう。

車から降りると、おれはパーキング・ロットを横ぎって、階段をのぼった。

カヨコの部屋は、二階の六号室だ。

用意してきた合鍵の束が、役立つかどうか、ちょっと気になっていたのだが——わりに高級なアパートのくせに、鍵はてんでお粗末なしろものだった。

暗い部屋のなかへすべりこんで、おれは内側から鍵をかけた。

2

鍵のまわる音がして、廊下の明りが、ぼんやり部屋のなかへさしこんだ。その明りのなかへ、すぐにふたりの人間のシルエットが浮き出した。

「それにしてもおかしいな。野郎どこへ行きやがったんだろう」男が言った。

「どっかそのへんへ、ラーメンでもたべに行ったんじゃないの」女が言った。

男がなにかぶつぶつつぶやいた。

「さあ、もうあなたのお役目はおわったわけよ。おやすみなさい」

「しかし、やつがいないのはちょっと気になるな」

「大丈夫。どこかで油を売ってるのよ。はいってお茶でもと言いたいところだけど、誰かに誤解されるのも嫌だし、今夜はちょっと疲れてるの。だから——」

男はまだじっと立っている。

「じゃ、おやすみなさい」女がもう一度言った。

男はしかたなさそうに、一歩うしろへしりぞいた。

「明日、迎えがくるまで、決して外へ出ないようにな。大事な体なんだから」男が言った。

みなまで聞かず、女はドアを閉めてしまった。

スイッチの音がして、一度まっ暗になった部屋が、急に明るくなった。

リヴィング・ルームを横切って、女はさっさとベッドルームにはいっていった。

ソファのかげから、おれはそっと頭をのぞかせた。ベッドルームのドアは開いたままだ。女はハンドバッグをベッドに投げ出して、すぐにスーツを脱ぎはじめた。

下着だけになると、女は大きくのびをした。胸がみごとにもりあがっている。下着のままで、女はバスルームにはいっていった。まるいヒップが、ものうげに左右に揺れた。

シャワーの音が聞こえはじめるのを待って、おれはソファのうしろから起きあがり、ベッドルームにはいって、ベッドに腰をおろした。柔らかいベッドだ。部屋じゅうに、女のにおいがたちこめている。それまで手に持っていた、ベレッタの二二口径を、ホルスターにもどして、かわりに煙草をとり出した。

シャワーの音がとまり、少し間をおいて、ドアが開いた。

タオルで体をふきながら、バスルームから一歩出て、女ははじめて顔をあげた。

一度落としそうになったタオルを、女はあわてて胸に押しあてた。眼をみひらき、口も半分開いたが、声は出てこなかった。

「カヨコさん、だね？」おれは静かに訊いてみた。

女はじっとおれをみつめている。

「あんた、誰？」かすれた声で、女はやっと言った。

「こわがる必要はないさ」おれはにやっと笑ってやった。

一歩二歩、カヨコはおれに近づいてきた。体はタオルに隠されているが、脚のほうは、ほとんどふとももものてっぺんまで、むき出しだ。水滴が、ふとももから、固くしまった足首へ、ゆっくりと流れ落ちた。

「どうやってはいったの？」カヨコが訊いた。びっくりした表情が、少し薄らいで、いぶかしげな、そしておびえたような表情が、それにかわって浮かんできた。

「きみが帰ってくる前に入れてもらったんだよ。シャワーの音が聞こえるまで、リヴィング・ルームのソファのかげでねころんでいた」

「で、あたしをどうするつもり？　まさか、コソ泥やなんかじゃないんでしょ？」

おれは手をのばして、タオルを一気にはぎとった。

一方の手で、カヨコは乳房だけをすばやく隠した。

頭から足のさきまで、足のさきから頭までおれは視線を往復させた。

「どっかの国のお偉方が、ぽっとのぼせるだけのことはあるな」おれは言った。

カヨコはちょっと眼を細くした。じっと考えこんでいるようだ。

長いまつ毛の下から、値ぶみでもするように、カヨコはしばらくおれをみつめつづけた。

「なにが目的なの？」押し殺した声で、カヨコは訊いた。

「パシフィック商事のおやじから、いくら貰うことになってるんだい？」おれは逆に訊いてやった。

「パシフィック商事？　なんのことだかさっぱりわからないわ」

「わかるはずだがね？」

「あんた、忍びこむ部屋を間違えたんじゃない？」

「いいや。間違えてなんかいないよ」

「とにかくあっちの部屋へ行ってほしいわ。あたしの体なら、もうじゅうぶん見たでしょう」

「まだ見飽きてはいないがね。何か着るんだったら、遠慮しなくてもいいぜ。ただし、たんすをあけるんなら、おれがやらせていただくよ。可愛い拳銃でもひっぱり出されるとおっかない」

「ずいぶん神経質なのね」

カヨコは乳房から手をはなした。もりあがった白い乳房のてっぺんで、ピンクの乳首がおれをにらみつけていた。

ベッドの枕もとに手をのばして、カヨコはハンドバッグをとろうとした。さきにひったくろうとしたおれの手を、カヨコはもう一方の手で払いのけた。

しかたがない。

カヨコのうなじへ、おれは力まかせに手刀をぶちこんだ。

ベッドのうえへ一度つっぷして、それから床へ膝をつき、カヨコの体はいやにゆっくりとずり落ちた。

おれはハンドバッグを開けてみた。コルトのオート・ポケットが、にぶく光っていた。

3

片方の膝を曲げ、仰向けに床へころがったカヨコの体を、おれはじっと見おろした。あたり前の女なら、見られたザマではないところだが、人間というやつは不公平にできている。ベッドサイドのテーブルにおかれた灰皿へ、煙草を捨てて、おれはカヨコのそばにしゃがみこみ、派手に開いた脚をそろえて、カヨコの体を抱きあげた。

カヨコをベッドに横たえて、おれは部屋のなかを見まわした。つくりつけのクロゼットもあるし、大きな整理だんすもあるのだが、ひっかき廻すのはめんどうくさい。おれは、さっきカヨコが脱ぎ捨てた黒いスーツを、全裸の体にそのまま着せた。

カヨコをかついで、おもてのドアのそばまで運んでから、おれはもう一度ベッド・ルームへもどり、煙草の吸いがらをポケットにいれ、手を触れたおぼえのあるところを、念のためにハンカチでふいた。別に手落ちもないはずだ。おれは電灯のスイッチを切った。

カヨコを抱いて、階段をおりると、いちばん下の段にカヨコをすわらせ、おれはマーキュリをパーキング・ロットの隅から階段のそばへうつした。

カヨコを助手席にすわらせてから、おれはバックシートのドアをあけ、男の体をひっぱり出した。階段の下の、最初に男が立っていた影のなかへ、男をころがして、ロープとさるぐつわをはずしてやった。男ののどから、低い呻きが洩れて出た。もう十分もすれば、眼が覚めることだろう。

カヨコの頭を、右肩にもたれさせて、おれは車をスタートさせた。誰かに見られても、うまくやってやがると思われるだけだ。もっとも、パシフィック商事の幹部が見たら、おったまげて、心臓マヒを起こすかもしれないが——。

京浜国道を走っているうちに、カヨコは意識をとりもどした。

「服だけは、どうにか着せてくれたのね」カヨコはうなじへ手をやりながら、低い声でつぶやいた。

「下着も着せたかったがね、探すのがめんどうくさかった」

「どこへ行くの?」

「横浜」

「それで?」

「そこからさきは、きみと相談してきめる」

「どんな相談かしら?」

「あわてなくっても、おれのアパートについてからでいいよ」

横浜の山の手にある、海のよく見えるアパートへつくまで、カヨコはずっとだまっていた。おれもだまっていた。カヨコの体から、甘ったるい女のにおいが、かすかに流れ出していた。しばらく使わなかったアパートは、しめっぽい空気が、部屋のなかによどんでいた。もっとも、昼ごろに一度やってきて、冷蔵庫に食料をつめこんでおいたのだが、窓をあけたりなんかしなかったから、空気がかわらなかったのだろう。

「ソファへでもベッドにでも、好きなほうへ腰かけてくれ」おれは言った。

別にしきりもなく、部屋からそのままつづいている小さなキッチンへ足を運んで、おれは冷蔵庫からビールを一本とり出した。戸棚からグラスをとろうとすると、電話のダイアルを廻す音がした。

ビールとグラスを手にもって、おれはゆっくり、カヨコのそばへもどった。

電話器を、カヨコはじれったそうに、ガチャガチャ鳴らしている。

「むだだよ。夜の十時以後は、交換台に誰もいないんでね。それに、その電話はどっちみちだめなんだ。おれが、ちょいとばかり細工をして、通じなくしてあるんだよ」

カヨコは送受話器をなげ出した。

「用意がいいのね」

肩をすくめて、カヨコはベッドに腰かけた。

「まあ、ビールでも飲めよ。のどがかわいたろう」

ふたつのグラスに、おれはビールをついだ。カヨコはすぐにグラスをとって、いきおいよく飲みほした。

「これからのことは、あたしと相談してきめると言ったわね」

「ああ」

「それをきめましょうよ。あたし、早く帰って眠りたいわ」

「帰ってもらうわけにはいかんよ」

「どうして?」

「きみを帰らすと、おれは料金がもらえなくなるからね」

「どういうことなの?」

「わかってるはずだがな。どっかの国が日本からの賠償金で、いろんな品物を買うことにした。そこで、幾つかの商社が猛烈な運動を開始した。動く金額がでかいから、品物の中継をするだけで、がっちり儲かるわけだ。目下のところ、本命はパシフィック商事らしい。だが、本命というだけで、まだゴールにとびこんだわけじゃない。そこで、どっかの国のお偉方の気に入ったきみって女を、そのお偉方にプレゼントして、なんとかゴールへひっぱりこんでもらおうとした。違うかい?」

「なんの話だか、さっぱりわからないわ」

「まあいいさ。ビールならいくらでもあるから、遠慮なく飲んでくれ。ところで、パシフィック商事以外の会社としては、なんとか手を打って、パシフィックの独走をはばもうとする。そういうことだよ」

自分でついだ二杯目のビールを、カヨコはゆっくり飲んだ。

「つまり、あたしを軟禁しておこうってわけね？」

「ああ。どっかの国のお偉方が商社を指定してしまうまで、がまんしてもらう」

「もし、あたしが逃げようとしたら？」

おれは肩をすくめてみせた。

「殺すの？」

「必要ならね」

「それで、あなたの料金ってのは？」

「五十万」

「あたしは、パシフィックの社長から、五百万で頼まれたのよ」

「女はとくだな」

「あなたに百万あげると約束したら、帰らせてくれる？」

おれはだまってかぶりをふった。

ベッドのうえで、カヨコは上体を倒して、片ひじで体をささえ、脚を高く組んだ。ふとももが、ずいぶん奥のほうまで見える。

「それに、あたしの体をつけてもだめ？」

「残念ながら、答えはノーだよ」

カヨコはベッドにねそべった。

「あたしの負けらしいわね」カヨコは言った。

4

それからの一週間、おれたちはせまいアパートで、いっしょに暮らした。二日目に、カヨコは下着とガウンがほしいと言い出した。おれは、カヨコをベッドにねかせ、手足を大の字なりにひろげさせて、それぞれベッドポストにしばりつけてから、買物に出た。夜は、おもちゃ屋で買った本物そっくりの手錠を手首にかけて、眠らせた。三日目の夜からは、手錠をはずしてやった。必要がなくなって、むしろ邪魔になりだしたからだ。

昼間、退屈すると、カヨコは窓べによって海を見た。おれが、トランクの底からみつけ出した古い双眼鏡を、カヨコはとてもよろこんだ。

船を見たり、どこかの家の窓をちょっとのぞいたり、それから埋立地にころがっているテトラポットを面白がったり、軟禁された生活を、カヨコはけっこう楽しんでいた。

横浜のおれのアパートには、テレビもないし、ステレオもない。娯楽のための道具といえば、トランジスタ・ラジオと双眼鏡くらいのものだった。

だが、一週間はいともあっけなく過ぎてしまった。どっかの国のお偉方は、ろくに名も知られていない、小さな商社を指定した。裏側で、どんなことが行われたのか、おれは知らない。本命も落ち、対抗もダークホースも落ち、とにかく大穴が出たわけだ。いずれにしろ、おれの仕事も、多少の効果はあったのだろう。少なくとも、五十万円分の効果だけはあったはずだ。

アパートを出て、東京へ帰る日、おれはカヨコに、まっ白いジャージーのスーツを買ってやった。

5

カヨコを東京へ送って、その夜、おれはカヨコが働いているナイトクラブへ出かけていった。テーブルはとらず、おれはバーの隅に陣どって、スコッチの水わりを飲んだ。珍らしく、少し酔っぱらうほど飲んだ。閉店時間が近づくと、カヨコがバーへやってきて、自分のアパートまで送ってほしいと言った。カヨコも少し酔っていた。

カヨコは白いジャージーのスーツを着て、古いマーキュリの助手席にのった。

「どこかへ、食事にでも行くかい?」車をスタートさせながら、おれは訊いてみた。

カヨコはかぶりをふった。

「今夜はまっすぐ帰るわ。ひとりで酔っぱらって、思い切り眠るのよ」

カヨコはおれに横顔をむけ、じっと前方をみつめていた。消えてしまった五百万円のことを考えているのか、それとも何か別のことなのか、おれには見当がつかなかった。

「パシフィック商事にコネのある暴力団が、君にいやがらせをするかもしれない。そんな様子があったら、おれがボディガードに雇われてもいいんだぜ」

「でも、料金がすごく高いんでしょ？」

「サーヴィスしてやるよ」

「ほんとうに狙われだしたら、あなたひとりで追いつくかしら？」

「お安くふんだね」

「そりゃ、あなたの腕はわかってるけど」

おれは、特別の人間しか知らない、おれの連絡先を教えてやった。

「番号をひかえるんなら、数字の順番をいれかえるかなにか、きみにしかわからないようにしておけよ」

「頭のなかになら、そのまま書いておいてもいいでしょう」カヨコは言った。

うなずいて、おれはちょっと微笑した。カヨコはやっぱり、前方をみつめたままだった。

ナイトクラブから、カヨコのアパートまで、車ではわずかな時間だった。アパートの少し手前で、カヨコは車をとめさせた。

「ここでいいわ」

「どうせおんなじことだから、前まで行こう」

「いいの。ひとりで少し歩きたいから」

「じゃあ」

おれは助手席のドアに手をのばした。腕がカヨコの胸に、少し触れた。

「一週間、けっこう楽しかったわ。いつか、また会えるかしら?」

おれはうなずいた。

ドアを開けてやると、カヨコはすぐにおりた。

「さよなら」おれは言った。

カヨコはドアを閉めて、足早に歩き出した。さよならも言わなかったし、ふりむこうともしなかった。

いつのまにか、雨が降ったとみえて、舗道が濡れている。白いスーツが、少しずつ小さくなっていった。

おれは車をスタートさせようとした。

うしろから、車が近づいてきた。ブレーキをきしませて、うしろからきた車がスピードを落とした。

反射的に、おれは体を沈めた。トミー・ガンの、ひからびた連続音が、すぐそばでひびいた。

ショックが、おれの体へじかに伝わり、ガラスの破片がふってきた。

ほんの一瞬のことだった。車はすぐにスピードをあげていきすぎた。

おれは体を起こした。なにをするにももう遅すぎた。

トミー・ガンが、もう一度わめきたて白いスーツが濡れた舗道にころがった。殺し屋ののった車は、赤いテールライトをにじませて、みるまに遠ざかり、どこかへ曲がって見えなくなった。

カヨコのそばまで、おれは車を走らせた。カヨコは死んでいた。それだけを確かめて、おれはあらためてマーキュリを走らせた。警察につかまるわけにはいかないし、カヨコには、すでにサヨナラを言ったのだから。

尾行なら少しくらい酔っていても気づいたはずだが、やつらはきっと、ナイトクラブでカヨコを見かけ、先まわりして待っていたのだろう。せっかく仕事が終わったのに、これでまた仕事ができてしまったようだ。しかもこんどの仕事は、どうも金にはなりそうじゃない。ガラスが割れたマーキュリを、どう始末したものか、おれはぼんやり考えはじめた。

あたりや

多岐川恭

初出：〈週刊実話〉1965年2月22日号、3月1日号

『無頼の十字路』桃源社ポピュラー・ブックス（一九六七年十二月）

多岐川恭（たきがわ・きょう）一九二〇（大正九）―一九九四（平成六）

福岡県生まれ。本名・松尾舜吉。東京帝国大学（現・東京大学）経済学部卒。戦後、毎日新聞西部本社に勤務する傍ら探偵小説を執筆。一九五三年、白家太郎名義で〈宝石〉の第七回懸賞募集に投じた「みかん山」が佳作に入選し、同誌に作品を書き始める。五八年、河出書房新社から第一長篇『氷柱』を刊行したのを機に筆名を多岐川恭と改めた。同年、『濡れた心』で第四回江戸川乱歩賞を受賞。新聞社を辞して専業作家となる。さらに〈宝石〉時代の短篇をまとめた『落ちる』を刊行し、そのうちの「落ちる」「ある脅迫」「笑う男」の三篇で五八年下半期の第四十回直木賞を受賞。ミステリプロパーとしては戦後初の直木賞作家となった。

以後、冒頭にプロローグとエピローグが並ぶ奇抜な構成の『私の愛した悪党』、倒叙ミステリ『静かな教授』、孤島を舞台にした犯人当て『変人島風物詩』、出島を密室に見立てた時代ミステリ『異郷の帆』、SFミステリ『イブの時代』、寝たきりで話すこともできない重病人が探偵役を務める『おやじに捧げる葬送曲』など、技巧的な作品を数多く手がけた。ハードボイルド・タッチの作品に初期長篇『虹が消える』などがあるが、本書には暗黒街の無免許医ドクさんを主人公にした通俗ハードボイルド連作『無頼の十字路』から、ご覧の一篇を選んだ。（日下）

一

私は飲み屋「たから」で一人で飲んだ。大してはやらない店で、それはたぶん色気がないためと、酒がまずく、ロクな食べ物も用意していないためだろう。それに、酔って騒ぐにはせますぎる。

私は専用のテーブルを持っている。と言ってもこの隅っこの小さいテーブルは、もともと電蓄の台だった。骨董品の電蓄がこわれてから、私が独占した。脚が長く不安定で、表面も傷だらけなので、そのテーブルにつく客はいない。

私は、一人でいる時には、徹底的に一人でなければならない。天徳やサブと飲む時には、別のテーブルに坐る。店の者……おばさんと少女だが……は心得ていて、私のそばには近付かない。

「たから」を出たのは、夜の十一時過ぎだった。少し歩くことにし、私の部屋とは反対方向、つまり南に足をむけた。

長者町は、南北に走るせまいゴタゴタした通りだ。みすぼらしい飲み屋や食堂、遊戯場などが押し合ってならんでいる。角の伊東トルコから南はかなり店がよくなる。商店街、ＯＫストリップ、映画館、音楽喫茶、碁会所もある。そして、十一時過ぎても、割合に人通りが多い。半分は酔払っている。

おや、と思ったのは、私の前を三人の男が、ほぼ縦隊を作って歩いていたからだ。

バラバラの通行人と、ふつうは見えるはずだが私はこの三人を知っている。当り屋だ。先頭の男は健ちゃんと言って、車に触れる役である。まだ若く、三人のうちでは最もかけだしだ。

健ちゃんは二度ほど私の部屋に来ている。けんかで頭を割られた時と、性病にかかった時だ。性病の時は、ペニシリンが利かなかった。だがサルファ剤を連続して与え、洗滌《せんじょう》を続けているうちに軽くなった。医者に行くように命じたが、おそらく行かなかったろう。

頭は悪いほうで、善悪の区別もぼんやりしているが、おとなしくて気のいいやつだった。

その健ちゃんから、当り屋のことを聞いた。三人で組んでやっているというのだ。

せまい通りをえらぶ。健ちゃんが先頭を歩き、そのあとをタツさんという男、またそのあとをハナ兄貴という男が歩く。もちろん、組んでいるように見られてはならない。

車は必らず徐行するので、細工の余地が生まれる。健ちゃんは車の横やうしろに触るだけでいい。悲鳴をあげてひっくり返る。すかさず、タツさんが駆け寄ってきて、車をつかまえる。タツさんの役は二つあって、一つは運転者をおどしつけること、一つは大げさに健ちゃんを介抱することだ。

それから、ハナ兄貴がやってくる。双方をなだめて、示談に持って行くわけである。その場で金を出させることもあるが、多くの場合、車で病院に運ぶ。医者に治療何日という診断書を書かせ、治療代と、日当代りの見舞金を出させるわけだ。

医者もグルなのだ。こいつもなにがしかの分け前をもらう。しかし、この三人組の当り屋は、ケチな連中と言っていい。たかり取る金も、一万円を越えることはめったにないらしい。また、そのほうが安全とも言える。被害者が後難を恐れて、届け出ないからだ。

東振興行のイキがかかっていると健ちゃんは言うのだが、怪しいものだ。

伊東トルコを少し過ぎたあたりで、健ちゃんと、南から徐行してくる車が出合いそうだった。おれの目の前でやってもらいたくないな、と私は苦い気持になったが、次の瞬間、思いもかけないことが起っていた。そこは電柱が立っていて、一層せまくなっていた。私は健ちゃんが、電柱の真横まで行っているのを見た。否が応でも、車は健ちゃんに触れることになるだろう。

確かにそんな具合に運んでいたのだが、健ちゃんが悲鳴をあげた時、車はアクセルを踏んだらしかった。彼は激しい勢でボンネットの上に倒れかかり、次にはね上げられ、クルリと回転しながら、路上に落ちた。

あとの二人はどうすることもできない。疾走してくる車を除けるのが精一杯で、あとを見送って茫然としていた。私は走り去る車を注意して見たが、番号札は読めなかった。ありふれた国産車で、色は暗青色だ。運転していた人物も確認できなかった。通行人の陰になってしまったのだ。

健ちゃんは、こわれたおもちゃのように、みじめに伸びていた。私は彼のそばにしゃがんだ。

すぐ、通行人の輪ができた。

「チエッ、まずいことになりやがった。おい健、大丈夫か？」

私の横でそう声をかけたのはハナ兄貴だった。

大丈夫ではなかった。健ちゃんの瞳孔《どうこう》は力なく見開かれており、鼻からは少しずつ、血が流れ出している。

「すぐ病院に運ぶんだ。むずかしいかもしれないな」

と私は言った。

「あんた、たしかドクさんって言うんだね？」

ハナ兄貴は、たぶん健ちゃんに聞いたのだろう、私を知っていた。

「だめかい？」

「とにかく運ぶんだ。救急車を呼べ」

「いや、おれが車呼んでくる」

と言ったのは、へっぴり腰でのぞきこんでいたタツさんだった。

「救急車はまずいや。サツはいけねえよ」

「目も当てられねえや。当り屋が、モロにぶつかっちまうなんてな」

とハナ兄貴がぼやいた。

「おいみんな、見世物じゃねえんだ。どいてくれ！　人のけがしたのが面白いか？」

私も手伝って、タクシーに乗り込んだ。健ちゃんは意識がなく、グニャグニャしている。生きてはいるが、脈搏《みゃくはく》は微弱だ。

「おれたちのことを知ってるんだろう、ドクさん」

と、ハナ兄貴が言った。

「大体はな。よくないな。いずれはこんなことになるんだ」

「健の野郎、どうしていやがったのかな。いままで、指一本けがしなかったのに。ドジな野郎だよ全く」

「車をよく見たか？」

「それが……」

ハナ兄貴は元気がなかった。

「ビックリして、よく見なかったんだ。ナンバーもわからねえ。タツ、お前見たか？」

「いや。ブッ飛ばしてきやがったんで、よけるのがやっとで……」

「チエッ、ついてねえ。車がわかりゃあ、絞りあげてやるんだがなあ」

「警察はどうする？」

と私は聞いた。

「冗談じゃねえ。あべこべにこっちがブタ箱入りかもしれねえよ。サツじゃ、おれたちのことを大体、感付いてやがるからな。こっちがまだ、ヘマをしねえだけで……」

「じゃあ、車は捜せないじゃないか」

「仕様がねえさ。はねられ損だ。運が悪いんだ。どこのどいつがやりやがったんだ？　とっつかまえて、八ツ裂きにしてやりたいよ、全く」

運びこんだのは、貧弱な医院だ。もと商店かなにかだったのを、改装したらしく、白金医院、外科、産婦人科という看板がかかっていなければ、見すごしてしまうような家だった。これが、当り屋とグルの医者なのだ。

酒を飲んでいたとみえ、赤い顔をし、目を充血させた五十男が、どてら姿で出てきた。

「健がやられた。頼む」

とハナ兄貴が言うと、男は私たちをうさんくさそうに流し目でにらんでから、のろのろとベッドの上の健ちゃんを診はじめた。

どうやら、内臓もやられているようだった。腹部が妙にふくれ、変色している。鼻血はとまらない。顔色は次第に悪くなり、瞳孔は開き放しだ。

白金医師は特別なことは何もせず、不機嫌に、

「いけないいな」

とつぶやいただけだった。だれが診ても同じかもしれないが、白金は注射一本打とうとしなかった。

「お前ら、いても仕方がない。あした来てみろ」

と言い残しただけで、白金は背を向けた。

私たちは医院を出た。

「健ちゃんには身寄りがあるのか?」

と聞いたが、二人とも知らなかった。

「あの医者と組んでるんだな？」

「きたねえやつだ」

とハナ兄貴が言った。

「産婦人科というのは？」

「やつの女房だ。こいつがまた厭な女でね。堕胎専門ってやつさ。白金は整形みたいなこともやるんだ。夫婦そろって、金にきたねえやつだ。だから、貯めこんでやがるぜ」

「寒いな」

と、タツさんがすすり上げた。

「健はあしたまでもたねえかもしれねえな、貧乏くじを引きやがった。兄貴、別な医者に連れて行くんだったな。ひょっとして……」

「ばか野郎。どこへ連れて行ったっておんなじだ。ドクさん、別れるぜ。やりきれねえや、一杯引っかけねえと」

「いいな。飲みてえな。えらく冷えこんできやがる。あんた、行かねえか？」

「おれはもう飲んだんでね」

健ちゃんは死ぬだろう。

そして闇にほうむられることになるだろう。

白金は警察の注意をひかないような死亡診断書を作るだろう。なにしろ当り屋の一人なのだ。

正真正銘ぶつかって死んだのだからこんどは、堂々と届けて車をさがし金を取っていいはずなのだが、悲しいことに、それができない。藪蛇になる……車ははね得というわけだ。

二

健ちゃんが死んだのは、明け方だったという。いかにも邪魔っ気な物体という感じで、診察室の隅っこにある予備のはげちょろけのベッドの上に転がされ、うす汚れたシーツのようなものにくるまっていた。

「早く引き取ってくれ。迷惑だからな」

と白金が言い、ハナ兄貴に死亡診断書を渡した。私はそれをひったくって目を通した。死因は後頭部の強打による頭蓋内出血で、酔って歩行中、うしろに転倒し、水道栓の鉄ぶたに後頭部を打ちつけた。本人はそのまま歩いて医院までやってきたが、間もなく意識を失い、意識不明のまま、朝六時前後に息を引き取った、というのが死ぬまでの経過だ。

役所の死亡届の係りは、何の興味も示さず、機械的に処理するだろう。わけのわからぬ死に方をする連中は、この界隈にいくらもいるのだ。いちいち取り合ってはいられない。

「あんたはだれだ？　見かけない顔だな」

と白金が言った。

「かかり合いの者だ。仏さんをちょっと知っていてね」

と私は答えた。白金は暗い表情をハナ兄貴に向けた。この男は事情を知っているらしいが、大丈夫か、という意味だろう。

「この人はドクさんと言って、重宝な人なんだ。味方だよ」

とタッさんが答え、ハナ兄貴は漠然とうなずいた。

「健が言ってたが、サツ嫌いだってさ。黙っててくれるさ、なあドクさん」

「おれは余計な真似はしないさ。イヌじゃないからな。しかし、当り屋の商売なんかをいいと思ってるわけじゃない。サツに知らせようなどとは思わないだけだ。しかし、事によっちゃ、わからないぜ、腹にすえかねたら、サツに出向くだろう。ことに、お前さん、お医者として良くないと思ってるがね」

「なに」

白金は顔をこわばらせ、目をむいた。

「兄貴にタッさん、当り屋はこのへんでよすんだな。このお医者さんとも手を切るんだ。せっぱつまって悪いことをするやつは許せるがそうでもなくて、やたらに金をかき集める手合は許せない。お医者さん、いいかげんにするんだな。ニセの診断書を作ったり、当り屋からカスリをせしめるのはな」

白金は棒立ちだった。

「ドクさん、頼むから、こんどは目をつぶってくれよ」

ハナ兄貴が言った。

「あとで白金さんとも相談しようじゃねえか」

「金をたかろうてんじゃない。黙っててやるさ。お医者さん、安心していいぜ。それより、健ちゃんはどうする?」

「どうしようか。わからねえんだ」

ここで初めて、ハナ兄貴とタツさんは悲しみに襲われたようだった。シーツをはぐと、血の気を失った健ちゃんの顔が現われた。のんきそうなトボけた顔だった。ハナ兄貴はゴクリとのどを動かし、タツさんはうるさそうに目をぬぐった。

二人は車を呼びに行った。私は白金医院の横にちっぽけな車庫があったのを思い出した。

「おたくの車は?」

「女房が使ってる。買物に行ってるんだ」

と白金は答えた。

外科の患者は、まだなかった。婦人科の患者が二人ばかり、玄関を入ってすぐの長イスで待っているはずだった。

「ドクさんって言ったね。すると、あんたも医療をやるんじゃないのか?」

白金が何を思ったか、薬品棚の裏にかくしてあった安ウィスキーのびんを持ち出し、コップについで私にさし出し自分はびんから一口、ラッパ飲みをして、言いだした。

「ああ。医療なんていう、大げさなもんじゃないがね」

「免許は?」

「あるもんか」

「もうかるか?」

モグリ医者と決めこんだらしい。

「もうからないな」

「どうだ、うちで働いてみないか? 助手がほしいんだがね。給料ははずむつもりだ。なに、大して忙しくはない。楽だぜ。いろいろ、面白いこともあるんだ」

「そうかね」

買収するつもりだ。私は立ち上って診療室を出、待合用のイスのほうへ行った。そこで待っていた女の一人が、

「あら、ドクさん」

と言った。OKストリップの、たしかレイコというストリッパーだ。少し肥り過ぎているが、堂々としていて、グラインドに迫力がある。

「おろすのか」

「大きな声で言わないで」

レイコは大きな声で言った。

「常連だな」

「違うわよ。仕方がなくて来たの。ここは安いって話だからさ」

「安かろう悪かろうだぞ」

「そう？」

レイコは心配そうな顔付きになった。

「でも、見てもらうだけだから。一カ月、あれがないの。ドクさんが見てくれるのなら安心だけどな。お金もいらないし。ねえ、みてくれない？　みてくれるなら、いま帰っちゃうわ」

「そっちのほうは見ないことにしてるんだ」

「意地わる」

車の音がし、玄関のほうが騒がしくなった。

「ドクさん、車がなかなかねえんだ。ちょうど先生の車が帰ってきたから、乗せてってもらうことにしたよ」

入ってきたタツさんが言った。そのあとから入ったのが白金の女房で、婦人科医だ。

「お待たせして済みませんねえ」

と彼女はレイコたちにキビキビした早口で言った。

「でも、もう十分ばかり待ってね。いまから車で亡くなった患者さんを運ぶんだから」

それから彼女は、突立っている私に目を向けた。いどむような、激しい目だ。

「ハナ兄貴たちの連れでね」

と私は言った。

「ああそうなの。じゃ、手伝ってね」

彼女は急に笑顔になった。

白金とは少し、年が違いすぎる。三十五、六だろう。眉を濃くかき、唇も赤い。ちょっと上を向いたような、かわいい鼻のあたりに色気がある。私の好みではないが、美人だった。皮膚に張りがあって、年より若く見える。

服装の派手なせいもあるのだろう。何の毛皮か知らないが、厚ぼったいグレイのオーバーはだんだらで、黒っぽい帽子をかぶっている。

私たちは健ちゃんをかかえ出した。ハナ兄貴のアパートで通夜をするという。翌日は焼いてしまう。それでおしまいだ。健ちゃんの身寄りには、だれも心当りがない。健ちゃんを三人の膝の上に乗せ、白金夫人が運転して、出発という時、レイコが玄関から出て、車に寄ってきた。

「あたし、帰るわ。あとでドクさんとこに行くわね。いつ行ったらいい？」

「おれは仏様を送ったら、すぐ帰る。いつでも来ていいよ」

白金夫人は、やや乱暴に車をスタートさせた。

「運が悪かったよ、なあお前」

と、タツさんが健ちゃんに話しかけた。

「敵を取ってやりたいが、そうも行かねえんだよ。わかるだろう？」

「死人に口をきいて何になるんだ、ばか野郎！」

とハナ兄貴がどなった。

アパートに運びこんだあと、私はまた車に乗った。こんどは夫人の横だった。

「あなたも当り屋なの？」

「いや。事件の目撃者とでも言うかな。もっとも健ちゃんとは知り合いだ。治療してやったことがあってね」

「あら」

夫人は首をこちらに回した。香水のいい匂いがした。丈夫そうな白い歯がこぼれる。

「あなたもお医者さんなの？」

「医者じゃないさ。見様見真似でやってるだけでね」

「ちょっと待って」

夫人は車を徐行させ、私の顔を念入りに見た。

「じゃ、ドクさんってあなたなの？」

「ああ。そういう仇名だがね」

「聞いたことがあるわ。変り者だって。あたし、白金の妻で泰子と言います。あなたは？」

「泊定春《とまりさだはる》。へんな名だ」

「いい名前だわ。奥さんは？」

「ない。昔からね」

「おや、なぜ？」

私は泰子の息吹きを頰に感じた。

三

泰子の運転する車は、徐行を続けている。私は、診療室で安ウィスキーをあおっている白金のことを考えていた。アカにまみれた、うす汚ない男だ。あったかそうな毛皮のオーバーにくるまり、ピカピカのブルーバードを走らせている女房と、違いすぎる。

「ねえ、どうして奥さんないの?」

「あんたは、女医さんにしてはずいぶんきれいだな。チャーミングだ」

私は別のことを言った。泰子はクスクス笑った。その体のゆれるのが、私にも伝わった。

「中絶をやらなきゃ、もっとすてきだがね」

「お堅いわね」

と泰子は平気で言った。

「あたしは、別に悪いと思っていないわ、どうしても必要な人があるんだもの。ことにこの辺りではね。慈善事業と言ってもいいくらいよ。そうじゃない?」

「慈善事業でもうけるって話も、よくあるね」

「車なんか持ってるから、そんなことを言うの? そりゃ、いくらかはね」

泰子は笑った。その震えが、また私に伝わった。毛皮はあたたかだった。

「でもこれは、中古車なのよ。金もうけなら、亭主がひどいことをやってるわ」

「しかし、あんたも知ってるんじゃないか、当り屋のことを」

「そりゃ、夫婦ですもの。ばかなことはやめなさいと言ったこともあるけど、もうあきらめたわ。同じ屋根の下に住んでるってだけね」

「あれは黒い車だったな」

「なにが？」

「健ちゃんをやった車さ」

「そう？　黒い色は多いわね。日本人好みなのかしら。あたしは派手だから、パッとした色がいいわ」

泰子の車はやや赤味の勝ったオレンジ色と言ったらいいだろう。

「しかし、ブルーバードだった。番号はわからなかったがね」

私はしゃべりながら思い出した。番号札が人陰で見えなかったのではない。泥をかぶっていて、読めなかったのだ。だから自家用かどうか、色もはっきりしなかった。

「とてもそれじゃ、見つけられないわ。かわいそうに」

「健ちゃんをよく知っていた？」

「ええ。当り屋って、やっぱり小さなけがはするのよ。亭主の代りに、あたしが治療してやったことが何度もあるわ。アッ！」

徐行していながら、車の右側のフェンダーが、コンクリの電柱をかすってしまった。

「お手柔らかにたのむよ。免許をいつ取ったんだい？」

「去年。まだコツコツぶつかってるわ。運動神経が鈍いのね。車はデコボコよ、ひどくはないけど」

車は白金医院に着いた。ほうたいした腕を首からつるした患者が一人、家から出て行った。

「お茶でもごちそうするわ。休んで行かない？」

「そうだな。ご亭主に断わっておくことがあった」

「なに？」

「助手にならないかと言うんだ。おれが当り屋のことを知ってるから、抱きこもうというんじゃないかな？」

「いい考えだわ。どうして断わるの？　あたしも来てほしいわ」

私は泰子のうしろから、脇の下に手を回した。彼女は少しのけぞるような姿勢を、しばらく保った。冷たい頬と、つややかな白いのどが印象的だった。

「人が見るわよ」

泰子は媚びを十分にふくめた目で私を見つめてから、ドアを開けた。

白金は診療室のうしろの居間で、ぼんやりしていた。泰子の患者が二人ばかり待っているだけで、白金の患者はいない。

「ああ、君。さっきの話は……」

私を見ると、白金が口を開いた。朝から飲む男なのだ。もう顔が赤い。

「奥さんからもすすめられたがね。やっぱり断わることにした。食うや食わずでも、一人で暮らすほうが性に合ってるんでね。秘密の件は心配しなくてもいい。悪いことは今後しないように望むがね。無理だろう」

「そうか。じゃあ仕方がない」

白金は立ち上り、廊下に出て行った。二階への階段を上る足音がした。二階が寝室なのだろう。泰子は全く白金を無視していたし、白金もそれが当然のように振舞う。

「ここにくるの、厭なの？」

泰子はオーバーをぬぎ、いきなり私の膝の上に腰をおろした。私はその背に手を回し、ゆっくり息づいている胸を、ゴツゴツしたウールの上からまさぐった。泰子の顔が近付いた。

「好きよ」

と泰子は耳もとでささやいた。

「もっと早く会いたかったわ」

「おれも、そう思うね」

「夜なら、いつもいるわ。そして白金はいないことが多いの。電話してくれる？」

「いいよ、ご亭主はどこへ行くんだ？」

「飲みにか、女をあさりにね。あたしたちは他人と同じなの。利害が一致するだけで」

「車はあんたの金で？」

「あれは共同。でも白金はめったに乗らないけど」

階段をおりる足音がした。泰子はゆっくり私の膝からおりた。

「患者が待ってるじゃないか」

白金は部屋に入ってくると、私と泰子とを等分ににらみつけながら言った。

「わかってるわよ」

泰子は吐きすてるように言い、私にちょっと目で合図すると、キビキビした動作で診療室へ去った。

「用がなけりゃ、帰ってもらいたいな。もうこないでほしいんだ」

と白金は言った。

「君たちがどういうことになりかけてるか、おれにはわかるんだ。あいつは癖の悪い女でね」

「おそらく、あんたが悪いんだろうな」

「君には関係ないさ。とにかく、あれはおれの妻なんだから、妙なことになられちゃ困るんだ」

「健ちゃんみたいにかね?」

白金はなんとも言わず、唇をかすかにゆがめた。カマをかけたが、外されたかっこうになった。

健ちゃんは、男振りはかなりよかった。小柄だが、肉のしまった、いい体をしていたようだ。泰子のような性格の女が、ふと食欲をそそられたとしても、ふしぎではない。ことに夜、白金の不在であることが多く、泰子が治療や診断を引受けていたとすれば、二人きりになるチャンスは、いくらもあったはずだ。ただし、健ちゃんの頭は、いいほうではない。精薄ではないが、劣等生のほうだろう。その上、商売がケチな当り屋だから、いくら泰子でも、その気になったかどうか？

私はねぐらに帰った。

レイコがやってきたのは、夕方近くだった。

「見てくれるわね？　ここ寒いわね。もっとジャンジャン、ストーブ燃してよ」

「勝手なことを言うな」

私は苦笑したが、なるほど下半身裸になるには寒いなと思い、木切れをぶちこんだ。

「女医さんはいい女だな」

と私は言った。

「なによ、あんなの。おばあちゃんのくせに、若作りしてさ」

レイコは敵意をあらわに見せた。

「おばあちゃんなものか。脂《あぶら》の乗り盛りってとこだ」

「あら、ドクさん。どうかしちゃったの？」

「それはどういう意味だ？」

「まさか、そんなことないわね。でも、あの人すごい発展家なんだって。若い子が好きらしいわよ。バーや喫茶店でハントするのよ。タダで病気見てやるとか、恋人の中絶を安くやってやるとかさ。そして、いいかげん遊んで、飽きたらポイよ。きっと病的なのね、セックスが」

「どこから出たうわさだ?」

「楽屋で話してるわ、いろいろ。東振興行のおにいさんで、お世話になったのもいるんだって」

「だれだい、そいつ?」

「知らないわ。ルミっていう子の、いい人よ」

「ルミに聞いてくれよ。だれだか」

「いいわよ。でもなぜ……」

「そこに寝るんだ。パンティをぬいで」

レイコは長イスに横になり、手ぎわよく下半身をむき出しにし、むしろ誇らしげに両膝を立て、開いた。泰子に敵意を示すのも当然で、みごとな若さだった。

「ご主人の外科の先生、奥さんにベタぼれなのね。だから、浮気されても別れないんだって。よく酔払って、クダ巻いてるんだって。自分もせいぜい浮気すりゃいいのに。要するに甲斐性なしなのね」

レイコは私に股間をまかせながら、そんなことをしゃべった。

四

「あん時の健公が。そう言われると、なんだか変だったぜ」

とタッさんが言った。

「大体、車に触らなくたって、いいんだからな。それが……」

「除けもしないで、ぼんやり突立っていた……おれにはそう見えた。あとで思い出してみたんだ。お前もそんなふうに見たのか？」

「そ、そうだ。いつもの健公じゃなかったな」

「あいつはあれで、身のこなしはわりと早いんだ。とすると、どうなるんだ？」

ハナ兄貴が言った。

「思いもかけないやつが乗ってたことになる。びっくりしたんだ」

私は自分に言い聞かせるようにつぶやいた。

健ちゃんはもう骨になり、ハナ兄貴のアパートの、ほこりのつもった棚の上に乗せてある。

何もかもスムースに運んだのだ。

ハナ兄貴とタッさん、私の三人は、合成酒のヒヤをコップで飲んだ。

「乗ってたのはだれだと思う？　見当はつかないか？」

「つかねえな。男みたいだったがな」

タツさんが言うと、ハナ兄貴もうなずいた。しかし、顔、服装などはっきりしない。私もそうだった。

「白金だったら、健ちゃんはびっくりしたろうな」

「そりゃそうだ。だけど、あのおやじが健公をひっかけるはずはねえぜ。片棒かついでたんだからな」

ハナ兄貴の言う通りだが、泰子と関係があり、それを知っていたとすれば、殺す気になるかもしれない。

「女医さんと健ちゃんは、いい仲じゃなかったのか？」

「そんなこたあねえだろう」

ハナ兄貴が、軽蔑したような笑顔をした。

「ツンとしてお高くとまってる女だぜ。健なんかにハナもひっかけるもんかよ。インテリだぜ」

それも尤もだったが、レイコの言い分は少し違っている。

「健ちゃんは、人に怨まれていたことはないんだろうな？」

「ないよ」

言下にハナ兄貴が答えた。

「少しのろい方だったけど、人がよかったからな。……ドクさん、健公はわざと突かけられたって考えてるのか？」

「そうだ。車は徐行してる。健ちゃんはぼんやり立ってる。ブレーキが利くはずだ。健ちゃんははね上げられて、クルッと回って落ちた。そいつは健ちゃんと知ってアクセルを踏んだ。そのままのスピードで逃げたろう。ふつうなら、一たん止るか、徐行して、それから逃げる気になるはずだ」

「なるほどなあ。ドクさんにそう言われるとそんな気がしてきた」

タツさんが首をひねった。

「だけど、健公みたいなやつを、どいつが……」

「健ちゃんを運んだ晩、車庫に車があったか？」

「気がつかねえ。兄貴どうだ？」

「おれもだ。あったような気もするけど……」

私も気がつかなかったのだ。

「ドクさん、白金がやったって考えてるのか？　だけど、白金んとこの車は肉色みたいな色だぜ」

「そうだったな」

私は健ちゃんの遺骨に目で別れを告げた。

ＯＫストリップでレイコを呼び出した。

「ああドクさん？　聞いといたわ。佐藤って言うんだって。宝石パチンコにいるそうよ」

という返事だった。宝石パチンコはＯＫストリップの横を入って抜け道に出、トルコ風呂「極楽」の隣りにある。

佐藤は二十歳前後の、生っ白いやせた男だった。梶川の知り合いだと名乗り、向いのジャズ喫茶に連れこんだ。

「泰子？　ああ、ちょっとね」

佐藤は魅力的な微笑を見せた。

「金をくれたよ。おれみたいな若いのが好きなんだってさ。二、三回だ。それっきりさ」

旅館で会っていたという。泰子は車を運転していた。

「黒い車か？」

「黒じゃねえ。カキ色かな。ブルーバードだ」

「健ちゃんって男、知らないか？」

「聞いたことがあるようだな」

これは意外だった。

「泰子がかわいがってた男の一人だ。当り屋でね」

「思い出したよ。そいつに会ったことはねえが、泰子が言ってた。バカなんだってな」

夜に入って、私は白金医院へ電話した。泰子が出た。

「まだ白金はいるのよ。一時間くらいしたら出て行くと思うわ。その頃また電話して」

「わかった」

私は三十分待って、白金医院に出かけた。九時ごろだ。医院の前に立ち、車庫に車が入っているのを見た。あたりは暗く、柵《さく》と植込みの陰になっているが、ボディの明るい色ははっきりしていた。

白金が出てきたのは、九時半ごろだった。彼は長者町から抜け道あたりを目ざしているらしい。あとをつけ、抜け道の「寿々木」というおでん屋に入るのを見た。

私は天徳の屋台に行き、タヌキそばを作らせて時間をつぶした。

「何やってるんだ、ドクさん」

「探偵だ」

「よしなって。バカバカしい」

天徳は水バナをすすりあげた。

十時半ごろ、白金は「寿々木」を出た。それから彼は伊東トルコに入った。

私は「寿々木」に入り、お銚子を一本たのんで、白金のことをおかみに聞いた。彼は常連で、三日に一回はやってくる。

「おとついは？」

「おいでになりましたよ。やっぱりきょうくらいにね」

「ありがとう」

コースを決めるタイプの男だ。私は伊東トルコの急な階段を上った。白金の顔は知られていた。おとつい？　来たわよ。怒り上戸が酔払ってくるんだから、仕末が悪いの。また、長くって。インポじゃないかしら。あら、お客さん、帰るの？　白金医院のベルを鳴らした時は、十一時半近くだった。

「もうこないかと思ったわよ。うれしいけど、今夜は無理ね。白金が帰ってくるわ」

と泰子が言った。ネグリジェの上に、丹前を羽織っていた。

「そうだな。お茶でも一杯のんで帰ろう」

私は居間に通った。待っていたらしく、そこにふとんが敷いてあり、室内はあたためられていた。

泰子は息をはずませていた。私は抱いて軽く背を愛撫したが、裸を抱いているのと同じだった。

「こんなにおそくじゃ、仕様がないじゃないの。何をしてたの？」

「白金氏の行動を見ていたんだ」

と私は言った。

「飲み屋から、トルコ風呂に行ったね。おとついも、同じコースだったようだ」

私の手の下で、泰子の体がピクリと動き、かたくなった。

「どうしてそんなことをするの？」

「佐藤ってチンピラにも会った。あんなのが好きらしいね。健ちゃんじゃちょっと物足りなかったろう」

泰子は私から離れ、あとずさりをした。

「お茶はくれないのかい？」

　私は笑った。

「帰ってよ」

「そうしよう。ところで、なぜ健ちゃんを殺したんだ？」

「ばかなことを言わないで。どうしてあたしが……」

「さっき、この家の前でわかったよ。佐藤を乗せた車はもちろん、君のオレンジ色の車だ。健ちゃんを運んだ時もそうだったな。しかし、おとといだけ、そいつは黒かったらしい。なぜって、健ちゃんをここへ運びこんだ時は、三人とも車が車庫に戻ってるのに気がつかなかったくらいだからな。さっき見たら、いくら暗くたって車は目立つ。われわれが気付かなかったのは、色が黒かったからさ。それで、こういう結論になるだろう。おととい、ボディの色を黒に塗り変えた。きのうの朝、またもとへ戻した。車に乗って、朝から買物に出かけたというのは、それだった。最初、やったのは白金かもしれないと思ったが、アリバイがあった。君にはない。家は無人だからな。現場で当りをやることは知ってたはずだ。もう一ぺん聞き直そう。なぜ殺したんだ？」

「ばかだったのよ。一度だけ、面白半分に相手にしたら、すっかり夢中になられてしまったわ」

　泰子は膝をくずしていた。

「物好きのバチだわ。断わったら、何をされるかわからないの。のぼせてるから。ちょうどまた、健ちゃんの知り合いの女の子の手術が失敗して……まだ寝てるはずよ。それが脅しのタネになったのね。あたしも決心しないわけにゆかなかったわ。泊さん、あたしをどうするつもり？　警察に知らせるような、あなたは無情な人なの？」

泰子は、丹前をぬぎすて、すり寄ってきた。

私が薄いネグリジェを透して、ほの赤い乳首を見た時、歌声と乱れた足音が玄関で起った。

待伏せ

石原慎太郎

初出：〈季刊藝術〉1967年4月号

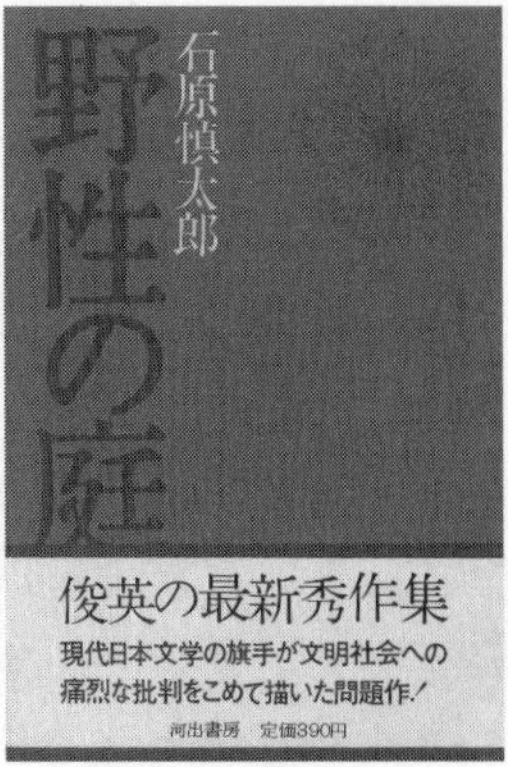
石原慎太郎
野性の庭
俊英の最新秀作集
現代日本文学の旗手が文明社会への
痛烈な批判をこめて描いた問題作！
河出書房　定価390円

『野性の庭』河出書房（一九六七年十一月）

石原慎太郎（いしはら・しんたろう）一九三二（昭和七）―二〇二二（令和四）

兵庫県生まれ。一橋大学法学部卒。在学中の一九五四年に同人誌〈一橋文藝〉に発表した「灰色の教室」が世に出た最初の小説である。五五年、「太陽の季節」が第一回文學界新人賞と第三十四回芥川賞を獲得した。従来の倫理観を無視するような若者を主人公に据えた作品であったため、文壇からは拒絶反応もあり、いわゆる「太陽族論争」を引き起こした。この路線では五七年に発表した短篇「完全な遊戯」が代表作、犯罪者の心理を克明に描いた六一年の「鴨」も素晴らしい。

純文学畑でデビューしたが、アメリカのハードボイルドを愛読していたことを早期に明かしており、そうした作風を意識した犯罪小説を並行して書き続けていた。六八年に参議院議員選挙に初当選し、以降は政治活動に軸足を移していく。六六年には読売新聞社の依頼でヴェトナム戦争の取材を行っており、本巻収録の「待伏せ」はその精華である。戦場の恐怖を記者の一人称で克明に描いた作品だ。ジャズ小説「ファンキー・ジャンプ」（一九五九）など、この時期に発表された短篇には感覚描写に秀でたものが多い。

議員活動が多忙になってからの石原にはハードボイルドに分類しうる作品はほとんどないが、七〇年に発表した長篇『化石の森』や実在の事件に取材したノンフィクション・ノベル『嫌悪の狙撃者』（一九七八）などは犯罪小説としても秀逸な出来栄えである。（杉江）

地上は空よりも暗かった。黄昏はとうに我々が降り立った大地を覆ってい、この地点までの二十分間の飛行の途上で見た遠くの淡いサフラン色の夕焼けももう見えなかった。

二台のヘリコプターは、十五人の総勢を吐き出すと、僅かな静止をたまりかねたように、あっという間に飛び去った。暮れかけた空を飛んでいくヘリコプターは、遅れて巣に帰る鳥のように心もとなげで、今日一日の最後のものに見えた。

辺りを見廻して見たが、何も無かった。最近まで畑だったに違いない平坦な地面がつづいてい、ところどころ煙ほどの高さの小さな茂みと、そのはるか向うにこんもりしたマングローブの林が見える。林は黄昏の中で、足を折ってかがみ込み睡り出した水牛の背のように見えた。

俺の横で、分隊長のグレエ曹長は地図を確かめ、頷いた。進むべき方角をすぐに見つけ、

「いこう」

短く言うとまっ先に歩き出す。

小さなクリークを渡り二百米《メートル》ほどいくと真ん中にゴムの木の四五本かたまって立った小広

い広場に出る。広場の隅に土嚢を使った壕が掘ってある。曹長はそれを見て、頷き、地図を見直し、急げというように全員へ頷いた。

広場を横切り、マングローブの林の横をすぎる。軽機をかついだ黒人の伍長がすぎて来た方をふり返ると、

「あの壕を掘った小隊は全滅したのだ」

と言った。

そのことは聞いて知っていた。そのために、この連中がこうして出かけていくということも。二十日ほど前、この辺りをパトロールに来ていた小隊三十四名が相手の罠にかかって、たった一人の生残者の他は全滅した。後で僚友が屍体を引きとりにいったが、三つだけ屍体が足りなかった。彼らは多分、捕虜になったのだろう。武器も全部無くなっていた。

その後、彼らに罠をかけた相手が、辺りにまた出没しているという情報が入った。それを待伏せして討つ作戦が十日ほど前から、すでに他の二ヵ所の地点で行われて来たが、戦果はあがっていない。俺がカメラマンと随行した分隊の作戦は三度目になる。

ヘリで降下した地点から、秒ごとに暮れていく黄昏を追うように早足で一粁《キロ》ほど歩いて、分隊長は全員をとどめ、そのまま来た方へ百米ほど後退させた。暗がりの中に、前と後に浅い森が感じられる地点で、彼は全員をたっているところから二十米ほど脇へそれさせ、散らばれ、と命じた。

これから行うべきことを承知しつくしたように、何も言わずに隊員は彼から離れそれぞれの

場所を手さぐりで捜してうずくまった。

曹長は、俺とカメラマンの体を長い腕でかかえるようにして押していき、三十糎《センチ》ほどの高さの灌木の蔭に坐らせ、犬に芸をしこむように上から二人の体を押しつぶし腹這いに寝かせた。

陣地を出る前、俺たちは何もかもすべて彼の言いなりにするよう誓わされた。俺は彼にされるまま、土と草とがまだらの地面に伏せた。地面はしめってい、どこにあるのか、かすかに毒だみの匂いがした。

曹長は俺とカメラマンから二米も離れぬ脇に、逆の側へ等間隔に、軽機関銃を持った黒人のウィンストンが伏せた。

兵隊たちが伏せると殆ど同時に闇が来た。そのまま彼らの姿は俺の低い視界から消え去った。うつ伏せのまま、隠すようにして時計の夜光の針を見る。時間は七時を十五分すぎている。

「間に合った」

つぶやくように横で曹長が言った。

それがその宵に聞いた最後の人声だった。

沈黙と闇が一緒に来た。

七時半。闇が一層濃くなったのがわかる。体を動かして周囲を眺め直して見る。空に星はなかった。仰いだ頭上も、胸元も、脇も、眼の前、鼻の先も、闇だった。

なぜ、何もかもがこんなに暗いのかと、俺は懸命に考えた。灯りがない。どこにも明るみがない。というだけではなく、俺たちをとざした闇には、日頃見馴れた闇とはなにか違う質感があった。ものが見えなくなって、闇が来たというのではなく、見えていたものの代りに、今、闇が在った。

沈黙も静寂とは違っていた。音がしないというのではなく、音の代りに、石のように重い沈黙が我々を塞いでいた。沈黙が闇であり、闇こそが沈黙だった。

それは俺が今まで来たことも覗いたこともない、誰に聞かされることもなかった、全く未知の世界に感じられた。

この世界は、俺から平常の五感を奪っていく。自分が今一体どこにいるのかがわからないような気がする。夢の中の知覚のように、自分ではこうと悟りながら、それが危うい。

石のような沈黙と闇との中で、耳を澄まし、眼を凝らしながら自分を確かめようとするが、そのよすがになるものが何も感じられて来ない。やっと、自分の固唾を呑む気配を感じる。それにすがろうとするが、それだけでは所詮、夢の中の知覚のように覚束ない。

囁こうとするが、声が出ない。夢の中で叫ぼうとして出来ぬのとは違う。俺の内の何かがそれを抑えて塞ぐ。その何かだけが、今自分がどこに何をしに来ているのかを知っていてくれるのだ。

突然、俺は気づいた。地に張りついたまま、固く重い沈黙と闇の中へ沈み込んでいこうとする体を僅かに持ち上げ、左へにじり寄る。

重く鈍い動作が僅かに何インチかずつ俺を動かす。地面のずれる感触が胸にある。それは闇ではなく、確かに地面だった。

にじり寄り、俺は這ったまま左手を延ばした。

突然。俺はおびえていた。まさか、そのものがそこに無い筈はないのだ。ジャイロコンパスを欠いた夜間飛行の飛行機のように、俺の手は方角を欠いている。手は、焦り、おびえながら地を掻いて伝い、ようやく捉えた。カメラマンがそこにいた。

指に、相手の気配が伝わる。彼は驚き、驚きながら安心している。いや、この気配は俺の内から彼に伝ったものかも知れない。

彼の手が俺の手を捉え直す。それをどう握っていいのかわからぬように、二人の手は互いに躊躇しながらさぐり合い、相手を握りしめる。

握手というものがこんなに心強く確かなものだったか。伝達というものがこんなに確かに自分自身を見出す術だったのか。そうなのだ。彼はそこにい、間違いなく俺はここにいる。

その感触を、俺は以前の経験の中に見つけられそうな気がする。子供の時さぐって持った母親の手、だろうか。いやもっともっと前に、俺はこんな風にして自分を確かめようとしたことがあったような気がふとするのだが。

いつ離していいのか迷いながら、二つの手はからんだまま、地の上に置かれてあった。手をほどきながら、カメラマンはにじって体を少し寄せた。手が離れた後も俺はその気配を感じることが出来た。

すると、突然、闇の中で俺はカメラマンだけではなくその回りの黒人兵や、道の傍の曹長の気配を感じることが出来た。俺がやって来た別の世界は、ようやく少しゆるんで大きくなった。

九時すぎて雨が来た。雨は闇の中から、重く固い沈黙と闇が破れ欠けこぼれたように落ちて来、首筋や、背や、ふり仰いだ顔を打った。雨は体を打つ強さと重さと、冷たさがあった。そして、雨は音をたててくれた。

それは、今いるところが俺たちの五感でさぐれるある拡がりをもった世界であることを証《あか》すように感じられた。俺はその右を左を見ようとした。ここにいる自分をもう一度確かめるために、俺は雨を見たい、と願った。

突然、俺はそれを見、確かに聞いたのだ。季節外れの重い時雨はやがて雷を伴った。石のような闇が青く裂け、その亀裂の中にふりそそぐものの姿が見えた。闇の裂けて落ちる音が頭上にあった。

その時たった一度、俺は禁を破り、半ば首をもたげて今いる世界を見廻して見たのだ。紫の閃光の中に、曹長はそこにい、黒人兵はそこにい、カメラマンはそこにいた。そして更に、草むらに横たわった、凝固して動かぬ石のような闇の分身たちの姿が垣間見えた。その一瞬の光景は何かの手で永遠に呪縛され、石に化したものたちの伝説を想わせた。眼を凝らしたが、眼に映るものは、微かも動かなかった。

何度目かの雷に、俺は俺自身の影を眼下にはっきりと見た。その影は、なぜか俺自身の存在を過去のものに感じさせた。石になって雨に打たれている自分を感じた。

色も時間も非現実な明りの下で、俺はもう一度、急いで自分の何かについて確かめ直しておきたいと思った。しかし、閃光も雷鳴もそれ切りで去った。明りの消え去った後、雨とそれを注いでいる闇は前以上に重かった。

暗闇の中で雨が止む時、雨に打たれている人間には、自分の上を何か巨きなものが通りすぎていくような気がする。雨雲ではなく、自分はじっと動かぬままでも、たった今自分の運命のある断片がすぎていったというような気がする。多分、それはそういい部分ではなかったろうが、といって、この後待ちかまえているものがそれよりもいい部分という気もしない。なぜなら、寒さはむしろ雨が止んだ後にやって来た。そして、寒さと一緒に恐怖も。

雨が止む時の、最後に背を打った雨粒を俺は覚えている。それは、腹這いに左肘をついて心持ち開き気味にもち上げている右の肩口を打った。そして雨は止んだ。

雨が止んだ後、なぜか最後の雨粒の感触だけがいつまでも残った。そして、雨が上ったことで、今までとは違ったある新しい事態がやって来たのが俺にはわかった。多分、それに比べれば、今までのすべてはずっと易しいものだったに違いないことを、予感出来た。

雨の間に、閉じたままのマントのようなポンチョを被りはしたが、その前に体は濡れていた。腹這いの地面はいつまでも濡れて水がたまったままだった。

首をもたげては闇を眺め直す度、ポンチョの狭い被り口が首に食い込む。その度、俺は以前に見た、前線のある海兵隊員のアップ写真を思い出した。雨の中の作戦で、彼はポンチョを着、その鉄かぶとにはWAR IS HELLと書いてあった。濡れた鉄かぶとと、薄いビニールのポンチョは、ひどく重そうに見えた。あれはいい写真だった。

自分の今の姿を想像して見る。

隣のカメラマンが今も俺のスナップを撮ったとしたら、俺はどんな顔をしているだろう。多分、今までいつどこで見せたこともないような顔をしているだろう。


雨がすぎた後、仰向いて探してみたが、星はどこにも見えなかった。闇は前より重く濃くのしかかって来た。時間は、思いがけぬほど僅かしかすぎていない。闇の凝固の中で、時間の歩みまでが狂って来ている。体が冷えて来ると、闇の重さが段々恐怖に変る。また、さっきと同じことを考えだす。俺はとり残され全く違うところに一人切りでいるのではないか。この重苦しい闇と沈黙の中に、何が隠されているのか、立ち上り、手さぐりでかき廻してやりたい。

濡れた大地に押しつけたままの体が冷えて、着込んだ下の皮膚が痺れ、やがてその中の内臓の壁が痺れ、次いでその臓器そのものが一つ一つ、そして間もなく腹が、下半身が痺れていくのがわかる。が、感覚が麻痺していく体の部分を手でこすったり叩いたりすることは出来ない。

気温が下り体が冷えていくにつれて、闇と沈黙はますます固く重くなった。出かけて来る前の期待が不安に、不安が恐怖に、研がれていく。

このままで一体どうするのか。知っているようで何もわからぬ自分に腹がたち、焦り、やがてまたあきらめ投げ出した後、恐怖だけが背中の上に残っている。何が怖しいのか、まだ確かにわからぬまま。

寒さと、恐怖と、具合い悪いことに、そのどちらかでもう片方を塞ぐというわけにいかなかった。恐らく、恐怖という奴は、いつも冷たく寒いに違いない。大火事の中で焼け死にそうになった人間の恐怖も、きっと寒いに違いない。

そう言えば、俺の今までに知っている恐怖も、いつも冷たく寒かった。

海の上で俺を死に損わした時化は、いつも冬嵐で、寒かった。六年前のレースで、十一人の仲間が死んだ時、相模灘をずたずたに千切れて通過した前線が吹きつけた雨は剃刀の刃みたいな感触だった。ウォッチで無理矢理前方に眼をこらしながら、時々頭からかぶる十二月の暖い海水の中で泳ぎたいと思った。

大島の竜王崎の沖で、知らぬ間に後からしのび寄って俺たちを船ごと岬の断崖に叩きつけようとした寒冷前線も寒かったし、伊東の犬走島の間近で、前帆《ジブ》を吹き千切って、俺たちを暗礁の中に追い込もうとした天城下しの突風も凍っていた。

アラスカのシトカの原始林で、突然出食わした三米近い、近眼の化けものみたいな羆《ひぐま》も冷たかった。生れて初めての対面で、立ちつくした足が萎えていくのを感じながら、足の先はもの凄く冷たかった。俺たちは、氷河から流れ出した渓流を渡る途中でそいつに出食わしたのだ。

エスキモーの海象《せいうち》狩りにつき合って、露営地の背後で知らぬ間に氷原が動いて崩れ出し、襲って来る象の群のように俺たちを追いつめ、その間を皮張りの船をかつぎながら逃げのびた時も、襲って来る氷の殺気は冷たかった。

なるほど、恐怖はいつも冷たい。

だが、どうも今はいつもと違っているような気がする。

体は凍りかけ、俺はおびえ怖れているが、今までの時とはなにかが全く違う。いやなにかがないのかも知れない。それがないから俺はただ焦り恐れているのだ。

今までのいつもは、その時になれば、怖れはしても焦ってはいなかった。

何かが違う。

そのことを考える間だけ背中にのしかかるものを忘れられた。

俺は何を怖れているのか。これからやって来ようとしている奴らをか。それとも、起ろうとしていることがらをだろうか。いや、どうもそうではない。それについては、俺は聞かされて知っている。予測のつくことに、人間はこんなに怖れるものだろうか。

それらのことがらの内に、冬の時化や、罷や、動き出した氷原よりも危険があり、死があるとしても、俺はそれを、予測し、期待し出かけて来たのではないのか。

すると、俺が怖れているものは、ただこの石のように固く重い沈黙と闇だけか。なぜ、その闇が怖い。

だがともかく、怖ろしかった。

俺は突然、基地の歩兵の訓練所で見たものを思い出した。それは、この濃く確かな恐怖のわけを証《あか》して見せるように、まざまざと思い出された。

互いに待伏せし合う戦闘で、奴らが使っている簡単な武器だ。ナイフがあり、棍棒があり、弓矢があった。その中の、ある一つのものが、急に、手にして見たその感触までくっきりと思い出される。

奴らが闇の中を後から襲いかかり、音もなく相手を殺すための、小さな二コの木片《きぎ》れと、一本のピアノ線で出来た兇器だ。ピアノ線の両端は木片れに結ばれてい、線を相手の首に巻きつけた後、両手でそれを力いっぱい締める。俺は自分で、それを自分の首に巻きつけて見た。ピアノ線は柔くしなやかで、ミンクの毛皮の感触が狐とは全然違うように、ワイヤーとは全く違うしたたかな感じで首に触れた。僅かに力をいれるだけで、それは気味のいいほど首に食い込んだ。

力一杯締めると、首は簡単に千切れて落ちると教官の下士官は言った。

そうだ、あれだ。背後からやって来るあれが、俺が今怖れているもののイメイジなのだ。この重い闇の中から、雨のように突然、あれが降って来る。そして俺はそれをじっと待っている。そうだ、そのことだ、俺が怖れているのは。俺は待つことに怖れている。ただ待つこと、待つしか出来ないということに。

闇の中で息を殺しながら、俺はただ待っている。今までどんな時も、ただ待つことはなかった。相手は突然やって来たが、俺はそれから逃れようとし、相手を防ごうとした。だが今は、この場で戦闘が始まったとしても、俺はただそれを見守るだけしかない。

隣りにいる分隊長は俺を味方だと思い、やって来るかも知れぬ奴らにとって、彼らと一緒にいる俺は敵に違いない。だが実際はそうじゃない。俺とカメラマンは基地の本部が武器を支給してくれようとした時、拒んだ。彼らの申し出は筋が通っていた筈だ。しかし、この土地で行われていることに関して、俺は第三者でしかない。渦中にいない人間の筈だ。

だが、ここへやって来、この闇の下に閉じこめられて待ちながら、俺はようやく自分の誤りを悟った。武器なしで待伏せにやって来た俺たちに顰蹙《ひんしゅく》した彼らのほうが、正しいのだ。このことの中で、渦中にいない人間などいやしない。敵か味方か、どちらかが殺す側か、殺される側。

奴らはやって来ようとしている。彼らは待っている。そして俺は彼らと一緒にいる。奴らは、この俺に向ってもやって来る。俺の背後から、あのピアノ線のついた道具を手にして、やって来ようとしている。

俺は正しくこの渦中にいながら、この手に武器がない。このことの中で、俺に一体何が出来る。ただ、待つことのほかに。

今までいつも、こんなことは決してなかった。俺は何かして来た。することが出来た。逃れようとし、防ごうとし、要するに闘ったのだ。

竜王崎沖の寒冷前線通過の後、残った風波に乗せられ、機関が故障した船が岸の暗礁に打ち上げられそうになった時も、風は全くなくなっていたが、一度下した帆を上げ、クルーを船首に立たせて、キールの深さぎりぎりの長さのボートフックで、岩を突いて船を離そうとまでした。

レースで神子元島廻航の時、風が落ち、海流と潮流が夜光虫を散らして渦巻く爪木崎沖の暗礁群の中でも、俺たちは積んである足ボートのパドルと、ボートフックまでとり出して十二トンもある船を手で漕いだ。

どんなに怖しくても何かが出来る。怖れているものを防ぎ逃れるために、なんとか闘う方法はある。それがたとえ無効とわかっていても、そうすることで恐怖をかわすことは出来る。波浮沖や爪木崎沖で、突然、天使のような漁船が現れ曳航のロープを投げてくれず、そのまま暗礁にのし上げたとしても、多分、その瞬間、俺たちはそう怖れてはいなかっただろう。原始森の中で突然出会った大羆にしても、勿論言葉の通じぬ相手に向って、俺は腰に下げた山ナイフを握っていた。羆が近眼でなく、俺たちの姿を捉えて襲いかかって来たとしたら、多分、負けたには違いないが、あのナイフでどうにかしようとしてみたに違いない。

高等学校時代、つまらぬことで八人の相手に待伏せされ、袋叩きにあった時も、鼻血が眼に入って前が見えなくなるまで、なんとか夢中で闘った。囲まれている間は怖しかったが、殴られ殴り返し出すともう怖くはなかった。人間なんて誰もそうしたものに違いない。

恐怖に鼻をつき合わせながら、何も出来ないということはどういうことなのだ。それも、迂闊に自分で選んでここにやって来たのだ。

〝こいつはもの凄く馬鹿げたことだ〟

俺は思った。そして全く後悔した。

後悔すると、恐怖は倍になった。自分の立場が防ぎようもなく、救いようもなく、全く何も出来ぬまま、ただ、あるかどうかわからぬ幸運を祈るだけしか出来ないものであると悟った時、恐怖が胸につかえ、俺は吐きそうになった。

〝全体、なんのためにこんなところへ出かけて来たのだ〟

埒もなく、くり返しそればかりを考えた。俺は多分、生れて初めて、本心、自分に愛想をつかしていた。

出かけて来る前、或いは信じていたのかも知れぬ、自分の幸運について。今それをどう証すことも出来ぬ自分に、腹がたち、俺は怖しかった。

今まで聞かされていた、やって来る奴らの、陰険な巧妙さの挿話が、俺自身にとってもまぎれもない現実のものとして、この闇と沈黙の中に俺をとり巻いているのをはっきり感じることが出来た。

待ち伏せしている彼らにも、やって来ようとしている奴らにも、俺なりにそれぞれ共感はあったが、しかし俺は今、この手元に一梃の拳銃があることを懸命に願い、その拳銃で、背後からあのピアノ線を持って忍びより跳りかかって来る奴らを射ち殺したい、と願った。なんだろうと、やって来る奴らは、今は、この俺の敵なのだ。そのことに間違いはない。

もう一度時計を確かめたが、時間は非現実な速度でしか過ぎてはいなかった。こらえ切れず、叫び出しそうになる自分をやっと抑えて、俺はもう一度にじり寄り、手をのべ、隣りのカメラマンの体に触れようとした。彼がそこにいることを確かめる度、処刑台へ一緒に上る仲間を求める囚人の気持を俺は理解出来た。

手が触れる時、相手の身じろぎで地をこする音の聞こえるほど、彼が大きく反応するのがわかった。俺の手が、その背に触れた瞬間、彼が何を連想したかが、俺には自分と同じくらいよくわかった。彼がたった今背に感じたものは、あのピアノ線の感触に違いない。

その瞬間、恐怖は、僅かだが相殺され、俺は同じ恐怖に処刑される仲間を感じほっとした。

それを伝えようとし、指で相手の背中に仮名で書いた。

コワイ、コワイ。

体で頷いた相手は、逆に手をのべ、俺の背に、同じように、コワイ、と書き直す。

それを読みとると、世界が拡がったような気がした。この闇の中に、俺と全く同じ人間が二人いるのを覚ったことで、一瞬の安らぎさえある。

ナガイ、ヨル。

相手の背中へ、力一杯指を突き立てて、俺は書いた。そうすることで、俺一人ではなくもう一人の人間と一緒にこの恐怖の中にいるということを確かめ直し、それを分ち合えた。そうやっている間だけ、恐れずにすんだ。

ナガイナガイ。

彼は書き直した。

ピアノセンノ、クビシメコワイ。

俺は自分が一人で抱いているかも知れないものを彼に向って放り出すために、書いた。

ウシロカラ、クル。

理解した相手が身じろぎし、後をふり返って見るのが感じられてわかる。俺は一寸の間安息しながら、自分は卑怯なのだろうか、と思った。

しかし、卑怯というのは、何か出来る場合なのに、それをせずにいる奴のことではないのか。

今、俺たちに何が出来る。

バカミタ。

彼は書いた。

バカヲミタ。

ナゼ。

シャシン、ウッセナイ。

彼は書いた。全くの話、この闇だ。カメラマンは三台のカメラを下げて来ている。俺はほくそえみ、小柄で気のいいこの男に、わけもなく共感のようなものを感じた。字を書き合っている間だけ、自分の立場を滑稽にも感じることが出来る。独りでないということは、こんなにいいものか。人間の気持の余裕という奴は、所詮他人のためにしかないのだ。彼の手が、背中ではなく肩口に触れ、うなじを伝わって俺の顔の前へのびる。彼の時計の夜光針は十二時をさしかけていた。

ハンブン。

と彼は書いた。

時間はやっと半分過ぎただけだ。二人は残された半分を考え、指は沈黙した。沈黙の中でも、間近にもう一人の人間がいることはわかったが、急に、一人でも二人でも同じような気がして来た。奴らにとっても、俺たちが一人でも二人でも同じことに違いない。

暫くの間、俺は本気で彼とここを脱け出し、さっきヘリで着いた、あの塹壕のある地点まで歩いて帰れるだろうかと考えた。危険は同じだろうが、しかし、こうして寝転がって待つよりも、歩いている方が救いになるような気がする。

しかし、暫くし、救いは思いがけぬものによってもたらされた。どこからやって来たのか蚊と蟻が、奴らより先に俺たちを探し当てた。雨で蚊よけの塗り薬の洗い落された肌を蚊が刺しに来ると、同じ頃、大分乾いて来た地面を伝わって蟻が知らぬ間に袖口や襟から忍び込み、肉を刺した。

叩いて音を立てるわけにいかず、蚊は手をふり、顔にとまろうとする奴を唇を曲げて吹いて払う。蟻にはどうしようもなく、ゆっくり身をもむしかない。蟻に刺されたかゆみが、冷え切った体に小さな暖みを通わせ、死んでいた肌が蘇るような気がする。

蟻たちが気ままに体中を這い廻ってあちこちを刺し、かゆみが体中に拡がると、体の上を這っている奴らの動きがよくわかるようになる。脇から背中へ動いていく奴。右股から腹に向って移って来る奴。一匹は右の上膊に止まって、一匹は袖口から今入ろうとしている。襟の蟻は手を動かせばさぐって払い落せたが、俺はじっとしたまま、彼が首筋へ入っていくのを許した。ともかく、こいつらを感じている間は、自分の立場を忘れることが出来た。脇腹で蟻の奴が動くと、ピアノ線のことを深刻に考えずにすむ。

こいつらが体中を這い廻って、腹を満し飽きた頃、多分、夜が明けるだろう。蟻たちはやって来ようとしている奴らとなんの関係もないが、蟻たちが俺の体中を嚙んでいる間は、奴らがやって来ないような気がする。俺はそう信じようと努めた。

眼に見えぬが、確かに感じられる小動物たちに自分の体をまかせ、俺はふとこのまままうまく睡れるのじゃないか、と思った。

どれほどしてだろう、蟻たちは数をまし、まだ体中を這い廻っていたが、それまで何の気配も感じさせなかった右隣の分隊長が、俺の足をゆっくりと蹴った。

俺が応える前に、肩を寄せるように彼の方がにじり寄った。

耳元に唇を押しつけて、

「来た」

彼は言い、手にしていた赤外線望遠鏡を押しつけるように手渡した。

言われたことを理解しながらも、実感がなかった。今まで味わっていたものに、他の何が加わってもこれ以上ということはない筈だった。手にした望遠鏡は重く、その端を眼に当てながら、どの方向をどの角度で眺めていいのかわからずにいた。

薄暗いスクリーンに、前方の闇の中の景色がまだらになって浮かんで見える。それは闇よりは明るく薄暗いが、見えているものがどの距離にあるのか、それが森なのか、ただの茂みなのかわからない。闇にあきらめていた眼に、スクリーンの中の風景は、闇の中にひそんでいたもの、というより、現実のものではない他の景色に見える。眺めながら、その赤外線望遠鏡に星明り《スターライト》という洒落た名前がついているのを俺は思い出した。

何を眺めていいかわからぬまま、望遠鏡を横に動かして見た時、パンしてとまりかかるスクリーンの中で、手元の動作にかかわりなしになんか動くものをはっきりと見たのだ。薄暗い視界の中を手さぐりするように、俺は蠢くものを確かめた。

距離感のない暗い視界に、それは濃い霧の中ににじんだなんかの影のように立っていた。立ちながらそれはかすかに揺れて動いている。その影が近づいて来るのか、ただ立ったまま動いているのかわからない。が、少くともそれは俺が今まで味わって来た闇と沈黙の中では異形で異質な何かだった。

眺める代りに、俺は耳をすまそうとした。カメラマンににじり寄って望遠鏡を渡そうとする俺の手から、曹長は預けたものを奪うようにとり返した。

キタ。

カメラマンの背に俺は指で書いた。

耳をすましたが、何も聞えない。前よりも固く重く沈黙と闇だけがある。

あれは幻覚でいい、そうに違いない。そう思った。

その時、俺は初めてはっきりと、曹長が固唾を呑む音を聞いた。それがなにかをひっくり覆すように、突然俺に別の知覚を与えたのだ。突然、俺は耳鳴りのように闇の中から伝わって来る足音を聞いた。俺の鼓動に合わせて、それは一歩一歩近づいて来た。一歩一歩、俺はその数を数えた。眼の前の闇にまぎれもなく何か近づいて来るものがある。後一瞬で、俺はそれを見、確かに聞き、触れることさえ出来る。

俺はもう、待っていなかった。恐怖もなかった。醒めかけながら醒めきれぬ夢と現実のきわどい境に身を置いたまま、また突然、俺は今自分がどこにいるのかがわからずにいた。がその一方で、知る筈のない望遠鏡の倍率を想像し、さっき見たものへの距離を割り出そうともしていた。

多分もうじき、どちらかの決着がつくに違いない。

なにかに預けたようにそう思った。

眼醒めのときに似て、意識が二つに裂けて重なり合い、その中で自分への知覚が浮遊しているような、恍惚とも酔いともつかぬ、痺れながらもどかしい気分だった。

そのまままた、俺は睡りかけていたかも知れない。

突然、その混沌が裂けてはじけ飛んだ。

「射《ファイア》て！」

耳元に声が叫び、眼の前で闇が裂けた。かぶりつきの土間の前で緞帳が割れるように、眼と鼻の地点へ曹長の射ち込んだ照明弾が炸裂し、めくるめく真昼の太陽のオレンジ色のフットライトを浴びて立ちつくすものの姿が在った。

その瞬間俺が感じたものは、そこにいる奴らへの恐怖などでは全くなく、奴らをそこまで隠し忍ばせた、あの固い闇の邪悪さだった。

銃声が炸裂し、間髪入れず次の照明弾が打ち込まれる中で、驚愕し、髪をふり乱し何か叫んで立ちすくむ半ズボンの年寄りの顔をはっきりと見た。

銃撃の轟音に遮られ、叫んでいる老人の姿は音のない映画の、それも廻転の遅れたスクリーンのように、非現実なものに見えた。背を向け、つまづき倒れ、這いながら逃れようとする他の人影の中で、老人だけが台詞を言い忘れた役者のように立ちつくし、音のない声で何かを叫んでいる。叫びながら、老人は視点の定らぬ眼で懸命に俺を見ようとしていた。

俺には彼がその時何を呪って叫んだのかがわかったのだ。彼が叫んで呪ったのも、あの石のような闇と沈黙の邪悪さだったに違いない。

次の瞬間、フィルムのコマが飛んだように、老人の姿は突然視界から跳ね飛んで消えた。なぜかその時、俺は何かを叫びながら、声を立てて笑っていた。笑いながら、俺は胸もとの土をすくって前に向って投げつけた。

応えるように誰かが笑い出すのを俺は聞いた。隣りの黒人のウィンストンだった。軽機関銃の引き金を引きつづけながら、地鳴りして響く銃声の中で、彼も何か叫びながら大声で笑っていた。

照明弾が焼けつくした後、間隔を置いて飛ぶ曳光弾の明りの下で、影が薙ぎ倒された後動くものがなかった。

また突然、真っ青な照明弾が前よりも高く射ち上げられると銃声は止んだ。ゆらいで落ちて来る明りの下で、銃声の余韻の中に蘇りかかった沈黙はまだ身震いして感じられた。

叫び合う彼らの中で、大声で笑いつづけるウィンストンの声だけを俺は聞いていた。

闇の中を、宵の口降下し、塹壕のある地点まで分隊は撤退した。歩いて見ると、明りもなしに闇の中はよく見えるような気がする。道を確かめながら、分隊の歩調が鈍り、前後の兵隊と体がぶつかり合う度、俺は人間という奴をわけもなく信じて頼り切れるような気がしたのだ。尤も、あそこに倒れているものが何かは考えずにだが。

蟻はまだ体の中を這い廻っていた。歩きながら俺は着物の上からそれを追いかけ押しつぶした。

たどりついた壕の中で夜明けを待った。また一度雨がすぎたが、夜明けはずいぶん早くやって来た。白んでいく空を眺めながら、俺は、自分があのよくわからぬ何かを、ともかく、旨く切りぬけたことを確かめ直した。胸のうちに満足を捜ろうとしたが、満足しようとしながら自分がまだなぜか迷っているような気がした。

或いは、俺はまだ後悔しているのかも知れない。確かに、今になっても、自分が何のためにあそこに出かけていったのかがさっぱりわからない。

夜が明けると、分隊はもう一度、昨夜の待伏せ地点に引き返した。

途中、

「中に老人がいたな」

曹長に言ったが、彼は思い当らぬように首をかしげて見せた。

東西に通う細い小径の辺りに八つの屍体が転がっていた。我々が腹這いになって待ったところから十米に満たぬ距離だ。

一人だけスターライトで見張っていた曹長は、彼らは径の左右からやって来、丁度、我々の眼の前で合流したのだ、と言った。

雲が切れ、若い陽が低く射しかかる中で、ささくれ千切れて散らばった屍体は、あれからもう一度過ぎたスコールに血を洗い流され、径ばたに突然大袈裟に咲いた季節外れの花のようにも見えた。

兵隊たちが屍体を仰向かせて並べる中に、昨夜確かに見た老人の顔を捜したが見当らない。最後に手榴弾銃《グリネドランチャー》を持った伍長が、多分彼の直撃弾で胴体が裂け、千切れ手肢がばらばらになった屍体の、頭の部分を下げて来た。彼が着ていた上着の中で頭は千切れ残った右手と右腕にかろうじて繋っている。

「これだけでも結構重い」

伍長は言いながら、屍体に比べてあまり損われていない上着の胸座をつかんでかざし、一番端へ並べて置いた。

点呼の最後に並べられた老人の顔は痩せた肩と細い右腕だけに支えられて、斜めに仰向いている。顔は他の屍体と同じように、昨夜起った突然の出来事について、そう驚いたようにも見えない。第一、老人は口も眼も軽く閉じ、表情はどちらかと言えばあきらめたように見える。半白の髪の毛は雨で洗われ、さっぱりとしていた。

突然眼の前で裂けた闇に比べれば、彼自身の身の上に起った一瞬の出来事は、容易に忍べたことかも知れない。

「なるほど、年寄りがいたんだな」

最後に並べられたものを見下しながら曹長は肩をすくめて言った。

並べられた屍体を眺めながら、俺は自分が奇妙なほど感興を示さぬのに不思議だった。写真をとっているカメラマンの顔も、なんとはなし興ざめたように見えた。

隊員の一人が、百米ほど離れた茂みの側で、胸を負傷し、そこまで逃れた後倒れて気を喪っていた相手の一人を捜し出して曳いて戻った時、呼吸はしながらも出血で血の気を喪って動かぬ若い捕虜を見下しながら、

〝これでよかったんだ。俺がこうやってここに立っているためには、こいつらがこうならなければならなかったんだ。それだけは間違いない道理だ〟

俺は思った。

連れて帰っても助かる見込みのない捕虜を、曹長は胸から下の無い老人の横に並べて頭を射ち貫いた。血は僅かしか流れず、屍体に変った捕虜の表情は前と全く同じだった。

〝これでよかったんだ。こいつらのお蔭で、俺がどうにかあれを抜け切ることが出来たのだ〟

俺には、足元に並べられているものや、それを見下している彼らについて、俺は彼らや、奴らを眺めて立っている自分のことばかりを感じ、考えていた。

自分の運について考えかけて止めた。そんなものを持ち出しても意味ないような気がする。ただ心のどこかで、俺はまだ、後悔しつづけていた。

「帰ろう」

曹長が言い、兵隊たちは武器をかついだ。

歩き出しながら、まだ老人の頭の側に立ったままでいる俺に、曹長は促すように眼をつむって見せる。

肩を並べて歩き出した俺に、

「どうだね」

彼は尋ね、俺は考えた挙句、

「一度で沢山だ」

と言った。

凍土のなかから

稲見一良

初出：〈推理ストーリー〉1968年8月号

〈推理ストーリー〉一九六八年八月号

稲見一良（いなみ・いつら）一九三一（昭和六）―一九九四（平成六）

大阪府生まれ。一九六八年、テレビコマーシャルや記録映画のプロデューサーを務めながら執筆した「凍土のなかから」が〈推理ストーリー〉主催の第三回双葉推理賞の佳作第一席に入賞するが、多忙のため作家生活に入ることはなかった。八五年に肝臓癌の手術を受けた際、患部の全摘ができなかったために余命を知り、生きた証として小説執筆に打ち込むと周囲に宣言した。八九年、連作集『ダブルオー・バック』で本格デビュー、翌年にはギャビン・ライアル『もっとも危険なゲーム』を意識した『ソー・ザップ！』を発表する。

稲見には野生生物や自然に対する深い愛着があり、趣味の狩猟を通じて培った銃の知識があった。それらは最初から創作の根幹にあったものだが、野鳥に題材を採って世界の奥深さ、優しさが描かれた第三作『ダック・コール』で完成形として結実する。第四回山本周五郎賞、第十回日本冒険小説協会大賞最優秀短編賞を受賞するなど、同作は各方面から絶大な評価を受けた。シリーズ作品は、行方不明の猟犬探しを専門とする竜門卓の連作があり、『セント・メリーのリボン』（一九九三）、『猟犬探偵』（一九九四）の二冊で読むことができる。その他の作品に長篇『男は旗』、短篇集『花見川のハック』（ともに一九九四）がある。

「凍土のなかから」は改題改稿され、「銃執るものの掟」として『ダブルオー・バック』に収められている。機会があれば収録した原型作品と読み比べていただきたい。（杉江）

（一）

鉛色の空から、また白いものがちらつきはじめた。昨日の午後半日降り続いて夜半に止んだ雪が、山道のところどころに残っていた。重い足を停めて、私は目を挙げた。

谷は舞い下り、舞い上る雪でけぶるように霞んでいた。近くの、雪をかぶった針葉樹林の鋭い白い線が鮮かだった。遠く重畳たる山々の頂きだけが、島のように散らばって雪煙の中に浮いていた。山道は雪の反射で意外に明るかったが、暮れるまでにもう何時間も残ってはいない筈だった。

疲れていた。若かった頃のようにはいかなかった。ジロの表情や動きにも、焦りと疲れがはっきり見えはじめていた。私たちは猪を追って朝からもう八時間、山を登り谷を下りして来たのだ。

「ジロ、もう良い。ちょっと休もう」

犬を労《いたわ》って私は声をかけた。疲れた私の表情をうかがうように見上げながら、ジロは脚元にすり寄って来た。私もすでに若くはないが、八歳の老犬にとっても今日は辛かったにちがいない。

「空山《から》だったのかも知れないな。私の見切り違いだったようだ」

いつ頃からか、物言わぬ犬に語りかける癖がついてしまっていた。

午後中降り続いた雨や雪が夜半に止んだ翌朝は、夜行性の獣の足跡が追い易くなっていて、猪の狩りにも絶好となる。今朝、雪の上で拾った蹄の跡は驚く程大きく、深かった。

〝あいつ〟ではないか、という直感に緊張した。

午前中かけて、谷を探り尾根を切り、じっくりと絞って行った。甲羅を経て角の丸くなった蹄の跡は、或るところでは大地にくっきり刻まれていた。しかし、すぐまたそれは消えてしまうのだ。途切れ勝ちな、あるか無きかの獣の跡を追って、この山に来てしまった。大きな山だったが、この山から出た形跡はみつからなかった。寝山《ね》はここだ、と判断したのは正午近かった。だがそれからが意外に難行したのだった。いつもなら、一気に寝屋《ねや》を突き止め、犬を放っている頃だった。眠っている獣を叩き起こし狩りたてている筈だった。だが〝あいつ〟は落葉や岩場を踏んで寝屋に入ったのか、ある所からふっつり跡を断っているのだ。老獪で用心深いヒネ猪に、午後いっぱい引きずり廻されてしまったのだ。引き廻されながら、やはり〝あいつ〟に違いないと確信を深めていった。去年は一度も姿を見せなかった〝あいつ〟がまた帰って来たのだ。ジロの反応がそれを裏がきした。臭線に乗ると前肢で地を搔いたり、後肢で立ち上って低いうなりをあげて興奮した。もう一息と見えて、ふとまた跡を失い、その度に狂ったようにきりきり舞いして焦っていた。ジロにとっても〝あいつ〟は忘れられない仇敵だった。

三年越しに追う〝あいつ〟。針のような銀灰色の剛毛につつまれた、劫を経た三十貫を越す巨猪。勿論、この辺りの山のあちこちにかけられた猪罠《ししわな》などにかかるような奴ではない。人間の裏をかき、一夜に二反や三反の田畑を全滅させたりもした。追われれば、人から犬を引き離し、機を見て逆襲し犬を殺す、いわゆる犬喰いという怪物だ。

一昨年の冬、私は三十メートルの距離でこいつに矢をかけ、命中はしたが急所をはずしてしまったのだ。傷ついて逃げる獣の血のりを拾いながら尾根から谷へと六キロ追い、とうとう逃がしてしまったのだった。ショット・ガンで一粒弾《だま》を撃つ場合の、命中精度を期待出来る距離の限界であったとはいえ、失敗だったことにはちがいなかった。しかも追跡の途中、一度は吠えとめて勇敢にからんでいったジロは、手負い猪の牙にはねられ叩きつけられたのだった。追いついた私が、常備していた木綿糸で六針縫ったのだ。前肢のつけ根に受けたその傷が、それ以後ジロをひどいびっこにしてしまったのだった。

思い出す度に、かすかに胸の痛む苦い経験だった。胸の痛む、若い経験には恵まれ過ぎた私だった。

五年前のある日、運命は突然私から生きる意欲を奪って去った。何の予告もなく、いきなり蹴りこまれた深い穴の真っ暗などん底から、とにもかくにも私を這いあがらせたものは、あれは一体なにだったのだろう。

都会《まち》を捨てて山へ入った時からの長い歳月が、ゆっくりと痛みを薄らげてくれはしたが、忘れきってしまうにはあまりにも深く、大きな傷口だった。

私は無意識に、ジロの肢の傷跡をまさぐっていたらしい。目を細めて私を見上げているジロの、寸の詰った横に張った獰猛な顔にも、大きな体にも闘いの名残りが幾つもの傷痕になって残っていた。

鳥猟のセッターやポインターを含めて、かつては数頭いた猟犬たちも、都会を去る時手放して来たのだが、このジロとだけは別れられなかったのだ。三河・秋田の純血だが、生後半年の仔犬から私が育ててきた。私と共に山に入り、瓜っ子を嚙み仔猪を押え、じっくりと猪との闘いをおぼえて来たのだった。山に住みついてからのこの五年間、ジロの野性は急速に磨かれていき、すでに二十余頭の猪を嚙んで来た。しかしいつの間にか猪猟に使える年齢《とし》を越えてしまっていた。

びっこになってからは、右に左に大きく揺れるようなその歩き方も痛々しく、さすがに往時の俊敏さはなかったが、それでも猪に対《むか》った時の猛々しい闘いぶりにはいまだに目をみはるものがあった。行程《あし》が伸びないということが、人ひとり犬一匹の私達の猟にはまた適していたとも言えるのだ。

びっこの老犬と、生きることに不熱心な老《ふ》けた男とが、人の世と断絶したところで生きて来たのだ。慰めあわねば生きられなかった。

背負い袋からチーズの残りをとり出して、ジロと分けあった。ひとしきり降った雪は、山を一刷《ひとは》け白くしてまた止《や》んでいた。

「いそがないと、降りきらないうちに陽が落ちるぞ」

　ジロの引綱をとり、凍《い》てついた山道から重い腰をあげた。谷側から吹上げて来た風が、積もったばかりの新雪をぱっと舞い上げた。

　その時だった。ジロの体に電流が走った。鋭く耳を立て高々と鼻を伸ばして風にまじる微かな臭いを探ると見えたが、今登って来た谷に向ってぐっと体を乗り出した。引綱が張り切った。肩が盛上り首の毛が逆立ったと見るまにジロは飛び出した。引きずられて私も走った。下り坂の杣道から斜めに雪を被ったブッシュへとび込んで行った。弾かれた粉雪が顔を打ち、目に入った。拭うのももどかしくその目を凝らして走る前方を見さだめる。腰を越す高さの、枯れ切った笹や芒《すすき》の原が雪を被って真っ白に続き、その向うはごろごろした岩場だった。さっきはにおいも跡もとれぬまま見逃がして登って来てしまったのだ。一つ一つが何十トンもある大きな岩塊が、あちこちに転っていた。その一つの屏風岩へジロはまっしぐらに突っこんで行きそうだった。あんな岩場に？　という疑いよりも、近いぞという直感の方が勝った。

　惰力のついた体に急制動をかける。このままつっ走ると、小枝の折れる音ででも猪はとび起きてしまうだろう。下り坂を一気に転げられてはとても撃てない。

　逸るジロの綱を引きしめ、目的の岩棚を迂回して下手に廻る。雪の日は獣が、突き出た大岩の根などに潜りこむこともあるという。

　大岩を真正面に見上げる位置で、けもの道を見きわめて立った。ジロの首を抱き、引綱を解いた。地を蹴って、ジロはとび出して行った。足場を確かめ、肩から銃をおろす。ウインチェスター・リピーター五連銃の先台《ポンプ》を摑み、素早く前後に操作した。冴えた金属音と共に赤い薬莢が、弾倉からはね上って来た。闘いの予感に身ぶるいした。

さすがにジロは一気に突っ込んで行かず、再び大岩を迂回して、上手《かみて》から寝屋を襲ったようだ。獲物《ゲーム》を射手の方へ追い出すためだ。一瞬の静寂があった、と思えた。

バ、ワワワン！　とジロの吼声が谷の空気を震わせた。はッ、とする間もなく真正面に、ぼッと雪煙があがる。次の瞬間、巨大な真ッ白な獣がとび出して来た。雪を被り、満身の毛を逆立てた巨猪が、地ひびきをたて石を蹴散らして転げ落ちて来るのだ。

私は、反射的に銃を構えていた。目の隅で、ジロが追いついていないのを確認した。引金を絞った。銃声が谷間を裂いた。確かな手応えがあった。

無意識の動作で先台を繰り出し、空薬莢の排出と次弾の装塡を瞬時に了《お》え、二発目を撃った。猪は、がくっと膝を折ってつんのめると見えたが、石を飛ばし若木をへし折ってそのまま突進して来た。横へ跳んで、危うく猪の巨体を避けた。鉛の実弾を二発まで喰い、巨大なハンマーでぶん殴られた程の衝撃を受けながら、なおその巨体で敵をなぎ倒し踏み殺そうとするのだ。大地をゆすぶって、どっと斜面を落ちて行き、十メートル下で横倒しになった。

体をたてなおして、私は向きなおった。ポンプをしゃくりまた銃を構えたが、獣は動かなかった。

吼えるというよりは悲鳴に近い声が近づき、転がるようにしてジロが追いついて来た。私のそばを走り抜け、そのまま倒れた猪にとびかかって行きそうだった。

「よせッ、ジロ」

私は叫んだ。

「危い！　停まるんだッ」

私の声が終らぬうちに、巨猪は起きてきた。首をふりたて、むっくりとまた起きあがってきた。牙をむき、泡を噴き、小さい金色の目を光らせジロを射すくめまた向って来た。照準にジロがとび込んで来るより一瞬早く、引金を引いた。

獣の眉間の辺りで、ぱっと土ほこりや血が散るのが見えた。弾かれたように、どっと巨体が横転した。ジロがぶつかっていった。

硝煙の匂いより強く、猪の体臭があたり一面に立ちこめていた。〝やった！〟からからに乾いた喉がつぶやいた。

四肢を突っ張って、巨猪は絶命していた。銀灰色の巨体の数カ所からも口からも血を噴き出し、幾つかの流れとなって雪を汚していた。極度の緊張が解かれた途端、胃に急激な痛みを覚え、全身に痙攣が走った。

銃を捨て、ふるえる手で腰のゾリンゲン・ナイフを引き抜いた。放血のため、獣の喉から心臓へ長い刃を差しこんだ。疲れが、急におおい被さって来た。

ほぼ一時間の後、私は谷川へ降りていた。朱に染まって絶命した巨猪を、その場所から最も近いコースを選んで谷川へひきずり降ろし、流れのそばに仰向けに転がしたのだった。運びおえた時、私は呼吸を切らし、体中から汗の湯気をたてていた。

両腕の衣服を肘まで捲りあげ、慎重にナイフを獣の体に入れていった。松脂に擦りつけ、ヌタをうって硬化した灰色の剛毛に、銀色に光る針のような白髪が混っていた。その毛を摑んでひっぱりあげ、内臓を傷めぬように注意しながら、肛門から首まで一気に皮を裂く。溢れ出るように内臓があらわれた。湯気となった獣の体温と血のにおいが、ぼおっと立昇った。

両手の掌にあまる腸のかたまりを、すくって捨てる。さき程まで猪の体に武者振りついて、綱につながろうとしなかったジロの姿が見えないのが気になったが、やがてそれも忘れた。すべてを忘れ紫色に暮れ落ちてゆく谷の底で、私は両手を真っ赤に染めて獣の解体に没入していったのだった。

谷の上で、突然ジロの吼える声があがり、続いて銃声がした。はっと我に還り、私は頭を挙げた。本能的に銃を求めて足もとを探したが、それは猪を倒した山道に置いたままである事にすぐ気付いた。

「ジロ、どうした」

不吉な予感にナイフを握りなおして、渓流から走り出そうとした時、背後になにかの気配を感じた。振り返ろうとしたが、遅かった。後頭部に固いものが落ちて来た。一度、二度……。ジロ、ジロ、ジロと声にならない叫びをあげながら、私は暗い奈落に真っさかさまに落ちて行った。

（二）

どろどろした、濃緑色の粘液体の深い淵の底から、もがきながら私は浮かび上って来た。昏睡から、ゆっくりと私は覚めた。

目の前は、やはり闇だった。何やら聞きなれぬ音がしていた。闇の中で私は、ぼんやりとその音に耳をすませていた。風に消されるように、その音は時々ふっと小さくなった。それは音楽だったのだ。軽快なダンス音楽というやつだった。以前にそれを聞いたのは、一世紀も昔のような気がした。

それがラジオの音であることに気付いた時、同時に現実に引き戻された。凍りついた、冷たく固い地面に片頰をくっつけて、私は倒れているのだ。記憶が一度に蘇えったその時、プツッと音楽が中断した。

「き、気がついたようだぜ、兄貴」

ざらざらした声が聞こえた。

私は、はっと体を起こした。いや起こそうとした。痛みが、後頭部から体の芯へ突き抜けた。盛りあがり傾斜する地面を両手で支えて、私は振り返った。

火の粉を散らして焚火が燃えさかり、その向うに顔を真っ赤に染めた二匹の鬼がいた。焰の照り返りで、鬼のように見えた二人の男だった。男達は、座ってものを食っていた。木の枝に刺した肉片を、火にかざしてはむさぼり食っているようだった。

私は、何が起ったのか考えようと頭を急速に回転させた。痛めつけられた私の頭脳は望むようには回転せず、何事が起っているのか見当がつかなかった。

「いったい、これはどういう事なんだ」

また声が聞こえた。今度は自分の声だった。うわずった、我ながら情ない声だった。

「君達が、私を殴ったのか」

落着いた声を出そうと努めながら私は言った。

「君達は誰だ、私をどうしようというのだ」

銃も、猟用ナイフも私の手元からは無くなっていた。ひとりの男の膝に私の銃があった。その男が、もうひとりの男に言った。

「こ、こいつの言葉を聞いたかい。この爺さん、ひょっ、ひょうじゅんごでしゃべったぜ」

剃りあげたような坊主頭だった。肥満した男によく見かける、色の白い下ぶくれの顔の中に、左右大きさの違う小さな目が吊上っていた。紅い濡れた小さな唇の端をめくりあげるようにしながら、喘ぐような息苦しいどもり方でしゃべった。ふっくらした小さな顔に似ず、逞しく盛上った肩をしていた。絶えずにやにや笑いながら、目を輝かせて嬲《なぶ》るように私を観賞しているのだ。男の足もとに、アンテナをいっぱい引伸した携帯ラジオがあった。

もう一人の男は、黒っぽい衣服を着た驚くほど広い肩巾の大きな男だった。古い中折帽の庇の下の、木彫りの様な無表情の長い顔を伏せて、黙々と食っていた。男達の姿に、私はなにか異常な空気を感じて、首筋の毛が逆立つ思いがした。

「それにジロは、ジロはどうした」

返事は無かった。丸坊主の男が、声もたてずに喉で笑った。

「おい、お前達、ジロをどうしたのだ。私の犬を……」

丸坊主の男が、手の肉片を捨て座ったまま体を捻《ひね》り、背後《うしろ》の暗がりからある物体をたぐり寄せた。

「こ、こ、このワン公のことか」

そう言いながら、男が両手にぶらさげて突き出した物はジロだった。

太い針金で首を絞められ眼球がとび出ていた。後肢の片方は、吹きとんで無くなっていた。潰れた赤い肉片から、白い骨が突き出ていた。怒りが、はじめて私の全身を貫き恐怖を忘れた。よろめく足を踏みしめて、私は立ち上った。丸坊主が言った。

「鉄砲でぶっとばしてやったのに、くたばりやがらなかった。近づいて行った、お、俺さまに、こ、こいつ腰を抜かしたままで食いつこうとしやがった」

息を切らした、ぜいぜいした声が続く。

「だから俺、いつもの手でくびり殺してやったんだ……」

私は歯を食いしばり、その男に突っこんで行った。雲を踏むように、足に力がはいらなかった。男は意外に敏捷だった。銃を摑んで立ちあがりいきなり台尻で私の顔を打った。光が砕け、そしてまた闇。胸のむかつくような闇の中へ、私はひきずりこまれて行った。

二度目の昏倒から生きかえったとき、私は自分が醒めて冷静でいるのが意外だった。割《わ》れ鐘を叩くような痛みが走る、そこだけが火のように熱い後頭部に手をやろうとしたが果さなかった。手も脚も縛られていて体は動かなかった。私は口の中の鉄のにおいのする塩辛いものを吐こうとしたが、うまくいかずそのぬるぬるした液体が頰に流れた。口の中を大きく切ったようだが、ありがたい事に歯は残っているようだった。

長い時間をかけて私は顔を捻ってみた。天を焦がすようだった焚火の火も、ほとんど消えかかっていた。その周りに二人の男が転っていた。毛布のようなものを引っかぶり、体を縮めて男達は眠っているようだった。何の音も聞こえず、くすぶる松の生木の、強いにおいがするだけだった。

静寂を極める真夜中の山の闇の中で、私はじっと仰向けに横たわっていた。目を開いて、星も見えぬ暗い空をにらみつけていた。

私の目の私の声の届かぬところで死んでいった老犬のことを思い、涙を流した。今日いち日、老犬に優しかったことが、せめてもの慰めだった。

暗い、ながい夜だった。

（三）

「……三日前の夜……刑務所の看守を殺して脱獄した二人組の囚人はその後……村の一農家を襲い、その家の若夫婦を殺害……などを奪って逃げていたことが、昨夜……の人の報らせで判明しました。この一家は……さん三十歳と妻の……でともに針金の様なもので絞殺され……一帯の人々を恐怖のどん底に……県警ではこの事件の捜査本部を……に置き今朝より本格的な山狩りと同時にこの兇悪犯……」

その朝、携帯ラジオが吐き出したきれぎれのニュース放送が、男達の正体を教えてくれた。

長い夜が明けた時、男達は胴ぶるいしながら起きて来た。不機嫌におし黙ったまま、ひとりは火をおこそうとし、ひとりはラジオのスイッチをいれた。雑音が多くその上途切れ勝ちで聞きとり難いラジオにいらだちながらも熱心にダイアルを調整した。アナウンサーの、平板な妙に感情のない声がこの恐ろしい話を伝えた時、意外に私は驚かなかった。

まんじりともせず過ごした昨夜、この男達は何者だろうと懸命に考えたのだ。常識では答えが出なかった。ただ常識で律しきれぬ人間であることだけが解っていた。だが、おおよその見当はついた。私は震えながら、ひたすら夜の明けるのを待った。ふるえたのは、夜の寒さのせいばかりではなかったかも知れない。

山へ移り住んで五年、私は小屋の周囲《まわり》のわずかな田畑を耕し、渓流に魚を求め鳥を追い、獣を狩って暮らして来た。出来るだけ原始の生活に還り、世間から遠いところで生きようとした。自然に生き、また自然に死んでいければ良いと思って、その日その日を過ごして来た私だった。勿論テレビや新聞や、ラジオからも遠ざかっていたために、巷のこんな出来事も知らずにいたのだ。ここ、二、三日のうちに少くとも三人の人間を、虫のように殺してきたこの男達は、偶然この山へ逃げこんでいたわけだった。男達の逃亡の痕跡を雪が消してしまっていたのだ。男達が身につけている衣服も、トランジスタ・ラジオもその農家から奪って来たものだろう。そしてやはり盗んで来た毛布にでもくるまって、岩棚の下か掘った穴の中で雪を避け、寒さに耐えていたのだろう。

私が猪を撃った銃声を聞き、おそるおそる外をうかがい、自分達を追って来た者でない事を知り、同時に、岩場に置いたままにしていた私の猟銃をみつけたのだろう。

銃を手に入れ勇気百倍した男達は、手分けして私とジロを襲ったのだ。ジロは、さすが獣の本能で何かを感じ、私から離れて行ったのだろう。銃を持った丸坊主の気違いがジロを襲い、もうひとりの大きい男が、背後《うしろ》から私を殴り倒したのだ。

男達は、湿った生木を燃やして肉を炙《あぶ》り始めた。昨日、私が倒した巨猪の肉に違いない。

中折帽の男が、転ったままの私を顎で指《さ》し、若い方の丸坊主に何か言った。丸坊主の男が大儀そうに立ちあがり、焚火の向うから、私に近づいて来た。立ちあがる時、まず肩が盛上り、肩の筋肉から先に立ってくる感じだった。色が白く肥満体に見えるが、少々体に合わぬ袖のあまった作業衣の下には、したたかな筋肉が隠されている筈だった。背は、むしろ低い方だが決して侮れぬ対手なのだ。二十歳を幾つも出ていないようだった。身長の割に長い腕を、体の両脇にだらりと下げた姿が類人猿を思わせた。警察官が履くような底の厚い革の編上靴をはいていた。昨夜は気がつかなかったが、剃ったような尖った坊主頭の下の白い頬に、びっしりと濃い鬚が伸びていた。

「そ、そういうわけだよ爺さん。お、おれ達が何さまか解ったろう。下手な真似すると、また痛い目にあうぜ」

今朝は薄紫色に見える小さな唇をめくりあげて丸坊主が言った。地面に転がったままの私の側に膝をつき、上からのぞきこんだ。やにわに手を動かしたかと思うと、腰のナイフを引き抜いていた。鈍重に見えて、その癖動けば素速かった。

私の手足の縄が切られた。凍てついた体を労《いた》わって、私はゆっくりと身を起した。体じゅうの骨が軋んだ。痺れ切って血の気を失った手首や掌を擦りあわせ、感覚の戻ってくるのを気永に待った。

丸坊主の男に言われるまでもなく、武器を持ったこの屈強な男たちに、今また立向って行く程の気力も体力も私には残っていなかった。肉の焼ける香ばしい匂いが漂い、男達は食いはじめていた。

「それで、私をどうしようというのかね」

舌が縺れてまともな声が出なかった。中折帽の男が目をあげて、はじめて口をきいた。

「お前さん、言葉からうかがうと根ッからの土地者ではないかもしれない。だがこの辺りの山には詳しいと見たが、ちがうかね」

この場合、何と答えた方が良いのだろう。迷う私の返事も待たず、男が続ける。

「取り引きしようと思う」

帽子の庇の蔭から、荒《すさ》んだ冷ややかな目でじっと私を見つめる浅黒い鬚の無い顔が、全く無表情だった。

「今、ラジオで聞いたように俺達は逃げなきゃならない。この山なみを越えて海へ出たいのだ。海へ出さえすれば舟で逃げる。逃げ切る方法があるのだ。この山に明るい男が要るわけだ。案内してくれれば、そして海岸へ着ければ、あんたは無事に帰す。その点は約束する。こういう条件の取引きだが、どうかね」

落着いた声で静かにしゃべる男の言葉に、微《かす》かなナマリのようなものを感じた。

「取引きか、何の保証もない約束だけで」

「そう、だが断わる手はない」

男のいう通りだった。断わればこの場で私は殺されるだろう。五年間歩きまわって、私は確かにこの辺りの地形は知り尽している。最も短い時間で海へ出る方法も知っていた。しかし男達の望むとおり、私が案内し、この幾重にも重なった山々を縦走しきって海へ出た時、この男達はやはり私を生かしては放《はな》さないだろう。

男はある地名を挙げて、そこを知っているかと尋ねた。それは日本海の荒波に洗われて今はもうさびれ切って忘れ去られたような小さな漁港だった。知っている、と私は答えた。この辺の山は、岳人たちが目標とするような高く険しい山ではない。それでも落葉や雪でかくれた枝道を一つ違えば、行けども行けども山や谷から出られないという事にもなりかねない。かなり山に通じた者でも、迷ったり引き返したりする事もあるのだ。

山狩りの追手は刻々迫る。逃亡者はひと時も逡巡できない。逃亡者は体力の消耗を避け最短距離で逃げなければならないだろう。最も能率よくこの山々を縦走して海へ出るためには、どうしても私が要るわけだった。私が案内してやれば今日一日歩き続けると、明朝は遙かに海を望める所まで行ける。そこからはほとんど下りで、海まで半日の道のりだった。この男達の要求に応じ彼等を案内して山を行くことにすれば、少くとも一日半の時間が稼げるのだ。万に一つの、生き残る可能性もあるいはみつかるかも知れない。藁のように頼りない可能性だが、全く何も無いよりは藁でも摑むものが欲しかった。

「引き受けよう。私が案内すれば、明日中にはその浜へ着く。もっとも、私の足についてこれたとしての話だが」

私はそう言った。

男は微かに笑った。冷たい眼差《まなざ》しのままの、それは荒涼とした微笑だった。黙ったまま男は長い腕を伸ばして、木の枝に刺した焼き肉を私に与えた。

今はただ食えるものを食い、出来るだけ体力の回復を図るべきだった。男達が手当り次第に切りとって来たらしい猪の肉は、塩もつけずただ火に焼いただけのものだった。まる一昼夜ぶりに腹に応える食物だったし、文句は言えなかった。それに昨日、私が血を抜き内臓《わた》を抜き充分の処置をしたあとだったから肉自体は美味かった。私のチョッキの背中は、落した鳥などを納められるように二重の袋になっている。その底に、使い古した油紙に包んだ一握りの塩を入れているのだが、男達は気づかなかったらしい。勿論、教えてやる気は毛頭なかった。塩気すらない獣の肉を私も食った。ゆっくりと、食えるだけ腹に納めた。

男達は、山越えの準備を始めていた。私の銃もナイフも、丸坊主が放そうとしなかった。玩具のカウボーイのセットを皆、体につけて得意がっている子供のように見えた。ただこいつは無邪気な子供ではなく、銃もナイフも玩具ではないだけだ。

中折帽の男は、そんな丸坊主の様子を冷ややかに一瞥したきり、地下足袋を履いた長い脛《すね》に、古い巻脚絆を入念にきっちりと巻きつけていた。汗の白いしみを浮べた中折帽も巻脚絆も、どうせ農家から奪って来た物だろう。

「この銃には、一発しか弾は残っていないようだが、ほかに弾を持っていないのか」

脚絆を巻く手を止めず男が聞いた。

「あんたが気を失っている間に、この坊やがあんたの体や荷物を探ったのだが、弾はなかった」

「鳥猟とちがって、猪撃ちに弾数は要らない。無駄なものは持たない主義なのだ」

私が答えた。さき程から落ち着かない様子でその辺りを歩きまわっていた丸坊主が口をきいた。

「か、隠してるのじゃないだろうな、爺さん。鉄砲に込めたきりしか弾を持たないというのも妙じゃないのか。一発きりじゃ俺も心細いぜ」

猪弾が一発あれば、私の頭を吹飛ばすには充分だ。

「体じゅうに弾を巻きつけるのは、街のハンターと漫画のカウボーイだけだ」

私はそういってやった。

「あれだけぶっ倒されても、口のへらない爺いだ」

丸坊主が憎々しげに言った。

爺い、か。私は苦笑した。私のこの汚《よご》れた雪のような白い髪や、頬の落ちた老《ふ》けた顔つきを思えばそう言われても仕方がなかった。

中折帽の男は、猪肉の大きな一片を布切れでくるみ、毛布を丸めて背負い立上った。長身だった。なだらかに下《さが》る広い肩巾をした六尺近い大男だった。三十代の半《なか》ばであろうか。見たところ武器らしいものは何一つ身につけていなかった。そして武器以外には荷物を持とうとせぬ若い男に、その事では構おうとしなかった。丸坊主が綱切れを持って近づき、また私の手を縛ろうとした。山道を案内さすのに足を縛るわけにはいかないが、逃亡や反抗の用心に手を縛るというのだ。

私は断わった。そんな姿では倍も疲れるし、藪をくぐり枝を避け岩に掴まらなければならない、と言ってやった。それだけでもナイフを抜き、目を吊りあげて私に迫る丸坊主の背後から、好きにさせてやれ、と長身の男がいった。

地面に腰をおろしたまま、私の前に立ちはだかり息を切らせていた丸坊主は、やにわに白刃を閃めかせて私の顔の前を横に払った。本気で斬るつもりでは無いのだろうが、咄嗟に私が顔をのけぞらせていなければ、やはり傷ついていただろう。男の、左右アンバランスな小さな目に、憎悪があった。

この男は、いったい何を憎みたいのだろうか。自分より良い人生に、自分より上の才能に、つまり世の中の全てに憎しみの火を燃やしているのか。

わずかな衝撃で引火する不安定な、爆薬のように危険な男だった。

長身の男は、そんな場面を目の隅で見ていたようだが、何も言わなかった。黙々と焚火の跡を足で踏み、雪の塊りを掬《すく》ってはかけて丁寧に火を消していた。私には、この男の方がもっと危険な男に見えた。

幸いにも晴れそうな空模様だった。二月半《なか》ばの山としては、寒さもいくらかましだった。私を先頭に、その次が銃を持った丸坊主、うしろに長身の男が続いた。銃口が私の背中を小突いた。私達は、長い山道を歩きはじめた。

私には、ひときわ長い灰色の道だった。

(四)

苦労が、私の背にぴったりとくっついて追《つ》いてくる。苦い思い出をまだ忘れ切らぬうちに、苦しみはまた私を訪ねてやって来た。

人生は、私にとって〝苦しみ〟ばかりのようだった。辛いことや苦しいことや、絶望ばかりを耐えて来たように思えた。生きることには、たしかに〝よろこび〟もあろう。しかしそれは、つかの間訪れてあっという間に消え去り、そのあとに残るのはいつも悲しみや悔恨ばかりなのだ。淡雪のように、はかないよろこびの代りに、人は絶え間ない努力と苦悩を背負って歩き続けなければならないのだ。それに耐え、やがてそのすべてが空しかったと気づいて死んで行くのか。

五年前のあの頃は、私も人生のその僅かなしあわせの中に居たのだろう。

私は、結婚して八年たっていた。夢中で働いてきた八年だったが、ある時ふと、妻や二人の小さな子供たちの賑やかな嬌声にとりかこまれている自分に気づき、これが世間のいう〝しあわせ〟の一瞬なのだろうかと思ったりした。

結婚が、私の人生の大きな転機となった。その時すでに私には親も兄弟もなかった。結婚を機会に、何年間か勤めた商社を思い切って辞めた。サラリーマンとしてそのまま大過なく暮らしていった時の、数年後、十数年後の自分の姿が見える気がしたのだった。商社で覚えた知識と、二、三の得意先での信用を資本に、鉄・鋼材のブローカーとして独立した。この業界で、資金も背景もない者が生きのびて行こうとすることは、どれほど難しいか知らぬ私ではなかったが、ひとたび決心したからにはやり抜くつもりだった。文字どおりの一匹狼が餌を求めて昼も夜も走りまわり、働きまくった。ある時は同業者の裏をかき、またある時は足を掬われて転がりながらも、その度に闘志を燃やして来た。

長男が生まれ、そして妻が欲しがっていた女の子も出来してゆくたびに、己れの身を鞭うって自分を仕事に追いこんでいった。自分自身に与えられる苦痛や屈辱には耐えられる自信があった。

そんな生活の中で、愉しみがなかったわけではない。私の父は金も家も残してはくれなかったが、魚釣りと狩猟という、男が一生を通じて愛せる二つの愉しみを私に教えてくれていた。人生にわれを忘れる瞬間があるとすれば、私にとってそれは、朝の陽に鱗をきらめかせて跳ねるイワナを握りしめた一瞬であり、息を切らして登りつめた昼なお暗い谷の斜面から羽音を轟かせて飛び立った小鳥を見た瞬間であり、凍てついた吹きさらしのタツマに立って手足の感覚のなくなるまで銃を構え、犬の吼え声を猪の突進をいまかいまかと待構えるその瞬間であった。

その忘我の一瞬に自分を燃焼しきった満足が、また明日からの苛酷な生存競争に突入してゆく私自身のなによりの原動力となっていたようだった。だがこの親ゆずりの唯一の愉しみも、私は自分に対してつい与え過ぎるということはなかった。誰に遠慮があるわけでもなかったが、自分に厳しく規制してこれに溺れることを許さなかった。一年のうちの限られた猟期の間だけの、それはささやかな愉しみだった。

小さな浮き沈みを繰返しながら懸命に働くうちに、いつの間にか八年の月日が流れ去っていた。ふと自分のまわりを見廻してみれば私は数人の人を使い、事務所を拡げ、小さいながら倉庫を持って何とか人なみにやっていた。結婚した当時からの妻のひそかな希《ねが》いであった小さな家を持つことも、出来ないではない状態だった。苦しい登り道ばかりの途中で、ほっと一息つくような人生の一時期だった。

五年前のその春、私達は郊外に小さな家を求めることにしたのだった。あいかわらず朝から夜まで仕事に駆けまわる私は、このことを妻に任せた。あのひとときほど、うきうきと楽しそうだった妻を私は知らない。

昼頃幼稚園から帰って来る長男を待ちかねるようにして妻は二人の幼児の手を引き、まるでピクニックのように郊外の分譲地や建売りの小住宅を見て歩く日が続いた。春とはいえまだ薄ら寒い日の多い季節だったし、子供たちに風邪をひかせてもと、ある夜私は言ったりした。そんな時、その日見て来て印象に残った土地や住宅のことを、妻は熱心に話して聞かせたりした。当時市を挙げて造成中のあるニュー・タウンの分譲住宅の一つを妻は特に気にいったようだった。陽当りの良い斜面に建った、青い屋根の小さい洒落た家だというその家を、次の日曜日には、私も見てみようと約束した。

その日は朝から明かるく晴れて、空気が匂うような日だった。車に家族を乗せて、みんなで出かける筈の日だった。だが、急に仕事が出来たのだった。泣き出しそうな子供たちに謝ってとび出して来た車の中で、私は小さな約束を破る小さな悔みで一瞬気持ちが翳《かげ》った。

すぐそれも忘れて私は仕事に没頭していった。まとまれば大きい稼ぎになる話だった。使用人は休ませてあったからただひとりの事務所で、半日電話にとりくんでいた。午後は遠いゴルフ場まで人を追って走りまわり、疲れきって事務所に帰って来たのは、日が暮れてからだった。無人の事務所で電話が鳴り続けていた。不吉な予感のようなものがあり、受話器をとるのが億劫だった。あの時の電話の音を、私は生涯忘れられないだろう。息せき切った興奮した声が不幸を知らせて来た。妻と二人の子供が車に撥《は》ねられ、重態という……。つかの間、私は真空の穴に落ちこみ、すぐ我に還った。三人が運ばれているというその病院まで車をどう走らせたのか私は今も思い出せない。

その朝、泣きべそをかきながら、それでも笑顔で私を送り出した三人が、夕べには誰ひとり口も利けず枕をならべて私を迎えたのだ。妻の実家の者が泣きながら説明する声も半ばは耳に入らなかった。

朝私が出たあと、妻は子供にせがまれ二人を連れて郊外の家を見に出かけたらしい。悲劇は、その帰り路で起った。私鉄の駅までのまだ舗装もされぬ通路を、手をつないで歩いていた三人に砂利を満載したダンプカーが突っこんで来たのだ。ダンプの男は、なぎ倒されたまま動かぬ三人を一度は車に運びあげた。だが三人の出血のひどさと、ただならぬ顔色に怯え、暮れかかる山道にまた三人をほうり出して逃げたという。その直後通りかかった乗用車が、血まみれの三人を病院へ運んでくれたのだが、そのわずかな遅れが生死の境界となったのだった。

逆上する私に医者は、すべての手をうち尽した。あとは、各々《おのおの》の生命《いのち》の力に頼るほかはない、と言った。

病院の冷たい床にひざまずき、私は祈った。生まれてはじめて、神に救いを求めた。まず、妻が息を引きとった。私の姿も見ず死んでいった。続いて上の男の子が……。私は、残された三歳の女の子の、まっ白になってしまった小さな手を握りしめ、神さまどうか、神さまどうかと繰返し、くりかえしつぶやいていたという。

病室の窓が、しらじらと明かるむ頃、この小さな生命の灯も消えていった。頼りない、華奢な体を抱きしめて、私はぼう然と突っ立っていた。一夜で私の髪は白く変った。

（五）

忘れようとして忘れられぬあの日のことが蘇り、押し寄せる激しい感情の荒波に揉みしだかれ、私は歯を喰いしばって堪えていた。山道に立ち停り、目を固く閉じたままうなだれた頭を強く振った。私をとらえて離さない辛い苦しい思い出を振り払おうとするように……。

ざらざらした、喘ぐような声が背中から被さって来て、私は現実に引き戻された。

「歩けッ、爺い。つ、疲れたような真似しやがって」

銃口で追われながら歩き続けて来た山道の途中だったのだ。固い物でまた肩を突かれた。

「さわるな！」

振り向きざま、私は叫んでいた。

「私に触れると、叩っ殺すぞ」

私の中の何かが砕けた。握りしめた拳を、ぶるぶる震わせながら、私は丸坊主の男を睨《にら》みつけ向いあった。

男の剃ったような毛の無い頭から湯気があがっていた。汗を滴たらせた顔を一瞬唖然とさせて、私を見ていたが、小さな目に不気味な光りが蘇り、紅い濡れた唇の端がゆっくりとめくりあがった。笑ったのだ。本当に嬉しそうな笑いかただった。

私は身構えた。来い、ばらばらにしてやる——私の体の中の、眠っていた狂暴な生きものが目を覚ました。

その時、長身の男が追いつき丸坊主の腕を摑み、よせ、とだけ言った。もの憂げな声だった。腕をどう摑まれたのか丸坊主は顔をしかめ、判ったよ、とつぶやきいまいましそうに唾を吐いた。唾は私の足のそばまで飛び、黒い山道にへばりついた。

それが、この上なく汚ないものに見えた。長身の男が私と丸坊主の間に割って入り、私達はまた歩きはじめた。

朝から五、六時間、尾根伝いに歩き続けて来たのだった。珍しくおだやかな好天の日だった。山を歩きなれた私でも全身に汗をかいていた。この季節この辺りの山では、こんな天気もほんの一、二日続くだけで、すぐまた曇り空の粉雪の舞うような天候に戻るのだ。屈強な男達だったが、山には不慣れのようだった。道が登りになると、丸坊主は犬のように舌を出してハァハァと呼吸《いき》を切らせていた。次第に私からおくれていき距離があく、そのことに気付いてまた急いで追いつきそのたびに私を小突き廻して当るのだった。そして何度も休憩を求めた。長身の男は、ゆったりした大股の自分のペースで歩いていたが、やはり山歩きの訓練は無いようだった。

そんな、男達の疲れ方を私はひそかに確認しながら、黙々と歩き続けた。顎や後頭部の痛みは残っていたが、岩から湧く清水のように体力がひと滴《しずく》ずつ蓄積されるのを私は待っていたのだ。

殺してやる、と口走った自分の言葉を反芻していた。五年前のあの時も、私は一度人を殺そうとしたのだった。

あの出来事のあと、私は幾日もぼんやりとしていた。あの頃の数日のことも、私にははっきりと思い出せない。空漠たる日々が、夜霧のように音もなく私の周囲を流れて行った。そんな頃、知らせる人があって私はあのダンプカーの運転手のことを知ったのだった。二十二歳のその男は泥酔した状態のまま、事故を起こしたその夜のうちに捕っていたのだが、裁判の結果三年の禁固刑に決まったというのだ。

やり場のない怒りが私を狂わせた。私の家族を皆殺しにした人間が、三年でこの世に舞い戻ってくるというのか。天が許しても、私は許せないと思った。

保釈で一旦出て来るというその男を殺して、自分も死ぬつもりだった。使いなれた猟銃を摑み、鹿用の九粒弾をこめた時、耳もとで妻の声を聞いた。私が血気に逸って、半ばやけくそで何かをしようとした時、そんな私をいつも宥めて来た妻の声を聞いたように思ったのだ。人を殺そうとしていた私を、もう一人の私が、長い間じっとみつめていた。やがてすべてが空しいと思えてきたのだった。

ひと思いに死ぬ事も出来ず、独りで生き抜こうという勇気もなく、どうなっても良いと思えた。のろのろと、身を起こすまでに時間がかかった。事務所も倉庫も売り払った。使い込んだウインチェスターのショット・ガンとジロ一匹を残して、幾つかの猟銃や猟犬たちも、家財道具と共に手放して金に換えた。どこを見ても思い出のあるその土地から逃げ出したかった。索漠たる都会の砂漠を遠く離れてやって来た。この山裾で幾ばくかの田畑と、小屋のような家を買い、金がなくなるまで生きれば良いという生活を始めたのだった。

許したのではない。忘れようとしたのだった。

陽は漸く傾きはじめていた。

見覚えのある峠の一本松を右に見て、私は進路を枯葉の積み重なった横道へとって行った。細い山道は下りとなり、やがて周囲は落葉性の闊葉樹林の丘陵となっていった。斜面を一気に降り、一旦沢へ出て渓流沿いに遡行するつもりだった。事実それが目的地への近道だったが、また私に一つの計画があったのだ。この男達に反撃出来るかもしれない場所がただ一カ所あるのだった。

私達は木に摑まり蔦蔓を分けながら、後になり先になりして斜面を下って行った。下生えの多い、陽のささない坂道は露に濡れて滑りやすかった。

私の上衣のポケットには、ジロの引綱が入っていた。私の体から何もかも取りあげた男達も、これはどうしようもないと考えて残したのだろう。使い古したその革紐をまさぐり、握りしめて私はこの辺り一帯でのジロとの猟の記憶を数えあげていた。

その時だった。

あの鋭い羽音と共に、私の足もと数メートルの草むらから、突然山鳥が舞い上ったのだ。何度経験しても思わず体がこわばる一瞬だった。耳もとで銃声が炸裂した。羽音に驚いた丸坊主が、おそらく肩付けも不完全なまま発砲したのだろう。勿論、毛も散らぬぶざまな失敗だった。

美事な長い尾を拡げた牡の山鳥は、赤い美しい姿をちらつかせて樹立ちの中を一気に下《くだ》って行った。たとえ狙った射撃であったとしても、猪《しし》撃ち用の一粒弾で飛鳥が撃てる筈もないのだ。羽音と銃声との続けざまのショックに、我々はしばらくの間棒立ちになっていた。

次の瞬間、私は身を翻して斜面を走り出していた。逃げるのだ。たった今、銃は空《から》になったのだ。一直線に私は逃げた。

「馬鹿、弾が無いのだ、追いかけろッ」

背後で、長身の男の怒声があがった。逃げる私の背に、丸坊主は銃の引金を引き続けていたのか。――枝を折り草を踏みしだく、雪崩《なだれ》のような音が私を追って来た。

私は必死に逃げた。沢に下りさえすれば、そしてその向うの背丈を越す藪にとびこめさえすれば……。

あと一跳びで平らな地面、という時、蔦に足をとられてしまった。あっという間もなく、私は空間に体を投げ出していた。踏みつければ水のしみ出るような、じくじくした柔らかい地面だったが、頭から投げ出された私はしばらく呼吸《いき》も出来ずに倒れていた。

呻きながらやっと四つん這いに身を起した時、地響きをたてて坂を下って来た者が背後から私に襲いかかった。腓腹に、底の厚い革靴の先がめりこんだ。私の目の中で火花が散った。二度目の攻撃を四つん這いのまま辛《かろ》うじて肘で受け、三たび襲って来た編上靴に私は武者ぶりついた。丸坊主がどっと倒れた。

その時、長身の男が降りて来た。丸坊主の男からとりあげたらしい銃を摑んでいた。私は跳《は》ね起き、とび退って二人の攻撃に構えた。だが長身の男は向って来る様子もなく、切株に腰を降ろしてしまった。若い男に私を任せて見物する気のようだった。

「坊や、ナイフは使うな」

長身の男が丸坊主に声をかけた。

「今殺すわけにはいかんのだからな。だけどそのおっさんをなめては危いぜ。そいつの手首の太さを見てみろ」

うなずきながら、薄笑いを浮かべて起きて来る丸坊主に私は言ってやった。

「武器がなくてもタフになれるかな」

歯の間から、シューッと毒蛇のような音を出しながら丸坊主が摑みかかって来た。私は退りながら拳を固めた左を突き出し、二度三度男の紅い口を打った。その度にガクッガクッと顔をのけぞらせ、なお男は進んで来るのだ。ありったけの体重をかけて、私は右の拳を男の顔の真中に叩きこんだ。さすがに大きくよろめいたが、男は倒れなかった。盛上った肩の筋肉に首を埋め、鼻からも口からも血を流したまま、私を睨めあげる目にははっきりと殺意が見えた。男はやにわに頭から突っこんで来た。避けそこねた固い坊主頭が、私の胃に突き刺さった。坊主頭を抱いたまま私はふっとび、男と縺れあって転倒した。

男の手が私の喉を摑み、恐ろしい力で絞めつけて来た。その手首を摑み私は必死にふりほどこうとした。馬乗りになった重い男の体を、膝で蹴りはねのけようとするのだが応《こた》えなかった。殺される……という思いが脳裏をかすめた。苦しみが過ぎ、意識が薄れはじめた時、私の体にかぶさっていた重量が急に遠のき、首にくいこんでいた指の枷が解けた。忘れかかっていた呼吸を一挙にとり戻そうと、私は金魚のように口を開いて喘いでいた。

口の辺りに微かに笑いを浮かべた長身の男が、片手で丸坊主の襟首を摑んで引きたて、彼を私から引き剝がしたのだ。私の絞首刑は中断された。いや、延期されたと言うべきだった。

（六）

陽が落ちるまでに時間がなかった。

歩き難い渓流沿いの岩道を、私達はせい一杯急いだ。濡れた露岩が起伏する急な傾斜の登りで、苦しかった。無意味だった逃走に私は体力を費い果たしてしまった。痛めつけられた自分の体が、ボロきれのように思えてきた。

黙々と歩き続ける私達に、遠雷のような重い音が聞こえはじめた。地鳴りにも似たその音は進むにつれて大きくなり、私達の腹に響いた。あれは何だ、と背後《うしろ》から長身の男が言った。先程、私を追ってあの斜面を駆けおりた時足を挫いたらしく、男は片足をかばった引きずるような歩き方をしていた。だが男は痛そうな顔ひとつせず、歩き続けていた。ただ朝から背負って来た肩の荷物は、あれ以後丸坊主に持たせ、代りに銃を背負っていた。あれからは、丸坊主には銃を持たさなかった。空《から》の銃も、弾がない事を知らぬ人間に対しては威嚇に使えるわけだった。

殷々《いんいん》たる落下音を轟かせて、大きな滝が私達の行く手を遮った。垂直に切りたった見上げるような岩の高みから、白い飛沫をあげて一気に落下する水の壁と、不気味な緑色の滝壺に阻まれ、これ以上は進みようがないようだった。数時間かけた今までの渓谷行が全くの無駄だったのかと思えるような、それは行詰まりに見えた。

「いったい、これはどういうことかね」

長身の男が、滝を仰いだまま私に言った。

「こ、この野郎、何か企《たくら》みやがったな」

肩の荷をその場に投げ出した丸坊主が、私に向って詰め寄って来た。半日かけてこの渓谷を遡って来た物好きな者があったとしても、この滝の壁に突当り、大きく迂回するより方法がないと断定し、今来たばかりの苦しい道をまた引返すことだろう。

「説明してもらおうか」

長身の男が私に言った。

「あの滝の中を、くぐり抜けるのだ」

と私は言った。信じ難い事かも知れないが、激しく落下するこの水の壁と岩壁との間に、わずかな空隙がある。岩肌に貼りついて、カニのように横に這い滝の裏を抜ける事が出来るのだと。

考えもつかないこの方法でこの難所を突っ切れば、尾根から谷、谷から尾根への大縦走より半日は時間が稼げるのだ。滝を横切った辺りから岩床に走った亀裂のような自然の道があり、それをよじ登ると小屋があるとも言ってやった。冬の山で過ごす一夜の宿としては、これ以上は望めぬ筈だと。

丸坊主が、嘘だとわめいた。罠だ、というのだ。長身の男は暗い冷たいまなざしで、じっと私の目を見詰めていた。私の言ったことを疑っているのかもしれないし、信じたかもしれなかった。男の表情からは何も読みとれなかった。

私が男達に言った事は、すべて事実だった。山の生活での、私の数少ない知人の一人である炭焼き猟師のモモンジから、私自身が教わったことだった。ただ、滝の裏の岩壁の一カ所に、直角に切れ込んだ裂け目がある事実を、私は男達に言わなかっただけだ。

どうせ私が先頭になるだろう。激しい勢で落下する垂直の水の壁と五十センチとは離れていない岩壁を行くのだから、飛沫を全身に浴び目も開けられぬ状態で、進むのだ。濡れた岩棚を踏み外さぬように一寸刻みに進む岩壁のその途中に、人ひとりが辛《かろ》うじて体を入れる事の出来る裂け目があるのだ。先頭の私が体を横にしてその窪《くぼ》みに入ってしまう。岩壁に貼りつくようにして続いて来る男の体を、ちょっと押しやりさえすれば……。摑む物もない濡れた岩壁だ。足を踏み外し、水の束に叩きつけられ深い滝壺に落ちて行くだろう。男達を殺す以外に、私が生き残る道は無いのだ。

「判った。その方法しかないというのなら、あんたの言うようにやってみよう」

長身の男がつぶやいて、岩に腰をおろした。

「ただし、お互いの体をつなぎ合う」

そう言いながら、男は足の脚絆をゆっくりと解いていった。砂の上に築いたものが、一挙に崩れ去るようだった。

解いた巻脚絆を二本結び合せた長い帯で、男は私と二人の体を一定の間隔で数珠つなぎにした。私の計画はまたしても無残に砕け散ったのだ。こうすれば誰が足を滑らせても、引きずり込まれて全員が落ちるのだ。男達の一人一人が無事に渡り切ってくれるよう、私は祈らねばならなくなったのだ。

背負い袋に入れてあった私のビニール合羽や、農家から盗んで来たらしい雨具を、男達だけが使った。丸坊主は荷物の大半をその場に捨て、長身の男は銃を逆さに背負い、その上から合羽を着た。

三人は一列になって、滝までの黒く濡れた飛び飛びの岩肌を、一歩一歩注意して進んだ。滝の真横にたどり突き、ぴったりと岩壁に身を寄せた。わずかな岩の突起を摑む指先に力をこめ、一瞬呼吸を詰める思いで、思い切って轟音の中へ突っ込んで行った。

全身水浸しになり、私達は滝を抜けた。無我夢中で岩の裂け目をよじ登るうち、突然、ぱっと目の前が開け茜《あかね》いろに暮れなずむ空の下に出た。目の前にモモンジの小屋があった。お互いの体をつないだずぶ濡れの帯を断ち切るのももどかしく、三人は転げこんだ。骨まで冷えた体を投げ出して、しばらくは荒い呼吸《いき》をするだけだった。

（七）

このモモンジの小屋からなお少し登れば、そこはもうこの山の頂きだった。ブナやミズナラの雑木をかきわけた所に瘤のように盛上った場所があって、そこへ立てば遙かに海が見えるのだ。あとはもう一気に下るだけだった。最短距離を歩いて海岸まで半日足らずの道のりだ。私の役目は終ったのだ。朝になれば、男達も気付く筈だった。男達にとってもう必要なものでなくなっている事に。

この辺り一帯の山を縄張りとする炭焼き猟師のモモンジとは、猪猟を通じて知りあったのだった。モモンジは普段は独りで炭を焼き、気が向けばまた独りで猟をする変屈な老人だった。無口で無愛想な男だったが、私とは最初から妙に気が合った。モモンジとは、茂門治とでも書くのだろうか。私は聞いてみたこともなかった。

モモンジは、この山を海の方へ降りたところの村に住んでいるのだが、狩りに出て山で過ごす夜の為に、独りでこの小屋を建てたのだ。一年に一度か二度、この山なみを越えてモモンジは私の方にやって来た。貂《てん》や狸や鹿などの毛皮を背負って、私の住む山裾の毛皮商人まで卸しに来るのだ。その時私の小屋に一泊して行くのが習慣になっていた。

私はこの辺の山の事や猟の事をモモンジから教わった。代わりに火薬や弾を分け与えたりした。私が獲物を求めて足を伸ばしすぎた時など何度かこの小屋を使わせてもらったりして来たのだ。

勝手知った小屋の中を手さぐりで探してつけたランタンのろうそくの灯がゆらめいていた。モモンジの小屋の中は何ひとつ変わりを見せず懐かしかった。小屋の中央の土間の石をならべただけのカマドも、すぐにでも薪になるように積重ねてある枯枝の山も、いつものままだった。

男達は、火を焚き肉の残りを焼いた。私は濡れた着物を脱いで火にかざして乾かした。凍りついたような体が、痛みを伴いながらじんわりと溶けていった。肉が焼けるまでに男達はまたラジオをとり出し、ニュース放送を聞いたりしていた。今日いち日の道中で何度か聞いた切れぎれの放送で、私はこの脱獄囚の過去も、彼等の名前も知っていた。一人の名は日本人のものではなかった。

肉の脂が滴り落ちて黄色い焔をあげた。隙間風に大きくゆらめく焔をみつめて、私は挫折感に打ちひしがれていた。

とうとうここまで来てしまった。殺人狂を二人まで連れて……。モモンジが小屋に来あわせているという最悪の偶然を避けられたことだけが、せめてもの慰めだった。長身の男が、食いながら私に言った。

「あの滝の裏で、俺達を殺《や》ろうと考えていたんだな」

岩壁を這うように進む途中、あの裂け目を知った時男は気づいたのだ。そこで私が逆襲を試みる心算《つもり》だったことを。

鋭い男だった。タフで冷静で、必要なら徹底して冷酷になれる男だった。私は答えた。

「お前たちを殺さなければ、私が生き残れない」

その自分の言葉に躓《つまず》いて、私は考えこんだ。気がついてみれば、この二十四時間私は生きのびようとして必死の努力をしていたのだ。生きることを投げてしまった私ではなかったのか。いつ死んでも良いと思っていたのではなかったのか。

「考えてみると、私も生きのびなければならない程の命でもない。だがお前たちは、この世の中に絶対に生きていてはいけない人間なんだ」

私の言葉に、丸坊主が目を吊りあげた。長身の男は、その長い褐色の指をあげて瞼を覆うようにし、疲れた感じの動作でゆっくり顔を撫でおろした。

「よくそう言われたよ。お前らのような人間は、いない方が世の中の為だと」

長身の男が、静かに話しだした。

「世間の奴は皆そう言った。ただ一つのことだけで奴等は俺を嫌いやがった。汚いものを見るような目で俺を見て来やがった。この国の奴等はいつだってそうだった」

男の声に、ある感情がふくれあがって来るようだった。私は言った。

「世間が君を白い目で見てきたとすれば、それは君が朝鮮人だからではない。君が、世間や自分の人生に誠実ではなかったからだ」

私達の問答をよそに、食い終った丸坊主は狭い小屋の中を歩きまわっていた。ほこりをかぶった棚の物を引きずり降ろしたり、乱暴な動作でその辺りを覗きまわっているようだった。長身の男がまた話し出した。もう私を見ていなかった。誰をも見ていなかった。

「俺の親父は、終戦の年、警官に殴り殺された。屑鉄を盗んだだけだった。朝鮮人だというだけで、奴等は寄ってたかって痛めつけたのだ。俺はその時子供だったが、いずれこの国の警官を一人でも多く殺してやると決心した」

「その警官や看守にも、子供がいるだろうとは考えなかったのだな」

と私が言った。その時、丸坊主が小屋の隅で大声をあげた。

「おいっ火薬があるぞ。こ、これは鉄砲の弾じゃないか」

蓋をとった古い海苔の罐を持って来て私達に見せた。見るまでもなかった。罐の中には、ビニールの袋で小分けした火薬と鉛の散弾と、弾詰めの道具一式が入っているのだ。

悪いものが見つかってしまった。それは私がモモンジに与えたものだった。山中での弾の補給に、ここに常備してあったのだ。長身の男の目がキラッと光り、私を見て言った。

「弾が詰められるな。やってもらおう」

柿色の紙薬莢が三箇だけ、罐の底に残っていた。これもいつか私が与えたものだ。発火金や雷管の備わった、新しい空薬莢である。

私は、しぶしぶその一つをとりあげた。計量匙にすくった火薬を注ぎ入れ、フエルトの毛塞《コロス》を詰め、その上から私は力を入れて押しつけた。雉子《きじ》や山鳥用の五号散弾をその上へ入れ、また毛塞《コロス》で蓋をし、ぐいぐいと力をこめた。火薬の圧縮度を増し、爆発の効果をより強める為だ。何百回と繰返した習慣がさせる半《なか》ば無意識の行為に、私は苦笑した。やがて私の体に食いこむことになるかも知れない弾を、私自身が造っているのだ。額に汗をにじませて、その事に力をこめているのだ。そんな私を嬉しそうに見おろしている丸坊主が、ひくひくと喉を震わせたかと思うとやがてのけぞるように笑い出した。狂気の笑い声が薄暗い小屋の中に反響した。

その時、私の頭に閃くものがあった。天啓のように一つのトリックを思いついたのだ。残る二発の弾に罠をかけるのだ。しかし罠を仕掛けられるかどうかが、まず問題だった。その可能性は、私が今詰めているこの最初の一発を、男が銃にどう装塡するかにかかっていた。

薬莢の口を固く巻きこみ、最初の弾が出来上った。長身の男は、薄い眉を寄せてじっと火をみつめていた。いや、火を通り越して何も見ていないかも知れなかった。暗い苦しい記憶との陰気な格闘を続けているようにも見えた。

私は声をかけておいて、最初の弾を男の膝に軽く投げた。男は、ふと我に還ったような仕草で弾を手にとり、振り向いて小屋の壁に立てかけた銃を引き寄せた。

祈るような私の視線に気もつかず、男は銃を裏返し、銃身の下の穴からチューヴの弾倉に弾を押し込んだ。銃身の薬室へは装塡しなかった。罠を仕掛けるチャンスは出来たのだ。よし、やってみよう。私は決心がついた。もし失敗してもその時は、助けてくれと泣いて頼めば良いのだ。そんな事が私に出来るとすればだが。

私は、二ツ目の薬莢に火薬を入れた。上目づかいに男達を窺ってみた。男達の関心は、もう私の上にはなかった。もう一匙、さらに一匙私は火薬を増やした。定量の倍以上の火薬を納めた薬莢に、散弾を入れ又《また》毛塞《コロス》をかぶせて力いっぱい押しつけていった。震えまいと努力しながら、二発目の弾を長身の男に渡した。男は無造作にそれを弾倉に押しこめた。

男達からは蔭になった方の手を背中に廻し、チョッキの物入れから油紙に包んだ塩をとり出して膝の下に敷いた。背で隠すようにしながら、三ツ目の薬莢にいきなり毛塞《コロス》を詰めた。その上に粗い塩を注いだ。一定の嵩まで入れた塩の上に蓋をした。雷管の起爆薬以外は火薬の入っていない弾が出来たわけだ。一つずつ渡されては、三発の弾の微かな重量の差に気がつく筈はない。男は、最後の弾も弾倉へ押しこんだ。

私は、ほっと大きな息を吐いた。罠は掛けられたのだ。

男が銃の先台《ポンプ》を前後にしゃくって弾を薬室へ送りこみ撃発状態にしようとする時、弾は今装塡した順とは逆の順序で上って来るのだ。

食い足りると男達は睡《ねむ》くなったようだった。戸棚からモモンジの粗末な寝具を引きずり出して、長身の男は銃を抱いて横になった。丸坊主が私の手足を縛った。私は逆《さか》らわなかった。淡いランタンの灯が消された。私は板の上に転って、残るもう一人への反撃の方法を必死に考えた。闇の中で、長身の男がつぶやいた。

「人間、正直に一生懸命にやっていても良いことがあるとは限らないし、悪《わる》こすく立ちまわったつもりでもたいして得はしないようだ」

それは誰に聞かすつもりでもない、ひとりごとのようだった。すべてを明日に賭けて私も眠りたかった。ありがたいことに、激しい疲れが忽ちのうちに私を深い眠りの淵に引きずりこんだ。

(八)

山に最初の微光がきらめく頃、私は眠りから覚めた。手足を縛られたまま獣のように眠りこんだのだった。縄を切らせ、私は体を動かして筋肉をもみほぐした。熟睡出来たためか、体に生気のようなものが蘇っていた。それが何より有難かった。殺《や》られるか、生き残るかの戦いの朝なのだ。

昨日の朝、男達には漠然と二日の道のりだと言っておいた。男達がその目で海を見るまでは、今日一日歩き続けなければならないと信じているかも知れない。だが、やがて男達は海を見るのだ。男達はそれでも出来るだけの最短距離をとろうとして、海岸のぎりぎりまで私を利用するかも知れないし、あるいは遠く海を見た途端に私を片付けようとするかも知れないのだ。

私は急がなければならなかった。私の計画は脆く、頼りなく、忽ちのうちに崩れてしまいそうに思えた。だがたとえ切れ落ちそうに頼りなく見えても、その吊《つり》橋を渡らなければ還れないのだ。男達の体が眠りの名残りから抜け切らぬうちに、出発の態勢が整《ととの》うまでに私は行動すべきだった。

「今日のこれからの進路だが……」

私は、さり気《げ》なく言った。

「私がとろうとしている北の壁面に雪が残っているようなら、ルートを変更しなければならない。その場合は少々廻り道になるが西側から迂回する。この小屋の裏の小高い所から情況を判断して来る」

もっともらしく聞こえただろうか。私は立上り、何気ない様子で戸口の方へ動いた。

「待てッ」

丸坊主のだみ声が、私の背にとびついた。

「そ、そんな見えすいた手に乗ると思うのか」

私は振り返り、黙って長身の男を見ていた。丸坊主の男の方を無視しているように見せたかった。

「お前ついて行ってこい。逃がさんようにな」

長身の男が丸坊主に言いつけた。任せろ、と言いながら丸坊主は立って銃をとろうとした。それを長身の男が遮った。

これは預かる、お前には持たさない、とピシッとした調子で言った。この男には逆らわなかった丸坊主だったが、朝は虫のいどころでも悪かったのか妙に拘《こだ》わってむくれた。ここでもたつかれては工合が悪いのだ。私は、あくまでも丸坊主の方を無視した様子で、長身の男に向って言ってやった。

「あんたの若い相棒は、鉄砲が無いとガタつくらしいな。私にやられたのがよほど応えたようだ」

手応えはあった。丸坊主は振り返るなり私の顔を殴りつけて来た。私は避けようともしなかった。

突きとばされて、私は小屋を出た。地表には一面に霜が降り、濃密な朝の空気が冷たく濡れて流れていたが、私はかすかに海の香を感じたように思った。

男は小屋を出るなりナイフを抜き、私の背をつついて追いたてた。背筋《すじ》に血の流れるのが感じられた。私は小屋の裏を、眺望のための場所とは反対の方へと登って行った。

うまく行っていた。この男を怒らせて、銃を持たさず一人でとび出させたのだ。この男ひとりなら、私にも何とか出来そうだった。

人の歩く道のない茅場《かや》を、かき分けて進んで行った。けもの道がいたる所にあった。モモンジはこの山でも毎年数頭の猪を獲っていた。一面の灌木の斜面にしゃがむようにしてうかがえば、四つん這いの獣なら通れるわずかな自然の隙間がある。そういう獣の通い道をえらんで歩いた。周囲の地形に目を配りながら、私は懸命に記憶を反芻していた。

「え、えらく遠いようだが、爺さんよ、また変な気を起こしたんじゃないだろな」

ナイフの先が、また私の背を突いた。もう少しだ、と私は答えた。自分自身に言い聞かせたのだ。

弓なりに反《そ》った、見覚えのある松の木が見えた。その辺りは藪もいっそう密度を増し、うっそりと薄暗かった。私はさり気なく一歩横へ寄って、歩き難いブッシュの中をかきわけて進んだ。背後の男は、少しでも楽な道をとって、ガサガサと体で笹や枯枝を倒しながら猪《しし》の通いを歩いて来た。

突然、バサッという物の擦れる大きな音と同時に、あっという声が背後《うしろ》であがった。続いて人の倒れる音。

かかった！　私は振り返った。丸坊主は左足を斜めに宙へ蹴上げたかっこうで、右膝と両手を地面へついて這っていた。

弾力のある若木を弓を張るように曲げて仕掛ける猪《しし》の撥《は》ね罠に、男は片足を踏みこんだのだ。

触れた途端張り糸が切れ、木が撥ね帰り同時にワイヤロープの環が絞られるのだ。大の男を逆《さか》さに吊りあげる程の力はないが、針金に喰わえられた片足を高く跳《は》ねあげられて人間は転倒してしまう。この辺りの猪《しし》の通いの要所要所に仕掛けてあるモモンジの罠の一つだった。

丸坊主は左手にナイフを握り体を捻って、左足のワイヤロープを切ろうと焦っていた。ナイフの先がわずかにロープに触れるだけだったし、届いたところで切れる筈もなかった。私は近づいて行った。男は向きなおり、めちゃめちゃにナイフを振りまわして荒れ狂った。

私は上衣のポケットからジロの引綱をとり出した。絞められたジロのために、この革紐で男の首を絞めあげてやりたかった。綱の先端の留め金を分銅にし、大きく振りまわして勢をつけ、ナイフを握った男の手に打ちおろした。風を切って伸びていった革紐が、生きもののように男の手首に巻きついた。私は力いっぱい綱を引っぱりあげた。重心を失い、支《ささ》えていた片手を浮かし男は顔から地面へ突っこんだ。私はとびこんで男の手を蹴り上げた。ナイフがきらめいて飛び、うしろの叢《くさむら》に落ちた。私は男の体をとび越えて背後《うしろ》へ廻り、男の右手首を鷲摑みにした。男の肘に膝を当て、松の枝を折るように一気に腕をへし折った。鈍いいやな音がし、男が悲鳴を挙げた。利腕《ききうで》を折られて男はもうロープを解くことも、私を追うことも出来ない筈だった。私は荒い呼吸《いき》をしながら立ちあがった。

カシャーン！　という冴えた金属音が私の心臓を突き刺した。私は思わずとび上った。すぐ背後《うしろ》の木の蔭から、銃を手にした長身の男がのっそりと現れた。五連銃の先台《ポンプ》をしゃくって、薬室に弾を送った音だったのだ。

「その気ちがい小僧は殺してしまってもいいんだぜ。これからは足手まといになるだけだし、海へ着く前にどうせ片付けるつもりだったんだ」

長身の男は、地に転って呻いている男を顎で指《さ》してそう言った。中折帽の庇の下の暗い目に、何の感情も見えなかった。

「こんな事かと思ってあとをつけたのだ。もう海は近いのだろう。風の匂いでわかっていた。俺の国の海の匂いが……」

私は男の目をみつめたまま後ずさりして行った。男は浅黒い頬をゆがめて微かに笑い、ゆっくりと首をふった。

「無駄だよ、運命からは逃げられない。気の毒だが死んでもらう。生かしておくには、あんたは利口すぎるようだ」

私は横にとび、逃げ出した。足を傷《いた》めているこの男に、追うのをあきらめさせ銃を撃たす程度に私は敏捷でなければならないのだ。灌木の斜面を突っ切り、下の山道へとび降りた。斑《まだ》らに雪の残る山道を私は走った。藪をかき分けて追って来る音が停った。男は立ち停り、逃げる私の背を狙って銃を構えたのだ。

ブスッ、という音がした。あわててポンプを作動する金属音が続いて聞こえた。走りながら、私は全身を耳にしていた。

轟然たる銃声が響いた。それは、かつて聞いたこともない恐ろしい炸裂音だった。首をすくめたまま、体を硬直させて私はその場に立ち竦《すく》んでいた。

物の倒れる音。斜面を滑り、重い物が山道へ転がり落ちる音。私は恐るおそる振り返って見た。長身の男が、いやかつて男であった黒い物体が、斑らな雪の道に転っていた。

火薬を入れなかった一発目の弾は、雷管の起爆薬だけの爆発力で厚い毛塞《コロス》を銃身の中程に詰めてしまうのだ。鈍い爆発音と手応えの無さに、男は不発と思った筈だ。急いでポンプをしゃくり、不発弾を掻き出し次弾を撃とうと焦っただろう。雪などを銃身に詰めてそれを知らずに射撃すれば、正規の弾ででも銃身破裂という大事故になる。ましてこの場合は、倍以上の火薬量を内蔵した特製の弾が薬室へ送りこまれて来ているのだ。

台木が真っ二つに折れてとんだ私の銃の残骸が転っていた。銃身がひんまがり、根元の方はバナナの皮を剝いだように裂けていた。そしてその向うに、目から上の頭を吹き飛ばしてあの男が、雪を赤く染めて転っていた。山道の凍った土の上にへたりこんで、私は吐いた。

すべては終った。

陽はまた昇り、光と空気がまちがいのない質量となって周囲にふり注いでいた。音ひとつない明るい静寂《しじま》の遠景に、金色にぼけた海があった。今日もまた晴れるようだった。

ふと気がつけば、山道に座りこんだ私の手の先に、みずみずしい緑色の若い芽があった。この高みへ何が運んで来たのか麦の新芽が、山道の凍てついた黒い土を割って頭を出しているのだった。長い冬を眠り続けた一つの命が、固い凍土のなかからまた頭を挙げて起《た》ち上って来たのだった。

天使の罠

三好　徹

初出：〈小説新潮〉1969年2月号

三好　徹
天使の裁き
天使の裁き
若い女が接吻を売っているという話を聞いたとき、記者生活
10年の私は、漠然とした犯罪の匂いを感じたのであるが……
鋭利な支局社会部記者の眼は、社会の裏面に暗躍し、巣くう
爛れた人間関係と犯罪の罠を執拗に追求して行くのである。
三好　徹・連作推理最新刊
桃源社刊　450円

『天使の裁き』桃源社（一九六九年五月）

三好徹（みよし・とおる）一九三一（昭和六）－二〇二一（令和三）

　東京府生まれ。横浜国立大学経済学部卒。卒業の前年から読売新聞社に入社し、一九六六年に退社して作家専業となるまで在籍した。五九年、三好漠名義で応募した「遠い声」で第八回文學界新人賞次席に選ばれるが推理小説に転じ、六〇年、三好徹名義の『光と影』を書き下ろし刊行する。新聞記者を出発点とする書き手らしく、探求を自身の主題としてさまざまな社会問題に取り組んだ。六〇年代にはスパイ小説《風の四部作》があり、そのうち六六年の『風塵地帯』で第二十回日本推理作家協会賞を受賞している。また、少年の非行問題を扱った六七年の『聖少女』では第五十八回直木賞を受賞した。

　代表作の《天使》シリーズの連載を開始したのは六八年、新聞記者〈私〉の一人称で綴られる連作である。ダシール・ハメットのコンティネンタル・オプに倣い、語り手には名前がない。全国紙の記者なので本社に戻れるはずなのだが、なぜか横浜支局に留められて延々と警察回りを続けている。読売新聞社横浜支局勤めであった自身の体験が反映されているはずであり、港町の情景が作品の彩りとなっている。「天使の罠」は六九年の発表で、若者の無軌道さを扱っている点は出世作の『聖少女』を連想させる。

　この他の作品に、八〇年代を中心に書かれた《銀座警察》シリーズなどがある。また、八一年の『コンピュータの身代金』に始まる一連の誘拐小説では、このジャンルの新境地を開拓した。（杉江）

1

運河ぞいの道にあるそのスナックに入ったときは、すでに午前零時を過ぎていた。スナックの経営者の堀尾は学校時代からの友人で、私が借りている部屋に近いこともあって、夜勤の帰りに、そこで空腹をみたすことが多かった。

週の初めのせいか、店のなかは、いつもよりすいていた。私がカウンターの席に腰を下ろすと、堀尾は、ひとつあくびをしてから、今夜は暇で、月のうち幾日かはこんな晩がある、と愚痴めいた呟きをもらした。

「かせぐばかりが能じゃあるまい」

私がそういうと、堀尾は、

「そこが月給取りと商売人の違いさ。きみらは病気で休んでいたって給料をもらえる。こっちはそうはいかんからな。からだの調子の悪いときは、月給取りが羨ましいぜ」

私は黙って、堀尾のつくった水割りを口にふくんだ。月給取りであることを日ごろ意識したことはなかったが、私は月給取りには違いなかった。

堀尾は、漢方の苦い煎《せん》じ薬でも飲むようにコーヒーを飲んでいたが、私の心を見すかしたように、いくらもらっているのか、とたずねた。私はありのままを答えた。かれに嘘をいう必要は少しもなかった。

「へえ、そんなにもらっているのか。新聞社というのは、案外いいんだな」

と、堀尾はいった。

私は答えなかった。三十半ばの新聞記者のもらう額として、主観的にはそれが多いとは思われなかった。それに、どういうわけか、この仕事はむやみに人とコーヒーや酒を飲み、その金がバカにならないのだった。

「どうした？　疲れているらしいな」

「そう見えるか」

「いつもの元気がないことは確かだね」

「海岸公園の射殺事件で、毎晩追いまくられているんだ」

そこへ、騒々《そうぞう》しい嬌声を発して、数人の女が入ってきた。水商売なのか、しろうとなのかは、外見からは判断がつかなかった。ただ、どの女をみても、街角の暗がりに立たせれば立派につとまりそうな感じだった。

堀尾は、ボーイのうけてきた注文を聞いてから、サンドイッチやスパゲティをつくりはじめた。

私は、それとなく彼女たちを観察した。一人だけ、綺麗な女がいた。しかし、もしかすると、そういうのがプロなのかもしれなかった。

私は、腰をあげようとした。そして、堀尾の表情がかすかにこわばっていることに気づいた。

「どうした？」

すると、堀尾は低い声で答えた。

「ちょっと行かないでくれ」

堀尾の声は、私の腰を下ろさせるだけの力をもっていた。さっきまでの軽口をたたいているときとは違った、なにかしら切迫したものが感じられた。

しばらくすると、若い男が顔を出し、それにつれて女たちも立ち上がった。勘定は、綺麗な女が払った。二十一、二に見えるが、ことによると、もっと上かもしれない。

「いまの女」

と、堀尾はひからびた声を出した。

「あの女がどうかしたのか？」

「いや、あの女は問題じゃなくて、いや、そうでもないが、つまりあの女といっしょに来た男のことなんだ。男といっても、あの女の、さっきの……」

堀尾は、少し混乱しているようであった。そして、その混乱は、かれの内側にある昂《たかぶ》りを物語っていた。

私は堀尾が落ち着くのを待って、かれの話を聞いたが、それはかなり私を緊張させるものだった。

私が綺麗だと思った女を、かりにA子としよう。このA子は前に何回か大学生らしい若者と、堀尾の店を訪れた。深夜のこともあれば、朝十時ごろのこともあった。堀尾の推理によれば、夜のときはこれから情事をもとうとする前であり、朝のときは終えた帰りらしかったという。

ところが、一ヵ月くらい前、大学生らしい若者が独りで入ってきた。かれは目尻に小さな傷をこしらえていた。傷はまだ新しかった。

そのとき、客はかれだけだった。かれは堀尾の前に坐りこむと、

「オジさん、このへんでピストルが手に入らないかな?」

と、唐突にいい出した。

堀尾は、若者の表情を見つめた。冗談なのか本気なのかは、その表情からは汲みとれなかった。坊や、といいたいのをこらえて、堀尾はいった。

「あいにくと、うちじゃ、ピストルは扱っていなくてね」

「そりゃ、そうさ。だけど、このへんにはピストルの売人《バイニン》がいるんじゃないの?」

この若者は、ギャング映画やテレビを見すぎたらしい、と堀尾は思った。確かに、外国船の出入りの多い横浜には、密輸の拳銃が流れているかもしれない。が、その流れは、ふつうの人間の眼には触れないところで流れているのだ。若者は、どちらかといえば、ふつうの人間に見えた。

堀尾は、からかいぎみに訊いた。

「もし売人がいたら、どうするつもり?」

若者は、臆病そうな眼になって反問した。

「知っているの？」

「お客さん、ここはスナックなんだよ」

「そりゃ、知ってるさ。いまのは冗談だよ」

そういった若者の眼は、ほっとしたような光をたたえていた。

それから数日後、若者は、眉間にほくろのある、三十前後の男といっしょに再び入ってきた。その日は堀尾には話しかけず、隅の席でひそひそと話しあっていた。堀尾の注意は、自然にかれらの上に向けられた。そして、札の入っていると思われる封筒が、若者の手から三十男の手に渡されるのを、堀尾は見た。

堀尾の話の内容は、これだけのことであった。しかし、それは充分に私の興味をかき立てた。一週間前に海岸公園で起こった射殺事件は、まだ未解決だった。被害者は、公園に近いレストランの支配人で、銃声を聞いて駆けつけた通行人に、若い男にやられた、とだけいって死んだ。

私は、いくぶんか腹立たしかった。

「なぜ、もっと早くいわなかったんだ。そうすれば、さっきの女を調べて、たぐっていけたじゃないか」

「無理いうなよ。こっちは客商売だ。この店のなかで、変な騒動になってはかなわないからね」

市民の義務について、堀尾に訓戒をたれるのは、私には似つかわしくなかった。もっとも、私以外のだれでもやはりふさわしくないだろう。大学で倫理の講義をしている教授だって、堀尾の立場に立たされれば、かれと同じような態度をとったにちがいない。

「学生ふうの若いやつはどんなだった？」

「そうだな、感じとしては、あれに似ているな」

堀尾のいうあれは、グループサウンズの歌手の一人だった。が、そのことが重要な手掛りになるかどうかは不明である。似たような若者は、この街の至る処に、この街とは限らず、日本じゅうにいるのだ。

学生よりも、三十男の方がむしろ手掛りになるかもしれなかった。かりに、その男がピストルの売人であるならば、つきとめ易い意味があるからだった。

2

捜査一課の時実警部の家は、横浜の港がよく見える丘の中腹にあった。港の見える丘はいくつかあるが、ある丘には広い庭とスマートな洋館の家が並び、別の丘には、長屋ふうの小住宅ばかりがひしめいていた。時実の家はもちろん後者に属した。戦災をうけるまでは、そのあたりには娼家がひしめいていたはずだった。

泥の道を上ったり下りたりして、朝早く、私は訪れた。太陽が海面を照らし、海鳥が舞っていた。沖に繋留されている船の間を、タグボートが行きかい、ときどき、想い出したように汽笛が鳴り響いた。

人殺しを追いかける日常から解放されたいと願うためか、刑事というものは、申し合わせたように、盆栽いじりが好きだった。時実警部も例外ではなく、わずか二坪ほどの庭先に、大小さまざまな盆栽が並べられていた。

ドテラ姿の時実は、私の姿を見ると、顔を引き緊《し》めた。かれは未練げに鉢を下に置き、またかというように私を見た。

事件が起こると、私たちは、担当係長やベテラン刑事の自宅を朝晩襲った。

家の中からは、子供の叫ぶ声が聞こえた。靴下が見つからないといって、女の子が泣き声を出し、男の子が、知るもんか、とわめいていた。

「世話のやけるやつらでね」

時実は愚痴っぽくいったが、私の耳にはわざとらしく聞こえた。かれ自身、世話がやけることに煩わしさを感じているはずはなかった。私は、ありきたりの言葉を返しながら、生活というものを頭の片隅で考えていた。時実の給料は、二十年の刑事生活にもかかわらず、十年の記者歴の私よりも、ことによると少ないかもしれなかった。私には妻はなく、時実は二人の子持ちだった。年齢も何歳か上であった。

私は庭先に立ったまま、家の中の騒ぎが鎮まるのを待った。時実はぶっきらぼうに、

「目下のところ、捜査に進展はなしさ。朝早く来たが、無駄足だったな」

「世の中には、無駄とわかっていても、しなければならないことだってあるからね」

「あんたが、禅坊主のようなことをいうとは思わなかったな」

「こっちも、時実係長が、想像以上に子煩悩な親爺さんだとは思わなかった」

時実の陽灼けした顔が、朝の光のなかで、てれくさそうに笑った。私は、

「これも無駄になるかもしれんが、こんな話を聞いたんだ」

と前置きして、堀尾の話を物語った。

時実の顔は、みるみるうちに、引き緊《しま》っていった。

「その人は、どうしてもっと早く届けてくれなかったんだろうな」

「届け出ればあんたたちが押しかける。お客は寄りつかなくなるし、商売には差し支えるし
……」

「しかし……」

時実は何かいいかけたが、その先は口のなかにのみこんでしまった。

「わかったよ。で、その売人というのは、どんな男だって？」

「眉間にほくろがある、三十前後の男だったそうだ」

時実の眼がきらりと光るもの、と私は予期していたのだが、それは見事にはずれた。時実は、気のせいか、笑い出したいのをこらえているふうであった。

「なにか、おかしいかね？」

「おかしくはない」

「眉間にほくろのある売人に、心当たりがあるんだね？」

時実は、濡れ縁に腰を下ろした。私は並んで坐った。そこへ時実の妻が番茶をいれて持参した。時実は一口すると、

「そいつは、ピストル健ちゃんとも、ほくろの健ともいわれている男だ」

「じゃ、前科《まえ》があるんだね？」

「ある。ただし、密売じゃない。軽犯罪法だったか、道交法の違反かでひっぱったんだな」

「密売の事実がつかめなかったわけか？」

「そうじゃないよ。やつは、芸能人なんかにピストルの世話をすると称してね、何万円か詐取するんだ。芸能人の方も、法にふれるピストルを買おうとしたんだから、警察に届け出るわけにはいかない。金をとられても、泣き寝入りさ」

「本当に密売したことはないのか？」

残念さが加わったせいかもしれない。私の声は鋭くとがったものとなった。

「ない、とみていいだろう。本物の密売組織の連中は、そんな特徴のある男を使わないからな」

「こんどの事件では？」

「念のために調べてみたさ。捜査というのは、無駄の積み重ねみたいなもんだからな」

ふくらみかけた風船のどこかに穴があいたような気がしたが、といって、ふくらませることを断念したわけではなかった。私は、ピストル健ちゃんこと野中健造が、いつもたむろしてい

るというパチンコ屋の場所を聞き、時実の家を後にした。

3

そのパチンコ屋は、堀尾の店とは、運河をはさんで向かい側の通りにあった。私が堀尾をつれて行ったのは、昼ごろで、店内はかなり混雑していた。

時実は優秀な捜査係長にはちがいないが、どんな刑事にも必ず盲点があるものなのだ。健造は、捜査本部が調べた以上、こんどの事件とは無関係であるだろうが、健造が偽の密売人であることを知る本物が、それを逆手にとるかもしれないのだ。それは推理小説的かもしれない。そして本物の刑事たちは、推理小説を少しも読んでいないのだ。

私たちは店の中を、ゆっくりと歩いた。けたたましい金属音が、すりきれかけたレコードの音楽と不思議な合奏をかなでていた。

その男は隅の台にとりついていた。眉間のほくろは、かなり目立つものだった。

私たちはそれとなく観察した。かれは周囲にはまったく無警戒で、本物の犯罪者のもつ陰湿な感じに欠けていた。しかしながら、人間は外見だけではわからないということを、私は十年の記者生活で識《し》っていた。正義漢として知られていた代議士が恐喝をしていたり、名経営者として有名だった財界人が横領していたりしたのだ。

私が見ているうちに、男の受け皿は空《から》になった。堀尾を見ると、かれは、この男に違いないというふうにうなずいた。私は近寄って声をかけた。

「ついていないようだね」

健造はじろっと見かえし、

「なんだ、てめえは！」

と、威勢よくいった。

「新聞記者さ」

「ブン屋だと？　そんなものに用はねえ。あっちへ行ってくれ」

「こっちは用があるんだよ。ピストル健ちゃんに、ピストルを世話してもらいたいと思ってね」

「なにイ」

健造は強がっていたが、それは強がっているだけのことだった。

「なんだったら、捜査本部までいっしょに来てもらってもいいんだ。例の大学生から頂いた金のことでね」

その言葉を口に出すときは、暗がりに向けて撃つのと同じ心境だった。だが、私は運がよかった。健造は後頭部をなで、不安と疑惑のないまぜになった眼を向けた。

「知らねえな、そんなこと。何をいってるのか、さっぱりわからねえ」

不意に、横合いから渋い声がした。

「こんなことじゃないかと思ってね、来てみたんだが……」

健造は、にわかに卑屈な表情になった。

声は時実のものだった。かれは、堀尾をちらりと眺め、この人かといいたげに私を見つめた。

結局、私は、堀尾と健造の二人を時実警部にさらわれた。文句をいうわけにはいかなかった。

かれには捜査権があり、私にはなかった。

夕刻になって、堀尾は店に戻ってきた。

「きみのために、えらい目にあったよ。これだから、警察はいやさ」

「どうなったんだい？」

「あの男は、ピストルを世話するといって大学生から五万円も捲きあげたそうだ」

「大学生は、本気で買う気だったのか？」

「らしいな。K大の学生と称していたんだとさ」

「それで？」

「おれは、あした刑事といっしょにK大の学生課へ行って、何千枚もの写真を見なけりゃいけないんだ。いったい、なんだって、こんなことをしなけりゃいかんのかね」

かれが私を見るときの眼は、厄病神を見るときのそれだった。

翌日、堀尾が店に帰ってきたのは、夜七時ごろだった。待っていた私はかれの顔を見て、反射的に立ち上がった。

「あったのか？」

「驚いたね、あったんだよ」

いただけだった。

「名前は?」

「経済学部の二年生で、栗羽養一という学生だった。父親は、驚くなかれ、N石油の重役さんだ」

私は、格別に驚きもしなかった。ただ、そういう学生の実在したことに、多少の意外感を抱いただけだった。

4

栗羽邸は、港の見える丘の一つで、貧乏刑事の家のある丘とは違い、瀟洒な構えの並んでいる一角にあった。

門の前には、一台の無線車が止まっていた。中を覗きこむと、知った刑事の顔が私を睨んでいた。

「係長はなかかい?」

「捜査の邪魔をしないでもらいたい」

刑事は、ぶっきらぼうに答えた。

だが、かれには私を制止する権利はなかった。私は門を入り、敷石を踏んで玄関に立った。

そのとき気づいたのだが、玄関のすぐわきが応接間になっており、そこから声がもれていた。

私はドアベルを鳴らすかわりに、からだを寄せ、耳をすました。聞こえてきたのは女の声だった。それもカン高くとがっていた。

「……なにを証拠に、そんなことをおっしゃるんです？」

そのつぎの低い、ぼそぼそした声は、時実のものだった。壁ごしなので、よけいに聞きとりにくかった。

だが、時実のいうことは聞こえなくとも、女の答えで、ある程度の想像はついた。

「うちの養一に限って、そんなことは決してございませんわ。それこそ警察の方の邪推というものではございませんか」

「…………」

「ピストルを買おうとしただなんて、とんでもないことをおっしゃる！　それは逆でございますよ。うちの養一が、やくざの女にだまされて、そのやくざからピストルでおどかされたのです。一ヵ月近く前ですわ」

「…………」

「そうです。わたくしは養一から相談をうけましたわ。養一は後悔しておりましたから、わたくしは主人に内緒で、三十万円ほど渡しました……え？　その相手の女の名前ですか。存じません。聞く必要もございませんから」

「…………」

「ええ、〝ブルームーン〟とかいう店の名前だけは聞いております。……さようでございます。

射殺事件のころでしたら、養一はお友だちと関西旅行へ参っておりましたわ。それを考えても、そんなこと、できるはずがないじゃありませんか。いったい、なんていうことでしょう！　わたくし……」

ヒステリーがかった泣き声がもれてきた。

じっさいに見ることはできなかったが、養一の母親の顔を、私は、なんとなく、頭の中に想い描くことはできた。鼻が高く、ふちなしの眼鏡をかけ、着物はたぶん上等の和服にちがいない。そしてまた、彼女の最大の悩みは、忍び寄る老いではないのか。

私は眼をそらした。港の夜景が眼の前にひろがっていた。黒いビロードの上に宝石を撒きちらした感じで、停泊している船の灯が海面に揺れていた。

足音をしのばせて外に戻ると、間もなく時実が出てきた。

「養一はどうしたの？」

「いないんだ」

「逃走《ズラ》かったんじゃない？」

「そうとも思えないんだがね」

「やくざにおどかされたというのは？」

「聞いていたのか？」

「聞こえたんだ」

「本当かどうかはわからん。しかし、やくざも女の名前もわからんというのだから、全面的に信頼はできないが、射殺事件の線は、どうもシロという感じではあるね」

「家族は?」

「毬子《まりこ》という妹がいる。それに女中を加えての五人暮らしだ。旦那というのは、出張中とかいっていたが、本当は、これのところらしい」

そういって、時実は小指を立てた。

翌朝、私は社旗をはずした車を、栗羽邸の門から約五十メートル離れたところに置いて待った。

港は、前夜とは違って雑駁《ざつぱく》な感じになっていた。おそらく空が曇ってい、海が鉛色になっていたからであろう。停泊している船も、長い航海のあとの錆をこびりつかせていた。

唯一の色どりは、山ノ手に寄った地区のヨットハーバーだった。そこには、いろいろな型のヨットが繋留されていた。

間もなく、国産のスポーツクーペが門の中から出てきた。運転しているのは、女としかわからなかった。こちらの車はそのあとを追った。

行く先は、F女子大学だった。彼女は駐車場に車を入れ、本をくるんだバンドとコートを肩にかけて出てきた。私は、彼女の前方に待ちかまえていた。彼女が、養一の妹の毬子であることに間違いはなかった。

毬子を眺めていると、私は、前夜頭のなかに想い描いた母親の像を、訂正しなければいけないかもしれない、と思わずにはいられなかった。

彼女の眸はキラキラと輝き、軽やかな足どりはなにかしらリズムにのっていた。これから為そうとする自分の行為が、この上なく残酷なものに思われ、私はためらったが、その躊躇《ためらい》は私の内部の職業意識で踏みつぶされてしまった。

「栗羽さんですね？」

「ええ」

明るい声で彼女は私を見た。私は社名と名前を名乗った。もし彼女が逃げ出せば、追わないつもりでいた。

「新聞社の方？　どんなご用かしら？」

理不尽なことかもしれないが、彼女が逃げ出さなかったことに、私は、少し腹を立てていった。

「あなたのお兄さんのことで、おたずねしたいんですよ」

「兄がどうかしまして？」

「兄さんは、いま、お宅にいないんですか？」

「ええ」

「どちらへ行かれたんです？」

「お友だちのところじゃないかしら」

「お友だちの家というのは、どこか遠くですか？」

「そうじゃないと思うわ」

と、彼女は、あどけない表情で答えた。

母親が時実に答えたものと違っていた。私は自分の心が波立ちながら、その一方では、冷えびえとしたものを感じていた。

「そのお友だちというのは、なんという人ですか？」

「さア、知らないわ。会ったこともないし」

「名前は聞いていなくても、クラスメイトとか……」

「そんなんじゃないの」

「じゃ、どういう？」

と、とまどいながら私は問いかえした。毬子はずばりといった。

「つまり、彼女よ」

「彼女？」

「ええ。べつにおかしくはないでしょう？　兄貴だって、若い男なんですもの」

「そりゃ、そうだけれど」

「兄貴ってね、そのくせ、だらしがないの。その女の人は、やくざのヒモがついていて、前におどかされたことがあるのよ。十万円出せって、ピストルをつきつけられたんですって」

彼女は、私をからかっているふうでもなかった。瞳は澄んでいたし、声ものびのびとしていた。

ひっかかるのは、十万円という金額であった。やくざに脅迫された事実については一致していたが、金額にかなりの開きがある。

「十万円というのは確かなんだね？」

「ええ」

「もっと多い金額じゃなかったのか？」

するとと彼女は微笑した。謎めいた、そのくせ優しい微笑だった。すぐに、彼女は自分でそのタネあかしをした。

「十万円というのが本当なのよ。でも、ママには三十万円といったのね。ママは、そのとおりに渡したわ」

私は何か叫びたかったが、叫ぶかわりに質問を重ねた。

「それなのに、また、その女のところへ行っているのか。ちょっと信じられないが……」

「でも、行っているんだと思うわ。わたしにはそういっていたんですもの」

「それをご両親は知らないのか？」

「でしょうね」

「きみは、どうしていわなかった？」

「だって、口止め料に十万円もらったんですもの」

「よく肉親の恥を平然と喋れるね」

「恥かしら？　もしそうなら、そういうことを訊き出そうとする人も恥じるべきね。違う？」

私は押し黙った。彼女の持っている歯車と私のそれとは、まったく喰い違っていた。というよりも、次元の違う設計になっているらしかった。

彼女はくるりと背を向けると、校舎の方へ歩きはじめた。あいかわらず、軽やかな足どりだった。

5

私は車に戻ると、こんどは、ビジネスセンターの一角にあるN石油へ行くように、と運転手にいった。

「かわいこちゃんだったね」

と、運転手がいった。

「ああ」

「親は自慢だろうなア、あんな娘は」

事情を知らない運転手はなおもいった。私は、口のなかに苦いものがこみあげてくるのを感じた。しかしまた、じつは、私の感じ方が誤っているのかもしれない、とも想った。彼女はあまりにも透明な心を持ってい、その透明さのために、かえって周りの俗悪さが素通りして私のもとにとびこんできたのではないだろうか。呆れた親だし、呆れた兄かもしれないが、彼女自身は、じつは天使の心を身につけているのではあるまいか。

そんなことを考えているうちに、車はN石油に着いた。受付は通さずに、いきなり三階の重役室へ行った。秘書室に入ってみると、若い女の秘書が紅茶をいれているところだった。

「栗羽さんはこちらですね？」

「はあ」

頭上のランプは在室になっていた。そのまま押し通ってしまうことも考えたが、そうすれば、この秘書はあとで叱責されるだろう。私は、予定をかえて名刺を出した。

秘書はいったん部屋に入り、すぐに戻ってくると、いま忙しいのでお目にかかれない、といった。

かまわず、私はドアをあけた。五十年配のロイド眼鏡の男が、英文の雑誌を読んでいた。

「ほんの数分でいいんですがね」

「きみ、失礼じゃないか」

「これだけの事件になると、そう礼儀正しくもしていられないもんですよ」

かれは、口をつぐんだ。すでに、息子の一件を知っていることを、それは意味していた。

「捜査本部から時実警部が来たでしょう？」

かれは、苦しげにうつむいた。私は追い討ちをかけた。

「いったい、息子さんはどこに行ったんですか？」

「知らんのだよ」

と、低い声がもれた。病人のように蒼ざめていた。

直感的に思ったことは、かれは、わが子よりも、自分の社会的地位について心配しているのではないかということだった。もし、養一が殺人犯ということになれば、重役を辞めねばならなくなるだろう。突然、眼の前の出来事とはなんの脈絡もなく、ロシアの小説家の書いた作品の冒頭を想い出した。あれには、幸福な家庭はどこか似通っているが不幸な家庭はそれぞれに不幸だ、と書いてあったように記憶しているのだが。

「息子さんは、女のことでやくざに恐喝されたそうですが、そのことはご存知ですね?」

栗羽は、ちらりと私を見た。私は続けた。

「いくら恐喝されたか、知っていますか?」

「うむ」

「いくらです?」

「二十万円だ。ママにはいえないというのでわたしが出してやったが……」

「ここへ来たんですね?」

「そうだ」

そんな資格もないのに、私は非難がましくいった。

「お宅へはあまり帰っていないんですか?」

「…………」

「だから、こんな事件が起こるんですよ。息子さんは……」

私は、そこで言葉を切った。あなたの奥さんにはパパに内緒にしてくれといって三十万円もらっているんだ、といいたかったのだが、他人の家庭に不幸の時限爆弾をしかける権利は私にはない。

それにしても、養一という大学生はなんという男だろう。やくざに十万円出せといわれて、両親から結局は五十万円も捲きあげたのだ。

もしかすると、養一には犯罪者の素質があるかもしれぬ。だが、かれは、決して強力犯《ごうりきはん》にはならないだろう。なるとすれば知能犯の方だ。そして、経験則によれば、知能犯タイプの犯罪者は、決して射殺事件などを起こさぬものなのだ。

私は腰をうかした。事件の見通しがついたためもあるが、それよりも、栗羽と同列して同じ部屋の空気を吸っていることに耐えられなかったのだ。

「あなた、こんなことを記事にしようというのですか?」

と、栗羽は、机を離れて近寄ってきた。

「さあ、わかりませんね」

「これを……」

いつの間に用意したのか、封筒が、私のポケットに押しこまれた。私はつまみ出した。封を切ってみると、一万円札が五枚入っていた。それを叩きかえす、というのは若い記者のすることだ。私はただ黙って、栗羽の机の上にのせ、重役室を出た。

N石油を出た私は、こんどは、〝ブルームーン〟に車を走らせた。事件のヤマは見えているとはいえ、少しでも不明の部分が残っていては気がすまなかった。じっさいの話、栗羽養一が射殺事件についてはシロであることに、かなりの確信はあった。だが、養一がシロであるにしても、かれという人間への私の興味は少しも失われていなかった。

真昼の陽光の下で見る〝ブルームーン〟は、一切の化粧を落とした中年の芸妓みたいな印象をあたえた。ネオンのガラス管には薄黒いくもりが出てきて、夜の美しい輝きを想像することは不可能だったし、赤いビロードのカーテンも、よくみれば手垢で汚れ、フロアはまるで物置のようだった。

マネジャーは、私の名刺を見ると、いやな顔をした。

「さっきも警察の人が来たからいったけれども、栗羽という学生さんのことは、よく知りませんよ。お馴染のお客さんなら、名前も顔も覚えますが、二、三回くらいじゃ……」

私は、ホステスの写真を見せてくれ、と申し入れた。すべてに時実警部の後塵を拝していたが、ここでは、かれにない武器を私は持っていた。

渋しぶ出したアルバムを、私は一枚ずつめくった。どのホステスの写真も、すべて葬式の祭壇にかざるにふさわしいような微笑をうかべていた。私が眼をとめたのは、鳥山ヤス子という女の写真だった。年は二十五歳だった。

彼女はいつか堀尾のスナックにいた女だった。ほかのホステスは実物よりも写真の方が美しいのだろうが、彼女は実物の方が優れていた。

住所を記憶してから、私はいった。

「このホステス、美人だね。こんな女なら、一苦労してみたいな」

「そうでしょう、お待ちしていますよ」

「しかし、一苦労じゃすみそうにないな。二苦労も三苦労もしそうだな。いい想いをしたと思ったとたんに、ヤー公がぬっと現われてきたりして……」

「いや、純情な、いい子ですよ」

マネジャーはそういったが、声に説得力はなかった。

〝ブルームーン〟を出ると、私は警察の記者クラブに電話をかけた。朝からまだ連絡していなかったのだ。出たのは、駈け出してまだ二年という若い光森だった。光森は、奇妙に声をひそめていった。

「いま、どちらですか?」

私が場所をいうと、光森は、

「じつは、大事件がもち上がっているんです。大学生が誘拐されて、身代金一千万円を要求する電話があったんですよ。捜査一課は、いま、てんやわんやです」

「大学生の名前は?」

「栗羽養一、K大の学生で……」

「ちょっと待てよ。で、電話は男か女か?」

「男の声だったそうです。すぐにこっちに戻ってくれませんか」

「届出はだれからだ?」

「母親です」

記事は捜査協力の名目でさしとめになっているのを確認すると、私は車に戻った。行く先は捜査一課ではなかった。ヤス子の借りているアパートだった。

二階建てのそのアパートは、新しいだけが取柄の安普請だった。彼女の部屋は二階の端で、そこからは、黒く淀んだ運河やそこに浮いている汚物処理船が見えた。しかし、風はなぜか馨《かんば》しかった。私は胸いっぱいに吸いこんでから、ドアをあけた。

狭い土間には、男もののバックスキンの靴があった。

「だアれ？　ゼンちゃん？」

と女の声がして、カーテンが割れた。

女はヤス子だった。そして、カーテンの割れ目から、グループサウンズの歌手のような長髪の若者の顔がのぞき見えた。

「あんた、だれさ」

と、ヤス子は挑むようにいった。私はカーテンを押しあけた。

「そこにいるのは、栗羽養一君だろう？」

養一は、怯えたようにうなずいた。

「世話をやかせるなよ」

養一にかわってヤス子がいった。

「なんのことさ」

「筋書は読めているんだ。一千万円要求したのは、きみたちだろう？　親から一千万円捲きあげて、いったい、何をしようというんだ。世の中を少し甘く見すぎていやしないか」

心にもなく、私のいい方は説教的になっていた。

養一は、けろりとしていった。

「おかしいな。どうして、こんなに早く、ばれちゃったんだ。毬子のやつが教えちまったのかな」

私はぎょっとした。養一の言葉は、確かに私の耳から入ったはずだが、耳膜を通りぬけて心臓のへんにまで達したような感じであった。

「きみの妹さんが、なにか関係があるのか？」

「だって、毬子が計画をたててくれたんだものな。一千万円入ったら、二百万円をこの人と、この人の彼氏のゼンちゃんにお礼にやって、残りの八百万円でヨットを買うことになっていたんだ」

「ヨット？」

「そうさ。外洋用のちょっと素敵なやつなんだ。この前週刊誌のグラビアで見たんだが、七百万円で買えるんだよ。だけど、パパもママも買ってくんなかったんだ。七百万円くらい、あるくせしてさ」

つぎの質問をはなった私の声は、疲れて元気のない声だったかもしれない。

「ヨットを買って、どうする気だ？」

「きまってるじゃないか。ヨットは陸の上を走るわけじゃないものな。外国へでも行ってみようかと思っていたんだが、バレちゃったんじゃ、せっかくの計画もおじゃんだなア」

私の瞼に、栗羽邸の瀟洒な構えや、それに重なって時実の狭い庭がうかんできた。しかし、時実のことだ。若い刑事と違って、青筋を立てて怒るようなことはないだろう。こんな事件にもならぬ事件はすっぱりと棄てて、射殺事件の本筋に戻って行くにちがいない。

その日の夕方、養一は迎えに来た母親といっしょに、捜査本部から帰って行った。私は記者クラブの窓から、ふたりの後ろ姿を眺めていた。ふたりは、どこにでもいる母子と同じように、いそいそと肩を並べて歩き去った。

ヤス子とその情夫のチンピラは、留置された。法律の上ではそうなるのが当然かもしれないが、私には、それが不合理であるように感じられてならなかった。

新宿その血の渇き

藤原審爾

初出：〈アサヒ芸能問題小説〉1969年10月号

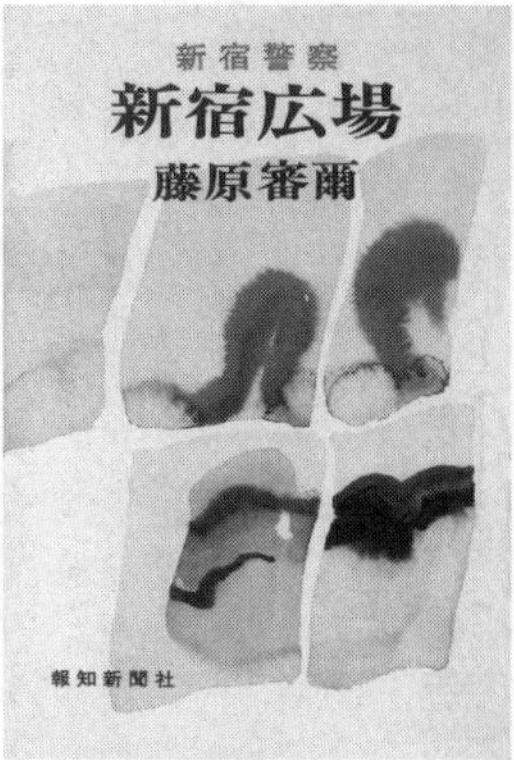

『新宿警察　新宿広場』報知新聞社（一九六九年十一月）

藤原審爾（ふじわら・しんじ）一九二一（大正十）―一九八四（昭和五十九）

東京府生まれ。青山学院高等商業部中退。十九歳で結核を発症し、以降複数回にわたって長期の療養生活を送っている。外村繁に師事し、最初は心境小説的性格の強い純文学をもっぱら執筆していた。一九五二年に「罪な女」「斧の定九郎」「白い百足虫」の三作で第二十七回直木賞を受賞、次第に大衆小説の作品が増えていく。相次いで中間小説誌が創刊されるとそこを主戦場とし、時代小説から犯罪小説に至るまでありとあらゆるジャンルの作品を書き続けた。「地平線がぎらぎらっ」（一九六一）など映画化されたものも多い。

大衆小説作家としては五九年が第二の転機となり、長篇スリラー『赤い殺意』や《新宿警察》シリーズの第一作「若い刑事」が発表されている。《新宿警察》シリーズはミステリ作家・藤原審爾の代名詞となった作品群で、若い敏腕刑事・根来を中心とした新宿署の面々が活躍する群像小説である。この連作は、貧困や無知などさまざまな理由で犯罪に手を染めてしまう者の肖像を浮き彫りにした点に特徴があった。中間小説を読者を教導する場と考えていた藤原にとって、こうした犯罪者こそがシリーズの真の主役だったのである。「新宿その血の渇き」は六九年に発表された短篇で、大都会に馴染めずに理不尽な怒りを募らせていく犯罪者の肖像が哀しく描かれている。複数書かれた通り魔ものの代表作である。（杉江）

彼はもう三時間ばかり前から目ざす相手を見つけていた。その若い女の学生は、この前の時と違い、男物の白いワイシャツに色のはげた薄い茶色のジーン・パンツをはいていた。最初彼が見つけた時は、友達らしい縞馬のようなワンピースの女の子と二人で、カンパを集めている連中の手伝いをやっていた。それから暫くして、彼女は三人連れの高校生のような男の子たちと親しくなり、彼等と競馬のような服の子と一緒に、歌の輪の中へ入っていった。

ちょうどヘルメットをかぶった学生たちがねりまわりだし、彼はかなり永い間じっと学生や見物にきた野次馬の群れの中で待っていなければならなかった。そのうえまずいことには、映画が終った時間とぶつかり、どんどん若者たちがふえだした。七、八千は居るなと話し合うのが聞えた。そこへ制服の警官たちが二、三百人ほどもやってきて、ねりまわっていた連中はいつとはなく列を解き、新宿駅の地下の解放広場は、歌声が流れはじめた。

三つばかりの大きな輪が出来、熱っぽい合唱が解放区を二重三重に流れだしてから、彼は急いで彼女のほうへ出かけていった。野次馬たちの人垣の中へわりこんで行くと、そのむこうの連中は床にすわりこんでおり、いまおしかけてきたばかりの警官たちの為に、機動隊ブルースを唱っていた。中央の一段高いところにべ平連の連中がギターを弾きながら、集った若者たちをリードしていた。

彼が立った場所から、十二、三列前のところに、縞馬の服がすぐ目についた。その隣りで彼女は反戦歌集を手にした若い男の子に、指で拍子をとってやっていた。実際それはひどく馴々しかった。

集った連中が彼の足許からぎっしり坐りこんでいた。まったくわりこむ余地はない。時々立ち上り帰って行く者があり、その分だけしか前へは進めない。いつになれば彼女の背後に行くことが出来るか、もしかするとその機会もないかもしれない。しかし彼は諦めなかった。坐りこんだ連中のうしろにつづいて床に坐りこんだ。そしてズボンのポケットから畳んだ反戦歌集をとりだした。ポケットの中にはもう一つ、固くて大きい飛び出しナイフが出番を待っていた。

彼はそれから二時間もじっと機会がやってくるのを待っていた。何人かの連中がぽつぽつひきあげて行き、そのあと終電近くなり、いちどにかなりの連中がいなくなったが、まだ彼女との間には六、七列ばかりの連中が坐りこんでいた。果していつになれば、その間がなくなり、彼女に手の届くところへ進めるのか、まるで見当もつかなかったが、彼は少しもへこたれず、時々執念深い憑かれたような目つきで凝っと彼女のうしろ首を睨みつけていた。そして彼はその度、心の中でのろわしげに呟いていた。

〈もうすぐ殺《や》ってやる〉

彼は暑さも汗も、一万人近い若い連中の熱狂さえも、全然気にならないほど、猛々《たけだけ》しく憎悪に燃えていたが、朝から冷し中華一杯、工場の隣りのラーメン屋でたべたきりなのだった。いつも彼は前の晩パンを買っておき、彼の三畳の部屋の万年床で目をさますと、それをたべて工場へ出て行くのだが、その日は少し寝すぎてパンをたべる暇がなかった。パンをたべるのには、十分もあればよいのだが、彼の働いている自転車の部品をつくっている工場では、遅刻三回で一日分の給料をひかれることになっている。仕事疲れで目を覚した時には、もう遅刻している時が、月になんどかあるので、間に合う時間ならパンより遅刻しないほうをえらぶよりほかなかった。今日も彼はそうして急いで工場へ出かけ、午《ひる》の休みの折、やっと冷し中華をたべたのだった。彼の仕事は溶鉱炉に石炭をくべることで、暑い盛りには実際こたえる作業である。ここ二、三日とりわけ暑かったので、彼はほんとうにへばっており、それに彼は昨日の晩おそくまでうたごえ喫茶にいたので、ひどく休養がとりたかった。彼は職長のところへ午すぎ出かけ、気分がわるいから今日は定時の五時に帰らせてくれと頼んだ。すると社長の親戚の四十すぎの職長は、意地悪い顔で、

「また遊びに行くのか」

と嫌味を言った。いつもそういうふうなのである。生憎彼は、本当に休養をとりたいだけなのだった。疲れと炉の熱さでいらいらしており、つい口答えをしてしまった。

「気分が悪いと言ってるじゃないですか」

「明日は日曜だ、ゆっくり休めるンだ」

気分が悪いのは今であって明日ではない。彼は瞬間、よし定時になったら勝手に帰ってやろうという気になった。それでそれ以上なに一つ文句を言わずに、自分の仕事場へもどった。いちど石炭をくべると、猛烈になにもかもいやになった。ついスコップを石炭の炉へ叩き捨てるように投げつけた。とたんに職長が走ってやってきて、

「そのふてくされた態度はなんだ」

と彼は呶鳴りつけた。ぽかりと横面を殴りつけた。殴るのはいつものことで、誰もがやられることなのである。彼は急いですみませんと詫びてその場をきりぬけたのだが、それきり仕事をする気がなくなった。五時の定時になるとさっさと仕事を投げだし、旭町の三畳のアパートへ帰っていった。いちど万年床へ横になったが、暑くて眠られない。もしかすると月曜日に工場へ行くなり、職長にクビだといわれるかもしれない。不安で神経がとがるうち、突然、彼はどうせクビになるならこっちが先に殺してやろうという気になった。それくらいのことを思わなければ、強がらねば、クビの不安から逃れられなかったのだった。

そして彼は飛び出しナイフを持ち、三畳の部屋からまた日暮れの新宿の街へ出ていったのだが、土曜日の夕方は若い働く連中でごったがえしていた。アベックや仲間と一緒で彼のように一人ぼっちの者はみあたらない。ひしひしと孤独感が迫り、彼をうちのめし、彼をいらいらさせはじめた。彼はたまらなく恋人が欲しくなった。

しかし彼のような町工場で残業して働いて、やっと六万ほどしかもらえない、石炭でくろずんだ掌をした、四国の山奥から出てきた男に、恋人が出来るはずがなかった。彼はもうそれも

実験ずみだった。なんども働く連中の溜り場だという、四国まで鳴りひびいているうたごえ喫茶へ出かけていって、そこでみんなと一緒に声をはりあげて唱ったが、ただそれだけのことだった。彼のように連れもない一人ぼっちの男はいなかったし、彼より不幸な顔をした者なんかもいないし、彼を恋人にえらぶような女などいるわけもなかった。彼は場ちがいの人間なのだった。

〈おれなんかに恋人が出来るわけがない〉

たまらなく淋しい絶望感に襲いかかられるまでに、さして時間はかからなかった。彼はうちしおれたが、実際彼はそんな苦痛な人生を送らねばならないような悪いことなどなに一つした覚えはなかった。

〈おれだけがなぜこんな目に合わなきゃならないんだ、なぜ誰も助けてくれようとしないんだ〉

不意に黒い竜巻のようにのろわしい気持が湧きあがり、彼の心を黒く渦巻かせだした。ほとんど同時に、その女の顔がうかんだ。縞馬のような服をきた女の隣りにいるその女は、今、彼がいるこの解放広場で、仲間を求めてやってきた彼へ、優しく、

「一緒に唱いましょうよ」

と声をかけてくれたのだった。そんなふうに若い女に声をかけられたのは、はじめてのことだったし、彼女は彼よりもずっと教育のある美しい女だった。彼はとまどいうろたえて、なにか答えようとあせるばかりで、なにひとつ喋れなかった。貧しい山家《やまが》の百姓の家に生れ、泣いてもかまってくれる手がないような生活の中で育ったおかげで、彼の顔にはおだやかなもの

どかけらもなかった。じっと貧乏をたえしのんだ彼の顔は、心の動きをすぐ映すような表情もなかった。その上、彼女はせっかちだった。返事もしない彼へ、むろん彼をはげますつもりで、とたたみかけた。

「なにしにきたの、どんな目的できたの」

唱いにきたのなら唱いましょうといったつもりなのだが、彼はその言い方にうちのめされた。彼にはそういう言い方がないし、そういう言い方で返事をすることも出来なかった。彼はあわてて背をむけ逃げだした。うしろで、生れてはじめて優しい声をかけてくれた女が言った。

「つまんない男！」

その声が街中で突然よみがえり、彼はかっとなった。ほとんど同時に、心の中で渦巻いていた黒い竜巻が、憎悪に変った。

今も、その憎悪が、少しも衰えていなかった。ただじっとその機会がやってくるのを、彼は待っていた。

しかし本当に彼は彼女を斬るなり刺すなりする気でいるのだろうか。もしそうだとすれば、この解放広場はまったく適当でなかった。さっきやってきた警官たちが、三百人くらいまだ残って若者たちを遠まきにしていた。彼がそこでナイフで刺したりすれば、たちまち逮捕されることはわかっている。もっと安全な、たとえば彼女が帰りはじめるのをつけていき、人目のない場所をえらべばよいのである。

彼がまるでそういう気持ちにならなかったのは、本当はその欲望を抱くことのほうが必要なのであり、そのことでみんなと対等な人間だという気持ちを得たかったのだった。彼は憎悪をかきたてながら、それで孤独な気持ちを満たしてもいたのである。

しかし彼はこの解放広場へきてから、もうまったく別の条件に支配されているのだが、そのことに少しも気がついていなかった。この地下の若さと熱狂と歌声の充満した広場で彼は、もうとっくにそれらの刺戟への反応で、すっかり拡散し、自分をうしない、群衆にのみこまれてしまっていた。もし彼に目的がなければ、若い群衆たちの心理をそのままうけ入れ、同じような昂奮にとりつかれるところだったが、生憎、不幸にも彼はその欲望をもっていたばかりに、そういうふうにはなれなかった。いちど拡散したその欲望をそこに反射的にうちたて、それにすがってしまったのだった。ほんの少し前の彼のその欲望は、彼の人間回復のためのものだったが、いまのそれは彼のものではなく、そこに在る群衆の昂奮の反映なのだった。彼も隣りの若者もとりまく警官たちもそれをまったく気づかなかった。

そのまま土曜日の夜が明け、集った若者たちが立ち去ってしまえば、彼のその欲望も自然にとけ消える筈なのだったが、彼はまったく運がわるかった。突然その時、思いがけない出来事がおこったのだった。

一人のちゃんと背広をきた中年の、見るからに単純そうな顔つきの男が、不意に坐りこんだ連中の輪の中に彼の斜め左のほうから猛然と入ってきた。ぎっしり坐りこんで歩く隙間もないのに、その男は坐りこんだ連中の足を踏みつけながら、どんどんと彼のほうへやってきた。踏まれた連中が叫びをあげて騒ぎだすのもかまわず、その男は怒りで蒼くなりながら突進してき

た。むろん目あては彼ではなく、縞馬のような服をきた女の子だった。あっという間にその子の腕をつかみ、

「帰ってこい」

と呶鳴りつけ、ひったてようとした。それへ女の子が抵抗するといきなり顔を殴りつけた。多分こういう父親は、時々この解放区に姿を見せるにちがいない。そのあつかいに若者たちは馴れていた。あっという間にあたりの連中が立ちあがり、なにくわぬ様子で父親と娘との間にどんどんわりこんでいった。

それが、彼とそのワイシャツとジーン・パンツの女子学生との間を、だしぬけにせばめた。はげしい怒声と騒ぎの渦巻く唯中で、彼女の背がどんどん彼の前に迫ってきた。彼はその騒ぎの昂奮にのみこまれ、たちまちポケットのナイフを握りしめた。ポケットからナイフを出した。ナイフの刃の部分が飛び出し、それから白いワイシャツの背の腰のあたりにぐっと刺込まれた。血が吹きだし、憎い女は悲鳴をあげたが、それは彼の耳にしかとどかなかった。

刺された女子学生は、堀本葉子という四谷の寺の娘だった。

彼女は刺されたあとすぐ気をうしなったのだが、まるで満員電車の中のような人垣で、しばらく倒れることも出来なかった。やがて彼女が床へ倒れることが出来たのは、縞馬の服の女の父親とあたりの若者たちが、自由についての論争をはじめてからだ。坐りこむように倒れた彼女を抱き起そうとしたすぐうしろの青年が、彼女の背から吹きだしている血に気がつき、「女が殺されてるぞウ」とものすごい声をはりあげた。

警官は三百人ばかりもいたが、彼等が自分のなすべきことに気がつき、そのあたりに居合せた若者たちを、そこに犯人がいるという理由でとりかこんだ時には、もう二十分ちかい時間がすぎていた。むろん彼はとっくに解放広場から逃げだし、夢中で三畳の部屋へ帰っていた。

堀本葉子はすぐ病院へ運ばれ、そのあたりにいた連中はそれから犯人逮捕に協力を求められて足どめされ、犯人を目撃したかどうかを調べられた。新宿署から山辺、三浦の二人の刑事がやってきて、その仕事にあたったのだが、誰一人その現場をみた者はいなかった。若い刑事の三浦が、その連中を父親さわぎの直前に坐っていた場所へ戻ってもらったが、それは彼が見たらば笑いがとまらなくなるような状態だった。彼が坐りこんでいたあたりの連中は一人もいなくて、過半が堀本葉子より前のほうにいた者なのだった。最初の発見者の学生が大声をあげてから、警官の一団がどっと雪崩れこんだ時、うしろの連中はそのあたりから追っ払われてしまったのである。手数はかかったが、なんの収穫もなかった。

唯一の頼みは、病院で手当をうけている堀本葉子だったが、翌日意識をとりもどした葉子の許へ出かけていった山辺たちは、そこでもなんの手がかりも得られなかった。彼女は彼の顔をみても彼とのことを思い出したり出来なかったろうし、実際、そんな目にあわされるような怨みをもたれることをした覚えがないのだった。

どう考えてみても、警官三百人も居るところで、人を刺したりすることは、計画してやれることではない。それにその犯行を成功させた父親騒ぎは、まったくの偶然なのである。

山辺と三浦は、結局、変態性欲者かなにかの、流しの犯行という報告をするよりほかはなかった。犯人を探す方法がなく、あてもなく聞込みをするよりほか、することがない。そのうえ解放区の連中は、警察に協力的だとはとても謂《い》えなかった。

彼は血のついたナイフを洗い、それを近くの線路の土手へ埋め、返り血を浴びたシャツとズボンも自分で洗い、翌々日の月曜からちゃんと工場へ通いだした。

新聞や週刊誌に、その事件は大きくあつかわれた。若者たちの生活やその意見にくらい記者たちは、ゲバ学生の素行の象徴的な事件というおしつけを、いそがしくやってのけていた。もしそういう記事を読めば、彼はともかくも不安や後悔にさいなまれたろうが、新聞や週刊誌とは子供の頃からまったく関係なく育っていた。そこに報道されている記事は、完全にといってよいほど、彼の生活や彼の関心と関係がなく、ほとんど別世界のものなのであり、そんなものを読む必要を感じられないのだった。

彼の生活は朝から夜の八時ごろまで工場で働き、それから三畳の部屋に帰り、二日か三日に一度くらい銭湯へ行く。十時間からの労働で、彼の体は疲れきっており、ただもうなにか食べて眠るだけである。新聞どころかものを考える暇もない。たまに遊びに出かけるのは、土曜だけである。

昨日したことか一昨日のことだか、すぐには思い出せないような、働く機械みたいなものになっている。といって彼は、その晩の解放広場での自分のしたことを、たちまち霞がかかったように忘れたわけではない。単調で同じことの繰返しの生活の中では、なんといっても印象的な事件で、むしろ大事な記憶なのだった。むろん彼は、その事件を彼の側からしか覚えてなく、彼女が重傷でひどい苦痛といま尚たたかっているなどということを、まるで考えつかなかった。彼には復讐を遂げたような、個性的なよろこびを与えてくれる記憶なのだった。

しかしたった一つの、うまくしてやった思い出は、間もなく思い出しすぎて、次第に喜びを与えてくれなくなった。こんなふうに朝から夜まで働いて、ただたべているだけの生活を、いつまで続けるのか。いつまでも続けなければならないのか。こんな生活をするために自分は生れてきたのだろうか。そんな不満と不安が募りだし、彼はいらいらしはじめた。

その月末の日曜日は、とりわけ彼をいらいらさせることがあった。前日給料日だったので、午すぎ彼も給料をもらったのだが、給料袋の中の金は、彼が思っていた額より四千円も少なかった。遅刻が思っていたより多く、残業時間が少なかったのと、もう一つ道具破損の弁償代金をとられていた。残りは五万二千円ほどしかなかった。

その日のうちに、隣りの中華ソバ屋へ一万円足らず払い、部屋代を払い、それから靴と背広の月払をはらい、ズボン代などを払ってしまうと、一万円ほどしかのこらなかった。一万円で一カ月の朝御飯と夜食代、風呂代散髪代などをまかなわなければならない。まったくかつかつなのである。一日十時間も働いて、映画もろくに見れない生活を、なぜしなければならないのだろう。

日曜日の朝、彼は一度目を覚したのだが、金のないことがすぐうかんで、むかっ腹を立てながら、また眠りへおちこんだ。しかしものの三時間とたたないうちに、暑さにたえられなくなり、眠っていられなくなった。彼の三畳の部屋には、北の側に窓があるのだが、そのガラス戸を開けると、隣のキャバレーの便所のものすごい匂いと、裏口のごみためで腐った食べものの、たえられないほどの匂いが、どっと流れこんでくるのだった。

風通しの悪い部屋の暑さは、暑さと一緒にみじめさを運んでくる。いくらかゆっくり寝たせいで、いつもより活発に働く頭が、そんな部屋に居ることをこばみ出した。それでとうとう彼は起きだした。そろそろ十二時になる頃である。

彼はワイシャツにズボンで、間もなく千円札一枚もってアパートを出た。新宿は庶民の街のように言われている。四国の彼の高校へやってきた、中小企業専門の人集めをやっている野上という男も、新宿は物価がやすくて住み易いということを強調していたが、聞くとみるとは大違いだった。彼もいまの工場は三度目の勤め口だが、五年前の上京したての頃、はじめてもらった給料をもち、新宿の盛り場へ出て、映画をみたりほしいものをたべたりするうちに、給料の少なさに気がつき、名状しがたい淋しさに襲われ、やけくそになって、とうとう給料のほとんどを使ってしまった。それでも、それほどの時間はかからなかった。それ以来、彼は決して有金を持って出たりしなくなり、出かける店も決めてしまった。新宿はにぎやかでどこにでも食べる店があっては便利な街だが、彼にとっては縁もゆかりもない店ばかりが並んでいる。ただだだっぴろい不便な街でしかなかった。

彼は一日三百円でやらねばならず、そのことが昨夜から頭にこびりついていて、盛り場をしばらくうろついていたが、その千円をつかう気になかなかなれなかった。結局、彼は二百五十円の地下劇場へ入り、ドーナツの袋入りを買い、それを朝めしがわりにした。

涼しい映画館を出たのは、三時すぎで、彼はそれから中華ソバ屋で冷し中華をたべ、いたしかたなく部屋にもどってきた。にぎやかな人出の盛り場で半日すごしたのだが、彼が口をきいたのは、「これ下さい」と「冷し中華」のふた言だけだった。そして彼はただ疲れ、ただ孤独感を深めたにすぎなかった。ぱっと気が晴れるようなことがしたいのだが、田舎とちがってここでは、金なしではとうていそれを得られないのだった。

風通しの悪い三畳で、彼は裸になり、しばらく寝ころんで、故郷のことを偲んでいた。彼は四男で、野上が学校にきた時、去年死んだ母親から、口べらしのためにお前は東京へいってくれとはっきり頼まれたのだった。彼の兄の次男と三男は、中学へしか行かしてもらえなかったが、彼は勉強好きで成績がよいせいで、高校までやってもらった。そのことを母親は、財産を分けたつもりで兄さんはお前を高校までもいかせたのだと言った。彼自身は野上の言葉を信じて、夜の大学へ通う気で、はなやかな希望を持って上京したのだった。東京は大学どころか、人間らしい生活をするには、おそろしいほどの金が必要なところなのだった。

田舎での生活は金がかからない。野良の畦道《あぜみち》へ腰かけてたべる弁当のおいしさ。川へ魚をとりに行くたのしさ。そういうなつかしい思い出をしのんでいるうち、彼は一層いらいらしはじめた。母は亡くなり、田舎の家には長兄夫婦と子供たちがいるきりで、いまでは年賀状の返事もくれない。とても帰れるところでなくなっているのも、あの野上のせいだという気がしはじめた。その思いは、なにも初めてのものではない。もうずっと前から彼の頭にこびりついていることなのである。しかしその晩は、いつもと違っていた。だまされた自分を馬鹿な男だと思うかわりに、ああいう男こそやってやらなくてはならないという気がしだした。

彼はむっくり起きあがり、普段着のシャツとズボンをはき、暮れおちた表へ出ていった。そして線路の土手からナイフを掘りだし、野上の家のある三光町のほうへ出かけていった。彼は一年半ばかり前の春のこと、偶然、その野上の家の前を通りかかり、不動産屋の事務所の中にいた野上をみかけたのだった。

間口二間半のしもた家を改造した事務所の前まで、ナイフをポケットにひめて彼がやってきたのは、七時半すぎで、野上不動産というペンキ塗りの看板がかかっている店には、まだ灯がともっていた。貸し間や土地や売家の貼紙がガラス戸一面にしてある。それを眺めているようなふりをしながら、彼が店の中をのぞいてみると、事務机が二つ並べてある三坪ほどの店の中には野上はいなかった。しかしちょうどその時、十八、九の色白の太った女の子が、店の奥にある仕切戸の中から、

「行ってきます」

と言いながら店へ出てきた。白い地に小花の柄の可愛いワンピースの女の子は、すぐ表へ出てきた。女の子が店の奥から出たとき、店の前から離れて歩きだした彼を、その女の子は、たちまち追いこしていった。彼はそのぷりぷりした女の子のうしろ姿を眺めているうち、気が変った。野上をやっつけるより、娘をやっつけてやったほうが、何倍も野上がこたえるにちがいない。

それでなに気ないふりをしながら、娘のあとをつけはじめた。そのうち思いがけない機会がやってきた。そこが近道なのだろう、横町から急に露地のような路へ入っていったのだった。その露地の両側には、同じくらいの大きさの四階建てのビルがあり、そこがビルの裏口への通路でもあった。それからそこは表の広通りへ抜ける近道でもあり、黒く暗いその道路は、まるでトンネルのように、向う出口の外を疾走する車のライトが、少しちいさく見えていた。彼はたちまちすごい大股になりその露地へ飛びこみ、彼女へ追いすがっていった。

ビルとビルとの間の露地で、若い娘が刺されたという知らせで、居合わせた戸田と三浦がすぐ現場へ出かけていった。

現場には三光町の派出所から、年配の田原という巡査が、パトカーの警官と一緒に、戸田たちを待っていた。

「この露地を向うに通り抜けようとしていた中途で、うしろからものも言わず、いきなり刺されたんですよ。脇腹をうしろから刺されたのですが、わりに傷はひどくなかったらしくて、自分で、露地をここまでひきかえし、通りがかりの者に助けを求めたンです。いま新宿病院へ運んで行きました」

「身許は？」

「この先の野上不動産という不動産屋の二階へ下宿している、大森谷子という十七歳の女の子で、厚生年金の前の喫茶店で働いているそうです」

戸田と三浦は、そのあたりの家々を廻り、犯人らしい者を見かけた人を探したが、誰一人見かけた者はいなかった。病院へ電話してみると、いま手術が終ったばかりで、大森谷子は麻酔で眠っているそうだった。

「傷口は大きいですが、内臓には被害がありませんから、明日になれば、十分話は出来るでしょう」

それでまず戸田と三浦は、野上不動産へ出かけていった。野上という男は、見るからに抜け目なさそうな、よく喋る、信用の出来ない感じだった。

「子供がないもんで、女房が淋しがって学生にでも二階を貸そうというんで、この四月からあの子に貸したんですよ。陽気で、のんきな子で、人に怨まれたりするような子じゃありませんよ。店は十一時で終りますから、十一時半にはちゃんと帰りますよ。男友達なんか出来る齢でもないんですよ。がらは大きいが、まだねんねですよ。変態に、運わるくぶつかったンだと思いますなあ。そうとしか考えられませんよ」

戸田と三浦は、それから彼女の勤め先の喫茶店へ出かけ、そこの支配人から彼女の素行や心当りのことをたずねてみた。大森谷子は喫茶店の二階にある、レストランのほうで働いていて、それもエレベーターで上ってくる料理を、ウエイトレスたちに渡す役をやっており、ルームのほうにはほとんど出たことがないそうだった。

「田舎の子ですからね、辛抱強いですよ。仕事が忙しくて単調だから、たいていの女はいやがるんですが、あの子はいつも明るくて、気持ちがいいです。ボーイフレンドの出来る齢じゃないです。だいいちうちの店じゃそんな暇はないですからね」

そのほか、店の女の子たちにも、大森谷子のことをたずねてみたが、似たりよったりの返事で、男関係とはまず縁がない。変質者の犯行という気配がだんだん濃くなってきた。

翌日の十時すぎ、新宿病院から、大森谷子が目ざめ、面会することが出来るという知らせがあった。戸田と三浦がそれで病院へ急行すると、大森谷子は、野上の細君というつつましい感じの女に看護されながら、血色の悪い紙のように白っぽい顔で、ベッドへ横むきに寝て、きっとした表情でもう戸田たちを待っていた。子供っぽく髪をお河童にしており、見るからにボーイフレンドなどありそうもなかった。戸田たちを待っているうちに、彼女は何度もその時のことを考えたとみえ、すらすらその折の様子を話してくれた。

「露地に入るとすぐあとから駆けこんできた人がありました。なんだかずいぶん急いでいるようでしたので、わたしは先に行かせてあげようと思って、立ちどまったんです。すぐうしろまで靴の音がちかづいてきたから、どうぞお先にというつもりで振りむいたンです。暗くてなんだかよくわからなかったけれど、白いカッターの若い男みたいでした。声も出さないで、うしろからわたしのお腹を刺したんです。火傷したみたいでした。でも刺されたと気がついたのは、もっとあとで、その時は、その男が抱きついてくるのかと思いました。汗臭い人でした。わたし、ぎょっとして足がもつれて転んだんです。その男は、もの凄い勢いで、表通りのほうへ駆け逃げていったんです。わたしは入ってきた路のほうが近いので、そっちへ出ていったんです」

「これまで会ったことがない男なんだな」

「暗くてみえませんから、よくは解らないけど、あんな感じの人は知りません」

こうなると、変質者の発作的な犯行とみるよりしかたがない。どこの街にも、変質者は一人や二人いるもので、そういう連中はリストアップしてある。戸田と三浦は、その日からリストにのっている、その界隈の変質者のアリバイをとりはじめた。早稲田から高田馬場あたりまでの広い地域の変質者を調べてまわったが、それぞれアリバイを持っており、なに一つ手懸りを得ることが出来なかった。

結局無駄骨で、それ以上の捜査のしかたがなく、またなんとなくその出来事はあとまわしになった。しかし戸田はどうも気がかりな点が一つあり、いつまでも後味がわるかった。刃物をもてあそぶ連中は、刃物や血の色が好きなのであり、なにも見えない暗がりでただ刺して逃げだすようなことを、めったにしないものである。それは犯人がその種の変質者でないことを物語っているようで、自分の捜査に満足出来ないのだった。

彼は自分が刺した女が、野上とはまったく関係のない、ただの間借り人だとは、夢にも思っていなかった。彼はまるで野上を当然の罪で罰してやったというように、かなり満足感を覚えていた。もちろん彼は新聞を読むわけでも、ラジオやテレビを見たりするわけでもなかった。それに日々の十時間の労働で、ほんの数日のうちに彼の頭は疲れて鈍くなり、いちいちものを考えたりしなくなっていた。

その日彼は気に入らぬことが、いくつか続いた。彼の工場の社長は、内房の富浦に別荘を持っており、例年工員たちはそこへ海水浴に行くことになっている。翌日がその日なのだった。大森谷子を襲った時の返り血で、また彼は新しいズボンを買ったばかりで、小遣いがまるでなくなっていた。

そこでその朝、会計のところへ行き、前借を申し込んだのだった。いつの間にやってきたのか職長が、その彼の背後から、

「金がなきゃ海水浴に行かずに寝とればいいんだ」

前借などとんでもない話だ、と言った。彼はかっとした。前借といっても三千円なのであり、そのくらいの分はもう働いている。自分の金を早く出してくれと言っているだけのことである。かっとして口まで文句が出かかったが下手に文句をいうと、すぐぶん殴られるし、しっぺ返しをされる。

「それじゃ寝てますよ」

と彼は不服そうに言い、事務所から飛びだした。なにもそういうことを言う必要はないのである。黙ってすみませんといえば、仲間に借金して、海水浴くらいには行ける。しかしそういうふうに、実際は折れて出ることはないのである。彼は一生懸命働くことで給料を貰っているだけなのであって、それも働きからみればはるかに少ない給料しかもらっていないのである。それ以外のことでは、対等な人間であるという事実から、彼は目をそむけることが出来ず、したがって折れて出られないのだった。

朝のうち、その出来事ですっかり不愉快になったせいで、午すこし前、石炭の大きな塊りを

足の上に落し、小指の先をつぶしてしまった。それから午休みの時に、冷し中華をたべたあと、小豆《あずき》の入ったアイスキャンデーを五本ばかりたべたのが、わるかった。午後から仕事にかかってすぐ腹がいたくなり、はげしい下痢がはじまった。便所へ出かけてもどるとまた行きたくなるというふうだった。

顔は蒼ざめ、見るからに病人らしくなり、さすがの職長も気味わるがり、ともかく帰って寝ろと彼を仕事から解放してくれた。下痢どめの薬を買い、それをのんで三畳の部屋へたどりつくと、彼はまったく精根を費い果したように、がたりと眠りにおちてしまった。部屋はすごく暑くて彼自身も高熱をだしていたのだが、その暑さなどまったくわからなかった。死んだように眠りにおちた彼の顔へ、たちまち如露で水をぶっかけたように、汗の玉がびっしり吹きだした。そして二度目に彼が目を覚したときは、日が暮れかけた頃で、彼の三畳の部屋はすっかり暗くなっていた。

多分その発汗と薬がきいたのだろう、いくらか彼のからだは楽になっていた。しかしろくに朝からたべていないうえ、ありったけ下痢したせいで、彼は起きあがって灯をつける元気もなかった。

暗い部屋の中で、ぼんやり目をあけ、荒い息をしていた。このままこうして死ぬかもしれない。この部屋へ移ってきてから、もう三年になるのだが、たった三人しかこの部屋へやってきた者はいない。工場の連中が二人とあとの一人は、月払の集金人で、それも、もう一年以上も前のことだった。このまま動けなければ、おそらく誰一人たずねてきてくれる者もないのだから、きっと自分はじりじり死んで行くにちがいない。彼は病みさらばえて餓死した自分の亡骸を、ありありと思いうかべ、目に涙をにじませだした。そんなふうにありありとイメージをうかべたりするのは、ごくまれなことなのだった。彼の心はそれにつられて昂ぶりだし、やがて涙がかれたようにとまるのと入れちがいに、はげしくのろわしい気持ちがわきあがった。

こんな馬鹿な人生があるものか。

こんな不公平なことがあるものか。

すると今度は、なにもかもぶちこわしてしまいたい、この世というものをなくしてしまいたい気持ちが、火柱のように燃えあがった。もしもそこにこの地球をうちこわせる爆弾があれば、衝動的にそのボタンをおしてしまったにちがいなかった。しかし生憎、そんな爆弾を彼は持っていなかったし、この巨大な世の中をうちのめすようなことを思いつかなかった。彼に出来ることは、せいぜい彼の一番にくんでいる人間を殺すくらいのことだった。心の中で燃えあがった不満と憤りが、次第に大きくなり、最もひよわい部分を裂いて発散するように、彼はごく自然に、もうずいぶん前から考えていたことのように自然に、職長を殺ってやろうという気になった。

職長の矢吹には、みんな泣かされている。ゲシュタポのような矢吹がいなくなれば、きっと工場は明るくなり、うた声が満ちているような、ゆたかでたのしいものになるにちがいない。みんながよろこぶにちがいない。

暗い部屋の中で、彼は、いましがた電灯をつけることも出来なかったのに、別人のように元気にむっくり起きあがった。そしてワイシャツを着てズボンをはき、ひょろひょろと立ちあがった。矢吹の家は工場の裏の宅地の草っ原の端にある。彼はまず線路の土手へ出かけて行き、土の中へビニールに包んで埋めておいた飛び出しナイフをとりだした。それから鉄橋の下をくぐり、川添町のほうへと出かけていった。そのせまい通りにはいつものように車がぎっしり混んで列をつくっていたが、彼にはまったく関係のないものだった。彼はたった一人で、暗い夜道を歩いているように、ただ自分の想いにとり憑かれていた。まったく彼はこんなふうに、いろいろの想いが湧きあがってきたりすることは、もう永い間経験したことがなかった。この前、野上のところへ出かけたときも、憎悪がいちずに燃えあがっているだけで、あれこれ想像したりはしなかった。しかし今夜は、ひどい下痢をした軀で、朝からなにもたべていないといってよいほどなのに、次々に矢吹をやっつけるための手段やその様子がうかんできた。

明日は内房へ行くので、多分今頃はその支度を矢吹の細君はしているにちがいない。そこへ電話をかけてやり「工場へ泥棒が入りました」と言って電話を切る。矢吹は必ず急いで工場へやってくる。草っ原を横切り、矢吹は自分が持っている裏門の鍵で門をあけ、工場にくるにちがいない。そこを待伏せしてぐさりとやり、それから怨みつらみを言って聞かせてやるのも面白い。泣いて両掌を合せて、命乞いをする矢吹の姿がうかんできて彼をたのしくさせた。そうかと思うと、もっと簡単な方法もうかんでくる。矢吹の家には板塀があり、そのむこうに平屋の家がある。大きな石を一つ投げこんでやれば、矢吹のことだから、下穿きだけでも飛び出してくるにちがいない。そこをぐさりとやってやるのも面白い。裸のままぶっ倒れて死んでいくありさまが、たのしくうかんでくる。

彼は明るい街通りをふらふら歩きながら、うきうきと自分の創作をたのしんでいた。わくわくしていた。しかしそれは、日頃の憎悪の量が多いからそうなったのではなく、憎悪を抑制するブレーキがこわれ、憎悪を抑えようとする本能的な保身の機能が、空転し、悪循環をおこしているにすぎなかった。本当は、工場の近くの顔見知りの多い場所で、そんなやばいことをしたくなくなっており、それがむやみにいろいろのことを考えさせているのだった。ちょうど川添町へ抜ける路へ、信号の青をみて渡りだした時、不意に彼は、

「おい、山下、もう体は大丈夫なのか」

と声をかけられた。工場で働いている仲間の一人が、向うから横断してきたのだった。

「ああ、まあな」

「何処へいくンだ」

「酒屋だよ」

それですれちがって、彼はむこうへ渡ったのだが、その瞬間、はずれていた蝶番がぱちんと合ったように、矢吹のところへいく気がなくなった。せまい横町へ曲り、あてもなくぶらぶら歩いていった。

顔を見られたことで、彼は危険を覚え、のろわしい気持ちをなだめるために、あてもなく歩いたのだが、むろんそれは彼自身の現実の反映なのであり、衰えたり消え失せたりするものではなかった。ただ自分を忘れるという手よりないのだった。都合よく彼は、朝からなにもたべ

てなく、やがて疲れがどっと出て、通りがかりに見つけた屋台へ、一と休みする気で入っていった。

女の先客が独りいて、その隣りに彼が腰かけると、いきなり黒っぽい和服の水商売の女が、

「臭いわね、もっと離れてよ」

いきなりつっけんどんに言った。

彼は、はじかれたように立ちあがり、あわてて屋台を飛びだした。はずかしさがかっと全身を熱くさせ、一瞬、彼は夢中で歩いた。しかしものの一分とたたぬうちに、彼は立ちどまった。いましがたやっと忘れたのろわしい気持ちが、どっと新たに湧きあがってきたのだった。

〈ばかにしやがって……〉

彼は夜路の電柱の蔭で立ちどまり、そこで凝っとその女が屋台から出てくるのを待ちはじめた。

綺麗な星夜空の晩だった。

薬専通りから新宿西口へむかって曲った通りにある遠井病院から、新宿署へ電話があり、路上に倒れていた女を、通りがかりの車が見つけて、運びこんできたのだが、生憎、外科の医者がいない。至急、救急車をよこして、どこかへ運んでくれ。背から胸を刺されて出血しており、処置が遅れると危険だという。

それで救急車の手配がなされ、その女は新宿病院へ移された。こういう事件は、もちろん二

階の刑事部屋へ連絡される。背からの傷であれば、自殺ではない。

ちょうど居合せた根来と戸田は、それで新宿病院へすぐに出かけていった。女は手術室で手当をうけており、意識がない。持物は、財布の中には千六百円ほどの金と、お守りがわりの春絵を折りたたんだのと、指輪が一つ入っているだけで、身許の手がかりになるようなものはない。

根来はそこで遠井病院へ電話をかけてみた。電話に出てきた看護婦に、何処から誰が連れてきたのかをたずねると、

「電話局のところでみつけたと言って、運転手さんと若い男の方が連れてきたンです。名前をきいたんですが、そんなことはどうでもいい、早く手当をしてあげて下さいと仰言《おつしや》って、帰ってしまったんです」

「車のナンバーは見ませんでしたか」

「ええ、外車でしたが、番号は見えなかったンです」

多分その車の若い男は、善行をほこるのがいやだったらしい。車のシートも汚れたろうし、まあなかなか出来ないことをしてくれたのだが、こういうやりかたは警察泣かせである。もしも殺意があっての犯行だと、犯人逮捕の機会を失う場合もある。

根来はすぐ今度は最寄の派出所へ電話を入れ、被害者の人相、服装、持物を教え、

「飲み屋の女だと思うね。電話局のあたりをちょっと調べてくれ」

と頼んでおいた。

間もなく手当を終えた医師から、もしかすると危いという容態をきき、急いで根来は、柏木の派出所へ出かけていった。もし被害者が死ねば、これは殺人事件になる。うろうろしていて、本庁の厄介になるのは、実際、うれしくない。

二人が派出所へつくのとほとんど同時に、年配警官が五十すぎの飲み屋の女将《おかみ》を連れてもどってきた。被害者は、その女将がやっている飲み屋で働いている坂上敬子という女で、九時すぎ、なにか食べてくるといって出かけたまま、帰って来なかった。敬子は、そうたいした器量でもないのに、美人だと思いこんでいるようなたちで、我儘な、気分まかせの女で、なにか気に入らないことがあると、ぷいと帰ってしまう。女将は、いつものその癖で、敬子はアパートに帰ったものと思っていたそうだった。

「旦那はいるのかね」

「ええ。それればかりじゃないんですよ。あたしゃアパートが一緒のところだから、よく知ってるンですよ。危い綱渡りをしていますからね。あんた、いいかげんにしないと、殺されちゃうわよと、なんども言ったもんですよ」

心当りの男の名や住所を五つばかりあげて女将は、さあ病院にいってやんなくちゃあと帰っていった。

翌朝からその男たちのアリバイを調べに、根来と戸田はまわりはじめたのだが、ちょうどその頃、被害者の坂上敬子はどうにか命をとりとめた。そして数人の男たちの許をまわり、全部白だとわかり、根来たちがげんなりしていた頃に、彼女は意識をとりもどした。早速根来と戸田が彼女の許へ駆けつけ、昨夜、誰に会ったのかを問いただすと、屋台に冷しそばをたべに行き、その帰り途、うしろからいきなり刺された。よくはわからなかったが、すごい勢いで駆け逃げる靴音を聞いたそうだった。

その屋台の親父は、小淀町に住んでいる中根という初老の男で、もとはやくざだった。夜になってからその屋台をつかまえ、彼女の話のウラをとってみると、嘘ではなかった。

「ちょいちょいきてくれましたがね、あんないやな女はいませんよ。夕べだってね、若い男が入ってくると、あっ臭い、もっとあっちへ行けなんて言うんだからね。男ァ怒って出ていってしまいましたよ。あいつに痛めつけられたかもしれねえな」

若い男はワイシャツとズボンの学生みたいな感じだったそうである。

戸田は最初から三光町の事件と同じ手口のような感じがしていた。背後からだしぬけに襲いかかり、顔を見られていないところと、凶器がいずれもナイフだという点である。そこへ、ワイシャツとズボンという同じ恰好が加わったものだから、ともかくその若い男をさがしてみる気になった。

坂上敬子の勤めている飲み屋と屋台を中心に、そのあたりを廻り聞き込みをはじめると、すぐ二人ばかりその若い男を目撃した者がみつかった。一人は煙草屋の娘で、彼女の坐っているところから、斜めむこうにある地蔵さんの祠《ほこら》の入口の石の上に、その若い男は腰かけて休んでいた。なんだか苦しそうな感じだったので、病気かしらと思ったそうだった。もう一人は、西口へ通じた路から入った横町で、電柱の陰にその男が立っていた。小用をしようと、電柱の陰へ行って、その若い男に気がついたそうだった。

最初の煙草屋は、川添町から少し新宿へよったほうにあり、あとの電柱は屋台の出ていたつい近くだから、まず同一人物と見てよかった。しかし屋台の親父をはじめ、その三人ともはっきり顔を覚えている者はなかった。

その翌日の朝、根来は病院へ出かけ、その若い男のことを、坂上敬子にたずねてみた。

「酔ってたからよく覚えてないけど、爪の間が真っ黒で、浮浪者みたいな男で、汗くさかった。酸っぱいような匂い」

爪の間が黒いのは、油のせいにちがいない。そういうことがどこからともなく洩れて、その翌日の朝刊に、犯人は近くの工員らしいという記事が出た。こういう連中は、内々に捜査していると、また次の事件をおこすのである。もちろんそういう記事が出れば逃亡する怖れもあるのだが、そういう男はもともとまともでないから、ひっそりとかくれていたりは出来ない。見知らぬところへ逃げれば、たちまちなにか警察の厄介になるようなことをしてしまうのである。じっとひそんでいられるより、動いてくれたほうが逮捕しやすいのだった。そんな配慮もして記事をつくったのだろうが、生憎彼は新聞など読んだことがなかった。その夜、逃げもどると、また熱をだし、三畳で寝込んでしまっていた。

しかしその記事を読んで、彼らしい人物をみかけた者が、十人以上も根来のところへ電話をかけてきた。あくる日の朝には、わざわざ署へ根来をたずねてきた者がいた。面会室へ通して、根来が入って行くと、がっしりした体格の初老の男が待っており、すぐに昂奮した口調でしゃべりだした。

「私は昔から勘がいいんですよ。新聞をみましてね、女斬りの変態野郎は、うちにいる工員にちげえねえと思ったんですよ。私は、ついそこにある江沢製作所の職長の矢吹次郎と申します。ほらね、野上の家の下宿人の女の子が斬られた時も、私はね、うちの山下じゃねえかと思ったんですがね。山下は野上が四国から舌先三寸で連れてきた男でね、始終野上にだまされたと怨んでいましたからね。あの刺された女の子は、野上が新潟から連れてきたんですよ。小綺麗なんで、野上が可愛がってるって、えへへへ評判でしたからね。実ァね、私は、奴にうちの娘が刺されるンじゃないかと、野上の一件以来、用心してるンですよ。あの晩も、うちのまわりをうろついてるのを見た者がいるんですよ。それにね、あの野郎、あの晩から工場へ姿をみせねえもんでね」


格別の手懸りもないので、戸田と根来は、なんだろうとやってやろうという気で、それから間もなく矢吹が教えてくれた住所へやってきた。まだ九時半をまわったところである。目あての新宿荘というのは、露地の奥で、六部屋くらいある押せばひっくりかえりそうな二階家だった。しもたや風の格子戸がある玄関へ入って、

「誰か居ませんか」

と声をかけたが、返事はない。

二階の二号室というので、根来と戸田は、顔を見合わせてから、とにかく上っていった。ま

るで化物屋敷みたいなすごい音のする階段で、埃りがたまっている。

二階には狭い廊下がある、障子のはまった部屋が四つむかい合っていた。左側の障子の鴨居のところに、二号室という板がうちつけてあった。

まるで二階には人の気配がない。

〈逃《ず》らかったなー〉

それではじめて根来は緊張し、声をかけず急いで障子をあけた。万年床の上に、仰向けに寝ている裸の若い男が、じっと根来たちを眺めていた。なんともいえない屍臭のような匂いが、じっとりとこもっている。

「山下四郎だな」

根来がきびしい声をかけたが、若い男はびくりともしなかった。永い時間をかけて、やっと頷いた。

「病気か」

根来が枕許にしゃがみこんで訊くと、ぽっかり開けた目が幽かにうるみだした。唇は白く乾いて歯へこびりついたようになっている。まるでいまにも死にそうな感じである。根来は、ゆっくり警察手帳を出してみせ、もう一度、彼をのぞきこむようにしてきいた。

「なにしに来たかわかるだろうな」

そうだというように彼は目を閉じた。睫毛にほんの少しの涙がたまり、そこだけがばかに清らかだった。

「よし、戸田、車の手配をしてくれ。まず、山崎先生も一緒にきてもらおう。非常によわっているとよく説明して、応急処置もしてもらおう」

それで戸田が電話をかけに飛びだしていった。間もなく医師の山崎がやってきて、診察にとりかかった。

「こりゃラーメンのほうがいいな」

と言いながら、山崎は何本も注射をうってやった。なかなか手早い。

「心臓が弱っとるが、別に悪いとこはない。頭の出来はわからんがね。ここのところ、なにもくっとらんのだな」

「そうですか。起していいですか」

「もう五分ほど待ってやろう」

小柄だが向意気の強い山崎は、それから煙草に火をつけた。

「おい」

と山下へ言った。奇妙に優しさがこもっている。

「おまえ、何処から来たンだ」

「し、四国です」

「おれも四国だ」

「……」

「なんであんな馬鹿なことをした」

いくらか彼は生気をとりもどしてきた。

はずかしそうに笑いをうかべて答えた。

「監獄って、一つ部屋に、一人じゃないでしょう、先生」

根来は、はじかれるように、顔を彼のかなしい笑い顔へむけた。

それは言葉ではなかったが、実にはっきり彼のしたことの理由がわかった。

山崎は、なかなか動じない男である。その問いに答えず、「さあ起きてみろ」と大声ではげました。

素直に彼は、ひょろりと立ちあがった。

山崎は、下からそれを仰いで言った。

「こんなにでっけえのになあ」

その言葉にも声にも味があった。

アイシス讃歌

三浦　浩

初出：〈推理文学〉4号（1970年10月）

〈推理文学〉四号

三浦浩（みうら・ひろし）一九三〇（昭和五）―一九九八（平成十）

東京府生まれ。京都大学文学部卒。在学中は高橋和巳、小松左京らと共に京大作家集団に所属。産経新聞社に入社して文化部に配属されるが、当時の上司は福田定一（のちの司馬遼太郎）であった。休職してアメリカのノースウェスタン大学、イギリスのオックスフォード大学に留学していたことがある。

一九六八年、浪速書房のミステリ専門誌〈推理界〉にスパイ小説「霧の国で」を発表してデビュー。翌年には三一書房から長篇ハードボイルドの秀作『薔薇の眠り』を刊行。七六年の『さらば静かなる時』で同年下半期の第七十六回直木賞、七七年の『優しい滞在』で同年下半期の第七十八回直木賞、八七年の『津和野物語』で同年上半期の第九十七回直木賞、同年の『海外特派員―消されたスクープ―』で同年下半期の第九十八回直木賞の、それぞれ候補となっている。

八五年に産経新聞社を定年退職して作家専業となる。その他の著書に『遠い祖国』『ウォッカは死の匂い』『復活なきパレード』『俺は探偵だ』などのスパイ小説、ハードボイルドの他、評論『司馬遼太郎とそのヒーロー』がある。

新人物往来社が発行していた時期の季刊誌〈推理文学〉に発表された本篇は、著者の留学経験が色濃く反映された青春小説風のスパイ小説。デビュー短篇「霧の国で」も、この巻の候補にしていたが、百枚を超える分量のため、諦めざるを得なかった。（日下）

(一)

「この列車はオックスフォードへゆきますか」

ロンドンの新宿駅ともいえるパディントンの三番線ホームの改札口で、伊吹茂は駅員に訊いた。イギリスの駅は実にわかりにくいし、往々にして、表示がまちがっていることもある。

「そう。左側にとまっている汽車。ただしディドコットで乗り換え」

めずらしく駅員は乗り換えまで教えてくれた。伊吹はサンキューと短かくいって、鉄の格子戸を通ってホームへはいった。午後九時半の発車まで、あと三分しかない。照明の行き届かない暗いドームが頭上に長くつづき、ヴィクトリア朝時代の遺物といってもよさそうな古ぼけた汽車が左手に止まって、駅員たちがのろのろと貨物を荷物車に積んでいる。この分では、また定刻発車はおぼつかない光景である。伊吹はすこし爪先立ってホームを歩きながら、二等のコンパートメントを見まわした。案外混んでいる。週末だからか、あるいは、明日がオックスフォード大学のインターカレッジのボートレース〝エイツ・ウィーク〟の最終日だからであろうか。伊吹自身も、オックスフォードにいる友人に招待されて、ロンドンからその大学町にゆく途中だった。

〝禁煙《ノースモーキング》〟と記された一室が空いていた。伊吹がそのコンパートメントに通ずるドアを開けかけると、肩をたたかれた。ふりかえると、長身の若い男が立っていた。

「失礼ですが、オックスフォードへいらっしゃるんですか」

「そうです」

「まことに突然で、おそれいりますが、これを持っていっていただけないでしょうか」

青年はオックスフォード訛りの美しい英語でそういうと、左手に提げている包みを伊吹の方へ差し出した。

その時、発車のベルが鳴りはじめた。帽子をアミダにかぶった年とった駅員が、バタン、バタンと、コンパートメントのドアを閉めながら歩いてくる。

「貴方がオックスフォードへゆかれるってことは、さっき、改札口でおうかがいしたんです」

ベルが鳴り止んでいた。のんびりしたイギリスの列車も、もう発車するだろう。駅の大時計は九時三十五分過ぎだった。伊吹は、成り行き上、しかたなく青年の手から包みをとった。はっとおどろくほど重く、

「いったい、なんですか」

詰問口調になっていた。

「ペンキです。ボートのオールに塗る奴で、明日の朝までに、どうしても必要なんです」

伊吹は包みをぶら下げて汽車に上った。包みを廊下に置き、ホーム側の窓を押し下げた。

「ぼくの自動車が事故を起こして、置いておくわけにゆかず、すみません。宛先き、その他はその中に書いてあります。よろしく」

伊吹はやむなく苦笑した。列車は動き出した。青年は薄暗いプラットホームで手を上げた。そのときになってはじめて伊吹は、青年がディナージャケットを着込んでいることに気付いた。金髪で、端正な顔が、みるまに遠くなっていった。

伊吹は、包みを廊下からコンパートメントに移した。中年のサラリーマン風の男と、いずれも二十歳前後の女が二人、ひっそりと、週刊誌を読んだり、編み物をしていた。禁煙のコンパートメントであるから、もちろん煙草の匂いはなく、女たちがつけているらしい香料と、ラヴェンダーの香だけがかすかに漂っていた。あたたかい車内で、見知らぬ青年から託された重い包みは、たしかに強烈なペンキの匂いをあたりにまき散らした。窓ぎわに坐っていた男は黙って、窓をすこし開けた。汽車はすでにロンドン郊外を通り過ぎてミドルセックス州にはいっているようだった。伊吹はあらためて、包みの上に付いている荷札様の紙片を見てみた。——オックスフォード駅で。ミスター・D・エリオット——。この重い包みについている宛先は、たったそれだけだった。

これを預けた青年は、たしか、内味はボートのオールに塗るためのペンキだといった。明日の朝、それが必要ということは、バンピングという、あのオックスフォード特有のボートレースに勝ち残って、明日、土曜日、出場するコリッジのもののはずだったが、エリオット氏は、そのクルーのマネージャーか、コックスなのだろうか。しかし、なんにしても、ペンキの臭いには弱った。週刊誌を読んでいた真向いの女は、ハンカチーフをとり出すと、ことさらしく鼻をかんだ。

検札がきた。そして検札の車掌が去ったあと、若い女性がいれちがいに、このコンパートメントにはいってきた。汽車は速度をあげていた。

「ここは、ノースモーキングですね」

新しくはいってきた女は、同室者のだれにともなくいって、伊吹の斜め向うの席に腰をおろした。その声には、いままで、喫煙出来るコンパートメントにいたが、それがいやで移ってきた、というような弁解の響きがあった。やはり二十歳をちょっと出たぐらいの年だろうか。うす暗い車内だったが、すこし浅黒いのは、ラテン系の女性なのか。いまはやりのミニスカートからのびた足は、なめらかに均斉がとれていて、シートに浅くかけているため、太腿の奥まで見えるようだ。伊吹は、眼を窓に向けた。

月が出ているらしく、イングランド特有の、ゆるやかな丘や林が、まるで、スクリーンプロセスのように窓外を流れてゆく。ようやく週末の小旅行らしい気分になってきたが、思わざる荷物のために、伊吹の心は、もうひとつ晴れなかった。折角の週末が、このペンキのために台なしになってゆくような、そんな予感ともつかない腹立たしさがあった。

伊吹は、そのとき、ふっと自分が見詰められているような感じがした。窓外を見詰めた姿勢のまま、窓ガラスを鏡に使って、コンパートメントの人に注意した。伊吹を凝視していたのは、あの新しくはいってきた女だった。びっくりするほど大きな瞳で、伊吹と、そして、ペンキ缶

いるのである。詫びるわけにもゆかなかった。

を見ているのだ。

折角、ノースモーキングの車に移ってきて、煙草よりひどいペンキの臭いに、おどろいているのだろうか。伊吹は、ちょっとすまないような気がしたが、彼自身も被害者なのである。詫びるわけにもゆかなかった。

乗換えのディドコット駅では、よく駅員の手ちがいで、オックスフォード行のジーゼルカーの発車ホームが変更になる。今夜もそうで乗客たちは、暗い地下道を、五番線から七番線へ、さらに五番線へといそがされたが、重いペンキ缶を抱えてのこの移動で、伊吹はすっかり不愉快になっていた。

ディドコットから、オックスフォードまでは二十分。前の列車でおなじコンパートメントだった人たちは全部この駅で降りたらしく、ただ、次の車輛に、あの瞳の大きな女性だけが、こちらを向いて坐っていた。明るいジーゼルカーの中でよく見れば、彼女はそのすばらしい足だけでなく、はっとするほどの美人だった。

オックスフォード駅に着いたのは、十一時をわずか過ぎていた。乗り換えのある夜汽車にしては、早く着いたほうである。伊吹は、ペンキの缶をぶら下げて、ホームへ降りた。有名な、大学町のくせに、この駅は、なんの変てつもない田舎駅だ。うす暗く、そして、五月というのに、まだ寒かった。ところで、エリオット氏とは、どうやって会うのであろうか。伊吹は、しばらくホームに立っていたが、それらしい人影もない。改札口で切符を渡すと、待合室にはいった。

伊吹茂は、二十五歳。東京のSBKテレビの報道部員だが、現在、その資格のまま、ロンドンのBBC放送に研修生として派遣されていた。英国のテレビ技術から、日本は学ぶべきなにものもないはずで、SBKの本社でもそんなことは百も承知のはずだったが、あえて、伊吹が〝留学〟させられているのは、一種の左遷からである。

伊吹は戦時中、大連で生まれた。父は満鉄の高級職員だったが、終戦時の混乱のなかで死に、戦後、彼は母の手だけで育てられ、大学を終えた。そのころ、母の兄、つまり伊吹の伯父の千田和臣がSBKテレビの社長をしていて、こどものない千田は、伊吹をSBKテレビに就職させると、秘書として手もとにおいた。こうしたことは、必ずしも伊吹の望むことではなかったが、母の頼みもあって、千田の秘書役をつづけているうち、伊吹は、自分が、民放テレビ局のなかでもビッグスリーにはいるSBKで、完璧なエリートコースに乗っていると自覚するようになった。千田は、ときに伊吹を後継者とまで考えていたのかもしれない。しかし、その夢は、千田が社長専用機を使って、系列テレビ局を歴訪中に鹿児島空港で着地に失敗し、千田も、同乗していた伊吹も、ともに重傷を負うといった事態の発生で破られた。

療養中、千田は新たに設けられた代表権をもたない会長に祭り上げられ、後任の社長には、千田のライバルであった藤波典英が就任した。半年後、出社した伊吹自身も社長秘書室から報道部に転出されていた。入社当時、もっとも望んだポストではあったが、こうした事情のもとで現場に移るのにはやはり抵抗があった。しかも、前社長のいわば〝懐刀〟として、ここ二年間、社の内情に通じている伊吹を、一報道部員としても、東京に置くことが煙たかったのか、藤波は、イギリスのBBC放送との間に研修生の交換協定があるのを幸い、突如、伊吹にロンドン勤務を命じた。それからもう一年になる。伊吹は、傍目には霧の都で、のんびりと快適な生活を楽しんではいたが、サラリーマンとしての出世コースから、みごとにはずされた自分の立場をわずか二十五歳で苦く味わいながら暮らしていたのだ――。

そうしたこの一年の間に、伊吹はなんどか、この大学町に、取材や、あるいは日本からの旅行者の案内できたことがあるが、汽車が着くたびに失望した。今夜もそうだった。

オックスフォードは、テームズ河の上流に位置する町だから、おそらく、ロンドンから舟でさかのぼってくるのがいちばんいいのであろう。舟でなければ、高速道路《モーターウエイ》M4を、車で飛ばしてきてもいい。そうすれば、千年の歴史をもつこの学都は、訪問者の前に、その堂宇とも見える幾十のコリッジの尖塔を美しく現わすのだが、汽車で降り立ってみれば、イギリスの他のどんな地方都市よりも魅力のすくない駅周辺の光景なのだ。これは、この町が、学都であると同時に、自動車工業の中心地としても発展しつつあるというアンバランスのせいかもしれない。

「オックスフォードは、住んでみなければそのよさも悪さもわからねえよ」

と、したり顔でいったのは、いま、ここの大学のニュー・コリッジで学んでいる大学時代からの友人、深田時夫で、伊吹は彼の招待でやってきたのだったが、深田の姿も待合室にはなかった。

ペンキをベンチに置き、伊吹は煙草に火をつけた。もう一度、缶に付いている紙片をたしかめてみたが、オックスフォード駅で、ミスター・D・エリオットというタイプしかない。パデイントン駅で、伊吹にこれを渡した青年は、明らかに、オックスフォード訛を使っていた。しかも、ディナージャケットを着ていたのは、彼が、正式なパーティにゆく階級であることを示している。つまり、あの青年は、ここの在学生か、OBなのであろうか。

駅長に、この厄介な荷物を預けるという考えも浮かんだが、結局、伊吹は荷物をぶらさげたまま駅を出た。

町の中心に近づくにつれて、高い月に照らされたコリッジの建物が、夜空にくっきりと中世風の構図をつくっていた。風は冷たく、伊吹はレインコートの襟を立てて、石畳の道をいそいだ。センターであるカーファックスのあたりにくると、案外な人通りだ。ちょうど居酒屋《パブ》が閉まる時刻なのだ。あのパディントンの駅で、伊吹にこの厄介な荷物を預けたような、端正な顔の大学生たちが、今夜、いくぶんか酔って町を歩いているのは、明日がいよいよ、エイツ・ウィークの決勝の行なわれる日だからであろうか。

この町にくるたびに、伊吹は、オックスフォードという大学が彼が、かつて学んだ日本のいかなる大学とも、また、旅行の途次に立ち寄ったアメリカの大学とも、なにか根本的にちがうのを、奇妙ないら立たしさで感じていた。それは、この町の古さからだろうか。あるいは、この学生たちが、名実ともに、エリートとして認められているからだろうか。

深田時夫のいるニュー・コリッジは、カーファックスから十分ほどのところにある。〝新しい学寮〟と、いわれながら、しかし、たしか、六百年の伝統を誇るコリッジだ。

コリッジに戻る学生たちにまぎれて、伊吹は、学内にはいった。これまで数度、訪れたことのある深田の部屋は、右手にある新館の二階である。伊吹は、築山をめぐるコリッジの広い庭園を横切って、新館の下に立つと、二階を仰いだ。ありがたいことに、深田の部屋らしい部分には、灯がついていた。深田は在室しているらしい。伊吹はほっとしながら、階段をのぼった。ノックをした。応答はない。もう一度、ノックをし、鍵穴から見ると、やはり灯はついている。伊吹はドアを押した。

(二)

一人の男が、うつ伏せになって、ベッドで寝ていた。金髪であるから、深田時夫ではない。瞬間、伊吹は、部屋を間違えたと思った。しかし、デスクの上に散らばっている日本の雑誌や辞書は、やはりこれが深田の部屋である証拠だった。伊吹はドアを閉め、デスクの前の椅子に坐った。さすがに疲れていた。洗面道具と着替えのシャツと、それにカメラを入れたバッグの他に、ペンキの缶を持って、駅から半哩《マイル》以上も歩いたのだから、いいかげんうんざりしていたが、深田が駅に迎えにこず、おまけに、部屋にすらいないのは、やはりおかしかった。

伊吹と深田は、京都の大学の経済学部で、教養部のときからおなじクラスという仲だった。伊吹が、いかにも大陸育ちらしく、万事おおまかなスポーツマンであったのに比べて、深田は、東京生まれの神経質な都会人だったがそんな性格のちがいが、かえって二人を親しい友人にしていた。卒業後、深田も伊吹も、東京に就職したから、二人の交友はずっとつづき、やがて、深田は、勤めていた外資系の会社から、エールを経てこのオックスフォードに留学し、前後して、伊吹も、ロンドンへ赴任したのだった。

本棚の一番上の段には、本がなく、さすがに深田らしく、よりすぐったモルト・ウイスキーと、シェリーの瓶がずらりと並べられていた。ケチなブレンド・ウイスキーなどは一本もなかった。伊吹は、その中に、十二年もののグレン・グランを見付けると、伏せてあったグラスに、その液体を注いだ。やわらかいウイスキーだ。一杯目をすぐ飲み干し、二杯目になって、なんとなく落ち着いた気分になったとき、伊吹は、深田のベッドに眠っている白人の男の様子が、異様なことに、ふと気付いた。鼾をかかないのはまだしもとして、身じろぎひとつしないのは、どうしたことなのだろうか。部屋にはまだ暖房が通っているらしく、すこし汗ばむ暖かさで、だからその男も、うすい毛布を一枚だけかけてふせっていたが、いま冷静な目でみれば人形のような静かさなのだ。泥酔しているのだろうか。もし、起こしてしまったら、そのときのわずらわしさも考えられたが、伊吹はどうしても、この男の様子を確めたかった。グラスを左手にもったまま、伊吹はベッドに近づき、さっと、毛布をはいでみた。男は、思いの外の大柄な青年だった。枕につけている顔をこちらに向けると、やはり、青年は死んでいた。首にくっきりと扼殺のあとがある。伊吹が、あまりおどろかなかったのは、酔がうっすらと体にまわっていたためだろうか。体を、あお向けに返すと、青年は、胸に、NEW COLLEGEと記した白いユニホーム姿である。このコリッジのボートのクルーなのであろう。金髪で、白皙《はくせき》の若者だった。

伊吹は、本棚から、またグレン・グランの瓶を出すと、こんどは、すこし多目にグラスに注ぎ、そして、自分の腕時計を見た。ちょうど十二時だった。しかし、いったい、なぜ日本人の留学生である深田の部屋で、ニュー・コリッジのボート選手と思われる白人の青年が死んでいるのだろうか。たしか、ザ・タイムスによればこのコリッジは、昨日までのバンピングレースで勝ち残り、明日、もっとも有望視されているクルーの一つをもっていた。そして、深田は、どこへいったのか。そもそも、エイツ・ウィークの決勝を見に、前の晩から、この町へこいとさそったのは深田である。当然、駅に迎えに出ていていいはずだったが、そのかわりに、白人の死体をおいてあるとは、深田自身の身にも、なにかが起こったのだろうか。いずれにせよ、伊吹は、死体の発見をオックスフォードの警察に知らさなければ、と思ったが、電話の在り場所も知らなかった。そして、なぜ、伊吹が、このコリッジにいるかということも、疑われれば、きわめて厄介になる要素を含んでいた。いつか、この大学の各コリッジは、内部に、一種の監察組織をもっていると聞いたようなことがあると思いながら、いまさら、そのようなことを確める余裕はなく、伊吹はとにかく警察に知らせるべく、深田の部屋を出た。

その途端、伊吹は頭に強い衝撃を受けて、そのまま昏倒していた。

(三)

伊吹は、ぼっかりと目覚めた。明るかった。首を動かすと、頭が痛んだ。それで、徐々に、昨夜のことを思い出し、深田の部屋から廊下に出た瞬間、たぶん、殴られて意識を失ったのであろうと、思った。

伊吹は、深田のベッドで寝ていたのだ。カーテンを開けると、窓の外はもう朝で、緑の庭園は鳥の囀《さえず》りで、やかましいほどだ。部屋には伊吹自身しかいなく、そして、昨夜の白人の青年の、死体もなかった。いや、正確にいえば、伊吹と、あの死体とが、入れ替って寝かされていたのだ。まだすこし霞んでいる頭にはあの死体を見たということが、ふと錯覚ではなかったか、という気もするのだが、深田の枕についている鳶《とび》色の髪の毛は、やはりここに、白人の学生が、すくなくとも寝ていたことを物語っている。

伊吹は隅の洗面台で、頭を冷やした。はれぼったい顔も、ずきずき痛む頭も、ながく頭を水につけていると、すこしは直るようだった。グレン・グランの瓶が机の上にあった。伊吹はタンブラーに三分の一ほどいれ、今朝はそれを水で薄めて、一気に飲んだ。そのとき、伊吹ははじめて昨夜、ロンドンのパディントンの駅で見知らぬ青年から托されたペンキの缶が紛失していることに気付いた。伊吹の、身のまわりのものをいれていたバッグも、持っている百ポンドほどの現金もそのままで、あのペンキの缶だけが消えていた。

これは、どうしたことだろうか。おれを殴った奴は、おれが死体を見たことをおそれたから昏倒させたのにちがいない。もし、あのとき、〝運よく〟気絶しなかったら、ひょっとしたら殺されていたであろう。おれが意識を失ったのを見届けたから、そいつは、青年の死体を運び出した。しかし、そのような危急のときに、どうして、ペンキ缶を持ち出したのだろうか。

すでに、今日になった、そのボートレースに、あのペンキがいると、伊吹に缶を預けた青年は言った。そして、殺されていたのは、明らかに、優勝候補であるニュー・コリッジのクルーの一人だった。この間に、なにか、関連があるのか。

そして、深田時夫はどうしたのだろうか。昨夜、伊吹は、とにかくこの事態を、オックスフォードの市警に知らせようとして、阻止された。いま、青年の死体はなく、その代わりに、本来、泊るべきではないコリッジの一室でことわりもなく夜を明かした日本人が、このようなことを語っても、はたして市警は信ずるだろうか。

伊吹は、顔を剃ろうと思った。顔を剃り、ネクタイを締め直すと、彼は、そっと、深田のコリッジを出た。

バンピングという、この大学特有のボートレースは、クライスト・チャーチ・メドウに面したアイシスの流れで行なわれる。イングランドを西北から南西に貫ぬくテームズ河は、オックスフォードを横切るとき、アイシスという名称でよばれる。そのアイシスの両岸には、各コリッジの艇倉が並び、バージという一種の屋形船がもやっているが、今日、エイツ・ウィークの最終日、そのいずれもが、あの、アーサー王の円卓の騎士の時代を髣髴させるようなコリッジの紋章《アームズ》を染めぬいた華やかな旗で飾り立てられていた。オックスフォード大学全体の紋章は、濃いブルーの地に、DOMINUS ILLUMINATIO MEAとラテン語を記した本をあしらったものだが、各コリッジのそれは、赤い獅子とか、十字の剣を数本組み合わせたものとか、なかなか趣のあるものだ。

アイシスの水の上の空は、抜けるように青く、その青と、庭園《メドウ》の緑をバックに、それらの旗は、ひととき、この辺りを中世の風景にかえて、はためいている。そして、レースを見る女性たちも、ある者は、ヴィクトリア朝そのままの長いスカート、丈高いパラソルという衣裳だ。伊吹は、ふと、非現実の感じすら覚えながら、水の畔の道を、ともかく、ニュー・コリッジの艇庫の方へ辿っていた。

そのとき、左手の艇庫から出てきた若い女が、伊吹に、ビールのジョッキを渡した。思わず受けとり、もう酔っているのかと、女の顔を見ると、昨夜、伊吹のコンパートメントへ、あとからはいってきたあの女性だ。女は伊吹の腕をとると、艇庫へ導き横の階段から屋上へ上った。どこも、すでに見物の学生やOBや、町の人でいっぱいだ。例外なく、片手に、酒のグラスをもって、眼の下で行なわれているレースを見詰めている。だが、それよりも、女は、伊吹に、なんの用があるのか。

「あなたも、日本の方ですね」

女がいった。も、というい い方が気になったが、

「そうだ。それで」

「このまま、すぐ、ロンドンに帰っていただけませんか」

青い瞳だなあ、と、伊吹は、顔を近づけていう女の眼を見詰めて、

「いったい、どういうことなんです。ぼくは貴女と汽車で、たまたま会っただけだ。なぜ、ロンドンに帰らなくちゃならないんです」

そう答えながら、伊吹は、のどがかわいてきたのを感じた。さっきから渡されたままになっているジョッキのビールを、ぐっと飲んで、

「貴女は、なにを、知っているんですか」

「なんにも」

女は目を伏せた。昨日の、ミニの服装とはうってかわって、今日は彼女も、ヴィクトリア朝の貴婦人の装いだが、それがまたよく似合う。伊吹はいった。

「貴女は、美しい」

女は、頬を染めた。よほど純情な女性なのか。

「冗談じゃないのよ。日本の紳士《ジャパニーズ・ゼントルマン》」

そして怒るように、

「帰らなければ、危険です」

と身振りをまじえてつづけた。その瞬間、伊吹は、女の身体から、なにかの香りにまじって、あのペンキの匂いがただよったのに、気付いた。

「貴女は、あの、ぼくのもっていたペンキをどうかしたんですか」

女は黙った。

そのとき、

「昨夜は、ありがとう」

うしろで、声がして、ふりむくと、パディントンの駅で、伊吹にペンキを渡した長身の青年が立っていた。

「ああ、君は」

「どうも。ところで、こんな所でなんだけど、これはお礼です」

青年は、一センチほどの厚さの五傍紙幣《ファイバー》を伊吹の手に押しつけた。そのままにして、

「ペンキは、間に合ったんですか」

伊吹は、すこし、とぼけ顔で訊いた。

「ああ、あなたが、ちゃんと届けてくれたんで助かりましたよ。それで、これをもってこのま、ロンドンに、いやできれば、日本に帰っていただきたい。ペンキのことも、このアイシスの水のことも忘れて」

伊吹はそれには答えず、逆に訊ねた。

「君たちは、おれの友人の深田を、どうしたんだ」

青年の眼が、ちょっと、ひるんだ。

そのとき、わあーっという歓声が、あたり一面で起こった。見下すと、いま、最終の決勝が

行なわれているらしく、二隻のボートがこちらに向って、懸命なラストスパートをつづけている。青年も、女も、一瞬、伊吹のことを忘却したような顔付きで、その最後のレースを凝視していた。

ニュー・コリッジは破れ、ベリオル・コリッジが勝った。伊吹は、そうなることを、おれは知っていたという気がした。青年は、おだやかな顔で、

「なにか、おっしゃいましたか」

と、伊吹のほうを向き直った。

伊吹は、五傍紙幣の束を青年のポケットに入れ、青年がひるんだすきに、その右手の利き腕をとった。

「なにをする」

人混みの中で、伊吹は、その利き腕をわからぬようにねじあげ、青年の内ポケットに手を入れた。案の定、薄い拳銃がおさまっていた。それをとり出し、安全弁をはずすと、ひたと青年の左肩下につけた。

「つまらぬことをしても無駄だ。ぼくの仲間はたくさんいる」

「おれが死ぬ前に、すくなくとも君が死ぬ」

伊吹の、お義理にもいい発音とはいえない英語で、そのようなセンテンスをつぶやくとかえって、効果があるのか、青年の端正な頬が、みるまに白くなった。伊吹は、わざと女を無視していた。理由はなかったが、この女性は、たしかに、日本人である伊吹に好意をもっていると

思ったからだ。

伊吹は銃口をぐっと青年の身体に押しつけると、

「階下へ行こう」

とうながした。階段を降り、川岸にゆくと、いま、優勝したベリオル・コリッジのクルーが、コックスを胴上げして、水の中にほおり投げたところだ、拍手と若い乱舞が、岸辺で沸騰している感じだ。

「番狂わせだったな」

「勝つとは思わなかったぜ」

「ニュー・コリッジの、あのアメリカのエールを出た奴が四番を漕いでいたら、わからなかったな」

「どうしたんだ。あいつは」

「知らん。ニュー・コリッジの連中も、わからないといっていた。何故、レースに間に合わなかったのか」

そんな会話が、熱狂した学部生《アンダーグラデュエイト》の輪から、ちょっと離れたグループで囁かれている。

「今夜は、ボン・ファイヤーか」

「ベリオルでは久しぶりだ」

「しかし、エールの四番、すこし、変な話だな」

「ああ。たしかにおかしい」

伊吹は、そうした言葉の間を、青年をピストルでこづいて通りぬけた。アイシスの流れが、もうひとつの細流、チャウエルと交わるあたりに、ボート部のクラブがある。丸い太鼓橋を渡ると、伊吹は青年をその一室に押し込んだ。

(四)

クラブ・ハウスは、今夜の宴会のための用意が整っていたが、ボーイやウエイトレスたちも、全部、レースを見に行っているためか無人である。伊吹は、青年を、隅の椅子に坐らせ、ベルトを引きぬくと、それで腕をうしろで縛った。

「ずいぶん、ひどいことをするのね」

女が、いった。彼女は、あのヴィクトリア朝の衣装を着て、裳裾《もすそ》をひきながら、ここまで、ついてきたのだった。

「うん、貴女も、坐ってもらいたい」

伊吹も椅子をもってくると、それを反対にかえして足をひろげて坐った。ピストルは、ベレッタである。引き金に指をかけて、青年に狙いをつけ、すこししぼるようにすると青年の顔は、はっきりわかるほど痙攣した。弾倉がつまっているのはたしかである。伊吹はいった。

「あんたの名前を教えてくれ」

「ピーター。ピーター・セルヴィッジ」

「いくつだ」

「おい、貴様がそんな口を訊く権利があるのか」

「おれに、へんな荷物を持たせた代償だ」

「その代償は、さっき、払ったはずだ。五百傍《ポンド》だ。決してすくなくない報酬だと思うが」

「返したよ。その金は」

「貴様は、もっと話がわかると思ったんだが。こんな馬鹿なことをして、一文にもならないぜ」

「そうよ。日本の方。黙って、帰っていただけないこと。それが、お互いのためにも、一番いい解決なんです」

「あいにく、おれは、好奇心だけ強くてね。それに、別に、早くロンドンなり日本なりに帰らなくちゃあならない用事もないんだ。さあ、もう一度、訊こう。おれの友だちの深田時夫をどこへやった」

ピーターは、女と顔を見合わせた。そしていった。

「ミスター・深田は、大丈夫ですよ。彼はこの、ローラのボーイ・フレンドなんだ」

「なんだって？」

伊吹は混乱した。昨夜、打たれた頭が、またずきずきと疼いた。

「じゃあ、つまり……」

「そうよ。ほんとは、シゲル、あなたも、わたしたちの仲間ってわけなのよ」

ローラは、すでに、伊吹の名前を知っているのだ。これは、どうしたことなのか。

「黙って、帰れ、というのは、すこし、無理かもしれないな」

ピーターが、すこし余裕を見せていった。伊吹は、しかし、油断なく、ベレッタをピーターの胸もとにつけながら、

「おれは、殺人者の仲間じゃあない」

といいきった。

「ぼくが、説明する」

ピーターは顔をあげると、

「おれたちは、金が欲しかったんだ」

と、つぶやくようにいった。

「それは、たいていの奴は、金が欲しいだろう」

「ちがうわ。〝大義〟のためよ」

「タイギ？　なんだ、それは」

「トキオが、いつもいっていたわ。大きな、意義のあることよ」

「それと、あの死体と、どういう関係があるんだ」

「それは」

ピーターがいいかけたとき、伊吹はうしろに殺気を感じ、銃声がして、ピーターの白い額が、ザクロのように崩れていた。伊吹は、振り向いた。さらに一発、それは、明らかにローラを狙

っていた。伊吹はその銃声めがけて射った。拳銃を射つのは、それがはじめてだった。反動が、鈍く、いうにいわれぬ奇妙な快感を伴って、手から腕に伝わってきた。

「ヒューだわ。あっ、トキオもいる」

「なに者だ、ヒューっていうのは……」

「あたしたちが、賭けた相手なの。ロンドンのシンジケートの代貸よ」

「いったい、君たちは、なにをしてたんだ。おれには、さっぱりわからない」

そのとき、ドサッと音がして、ピーターの身体が椅子ごと倒れた。

「ひどいことをしたわね」

「ああ」

「でも、悪いのは、あんたじゃあないわ。ヒューの奴よ。ヒュー、シンジケートに損失をかけたのであたしたちみんなを、消してしまうつもりだわ」

「ローラ、それに、イブキ、銃を捨てて、出てこい。トキオを殺すぞ。お前たちの策略はわかっているんだ」

伊吹は、ローラをかばいながら、クラブハウスのドアの所ににじり寄ると、外を見た。見るからに精悍な面がまえの、四十前後の男が、深田を楯に、チャウエルの橋の畔に立っていた。

「お前たちが、エールから来た四番を殺したことはわかっている。そんなことで、ベリオルが、一対十の賭け率で勝っても、賭金を払い戻すわけにはいかねえんだ」

伊吹には、そう、やっと、昨夜からの不可解な事件が、おぼろげながらわかりかけてきた。

ローラが、伊吹の名前を知っていたこと、ピーターが、ロンドンのパディントンの駅で、伊吹がオックスフォードへ行くと決めて、強引に、あのペンキの缶を持たせたこと、これは、すべて、深田時夫が仕組んだことではなかったか。だが、何故、伊吹に、なにごとも知らさずに、そのようなことをしたのだろうか。そして、なぜ、ペンキの缶が、それほど重大なのだろうか。五百傍といえば、日本円にしても四十万円以上の金である。それを無造作にくれたのは、それ相当の行為を、それと知らずに伊吹がしたためだろう。

だが、いまは、その理由を知ることよりも、莫逆の友である深田を救わねばならなかった。また、彼を救わねば、たぶん伊吹自身も、ローラも危ないだろう。伊吹は、ローラを顧みていった。

「警察を呼んでは、まずいのか」

「駄目です。あたしたち、秘密組織のメンバーなんだから」

「むずかしいことをいってくれるな。ますますわけがわからなくなる」

「でも、トキオのためにも、警察は呼べないわ」

伊吹は、ベレッタを構えて外に出た。草の匂いと、そして水の匂いがした。オックスフォードは、いま、水の季節だ。遠く、コリッジの旗がはためき、チャウエルの流を、白鳥が並んで泳いでいた。深田は、ぐったりと、ヒューの肩につかまるようにして立っていた。かなり痛めつけられたような気配である。伊吹は深田に日本語で呼びかけた。

「深田。お前、エールの四番を殺したのか」

「わからない。しかしたぶんそうだろう。おれが、薬をいれすぎたんだ。殺すつもりは毛頭なかったぜ」

「薬？　薬をどうしたんだ」

「コーク・ハイをつくってね、あいつはコークが好きだったから。それに、睡眠薬をいれたんだ。しかし、あんなに簡単に死んでしまうのかなあ」

「おい、深田。お前は、四番が、死ぬところを見たのか」

「死ぬところは見ない。ぼくの部屋から、消えていたからね。ぼくは、彼の昏睡が深すぎるから心配になって、医者を……」

押えたような銃声がつづけてした。深田の身体がよろめいた。しかし、それと同時に、ヒューのバランスも崩れていた。深田は、ヒューを抱くようにして、チャウエルの流れに落ちた。

(五)

十数時間の取り調べを受けて、伊吹が、オックスフォード署を出ると、町はもう朝だった。静かなのは、日曜だからであろう。セント・オールディッツ・ストリートを、カーファックスの方へ歩いてゆくと、タウン・ホールの陰から、女が出てきた。ローラだった。

ローラは、黙って伊吹の腕をとった。お互いに、体温を分け合ってみたいような、そんな気の弱さが、そのときした。

「あなたが、なんにも、しゃべらなかったことを感謝するわ」

カーファックスを、ザ・ハイの方へ曲り、古いホテルの喫茶室に、倒れ込むように坐ると、ローラはそういって、伊吹の手を握った。

「感謝されることはないよ。それに、誤解されては困るが、ぼくはなんにも知らなかったし、なんにも、わかっていない。だから、しゃべらなかったんだ。いや、しゃべれなかったんだ」

警察でも、それは認めた。結局、伊吹は、ロンドンのギャングの魔手から、二人の友人は助けられなかったにせよ一人の美しい女性を救い出した、という讃辞を受けて、出てきたのだった。もちろん、警察も、伊吹も、どうして、なんのために彼が事件にまきこまれたのかは、わかっていなかった。

「ローラ、君はこれから、どうするの」

「あたしは、ソルボンヌへ帰るわ」

「そうか。貴女は、やはりフランス人だったの」

「ええ」

「あのね。二つだけ訊きたいんだ」

「こんどのこと?」

「もちろん、そうだ。まずね、君は、あの射ち合いのとき、秘密組織のメンバーだから警察を呼べない、といったろう。秘密組織ってなんのことだい。深田は、そうしたものにはあまり縁のない奴だったが」

「それはね、米兵を脱走させる、ヨーロッパの学生組織なんです」

「なるほど、そうだったのか」

伊吹は、もう一杯、コーヒーを注文した。ほんとうは、ジンでも飲みたい心境だった。

「それから、もうひとつ、賭け、といったが、あれは、どういうことなんだ」

「トキオも、ピーターも、ものすごく、賭けが強いんです。それで、あの四日間のボートレースの勝ち負けを、みんなの金をあつめて賭けつづけたんです。ええ、胴元は、ヒューが属していたシンジケートのボスよ。あたしたち、お金は、いくらあっても、足りないのよ。たくさんの米兵をベトナム行きから逃がすために」

伊吹は、美しいアイシスの流れで行なわれているあのボートレースに、巨額の金が動いているとは思いたくなかった。しかしいまや世界的に有名になっているロンドンのシンジケートの発展を考えれば、そのお膝元ともいえるオックスフォードの複雑なボートレースほど、おもしろい賭の対象はないはずだった。

アイシスの流れは狭いから、ここでは、ふつうのボートレースはできない。そのために競争する各艇は、ある間隔をとってスタートし、後続するボートが、前のボートにバンプ《タッチ》することで勝敗をきめる。バンピングと称ばれるわけだが、ザ・タイムスなどの主要紙は、連日にわたって、この勝敗を、図表で報道するほどの熱の入れ方なのだ。

「みんな話してしまいましょう」

ローラはつづけた。

「最後の大きな勝負が、ベリオル・コリッジと、ニュー・コリッジの決勝だったの。賭け率は、あのとき、ヒューがいったように、一対十で、ニュー・コリッジが有利でした。それで、あたしたち、一挙にお金をもうけるため、ベリオル・コリッジに賭けたんです。トキオは、ベトナム戦争を心から憎んでいたわ。幸い、あのエールを出た四番のアランは、トキオとエールでもいっしょだったんです。トキオはアランに、負けてくれと、たのんだの。アメリカ人らしい、アランはものすごくおこったわ。あたしには、それもわかる、でも……」

アランならずとも、それはおこるだろう。深田やピーターが、その理由をいえば、尚更のことだったかもしれない。

「ものすごいお金がいったよ。それで、ロンドンの麻薬の中心地、シェファード・ブッシュで、ハッシシを仕入れ、ペンキ缶に詰めて、オックスフォードに持ってくることにしたの。ここでは、ロンドンの三倍で売れますからね。それを、こちらの賭け金に加えたわけよ。そして、悪いけど、なんにも知らない貴方を、その運び屋に使ったわけ」

「それで、君が、ぼくを見張っていたのか」

「そういうことね。ご免なさい。ハッシシは無事着きそうだったけど、アランがOKしないので、トキオは、アランに睡眠薬を飲ませたの」

そこまではわかっていた。しかし、深田は、アランの状態が心配になったので、医者を呼びに出たと死ぬ直前に日本語でいった。そのあとに、伊吹が深田の部屋を訪れたことになるが、

アランはたしかに扼殺されていた。その跡が、はっきりと、彼の首についていた。伊吹がローラにその疑問を投げると、

「あたし、ヒューが、アランを殺したんだと思います。ヒューは、わたしたちが、強引にベリオル・コリッジのクルーに賭けるのを不思議に思って、様子をさぐりにきたのだと思うわ。そして、アランが寝ているのを見て、殺したのにちがいないわ」

「どうして。アランが死んだら、ヒューは損をするのだろう」

「その晩、ヒューは、自分の自由になる金を全部、ベリオルに賭けたんだわ」

「深田自身も、ピーターも、アランを殺したのは、深田だと思っていたわけだな」

「そうね。あたしも、さっきまで、そう信じていたわ。だから、あなたに、黙って、静かに、ロンドンへ帰ってもらいたかったの」

「おれが出てきて、困ったわけだな」

「そうね。あなたが、あんなに、トキオのことを心配するとは思わなかったわ。そのために」

いいかけて、伊吹は黙った。そのために、深田と、ピーターが死んだとは思いたくない。

二人は、ホテルの喫茶室を出て、ザ・ハイを左に、モードリン・コリッジの塔の下の橋の上に来た。水の上に、いくつかの小艇《パント》が浮かび、一年生らしい、若い学生たちが操っている。このチャウエルの流れの先で、深田もピーターも殺されたのだった。

「ローラ、貴女は、あのとき、何故、ヒューを殺したんだい」

「えっ、なんのこと」

ローラは、伊吹の方を見ずに、水に視線を投げていた。可哀相な深田、と伊吹は思った。深田には、学生時代から抽象的な正義に熱中するきらいがあった。そうした彼の性癖と、アランの旧友であるということにローラと、ピーターが、目をつけたのであろう。ベトナム行きを拒否するアメリカ兵を逃亡さすための資金づくり、といえばいかにも深田が飛びつきそうな〝テーマ〟だった。秘密の翳りがあって、しかも、正義の匂いがするこの仕事に、深田は必要以上に深入りしてしまったのだ。ニュー・コリッジのホープであるアランを睡眠薬で昏睡させて、ベリオルの勝因をつくろうとするとは、なんとも思い切った方法をとったものだが、深田なら、そのくらいのことはやりかねなかった。しかし、アランを殺したのは、彼ではない。そして、おそらく、ヒューでもない。ヒューはただ、シンジケートの代貸として、このレースの賭を仕切っていただけだ。ローラがなんといおうと、ヒューには、アランをあの短い時間に殺そうと決意する必要がない。その動機があるのは、死んだピーターと、そして、いま伊吹の隣りにいる金髪の女だけだった。

「貴女は、ベレッタを持っているだろう」

伊吹は、不意にローラを見ていった。ローラは黙って、橋の石の欄干に置いている伊吹の手に彼女の手を重ねた。そのままにさせて、

「ぼくはね、あのとき、射たなかった。ヒューはベレッタで肩を射たれていて、警察では、ぼくが射ったと思っている。ピーターからとったぼくのベレッタから、一発、発射されているからね。だが、ほんとうは、射ったのはローラ、君だ。ヒューは、君に射たれて、おどろいて、

深田を射ち殺し、深田はヒューを抱いて川へ落ちたのだ。君は何故、あのときヒューを射ったのか」

おそらく、あの時点で、ローラは、アラン殺人の罪をなすりつけるためにヒューか、深田の、どちらかを、消す必要があったのだ。伊吹がいま、無性に不愉快になるのはローラにとって、消す相手はどちらでもよかったことだった。決定的に、レースの賭に勝つために、ローラはアランを扼殺したのにちがいない。ローラが、ニュー・コリッジの深田の部屋にはいっていったとき、アランが目覚めかかっていたとも思えるのだ。その事態におどろいて、首を締めたと考えられないだろうか。

そうした、伊吹の想念がローラに伝わったのか、彼女は、伊吹の手をきつく握り、彼の方を向いて、いった。

「シゲル。いずれにしても、いま、あなたには、お金が必要なのよ。こんな騒ぎのあとで、ロンドンに帰るのは危なくてよ。あんな大穴をあけたから、どうせヒューはそのうちに消されたでしょうけど。でも一時、あなたは大陸で暮す必要があるわ」

「シンジケートから、金はとれるのか」

「ウイ。もう、私たちの、ロンドンの仲間が、あっちで受け取っているはずよ。ヒューは、代貸としては有能だったから、ちゃんとそうした手続きはしていたと思うわ。あとは、自動的だもの。あなたにはとりあえず、あの五百傍と、フランスの銀行で、一万フラン受け取れるようにするわ。シゲル、わかってもらいたいわ。トキオは、ヒューに殺されたのよ。そして、ヒューを殺したのは、あなたってことになっているのよ」

そうなのだ。おれは、どうして、あのときオックスフォード署でそのことを否定しなかったのか。深田の、死因をさぐろうという気持ちはあったが、それ以上に、いま、身をすりよせるようにして立っている甘い匂いのするローラのことをふと想ったからではなかったか。

ローラがその勝ち取ったおそらくは数千傍か、ひょっとすると数万傍にのぼる金を、アメリカの脱走兵援助に使うかどうか、いまとなってはそれすらあやしいものだった。だが、伊吹は、好むと好まざるとにかかわらず、すくなくともしばらくは、ローラと行動をともにしなければならないだろう。伊吹の知恵が、それを彼自身に教えていた。

「行こう。ローラ」

伊吹は、ローラの腕をとった。ちょうど、ヒースロー国際空港を経て、ロンドンへ向う赤い長距離バスが、ザ・ハイからこちらへ向かっていた。

「空港で降りて、パリ行に乗ろう」

最後部の席にすわると、伊吹はローラにいった。バスはゆるやかな坂道をのぼっていた。うしろの窓から、サウス・パークの緑の木立を通して、コリッジのたくさんの塔がちかちかと光っているように遠く見えた。伊吹にはそれらが、こどものときに読んだ童話の挿し絵のように思われた。美しいローラの横で、伊吹は、ぐったり疲れていたのだ。

骨の聖母

高城　高

初出：〈農業北海道〉1972年1月号

〈農業北海道〉一九七二年一月号

高城高（こうじょう・こう）一九三五（昭和十）―

北海道生まれ。東北大学文学部卒。四歳で仙台市に移転、以降、戦時中の疎開期を除き、大学を卒業するまでを同地で過ごす。十代で作家になることを決意し、少年雑誌への投稿を始めていた。東北大学在学中に雑誌〈宝石〉の短篇懸賞に「X橋附近」（後に「X橋付近」と改題）を応募して一席入賞を果たす。その後〈文藝首都〉に「火焔」「廃坑」を、〈増刊宝石〉に「冷たい雨」を寄稿、北海道新聞社に入社して釧路支局に配属されたため一時的に執筆からは遠ざかるが、宝石社経営に加わった江戸川乱歩から声を掛けられ、再び活動を開始した。「ラ・クカラチャ」など初期の代表作は〈宝石〉に発表されている。

宝石社に恩義を感じていたという高城は、〈宝石〉誌が一九六四年に廃刊になり刊行権が光文社に移ると、次第に小説執筆から遠ざかる。北海道新聞社内でいわゆる二足のわらじ生活を忌む風潮もあったためだという。七〇年代後半からはほぼ絶筆に近い状態となり、幻の作家と呼ばれるようになる。二〇〇六年、荒蝦夷から傑作選『X橋付近』が刊行されたことを機に執筆に復帰、〇八年には東京創元社から個人全集が刊行される。〇九年、〈ミステリーズ！〉誌連載をまとめた『函館水上警察』が刊行され、以降も続くシリーズの第一作となった。今回収録された「骨の聖母」は作家としての沈黙に入る前の時期に書かれたもので、書籍に収録されるのは今回が初である。作品の背景について高城自身が寄稿しているので、併せてお読みいただきたい。（杉江）

1

地下街の人波がふと途切れたとき、歩道の真中を闊歩してくる女がいた。短いケープのついた薄茶色のミディのコートを着て背筋を伸ばした歩き方がそばのブティックのマネキン人形が歩きだしたようで、島本卓《たく》はコートの裾を蹴る黒いエナメルのブーツのあたりを、見るともなしに見ていた。

ブーツが島本の前にとまった。彼は顔をあげて、刀祢《とね》八重子がそのスタイルに似合わず大きく腰を折るのに応えた。

「先生、昨日からお電話のしどおしでしたわ。私、手紙はハガキさえ書くのが苦手なもんですから……」

「ほう、そうでしたか。研究所の連中も気がきかないから。お茶でもどうですか」

と誘ったのは島本の方だったが、手近のコーヒーショップを見つけて先に立ったのは八重子だった。一九七二年冬季五輪を見据えて前年の十一月中旬にオープンしたこの札幌の地下街も、島本にとっては初めてだった。買物はいつも大学内の生協ですませ、滅多に街をぶらつくこともない。だから、たまに来た地下街で美人に会えば、お茶に誘うのは当然だ。

白く塗ったのが薄汚れてそうなったとしか見えない象牙色の壁に囲まれた店に二人は腰をおろし、コーヒーをオーダーすると、

「先生が地下街を歩くなんてお珍しい」

「初めてですよ」

「素晴しいものが出来ましたね」

島本は友人の都市工学者が述べた辛辣《しんらつ》な批評をのみ下して、

「仕事はどうですか。この間、深夜のテレビに出てたそうですね」

「アラ、ご覧になった?」

「いや、研究所の女の子がいってました」

「テレビでエレクトーンをひいてもお金にならないの。でも、専属のホテルが番組のスポンサーなんで仕方なく……」

「お母さんは元気?」

「ええ、割りと元気。実は来月の五日、骨納《こつ》めをするんです。お忙しいことでしょうが、先生にもちょっと出ていただきたくてお電話したんです。母は早くから火葬にしてお墓に納めたかったらしいんですが、私はせっかく先生方が遠くから持ってきて下さった父のお骨《こつ》ですし、出来るだけ長く家に置きたかったんです。でも、もう一月半はたつし、年を越すわけにはまいりませんでしょう?」

八重子はマニキュアした指で、ケープを縁どったイミテーションの毛皮をいじりながら、首をかしげてみせた。その目つきは、昔ならおかしいといわれるのだろうが、今では逆にチャーミングだと思われるらしかった。

「そうすると、兄さんのお墓に合葬するわけですね」

「いえ、それが別なんです。そばに新しく作ることになりました。母がそうしろというものですから。やっぱり兄が腹違いだからでしょうって、私、少し怒っているんですのよ。お墓の一坪って狭いんですね」

八重子は運ばれてきたコーヒーにミルクだけを入れ、少しすすった。

「なにかの因縁でしょうから出席させてもらいますよ。しかし、ほかの先生は離れてるし無理でしょうがね」

「いえ、それはいいんです。先生にさえ出ていただければ。一番苦労されたのは先生なんですもの」

二十六歳の年齢ギリギリの甘ったれた声だったが、そうなると〝先生〟という呼び方はどうも耳ざわりだった。島本がそれをいおうとしたとき、八重子はさっき母とは違ってと殊勝ない方をしたのとは全く食い違うドライな口調で、

「あの、先生。あのお骨なんですが、全部父のものなんでしょうか。ちょっと混じってるような気がするんです」

といった。

2

戦後初めて、樺太《からふと》から邦人の遺骨を持ち帰ったことが話題になって、マスコミのうえではそれが学術交流視察団の唯一の収穫みたいになってしまったものだ。

視察団の話が出たのは八月だった。ソ連の科学アカデミー極東支部が、サハリン（樺太）と北海道の海洋学、水産関係の学者と交流を行ないたい、その手始めに北海道の学者三人を招待するというものだった。

メンバーのうち二人は、北大水産学部からで、水産増殖で名の売れている前川愛夫《よしお》教授と地味な基礎生産に取り組んでもう定年間近の加藤久作教授だった。あと一人は理学部の海洋植物研究所に割り当てられてきたのだが、島本のところの主任教授は、学者よりも政治家だといわれる前川教授がソ連の総領事館などを走り回って今度の話をまとめたのが気にいらなかった様子だった。講師の島本にお鉢を回してきて、

「島本君、君が行ってくれよ。なんでもソ連も最近はコンブや海苔《のり》に興味を持ちだして、ぜひ海洋植物研から一人出してくれということらしいから」

と肩を叩いた。

「気楽に行ってきてくれよ。親善訪問なんだから。こっちは向うさんからもらうものなんかな

いしな。あとはすべて団長になる前川君にまかしておけばいい。加藤さんは君も知ってのとおり、温厚な人だし、戦前は千島《ちしま》、樺太を自分の庭みたいにしてた人だから……」

島本としては断わる理由がなかった。たいした準備もせずに九月中旬、横浜から船でナホトカへ向かった。稚内《わっかない》から船で数時間、目と鼻の先のサハリンなのだが、船でナホトカへ、そこから汽車でハバロフスクに行って飛行機でサハリン州の州都のユジノサハリンスク、かつての豊原《とよはら》へ飛ぶというややこしさだった。

雲ひとつなく晴れ上がった日の昼近く、三人はユジノサハリンスク飛行場に着き、出迎えのボルガ二台に分乗して市街へ向かった。

「ここは昔の清川《きよかわ》ですね。昔の飛行場は大沢《おおさわ》にあったはずですが……」

と加藤教授がいった。前川教授は、州委員会のお偉方と前の車に乗っていた。

「そうそう、よくご存知ですね、先生」

先ほど名刺を交わしたばかりの通訳のキムが身体を乗り出した。キムはもともと鉄鋼所の主任技師をつとめる朝鮮人だが、流暢《りゅうちょう》な日本語を買われて、いつも日本からの客の通訳をつとめるらしかった。顔が俳優の藤村有弘にそっくりで、本人も日本人にそういわれるので、つとめてそんな振る舞いをしてみせ、それが島本たちを喜ばせた。トランジスタ－ラジオで日本語の放送にいつも耳を傾け、勉強しているので、最新の流行語は島本より知っているくらい。プロ野球については専門家はだしだ。

舗装された市街地をしばらく走り、車は駅前広場のそばのホテル・サハリンに着いた。五階建ての新しい建物だ。先の車から降りた前川教授が、ホテルの玄関にたむろしている人達に気どって片手をあげたが、相手はもの珍しそうに石段のうえから見おろしているだけだ。前川は別に照れもせず、遅れて着いた島本たちに寄ってきた。ソ連人のあまり日本語の上手でない州委員会の通訳が大股に後を追ってきた。

「昼食をとったら、少し休養がとれるそうだよ」

と前川がいった。煙草を出し、ガスライターで火を点ける。背は低いが、横幅のある体格で頭は少し薄くなりかけている。強引そうな厚い唇、よく動く小さい目。幅の広いネクタイに煙草の灰がこぼれた。

「夜は州委員会の漁業と学術担当の委員が招待してくれるらしい。ウオツカの乾杯は、若い島本君に任せたよ」

「おいしいコニャックがあります」

とソ連人の通訳が口をはさんだ。そんな光景を加藤教授がペンカメラでスナップに撮っている。ソ連人の間にいても目立つくらい背が高く、ツルのように枯れた体格だった。

部屋に荷物をあげた三人は、ホテルの一階のレストランでキムだけを混じえて昼食をとった。イクラとスモークドサーモンの前菜、ウサギの糞みたいな肉ダンゴを入れたスープ、牛肉のソテーといった献立てを美人ぞろいのウエイトレスが運んでくる。若い島本に任せたよ、といった前川が昼間からウオツカをやっていた。

「ソ連に来たらウオツカを飲まなきゃ」

そんな前川をキムが目で笑いながら見守っている。島本はグラスひとつで遠慮した。もともとあまり飲まない加藤は、飲まずに黒パンに盛んに手を出していた。

3

二日酔のよくさめない翌日の朝から、スケジュールは強行軍だった。まず、ユジノサハリンスクから車で二十分ほどのノボアレクサンドロフスクにあるアカデミー極東支部に属するサハリン総合科学研究所を訪問した。

正しい英語を喋る所長が出迎え、スタッフを紹介した。会議室のテーブルを囲んで情報交換が行なわれた。研究所がとくに力を入れているのは地震の研究らしかった。前川と加藤は極東海域での海洋観測について所長らと長時間話し合った。コンブも海苔も出る幕はなく、島本は仕方なく隣に座った火山学者と英語で途切れ途切れに話したが、嚙み合うわけがなかった。

その夜、夕食後、三人は前川教授の部屋で飲んでいた。アルメニア産の五つ星のコニャックを大きなタンブラーに注ぎ、前川はガブ飲みにした。三人のなかで、一番酒が強いようだ。酒の肴には、コンブとイカのサラダがあるだけ。それは夕食前、島本が街の魚屋でみつけてきたものだった。ビニール袋にパックしたものを、メイドに持ってこさせた皿にあけ、指でつまんで食べた。

「さすが商売だね。島本君。よく見つけてきたね」

と前川がいう。コンブとイカを千切りにして、酢で処理しただけのものだ。うまかろうはずがない。

「あまりうまくないけど、ないよりはましでしょう」

と島本は、買ってきた手前、一番多く食べ、夜中に腹痛でも起こすのではないかと心配した。

「やあ、やってますね」

とキムが入ってきた。抱えていた新聞包みを開くと、ウオツカとサラミソーセージが出てきた。

「うん、これこれ……」

と前川はさっそくウオツカに切り換えた。味は二の次の酒飲みらしかった。加藤が取り出したペンナイフでサラミを切り、ますますコンブとイカは見向きもされなくなった。

「アカデミーはどうでしたか。なにやらむずかしい話をしているようでしたね。あまり通訳出来なくて申し訳ないです」

「いや、どうしてどうして。あのくらいやってもらえれば大助かりです。こっちも英語がそんなにうまいわけじゃなし。それにあの所長さんくらい英語が喋れる人は少ないようだから、やはりキムさんが頼りだよ。なあ、加藤さん」

と前川はキムのグラスに注いだ。

「ところで先生。さっき家へ一度戻ったとき、近くの仲間に聞いたんですがね。今日、ここの墓地で葬式があったそうです。それで埋葬を手伝ったのが、この近所の朝鮮人なんですが、日本人の骨が出たそうですよ」

「墓は市街地のなかですか」

と島本が訊く。

「まあ、市街地というか郊外というか。昔の日本人の墓地のほとんど跡地にあります。ユジノサハリンスクでただ一ヵ所の墓地なんですが、今日穴を掘ったら出てきたそうです。これまでにも出たことがあるし、珍しいことではないそうです。もっとも全部でなく頭の骨、頭蓋骨というんですか、それと腕かどこかの骨……」

「火葬にしたものじゃないのですか」

加藤が口をはさんだ。

「どうもそうじゃないです。あちら式に土葬にしたものらしいです」

あちら式という言葉に苦笑しながら、加藤は、

「どうして日本人の骨だとわかります」

キムは待ってましたとばかり白い歯をみせた。ウオツカを先に飲みほして、

「数珠が出てきたそうですよ。水晶の数珠です。ソ連人には数珠なんかわかりませんが、われわれにはわかります」

三人は顔を見合わせた。

「身許がわかれば、日本へ持って帰れば喜ばれるんですがね」

と、まず島本が口を開くと前川が、

「わからなくともいい。遠い異郷の地で眠るより、北海道の方がいいに決まってる。どうだろう、キムさん。日本へなんとか持ち帰れないものだろうか」

キムは、まずいことを喋ってしまったというような顔をした。

「なかなかむずかしいと思いますよ」

と考え込んだ。

「まだ日数もあるし、様子を見て交渉してみたらどうですか」

と島本。

「それでもむずかしいですよ。さ、どうですか。街へ出ませんか。レストランにはバンドが入ってますし、美人とダンスが出来ますよ」

4

翌日、三人は美人とのダンスとチャンポンに飲んだ疲れでいささかバテながら汽車に乗った。キムと科学アカデミーの職員、州委員会の事務職員ら、別に仕事もないのに十人ばかりが付き添った。汽車は日本統治時代そのままの狭軌《きょうき》で、機関車は日本から輸入したジーゼルカーだが、古い蒸気機関車が駅ではまだ煙をあげていた。

島本たちはキムとひとつのボックスを占領した。前夜あまり飲まなかったはずの加藤が、ボストンバッグからレモネードの瓶を出した。前川が恐縮して、

「いやあ、加藤先生はよく気がつかれる」

レモネードはあまり冷えていなかったが、荒れた胃袋にしみ渡った。汽車は木の少ない起伏のなだらかな丘の間を西海岸へ向けて走っていた。

途中とまった駅で、ネッカチーフに髪を包んだ女たちが、新聞紙を漏斗のようにしたものを手に持って寄ってきた。あまり赤くないイチゴが紙の間に見える。

「買いますか?」

とキムがいって窓を開けた。

「いくらだい?《スコーリカ・ストーイト》」

と島本が訊くと、女は片手をあげた。

「五十カペイク?　五十?　高いなあ」

訊き直したキムも苦笑したが、日本円で二百円近く払ったイチゴを四人が覗き込む。少し土のついたのを前川がつまんだ。

「酸っぱい。しかし、季節はずれだから仕方がないよ」

ホルムスク(真岡《まおか》)には、二時間後に着いた。昼は各施設の訪問、夜は歓迎の夕食会というスケジュールがそれから何日か続いた。ネベリスク(本斗《ほんと》)では水産加工場、ホルムスクでは造船所、そしてホルムスクの北にある太平洋漁業海洋学研究所のサハリン支所サケマス増殖研

究室には、舗装されていないでこぼこ道を車に揺られながら訪問した。

海岸のそばを走っている鉄道のすぐわきに研究室があった。

「昔は線路の山側に、中央試験所水産部としてあったんですがね。海岸側に移転したようですね」

加藤が懐しそうにあたりを見回した。小柄な室長が出迎え、例によって会議室で紅茶とチョコレートを前に話が始まる。つい十日ほど前に、漁業条約に基く日本の調査団が来て行ったらしい。室長がみせてくれた団員の名刺は、いずれも島本らが名前を知っている顔ぶれだった。

話は自然にサケマスの回帰率の問題に移っていった。室長はキムの通訳で熱弁をふるった。

「サハリン、千島にはサケマスの自然産卵が出来る水域が二千百万平方メートルあるが、われわれは一九六五年から、これらの河川での木材流送を全面的に禁止した。日本側からはソ連との共同孵化《ふか》事業についての申し入れを受けているが、日本側がサハリンに孵化場を作るのは合理的ではない。なぜならば、ここで孵化されたサケマスはここへ戻ってくるだけで日本の河川にはのぼってこないからである」

と、沖どり禁止、自然孵化優先の主張を繰り返す。

「卓さんの出る幕がなくて気の毒だね」

と前川がユジノサハリンスクへ帰る汽車のなかでいった。三人はすっかりうちとけ合って、前川は幾分からかいの意を込めて団長さんと呼ばれ、シナ服を着せれば似合いそうな加藤教授は加藤大人《たいじん》と呼ばれていた。

「あの骨はなんとかなりませんか、キムさん」

とほとんど貸切みたいな列車のなかで、島本はキムの膝を叩いた。キムは若い島本と一番気軽に話せるようで、島本もいつの間にか団長が直接切り出しては公《おおやけ》になってしまう要望の取りつぎ役になっていた。

「もう埋葬し直してしまったんですか?」

「そんなことはないはずです。一応、当局には届け出てありますが、まだ墓地の管理事務所に置いてあると思います。お骨のことは任して下さい。その代わり団長さんを少しあちこち引っ張り回しますよ」

キムもしばらくの付き合いで、すっかり島本らの気持ちをのみ込んできていた。

5

「団長さん、お骨を持ち帰れることになりましたよ」

視察団がユジノサハリンスクを発つ前日、三人が集まっているホテルの一室へキムが白い歯をみせながら入ってきた。三人は今回の訪問ですっかり癖になってしまった拍手を、ベッドの端に腰かけるキムに浴びせた。キムも責任を果たした喜びで顔をくしゃくしゃにして、前川の繰り返す乾杯に応じた。

遺骨はその日の夕方、三人がホテルへ帰ってみると届いていた。ちょうどクリスマスプレゼントの玩具箱といった大きさの長方形の木箱だ。

「裸のままでは格好が悪いな」

と前川が海老茶の風呂敷を出す。

「さて、これを今晩はどこへ置くかだな」

そこは前川の部屋だった。

「僕の部屋で預かりましょう」

と島本がいったので前川はほっと救われた顔になる。加藤がそっと箱の蓋《ふた》を持ち上げた。黄色っぽい頭蓋骨が見え、強い土の匂いが鼻をつく。そばからキムが、

「水晶の数珠もなかに入れてあります。十八個あるそうです。数珠を首に巻いて埋葬してあったのですが、珠をつないだ糸が腐ってバラバラになったものですから、十八個しか拾えなかったんです」

と解説した。加藤は蓋を閉め直した。

「泥だらけですよ。このままじゃ横浜であげられません。検疫にひっかかります」

「洗い落として、きれいな骨にして持ち帰ればいい」

と前川が気易くいい、また島本がその役を請け負った。

「それは僕がやりますが、この遺骨の出たところを案内してくれませんか、キムさん。身許の手がかりになるかもしれませんから」

島本とキムはホテルを出た。二人は客待ちをしていたハイヤーに乗り込んだ。中型車のボルガで、一キロメートル十五カペイクの料金だ。

「サハリンは物価が高いです。内地なら十カペイクなんですが……」

内地という言葉に日本を錯覚しそうだが、キムのいうのは大陸のことだった。二人は広い鉄門の前でボルガをおりた。墓地といっても灌木《かんぼく》と藪《やぶ》の生えた自然公園のような場所だ。木立ちの間から、スキー場のある旭《あさひがおか》丘が見えた。

「ここは日本時代も墓地でしたか?」

「全部ではありませんが、敷地は大体重なっています。だから日本人の骨も出るわけです」

二人は林の間の道を歩き始めた。ところどころに草むらがあり、小さな鉄柵に囲まれてソ連人の墓がある。ほとんどの墓石に楕円形のガラスがはめ込まれ、なかに故人の写真を納めている。軍服姿が多かった。〝キ印〟のギリシア正教の十字架がポツポツ目につく。

「ここだったと思いますが……」

とキムが道をそれて入った藪がひらけて、いくつかの墓石が並んでいた。一番端のはペンキを塗った鉄柵も新しい。横になった長い墓石は、数日たったと思われる花束を、今朝捧げたばかりの花が埋めていた。キク、ダリア、グラジオラス……花の豊富な町だった。立った墓石には、年寄りの婦人がほほ笑んでいた。

「この鉄柵の下だったんですよ」

「棺にはいってたんですか」

「さあ、棺は腐ってしまったのと違いますか。残念なことには、この鉄柵の土台を築いたあとなので、上半身しか掘り出せなかったのです。下半身の骨はまだ柵の下にあるそうです」

「それは仕方がないでしょう」

目印になるような場所ではなかった。日本人の墓はすべて取り払われたのか、ひとつも目に入らなかった。

「帰りましょう」

と、夕方の風に肩をすくめながら島本がキムをうながした。

その夜、お別れの夕食会が州庁で開かれ、州委員会の第一書記も顔をみせ、遺骨の問題にもふれてソ連側の暖かい配慮と両国の親善を強調した。夜遅くホテルに帰った島本は、ウオッカの酔いをさますため窓を開け、遺骨の箱を開いた。箱はキムがどこからか捜してくれた白いキャラコ地で包まれていた。じゅうたんの上に『プラウダ』をひろげ、箱の中身をそこへあけた。土のこびりついた頭蓋骨と二本の上腕骨、首と胸の骨らしいもの。肋骨が三本ばかりあった。箱の隅に新聞に包まれて、水晶の玉がまとめてあった。島本はまずそれを洗面台に持ち込み、夕方、街頭のキオスク（売店）で三十二カペイクで買った歯ブラシでごしごし土を落とした。丸い水晶の珠はもと通り光ったが、穴につまった土は洗い落とせない。島本はそれらを自分の真新しいハンカチに包み直した。

それから腕の骨や肋骨の土を洗い落とし、最後は難関の頭蓋骨だ。眼窩《がんか》にも鼻孔にも土がつまり、裏返すと大後頭孔をはじめ内部は土か脳味噌の腐ったもので一杯だ。島本はそれらを歯ブラシの柄で掘り起こし、そぎ取って洗面台に流し込んだ。むき出しの歯は十本残っていた。それを磨いていると一本がポロリと抜けた。右下の奥から二番目の歯だ。それが金色に光る。金をかぶせた歯だった。なにかの手がかりになるかもしれない、とていねいに洗った。

すっかり土を落とし磨かれた頭蓋骨は、少し薄暗い電気の下で黄色味をおびて光っていた。島本はそれをテーブルの上にのせて向かい合い、コニャックをコップに注いだ。頭蓋骨は眉間のあたりがけわしく寄っていて、しかめっ面で島本をにらんでいた。眉のあたりは高く、額も頑丈で男の骨に違いないと島本は推定した。戦後二十六年、やっと日本へ帰る日本人の遺骨。が、北海道にその遺族がいるとは限らなかった。

6

遺骨は予想通り島本のお荷物になった。帰国して一週間たっても、まだ島本の研究室に置かれていた。三人は札幌で記者会見を行ない、戦後初めて樺太から帰った遺骨ということで全国的なニュースになった。島本のところには、何度か問い合わせがあったが土葬のままという条件に該当するケースはなかなかみつからなかった。戦後の混乱のなかで火葬に出来なかったというのもあったが、金歯と水晶の数珠が遺族の期待を打ち消した。前川も加藤も水産学部のある函館に帰り、遺骨は島本が預かるかたちとなった。

島本は金歯と水晶の珠を持って、全国樺太引揚者同盟北海道支部長の肩書のある宮崎という男に会いに行った。宮崎は歓楽街ススキノと豊平川《とよひら》をへだてた豊平区で古道具屋をやっていた。樺太、とくに豊原のことについては戦前のことは勿論、戦後の変化についても墓参団で一度行ったこともあって歩道の敷石に至るまで詳しかった。その宮崎でさえ、この遺骨については首をかしげるだけだ。彼の紹介で、戦後引き揚げてきた人にも数人当たってみたが無駄な骨折りだった。当時、豊原で歯医者をやっていた人を捜したが、宮崎は、

「いましたがねえ、死にましたよ。私は二人知ってますが一人は戦後、日本の土を踏めずに死にましたし、もう一人は函館でしばらく開業してましたが数年前に亡くなられました」

と絶望的な答えを返してきた。

十月も中旬になった頃、島本は大学内の診療所を訪ねた。昼休みを利用して島本も二、三度治療してもらったことのある歯科医師に会った。金歯と水晶玉をごっちゃに入れた封筒を取り出す。松本というその歯医者は金歯を手に取りながら、

「島本さんもとんだものを背負い込んだもんですな」

「なんとか助けて下さいよ」

と島本も哀れっぽい声を出した。松本は金歯にスタンドの光をあてた。

「日本の歯医者のものですな。露西亜人《ロスケ》はこんな細工はしません」

島本よりひと回りほど年齢の違う松本は、ピンセットで金をかぶせた歯をコチコチ叩きながら、

「人間というのは年をとると歯ぐきが縮んできますね。それで金をかぶせても、年数がたってくると隙間が出てくる。そこで歯ぐきの内部まで金を食い込ませてかぶせるというやり方があるわけですが、これは戦後のことですよ」

ついでに水晶の珠をピンセットでより分けていたが、なかでひとつ他の珠より少し大きいのをつまみ上げた。それは特に穴の内部の汚れがひどいものだった。

それを透かして見ていた松本が、島本を手招きした。

「ちょっと覗いてみて下さい」

という。島本は二本の指で珠をつまみ、松本にいわれた方向から珠に光線を入れてみた。ハエの目玉くらいの大きさで灰色のものが見える。松本が耳許でいった。

「写真をはめ込んでますね」

二人はルーペを使って拡大してみたが、長い間土のなかにあったためか水が浸み透って不鮮明になっている。男の顔の写真だということがわかるだけだった。松本はもともとそんなことが好きだったに違いない。診療をだいぶ犠牲にして取り組んだらしく、その日の夕方、診療所の看護婦が名刺判に引き伸ばした写真を届けてくれた。

楕円形のなかに男の顔が納まっていた。面長の鼻筋の通った壮年の男だ。襟幅の広い背広を着ている。島本はそれを持って、宮崎の店へ車を走らせた。

「これは驚いた」

写真をひと目見るなり、宮崎は口をポカンとあけた。

「へえ、懐しいねえ。これはこれは……。ほら、この間、引き揚げる前に向うで亡くなった歯医者さんがいると話したでしょう。この人ですよ。あれはたしか二十四年の最後の引き揚げの前。八月に間宮《まみや》丸というのが最後の便船だったんですが、その直前に亡くなられました。刀祢さんですよ。刀祢政志……でした。剛毅な人でしたよ」

「遺族は引き揚げてきたんですね」

「ええ、ええ。札幌におりますよ。奥さんと娘さんがね。奥さんはたしかふみ子さんといったが後妻でした。先妻という人は早くに亡くなったんだが、そのふみ子さんの女学校の同級生でね。その先妻の子供、男の子ですが、引き揚げてきたんですが身体が弱くて数年前に三十歳近くで死にました」

「で、この刀祢さんという人は、土葬かなんかで葬ったという……」

「あり得ることです。ちょうど最後の船が出る前のことでしたからね。そうだ。刀祢さんは、ああいったいわば技術者だったせいかなかなか引き揚げを認められなかったんですが、亡くなるちょっと前から床につきましてね。そのままでいけば、病人を抱えて家族も引き揚げられないところでした。それがまあ、船の出る直前に亡くなられたというわけで。私はもっと早く帰ってきましたが、なんでもそんな話を聞きましたよ」

「家族はいまどこにいますか」

「名簿を捜せばわかりますが、なんでも市内の北の方です。それに娘さんが豊平川のそばのSホテルの専属でエレクトーンを弾いています。ロビーで弾いていたのを見たことがあります。

父親似というか、なかなかスタイルのいい美人ですわ。兄さんが身体が弱いため家計を一人で支えていたせいか、もう二十六歳ぐらいになるかな。このままでは婚期を逃してしまうと、誰かが心配してた。しかし、ホテルのほかに喫茶店にかけ持ちで出て、休みの日にはお弟子さんをとってるらしいですよ。十万、二十万の月収だというから、今どきの若い者とは馬鹿らしくってということだろうなあ」

7

ふみ子、八重子の母娘は、テレビのニュースショーにも出演した。その前の日の夕方、島本は宮崎と一緒に遺骨を持って、北二十四条の地下鉄駅に近い刀祢の遺族の家を訪れたのだった。テレビのライトと新聞社のカメラマンのフラッシュを浴びながら、大きな遺骨の箱はふみ子に手渡された。ふみ子はうつ向いたままだったが、目に涙はなかった。

あまりの奇跡的な夫の帰還に、まだ実感がわいてこないようす——と翌日の朝刊は報じたが、苦労して遺骨を持ち帰った島本にはよそよそしく見えるふみ子の態度だった。八重子は顔をあげ、ちょっと鼻をつまらせてハンカチを取り出したほかは歯切れのよい口調で記者の質問に応じていた。島本が写真を持って、Sホテルのロビーに知らせに行ったとき、彼女はキラキラ光るサテンのパンタロンをはいて、長い黒い髪を肩に垂らしていたが、その日は短く切っていた。

そして、いま地下街で会った彼女はそれより少し長い髪を栗色に染めていた。どれかが本物の髪で、あとはいまはやりのウィグか。それとも全部ウィグで、本当の髪は別にあるのかもしれなかった。

「骨が混じっているというと……」

島本は間抜けな質問を返した。八重子は栗色の巻き毛を指先でつまみながら眉を寄せた。

「なにかおかしなことでもあるの？」

「ええ、私の記憶に間違いなければ、父には金歯などなかったはずです。亡くなった兄がいってたような気がしますが、商売柄、歯はじょうぶで死ぬまで虫歯一本もなかった人だったって……」

「お母さんはなんといってます」

「一週間ほど前、訊きました。母は金歯が一本だけあったといいます」

「じゃ、間違いないでしょう」

「それと、葬式のときですが、私は三つだったからあまり記憶がありません。けど、ちゃんと火葬にしたような気がするのです。なにか焼き場のようなところで……」

「骨を拾った？」

「いいえ、それは覚えていませんが……。勿論母にもそういいましたが、なにをいってるんだい、数珠を胸に土葬にしたんだよ、といわれたわ。そして早く火葬にしてやらないと、父さんも浮かばれないよ、というので今度骨納めをすることになったの。兄さんが生きていればねえ。兄さんはあの時、九つだったから……」

島本は考え込んだ。

「ご免なさい、先生。せっかく持ってきていただいたのにこんなことを申し上げて」

「いや、こういうことははっきりさせておいた方がいいでしょう」

島本は同郷の一年先輩で、法医学をやっている男を思い出しながら答えた。

それから二日ばかりたった十一月三十日、島本は八重子のいるホテルに電話した。家にいるはずだという返事で家にダイヤルすると、八重子が電話口に出た。

「先日のお骨の話ですが、お母さんは？」

「いま、五日の打合せでお寺へ行ったばかりなのよ」

「それはちょうどいい。骨を見てくれるという友人がいるんですが。連れて行きますか」

「いえ、こちらから持って伺います。先生は研究室ですか。じゃ、すぐにも」

とあわただしく電話が切れた。

「いま骨を持ってくるそうです」

と島本は、橋場というその先輩を振り返った。橋場は汚れた白衣を着て、その部屋の一番いい椅子に足を組んでいた。スチールケースと標本を入れた段ボール箱でぎっしりの研究室だった。

「君の話で大体は見当がつくんだが、どうもひっかかることがひとつある。数珠を首にかけていたといったね？」

「ええ、掘った連中の話です」

「数珠は首にかけるものかね。死んだ人の場合なら手に持たせて、胸に組み合わせるはずだなあ。ところで、骨をみて思ったことをズバリいえばいいの？　さしさわりはないんだね」

「いや、問題ありません。こういうことは間違いがあっては困りますから」

「君も真面目だねえ。そのお父さんの骨、それでいいじゃないか。骨なんて抜けガラじゃないか。大切なのは……魂だよなァ」

　魂を信じるような男でもなかった。やがてドアの外に親切に案内してくれた男の声がして、八重子が風呂敷包みを抱えて入ってきた。地下街で会ったときと、ほとんど同じ服装だ。橋場が拾い物をしたという表情で自分のかけていた椅子をすすめる。

　島本は電気ポットのソケットをさし込んで、お茶を入れようとしたが、八重子の方は橋場に紹介されるとコートも脱がずに風呂敷包みをほどき始めた。

　橋場はちょっと片手拝みにして、白木の箱のなかから頭蓋骨を取り出した。ひっくり返して歯などをみていたが、八重子に、

「あなた、髪黒くないけど純粋の日本人でしょう?」

　けげんな顔をするところへ、

「これ、日本人じゃない。白人の骨だなあ。それにお父さんじゃない。お母さんだ。女の骨だ」

8

「白人と黄色人種の骨は、いろいろ違いがあるんだが、まずこの歯ね。門歯が黄色人種の場合、シャベル型といって裏がえぐれてる。しかし、白人はこのようにのっぺりしてるんだ」

橋場は頭蓋骨を机の上に置いた。学生に説明するような調子で、

「それから鼻の穴の下のへりなんだが、ほら、指をあてると切れそうなくらい鋭い。これはコーカソイドの特徴だ。われわれモンゴロイドはここが円味を帯びてる。それから顔をみると、眉間が出っぱって、鼻根がへこんでいるだろう。それに鼻骨が狭くて高い。つまり鼻が高いんだ。これは白人だ。そんなわけで全体としてみると、白人の頭蓋骨というのは、よくいうんだがしかめっ面をしてみえるんだ。それから男女の別だが、これは骨盤があればもっとはっきりするわけだが、この耳の下にある乳様突起という出っぱりが女の場合は小さくて華奢なんだ。こいつは日本人に比べたら華奢なんていえないが、白人では女だね」

橋場は腕の骨を調べ、頭蓋骨の上の継ぎ目を指でたどっていたが、

「年齢は三十歳台といえるかな」

島本は八重子の顔を見ていた。いったん紅潮した顔が、だんだん蒼ざめてきた。

「マドンナ……。マドンナですわ」

「マドンナ?」

と島本が訊き返した。

「ええ、ロシア人の女です。ニーナとかいいましたわ。父のところへ出入りしていた衛生関係の女将校です。誰かの描いた聖母に似てるとかで、日本人の間で仇名がついたらしいです。これは大きくなって兄から聞いたんです。私はその女に抱かれて、あとで母にぶたれたのを覚えてるだけ」

八重子はうつ向いて、スエードの手袋を握りしめた。

「父と関係のあった女ですわ。私たちの帰国が遅れたのも、そんなごたごたのせいだと兄がいってました。金歯は父が入れてやったんでしょう」

「数珠も?」

「きれいだからくれてやったのだと思いますわ」

「それで首飾り代わりにしてたんだな」

島本がうなずいた。

「そうするとお母さんは?」

「初めから父の遺骨でないことはわかっていたんです。マドンナの骨だということも、恐らく知ってたのよ。知ってて私には黙ってたんだわ」

「どうしてその女がちゃんとした墓もなく、埋められていたんだろう」

「それはわかりません。男関係は派手だったようですわ。父が病気で倒れてからはぱったり顔をみせなくなった、と兄がいっていましたわ」

八重子は無造作に骨を摑んで白木の箱に戻し、風呂敷に包み直した。

「母が帰ると困りますから、私はこれで」

「オイ、君、それをどうするんだ?」

と島本が腰を浮かした。

「予定通り五日の骨納めと供養はやります。父の遺骨として。だから、先生にも出ていただきたいんです」

「いや、それは構わないがね……」

「そっとしておきたいんです。母の気持ちをこれ以上傷つけたくありません」

八重子は手袋をはめた。

「父の遺骨としてこれからも扱うつもりですわ。でも、母が死んだら、いっしょにせず兄と同じお墓に入れてやります。兄は母にとってアカの他人ですが、その方が喜ぶでしょう」

彼女は廊下に大股の靴音を残して帰っていった。しばらくして橋場が大きな声で、

「うん、それでよろしい」

といった。

解題

高城　高

　ここに収録された「骨の聖母」は、私の勤務先の北海道新聞社が発行していた月刊農業誌の一九七二年一月号に掲載された作品である。入社早々から旧「宝石」誌にミステリーを書き始めた私は、社内では陰で〝二足の草鞋《わらじ》〟だと言われ続けていただけに、その会社の雑誌に原稿を頼まれるとは時代も変わったなあと驚いたものだった。とはいえ、小説掲載で販促を図ることは急に決まったらしく、忙しい年末なのに二週間で書けと無茶振りされたのだった。

　社会部記者だった私は一九七一年の夏、サハリン（旧樺太《からふと》）に戦後初めての日本人記者として入国した。研究交流で招かれた学者と旧島民の墓参団を取材するためだった。記憶に新しい取材旅行は、時期的にも小説にぴったりの題材だった。この「骨の聖母」に描かれた学術交流の模様はほぼ事実に基づいているが、一連の遺骨にかかわる部分は完全に私の創作である。

　私がこの短編を書いたことを忘れていたため、二〇〇八年に四巻にわたって東京創元社から発行された高城高全集には収録されていない。このため、今回の傑作集に入れることで救済することになったが、お読みの通り、これはハードボイルドのミステリーではないし私の代表作でもないのが残念だ。北海道のミステリー・ファンでもない一般読者に向けて、軽い読み物として書かれた短編だから、この傑作集に選ばれた諸作家による力のこもった労作の中に並べられては恥入るしかない。

一九五五年ごろ、日本に初めてハードボイルド・ミステリーを根づかせようと志《こころざ》してからほぼ十五年、試行を重ねた私の初期の作品はすべて全集で読むことができる。四十点余りの短編の中から高城高の代表作をいまの世代の読者諸氏に選んでほしいと願っている。

無縁仏に明日をみた

笹沢左保

初出：〈小説現代〉1972年5月号

『暁の追分に立つ』講談社（一九七二年八月）

笹沢左保（ささざわ・さほ）一九三〇（昭和五）―二〇〇二（平成十四）

横浜市生まれ。本名・勝（まさる）。父は詩人の笹沢美明。関東学院中等部中退。郵政省簡易保険局に勤務する傍ら演劇活動に熱中しシナリオを執筆。一九五八年、笹沢佐保名義で〈宝石〉の第十二回懸賞募集に投じた「闇の中の伝言」が佳作に入選。翌年、〈宝石〉〈週刊朝日〉共同開催の第二回短篇探偵小説懸賞で「勲章」が佳作に入選。

六〇年、前年の第五回江戸川乱歩賞の最終候補作『招かざる客』が『招かれざる客』と改題改稿のうえ刊行され、本格的にデビュー。この年、『霧に溶ける』『結婚って何さ』『人喰い』と書下し長篇を立て続けに刊行。『人喰い』で翌六一年の第十四回日本探偵作家クラブ賞（現在の日本推理作家協会賞）を受賞した。この年、筆名を左保と改める。

従来の謎解きものにロマンの要素を盛り込んだ「新本格推理」を提唱、『空白の起点』『泡の女』『暗い傾斜』『突然の明日』などの力作を次々に発表した。

七〇年、廃れていた時代小説のサブジャンル股旅ものを今の作家に書かせる、という講談社〈小説現代〉の企画に「見かえり峠の落日」で応じ反響を呼ぶ。これが発展して股旅ものに本格推理の意外性とハードボイルドの非情さを加味した《木枯し紋次郎》シリーズが生まれ、テレビドラマ化されて大ブームを巻き起こした。

本書にはシリーズ第四巻『暁の追分に立つ』から、ご覧の一篇を収録した。（日下）

1

最初は、五人程度と見ていたのだった。それが急に、十人余りに変わったのである。連中は、長脇差《ながどす》のほかに手槍、竹槍などを用意していた。手甲脚絆《てっこうきゃはん》にタスキ掛け、頭には鉢巻きをしている。身体の要所要所に濡れた和紙を貼りつけて、いわば完全武装の喧嘩支度であった。

「木枯し紋次郎、覚悟しやがれ!」

先頭に立った男が、そう叫んだ。十人余りの連中が、喚声を上げた。一斉に、突っ込んで来る。紋次郎は、立ち上がった。なぜ、この男たちに命を狙われる破目となったのか、さっぱりわからないのである。だが、振りかかる火の粉を、そのままにしておくわけにはいかなかった。

「やい! おめえだって、いつかは死ぬんだぜ!」

「そうよ。いよいよ、そのときが来たってわけさ!」

「紋次郎! おめえはこの河原で、野晒《のざら》しになるんだぜ!」

「酔狂な野郎がいて、おめえを無縁仏として葬ってくれるかもしれねえがな!」

「地獄へ行きな、紋次郎!」

男たちは口々に、そう罵った。風が強かった。魔物の笑い声のような音を立てて、風が吹き抜けて行く。枯れた葦が、遠くから揺れて来てサーッと騒ぎ立てた。夕暮れのように、あたりは薄暗かった。灰色の曇り空を、黒い雲が飛ぶように流れて行く。

「長く生きてえとは、思ったこともねえ。死ぬときが来たら、死ぬまでのことさ」

紋次郎は、低い声で言った。相手に、聞かせたかったわけではない。紋次郎は、自分に囁いたのであった。

「命は、もらった！」

怒声とともに、大きな男が斬りつけて来た。紋次郎は、後ろへ跳《と》んだ。同時に、長脇差を引き抜いた。と、そうしようとしたのだが、長脇差が抜けなかった。長脇差の柄を握った右手に、渾身《こんしん》の力をこめた。だが、抜けないのである。

どうしてなのか、理由はわからなかった。紋次郎は焦った。そうと知ってか、男たち全員がすぐ近くまで迫って来ていた。逃げるより、仕方がなかった。紋次郎は走り出した。足が重かった。思うように走れない。たちまちのうちに、追いつかれてしまった。葦の茂みの中で、紋次郎は立ち往生した。

完全に、包囲されていた。包囲の輪が、次第に縮められて行く。連中の背後に、別の男たちがいることに紋次郎は気がついた。ザンバラ髪に真青な顔を隠し、白い着物を着て帯代わりの荒縄を巻いている。死人か、幽霊のように見えた。

「上州は新田郡《ごおり》三日月村の生まれ、上州無宿、人呼んで木枯し紋次郎！　おめえには、死んでもらうぜ！」

どこからともなく、そんな声が聞えた。正面の男が、長脇差を振りおろした。紋次郎はそれを、左腕でまともに受け止めた。血が散った。痛みはなかったが、白い骨が飛び出した。同時に左側から、手槍が繰り出された。赤く錆びた槍だった。

それが、紋次郎の左の脇腹に突き刺さった。錆びた槍なので、ズーンと音を立てて肉の中に侵入して来た。紋次郎は、激痛を覚えた。左の脇腹を、抉《えぐ》られたのである。槍が抜き取られたあと、鮮血と内臓の一部が溢れ出て来た。死ぬのだ、と紋次郎は思った。

そこで一切が途絶し、まったく別個の世界に立ち戻った。紋次郎は、目を開いた。ハッとなった。紋次郎は、弾かれたように起き上がった。静かだった。屋根と壁の一部が残っているだけの、朽ち果てた廃屋の中であった。昨夜この使い物にならなくなった火の見小屋にはいり込んで、野宿を決め込んだことが記憶に甦った。

紋次郎はフーッと、音を立てて息を吐き出した。その息が、白くなって散った。全身、水を浴びたように汗まみれだった。息が湯気のように白くなるくらいだから、汗をかく季節ではなかった。冷や汗であった。多分、魘《うな》され続けたことだろう。

紋次郎は、顔にも噴き出している汗を手で拭い取った。掛けて寝たはずの道中合羽《どうちゅうがっぱ》が、足許へ飛んでいた。三度笠も、少し離れたところへ押しやられていた。左の脇腹に、まだ痛みが残っていた。抱き寝をした長脇差が、左側へ落ちたのである。その鍔《つば》の部分が、左の脇腹の下にあったのだ。

鍔に押しつけられた左脇腹の痛みが、そのまま夢の中で手傷を受けたときの激痛となったのに違いない。いずれにしても、夢だったのである。疲労のための悪夢か、それとも凶兆としての夢見なのか。あまり気分のいいものではなかったが、紋次郎にとってはどうでもいいことだった。

紋次郎は、立ち上がった。ひどい汗をかいていたし、それが冷えれば寒くて寝てはいられなかった。間もなく、夜明けに違いない。起きてしまったほうがよかった。紋次郎は手甲脚絆と、草鞋《わらじ》のヒモを改めた。黒の手甲脚絆はまるでボロ雑巾のようになっていた。草鞋だけが新しい。

錆朱色の鞘を鉄環と鉄鐺《こじり》で固めた重そうな長脇差を、左の腰に押し込んだ。道中合羽を引き寄せる。雨風に晒《さら》され、汚れと塵を吸い込んで、ボッテリと厚味のできた道中合羽であった。縞模様も、定かではなくなっている。目立つのは無器用に繕ってある、幾つものカギ裂きの跡であった。

その道中合羽を引き回してから、三度笠を拾い上げた。黒っぽく変色した三度笠はヒビ割れて、見るからに使い古されたという感じだった。三度笠の中には振分け荷物と、一本の細い竹の棒がはいっていた。楊枝《ようじ》であった。竹を細く削った手製のもので、両端が鋭く尖がらしてあった。

長さは五寸、約十五センチほどある。当時の歯を掃除する楊枝としては、決して珍しくない長さだった。しかし、紋次郎はその楊枝を、歯の掃除の道具として携行しているわけではない。常時くわえているのであって、長い間に習慣として身についた一種の癖みたいなものだった。

紋次郎はその楊枝をくわえると、無造作に唇の左端へ寄せた。そのまま、廃屋となった火の見小屋を出た。外はもう、暗くはなかった。だが、何も見えない。乳色の朝靄が、視界いっぱいに流れているためだった。たまに朝靄が薄れると、墨絵ぼかしの山の輪郭や黒々とした杉木立がチラリと見えた。

紋次郎は霜を踏んで、地上に佇んだ。三十すぎに見えるその左の横顔の小さな刀傷の跡が、濡れているように光っていた。引き攣れになっているが古い傷でもあり、醜いという目立ち方はしなかった。長身であり、痩せている。月代《さかやき》がのびて、無精髭がうっすらと、頤《おとがい》を被っていた。

整った顔立ちで、彫りも深かった。病的に青白かった。凍りつくような冷たさが、感じられた。暗く沈んだ眼差《まなざ》しには、人間の感情というものが表われていなかった。『無』に近い表情である。甘さといった潤いがなく、乾ききった男の顔であった。

虚無的な翳りが、むしろ厳しさになっていた。接近して来るものすべてを拒絶するような冷ややかさが、鋭いくらいの孤独感となって紋次郎を押し包んでいた。人生を常にひとりで過す男の寂寥感、もの憂い雰囲気、目的を持たないための投げやりな動作などが、流れ者の渡世人らしい凄味になっていた。

火の見櫓も、半分ほどのところで折れていた。廃屋となった火の見小屋は、いまにも崩れ落ちそうであった。新規に火の見小屋や火の見櫓が別の場所に作られて、見向きもされなくなってからかなりたっているという感じだった。

信州小県郡の大日向村であった。東へ一里ほど行って、鳥居峠を越えれば上州である。天保十年の三月下旬、平野部ではすっかり春めいた気候になっているはずだった。上信国境の山岳地帯だけに、冬の名残りが見られるだけであった。それも朝靄がかかるくらいだから、あまり長続きはしないことだろう。

紋次郎は、歩き出した。朝靄の中を、紋次郎の姿は見え隠れしながら移動して行った。もう、夢のことは忘れていた。だが、紋次郎は道端のそれを見て、ふと足をとめた。昨日は夜になってから、野宿する場所を捜し当てた。今朝は朝靄に隠されていて、すぐには目につかなかったのだ。

街道脇に、ネコの額ほどの広場があった。その中央に、古い石地蔵が置いてある。それと並んで、苔むした石碑が建ててあった。無縁仏之墓という字が、辛うじて読み取れる。石碑の周囲に、幾つかの墓石と墓標代わりの杭が並んでいた。

五、六人の死骸が無縁仏として、ここに葬られているのに違いない。近くに寺院がないために、こんなところに無縁仏の墓が設けられたのだろう。土地の人々の好意であった。どこの誰が、無縁仏として葬られたかはわからない。

どこの誰かわかっていれば、無縁仏の扱いは受けなかった。殆どが、行き倒れの人間と思われる。中には、無宿人もいたことだろう。無宿人こそ見知らぬ土地で死ねば、無縁仏の扱いを受けるほかはないのである。紋次郎はふと、今朝の夢の中での声を思い出していた。酔狂な野郎がいて、おめえを無縁仏として葬ってくれるかもしれねえぜ——。

紋次郎は、無表情であった。別に無縁仏に、こだわっているわけではなかった。自分が死ねば、よくて無縁仏だとは百も承知している。野晒しとなって鳥や獣に食い散らされ、骨だけになって当たり前なのである。だから今更、無縁仏を眺めて特殊な感情に捉われるようなことが、あるはずはなかった。

紋次郎はただ、ここにも無縁仏の墓があったと思っただけなのである。これが無縁仏の墓だと、改めて見守ってみたのだった。夢の中に出て来たばかりだったので、懐かしさに似たものを感じたのかもしれない。親近感と言ってもよかった。

無縁仏の墓は、すぐ朝靄の中に溶け込んだ。無縁仏との距離は、意外に近いのではないか。明日も無事に生きようとは、少しも考えていないのだ。そんな紋次郎に、墓場が遠いはずはなかった。明日は無縁仏になるやもしれぬと、紋次郎は胸のうちで気のない呟きを洩らした。

大日向村へ、はいった。宿場とは言えないが、半農の旅籠《はたご》屋、茶屋、煮売屋など数軒が街道に面して軒《のき》を並べている。だが、まだ時刻が早すぎて、どの店も板戸を閉じたままであった。あとは広範囲に、人家が点在しているだけだった。

農業は、殆ど成り立たない土地である。山岳地帯であり、平坦な土地を見つけて畑にするのが精々だった。むしろ、林業に向いていた。どの家も材木の伐採と運搬、炭焼き、それに自給自足の農業で生計を立てているのであった。

歩きながら、紋次郎は三度笠の奥でチラッと目を横に走らせた。朝靄ではっきりとは見て取れないが、人の気配が感じられたのである。板戸を閉じている茶屋の前あたりだった。軒が幅広く張り出していて、その下に古くなった縁台が置いてある。

果して、そこに三つの人影が浮かび上がった。男と女、それに少年の三人であった。男は、渡世人である。三度笠をかぶり、道中合羽を左右に広げて両脇の女と少年を包み込むようにしていた。三人並んで、縁台にすわっているのだった。

夫婦と、その子どもに見えた。三人とも、疲れきったように悄然となっていた。寒そうであった。恐らく一晩を、この茶屋の軒下で過したのに違いない。どうやら用心を必要とする相手ではなさそうだと、紋次郎は見定めた。

紋次郎は、その茶屋の前にさしかかった。靄の中を、紋次郎は足早に通りすぎようとした。そのときになって、親子三人は紋次郎の姿に気づいたようだった。いや、女房がいちばん早かった。お前さんと、女房が亭主の肩を押しこくった。ウツラウツラしていたらしい渡世人が、慌てて立ち上がった。

「もし……。引き止めて申し訳ありやせんが、ちょいと待っておくんなさい」

渡世人が、そう声をかけて来た。紋次郎は立ちどまって、顔だけ親子三人のほうへ向けた。身体は、正面を向いたままだった。

「堅い挨拶は、抜きにさせてもらいやすぜ。力蔵と申す者でござんすが、難儀をしておりやす。力を貸してもれえてんでござんすが、いかがなもんでしょう」

力蔵という渡世人が、近づいて来て腰を屈めた。一応、礼儀は弁《わきま》えている。だが、三度笠の下に見えている顔は、およそ渡世人に似つかわしくなかった。渡世人の顔になくてはならない向こうっ気の強さ、太々しさがまったく感じられないのである。

見るからに気が小さそうで、好人物という印象なのであった。最初から、目をそむけている。媚《こ》びるような、笑いを浮かべていた。顔色が悪く、窶《やつ》れきっていた。何をやってもウダツが上がらずに、苦労ばかりしている。そうした吹けば飛ぶような渡世人であることが、一目で知れた。

「折角ではござんすが、先を急いでおりやすんで……」

紋次郎は、冷ややかに力蔵という渡世人を一瞥《いちべつ》した。相手を見縊《みくび》って、断わったわけではない。いつもの流儀だが、他人のことには関わりたくなかったのである。

「失礼ではござんすが、どちらまで足をおのばしになりやすんで……？」

力蔵という渡世人は、恐る恐るそう尋ねた。疎らな無精髭が、貧乏たらしかった。

「上州は、草津村まで参《めえ》りやす」

紋次郎は、街道の先へ視線を投げかけた。

「あっしたちも、上州の干俣《ほしまた》村まで参りやすんで……。ところが昨夜、この大日向村で泊り損ねちまって、そこで親子三人野宿をしたようなわけでござんす。そのせいか、女房の工合が悪くなっちまって……。お願い致しやす、峠越えに力を貸しておくんなさい」

力蔵という渡世人は、くどくどとそう頼み込んだ。

「おめえさんが背負って、峠越えをしなされば、いいんじゃねえんですかい」

紋次郎は、表情を動かさなかった。

「恥ずかしい話を、お聞かせ致しやす。ひでえ腹下しをして三日ほど、何も食っちゃあいねえんで……。女房を背負う力も、ねえんでござんす」

力蔵は、さも辛いというように、溜め息をついて見せた。

「お断わり致しやす」

紋次郎は、そう言って歩き出した。力蔵のようなタイプが、紋次郎には最も苦手だったのである。

「待ちなよ！」

黄色い声が、まるで気合のような鋭さで飛んで来た。紋次郎は思わず、足をとめて振り返っていた。少年が、街道の真中に突っ立っていた。十二、三歳だろうが、やや大柄であった。色白の美少年だが、力蔵の伜《せがれ》らしく面影が似通っていた。しかし、その挑戦的で気の強そうな面構えは、父親とは対照的であった。

「おとうが頭を下げて、あんなに頼んでいるんじゃないか！　うんと引き受けてやったら、どうなんだい！」

少年が腰に両手を宛てがって、胸を張りながら大声で叫んだ。

2

信州の上田から真田、大日向、渋沢を経て鳥居峠を越えると上州であった。鳥居峠は左に的岩山、四阿山《あずまやさん》、浦倉山、御飯岳《おめしだけ》、白根山に至る山脈と接し、右に烏帽子山、三方ガ峰、籠ノ登山、高峰山、黒斑山、そして浅間山と続く山々に連なっている。

上州と信州を結ぶ多くの街道の中でも、この鳥居峠越えの大笹《おおざさ》道はかなり利用されていた。道は険しい部分もあったし、悪路も少なくはなかった。しかし、決して難所と言われるような、峠越えの道ではない。人ひとり背負ったからといって、それほど難儀はしなかった。

紋次郎は、力蔵の女房お妻を背負って峠路を登った。すぐあとに、十二歳になる倅の一太郎が続いた。力蔵が苦しそうに喘ぎながら、最後になっていた。紋次郎は、子どもの一太郎の鼻っぱしの強さに、負けたようなものだった。

子どもの脅しと理屈には、紋次郎も逆らえなかった。その言い分を、認めたわけではない。子どもを相手に喧嘩しても仕方がないという気持から、妥協したようなものだった。父親が弱すぎるから、倅が強くなるのかもしれなかった。

同時に一太郎は一太郎なりに、風采の上がらない父親を尊敬しているようであった。父親に、協力的であった。紋次郎には、理解できないことだった。自分の女房をおぶって峠越えをしてくれと、通りすがりの他人に頼むような男の気持がわからないからだった。

腹下しをして、女房を背負う力もないということからして締まらない話である。だが、それは最初から他人を頼ろうとしている気持の、表われであった。五日や六日絶食していても、その気があれば人を背負っての峠越えも不可能ではなかった。

「申し訳ありません」

背中で、お妻が繰り返し詫びた。紋次郎はそれに対して、一言も応じなかった。申し訳ないのは、最初からわかっている。そんなことより、亭主の不甲斐なさを責めるべきであった。

「生まれつき血がたりないとかで、疲れがひどいとすぐ目が霞み、動けなくなってしまうんです」

お妻は、紋次郎の右肩に顔を押しつけていた。なるほど、華奢《きやしや》な身体つきであった。三十という女盛りだから、腰や尻、太腿の肉づきは豊かである。完熟した女の円味も、十分であった。しかし、どことなく弱々しくて、体重も頼りないほどだった。

「力蔵とは夫婦になってもう十四年にもなりますが、一緒に暮らしたのはたったの三年だけでしてねえ」

お妻が、弱々しい声で言った。

「あとの十一年は、じっとしていられなくて旅から旅へと流れ歩いているんですかい」

紋次郎は、どうでもいいというような訊き方をした。

「博奕好きで、気持だけは一端《いっぱし》の渡世人のつもりなんでしょうが、世間さまはそう甘くはありません」

「渡世人には向かねえと、お見受け致しやしたよ」

「根はいい人でしてねえ。ただ気が小さい上に、意地というものがないんです。旅先でどうにもならなくなると、迎えに来てくれって便りをよこすんですよ」

「これまでに、何度も繰り返していることなんですね」

「はい。今度も信州の小諸から便りがあって、一太郎を連れて迎えに行き、その帰り道だったんです」

「結構な、ご身分で……」

別に皮肉のつもりではなくて、紋次郎はそう言った。事実、そうした甘ちょろい生き方ができる渡世人は、結構な身分と言えるのである。お旦那博奕打ちであると同時に、安心して旅鴉の気分も味わえるのだった。

「干俣で荒物屋を営んでおりますので、力蔵が留守をしていましても暮らしに困るようなことはありません。力蔵もそう思うからこそ、気楽に家を出て行けるのでしょうが……」

お妻が、紋次郎の背中で、身体を縮めるようにした。寒いのである。北と東に連なる山々は、まだ雪化粧を落しきってはいなかった。鳥居峠も頂上に近づくと、あちこちに残雪が見られた。朝靄が消えた代わりに、冷たい風が強くなった。

「力蔵の自慢は、一太郎なんですよ。それなら、ずっと一緒にいてやればいいのにと思うんですけど……」

お妻が初めて、声に笑いを含ませた。

「おやじさんとは違って、大層気が強いようでござんすね」

紋次郎は、それが別にいいことだとは思っていなかった。

「一太郎ですか」

「へい」

「どうしたというんでしょうね。父親と伜が、まるで逆な気性だなんて……。一太郎はタマに会うせいか、大変な父親思いでしてねえ。父親のためになら、どんなことでもやりそうな気がして、恐ろしいくらいなんですよ」

「よく、わかっておりやす」

「何しろ、おとう、おとうで、もう夢中なんですから……」

お妻が、軽く咳込んだ。紋次郎には、関心を持てないことだった。父親と子どもの結びつきなど、別の世界の特殊な現象のように思えて来るのである。自分の存在価値を認めずに、明日の命にも未練を持たない男にとって、わが子というものはいったい何だろうか。

死ぬ日が来るのを待って生きている男には、自分の分身という新たな生命が誕生することなど夢物語に等しいのであった。家があり妻子がいて、なお渡世人として生きたがる力蔵の気持も不可解だった。

渡世人とは、職業ではないのである。渡世人は、無職とされている。従って、職業ではあり得ないのだ。だから、すき好んで渡世人になりたがる連中の、気が知れなかった。渡世人というのは、一種の生き方であった。生きるための手段だった。

生きて行くには、渡世人になるほかはない。そうした連中が、渡世人になるのだった。一般世間には受け入れてもらえないので、渡世人として別個の世界に住みつくのである。そのために、玄人《くろうと》と素人《しろうと》との区別を重視するのであった。

紋次郎も渡世人という手段を選ばなかったら、今日まで生きてはいなかっただろう。非人か物乞いになるか、餓死するかしていたに違いない。それだけに渡世人としての生き方には、多くの制約や厳しさがあるのだった。外見だけを真似て、通用するものではないのである。

鳥居峠を越えた。峠越えの道が、下りになった。これから先、古長、田代、大笹、大前を経て三原に出るのであった。大前の手前で北上すると、間もなく干俣のはずだった。下りの道になると現金なもので、力蔵が追いついて来て紋次郎と肩を並べた。

「おめえさんの名を、聞かせちゃあくれやせんか」

力蔵が、愛想笑いを浮かべながら、紋次郎の横顔を覗き込んだ。

「名なんてものは、あってもなくても変わりねえもんです。人に聞かせても、仕方ありやせん」

紋次郎は、力蔵のほうを見ようともしなかった。

「いや、貫禄と言い凄味と言い、大したものじゃあござんせんか。ただの旅のお人とは、とても思えねえんで……」

「とんでもござんせん」

「一つ、聞かせてやっておくんなさい」

「遠慮させてもらいやしょう」

「だったら、あっしの思い当たったことを、言わせてもらいやすぜ」

「そいつは、一向に構いやせんがね」

「あっしは中山道のあちこちで、楊枝をくわえた渡世人の噂を、ちょいちょい耳にしたんでござんすがね」

「そうですかい」

「おめえさんも、やっぱり楊枝をくわえていなさる。もしや、おめえさんは上州の新田郡《ごおり》三日月村の生まれで、木枯し紋次郎というお人じゃあねえんですかい」

「へい。あっしは、紋次郎でござんす」

そこまで言われたのでは、やむを得なかった。それを否定したり、妙に隠し立てしたりするほど紋次郎は、逆な意味で名前というものにこだわってはいなかった。

「じゃあ、やっぱりおめえさんは、木枯し紋次郎さんで……！」

力蔵が、びっくりするほど大きな声を張り上げた。力蔵の脇を駆け抜けた一太郎が、前へ回り込んで紋次郎をシゲシゲと見やった。その大きな目が、父親の驚きように同調していた。一太郎はもちろん、木枯し紋次郎の名前を知ってはいない。

だが、父親の力蔵が木枯し紋次郎と知って、憧憬と驚愕の感情を剝き出しにした。そこで一太郎も、木枯し紋次郎なる渡世人を見直したわけである。それはあくまで、父親の感情に沿っての価値判断なのだ。なるほど一太郎は、父親思いであった。

「そんなに名の聞えたお人に、こうして背負ってもらうなんて……」

お妻が、当惑したような顔で言った。

「木枯し紋次郎さんに、女房を背負ってもらった。こいつは、ちょいとした自慢話になりそうだぜ」

と、力蔵が妙な喜び方をした。紋次郎は、知らん顔でいた。力蔵という男の言動が、紋次郎の気持をますます白けさせるのである。紋次郎は、早くひとりになりたかった。紋次郎が道連れを作りたがらないのは、一つにはこういうこともあるからだった。

「このあたりで勘弁してもらいやすぜ」

鳥居峠を下りきったところで、紋次郎のほうからそう言った。

「どうも、ありがとうございました」

お妻が恐縮したように、立ちどまった紋次郎の背中から素早く降り立った。

「申し訳ござんせんでした。紋次郎さん、このことは力蔵、生涯忘れやせんぜ」

力蔵が感動したような顔つきで、紋次郎の前に深々と頭を垂れた。

「よしておくんなさい」

紋次郎は、低い声で言った。何となく、腹立たしくなっていた。死ぬときが訪れるのを待って、生きている。そうした紋次郎の外見や、表面的なことしか捉えようとしない力蔵に、苛立たしさを覚えるのであった。同じ渡世人と受け取られるだろうに、紋次郎と力蔵とではあまりにも違いすぎるのだった。

晴天ではないが、薄日が射していた。間もなく五ツ半、午前九時になる頃だった。やがて上州から信州へと峠越えをする旅人たちが、姿を見せ始めるのに違いない。街道の両側は深い森林で、人家が目に触れるのはもう少し下ってからのことだった。

お妻が道端に倒れている朽ち木に、大儀そうに腰をおろした。一太郎も、それに倣《なら》った。紋次郎は、喉の渇きを覚えた。人ひとり背負って、峠越えをしたのである。疲れるところまではいかなくても、喉が渇くのは当然であった。

「あっしは、これで……」

紋次郎は街道をそれて、右手の樹海へと足を向けた。

「どこへ、行きなさるんで……?」

力蔵が、怪訝《けげん》そうな顔で訊いた。

「川の水を飲んで、そのまま東へ向かうことに致しやす」

紋次郎は背中で答えて、樹海の中へ足を踏み入れた。その直前に紋次郎は、街道を東から来る五つほどの人影を認めたのであった。道中合羽に三度笠の、渡世人の一団だった。だが、特に気にもかけなかった。紋次郎は、樹木が密生した斜面を下り始めた。

斜面を下りきったところに、川があるはずだった。吾妻川の上流である。瀬音が、聞えて来た。紋次郎は、堆肥《たいひ》と化した枯葉を踏んで、斜面を駆けおりた。喉にジーンとしみる清流が、目に見えるような心地であった。しかし、紋次郎は途中で、木の幹に縋《すが》るようにして足をとめた。

何か、声が聞えたのである。大自然の静寂に支配されている。人声は、鮮明に聞き取れた。紋次郎は、振り返った。街道で、騒ぎが起ったらしい。引き返すべきかどうか、紋次郎は迷った。これ以上、何かに関わり合いたくなかったのだ。

「野郎!」

「木枯し紋次郎だな！」

「まあ、覚悟するんだな。木枯し紋次郎が鳥居峠を越えて来る頃だってことは、先刻耳にはいっていたんだぜ」

そうした声が、紋次郎の頭上へ降って来た。距離はあっても、声ははっきりと聞き取れた。紋次郎は、走り出した。街道への斜面を、駆け上がった。木枯し紋次郎という言葉を耳にしたのである。それを、無視するわけにはいかなかった。

「違う！　人違いだ！」

恐怖に駆られて怒鳴る声が、あたりに響き渡った。力蔵の声であった。

「野郎！　往生際が悪いぞ！」

「待ってくれ！　おれは、木枯し紋次郎なんかじゃあねえ！」

「叩っ斬れ！」

「やめろ！　助けてくれ！」

声が、次々と聞えて来る。紋次郎は、樹間を縫って走った。気は焦るが、なかなか街道へ出なかった。

「わっ！」

力蔵が絶叫して、それにお妻の悲鳴と一太郎の喚き声が重なった。そのあと、入り乱れて走り去る数人の足音が聞えた。紋次郎はようやく、樹海を抜けて街道へ飛び出した。街道の東へ、目をやった。逃げて行く五人の男の後ろ姿が、すでに小さくなっていた。

路上に力蔵が、仰向けに倒れていた。お妻が何やら語りかけながら、力蔵の肩を揺り動かしていた。それを一太郎が、茫然となって見守っていた。紋次郎は、倒れている力蔵に近づいた。三度笠が二つに割れて、力蔵の顔が鮮血に染まっていた。

「お前さん、しっかりしておくれよ。頼むから、口をきいておくれな」

お妻がオロオロしながら、力蔵を眺め回していた。無理な注文だった。力蔵はすでに、絶命しているのである。左の胸のあたりに、血が広がっていた。心の臓を、突き刺されている。それが、致命傷になったのだろう。早くも、顔が青黄色くなっていた。

「とんだことになりやしたね」

紋次郎は、力蔵の死に顔に目を落した。たったいま、紋次郎のことは生涯忘れないと、言ったばかりの力蔵であった。それからまだ、ロクに時間がすぎていないのだ。だが力蔵は、その生涯の幕を閉じたのである。まるで生涯忘れないという言葉が、力蔵の死を暗示していたみたいだった。

「この人が、紋次郎さんに間違えられるなんて……」

お妻が両手で顔を被って、指の間から嗚咽《おえつ》を洩らした。一太郎は、ムッとした表情で突っ立っていた。顔色は蒼白だが、涙を見せなかった。気丈な一太郎である。最愛の父親が目の前で殺されるのを見て、悲しむよりまず憤りを押さえきれずにいるのだろう。

「運の悪いお人だ」

紋次郎は、そう呟いた。ほかに、言葉はなかった。同情はするが、ただそれだけであった。

人間の生と死は、誰にも支配できないのである。それに渡世人である以上は、こうした突然の死を迎えることを覚悟していなければならないのであった。

紋次郎は、歩き出した。それを見て一太郎が、弾かれるように紋次郎の前に立ち塞がった。

紋次郎は、自分に向けられている一太郎の憎悪の視線を、感じ取った。

「このままで、行っちゃうつもりかい！」

一太郎が、甲高い声を張り上げた。紋次郎は、黙っていた。相手が子どもでは、言いようがなかったのである。

「おとうは、お前に間違えられたんだ。そのために、死んだんだぞ」

一太郎は、白くなるほど唇を強く嚙んだ。

「そいつは、わかってる」

表情のない顔で、紋次郎は言った。

「だったら、どうして知らん顔で行ってしまうんだ」

一太郎の鼻が、その一瞬に赤くなった。目が、潤み始めた。悲しいのではない。口惜し涙に違いなかった。

「あっしには、関わりのねえことなんでねえ」

紋次郎は、目を伏せた。自分に言い聞かせるような口調であった。

「おとうは、お前の身代わりに殺されたんだ！」

一太郎の頰を、涙が流れ落ちた。

「仕方がねえことだ」

「それで、すますのかい！」

「力蔵さんを殺したのは、この紋次郎じゃあねえ」

「お前が殺したのも同じだ！」

「そう思いたいんなら、それでも構わねえ」

紋次郎は素早く、一太郎を避けて通った。

「逃げるつもりかい！」

一太郎が、向き直って叫んだ。

「いや……」

振り返って、紋次郎はゆっくりと首を左右に動かした。

「草津村の、どこへ行くんだ」

「硫黄稼の大元締、草津屋寅吉さんのところだ」

「どんな用があるんだ」

「元締の新八さんというお人に、会いに行くのさ」

紋次郎は、道中合羽の裾を翻して歩を運んだ。逃げるわけではないが、大股に歩かずにはいられなかった。見送っている一太郎の視線を、痛いほど背中に感じた。気が重かった。すべてが億劫《おっくう》になり、人と人との関わり合いがつくづくいやになる。

紋次郎は、野晒しになっている自分の姿を思い浮かべた。無縁仏の墓が、脳裡をよぎった。

死ねたら楽になるのだがと、紋次郎は半ば投げやりな気持で考えていた。

3

上州のこの一帯は当時から、すでに硫黄の産地として知られていた。白根山、万座山から産出される硫黄であった。歴史は更に古く、永禄年間に白根硫黄が早くも産物として扱われている。硫黄は火薬の原料、薬品、付木といった需要があって、次第に商品としての価値を高めて行ったのである。

特に火薬の原料になることから、徳川時代にはいっても多くの規制を受けていた。規制を受ければ、それだけ独占事業として有利な商売になる。そこで、硫黄稼なる言葉も生まれたわけであった。硫黄稼は当然のことながら、地元の一部の人々にその権利が与えられた。

この天保年間の当時は、白根・万座硫黄稼人として七人が公認されていた。大前村の彦四郎、岩作、大笹村の孫右衛門、草津村の寅吉、木宿村の陣兵衛、春太郎、干俣村の惣左衛門の計七人であった。いずれも手作り百姓の出で、名主階級だった。

この七人が硫黄稼人として、白根山と万座山に人足を派遣して硫黄産出を行なったのである。硫黄は、これらの硫黄稼人から仲買人を経て上州倉賀野河岸問屋目代へ、そして浦賀番所貫目改所を通じ江戸伊勢町硫黄問屋に集められ、更に硫黄売り場八ヵ所に至るというルートが確立されていた。

七人の硫黄稼人はそれぞれ屋号を持ち、山へは登らない大元締とされていた。その下に山頂の現場にいる元締というのがいて、数人の頭《かしら》を支配する。頭は、十人程度の人足を使っていた。この人足たちは、殆ど渡り者であった。

白根、万座ともに冬は積雪があって、硫黄採掘の作業ができなかった。山初めは五月下旬、山仕舞いは十月下旬で、一年のうち五ヵ月間だけが硫黄の産出期だったのである。その間でも、雨天は中止であった。その代わりに、人足たちは酷使された。

渡り者が多いだけに、賃金前借が殆どであった。それでいて酷使されるので、脱走者も出たりする。集団夜逃げもあった。喧嘩、博奕、飲酒は付きものである。荒くれ男の世界だけに、経営者である硫黄稼人に不利益になることが少なくなかった。

しかし、白根山の硫黄稼の大元締、草津屋寅吉のところに限って、そうした実害は殆どなかった。それは草津屋寅吉が、いわゆる素っ堅気の名主階級の旦那ではなかったからである。草津屋寅吉は農民の出だが、裏にもう一つの顔を持っていた。

草津の湯治場を中心とした一帯を、縄張りにする貸元だったのである。身内衆も、二十人からいた。いかに荒くれ男の人足たちでも、支配者が二十人の子分をかかえている貸元では、滅多なことはできなかった。博奕はむしろ奨励されたが、脱走や喧嘩などの騒ぎはまったく起きなかった。

大元締の草津屋寅吉の右腕とされていた元締の新八も、博徒の出であった。信州佐久郡の猿久保の貸元、八十吉の実の弟だったのである。猿久保は佐久甲州街道が中山道に交わるそのすぐ南に位置していて、良質な縄張りであった。

従って、猿久保の八十吉と言えば、かなりの顔の貸元であった。温厚な人物であり、土地の人々の間でも評判がよかった。新八はその猿久保の八十吉の、たったひとりの弟だったのである。新八は人を斬ったことから草鞋をはき、一年ほど前に草津屋寅吉のところに落着いたのだった。

草津屋寅吉は新八の人物と、猿久保の八十吉の実の弟という毛並みのよさを買って硫黄採掘の元締に、抜擢《ばってき》したのであった。その新八から一ヵ月ほど前、猿久保の八十吉のところへ便りがあった。金の無心である。博奕で二十両の借金ができたので、何とかしてくれと言って来たのだった。

十日前、紋次郎は猿久保の賭場に、立ち寄った。たまたまそこへ、八十吉が顔を出した。八十吉は、紋次郎が来ていたことを喜んだ。紋次郎が勝負でさっぱり芽が出なかったことから、八十吉は別室へ呼んで話し込むという結果になった。

そのとき、八十吉がこれからどこへ足を向けるかという話を、持ち出したのであった。紋次郎は深い考えもなく、鳥居峠を越えて上州へはいろうかと思っていると答えた。そうと聞いて、八十吉が草津に寄ってみてくれないかと言い出したのである。

「弟の新八に二十両を届けるだけのことであれば誰にだってできるし、何も紋次郎さんに頼むことはねえんだ」

四十五ということだったが髪は半ば白く、それが一層八十吉を温和なタイプに見せていた。

「新八のやつ、おれの弟だっていうのに、まるで三下みてえなことを言って来やがる。それで一つ、新八にこってりと説教を垂れてくれるように誰かに頼もうと、おれは思っていたのさ。博奕であけた穴を借金で埋めようなんて了見は、金輪際《こんりんざい》持っちゃあならねえってな。どうだい、紋次郎さん。頼まれちゃあくれめえか」

「とんでもねえことでござんす。お貸元、あっしはまだ人さまに意見できるほどの、貫禄はできておりやせん」

紋次郎は当然、八十吉の頼みを辞退した。

「そういうところが、いかにも紋次郎さんらしい。だがな、この八十吉の目は、ただの節穴じゃあねえんだぜ。紋次郎さんには十分、それだけの貫禄が具《そな》わっていらあな」

八十吉は、そう言いきった。紋次郎は結局、その頼みを押しつけられる恰好になった。その代わり、急ぐ必要はないと八十吉は言った。八十吉は、近々のうちに木枯し紋次郎がそっちへ行くと、新八に申し送ったのだった。紋次郎の話をよく聞いてから直接、二十両の金を受け取るようにと言ってやったらしい。

それから五日遅れて、紋次郎は大笹街道の鳥居峠へと向かったのである。鳥居峠の手前の大日向で力蔵、お妻、一太郎の親子三人に無理に道連れにさせられた。その結果、鳥居峠を越えたところで、力蔵が紋次郎と間違えられて殺されたのであった。

力蔵を襲ったのは、五人の渡世人である。道中支度をしていたが、目的を果たすと連中は来た道を引き返して行った。いや、連中は目的を果たしたわけではなかった。紋次郎を狙ったのに、間違えて力蔵を殺してしまったのである。

紋次郎は、狙われていた。五人の渡世人は紋次郎が鳥居峠を越えて上州へはいって来ることを、前もって承知していたのだった。紋次郎が鳥居峠を越えて来ることを事前に知っている者となれば、新八のほかには考えられないのであった。

しかし、新八に紋次郎を殺す理由は、まったくないのである。紋次郎は猿久保の八十吉から、金二十両を預かって来ている。新八はむしろ紋次郎を歓迎し、その到着を待っているはずだった。それに紋次郎を殺すべく、待ち伏せしていたのは五人の渡世人だった。

新八の差金《さしがね》で、五人の渡世人が動いたとも思えない。そうなると、草津屋寅吉の身内という想定も成り立つのであった。新八が寅吉かその身内の者に、紋次郎が間もなく来ることを話して聞かせたのかもしれない。話して聞かせる可能性のほうが、強かった。

硫黄稼人の草津屋ではなく、貸元としての寅吉が紋次郎を待ち受けていて殺すことを、身内衆に命じたのではないだろうか。そうした場合、問題はなぜ草津屋寅吉が、紋次郎を殺さなければならなかったかである。紋次郎は寅吉に会ったことがないし、その身内衆と接触を持ったこともなかった。

殺される道理がないのである。まさか懐中の二十両を、狙ったわけではないだろう。ほかに、意趣返しをされる覚えなど、まったくないのであった。しかし、五人の渡世人を動かし得る者として、草津屋寅吉という見方は簡単に捨てきれなかった。

紋次郎は田代、大笹、大前、三原、石津、前口を通り、草津へはいった。草津屋についたのはその日の八ツ半、午後三時であった。紋次郎は、奥まった一室へ通された。やがて寅吉が三人の身内を引き連れて、姿を現わした。寅吉は五十前の、でっぷりとした色白の男だった。

特に悪そうな男ではない。貸元というよりも、やはり商人らしい印象のほうが強かった。それだけに、狡猾そうな感じがしないでもなかった。笑いを、消すときがない。だが、心から笑っている顔ではなかった。

「生憎《あいにく》と、新八は出かけているんだ。大戸まで行ったんだが、二、三日中には戻って来るはずだがね」

寅吉は、薄ら笑いを浮かべながら言った。

「さようでござんすか」

紋次郎は、正座した膝の上に両手を置いていた。表情は動かさずに、暗い眼差しで寅吉の顔を凝視している。長脇差は横にして、背後に置いてあった。

「どうだい、紋次郎さん。おめえさんさえよかったら、新八が戻って来るまでここにいてもらってもいいんだぜ」

寅吉は、変わった声を出して笑った。唇だけが、鮮やかに赤かった。

「いいえ、ご遠慮申し上げやす」

紋次郎は、寅吉の顔から目を放さなかった。

「ほほう……。ヤケに素っ気ねえじゃあねえかい」

「一宿一飯の義理というのが、あっしの性分に合わねえんでござんす」

「すると、おめえさんはどこへ行っても、その土地の貸元のところには草鞋を脱ぎなさらねえというのかい」

「よんどころねえ場合を除いては、そのように努めておりやす」

「なるほど、こいつは噂通りだ。木枯し紋次郎というのは、変わった男だぜ」

そう言いながら、寅吉が不意に左手を横へ差しのべた。それを待っていたように、左側にいた子分のひとりが長脇差を投げるようにした。寅吉はその長脇差を左手で摑み取ると、同時に右手を柄にかけた。そのときすでに、紋次郎は左膝を中心に半円を描いていた。

右膝が後退し、それが長脇差の鉄鐺のあたりを押さえていた。そうしておいて、右手で長脇差を鞘走らせたのであった。寅吉が手を長脇差の柄にかけたとき、紋次郎はもう白刃を振りかざしていたのである。その素早さに、寅吉の身内たちが目を見はっていた。

「さすがだな、紋次郎さん。腕前のほうも、噂通りだ」

寅吉は照れ臭そうに、奇妙な声を出して笑った。笑いながら、寅吉は左手に握っていた長脇差を投げ出した。

「悪い冗談は、やめておくんなさい。中途半端な試し方は、怪我の因《もと》でござんすよ」

紋次郎は鞘に納めた長脇差を後ろへ押しやって、元通りに正座した。

「うちの若い者が束になってかかっても、おめえさんの敵じゃあねえってことを、この目で確かめておきたかっただけさ」

寅吉は笑いながら、幾度も頷いて見せた。

「では、これで御免を被らせて頂きやす」

紋次郎は深く一礼すると背後へ腕を回し、長脇差を手にして立ち上がった。手甲脚絆はつけたままで、ただ着物の裾を下までおろしているだけだった。入口の土間で草鞋をはくと、紋次郎は着物の裾をからげて背中の帯を通し、キリッと引き絞った。

外へ出てから紋次郎は道中合羽を引き回し、三度笠の顎ヒモを結んだ。日が西に傾きかけている。白根山、万座山、横手山などが紫色のシルエットになっていた。草津の出湯の湯煙が、あちこちにうっすらと漂っている。夕方になってから晴れた空が、早くもピンク色に染まっていた。

紋次郎は、来た道を戻り始めた。三原まで、引き返すつもりだった。三原には、旅籠屋がある。草津は、意識的に敬遠したのだった。湯治場の雰囲気が好きではなかったし、寅吉の地元ということで一応警戒したのである。暮れ六ツまでに、三原へ行きつきたかった。草津から三里の道を、紋次郎は先を急いで歩き続けた。

石津をすぎた。夕闇が広がり始めた。高原地帯にも、ようやく春の訪れが感じられた。夕闇に、春の匂いがあった。菜の花はまだ見られないが、梅の花が咲いていた。人通りの絶えた道が緩やかにカーブして、雑木林の中を抜けていた。

「おい、待て！」

突然、斜め前方から声がかかった。雑木林を背にして、小さな地蔵堂の横に少年が立っていた。一太郎であった。一太郎はまだ、干俣の家へ帰っていないようである。着物の裾をはしょって、手甲脚絆に草鞋ばきのままだった。紋次郎は、一太郎を無視した。

相手に、なりたくはなかった。子どもに何を言っても、無意味なのである。それに紋次郎は相手に理解させようとしたり、納得させようと努めたりすることが嫌いであった。面倒臭いだけではない。誰がどう思おうと勝手だし、どのように解釈しようと紋次郎の知ったことではないのである。

紋次郎は、一太郎のほうを見なかった。そのまま地蔵堂の前を、足早に通りすぎた。もう一太郎の視線を、意識するようなこともなかった。無人の野をひとり行くように、表情のない紋次郎の顔であった。通りすぎてから紋次郎は、ヒタヒタと小走りに追って来る一太郎の足音を耳にした。

それは、紋次郎のすぐ後ろまで、迫って来ていた。だが、紋次郎は振り返らなかった。危険な相手ではなしと、紋次郎はまったくの無警戒さであった。子どもだという先入観が働いていたし、追い払ったり隙を与えなかったりする必要はないと思ったのである。

「おとうの敵《かたき》だ！」

背後で、一太郎がそう叫んだ。子どもとは思えないその異常な声に、紋次郎は初めて危険を感じ取った。しかし、一太郎を相手に、咄嗟《とっさ》に長脇差を抜いて斬り払うということはできなかった。紋次郎は半身になりながら、横へ避けようとした。

だが、そのときはもう遅かった。かえって肉が柔らかく、骨のない脇腹を向けたことがよくなかった。紋次郎はチラッと、道中差しの抜き身を目の隅で捉えていた。同時に右脇腹にズズッと、焼け火箸を突き刺したような激痛を覚えた。

少年でもやや大柄な一太郎が、怖いもの知らずの一念で渾身の力をこめて突き刺したのだった。匕首《あいくち》より長く、長脇差より短い道中差しも、一太郎には手頃だったのだろう。あらゆる点で、うまく行ったのである。道中差しの三分の二が、深々と紋次郎の右脇腹に埋まっていた。

右側だけ、道中合羽を背中へ流していたことも、紋次郎には不運だった。道中合羽の上からであれば、それほど深くは刺さらなかったかもしれない。紋次郎の全身が、硬直した。息が止まった。ようやく息を吐き出したとき、呻き声がそれに伴った。

「おとうは、お前の身代わりに死んだ！　お前が、おとうを殺したんだ！」

紙のように白くなった顔で、泣き出すときみたいに、一太郎はヒステリックに叫んだ。やってしまってから、恐ろしくなったのに違いない。それに突き刺したものを、引き抜くということを知らなかった。一太郎は道中差しの柄から両手を離すと、あとも見ないで一目散に走り去った。

逃げて行く一太郎の後ろ姿が、夕闇に溶け込んで消えた。紋次郎は、激痛と悪寒《おかん》に身を震わせた。顔から血の気が引いて行くのが、はっきりとわかった。かなりの傷である。紋次郎は右手で、脇腹から突き出ている道中差しの柄を摑んだ。

唇を嚙みしめると、紋次郎は道中差しを一気に抜きとった。カッと熱くなるような痛みとともに、鮮血が噴き出して右脇腹の着物に赤いシミが広がった。全身から力が抜けて、とても立ってはいられなくなった。紋次郎はよろけながら、路上に転倒した。

このような深手を負ったことは、まだ一度もなかった。紋次郎にとっては、生まれて初めての重傷であった。それが皮肉にも、修羅場にはおよそ縁のない少年の手にかかったのであった。死ぬかもしれないと、紋次郎は思った。

木枯し紋次郎が、少年の手にかかって死ぬ。そのほうが、紋次郎らしいかもしれない。意識が、薄れ始めた。何か非常に楽になったような気がした。今朝方のあの夢の通りになった。野晒しになるか無縁仏として葬られるか、いよいよそのときが来たように思えた。愚にもつかない理由で少年に殺されると、紋次郎は口許に自嘲的な笑いを漂わせた。

数人の男女がガヤガヤと集まって来るのを感じ取りながら、紋次郎は意識を失って動かなくなった。

4

気がついたとき、歯が一本も残っていない老婆から、もう三日もたっていると教えられた。紋次郎には、信じられないことだった。一太郎に刺されたのが、ついさっきのような気がしてならないのであった。ところが、それから三日もすぎているというのである。

三日間、意識不明だったのだ。紋次郎は、綿《わた》がはみ出ている煎餅蒲団の上に横たわっていた。

身体は思ったより、自由に動かすことができた。首、手足の動きは、普段と変わらなかった。どうやら百姓家の離れに、寝かされているらしい。

離れ座敷というように、贅沢な場所ではなかった。いわば、別棟であった。雨漏りなどして長い間、使っていなかった建物のようである。床は板敷き、三方が板壁、足許のほうだけが障子になっていた。障子と言っても桟《さん》だけで、ところどころに黄色くなった紙がこびりついていた。

天井や板壁には、幾重にも雨漏りのシミが広がっていた。いまにも崩れ落ちて来そうな建物で、全体に歪んでいる。あまり裕福ではない農家の、別棟であった。障子の外に濡れ縁があり、その向こうの広場を鶏の群れが歩いていた。

午後の日射しが、視界を明るくしていた。濡れ縁の前に梅の古木があり、ゴツゴツした枝を広げて白い花を満開に咲かせている。母屋らしい建物の一部が、梅の木の背景になっていた。近くにこの農家があり、そこへ運び込まれたのに違いない。

一応、医者が手当てをしたし、毎日傷口の様子を見に来ているという。腹から腰にかけて、分厚く晒が巻きつけてある。全身が火照《ほて》るように熱く、四肢に力がこもらなかった。出血がひどかった上に、三日間何も食べていないからだろう。

枕許に、道中合羽、三度笠、振分け荷物、長脇差、手甲脚絆と几帳面《きちようめん》に並べてあった。それらを見ると、死ぬという気がしなくなった。別に、それでよかったとは思わない。死ぬときが来れば、黙って死ぬ。命をとりとめたというなら、また生き続けるだけのことであった。

「何をしに来やがっただ」

不意に、歯のない老婆の声が庭先でした。今朝初めて対面したのだが、意識のない紋次郎の世話を老婆がずっと引き受けていたようだった。紋次郎に対しては気さくで親切な老婆だが、いまはひどく荒っぽい調子で誰かの相手になっている。

「怪我人の様子を、あのう……」

女のオズオズした声が、聞えて来た。その声に、記憶があった。お妻である。

「怪我人だと？　おめえに何の関わり合いが、あるっちゅうだ」

老婆は、大変な見幕であった。最初から、怒っているのだった。

「助かるのでしょうか」

お妻が、恐る恐る訊いている。

「知らねえな。おら、医者さまじゃあねえだよ」

老婆は、あくまで冷淡だった。

「いったい、誰に刺されたんでしょうね」

お妻は、一太郎が刺したということを知っているのだ。それで心配になり、干俣から様子を窺いに来たのに違いない。たとえ少年であろうと、人を殺したり傷つけたりしたことが明らかになれば、ただではすまされなくなる。

「誰に刺されたか、おめえは知っているんじゃあねえのけえ」

老婆が、怒鳴るように言った。

「そんな……！」

「旅人《たびにん》さんはな、村役さまに訊かれたとき半分気を失いかけていなすったが、何度も確かめる暇がなかったので誰だかわからなかったと言っていただよ」

「そうですか」

「安心したか」

老婆が嘲るように、ふんと鼻を鳴らした。村役人に何者に刺されたのかと訊かれて、紋次郎は誰だかわからなかったと答えたという。紋次郎自身には、そんな記憶はなかった。恐らく無意識のうちに、一太郎の名前を出すまいと努めたのだろう。

「安心したんだったら、さっさと帰りなよ」

老婆が、腹立たしげに言った。

「でも……」

お妻はまだ、何か言いたそうであった。

「帰るがいいだ。おらは、おめえみてえな女が大嫌いでな。面《つら》だけはおとなしそうで、やることが図々しい。この淫乱女めが！」

「そんな、ひどいことを……」

「何が、ひでえだ。誰も気づいてねえと思っているのはおめえだけで、干俣でも大前でも石津でも草津でも、みんなちゃんと知っているだよ。おめえが草津屋寅吉と深《ふけ》え仲だってことをな」

「え……！」

「おめえは、仮にも亭主持ちだぞ。そのおめえが五日に一度は、寅吉親方に抱かれたくってノコノコ草津まで出かけて行くっていうじゃあねえか。淫乱女だと恥をかかされても、おめえには文句あるめえ」

そう言って老婆は、嬉しそうにケラケラと笑った。お妻が居たたまれなくなって、逃げて行ったのに違いない。紋次郎は、シミだらけの天井を凝視していた。思いも寄らぬことを、耳にしたのであった。

お妻と草津屋寅吉が、深い仲だというのである。

五日に一度は、お妻のほうから寅吉のところへ出かけて行く。それは多分、一太郎の手前があるからだろう。いずれにしても、ただの火遊びではないのだ。お妻は寅吉の情婦、あるいは妾と考えていいわけだった。恐らくお妻としては閨寂《ねや》しさから、寅吉の誘いに抗しきれなかったのに違いない。

亭主の力蔵は、殆ど家に寄りつかない。成熟しきった女にとって、最も危険な状態にあったのだ。一度そうなってしまえば、今度は女のほうが夢中になる。それで腐れ縁が、断ち切れなくなるのだった。老婆の言う通り、虫も殺さぬ顔をしていながら、お妻は大した女であった。

「少し食べてみたらどうだ」

老婆が、濡れ縁から上がって来た。右手に土鍋、左手に食器を伏せた盆を持っていた。いまはそのままの恰好で、お妻をやり込めていたらしい。老婆は、蒲団の脇にすわった。土鍋の中身は、麦の多い粥《かゆ》であった。盆の上には、梅ぼしと切り干し大根の煮つけが並べてある。

「ありがとうございんす」

紋次郎は言った。

「いま、干俣のお妻が来やがってな。嫌味を並べて、追い返してやっただ」

老婆は得意そうに、赤い口の中を見せて笑った。

「実を言うとな。おらは、見ちまっただよ。どういう事情があるのかは別として、お妻の伜がおめえさんを刺したところをな。ところが、おめえさんは偉かった。餓鬼のことだからと庇い立てして、おめえさんは誰に刺されたかを口にしなかったもんな。それで、おらはおめえさんが、すっかり気に入っちまっただよ」

老婆が土鍋の中身を掻きまぜながら、嬉しそうに目を細めた。その老婆の解釈は、少しばかり違っていた。紋次郎は別に、一太郎を庇ったわけではないのである。たとえ刺した者が一太郎ではなかったにしろ、紋次郎は誰であるかを口外せずにすましたことだろう。刺されて、紋次郎が死ぬ。誰が刺したかなどということは、どうでもよかったのである。

「それから、おめえさんは譫言《うわごと》で何度も新八って口走っていたが、草津屋の元締だった新八のことかね」

老婆が麦粥を、丼鉢へ流し込んだ。

「その新八さんに用があって、草津まで参《めえ》りやした」

紋次郎が視線を老婆に転じた。

「草津屋の元締だった新八は、十日ほどめえに白根へ登って行方《ゆくえ》知れずになったそうだっていうが、寅吉に殺されたって噂もあるだよ。新八はお妻を口説《くど》こうとして、寅吉に見つかったっていうからな」

老婆は、急に声をひそめてそう言った。

「そうだったんですかい」

紋次郎は、暗い眼差しで梅の木を見やった。多分、老婆の推測は、間違っていないだろう。表面的に新八は、白根山へ登って行方不明になったとされているのだ。ところが寅吉は紋次郎に、新八は大戸へ出かけていると言ったのである。

白根山へ登って行方不明になったのが事実なら、何もそんな嘘をつく必要はないのであった。新八は寅吉に殺されたというのが、真相なのに違いない。紋次郎はこれで、何もかも読めたような気がした。新八を殺した寅吉が、何よりも恐れたのは、紋次郎が草津へやって来るということだったのだ。

木枯し紋次郎が二十両を持って新八に会いに来ることは、猿久保の八十吉からの手紙でわかっていた。紋次郎が来れば、新八の死に関する真相が知れてしまう恐れがある。もしそうとわかれば、猿久保の八十吉も黙ってはいないだろう。

大変なことになってしまう。そこで何とかしなければならないと、寅吉は考えた。最も安全が保てる方法は、紋次郎を殺すことであった。紋次郎から何らかの知らせがない限りは、猿久保の八十吉も動こうとはしないはずだった。

紋次郎は流れ旅を続けている。新八に会い意見をして二十両を渡したあと、紋次郎はその足で旅立った。猿久保の八十吉はそう判断して、みずから乗り出して来るようなことはしないはずだった。従って紋次郎を殺してしまえば、あとは何とかなるだろう。

そうは考えたものの、寅吉としては自信がまったくなかった。噂によると、紋次郎は滅法強いらしい。腕が立つ。その紋次郎を、殺すのである。まともにやって、勝てるはずはなかった。二十人の身内を残らず動員したところで、紋次郎に通用するとは思えないのである。

紋次郎は、野性的な防禦本能を身につけている。紋次郎に通用するとは思えないのである。

紋次郎は、野性的な防禦本能を身につけている。その上、油断をしない。そう簡単に、罠にはかからない。紋次郎が敵という意識を持たないのは、子どもぐらいなものではないだろうか。そう思ったとき寅吉は、お妻の伜の一太郎の存在に気づいた。

たまたま力蔵からお妻のところへ、迎えに来てくれと言って来ていた。お妻と一太郎が連れ立って力蔵を迎えに行き、紋次郎と時期を合わせて上州へ帰って来る。それを寅吉の子分たちが、待ち受けている。目的は紋次郎と間違えたと見せかけて、一太郎の眼前で力蔵を殺すことだった。

一太郎がいかに父親思いで、気性が激しいかを計算した上でのことである。一太郎は父親を殺された怒りや復讐の念を、紋次郎に振り向ける。力蔵は、紋次郎の身代わりで殺された。紋次郎に殺されたようなものだと焚き付ければ、そこは単純な子どものことだからそう思い込む。

一太郎は、紋次郎を殺そうとする。しかし、紋次郎のほうは、まったく相手にしない。幾ら気性が激しくても、子どもだということで紋次郎は警戒しない。だが、一太郎は本気なのだ。多くの渡世人がどうすることもできない紋次郎を、何と十二、三歳の少年が殺してしまうのである。

まさかと誰もが思うところに、高い成功率が秘められているのだった。お妻は今更、力蔵が殺されても、悲しんだりはしない。寅吉は、そのように計画したのであった。すべてが予想以上に順調に進み、結果的には計画通りになったのである。

力蔵を斬っただけで、ほかに手を汚すことはなかった。紋次郎殺しの罪は、一太郎がかぶるのであった。但し、何分にも少年の力だから、刺したところで紋次郎が確実に死ぬとは限らない。だが、それでもよかった。負傷させるだけで、十分なのである。

負傷することによって、紋次郎の強さは半減する。そうなれば、再度襲って紋次郎を殺すことが可能になるわけであった。いまが、その状態であった。だとすれば、寅吉とその身内たちがここへ斬り込んで来るはずである。お妻が来たのは、紋次郎の傷の程度を探るためだったのに違いない。

その日、夕方になるのを待って、紋次郎は準備を整えた。振分け荷物から取り出した新しい楊枝を五本、左手に軽く握った。それから長脇差を抜いて、右手に持った。行燈《あんどん》には火を入れなかった。そのままの態勢で、紋次郎は襲撃のときを待った。

夜になった。闇の中で、紋次郎は動かずにいた。耳は、いかなる物音も聞き洩らすことはなかった。暗さに馴れさせるために、目は開いたままだった。五ツ、午後八時をすぎると、地上のすべては眠りにつく。空恐ろしくなるような静寂が、闇を支配する。

紋次郎の目が動いた。キラッと光った。ヒタヒタと、音にならない足音が近づいて来たのである。五人と、紋次郎は数えた。濡れ縁が、ミシリと鳴った。紋次郎は左手に握っている楊枝のうちの一本を、唇にくわえて抜き取った。

その楊枝を、唇の中央に移した。頭を持ち上げた。桟だけの障子が、カラッと左右に開かれた。人間の輪郭が、浮かび上がった。右と左に分かれて、中へはいって来た。やはり五人であった。最後のひとりが、紋次郎の足許のところに佇んだ。

紋次郎は唇を中心に集めて、息を鋭く吹いた。楊枝が、飛んだ。足許の男が、わっと悲鳴を上げた。両手で顔を押さえたのが、影の動きでわかった。楊枝は、男の顔のどこかに突き刺さったのだ。そのとき、紋次郎はすでに二本目の楊枝をくわえていた。

「明かりをつけろい」

闇の中で、鋭い声が聞えた。寅吉の声であった。一旦、外へ飛び出して行った男が、眩しいほどの明るさとともに戻って来た。手に燭台を持っていた。足許のところに立っている男は、片手で左目を押さえたままだった。抜き取ってはあるが、楊枝は左目に突き刺さったのだった。

紋次郎は二本目の楊枝を真上に吹いて、すぐ三本目をくわえた。二本目の楊枝は、右側の男の顎に食い込んでいた。紋次郎は長脇差でその男の腹を突き上げながら、三本目の楊枝を左側の男の顔へ吹きつけた。四本目の楊枝は、枕許へ回った男の鼻の穴の奥へ吸い込まれた。

紋次郎に太腿を突き刺された男が、尻餅をついた。その上に腹を裂かれた男が、重なって倒れ込んだ。場所がせまい上に、それぞれ長脇差を手にして、しかも着流しの連中なので動きが一層鈍くなるわけだった。それに加えて、紋次郎の楊枝が完全に混乱させたのであった。

紋次郎は下から、枕許で鼻を押さえている男の脇腹へ、長脇差を叩きつけた。その男は自分の長脇差を取り落とし、頭から板壁へ突っ込んで行った。紋次郎は、五本目の楊枝を吹いた。障子のほうへ向かっていた寅吉の横顔に、楊枝が飛んだ。楊枝は頬に刺さって、そのままブラ下がった。

悲鳴を上げて逃げる寅吉の背中へ、紋次郎は落ちていた長脇差を拾って投げつけた。長脇差は、寅吉の背中に突き立った。長脇差が揺れないほど、深々と肉に埋まっていた。寅吉は絶叫して、濡れ縁から前のめりに梅の木へ倒れこんだ。夜目にも白く、梅の花が舞い散った。

紋次郎は痛みを堪えながら、ゆっくりと起き上がった。どうにか、立ち上がることも可能であった。ひとりだけ立ちすくんでいる男の腹へ、紋次郎は長脇差を激しく突き刺した。男は声も立てずに、その場にすわり込んだ。紋次郎は手甲と脚絆をつけ、そっと道中合羽を引き回した。三度笠をかぶり、振分け荷物を手にした。

濡れ縁にすわって、草鞋をはいた。長脇差は腰にしないで、杖代わりに使うことにした。紋次郎は、ゆっくりと夜道を歩いた。大笹街道を、鳥居峠へ向かった。明け方に、鳥居峠の上り道にさしかかった。間もなく、二人連れの旅人に追いついた。紋次郎に気づくと、二人の旅人は慌てて道の端へ逃げた。

お妻と一太郎だった。母子は道中支度で、かなりの大荷物をかかえていた。母子して故郷を捨てなければならなくなった理由は、幾つもあるのに違いなかった。紋次郎は、二人を追い抜いた。紋次郎はお妻と一太郎に、目もくれなかった。鳥居峠を越えて、正午前に大日向を通りすぎた。紋次郎は、立ちどまった。例の無縁仏の墓の前であった。紋次郎は墓標の一つに目を据えながら、唇の左端から息を吐き出した。

くわえている楊枝が震動して、冬の夕暮れに吹き抜ける木枯しの音に似て、もの哀しく寂しい音色が響き渡った。紋次郎が見据えている墓標には、墨薄れた字で『もんじゅうらう』と記されていた。門十郎という名前だけはわかっている無縁仏の墓に違いなかった。『郎』はかつて、仮名で『らう』と書かれたのである。

紋次郎は、楊枝をもう一本取り出した。最初の楊枝が飛び、二本目がすぐそのあとを追った。紋次郎が吹き放った二本の楊枝は、墓標にある『もんじゅうらう』の『ゆ』と『う』の字の上に突き刺さった。残る墓標の字を読むと『もんじらう』となった。やがて紋次郎は、表情のない顔で歩き出した。二度と、無縁仏のほうを振り返ろうとはしなかった。

武州川越の近くにある無縁仏に『つま・いちたらう。母子地蔵』という石仏が見られるが、お妻と一太郎に関係するものかどうかはわからない。

暗いクラブで逢おう

小泉喜美子

初出：〈ミステリマガジン〉1974年6月号

『暗いクラブで逢おう』新書館（一九七六年八月）

小泉喜美子（こいずみ・きみこ）一九三四（昭和九）―一九八五（昭和六十）

東京府生まれ。本姓・杉山。三田高校卒業後、英語力を活かしてジャパンタイムズ社に勤務。一九五九年、杉山季美子名義で早川書房〈エラリイ・クイーンズ・ミステリ・マガジン〉の第一回短篇コンテストに投じた「我が盲目の君」が準佳作となる。この時の入選は結城昌治、同じ準佳作に田中小実昌がいた。

同年、同誌の編集者だった小泉太郎（後の生島治郎）と結婚。六二年、第一回オール讀物推理小説新人賞に杉枝園子名義で投じた「弁護側の証人」が最終候補作となる。受賞は逸したものの、選考委員だった高木彬光の勧めで同作を長篇化し、翌年に文藝春秋新社から刊行した。

七二年に生島治郎と離婚。翌年、長篇『ダイナマイト円舞曲』でカムバックを果たす。以後、長篇『殺人はお好き？』『血の季節』『死だけが私の贈り物』、短篇集『月下の蘭』『痛み　かたみ　妬み』『殺人はちょっと面倒』『ミステリー作家の休日』などを次々と刊行。また、翻訳家としても活躍し、ジョセフィン・テイ『時の娘』の新訳の他、クレイグ・ライスやP・D・ジェイムズらの翻訳を数多く手がけた。

『ミステリーは私の香水』『メイン・ディッシュはミステリー』などのエッセイ集で、洒落た都会的な読み物としてのミステリを礼賛した著者だけに、本篇も往年の名画のワンシーンのような洗練された雰囲気に満ちている。（日下）

ジョーンジイが目をさますと、あたりはいつものようにもう暮れかけていて、カーテンの隙間からわずかな日の光りがななめに射しこんでいた。

汗をびっしょりかいて、たいそういやな夢を見たせいで彼は目をさましたのだ。何か、遠い、荒れはてた離れ島の岩場のあたりで道に迷い、そこから抜け出そうとして右往左往している、といったような夢だった。そういう場合の通例として、もちろん、脱出は不成功に終わった。夢全体は灰色で、岩場のところどころに薄気味の悪い暗緑色の矮樹林《わいじゅりん》が点在していた。

シーツが汗ですっかり台なしだった。パジャマも枕カヴァーも、何もかもだ。咽喉《のど》がかわききり、心臓が本当にその辺を走りまわったあとみたいに波打っていた。いつでも、どこでも、このくらいの時刻にならないと目がさめないのはジョーンジイの日課だったし、寝起きの不愉快さも平常通りと言えた。

それにしても今日のはひどすぎる、とジョーンジイは思った。昨夜一晩に呑んだ酒の量を思い出そうとしてみたが、はっきりとは浮かんでこない。宿酔《ふつかよい》にはもう馴れっこになっているとばかり考えていたのに、どうやら、それはまちがいだったらしい。人間はいくつになってもいろいろとまちがいをする。

しめった、しわだらけのシーツの上に大の字になって、彼はしばらく天井を見上げていた。そのうち、徐々に、ゆっくり回復してくるだろう。今までだっていつもそうだった。今日だけが例外ということはあり得ない。

何もすることがないので、ジョーンジイは自分の住んでいる部屋をあらためて見まわした。いや、住んでいるとは言えないな。毎朝、しらじら明けに帰ってきて眠るためだけの空間だ。ベッドと洋服箪笥と本棚のほかは、たいした家具はない。屑籠とか電話機とかコーヒーわかしとかクリーニング屋のノートとかを除けば、ぜんぜん何もないと言ってよい。それ以外は彼はべつに何もいらなかった。立派な書き物用机とか、インクのいっぱい入っているインク瓶なんかを置いてみたとしても、自分がじきにそんなものを見るのもいやになっていくことはよくわかっていた。

それよりも、現在のジョーンジイには鏡のほうが必要だった。鏡と櫛とブラシといくつかの男性用化粧品。ジョーンジイはひもでもおかまでもないから、周囲の注意を惹《ひ》きすぎるような、強烈な匂いのトニック類などいらないけれども、あっさりした、感じのいい品をさがすのにいつも苦労していた。売り場へ行ってあれこれ並べさせてみたりすること自体に閉口してしまうのだ。いつでも、悪いことをするときみたいに、手近にあるやつをあわてて包ませるものだから、たいてい失敗した。

――しばらくして、ベッドから這い下りると、ジョーンジイはコーヒーわかしを火にかけた。本当はビールが呑みたかったのだが、ここで呑んではおしまいだという気持がした。夕刊がアパートのドアの郵便受けからはみ出しているのが見えた。どこかの請求書とダイレクト・メールも投げこまれてあった。そのあいだに挟まるようにして、一通のつやつやした極彩色の絵葉書が混じっているのを彼は発見した。

コーヒーがわくと、せまい台所の椅子に腰をかけて呑みながら、絵葉書のちっぽけな文面を読んだ。

『お元気ですか？　わたしたちは仲よくやっています。デュッセルドルフは四季を問わず美しい都会です。つき合っているのは商社マンの家族のお仲間だけ。本屋の前さえ通らなければ、あなたを想い出さずにすみます。　では、また。独身男の早死《はやじに》に気をつけて』

ジョーンジイは絵葉書をきれいぎれに引き裂き、屑籠に捨てた。気をつけろと言ったって、何をどう気をつければいいのだ？　何年か前、彼がもうちょっとのところで求婚しそうになった女からの便りだった。が、結局、彼女は安全な道を選んだ。詩人を志しても、作家に転向しようと試みても、気軽な、肩の凝《こ》らない推理小説雑誌の編集者になろうとしても何ひとつうまく出来《でか》さなかった男を良人に持たなくてよかったと、今頃、彼女は考えているにちがいない。

いや、最後のやつはなかなかうまくいっていたのだ。あれが失敗したのはジョーンジイのせいじゃない。あの雑誌が売れなかったのは世の中が悪いからなのだと今でも彼は信じていた。とは言うものの、うまい具合に彼女と夫婦になって、現在の仕事に彼がおさまっていたと仮定したところで、そんなに永くはつづかなかったはずだ。あなたは深夜クラブのマスターなんかで一生終わる人じゃないなどと、じきに彼女はぶうぶう言い出すだろうし、それに、彼には、他の男たちのように女が安心して寄りかかることのできる力感みたいなものが、先天的に欠けているのだ。また、寄りかかられてはたまらないと彼も思っていた。おれは大黒柱じゃないんだ。大黒柱どころか、どんな柱でもないんだ。おれは人間のかたちをしたつっかい棒じゃないんだ。それとも、男には、柱ないし大黒柱的自覚とでもいうべきものが自然と生じてくるほうが普通なのかね？　そこのところがどうもわからないと彼はときどき自問自答していた。

　夕刊はざっと目を通しただけだった。べつに、引き裂いて部屋じゅうにばら撒いたり嚥《の》みくだしたりしたわけではなかった。ジョーンジイは《ジョーンジイの店》という少し狂ったみたいなクラブを経営してはいるが、そこの客たちが呼び馴らしているこの名前が通用してしまっているだけで、当人はべつだん狂ってはいない。ただ、内閣の危機やドルの相場や横町で発見された死体なんかについてたいして知りたいと思わないだけの話だ。〝芸能〟と〝文化〟のページにはやや念入りに視線を走らせたけれども、ラジオとテレビの番組欄にはぜんぜん、関心がなかった。この二つの驚くべき情報媒体を軽蔑したり憎んだりしているのではなくて、どんなにいい番組が控えていると知ったところで見たり聞いたりできる気づかいはないからだ。

　少しずつ、少しずつ、ジョーンジイの宿酔は去って行った。去ってくれなければ困るし、もう二度とこんな目には会いたくもない。つめたいアルカ・セルツァー水とか、熱いシャワーとか、頭を抱え、身体を二つ折りにしてじっとうずくまっている（女の子には絶対に見せられない恰好）とか、とにかく、いい年齢《とし》をした大の男が一人であたふたするのはもういい加減にやめなくてはいけない。毎日、宿酔にかかっている深夜クラブの経営者、などというのは滑稽以外の何ものでもありはしない。

出勤の身支度にとりかかる頃には、彼はどうにか二本の足で立っていることができた。髭《ひげ》を剃《そ》ることもできたし、下腹を引っこめることもできた。スーツを選ぶこともネクタイを選ぶこともできた。カフス・リンクの片方を床から拾い上げることもできた。それどころか、今夜からは絶対にひどい目に会うまいと決意することもできたのだ。独身男の早死がこわくなったからではない。同じ死ぬならあれほど苦しまずにすませたくなってきたからだ。離れ島をあてもなくさまよったり、幻のマラソンをしたりするのはもういやだった。

慎重にジョーンジイは服を着こんだ。わりあいと古い型の、ごく控えめな感じの背広だった。毎晩、判で押したような黒い背広姿で店に出ないで、もっとさりげない、しかも金のかかった服装をしたほうがいいと、よく言われる。近頃はそのほうが粋《いき》なんだそうだ。彼にはそのこともよくわかっているつもりだった。ただ、古くさいのか、不精なのか、それとも単に臆病な性質というだけのことなのか知らないが、ともかく何らかの理由で、頑固に方針を変えずにいた。たとえ自分がおばあさんの飼い猫ほども古くて不精で臆病だとしても、フットボール見物や猛獣狩りに出かけるのと大差ないような恰好で客に応対する気持にはどうしてもなれないのだった。

服と靴のブラシをていねいに彼はかけた。何から何まで自分一人でやるようになってから、もうずいぶん月日も経っているから、苦痛ではなかった。それに、決して〝何から何まで〟やっているわけでもない。好きなように生きる唯一の秘訣は、決して何から何までやろうとしないことだととっくに悟っていた。ハンカチを胸ポケットにつっこんでしまうと、ふたたび彼は、この発達せる高度文明社会の一員として認めてもらうことのできるらしき風体に立ち返った。

そして、そうしながら、支払いをもう一年近くもとどこおらせている常連客の誰かれのことを考えた。来るたびに悪酔いしていく客のことも考えた。いまだに、そういう相手をどう処理するのがいちばん賢明なのか、はっきりとはわからないのだった。

だいたい、彼の店なんかにどうして客が集まるのか不思議でならなかった。自分が客だったら、あんな店には決して行かない。おれならもっと楽しいことのある店に行く。いや、おれは深夜クラブなんかへは決して行かない。もっと楽しいところへ行く。おれの店なんかは吹っ飛んでしまえばいい。世界じゅうのありとあらゆる深夜クラブなどは焼け落ちるか、地面の下に埋まってしまえばいい。

宿酔の頭を抱えて目をさますたびに、ジョーンジイは自分の店が忽然と姿を消していてくれればいいと考えるのだったが、しかし、実際にそうなったとしたらたちまち彼は困るので、現在のところ、どう見てもそこしか彼の仕事場はないというのがジョーンジイ最大の問題なのであった。

目立つ書体の看板は出ていなかった。派手なネオンサインも見られなかった。開店したときからそうだったのだ。小さな日覆い《マーキイ》とうす紫色の照明だけがそこの所在を教えていた。だから、何度来ても正確な場所をおぼえられないと怒る客もいたし、おまえのところの店は趣味がいいと賞める客もいた。いかにも秘密クラブめいているという声もあったし、そのわりあいには中へ入っても面白いことなんかひとつもないじゃないかという抗議もあった。そのどれもが本当だとジョーンジイは思っていた。同時に、そのどれもが嘘っぱちの、まったくの口から出まかせにすぎないという気持も絶えずしていた。

彼が入って行くと、雑務の面は任せきりにしてあるマネージャーが振り返った。ひどく蒼《あお》い顔をしていたが、それがこの男のふだんの顔色なのだった。

「あの——お友だちが見えていますが」

マネージャーは彼に告げた。やや当惑げでもあり、彼の反応をうかがっている口調だった。

「どこに?」

(誰が?)とはジョーンジイは訊ねなかった。彼の友だちは一人しかいなかった。少なくとも、マネージャーが今のような表情でその来店を報告するような〝お友だち〟は。

「一番テーブルです。まだ空《す》いていますからどうぞ真中のほうへと、再三、申し上げたのですが、あそこでいいとおっしゃいまして」

「ほかには?」

「まだ、どなたも。電話は二つありました。ひとつは——」

テーブルを予約したのは、どちらも大切な客だった。一人は流行歌手で、一人は何かを評論している。彼らの行きつけの店であるということが何冊もの雑誌の囲み記事に取り上げられて、それから《ジョーンジイの店》は繁昌《はんじょう》しはじめたのだった。ここへ来る客はたいてい、何かの評判を、肩書を、いっしょに持ってくる。たとえ、その評判なるものが、最近、十三回目の性転換手術に成功した生体見本というようなたぐいのものであっても持ってくる。

専属の弾き語りのピアニストはまだ来ていず、ステレオのジャズ音楽が店内に低く流されていた。若いバーテンダーがビターズの瓶をならべ替えながら目礼した。

「どうしてそんな隅っこにすわっているんだい？　おい」友だちのところへジョーンジイは大股に近づいて行った。「もっといい席へ来いよ」

「ああ」

と、友だちは答えたが、動こうとはしなかった。少し神経質にあたりを見まわしただけだった。

テーブルの上には薄いウイスキーの水割りのグラスがひとつ、置かれてあった。アーモンドを盛った皿も灰皿も出ていなかった。給仕たちはジョーンジイの友だちのことは何も知らないのだ。

「来るつもりはなかったんだよ」

友だちは弁解したが、その声は少しうわずって聞こえた。こいつは呑むと寒くなる性質《たち》じゃなかったかなと考えながら、ジョーンジイは新しい一杯を自分のといっしょに給仕に言いつけた。

「つい、来ちまった。そこがおれのいけないところなんだ」

給仕がお代わりを運んできてまた立ち去るまで、ジョーンジイは黙っていた。それから、おだやかな声で言った。

「うちはそんなにご大層な店じゃないよ」

友だちの着ているスウェードのジャケットにくらべて、自分の黒い背広はいやに大仰すぎる、と彼はぼんやり考えた。そう考えながら、無意識のうちに今夜の最初の一口を呑んだ。でも、仕方がないさ。小説を書いている男は背広なんか着ないですむし、この酒場の亭主はくたびれたジャケットを着ていては困るのだ。

「いつでも呑みたいときに来てくれよ。そして、昔のようにハメットやチャンドラーの話をしようよ。そういう馬鹿話のできるやつ、もう、おまえしかいなくなったもの」

「でも、ここはおれなんかのたびたび来られる店じゃないだろう?」

「いや、そんなことはないさ。そんなことはまったくないんだ……。それより、どうした? 原稿、進んでるかい? だめだぜ、おれみたいに途中でほうり出しては」

彼はちょっと笑ったが、友だちは笑わなかった。黙って、テーブルの上の酒のグラスをにらんでいた。

「だめなんだ、おれは」少ししてから友だちは呟いた。ごくりと一息に、ウイスキーを流しこんだ。「だめなんだよ、どうしても」

彼は友だちを眺めた。友だちの顔が非常に蒼いように見えたが、しかし、ここでは誰もかれもが似たりよったりの顔色に見えるのだ。

「おまえにこんなことを言う資格はおれにはないがね」と、ジョーンジイははじめた。「でも、あの頃の仲間でがんばってるのはおまえ一人だけなんだ。みんな、小説なんか諦めてしまった。少なくとも推理小説なんかはね。ばかばかしくて愉快な推理小説なんかはね。そんなものに馬鹿正直に取り組んでいる道楽者はいやしない。みんな、とっくに卒業しちまった。みんな、もっと役に立ちそうな、何かしみじみしてて深刻らしく見えるもののほうへと行っちまった。そうじゃないのはおまえだけなんだから、がんばってくれよ」

「だめなんだよ」同じ返事を友だちは繰り返した。「おれには才能がないんだ。ないものねだりをしたって無理だ。おれも一生、諦めたほうがいいんだ」

「あいつの下訳なんかばかりやっているからだよ」

「――――」

「それからもっとろくでもない雑文ばかり次々と数でこなして才能をすりへらしているからだよ」ジョーンジイはずけずけ言った。友だちだから言えるのだ。蔭では彼は絶対に言わない。「もういい加減に、ちゃんとした実《み》のある仕事をひとつにしぼって書くべきだよ。おまえにはそれができるはずなんだ」

「書いているよ」友だちは思いがけないことを言った。「このあいだ、ひとつ書いたんだ」

「それで?」

「あいつに見せたんだ。いいものだったら、いつでも一流誌に紹介すると言ってくれていたんでね。でも、だめだった」

「しかし、あいつ一人の評価をなぜそんなに当てにしなくちゃならないんだね？」ジョーンジイはやっきになった。「たしかにおれたちの仲間ではあいつがいちばん成功したよ。でも、あいつは推理小説を書いて成功したわけではないぜ。おまえがせっかく書いたのなら、見せる相手はほかにもいるだろうし、新人募集に応募したっていいじゃないか」

しばらく、友だちは黙っていたが、やがて、のろのろと言った。

「よその手づるに見せることはできないよ。噂はすぐに伝わるし――ひどい狭苦しい社会だからね！――あいつは気を悪くするだろう。それに、新人募集なんかに応募するのは、おれはもう疲れちまった。もう、いやなんだ」

（そりゃそうだ）と、ジョーンジイは思った。友だちの言葉はしごくもっともだった。二人とも、『新人原稿募集』という文字を見ただけで、吐き気がしそうになっていた時代があった。

「忘れろよ」彼は友だちに言った。「今夜は呑んで、忘れちまうんだ。そしてまた明日から新しいのを書きはじめればいい」

「あいつも同じことを言ったよ。でも、新しいのがそう次から次へと書けるわけがない。推理小説は身辺雑記とはちがうんだ。自動車や洗剤をつくるようにはつくれないよ」

「しかし、そうしなくては食えないだろう？　おれとちがって、おまえには女房や……」

子供が、と言いかけて彼はやめた。そうだ、こいつはまるで自動車や洗剤を生産するように子供を生産したんだ。

「だから、あいつが心配して、下訳や雑文の仕事なんかをまわしてくれるんだ。あいつのおかげでおれはやっていけるようなものなんだよ」

「しかし、その反面、あいつはおまえを重宝に使っているという噂だぜ」

そう言ってしまってから、彼は自分も他人の噂なんかをさも仔細《しさい》ありげに口にするような人間になってしまった、と気がついた。

「ああ、そうだろうとも」友だちは答えた。「あんないやなやつはいないよ。あんないやなやつはいない」

それなら下訳なんかやめちまえ、本業に専念してあいつの厄介にならないようにしろ、とジョーンジイはどなりたかったのだが、その決心がつかないでいるうちに、入り口の扉が開いた。

「先生がお見えになりました」

二人づれの男の客が店内に入って来るのと同時に、マネージャーが評論家の名前を彼に告げた。

「こりゃ高価《たか》そうなところですな、え？　先生」

二人づれで来た男の一人は案内された仕切り席《ブース》に腰を下ろすと、その辺を眺めまわした。

「なんという店ですか？　え？……はあ、《ジョーンジイの店》？　はあ……何か由来でもあるんですか？」

「さあてね」

先生と呼ばれた客は鷹揚にうなずきながら、テーブルの上に持ち出された自分の名前入りの酒瓶を観察した。給仕は細心の注意を払って、グラスやミネラル・ウォーターの瓶や角氷の容器などをならべた。そのどれもが、テーブルごとにひとつずつ天井から吊された梨型の低いライトの下で、きらきらと輝いた。

「ゆっくりしていってくれよな」ジョーンジイは友だちにささやいた。「ちょっと挨拶して来る。あとで、また話そうや」

「おれはそろそろ帰らなくちゃ」

「いいから、そこにいろよ」友だちの肩を彼は抑えつけるようにした。「このテーブルにお代わりだ」傍を通りかかった給仕に言いつけた。「おれの奢《おご》りだよ」

友だちが何か言おうとしているあいだに彼はさっさと立ち上がり、評論家とそのつれとのいるテーブルのほうへ歩いて行った。宿酔は、ほとんど、征服していた。今夜はもう、これ以上は酒の色を見るのも、匂いを嗅ぐのも、酒という文字を頭に浮かべるのもやめにしたいと考えつづけていることには変わりなかったが、彼の歩きかたやテーブルに身をかがめて笑いかけた表情にはそんな様子はぜんぜん見えなかった。

「これは先生、よくお見えくださいました。お久し振りです。そうそう、このあいだの、あの新聞のあのお説、拝読いたしましたよ」彼は声にうんと誠実味をこめた。誠実味という振りかけ胡椒かタバスコ・ソースのようなものがあるのはとてもいいことだ。「ぼくらごときにはよくわかりはしませんが、しかし、連中、だいぶかっかときているという話じゃありませんか」

立てつづけに彼はしゃべり、しゃべりながら客のグラスに氷をたくさん入れ、酒をどんどん注いだ。客はそれさえ楽しいらしかった。すでにどこかよそで何杯か呑んだあとのようだったし、今の彼の挨拶も大体において気に入ったのだ。具体的な賞讃の辞が挿入されていなかったことだけがやや物足りないと言えば言えたのかもしれないが。

「おい、きみ」同伴者のほうを評論家は振り返った。「こいつはここのマスターでね、とぼけているが、喰えない男なんだよ——おい、マスター、こっちはぼくの後輩でね、優秀な人材なんだ。これからはせいぜいサーヴィスしてやってくれ」

「手前どもこそ、よろしくお願いいたします」ジョーンジイはていねいに頭を下げ、内ポケットから名刺を出して相手に献じた。「どうも、至ってつまらない場所でして。ちっとでもお気に召しましたら、ごひいきに」

「しかし、高価《たか》そうだね」優秀な人材はそのことばかりが気になるようだった。「入り口をくぐったときから、いかにも高級という感じだよ。先生に案内していただいたからこそ来られたが、ぼくなんかが一人で出入りできる場所じゃなさそうだねえ」

「とんでもございません。ごく普通の、ざらにある店と同じでございます。皆様に可愛がっていただいているというだけの話なんでして」

「ここは、きみ、高級なんだよ」ウイスキーをちびちびとすすりながら、評論家が言った。「いろいろなやつがよく御微行《おしのび》で来ているよ。考えても見られないような組み合わせの二人づれがな。赤新聞か三文週刊誌のルポ・ライターが見たら、とび上がってカメラのシャッターを押しそうな二人づれがしんねこでな。しかし、そんな手合いが客にまぎれて忍びこもうとしても、入り口で見抜いてがっちり追い返すだけの用意が整っているから、ここはいいんだ。だから、みんな、安心して利用するんだよ」

　そんな用意が整っていたかしらんと考えながら、ジョーンジイは客たちのグラスに酒を注《つ》ぎ足した。今にも、カメラをかまえたトップ屋が躍りこんできたら、どうしよう？　しかし、そんな事態は絶対に起こらないであろう。どうしてかと言うと、今までだって一度も起こらなかったのだから。今夜だけが例外ということはあり得ない。

「そうですか、先生もそのお一人というわけですか」

「馬鹿を言いなさい、ぼくはいつだって一人か、今夜のような男づれだ。なあ？　きみ」

　ジョーンジイは微笑した。べつに余計な返答はせず、微笑とも呼べぬ奇妙な引きつりだけを唇のはしに残しておいた。それは非常に複雑な筋肉の操作であって、ＣＩＡの暗号にもまさる何かを人々の心の奥ふかく刻みつけるたぐいの表情であった。少なくとも、客たちはそれで満足したらしかった。

「――そうかい、ぼくのあのエリオット論、読んだかい？」

「はい、そりゃもう、先生のお書きになるものでしたら、逃がさずに」

「きみがいまだにああいうものに興味を持っているというのは本当なんだな」

　世にときめいている人間の常として、評論家もまた、自分の仕事を直接の話題にしつづけるような真似はせず、会話はもっぱら三人のあいだで頭文字ひとつで通じ合うような一連の人物たちの動静へと、ボールがころがるようにころがって行った。

「そうそう……あはは……そう言えば、このあいだの例会のパーティでね……」

評論家は愉快そうに笑った。その隙に、給仕がすばやく駈け寄ってきて、さらに一杯ずつ注いだ。ジョーンジイが眼で合図したからだ。

「……あいつはきみたちと昔の同人仲間だったんだって？　ほう、そうだったのか……ここへもたまには来るかい？　ほう……」

あいつは売れっ子だし、旅行好きだし、講演やなんかで忙しいからいったい、いつ、どこで何をしているのかさっぱりわからない、というようなことを客たちはしゃべりつづけた。

「うちの社の連中もなんとかつかまえようとしているんですがね……あれだけの流行児になってしまいますとね」

ジョーンジイはなんとなく友だちのことが気になったので、そっちを振り返ろうとした。

「――マスター、いたの？　少しはこっちの席へも来てちょうだいよ。あたし、淋しいのよ」

甘い、やさしい、疲れた声が、どこからか聞こえてきた。ジョーンジイは振り向いた。若い、顔馴染みのファッション・モデルが、ひとつおいて向こうの仕切り席《ブース》に腰を下ろしていた。いつのまに来たのだろう？　正真正銘の一人ぼっちだった。

「ああ、先生、ちょっと失礼いたします」

彼は立ち上がり、無意識にネクタイの位置を直した。

彼女は黒い、なんの飾りもない裾長のドレスを着て、手首に大きな緑色の宝石《いし》の入った腕輪をはめ、栄養不良の妖精みたいな眼つきをして熱心に彼を待ちかまえていた。頬にも耳たぶにもまるきり血の気がなく、とんと、朝食も抜きのホリー・ゴライトリーといったところだった。ひどい減食と不規則な生活と化粧法のせいだろうと彼は思った。何か、もっとべつな原因があるのかもしれなかったが、訊ねて相談相手になってやる気は起こらなかった。若い、売り出し中と称するファッション・モデルの顔色なんて、どれも同じようなものなのだ。若くなく、売り出し中でなくたって、同じような顔色をしている人間もいっぱいいる。彼は友だちのほうを振り返ろうとしたが、また一組、客が到着して、店はようやく賑わいはじめていた。

「やあ、めずらしいね」と彼は言って、モデルがすわっている席のはじっこに腰かけた。

「今夜は一人？」

「一人よ」

「本当に？」

「本当のことなんてあるの？　この世の中に」

ファッション・モデルはなげやりな、小生意気な口調で言い、自分の前に置いてあった、うす緑色がかった呑み物を一口すると、その中からレモンの輪切りをつまみ出してジョーンジイに見せた。

「ジン・ライムにレモンとは、これいかに？」

まったくだとジョーンジイは思った。レモンじゃだめだ。しかし、もし、いつも新鮮な品を絶やさないようにしようとすると、ライムの原価《コスト》は……。

「ねえ、マスター、世の中って何？　世間て何？」

「そいつはむずかしい質問だね」しばらく、彼は答えずにいた。「あいにく、ぼくは世間をよく知らないんだ。この酒場しか知らない」

「あたしは知ってるわよ」

「じゃ、今夜、ぼくにそれを教えてくれ」

ファッション・モデルはくすっと笑い、残りの酒を呑み干した。そして、壁ぎわに立っている給仕のほうを眼で追った。

「お代わり！」ジョーンジイは景気よく指を鳴らした。「ぼくにも一杯！」

（この女からなら請求《と》ってもいいな）彼はすばやく頭の中で計算した。（今夜、おれと寝たところで、それはそれだ）

「寝てもいいのよ、今夜、あなたと」給仕が去ったとき、彼女は言った。彼の心の中なんかすっかり見抜いているみたいだった。「だからって、ここの勘定、無料《ただ》にしてくれなんて、あたし、言わないわよ。あたし、今、売れてんのよ。パリからもカッシーニのところからも、契約の話が来てるのよ」

「そりゃよかった」

彼はマネージャーを呼び、スピーカーの音量のことでちょっと文句を言った。弾き語りのピアニストはとっくに出勤して来ていて、今夜は濃い朱色のドレスで『ミスティ』を弾いていた。

そのドレスの色だけが店の一隅に夢の中の薔薇のように浮き出していた。

女もいいな、とジョーンジイはぼんやり考えた。店にはほかには女は一人もおいていない。彼が女嫌いだったわけではなく、なんとなく、自然にそうなってしまったのだった。尻の穴まで覗けそうなスカートをはいたバニー・ガールでもやとえば、もう少し売り上げが増えるかもしれなかった。自分の店の中をそういう恰好をした連中が歩きまわっている様子を彼は想像してみた。すると、なかなかご機嫌な気分になってきて、同時に、驚くなかれ、宿酔が完全に消え失せてしまっていることを発見した。友だちと評論家とファッション・モデルのテーブルで、それぞれ一杯ずつ、ごく薄いのをつき合っただけなのだ。今夜は大丈夫。まったく大丈夫。

彼は腕時計を見た。真夜中を過ぎかけていた。彼の店がようやく活気づきはじめる時刻だった。

「一番テーブル、どうしている?」

通りかかった給仕の一人に、彼は訊ねてみた。彼がファッション・モデルとすわっている席からは、友だちの姿は柱のかげになっていて見えないのだった。

給仕は柱の向こうを見定めてから、返事した。「まだ、いらっしゃいます」

「お代わりを持って行け」と、ジョーンジイは言った。「あの客は底なしなんだ」

給仕は諒解したようだった。と言って、べつだんなんの名声も肩書もない、ただ、ここの経営者の友人であるというだけの理由で居据わっている客にサーヴィスしなくてはならぬとは考えていないらしかった。

「引きとめておいてくれよ」彼は給仕に念を押した。「まだ話があるんだから。あとで、ゆっくり。あれはおれの大切な友だちなんだ」最後の一言を、彼は少し照れながら低い声でつけ足した。

「――さてと、きみ。また来るよ。いや、よく呑んだ」

評論家とその同伴者が立ち上がった。ジョーンジイは丁重に二人のあとについて行った。

「それじゃ、きみの友だちのあいつが現われたら、よろしく言ってくれ」

ジョーンジイは、自分の友だちというのは、今、向こうの隅の一番テーブルにいる、あの男のことなのであって、あいつのことはあいつとしか呼ばないのだ、先方もこの店に現われるようなことはまったくない、あいつは高尚だから、こんな俗悪な場所へは現われたりはしないのだ、と心の中で説明した。そうしながら、外の日覆いの下まで二人を送って行った。

戻ってくると、彼はピアニストのところへ行って、何か陽気な曲をやってくれと頼んだ。ピアニストは承諾し、打楽器部門《パーカッション》を録音したテープのスイッチを入れ、軽快なボサ・ノヴァの曲に切り換えた。

隅のほうのテーブルでジョーンジイのはじめて見る、常連客ではない若い二人づれがぴったり寄りそって、いちばん廉《やす》いビールを少しずつ呑んでいた。ビールなんかよりずっとすてきなものを彼らはまだ持っているのだ。彼はちょっとそっちを眺めてから、ファッション・モデルのテーブルへと引き返した。友だちを待たせていることはわかっていたが、今はそこへ戻る気分になれなかった。

「本当に、今夜、ぼくと寝るかい？」

「下品な言葉を何べんも使わないでよ。こういう高級なメンバーシップ・クラブのマスターが」

「その言葉を聞いて、ようやく、自分はひょっとしたら本当に高級なメンバーシップ・クラブのマスターなのかもしれないと思えてきたよ」

店内は混みはじめた。盛り場のバーが閉店《かんばん》になったあと、呑み足りないので、あるいは同伴の女たちの手前、もう一軒立ち寄らずにはいられなくなる常連客たち。その相手をしながら、おなかだけはいっぱいにして帰る女たち。うちへまっすぐ帰りたがらない男たち。でも、最後には必ずうちへ帰って行く男たち。いちいちのテーブルを、ジョーンジイはきちんとまわって歩いた。上流社会の連中も何人か来ていた。上流でない社会の連中も、もちろん、来ていた。それぞれの席で彼は軽口をたたいた。世辞を言った。すすめられれば屈託なく呑んだ。

そして、そうしながら、この稼業もそんなに悪くはないな、とジョーンジイは思うのだった。いろいろなことをやって失敗し、やり直し、また失敗したが、一応、ここで落ちついた。《ジョーンジイの店》には客がついた。借金もどうにか返せるようになったし、売り上げもまあまあだ。マスコミにもずいぶん書いてもらった。繁栄せる酒場の経営者、ジョーンジイ。輝ける独身男。自由と悦楽の象徴。新規に酒場を開店せんと欲するものはジョーンジイを見よ。

友だちのことが気になってきたので、彼はそのほうへ視線を向けた。友だちは依然として同じ席に同じ恰好ですわりこんでいた。その眼はジョーンジイのほうを見てはいず、どこか見当はずれの仄暗《ほのぐら》い壁の一角へと、漠然とそそがれていた。

ユダヤ系らしい、碧《あお》い美しい眼をした、だが肉食人種だけの持っているけわしい顔つきの白人客が入ってきて、バーテンダーに何か言いつけた。バーテンダーが血相を変えてマネージャーのところへとんで行き、マネージャーがもっと血相を変えてジョーンジイのところへやって来て耳打ちした。処方のむずかしい、聞いたこともないような名前のカクテルを注文されたと言うのだ。

ジョーンジイは二人に落ちつくように言い、ついでに自分にもそう言い聞かせた。それから席を立ち、背広の衿の具合を正し、姿勢を崩さずに白人客のところへ行った。即座に注文に応じられなかった失態と不行き届きを詫び（ちっとも流暢《りゅうちょう》な言いかたではなかったが）、注文のカクテルの処方を訊ねた。それが『馬上の天使』という奇妙な名前のついた、だが、ごくありきたりの呑み物であることがわかると、一礼して彼はカウンターの隅に行き、バーテンダーに処方を教えた。

バーテンダーはふてくされたようにそれを聞いていた。まだ、この道に入ってそれほど経ってはいないのだ。『馬上の天使』どころか、どこの上の天使も知らない年頃だった。処方を繰り返し説明して聞かせながら、ジョーンジイは、実績《キャリア》のながい、中年の、いいバーテンダーが欲しいと思った。それから、若いのを育てるのも悪いことじゃないと思い直した。とにかく、いったん、この世界に入ったからには、水とウイスキーをかき混ぜるだけが仕事ではないことを言ってきかせよう。待遇の上で不満があるのなら聞いてもみよう。いつか、宵のくちの、あまり忙しくないときに、必ず。

騒ぎが片づくと、ジョーンジイは流行歌手の予約したテーブルを眺めた。午前一時を過ぎたのに、歌手はまだ来ていなかった。満員の店内で、そこだけがぽっかりと穴をあけていた。『予約席《リザーヴド》』と記された小さな札の傍で、歌手の名前入りの酒瓶とグラスとがむなしくきらめいた。

（毎度のことだ。仕方あるまい。しかし、テーブルを無駄にされるのは困るな。それに、あそこの勘定は――）

流行歌手の勘定のことを考えると、ジョーンジイはうんざりして、もう一度、カウンターのところへ引き返し、かげに入って行って一杯だけ強いやつを呑んだ。いぶした薪の香りをたてるバーボンのストレートだった。呑んでしまってから、今夜からの誓いのことを思い出したが、もちろん、一杯だけならどうということはない。それに、彼にはぜひともそれが必要だった。あと、二、三時間、にこにこ笑ってそこらを歩きまわったり、しゃべりつづけたりするためにはどうしても必要だったのだ。

弾き語りのピアノはアップ・テンポのジャズに変わっていた。ピアニストは、誰が聞いていてくれてもくれなくてもいいらしく、長い髪の毛をときどき頭を振って払いのけながら唄っていた。歌詞の意味はよく聞きとれなかったが、恋とか別れとか、あなたと別れたら死んでしまうとかいったようなおそろしい歌らしかった。

そして、その自殺歌に合わせて、一群の客たちが姿を現わした。中心人物はどこかの会社の社長で、そのまわりをたくさんの女たちが取り巻いていた。いや、どこかの酒場の女のまわりをたくさんの社長たちが取り巻いているのかしらん？　いずれにもせよ、なぜ、彼らは社長になったり酒場女になったりするんだろう？　なぜ、もっとほかのものにならないんだろう？　なぜ、この世の中は、午前二時に嬉しそうに酒を呑み歩く連中で充満しているんだろう？

彼らを迎えながら、ジョーンジイはまたもやぼんやりとあたりを見まわした。ようやく、今夜もここは彼の天国になった。天国。社長や酒場の女主人やおかまや作家や歌手や評論家や酔っぱらいやファッション・モデルや、夜中にむずかしいカクテルを呑む外国人なんかが次々と現われる彼の天国。ジョーンジイはそこが好きだった。

本当は、彼はもっとほかの場所が好きだったのだ。背広のしわに気を使ってにたにた笑いながら成金男や白痴女に頭を下げつづけなくてもすむ場所が彼はとても好きだったのだ。そこではハメットやチャンドラーやアーウィン・ショウの話をすることができたし、いつかは自分もそういう作家になれると考えていることもできた。少なくとも自分たちは一生、そういう話をしつづけていられると信じこんでいることができた。

彼は急いで一番テーブルに戻りたかったが、まだだめだった。

「これはこれは、お揃いで！」客たちに向かって彼は叫んだ。大げさに両手を拡げて見せた。「もう来てくださらないのではないかと思っていたんですよ！　さあ、ようこそ。こちらのお席がちょうどいい。皆さん、お呑み物は？　はい、水割り？　はい、そちらはブランディ……そちらはオン・ザ・ロックスで？……はい、ただ今、すぐに……おい、給仕！　この瓶を片づけて。ええと、社長はもちろん、いつものでよろしいんでしたねえ?」

彼は一同を流行歌手の予約席へと案内した。今夜は歌手はもう来まい。約束を破ることなどなんでもない世界なのだ。約束も誓いも信頼も、ちょっとした夢でさえもスペインの城のようにがたぴし崩れて、そして、それきり、誰もなんとも思わない世界なのだ。ジョーンジイ、おい、景気はどうだい? ジョーンジイ、いつ見てもおまえはしあわせそうな顔をしているな。おい、ジョーンジイ、今夜は呑もうよ、ジョーンジイ、ねえ、ジョーンジイ……。

友だちとさっき何か約束したことを彼は思い出した。あとで二人でゆっくり話をし直そうよとかなんとかたしかに約束したはずだ。夕方、自分のアパートで起きぬけに何か自分に約束したことも思い出した。この時刻になると、いつだって彼は何か思い出しているのだ。絵葉書。デュッセルドルフ。もう会えなくなった女。

それからまた、彼は、あの黒いドレスの、世間について彼よりはよく知っている、栄養不良の女とも何か約束したらしいことを思い出した。彼がそっちを見ると、彼女はもう一人ぼっちですわってはいなかった。『馬上の天使』を注文した白人が、カウンターから彼女のテーブルにいつのまにか移動していた。肩を寄せ合って、彼らは何か楽しそうに話しているところだった。彼女はもう、ジョーンジイのほうなんか見ようともしなかった。

「あの——お友だちがマスターによろしくとのことですが」

マネージャーが傍に寄って来て告げた。彼はくるりとマネージャーのほうに向き直った。

「帰ったのか?」

「はい、たった今」

「勘定は取らなかったろうな」

「全部、すませて行かれましたが」

「馬鹿！」

はじめて、自分の店の中で彼はマネージャーにどなった。立ち上がると、大股に入り口に向かって走った。

「――！」

日覆いの下から身を乗り出して、彼は友だちの名を呼んだ。

社長と女たちとの一行が乗りつけたらしい大型の乗用車が、少し先の舗道の脇に停まっていた。かすかな霧雨が降りはじめているために、車は街灯の下で銀色の巡洋艦《クルーザー》みたいに光っていた。友だちの後ろ姿がそのずっと向こうの闇の中に辛うじて見分けられた。

ジョーンジイはもう一度、友だちの名を呼ぼうとしたが、そのとき、一台のタクシーがすっと停まって、客たちが降りてきた。またもや、どこかの社長と女たちだ。

「――やあ」

しかし、ジョーンジイがよくよく見ると、女たちに囲まれて立っているのは、昔の同人仲間ではいちばん成功した例のあいつであって、こんな俗悪な店には決してやって来ることはないと思われていた人物なのであった。

「やあ」

とジョーンジイは答えて、ちょっとのあいだ、黙って相手をみつめていたが、すぐに気がついて、にこにこと笑い出した。両手をさしのべて走り寄った。

「なんだい、どうして今まで来てくれなかったんだい！　いつも読ませてもらっているよ」

成功せる同人仲間は、ジョーンジイに向かって笑い返した。顔色はたいそうよくないように見えた。しかし、その微笑は顔色ほどには生気を失ってはいなかった。

「きみの店のことは、しょっちゅう、聞かされているんだ」友だちの名前が口にされるのをジョーンジイは聞いた。「あの男からね。一度来てみようと思っていたんだがね、なかなか来られなくてね。繁昌してるって評判じゃないか」

ジョーンジイはにやにや笑った。彼らは二人とも、にやにや笑った。

「どんなところだろうと恐れをなしていたんだよ」案内されて入り口のほうへと歩きながら、流行児はジョーンジイを振り返った。

「あの男がね、悪口ばかり言うものだからね。『高価《たか》い』とか、『鼻にかけている』とか『俗悪だ』とかね。だが、いい店じゃないか」

女たちがそれに同意した。一同はぞろぞろと中へ入って行った。ジョーンジイもいちばんあとから入って行こうとしたのだが、ちょっと振り返って街の通りの向こうの闇をすかして見ていた。彼は自分で思ったよりはながいことそこに立ちつくしていたらしく、気がついたときには給仕の一人が外へ出て来て彼を呼んでいた。

「マスター、今のお客が呼んでいますよ、今夜はおおいに呑もう、って」

「ああ——すまん、すまん」

素直に彼は応じ、背広の肩にかかったこの秋の最初の雨のひとしずくを払った。

「すぐ、まいります、と言ってくれ。うん、さっきの社長にもな。それから、あっちのファッション・モデルと外人にも、決して粗略のないようにな。もちろん、ほかのどなた様にも」

それから、もう一度、ネクタイの具合を直し、胸を張り、あごを上げ、腹を引っこめ、日覆いのかげのうす紫色の照明だけが照らし出している《ジョーンジイの店》の入り口を入って行った。足取りは、まだ、しっかりしていた。

東一局五十二本場

阿佐田哲也

初出：〈週刊文春〉1976年6月3日号

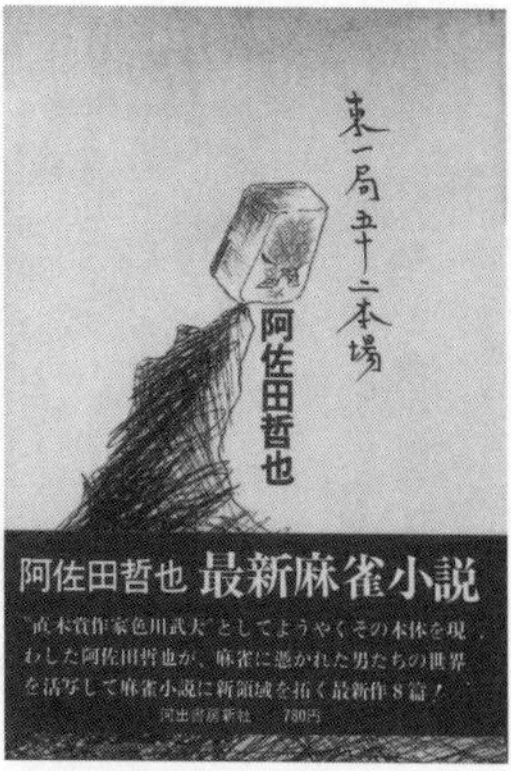

『東一局五十二本場』河出書房新社（一九七八年九月）

阿佐田哲也（あさだ・てつや）一九二九（昭和四）―一九八九（平成元）

東京府生まれ。旧制第三東京市立中学校（現・東京都立文京高等学校）に進むが、戦時中に勤労奉仕に出たまま学業放棄する。戦後は家を出て闇市で暮らしていたが、やがて出版社員として働き始める。この時期に出会ったのが藤原審爾で、勉強会などにも参加していた。一九六一年、本名の色川武大名義で応募した「黒い布」で第六回中央公論新人賞を受賞、以降しばらくその名義で純文学を書いていたが、やがて挫折した。六八年、〈週刊大衆〉十月三日号に掲載された「天和の職人」を皮切りに、同誌に麻雀小説の短篇を続々と発表し始める。このとき初めて阿佐田哲也名義を使用した。六九年、同誌に『麻雀放浪記 青春篇』の連載を開始、これによって一躍人気作家の仲間入りを果たした。

七五年から〈話の特集〉で約十年ぶりに色川名義を用いて『怪しい来客簿』の連載を開始する。同作で第五回泉鏡花文学賞を受賞。このときすでにナルコレプシーを発症しており、以降の色川作品には現実と幻の境界が不分明なものも多くなる。七九年、「離婚」で第七十九回直木賞、八二年、「百」で第九回川端康成文学賞、八八年、『狂人日記』で第四十回読売文学賞を受賞。

今回収録した「東一局五十二本場」が発表されたのは七六年、緊張感漲る一篇である。このころまでの阿佐田作品には時代から取り残された男たちの肖像が胸を打つ切実さで描かれたものが多い。（杉江）

本気か稚気か、麻雀《マージャン》業者という看板をかかげている男を、若者が訪ねて問うた。

「麻雀の極意はなんですか」

「麻雀の極意？　サァ、そんなもの、君たちの方がくわしいだろう」

「いや、なかなか一言に集約できません。ぜひ、きかせてください」

「麻雀の、というわけじゃないが、勝負事全般にいえることがひとつあるね。自己管理ができるか、どうかだ。資本主義社会は能力主義だから、君がもしその中で積極的に生きていこうとするなら、自己管理の能力は人生上でも重要なポイントになるだろうね」

「なるほど――」

しかし若者はその言葉にあまり気を惹《ひ》かれなかった。彼はあまりに麻雀に凝りすぎていたので、もっと麻雀そのものにひっついたセリフを期待していたのだ。

若者の訪問の目的はご多分に洩《も》れず実戦の申込みだった。そして麻雀業者は簡単に承知した。

「いいよ、私は商売だから、誰とでもやる。住所と電話をそこに記して行きたまえ。そのうち、メンバーができたときに連絡するから」

晩春の一夜、麻雀業者に招かれて、若者は勇躍して出かけた。半チャン四回という約束だった。

定めの時刻に近く、四人が揃《そろ》った。他の二人は、長身痩軀《そうく》、鶴のような三十男と、小柄だが同じく痩《や》せて贅肉《ぜいにく》一点もないかに思える角刈りの四十男だった。鶴もすばしこそうな眼の色をしていたが、特に角刈りは、これぞ、ばくち打ちの面魂といえるほど、非人間的な、なンともうす気味悪い顔立ちをしていた。

「ルールは——？」

「君はいつもどういうのをやってる？」

「喰《く》いタン先ヅケありの普通の奴です」

「それでいこう。但《ただ》し、偶発的な役はこのメンバーでは必要なかろう。裏ドラ、一発（ドタ）、オープンリーチはなし」

「レートは——？」

「君のいつものレートでいい」

「僕等は学生だから安いです。今日は少し用意してきましたから、そちらのレートをいってください」

「いや、無理はいけない。君のでいこう」

重ねてそういわれて若者は、それでも平素のレートより少し大きめのをいった。三人は頷《うなず》いた。それから、若者を無視するように、それぞれ片手を握りあった。

「五十万です」

「はい、受けた」

「聞きました」

若者は吐息した。

「さすがですね、半チャン一回の勝負に五十万のウマなんて」

「一回の勝負といったって、一回勝つことは大変だぜ。君さえいいかげんに打たなければ、そのくらいの値打ちは充分にある」

若者は特に角刈りを意識していった。

「イカサマは、ありですか」

「使いたければ使いたまえ。但し、バレた場合、ダブルハコテンと同等の額を全員に支払う。そしてその時点で半チャンは終り。いいな」

若者は緊張していた。起家《チーチャ》だったが、イーシャンテンで四巡ほど変らず、あげくに翻牌《ファンパイ》ドラをつかまされて廻《まわ》らざるをえない。相手も四海波静かに流局。

一本場。そこでやや消極的に打ち廻しすぎた。鶴が一人、リーチしたがこれもアガれず。暴牌《ボウハイ》を打って、あいつ甘いと嗤《わら》われたくない。ただ勝つだけでなく実質を相手に評価させたい。そのためひっこみ思案になっている。若者は洗牌《シーハイ》しながら思った。この親は実らないだろうがやむをえない。自分は場の評価がおちつくまで足をためて、人のあとから仕かけよう。このメンバーで先行しても、千切らない限り、結局は点差を合わされて手を作られる。

実をいうと、若者は自信があった。これまで麻雀に関して自信を失ったことはない。芸や技術のようなものは、まず自信だ。若者はそう信じていた。

二本場、三本場、誰もリーチをかけない。角刈りが一度、若者が一度、一人ノーテンで三千点支払う。四本場、若者はひとつ喰ってタンヤオの千五百をアガった。

「次は二翻《リャンハン》しばりだな、そうだろ」

五本場、配牌《ハイパイ》にもツモにも手応えが出てきた。八巡目にメンタンピンでヤミテンし、十巡目にドラのをツモった。

「二六オールは三二オールです――」と若者はいった。

なにか華々しいものが迫ってきているようで、若者は一転して強気になった。相手の存在がさっきほど気にならない。経験で、ここが攻めどきだとわかる。六本場、配牌にソーズが六枚あった。序盤で、とが入った。

上家《カミチャ》からが出たが若者は見向きもしなかった。代りにをツモった。打。対家《トイチャ》の鶴がを鳴いている。

🀆と🀄が場に出ていない。二翻しばりである以上、どのコースかに手役造りをしている筈《はず》だ。

🀘をツモり、🀐をツモった。🀛🀞と切った。鶴の上家の角刈りも🀟🀡とメンツをおとしている。鶴の捨牌は、

🀇🀏🀛🀎🀘🀁🀟🀐🀡

で、一見するところホンイチ手には思えない。チャンタ、通貫《ツウカン》、三色もうすい。若者は自手を見直して、これは結局、🀄単騎《タンキ》までの手かな、と思った。

🀘をツモったとき、首を横に振った。いける、という気がした。同時に🀄で見え見えの三元役を放銃《ホウジユウ》したときの醜態を思った。

🀐🀐🀐🀑🀒🀓🀔🀕🀖🀗🀘🀘🀄

上昇気流に乗っているのだ、と若者は何度も自分を説得した。それでなくてどうしてこんな手恰好《てかっこう》ができてくるものか。麻雀は理窟《りくつ》ではない。確率でもない。自信からくる現場での正しい判断だ。ここでは何を判断するか。自分が和了できる運をつかんでいるか、否かだ。アガれるならば、いけ。アガれる確信が根づかなければ、一気に手を崩せ。

答は霧に包まれていた。一瞬後になったなら、成功不成功のそれぞれの予兆ともいえるような小さな判断がさまざまに湧《わ》いた。

敵が両面待ちならば、これぞ本線とも思える🀍をツモ切りした。ああ暴牌だと若者は思った。俺としたことが、まだ東の一局じゃないか、しかももう十三巡目だ、手に惚《ほ》れるな、ここが試練だ。

最後の判断は、ここまでの手だ、ということだった。上昇期にあったからここまでもちこたえられたのだ――。が、次のツモが、🀘だった。若者は夢中で🀄を捨てた。

誰も言葉を発しなかった。下家《シモチャ》の角刈りは無表情に何かをツモり、手から🀇を捨てた。鶴は🀃をツモ切り。麻雀業者はチラと考えたが、これも🀟ツモ切り。

若者は🀘を続いてツモって静かに手を倒した。これは信じていた。🀄が切れた以上、アガリの手なのだ。

「君の方のルールじゃ、それは何倍満かね」

「役満はどれでも四倍満です」

「よろしい――」

若者は鶴に訊《き》いた。「🀄は暗刻でしたか」

鶴は口辺をチラと崩した。「🀑をツモって、止まってしまった」

「いつです――」

「君が🀍ツモ切りの直後――」

若者は大きく頷き、勝ち残ることができた者が味わう烈《はげ》しい悦楽を身体でわずかにあらわした。

最初に茶菓がおかれたきり、誰も部屋には入ってこない。麻雀業者は冷えた茶をひとくちすっただけで、何も発せずに、角力《すもう》とりが淡々と仕切り直しをくりかえすがごとく摸打を重ねていた。

七本場、若者は三色のカンをツモアガリ、八本場、三巡目リーチで五巡目ピンフ手をツモアガった。

「なンとか、ペースにさせてもらってるようですね」と若者はこらえきれずに自讃した。

「そうだね——」と麻雀業者がいった。

その応答があまりに涼しかったので、若者は思わず相手を見た。

角刈りに視線を移し、鶴の眼を見た。

どの相手も息を乱してすら居ないようであった。

それから、若者はある重要なことに気がついた。

三人の相手にとって、問題は、彼等の間だけでそれぞれとりかわしている五十万の差しウマの勝敗なので、基本レートはさほどの関心事ではない。つまり、自分などは最初から眼中に入っていないのではないか。

そう思ったとき、若者の誇りは傷ついた。

冗談じゃない。ゲームで決定的なことは、勝つか、負けるかだ。まずそれが基本であるべきだ。懐ろ勘定などはつけたりのものなのだ。二着になって、ウマをとり、儂《わし》が一番儲《もう》かったなどと、そうはいわせないぞ。そういうのだったら、下品な博打屋と軽蔑《けいべつ》してやる。そんな奴等だったら、もともと卓をかこむに値いしない人間なのだ。

僕は強い。今、点棒がほとんどこちらに集まっている。この状態に弁明はきかない。どういう経歴の人たちかしらないが、五十万円ずつ賭ける自信のほどを恥じるといい。

九本場、中盤で、たしかに駄目だと感じるを握り、次にも来、完全にオリた。なに、放銃したとて、この第一戦の帰趨《きすう》はもうついているが、要は実戦内容だ。自分はエラーはしない。エラーをして嗤われたくない。

流局したとき、次々に倒した彼等の手を見ると、角刈りはタンヤオピンフヤミテン、待ち、鶴は三色同順《ドウジュン》完成の単騎。麻雀業者はタンヤオ一盃口《イーペイコウ》単騎。

若者は三千点払い、意気揚々と手牌を崩した。読みが当たっていたときほど気持のよいことはない。

十本場、若者はまたオリた。今度は、が打てなかった。どういうわけか、初局の鶴のリーチをのぞいて、リーチを誰もかけてこない。鶴も二度とリーチの声を出そうとしない。は、今度は当りではなかった。三人ともにテンパイしていたが、残らずヤミテンなので、相手がテンパイする時期を読むのがむずかしい。

若者は次の局のために洗牌しようとして、一瞬、掌をとめた。角刈りの手は三暗刻《サンアンコウ》完成のカンだった。終盤で、鶴も、若者もを捨てているのだ。角刈りは末の五巡ほどたしかにツモ切りだった。

角刈りは、アガれる手をアガらなかった。たしかに四暗刻《スーアンコウ》まで伸びる手である。しかし、鶴の打牌でなら特に、差しウマの関係で直撃になるはずだ。

では、角刈りと鶴は、なアなアなのか。もしそうなら、あけて見せればすぐに見逃したとわかる手を、何故公開して見せたのか。伏せて、だまってノーテン棒を出していればわからないではないか。

角刈り、鶴、二人はもちろん、麻雀業者もチラリ見ながら黙っている。

若者も口に出さなかった。しかし疑問は溶けない。

十一本場、十二本場、十三本場、全員テンパイだった。奇跡的に、全員がお互いの当り牌をすり抜けてテンパイしている局が続いた。だが若者は内心でこう思った、すくなくとも自分だけは、たしかにアガれなかったンだ――。

十四本場、若者はタンヤオ手を迷わずリーチして、🀑🀔🀗三面待ちをツモった。

「よゥ、アガるね」

と鶴がいい、

「若い人は強い」と角刈りもいった。

しかし若者は、自分のペースだというふうには思っていなかった。どこがいけないのか、よくわからないけれども、どこかに不充分な個所がある。なンとなく気分が沈んでくる。彼等にからかわれているようにも思う。

十五本場、十六本場、若者は自分の気持に活を入れるようにリーチをかけた。どちらもアガれなかった。特に十六本場の局は、リーチ後、危険度の多い牌ばかり持ってきて、薄氷を踏む思いだった。

しかも、どちらの局も、流れてみると三人ともテンパイしていた。

「落ち目になったなァ、ちょっと考えなきゃいかン」

「落ち目ってことはないでしょう。絶好調じゃないか」

「いや、ここ、たるンでます。内容がわるい。まだ、東の一局でしょ」

そう自分でいって、その言葉が我が身に電撃のように響いた。

そうだ、まだ東の一局だったンだ——。

腕時計を見た。開始時から、三時間近くかかっていた。

四時間かかって、二十四本場になった。その間、若者がメンゼンホンイチの通貫、ツモハネと、ピンフ三色をヤミでツモった。誰の箱にも点棒はなく、全部、若者のところに集結して、そのうえ借りになっていた。

麻雀業者と角刈りがそっくり同じで、借りと合わせてマイナス四万一千七百点。鶴がすこしよくて、三万八千七百点。

たった三千点の相違だが、彼等にとっては片時も頭から離れない点差であろう。三千点でも五十万ずつ、三人の中でトップなら百万の収入、ラスなら百万の支出、上下二百万の差があるのだ。

ふりかえってみると、若者のアガリはすべてツモで、彼等は一度も放銃していない。三千点の点差は、角刈りが一度、麻雀業者が一度、ノーテンで罰符《バップ》を払ったことに起因している。嵐のように、若者がアガリきったようであるが、彼等はただヒタヒタと声もなく後退するばかりで、列を乱しもしなければ、しのぎかたが変るわけでもない。大勝ちは大勝ちだが、相手を粉砕したという印象に乏しい。

十巡目、鶴が、細くて長い指先でかっこよくツモった牌をそのまま河へ投げ捨てた。ドラ牌のだった。ポン、と麻雀業者がその夜はじめて低くいい、鶴が、ぎろりと業者の方をにらんだ。

打。麻雀業者の打牌もかなりきつい牌だった。若者は二五八万のメンタンピンを張っていたが、二十四本場にしてはじめて卓上にじっとり重い殺気がみなぎったのを感じた。

若者はをツモリ、が三人振っているのを確認して捨てた。

鶴が静かに手牌を倒した。

「いや、そりゃァ、あかん」

と角刈りがいった。彼も自分の手を倒して皆に示した。

「頭ハネや——」

「そうか——」
と麻雀業者もいった。

「三家和《サンチャーホー》は、ありでやってるンだろ」

若者は顔をまっ赤にして答えた。

「ありでやってはいますが、どちらでも結構です。三人アガリでもかまいません。ご自由におきめください」

「いや、君のルールで発足したンだ、三家和で流局だね」

二十五本場、鶴が珍しく長考した。前局の役満の手を実らせなかったことが一種のダメージになっていたのかもしれない。しかしそればかりではなかった。彼は三千点のリードの重味をずっと意識していたのだ。三本場の局あたりからざっと四時間近く、三千点の先行のままできたのだ。三千点のリードなど実はリードでもなンでもない。相手は両者とも一歩の乱れもなく並んでついてきている。もし自分がリードされているのならどんなに気楽だったろう。

鶴は、両眼をいくらか腫《は》らしていた。頭を何度もゆすった。吐息をついて場を見渡した。もう十二巡目、どこも、テンパイしていて不思議はない。

🀡🀡🀖🀗🀗🀛🀜🀝🀞🀟🀋🀌🀍

ここに🀞を持ってきていた。ここでつかむ🀞はあきらかに衰退の兆である。好調ならこの手は🀕乃至《ないし》🀔と下へ伸びて、🀡が安全牌になって居、ひとりでに進化していくものなのだ。そこまで理想的でなくとも手づまりせずに充分対抗しうる手形だ。さっきまではそうだったのだ。

🀛🀞🀡は切れない。ソーズも高い。オリるにしくはなし。しかし三千点のリードがフイになる。最初から後手に廻ってるのと、リードが逆転されるのとはちがう。なンとか一軒だけでもオロしたい。それには当らない危険牌を振らねばならぬ。

打🀗といった。麻雀業者がチラリと視線を動かして、🀖🀗🀘でチーした。喰《く》われたことで、鶴はいっそう窮地におちいった。ひとつ喰われれば、一巡前までとおっていた牌の安全保証がなくなる。

もはやこれまで、と鶴は思った。彼は素封家の息子で、これまで麻雀では深い傷をいくつも負っていた。他のどの面でも劣っていない。ただ負けて払う金がなンとかなるというのが致命傷だ。

いつもここで、一歩退って敗因をつくる。それはわかっている。だが、どう出ていけというのか。

角刈りのように、いつもせっぱつまって生きている男なら、もっとも重要なときに死にもの狂いの知恵が出るのだ。

あんのじょう、次のツモ牌はこれも打てない🀕であった。もちろん🀗も重ねては打てない。🀌で中抜きのオリである。もう麻雀はやめようと思う。何度これまでにそう思ったことか。自分は誰よりも強くはなれない。自分はハイエナではない。禿鷹《はげたか》でもない。何故、勝負事以外のところで活路をみつけないのか。わかっているくせに勝てない相手を避けることができない。腕ができているということは、もっとも悪質な病気かもしれない。

流局したとき、三千点のリードはむろん消えていた。

二十六本場、また、鶴の一人ノーテンだ。角刈り、麻雀業者、両者に対して四千点ずつのハンデになった。鶴は、ヤッといって立ちあがり、トイレに立った。

角刈りは火のついてない煙草をくわえたまま、座椅子にもたれて眼をつぶっている。若者は、麻雀業者と視線が合ったとき、こういった。

「驚きました」

「なにが――?」

「まだ、東の一局です」

「君は、暢気《のんき》だね」といって麻雀業者は笑った。「まだ東の一局なのは誰のせいだね。君が九《チュー》連宝燈《レンパオトウ》をツモった時点で、我々は誰も局を進行させることを望まない形になったのだ。進行させて終らせたいのは君ひとりだろう。まだ東の一局ということは、君が、わずか一局たりとも局を進めることができないということさね。自然偶然にこう長くなったようなことをいってちゃ困るよ」

三十本場。すでに若者も必死だった。点棒がこれほど貯まっていてこんな気持になったことはない。点棒の状態は途中の推移にすぎない、ということを思い知らされている。どれほど点棒を貯めようと、半チャンのケリがつかなければ勝てない。逆に、彼等からいえば、終らさなければ負けないのだ。その果てに、どうなるか、それは誰にもわからない。現在のところ死力をつくして戦う以外にない。

鶴もまた立ち直ってこのところ四、五局は全員テンパイ。特に三十二本場では、

こんな手を五巡目にリーチして、若者はアガれなかった。

下降期を感ずる。その意識がまた打ち方に現われて、三十三本場、三十四本場、三十五本場、連続でノーテン罰符の三千点を払った。

三十六本場、麻雀業者が七巡ほどツモ切りを続けている。その中には完全安全牌の西や中も含まれている。テンパイと思わざるをえない。

それにしても、麻雀業者と角刈り、この二人の摸打《モウダ》のペースはいつも変らない。ただ、角刈りが、くわえた煙草にいつまでも火をつけようとしないだけ。

突然、角刈りが、

「にゃァ――！」

と叫んで東を打った。初牌。麻雀業者はその巡目、七萬を考えもせずツモ切り。角刈りは次のツモ牌を少しおき、それから、

「にゃッ！」

身体をぶつけるようにして切った。若者は眼を血走らせて場を隅々まで注視した。慎重のうえにも慎重に、流局をめざした。流れたとき、麻雀業者も、角刈りも、静かに手牌を伏せて崩した。全員ノーテンである。鶴の表情がチラと慄えた。

しかし若者はかえって気力を回復したようだった。ブラフなら、ひどい手だったのだ。ブラフには、ブラフに身体を張らねばならぬ理由が山ほどあるものだ。こちらが苦しいときは敵も苦しい。麻雀に天才は居ない。

行け。気力をかきたてろ。大丈夫だ。すくなくとも負けては居ないのだ。三十七本場、若者は配牌を意識してストレートに進めた。中を、麻雀業者が鳴き、続いて□を鳴かせた。

その瞬間、あることがひらめいた。

放銃してしまえばいいのだ――。

何故、こんな当然のことに今まで気がつかなかったのだろう。打ちトップということがある。

むろん、安い手では無駄にあがるまい。役満だってよろしい。相手の欲するアガリをさせれば、局がひとつ進む。

ひとつひとつ、局を進めるたびに、ハネマン以上を放銃するとして、いったいどのくらいリードしていればよいのか。若者は自分の点棒箱をのぞいて、慄然《りつぜん》とした。リードがあまりにもすくなすぎる——！

だが途中でアガって補充していけばよろしい。そううまくいくだろうか。いつもこの東一局のように、アガリ運が味方してくれるか。

が、今はそれが最後の手段のように思われた。若者は🀅をツモったとき、すかさず捨てた。三人が、その🀅にひとしく眼をおとしていた。この一打で、若者が放銃する気でいることが明瞭になったのである。

しかし誰もアガらなかった。流れてみると、麻雀業者は🀅と🀟シャンポンでテンパっていたし、角刈りは🀟単騎のチートイツで、鶴は三六九万のメンホンでテンパっていて、若者は二度も三度も打ちこんでいた。若者は絶望した。

三十八本場、三十九本場、四十本場、もう若者はアガリにかけようとしなかった。奇妙なことに、沈んでいる相手三人とおなじく、最終的にテンパイしていることだけを考えた。ひたすら、相手ののぞむアガリ手ができるのを待った。途中で自分がアガると、せっかくできかけた相手のチャンスを潰《つぶ》してしまうような気がしていた。

四十一本場、四十二本場、四十三本場、四十四本場、四十五本場。全員テンパイで流局。場は一見退屈な泥濘《でいねい》戦と化している。が、若者の打牌でなく、彼等同士の打ち合いなら、アガらない理由はない。もう誰も二翻ぎりぎりの手などつくって居ない。

四十六本場、四十七本場、四十八本場、鶴がトイレに立った。洗面所で頭から水をかぶっている。若者も、それを追って立ちあがった。

「今、貴方は四千点ずつ、両方に足りないンでしょう」と若者は早口にささやいた。

「ああ――」

「貴方を勝たせます――」若者は相手の疲労の傷口にもぐりこむようなつもりでこういった。「誓ってもいいです。僕と契約しませんか」

鶴は水をかぶったままの顔をあげた。

「契約だって――」

「貴方は百万円の収入。僕はトップ。お互いわるくない筈だ」

「どうやって、やる――」

「僕が積み込んで、貴方に役満の手を入れる。僕は自信がある。それで僕が放銃します」

鶴は長身をかがめて両掌に水を満たした。

「俺は今までに一億円以上負けてるよ。いまさら百万ぐらいで君と手を握ってどうなるものか」

「それにね――」と彼はいいたした。「このままでは君は勝てない。実質的なラスト走者は、現在でも、多分君だろうよ。その君と組む馬鹿は居ないさ」

「何故、僕がラスト走者ですか」

「君がさっき、發を打ったとき内心で考えていたろう。あと全局、君はアガリきれるかね。親がかわったら、君にはアガらさないよ。では、全局、役満をぶちこんで、点数が保つかね。まだ東一局だ。今の点差は、俺たちの間の四千点、これだけだ」

若者は席に戻ったとき、血相を変えていた。一回、勝つということがどういうことか、今、理解できる。しかし、若者の今の胸の中を端的に表白すれば、それは怒りであった。誰に、というわけではない。何故、こんなものが自由にならないんだ、何故だ——。

四十九本場、若者は洗牌のとき、すべての感性を指先に集めて牌を寄せた。できるだけ同じ牌を三枚四枚と重ねて積んだ。こうしておけば、この山をとらずとも全体にトイツが多くなる。しかしその局は若者に三暗刻トイトイができて、いたずらに点棒が増えただけであった。

五十本場、五十一本場、できるだけ仕込んだつもりだったが、あまり効能を発揮し得なかった。

そして五十二本場。三元牌が二枚ずつ、一人のところへいくようにおいた。サイ二度振りなので、角刈りか麻雀業者か、どちらかへ配牌で入る可能性がある。

しかし目がややわるく、若者の牌山の中ほどからとって、業者に發二枚、中二枚が入り、□二枚は嶺上牌《リンシャンパイ》のところに寝てしまった。

又この局も失敗か、若者は特に意識しないでいたが、發も中も一牌も鳴かれていないのを見て、急に業者の手を注視することにした。

鳴かれない以上、🀅も🀄も暗刻であろうか。すると——。

例によって麻雀業者の表情からは窺《うかが》いしれない。だが、相当強い🀜がツモ切りされたとき、やったな、と内心叫んだ。大三元しかない。だが、🀆は嶺上牌。

カンを祈った。しかしもう十四巡目。猶予はできない。若者は左手の中指の根に手牌を一牌吊《つ》り、自分の山の王牌《ワンパイ》八枚を両手で持ってちょっと横にずらした。

すり変えた🀆を指の根から手牌にずらし入れようとした、その瞬間、麻雀業者の右手が動いて若者の手首を押えた。

ポロリと🀆がおちた。

「とうとうやったな、それを待ってたンだ、さア、ダブルハコ分を皆に払って貰《もら》おうか。これで約束どおり一回戦は終りだぜ」

若者はとめどなく汗を噴きださせながら、わずかに身をひねって麻雀業者の手牌を見た。緑発二枚、紅中二枚、しかしただのチートイツでテンパイしているきりであった。

一方では、鶴が、まいった、といいながら二人に小切手を書いていた。

そうして麻雀業者が重く口を開いた。

「四回戦の約束だ。さア、第二戦目に入ろう」

裏口の客

半村　良

初出：〈潮〉1977年2月号

『下町探偵局』潮出版社（一九七七年七月）

半村良（はんむら・りょう）一九三三（昭和八）－二〇〇二（平成十四）

東京府生まれ。本名・清野平太郎。両国高校卒。家庭の事情で進学を諦めざるを得ず、工員、バーテン、広告代理店勤務など、いくつもの職を転々とする。一九六二年、〈SFマガジン〉の第二回コンテストに投じた「収穫」が第三席に入選。SF作家としてデビューを果たした。

SFと人情噺の融合を目指した半村良の作風はSFを科学的で高尚なジャンルとして定着させたい〈SFマガジン〉初代編集長・福島正実の方針と相性が悪く、六〇年代は作品が少なかった。六九年に編集長がエンターテイメント路線の森優に交代すると状況が一変し、七一年には「およね平吉時穴道行」「戦国自衛隊」などの力作を次々と発表。同年、伝奇小説の面白さをSFに取り入れた大作『石の血脈』を刊行して大きな話題を呼ぶ。

以後、《伝説》シリーズ、《嘘部》シリーズ、『妖星伝』などの伝奇SFを立て続けに刊行、七三年には『産霊山秘録』で第一回泉鏡花文学賞、七五年にはノンSFの人情噺『雨やどり』で第七十二回直木賞を、それぞれ受賞して、たちまち第一線の人気作家となった。

本篇は、ダシール・ハメットの「コンチネンタル・オプ」をもじった「センチメンタル・オプ」の副題が付されたシリーズ『下町探偵局』の一篇。下町誠一所長が両国に事務所を構える下町探偵局の面々が、名もなき庶民の依頼を解決していく。（日下）

1

下町誠一《しもまちせいいち》は目を覚ました。部屋の中は暗い。横になったまま右手を壁のほうへ伸ばすと、一発で指先に電気のスイッチが触れた。パチンと軽い音がして、天井の灯《あか》りがつく。寝る時いつも小さいほうの灯りにして置くから、薄暗くて幾分赤っぽく見える。

そこは台所のとなりの六畳間だ。以前は和室だったが、下町が自分でベニヤ板を打ちつけ、壁や天井を白く塗って洋間にしてしまった。窓には安物のブルーのカーテンをかけ、ソファー・ベッドに寝ている。古ぼけた籐《とう》の安楽椅子《いす》や、小さな整理だんすなどが、薄暗くて赤っぽい光の中に見えている。

下町は体を起した。サイレンの音がやけに近づいて来て、すぐ近くでとまったからだ。ウー……と言う奴《やつ》じゃなくて、ピーポー、ピーポーと言う新式の音だ。その音が急にやむ。

「救急車か」

そうつぶやいて、下町はよれよれのパジャマにサンダルを突っかけ、ドアをあけた。パタン、パタンとサンダルを板張りの廊下に響かせて玄関のほうへ行った。

ガラガラと戸をあけると、赤いライトを浴びた人影が目の前を小走りに横切った。斜め前にアパートがあり、その奥のほうへ担架《たんか》を持った白衣の男たちが入って行くところだった。下町はアパートの前へ近寄って行った。

「どうしたんです」

そばに立っている女に訊《き》いた。

「さあ」

要領を得ない。下町は集まった弥次馬《やじうま》を見渡した。となりの印刷屋の婆さんの姿を探《さが》したのだ。しかし見当たらなかったので、振り返って印刷屋の二階を見た。灯りが消えていて誰《だれ》もいない。

「珍しいこともあるもんだ」

下町は苦笑した。こういうことがあると、いの一番に飛んで出る筈なのだ。

弥次馬たちが動いた。担架が出て来たのだ。白衣の男たちは手際よく患者をのせた担架を車に押し込むと、自分たちもさっと飛び乗ってしまう。よく見えなかったが、患者は男らしい。ピーポー、ピーポー……。またけたたましい音が鳴り出し、車は走り出した。弥次馬たちは声もなく散りはじめる。

と、浴衣《ゆかた》の寝巻を着た印刷屋の婆さんが、カタカタと下駄《げた》を鳴らしてアパートから出て来た。

「やあ」

下町が言うと、婆さんは救急車が去ったほうを眺めながら、

「やだねえ」

とつぶやいた。

「どうしたんです」

重ねて尋《たず》ねると、とたんに喋《しゃべ》り出《だ》した。

「自殺よ。睡眠薬《すいみんやく》をいっぱい服《の》んじゃったらしいの。ちゃんと遺書もあったわ。いえね、一階の七号室にいる子なのよ。おとなしい子でさ。メリヤス屋の竹中《たけなか》さんの一番上の子なのよ。去年大学をすべって浪人《ろうにん》してたの。勉強できる子なのにねえ。あそこのうちは下にまだ四人もいるでしょう。それに家でメリヤスの仕事してるからうるさいし。だからここに勉強部屋を借りてやってたのよ。両どなりがお相撲《すもう》の関係の人だからさ、巡業や何かで留守が多いでしょう。案外静かなのよ。でも、あの年頃の子って、むずかしいからねえ。自信なくしちゃったんじゃないかしらねえ。そろそろ冬だし、冬ってば受験勉強の追い込みだものね。でもさ、大学へ行くばかりが人生じゃないのにねえ。冷えて来ちゃったわ。あんた風邪《かぜ》引かないでよ。じゃ、おやすみ」

カタカタカタ……。ギイッとブロック塀の木戸をあけて帰ってしまった。

下町は自分も戻りかけ、空を見あげた。まん丸い月が、白く冷たく光っている。

「月は無情と言うけれど、か」

ひどく古臭いことを言って戸をあけ、部屋に戻った。すぐに寝る気はなくなっていて、煙草《たばこ》に火をつける。安物の目覚し時計は二時をさしていた。

整理だんすの一番上の抽斗《ひきだし》をあけ、底のほうから何かとり出す。写真だ。ベッドに坐《すわ》った女が、ヘッド・ボードによりかかって笑っている。赤ん坊をだいていた。

下町はじっとそれをみつめている。咥《くわ》え煙草の煙が目にしみたのかどうか、目をしばたたきはじめたと思ったら、急に手早くそれをしまって一気に抽斗をしめた。

「ばかが……」

そうつぶやいてベッドへ腰をおろした。自殺を試みたアパートの浪人のことを言っているのだ。下町の長男は、ミルクを飲んで死んでしまった。砒素《ひそ》入りのミルクだ。もうずいぶん前のことになる。ちゃんと薬局に売っている奴だったし、一番最初は母親がまだ産院にいるとき、そこの連中にすすめられたのだ。産院の廊下に貼《は》ってあったそのミルクのポスターを、下町はまだ忘れられないでいる。

その子が生きていたら、下町も倅《せがれ》の入試に頭を悩ませただろう。でも死んでしまった。そのことで夫婦別れになり、当時やっていた仕事もだめになって、こうして今は貧乏探偵局をしている。あれは昭和三十年の八月だった。何事もなく育っていれば、そろそろ大学を卒業する年に近づいている。

「浪人か……」

またつぶやく。ひょっとしたらできが悪くて、まだ浪人をしているかも知れない。でも、それはそれで結構楽しいのではないだろうか。生きてさえいれば……。

下町は煙草をテーブルの上の灰皿に揉《も》み消《け》すと、ごろりと横になって頭の下へ両手を組んだ。

目をとじる。

そばで息子《むすこ》が勉強している。おい、今年こそは受かってくれよ……父さんも楽じゃないんだからな。

そんなことを息子に言っているところを空想しているのだ。息子は下町より背が高くて、わりといい男だ。生意気に恋人なんかがいて、ふとした折りに挨拶《あいさつ》されたりする。ぽっちゃりした可愛《かわい》い子で、下町はへどもどしてしまうだろう。

だが、そんな楽しい空想も長くは続かない。ミルクを作った会社は潰《つぶ》れるどころか、いっそうさかんにテレビで宣伝なんかしている。大学を出た連中の中には、その会社へ入社する者だっているのだ。

だが、そんなことを今更考えたってはじまらない。ただアパートの浪人の命が助かるように祈るだけだった。

2

お早う、お早う、と下町探偵局が全員顔を揃《そろ》えたところで、ガタガタと下駄の音が階段を昇って来る。今朝ばかりはとなりの婆さんが何を言う気で来たか判り切っているから、その音を聞いたとたんに下町は思わず苦笑した。

「お早う」

小柄な婆さんがドアをあけて入って来た。

「凄《すご》かったですね、ゆうべの火事は」

下町が先制攻撃をかけた。

「火事……」

婆さんはキョトンとする。

「あら、火事があったんですか」

と正子。

「嘘《うそ》よ」

婆さんは下町を睨《にら》みながら、下町のデスクの前の折り畳み式の椅子に坐った。

「どこ……」

「自殺未遂があったのよ。ピーポー、ピーポーって救急車が来ちゃってさ」

岩瀬が訊く。

「前のアパートの七号室」

「お婆ちゃん」

下町が真顔で尋ねた。

「なあに」

「自殺未遂って、助かったんですか、あの子は」

「ええ、そう。自分で吐《は》いちゃってね」

「それはよかった」

「ほんと。あそこまで育てた親の身にもなって見ろって言うのよ、ねえ」

「若い人なの」

「大学の浪人よ。二年目なの」

「しんどいなあ」

風間が言った。

「聞いただけで、俺なんかうんざりしちゃうよ。二年間も試験の為の勉強なんかするんなら、死んだほうがましだな」

「あら健ちゃんは大学行かなかったの……」

「行くもんか、そんなところ」

婆さんは下町のほうへ向き直り、

「所長は行ってるんでしょうね」

と訊いた。

「東大」

下町が答えると、婆さんはとび切りの冗談《じょうだん》を聞いたようにのけぞって笑った。

「北さんは」

婆さんは笑いながら北尾貞吉に訊く。

「わたしは東洋経済大学です」

「へえ、で、岩さん、あんたは」

「俺はね」

岩瀬五郎は朝刊を畳み直しながら言った。

「城南大学を出てすぐに毎朝《まいちょう》新聞へ入ったんだ」

「いい大学を出てるじゃないの。大したもんだわ」

下町がぷっと噴き出した。

「何よ。城南大学って良くないの」

今度は岩瀬が笑う。

「あら、何がおかしいんですか」

正子が訊く。

「有名な架空《かくう》の大学の名前だよ、城南大学ってのは」

「あら、ないの。でも聞いたことあるわよ」

「そりゃあるでしょう。映画やテレビでは、大学って言うとその名前を使うことになってる。新聞社だと毎朝新聞さ」

「そう言えば、テレビなんかじゃ新聞記者というと、毎朝新聞の記者です、なんて言ってるわねえ」

婆さんと正子はやっと岩瀬の冗談を納得したように微笑し合った。

「とにかく今は、大学を出てないことにはどうにもならないからな」

岩瀬はまた新聞に目を通しながら淡々として言った。

「そんなことないわよ」

婆さんが少しむきになって言う。

「いや、だめです」

岩瀬はいやに断定的だった。

「昔は、人は見かけより中身だ、と子供に教え、事実そうするように一応はみんな心がけましたよ。それは今だって変らないことかも知れませんがね。でも、こう人が多くなっちゃ、いちいちそこまで見ていられないさ。それに、みんな大学出ばかりだからね。右も左も大学出」

「やな世の中よ」

婆さんは吐きすてるように言う。

「浪人したら自殺したくなる時だってあるだろうね。何しろ競争が激しいんだから。うちなんか、幼稚園へ入れるのにもう大騒ぎなんだから、まったく嫌《いや》になっちまう」

「そうなんですってね」

正子が同情したように言った。

「区会議員のところへ持ち込まれる相談ごとの中で、一番多いのが保育園と幼稚園の問題だそうだ。ことに下町方面はひどいらしい」

「幼稚園なんか、やらなくたってかまわないじゃないの」

婆さんが言う。

「あら、そうでもないんですって」

正子は岩瀬を見て、

「ねえ……」

と念を押すように言った。

「幼稚園へ入れてやらないと、今の子はろくに遊び方も憶えられない」

「親が教えてやればいいじゃないさ」

「子供同士の付合い方ですよ。昔みたいに外で二十人も三十人もかたまって遊んでやしないでしょう。年下の子にはどうすればいいかなんてことが、判らなくなっちゃうんです。下の子には優しく、なんて言ったって、どのくらいの力で押したらいいかまでは判りっこない。テレビでコメディアンが人形を放り投げているのを見た子が、寝ている赤ん坊を使ってその真似をして殺しちゃった事件があるくらいですよ」

「そうかあ……」

婆さんは鼻白んだようだった。

「さて、俺は出かける」

岩瀬は新聞を風間に差し出し、

「見る……」

と言って渡してから立ちあがった。

「でも親不孝よ、自殺するなんて」

婆さんは出て行く岩瀬に言った。

「そう、親不孝」

岩瀬はあっさり認め、階段をおりて行った。

「親不孝よ、ねえ」

婆さんは物足りなさそうにみんなを見まわす。

「そうですねえ」

正子が答えた。

「でもさ、教育ママじゃないのかな、そいつのおふくろさん」

風間が首をかしげて言った。

3

「竹中さんの奥さん……」

婆さんはちょっと考えてから、

「少しそのけはあるみたい」

と複雑な微笑を泛《うか》べる。

「嫌だな、教育ママって奴」

「子供のことを思えばこそよ」

「そいつがうさん臭いんだ」

「あら、なぜ」

「だってさ、子供の為、子供の為、って言いながら、その実何だか自分の為みたいだ」

「あんたなんか、まだ若いから判んないのよ」

「ちぇっ」

風間は面白くなさそうな顔で新聞を読みはじめる。

「風間の言うことにも一理あると思いますよ」

下町が言った。

「勉強のことに限らず、親ってのは何かと言うと、こんなにお前のことを思っているのが判らないのか、なんて言い方をしますね」

「ええ」

「子供から見ると、それが何だかすっきりしないんじゃないだろうか」

「どうして……」

「よく考えて見ると、親は子供のことを案じている……それはたしかですよ。でも、子供に口やかましく言う理由はほかにもありそうじゃないですか」

「どんな理由があるって言うのさ」

「こんなに心配しているんだから、もっとわたしの言う通りにして、やきもきさせてくれるな、ってね」

下町は柔和な微笑を婆さんに向ける。婆さんは目を天井へ向けて考え、エへへ……と笑った。

「実を言えばそういうことだわね」

「そうでしょう」

「そうなのよ、実は自分の為」

「子供はそれを嗅《か》ぎ取《と》ってしまうんでしょうねえ」

「むずかしいものね」

「子供が遊びにかまけて勉強をおろそかにし、その為に浪人してしまった。そんな時、嘆く親のほうにあるものの半分くらいは、自分自身に対するあわれみみたいなもんではありませんかね。それを全部子供のほうへ持ってっちまうから、子供にすれば不当ですよね、これは。負い目がある所へ、親の身勝手みたいなものを感じるから、自然親から遠のく。でもまだ力がないから自力ではどうしようもない。そこでやけになる。本格的に親にさからいはじめる。それでいて、親を安心させてやれる自分でもありたいから、時には自己嫌悪におちいったりもするんです」

「それで睡眠薬……」

「まあね」

「言ってやらなくちゃ」

婆さんは立ちあがった。

「どちらへ……」

「竹中さんとこよ。いい話を聞いたわ。どうもありがとう」

「よしなさいよ」

下町はとめたが、婆さんはトコトコと出て行ってしまった。

「行っちゃった」

下町は気が抜けたようにつぶやいた。

「本当に行くな、あの調子じゃ」

風間が笑った。

「行ってそのおふくろさんに説教しちゃう。所長のせいですよ」

「参ったな、あの婆さんにも」

下町は頭を掻《か》いた。

「俺はただ、自分がその年頃の子を持つ父親だったら、もっとうまくやるんだがなあと思って言っただけなのに」

「でも、竹中さんてお宅が、なる程と思ってやり方を変えればそれでいいじゃありませんの」

正子が言う。

「そうなれば文句ないが、へたをするとその親たちと気まずくなりかねない」

下町は肩をすくめた。

「でも、こういう時代は親も子も大変ですよ」

北尾が言った。

「子供の勉強を親が見てやれないんですからね。小学生にしてからが、もうそうなんです。小学生にいなばの白うさぎの話をしてやりますとね、日本には鰐《わに》なんかいないんだよ、おじさん、なんてやられちゃう」

「やられたの、本当に」

風間が面白がって訊《き》く。

「ついこの間、親戚《しんせき》の子にね」

北尾は苦笑した。

「そのくせ、がまの穂ってなあに、ですよ」

「そうか、がまの穂なんて、今の子は知らないんだな」

下町が感心したように言った。

「そう言えば、もうがまの穂なんて十年も見たことがないわ。どこへ行っちゃったのかしら」

正子がふしぎがる。

「教え方がどんどん新しくなるから、古い先生なんかは大変なようです」

「そうでしょうね」

「わたしの友人で、つい去年ですか、高校の先生を定年退職したのがいましてね」

北尾はしんみりした言い方になる。

「先生と言うのも話を聞いて見ると淋《さび》しいもんだそうですね」

「そうでしょうか……」

「ええ。毎年毎年、同じ頃に同じようなことを教室で喋《しゃべ》っているんです。そうやっている内に、いつの間にか年を取ってしまって、気がついたら定年が来ていたそうですよ。生徒たちは若いから活気がありますよね。いよいよ定年ということになって、そういう生徒たちを見ていたら、急に大失敗をしたように感じてしまったそうです」

「ほう、どうしてでしょう」

「その友人が言うには、自分が同じ場所を堂々めぐりしていたように思えて来たんだそうです」

「なる程」

「先生として定年を迎えるようになったわけだから、最初のほうで教えた子たちはもう四十過ぎで、大学の先生になった者も大勢いるそうです。社長になったのもいれば、音楽家や建築家として一流になったのもいる。みんな定年でやめる自分よりいい暮らしをして、充実した人生を築きあげているように思えてしまうと言うんです。淋しかったそうです、そう感じた時は」

みんな黙《だま》って考え込んでいた。

「でも、結局そういう人間を育てたのは自分だと思って……納得したそうですがね」

北尾は力のない声で言った。

4

東日本医大の入試にからむ不正を調べてくれと依頼して来たのは、野口昌代《のぐちまさよ》という中年の女で、野口昌代はその調査の目的などについては、下町探偵局に対して何も打ちあけなかったが、偶然《ぐうぜん》のことからその昌代は新小岩の新田病院に働いていることが判っていた。

身もとをはっきりさせない調査依頼は、前金をもらうことになっていて、昌代は正規の料金をちゃんと払ったから、岩瀬はこのところずっとその件にとりかかっていた。

しかし東日本医大と言えば有名な一流校で学生の数もちょっとやそっとではない。調査があまり漠然《ばくぜん》としているので、岩瀬は少々嫌気がさしてやる気を失くしていた。

もうちょっと問題をはっきりさせてくれればいいのに……そう思うのだが相手はいやに気長にかまえていて一向に連絡もして来ない。それで岩瀬はその野口昌代なる女について小あたりに調べてみた。

東日本医大の入試にからむ不正事件、とくれば新聞の見出しにでもなりそうな感じだが、それにしては依頼人の立場が少々軽すぎるようだった。何のことはない、昌代は新田病院に勤めるただの事務員なのである。

そんな女がなぜ自腹を切ってまで東日本医大を相手にたたかいを挑《いど》もうとしているのだろう

か……。もっともその女がたたかいを挑もうとしているのかどうかははっきりとしたわけではないが、岩瀬には何となくそう思えたし、それだけにいっそう不思議だったのだ。

どちらかと言えば下町探偵局のなかで、一番探偵の仕事に性が合っているのが岩瀬であった。国会議員の秘書をしていたときも、秘書の仕事よりもその方面で高く買われていたほどだ。べつに戌年生《いぬどし》まれというわけでもないのに……。岩瀬自身ときどきそんな風にわが身を思うのだが、とにかく調べ始めるととめどがなくなるときがよくあるのだ。隠されたものの正体を見きわめるまでは、途中《とちゅう》でやめたりすると気持が悪くてしようがない。野口昌代という女の秘密に岩瀬はいまとりつかれてしまっているようだ。

いままで調べたところによると昌代は寡婦《かふ》で、息子が一人いるそうだった。住まいは東新小岩の天祖神社の近くにある高層住宅だと言うことで、岩瀬はそこへ向かっていた。場所はすぐに判った。教えてくれた人物が、わざわざ高層住宅という表現をしたのはまさに正しくて、どうもマンションと申し上げるには気がひけるような、背の高い鉄筋アパートという感じの建物であった。

一階をざっと当たると管理もあまりよくないらしいと判った。岩瀬はエレベーターに乗って六階の十五号室へ向かった。

ためらわずそのドアの前に立って、わきについているチャイムのボタンを押すと、あてにしていなかったのにすぐドアが開いて息子らしい青年が、

「はい……」

と言った。生《な》ま白《じろ》い顔の、気むずかしそうな青年だった。年かっこうは十八、九か。

「消火器はおありですか」

「消火器……」

その子の顔に面倒くさそうな表情が泛んだ。

「いま消火器の特別販売をして廻っているのですが」

岩瀬の十八番の手だ。九十九パーセント追い返される。それでもドアを開けさせるには一番ぶなんなやり方なのだった。

「要《い》らない」

バタンと邪慳《じゃけん》にドアが閉まる。岩瀬は腕時計を見た。十一時近い。

とたんにぴんと来るものがあった。岩瀬はこつこつと靴音《くつおと》を響かせて、ごみごみとした街並が見える吹きさらしの通路を、エレベーターの方へ戻って行った。

浪人。

出がけにみんながオフィスで喋っていたことを憶い出した。年齢はちょうど高校生と大学生の中間ぐらいで、もし大学生なら、その時間に家にいてもおかしいことはないが、岩瀬の勘が、浪人に違《ちが》いないと告げていた。

岩瀬はその高層住宅を出ると近所をぶらぶら歩いてみた。

すると、すぐ近くに中華そば屋があるのに気がついた。プラスチックの営業中という札《ふだ》がぶら下がっている。岩瀬はその店の戸を開けて中へ入った。

「いらっしゃい」

「ラーメンひとつ」

「はいラーメンいっちょ」

　店にいるのは頭をちりちりに縮らせた二十歳ぐらいの若い男だった。岩瀬はその男にとっておきの笑顔を向ける。時間が早いから他に客はいなかった。

「こないだ出前をとってもらって食べたらとてもうまかったんで、どこの店のラーメンだって訊いたら、この店だって言うから」

「へえ……」

店員は照れたように笑って、岩瀬の前へ水の入ったコップを置いた。

「いいなあ、このへんではこんなうまいラーメン屋があって出前をしてくれるんだから」

「このへんの人じゃないの……」

「うん」

「いつもよほど不味《まず》いラーメンばかり食わされてんだね」

店員はそう言うと急に声をひそめ、

「うちの、うまいだなんてさ」

と笑った。

「うまいよ」

岩瀬はむきになったように言った。

「じゃ、五郎さんが来て手伝ってくれたときかな」

「五郎さんて……」

「この本店みたいな店の人さ。そこのはうまいんだ。立石《たていし》のほうだけどさ。同じ材料使ってるのにまるっきり違うんだから、やんなっちゃうよね」

時間が早いから、ラーメンが出てくるのも早い。

「はいおまち……」

その若いのが岩瀬の前へラーメンのどんぶりをちょっと乱暴に置く。

「早いのがまたいいね」

岩瀬は、時《とき》そばのようだ、と自嘲《じちょう》しながら割箸《わりばし》を二つにした。胡椒《こしょう》をかけて割箸で麺《めん》をつまんで、二、三度上下をひっくり返してから、ズルーッ……と音をたててすする。

「そうだ」

麺を嚙《か》みながら箸をあげて、若いのに言う。

「あそこの六百十五号、このごろよく出前するのかい」

近くに高い建物はないから、それですぐ通じる筈だった。若いのは、調理場との境のハッチのところに片肘《かたひじ》をかけ、膝《ひざ》を貧乏ゆすりしながら気軽に答えた。

「六百十五号……ああ、野口さんね」

「そう野口さん」

「あそこは毎日だよ、でもさ、ちょっとかわいそうなんだ」

「どうして」

「いまどこだって二つ以上じゃなければ出前しないだろ。けど、あそこのうちはいつもひとりだけじゃない。ラーメンとチャーハンとか、ラーメンと餃子《ぎょうざ》とか、そういうふうに二コずつ電話して来るけどさ、ほんとは食いきんないときだってあると思うよ。これでも案外判ってるんだ」

若いのはそう言ってにやりと岩瀬を見た。

「大変だなあ、あの子も」

岩瀬は頷《うなず》きながら言う。

「二度すべって、これで三年目だってさ。なんでそうまでして大学へ行くのか判んないよ」

中華そば屋の店員はそう言って肩をすくめた。

5

勘がぴたりと当たって、作戦が思いどおりうまくいって、岩瀬の動きに勢いがついたようだった。区役所の戸籍係へ行って野口昌代の書類をすぐ手に入れた。息子の名は弘治。昌代は離婚でもした女かと思っていたがそうではなかった。夫と死別している。夫に死なれてから半年ほどして母子ともども旧姓に戻っているのだ。

岩瀬は区役所のロビーの椅子に坐って、その戸籍謄本《とうほん》を何度も読み返した。

つまりこれは嫁《とつ》いだ家から追い出されたということになりはすまいか……岩瀬はそう考えた。

「なるほど」

岩瀬はそうつぶやくと、書類を上着の内ポケットにしまい、たちあがった。昌代の死んだ夫の名は待田志郎《まちだしろう》と言う。今度はそっちを当たってみる必要がありそうだった。

国電に乗って引き返し、両国を素通りして山手線に乗り換《のか》え、五反田《ごたんだ》へ向かう。

五反田へ着いた岩瀬は、電車を降りるといきなり昌代の嫁いだ家の正体を知ることになった。山の手総合病院、という大きな看板《かんばん》の文字の下に、院長医学博士待田恭一郎《きょういちろう》という名前があったからである。

「ちきしょうめ」

岩瀬は喜びとも舌打ちともつかないつぶやきをもらして、その病院の方へ歩いて行った。看板を見たとたんに、おおよその絵が理解できたのである。

野口昌代はその大病院へ嫁いだのであろう。待田志郎というのは院長の息子か何かに違いない。弘治という男の子が生まれてすぐ、その待田志郎が死んでしまった。でかい病院で、その待田家の資産も大したものだろうから、きっと財産のことなどもからんでいたに違いない。昌代は夫の死後ていよく追い払われ、以来今日まで女手ひとつで息子の弘治を育てて来た筈だった。

何としても子供を医者に育てて見返してやりたい。

昌代のそんな執念が、内ポケットに入れた昌代たちの戸籍謄本を通じて、岩瀬の胸へひびいてくるようであった。

しかし肝心《かんじん》の弘治はいよいよになって二度も受験に失敗した。恐らく経済的なこともあるのだろう。もう母子のがんばりも限界へ来ているのかもしれなかった。この次またすべったら、もう昌代の夢は永久にかなえられることはなくなるのかもしれない。

「そうなったら……」

岩瀬は広い前庭のついた、予想以上に豪勢なその病院の前にたたずんで、ひとりの女の二十年近い孤独なたたかいの日々を思った。

もし弘治という子が次もしくじったら、昌代はどうなるのだろう。意地も張りもそこでばっさりとやられてしまうのだ。いったい何のための二十年か……そう思うに違いないだろう。いや、昌代はすでにその最後のときの準備をしているのかもしれない。待田家に対してはもうときが経過しすぎている。いまさら待田家に対してどうこうするわけにはいかないのだ。だが復《ふく》讐《しゅう》はしたかろう。弘治がすんなり東日本医大へ入学できていれば、それが昌代にとって充分な復讐になる。だが、それができなかったとき、昌代は新たな復讐に向かって足を踏み出さねば、生きる目当てもないのではあるまいか。

岩瀬は東日本医大の調査について、いちおうそのように納得した。

岩瀬が調査マンとしての喜びに心をふるわせるのはそういう瞬間であった。人それぞれが持っている人生の秘密。それが覗けるのだ。縁もゆかりもないからこそ、よけいにその秘密を覗いたときの驚きは純粋であった。

人間とは何とややこしい生き物なのだろうか。人生とは何と複雑で微妙《びみよう》な景色を持っているものなのだろうか。岩瀬はただその前に立って感嘆しているのだ。それはグランドキャニオンを初めて見た観光客の感嘆と同質のものであるようだ。岩瀬は感嘆し、しばらくそこに立ちつくしたあと、また次の秘境へ向かって調査の旅を続けて行く。恨《うら》みも復讐も憎悪も、そんな岩瀬にとっては少しも醜《みにく》いものではなかった。不毛の砂漠にも感嘆し、延々と続く断崖絶壁にも感嘆するのだ。

その日岩瀬はなぜか昌代母子《おやこ》に味方したい気分になっていた。それはたぶん、彼の子供が幼稚園に行ける行けぬで頭を悩ませていることに関係があったのだろう。岩瀬はその足で待田家の戸籍を見に行った。

よぶんなことかもしれなかったが、何か新しい発見がある筈だと思っていた。

6

夕方近くなってまた下町探偵局へ現われた印刷屋の婆さんは、下町が案じた通りぷりぷりしていた。

「冗談じゃないわよ。そりゃあたしはおせっかいかもしれないけどさ」

婆さんはそう言って下町の前の椅子にばたんと坐った。

「どうしたんです」

「メリヤス屋の竹中よ」

するとと下町は正子の顔を見て、

「ほらやっちゃった」

と言った。

「何がほらやっちゃったなのよ」

婆さんは下町にくってかかる。

「だからとめたのに」

婆さんはそう言われて返事につまり、一瞬口をへの字にしたがすぐ態勢をたて直した。

「それだけの親切ごころがあるんなら、なんでもっとはっきりとめてくれないのよ。どっちでもいいようなとめ方して」

「まいったな、これは」

下町は閉口して顔をなでた。

「まあ聞いてよ」

婆さんは機嫌を治して喋りはじめた。

「他人の家のことに口を出すなって、いきなりはっきり言うのよ。あたしの意見なんて全然聞こうともしないんだからね。仮りにその通りだったとしてもわたしの家はわたしの家、間違おうと転ぼうと人さまのさしずは受けません、てさ」

下町は笑った。

「それはまた手きびしくやられたもんですね。そばにいたかったな」

婆さんは下町をにらんでから続ける。

「そのあとの言いぐさがいいのよ。どう言ったと思う」

「さあ」

「だいいち、うちの子はそんなに深く物事を考える子じゃありません、だってさ。深く考える子じゃないから大学もすべったわけよね」

婆さんはそう言ってケタケタと笑った。

「そいつはけっさくだ」

下町も正子と顔を見合せて笑った。

「でもさ、何と言っても命をとりとめてよかったわよね。あのまんま馬鹿息子が死んじゃったら、竹中のところと喧嘩《けんか》したうえにお葬式の世話までしてやらなけりゃならないところだったもの。でも所長はいいこと言うね。竹中のところは判らなかったみたいだけど、あたしはほんとに感心しちゃった。たしかに親なんてそんなものよ。子供に向かって、お前のためだお前のためだって言いながら、本当は自分の都合を子供に押しつけているんですものね。それじゃあ子供だって、なに言ってやがんだい、とこうなっちゃうもの」

「かと言って、他にうまい言い方もなかなかないでしょ。みんなそれで苦労しているんですからね」

下町はそう言って溜息《ためいき》をついた。

「でも、考えてみるとうちの子たちはそんなに難しくなかったなあ」

婆さんはそう言って追憶するような目をした。

「自殺しようなんて子は一人もいなかったもの」

すると正子が、

「ほんとにみなさんお丈夫」

と言った。

「なによ、その言い方は」

婆さんはあきれたように正子を見つめた。

トントントンと軽い足音がして、風間が帰って来た。

「これを見てみな」

そう言って手にした夕刊をひょいと正子に放《ほう》る。

「なあに……」

正子は渡《わた》りに舟《ふね》とばかりに、素早く夕刊をひろげた。

「救急車でたらい廻しにされた奴の父親が、断わった病院の院長を刺し殺しちゃったんだ」

風間がそう言うと、

「どれどれ」

と下町が席を立って正子のうしろに廻った。

「そんな理不尽《りふじん》なことってあるの……。たらい廻しってば何軒も廻されたわけじゃないの。殺されたのはその中の一人だけでしょ。それともみんな殺しちゃったの」

「いや、ひとりだけ」

風間が教えた。

「それはあんまりよ」

婆さんが口を尖《とが》らす。

「娘がたらい廻しにされて死んじまったんだって。手当てが早ければ助かっていたそうなんだ。父親が怒って半年がかりでその日のことを調べたらしいのさ。そうしたら、その中の一軒の病院の医者が、居留守を使ったことがはっきりしちゃったんだ。小さな病院らしいけどね。それで父親が出刃包丁を持って行ってズブリさ。すぐ自首したそうだよ」

「やりきれんなあ、こういう話は」

下町が席へ戻りながら言った。

「あきらめきれなかったのね、きっとそのお父さんは」

そう言ったとき、ガラガラと下の入口の戸が開く音がして、足音が二人ぶん二階へ上って来た。ひとりぶんは靴の音だが、もうひとりは下駄。言わずとしれた大多喜悠吉である。

「こんちは」

あいかわらず下駄に和服の悠さんはそう言いながら入って来たが、印刷屋の婆さんの姿を見

ると、

「あ、いた」

と言った。

「悠さん。何よ、あ、いたとは」

婆さんが聞きとがめる。

「痛いの。いま歯医者から帰って来たところ」

悠さんはしゃらっと言い逃れ、事実少しはれぼったい左の頬を手で押えながら、北尾の席に腰をおろす。

「所長、歯痛《はいた》を止めてくれないかね」

「歯痛を……」

下町はそう言い、すぐ、うさぎ屋へ飲みに行かないかという謎《なぞ》だと気がついたらしい。

「うん、止めてやるよ」

婆さんもその意味を察したとみえ、

「なによ、あんたなんか、たらい廻しで死んじまえばいいんだわ」

と言った。

「コロリ」

間髪《かんはつ》を入れず、悠さんはそう言って体を横にしてみせた。

「なあんていっちゃって」

体を元に起しながら笑う。

「まだそう簡単に死ぬわけにはいきませんよ。でもたらい廻しでどうやって死ぬのかな」

「患者のたらい廻しのこと」

「ああ、病院の……」

「そう。あの夕刊に書いてあるんだって。たらい廻しにされたほうも死んだけど、廻したほうも殺されたそうよ」

「そういう話を聞くと目が廻ってくる。首は廻んないけどね」

「人ごとだと思って呑気《のんき》なことを言ってなさい」

婆さんにきつく言われて悠さんは舌を出した。

「まったくやりきれない話さ。刺し殺された医者は評判のいい人だったと書いてある。犯人のほうも実直な男だそうだし、死んだ娘さんは評判の美人で、近々結婚する筈だったらしい。善人ばかりがからみあって二人も死んじまってる」

下町は本当にやりきれないような顔をした。

7

悠さんといっしょに来て自分の席へ坐った岩瀬は、内ポケットから書類を取り出してごそご

そやっていたが、

「ちょっと」

と下町に言って、衝立《ついたて》のかげに入った。

「ちょっと失礼」

下町は婆さんにことわって立ちあがる。

「なんだい」

「例の東日本医大の件だけどね」

「ああ、あれか」

二人は向き合って坐った。

「依頼人の身もとが割れたよ」

「そうか」

岩瀬は下町の前に戸籍謄本を置いた。

「ちょっとした探偵ごっこをしよう」

岩瀬がそう言うと下町が笑った。

「ごっこはないだろう俺たちは探偵だぞ」

「まあいいから。それを見てどう思う……」

「野口昌代が依頼人だな。ほう、子供がいるのか、これはええと、うん、大学生か。大学生になっている年齢だな。父親は生まれてすぐ死んだ、か。嫁ぎ先を出て、以来独身ときた。淋しいだろうなあ、こういう家庭は」

下町は自分の境遇を思いあわせたらしく、静かな声になった。

「こっちを見て……」

岩瀬は待田家のほうも渡した。

「なになに……そうか、これが昌代の嫁いだ家の連中か。さて、何のことかさっぱりつかめないぞ」

「昌代の夫は待田恭一郎の弟にあたる。父親の待田重信はもう死んでいるが、息子が四人いて昌代の夫はその一番下だ。昌代は亭主が死んだあと、だいぶ冷たくされたとは思わないか」

「うん、そういえばそうかもしれないな」

「五反田のほうにあるでかい病院の一族だ。次男の子供がおととし東日本医大へ合格している。昌代の息子と同じ歳だよ。そう思ってよく見ると来年は三男の子供が大学へ受験する年齢になっている。長男の待田恭一郎は、いまその病院の院長をやっていて次男も三男も同じ病院にいる医者だ」

「医者の一家か」

「うん」

下町の目がきらりと光ったようだった。

「ひょっとすると、昌代の子供は東日本医大を受けてすべっているな」

岩瀬はニヤリとした。

「さすがだな。そのとおりさ、もう二年続けて浪人している。昌代が調査を依頼した目的がつかめそうな気がするね」

「そうだなあ。昌代っていう女は、たったひとりの子供を医者にしようとして夢中で生きてきたのかもしれない」

「俺もそう思う。ところがおっこちてしまった。同じ年に、いわば本家とも言える待田家の子供が東日本医大を受けるんだ。さぞくやしかったろうなあ。そして来年はまた待田家の子供のひとり昌代はそう思っているんだ。またうちの子がおっこちて、向こうの子が合格したらどうしよう。昌代はそう思っているに違いないさ。親の欲目だ、よその子より自分の子が出来がいいと思っているに決っている。でも相手は大病院で、金もわんさとうなっていれば、コネだってごまんとあるに違いない。女手ひとつだから、子供が三度受験に失敗すればもうお手あげなのじゃないかな。昌代はその恵まれた一族に、必死でいどみかかっているのさ。十七年も十八年も、本家を見返してやれる日が来るのを……それだけを心の支えに歯をくいしばって生きてきた筈だ。もとの野口姓に戻るとき、いくらかのものはもらったにせよ、いまでは茂木君のお爺《じい》さんが入院している病院で事務の仕事をしている。楽なわけがないさ」

「でもわからんな」

下町は陰気な声で言った。

「昌代の考えはたぶんこうだろう。もしまた子供がすべって相手が受かったら、裏口入学の証拠をつきつけてやろうというんだろう。自分の子と同じ年の待田家の子が裏口入学したのを、昌代はきっと知っているんだ。みていろ、受験シーズンになったら昌代はきっとターゲットを明らかにしてくる筈だ。いくら縁が切れたと言ってもそういう関係はどこかでつながっていて、おたがいに相手の様子が判るものだからな。岩さんは親の欲目だと言ったが、昌代はかなり正確に先方の子供の成績なども知っていると思うよ。自分の子供のほうがずっと成績がいいんだろう。だから相手が裏口へ手を廻す筈だということを確信しているに違いない。

　でも岩さんが仮りにその証拠をつかんだとしても、はたして昌代は待田家の子供を東日本医大から追い出すことができるだろうか。そんなことできっこないんだ。それなのになけなしの金をはたいてまで俺たちに調べさせようとしている。いったい当の受験する本人のことはどうなんだ。昌代は自分の子供のことを考えてやっているのだろうか。一発で入ればそれにこしたことはなかったが、二度三度とすべるんじゃ東日本医大に固執《こしつ》する必要もあるまいに。その子がかわいそうだよ。俺はいっそのこと来年もだめで、その子が人生の針路を変えることを期待したいね。昌代だってその執念を捨てさえすればずいぶん楽な筈だ。待田家から持って出たものの中から、その子の入学金に相当する分を後生大事に使わないでいるんだろう。東日本医大の入学金なんてなまやさしい金額じゃないじゃないか。母と子が、その金で少しはほんのりとした生活が送れるといいんだがなあ」

　下町はそう言うと書類を岩瀬に返し、

「いずれにせよ、これで調べやすくなったわけだ」

と言ってたちあがった。悠さんと婆さんと正子が風間の席に新聞をひろげてひとかたまりになり、医者の刺殺事件についてさかんに議論しているところだった。

街にはそろそろ冬が近づいていた。下町はときどき悠さんとうさぎ屋でおだをあげたりしているうちに、やがて年の瀬を迎え、金と仕事を追ったり追われたりしているうちに、いつしか野口昌代のことを忘れてしまった。野口昌代は途中で腰くだけになったようなかっこうで、連絡を断ってしまったからだ。でも春が近づいて、岩瀬が急に思い出し、東新小岩へ足を向けたとき、その母子はもう姿を消してしまっていた。

野口弘治が東日本医大に合格したかどうか、岩瀬たちにはそこまで調べる責任はありはしなかった。

時には星の下で眠る

片岡義男

初出：〈ミステリマガジン〉1978年10月号

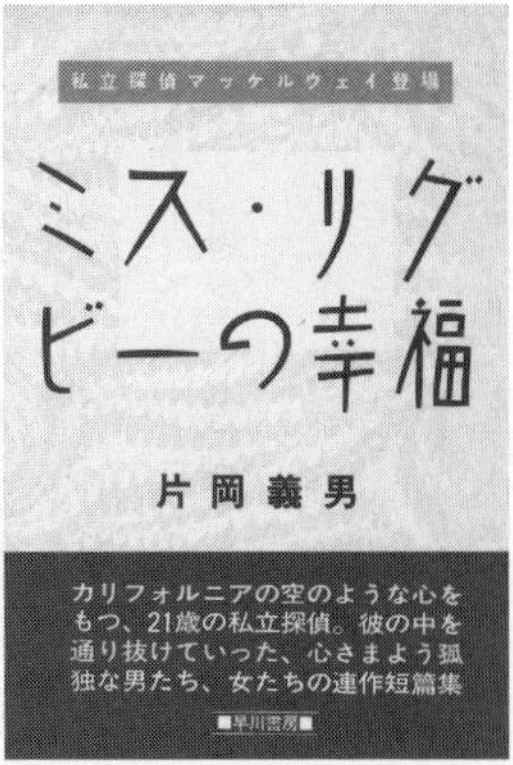
私立探偵マッケルウェイ登場
ミス・リグビーの幸福
片岡義男
カリフォルニアの空のような心をもつ、21歳の私立探偵。彼の中を通り抜けていった、心さまよう孤独な男たち、女たちの連作短篇集
■早川書房■

『ミス・リグビーの幸福』早川書房（一九八五年八月）

片岡義男（かたおか・よしお）一九三九（昭和十四）－

東京府生まれ。早稲田大学法学部卒。日系二世だった父が終戦後GHQの仕事をしていた関係で早くからペイパーバックを手にするようになり、また音楽も熱心に聴き始める。早稲田大学の先輩小鷹信光から紹介され、在学中からテディ片岡の筆名で雑文書きの仕事を開始した。小鷹らが中心となって結成したパロディ創作集団〈パロディー・ギャング〉の一員でもある。一九六二年からは〈マンハント〉にもスタッフとして携わった。また翻訳者としても活動を開始し、リチャード・スターク《悪党パーカー》シリーズなどを手がけている。

片岡義男名義初の著書は七一年の評論集『ぼくはプレスリーが大好き』、小説としては七四年の『友よ、また逢おう』が最初である。それ以前に、三条美穂名義で「二十三貫五百八十匁の死」などの短篇を〈ハヤカワ・ミステリマガジン〉に寄稿しており、これが初の小説というわけではない。七五年、『スローなブギにしてくれ』で第二回野性時代文学賞を受賞して本格的に小説執筆を開始、日本人作家では類例のない感覚の青春小説の書き手として一世を風靡した。

今回収録した「時には星の下で眠る」は、〈ハヤカワ・ミステリマガジン〉に連載された私立探偵アーロン・マッケルウェイを主人公とする連作の一篇である。ミステリ専業ではないが、やはり片岡は本傑作集に欠かせない作家である。ハードボイルドを知悉した作家の文体を味わっていただきたい。（杉江）

1

表情が、彼女の年齢を告げていた。微妙なニュアンスがいっさいなく、意味のこもった影もなかった。無表情にしていると、顔ぜんたいがつるっとして、つっけんどんに見えた。十七歳。十八歳にはなっていないはずだ。

きれいな女のこなのだ。どこといって特徴はないが、きれいだ。髪を長めにしてスタイルをととのえれば、ティーンエージャーむけの雑誌のシャンプーやヘア・リンスの広告に出てくる女のこのようになるだろう。みじかくした栗色の髪をパーマでダックテイルにまとめていた。

スリムなホワイト・ジーンズに、Tシャツを着ていた。変わり種のTシャツだ。Tシャツというよりもブラウスに近い。胴からわきの下にかけてゆったりしていて、裾と袖口にはゴム編みになった別布が幅広くぬいつけてあった。Vネックのえりもとも、おなじゴム編みの別布だ。

淡いブルー地に、白い大きな羽根が何枚も踊っている。それにかさなりあうようにして、グリーンの葉と、赤と青の花が、鮮やかな色でプリントしてあった。なんの花だか正体は不明だが、熱帯の花の雰囲気を出してあった。

カウンターの上に煙草とマッチ、それにレイバンのサングラスと車のキーを置いていた。煙草はデケイド、マッチはなにも印刷されていない白いブランクのままの、マッチ・ブックだった。キーがついているホルダーは、ダイバーが腕時計のストラップにはめて使用する小さな水温計がついていた。

右手で煙草を喫い、左手で飲み物を飲んだ。色も味も香りもついていないソーダにミントを溶かして氷を浮べたものだ。

彼女は、腕時計を見た。となりの席のアーロン・マッケルウェイと話をしはじめてから、彼女が腕時計を見るのはこれで四度目だ。

ミント・ソーダをひと口飲んで背の高いグラスをコースターの上に置き、彼女はアーロンを見た。そして、

「そんなことって、あるのかしらねえ」

と、言った。カリフォルニアで生まれて育った若い女性の喋り方だった。

「きっとあると思う」

アーロンがこたえた。

「そうかしら」

「うん」

アヴォカードの種を鉢に植えて芽を出させ、小さな苗木を育てるという趣味について、彼女は喋っていたのだ。友人の女のこたちふたりがこの趣味をはじめていて、ひとりは元気な苗木

をいくつも育てつつあるのだが、もうひとりは種を鉢に植えるとそのたびに種を腐らせてしまう。本に書いてあるとおりにやるのだが、種はなぜだか腐ってしまう。友人から元気な苗木をもらってくると、ひと月ほどで苗木は枯れる。

原因は自分にあるのではないかと考えたその友人は、精神分析医にかかった。分析医とのセッションを何度か重ねているうちに、その友人は、意識下の世界でカリフォルニアに憎悪の感情を抱いているということが判明した。彼女は幼い頃、東部からカリフォルニアに引越してきた。なれ親しんだ土地からいきなりひきはがされて大陸の反対側へ連れていかれたことが心の傷として意識下に残りつづけ、カリフォルニアに対する憎悪を燃やしてきたのではないか。そして、カリフォルニアの象徴としてのアヴォカードにその憎悪が作用し、鉢に植えた種は腐る。精神分析医は、そんなふうに分析してみせたのだという。

「植物には人間の気持を察しとる能力があるんだよ」

「気味悪いわ」

「植物にとっては自然なことなんだ」

彼女の十七歳の顔にうっすらと恐怖の色がうかんだ。

「カリフォルニアのオレンジ畑を見てごらんなさいよ。あんなにたくさんのオレンジの樹が、人間にジュースを供給するために強制的に育てられて」

「やがてオレンジに復讐されるかな」

「こわい」

彼女は、腕時計を見た。煙草を喫い、ミント・ソーダを飲んだ。

店の奥で、ジュークボックスが鳴りはじめた。縦に長い店ぜんたいに、低音のブースターをきかせたジュークボックスの音が、ひびき渡った。古いカントリー・ソングだった。

店のいっぽうの壁にそって長くカウンターがあり、カウンターは店の奥で直角にカーヴし、いきなり終っていた。

カウンターのむかい側の壁には、ボックス席がならんでいた。店の奥は右にむかって長方形にスペースが張り出し、そこにも、より落着けるボックス席があった。

直角にカーヴしたカウンターのむこうには、化粧室への通路が見えた。通路の左側の角には、壁にはめこんだかたちで電話ボックスがあり、右側にはピンボール・マシーンが置いてあった。ピンボール・マシーンは二台あり、ジュークボックスはそのあいだにあるのだった。

もう一度、彼女は、腕時計を見た。そして、ストゥールを降りた。

「ちょっと失礼」

と、アーロンに言い、店の奥へ歩いた。

しばらくして、アーロンもストゥールを降りた。化粧室へいき、顔を洗った。いささか寝不足で、そのせいか顔に汗がうかんだようで不快だった。

化粧室を出て、アーロンは電話ボックスの前をとおりかかった。彼女が、電話していた。ジュークボックスが、うるさいくらいの音で鳴っていた。

電話ボックスの、ガラスのはまったドアが開いた。片脚でドアにつっかえ棒をし、片手で送

話口にふたをした彼女は、

「ねえ」

と、アーロンを呼びとめた。

「ジュークボックスの音を小さくするように、カウンターの人に言ってもらえないかしら。うるさくて電話の声が聞えやしない」

「OK」

アーロンは、うなずいた。

そして、カウンターの端まで歩いてきたとき、男の怒声につづいて、店の手前のほうで銃声が響いた。ガラスの砕ける音に、女性の鋭い悲鳴が重なった。二度目の銃声が轟いた。男の声が、なにか叫んだ。

反射的に、アーロンは、フロアに身を投げた。身を投げながら、彼は銃声がしたほうに視線をむけた。赤いスポーツ・シャツの男が銃身の長いピストルを威嚇的にふりまわしているのが、一瞬、見えた。

「罪人たちよ」

と、男の声が怒鳴った。現実から完全に浮きあがった、狂った人の抑揚だった。

「ひれ伏せ、罪人どもめ！」

銃声が一発、その声に重なった。体にこたえる重い発射音と空気をふるわせて伝わってくる衝撃は・44マグナム弾のものだ。

「すこしでも動いてみろ、その瞬間に頭を吹きとばしてやる」

平たく横たわっているアーロンは、フロアに足音を聞いた。足音は店の奥にむかっていた。

「罪人ども」

囁くような小さい声だが、はっきりと聞えた。いま、店のなかには、なんの物音もなかった。ジュークボックスはレコードが終ったか、あるいは、レコードがかわっている途中だった。

「動いてみろ、悪魔が裁くぞ」

とまっていた足音が、再び聞えた。

いきなり、ジュークボックスが鳴りはじめた。

「売女めっ！」

男の声が怒鳴った。二、三歩、大股に駆け寄る音がし、銃声が二発、ひとつに重なって轟いた。ガラスやプラスチックのはじけ飛ぶ音がし、ジュークボックスはうめいた。回転が急激に落ちたレコードが生む奇妙な音だ。そして、その音はとまった。

男は歩きはじめた。足音がアーロンのほうに近づいてくる。フロアに右の頰を押しつけて平たく這いつくばっている彼は、目を大きく見開いた。もうすこしで、ボックス席の角から、男の脚が見えるはずだ。

男は、立ちどまった。しばらくして、また歩きはじめた。

「どいつを先に殺せばいいんだ。どれが最初の生贄なんだ。悪魔よ、教えてくれ」

つぶやくような男の声につづいて、突然、銃声があがった。.44マグナムとはちがう発射音だった。銃声は、速射で三発、重なりあった。

フロアを踏みつける乱れた足音がし、男の脚がアーロンの視界に入った。よろめく体を必死に支えつつ、ふりむこうとしていた。うがいをするような音がし、男の足もとに血の大きなかたまりがいくつも、落下してはじけ、飛び散った。

もう一発、銃声があった。

よろけた千鳥足で、男は数歩、歩いた。そして立ちどまり、酔っ払いが踊りのステップを踏むように両足を操り、そのあと、つんのめるように前へ走った。

走る途中で両ひざから力が抜けきって崩れ、上体が前へひき倒された。男の手を離れたピストルがフロアに落ち、倒れる途中でピンボール・マシーンの角に顎をしたたかに打ちつけ、男はフロアに転がった。

アーロンは、ピストルに飛びついた。握って男にむけて構えつつ、立ちあがった。もし弾倉に六発装塡してあったなら、弾丸はあと一発、残っているはずだ。

静かな時間が、しばらくつづいた。

「みなさん。立っていいですよ。騒ぎは、おさまりました」

と、保安官デイヴィスの、低く押えた渋い声が店の隅々にまでいきわたった。

デイヴィスの歩いてくる音がした。ロスコーの足音もいっしょだ。店の奥の、長方形のスペースにいるアーロンに、保安官とロスコーの姿が見えた。アーロンは構えを崩し、デイヴィスのそばへ歩いた。

デイヴィスが、アーロンを見た。そして、首を振った。フロアにのびている赤いスポーツ・シャツの男に顎をしゃくり、

「死んじまった」

と、言った。六インチ銃身の・357マグナム、コルト・トルーパー・マークⅢを腰のホルスターにおさめた。

手錠をかけられた両手をさらにもう一対の手錠でデイヴィスの左手につながれているロスコーが、低く口笛を吹いた。

「死んじまったなんてもんじゃないよ、これは」

デイヴィスが背後から射ちこんだ三発のうち、二発は、男の体を貫通していた。ホロー・ポイントの弾丸は着弾と同時に弾頭をキノコのようにふくらませつつ、男の内臓をひきちぎってからめとり、電話ボックスの前の通路に血や内臓の切れはしをまき散らしていた。なまぐさい臭いが、あたりに漂った。

人々が、起きあがりはじめていた。首をおこしておっかなびっくりあたりの様子をうかがい、すこしずつ立ちあがった。その人たちのあいだに、話し声が広がった。
・44マグナムのシリンダーを出し、エジェクターを押し下げ、アーロンは空薬莢と一発の弾丸を掌に出した。マグナムといっしょに、テーブルに置いた。
そして、ふと、電話ボックスを見た。電話のとりつけてある壁とは反対側の壁がガラスのはまった窓になっている。そのガラスが、粉々に割れていた。電話ボックスのフロアに、彼女が、

丸くうずくまるように倒れていた。通路へ流れ出ている大量の血を、アーロンは見た。

「デイヴィス！　怪我人だ」

叫んで、アーロンは電話ボックスに駆けよった。

彼女のわきの下に両腕をさしこみ、通路にひっぱり出した。彼女の体は、あらゆる筋肉から力の消えたデッド・ウエイトだった。すでに生命が彼女の体から去っていることを、アーロンは自分の両腕で直感した。

歩みより、のぞきこんだ人たちが、うめき声をあげた。女性がひとり、悲鳴を発した。そして、ほかの女性が、気絶した。

「救急車を呼べ！」

誰かが叫んだ。

彼女のかたわらにひざをついていた保安官デイヴィスが、それにこたえた。

「必要ない。死んでる」

アーロンは電話ボックスのなかを見た。電話機の下の台に彼女の大きなバッグがあり、受話器が垂れ下がったままになっていた。

電話ボックスに入ったアーロンは、受話器を手にとった。耳に当て、

「ハロー」

と、低い声で言ってみた。

電話は、まだ、つながったままだった。だが、返事はなかった。

「ハロー」

と、アーロンは、くりかえした。

返事はない。だが、電話のむこうで誰かが受話器を耳に当てたまま様子をうかがっている気配があった。直感で察することができた。

表情を故意に殺した声で、アーロンは送話口に言った。

「たったいま、発砲事件がありました。お話になられていたお相手は、不幸にも被弾しました。ご返事がなければ電話を切りますが」

「待ってくれ」

と、男の声がこたえた。

「なんの事件だって？」

緊張した声だった。興奮に近い緊張だ。そしてそれを必死に抑えながら慎重になろうとしていた。

「発砲事件です」

「どういうことなんだ」

「気のふれた男がピストルを出して、いきなり射ちはじめたのです」

絶妙に呼吸をはかったタイミングで間を置き、

「ジャネットは被弾しました」

と、アーロンは言った。

電話の相手が息をのむ気配を、アーロンは感じとった。

「なぜ彼女の名を知ってるんだ」

と、相手の男は言った。そして、思わず、つけ加えた。

「あんた、誰なんだ」

2

この店のカウンターでとなり合わせにすわったアーロンを相手に世間話をはじめたとき、彼女は名前を教えてくれた。

「ジャネット・エイクレス。ACRESSと書くのよ。〈女優〉という言葉からTの字をとったのとおなじ」

と、ジャネットは言ったのだ。

電話機の下の台に置いたままのジャネットのバッグを、アーロンは見つめた。そして、送話口にこう言った。

「知り合ってまだほんとうに間もない者です」

「そこは、どこなんだ」

町の名を、アーロンは、こたえた。

「軽食堂を兼ねたバーみたいな店ですね」

電話の相手は、沈黙した。その沈黙にむかって、アーロンが言った。

「カウンターにとなり合わせにすわって、世間話をしてたのです。やがてジャネットは電話をかけに立ち、ぼくが化粧室から帰ってくると、客のなかにいた頭の狂った男が、いきなりピストルを射ちはじめました」

相手は、なにもこたえなかった。

誰かが店の外の電話で警察に通報したのだろう。パトロール・カーのサイレンの音が近づいてきた。

「簡単にいうとそんな事情です」

アーロンが言った。すこしおくれて、相手は、

「なるほど」

と、返事をした。

さきほどから気になっていたことを、アーロンは言葉にした。

「お知りになりたくありませんか」

「なにを」

「被弾したジャネットがどんな様子か」

「どうなんだ」

「なにかの店か?」

「死にました」

低いうめき声のようなものが、アーロンの耳に届いた。それっきり、電話の相手は黙った。しばらく黙ったあと、男は次のように言った。

「とにかく、知らせてもらえて、ありがたい。なにしろ突然のことなんで。ついさっきまで電話で話をしてたジャネットが死んだなんて。ほんとに死んだのか」

「たしかです」

店の前にパトロール・カーがとまり、サイレンがやんだ。制服の警官がふたり店に入ってくるのを、アーロンは銃弾が砕いたガラス窓ごしに見た。

「とにかく、ショックなので、しばらく時間をくれないか」

「いいですよ」

「こちらからそこへ、かけなおす」

「どうぞ」

「番号を教えてくれ」

電話機のダイアルのまんなかに貼りつけてある番号を、アーロンは相手に伝えた。

「おたくの名前は?」

「アーロン・マッケルウェイ」

「十五分ほどで電話するよ。すまないが、そこにいてもらえるかな」

「つきあいましょう」

「それはどうも」

相手がさきに切るのを待ち、アーロンは受話器をフックにかえした。ジャネットのバッグを持ち、電話ボックスを出た。

保安官デイヴィスが、制服警官のひとりを相手に、事情を説明した。ノートにメモしながら、警官は聞いていた。

もうひとりの警官が、ふたつの死体をあらためた。

パトロール・カーにつづいて、救急車も来た。気絶していまは意識をとりもどした女性を、救急隊員が看護した。興奮のため情緒不安定になっている中年の女性も、手当てをうけた。結局、ふたりとも、救急車で病院に連れていかれた。店の外には、野次馬がたかっていた。

カウンターの、自分がいた席まで、アーロンはもどった。

ジャネットの飲んでいたミント・ソーダの大きなグラスが、割れてふっ飛んでいた。分厚い底だけがカウンターに残り、煙草とマッチ、それに車のキーが、ミント・ソーダのなかにひたっていた。

車のキーを、アーロンは、つまみあげた。

やってきた係官が現場の調べをおえ、ポラロイド写真を撮ると、ふたつの死体は担架に乗せられ、死体収容車で運ばれていった。

保安官デイヴィスは、調書のために警察までいくことになった。証人といっしょに、店の外へ出た。アーロンも、出た。

「ロスコーは車のなかへ置いとくからな」

アーロンを見て、デイヴィスは言った。

「おまえ、どうするんだ」

「ここにいます」

「よし」

うなずいたデイヴィスは、自動車が数台、ばらっととまっている駐車場へ歩いた。

「連れてってくださいよ」

と、ロスコーがデイヴィスに言っていた。

「手錠かけられたままこんなところに置いとかれたら、俺が犯人だと思われてしまう」

まだ店の前に残っている野次馬たちの好奇の目がロスコーに集中していた。

「あきらめて、おとなしくしてろ」

自分の車の後部ドアを、デイヴィスは開いた。濃紺のクライスラー・ニューヨーカーの4ドアだ。デイヴィス個人の私用車だが、彼が保安官をやっている郡のパトロール・カーとしても使えるよう、無線などいっさいの装備がととのっている。

ロスコーを後部席に押しこむように乗せ、警官が待つパトロール・カーへデイヴィスは歩いた。

肩ごしにふりかえり、

「すぐにもどってくる」

とアーロンに言い、パトロール・カーの後部席に入った。パトロール・カーは、走り去った。

「おい、アーロン。ここにいてくれ」

ロスコーが、車のなかから哀願するように言った。アーロンはロスコーを見た。

「店のなかで電話を受けなくてはいけない」

「頼むよ」

「電話が終ったら、すぐに出てくる」

アーロンは店にもどった。店の男が、掃除をしていた。客はひとりもいなくなっていた。専門の清掃業者が来るまで応急的に掃除をしておくのだ、とその男は言った。

カウンターのもとの席に、アーロンはすわった。割れたグラス、そしてジャネットの煙草とマッチが、まだそのままだった。ミント・ソーダは、かわきつつあった。

五分も待たずに、電話ボックスで電話が鳴った。アーロンは、ストゥールを降りた。

「ぼくだ。かかってくることになってたんだ」

と、店の男に言い、電話ボックスへ歩いた。

ボックスのなかには、ジャネットの血の臭いが、こもっていた。フロアには、割れたガラスがさらにこまかく砕けて、散っていた。

アーロンは受話器をとった。

「ハロー」

「マッケルウェイ?」

「そう」

さきほどとおなじ男だった。

「迷惑をかけてすまない」

「いいんだよ」

「ジャネットは?」

「警察が死体を運んでいった」

「狂った男が店のなかでピストルをぶっ放したのだって?」

「そう」

「その弾丸がジャネットに当たったのか」

「うん」

「かわいそうに」

アーロンは黙っていた。

あの男が乱射した一発が、電話ボックスの窓ガラスを叩き、ジャネットの体にめりこんだにちがいない。貫通した形跡は、どこにもなかった。

「その町の警察には、こっちから連絡をとるから」

「うん」

「ジャネットはなにか持ってたかい」

「バッグ。それに煙草とマッチと車のキー」

「バッグはどうしたろう」

「警察が持っていった」

電話のむこうに沈黙があった。

「そうか」

男は、また、黙った。

「車のキーもいっしょにか」

質問というよりは確認だった。車のキーは警察が持っていったハンドバッグのなかだ、と勝手にきめてそのことに絶望しているような調子だった。

「キーは、ここにある」

「え？」

「キーはここにある」

「そうか」

しばらく沈黙があった。そして、

「車は？」

「店の駐車場」

「もうひとつだけ頼んでいいかな」

「どうぞ」

「車のキーを送ってほしいんだ。封筒に入れて送ってくれればいい。郵便料金は受信人払いで。

宛先を言うから、書きとってくれるか」

台の上のメモ・パッドをひきよせ、そなえつけのボールポイントをアーロンは持った。

「いいかい」

「どうぞ」

カリフォルニア州リヴァーサイドの所番地を、男は言った。それをアーロンは書きとった。

「そこへ宛て、キーを送ってくれないか」

「カリフォルニアまで帰る途中なんだがなあ」

「なんだって?」

「カリフォルニアへ帰る途中なんだ」

「車でか?」

「まあ、ヒッチハイクみたいなもんだ」

「なるほど」

相手はしばらく黙った。黙るたびに、なにか考えるのだ。

「よかったら車を使ってもらってもいい」

と、男が言った。ごく気楽に軽い好意を申し出るような口調だった。だが、その裏に、緊張がはりつめていた。

「よかったら使ってくれ」

と、その男はかさねて言った。

「そうだな」

「使ってもらえば、車をここまで持ってきてもらえることにもなるし。一石二鳥だ」

「うん」

「使ってくれるかい」

「二日後にはカリフォルニアに着ける」

「それでいいんだ」

「よし。名前と電話番号を教えてくれ」

男の名はメル・タッパンといった。リヴァーサイドに入ってこの番号に電話をくれたら、どこでどんなふうにして車の受け渡しをするかきめよう、とメルは言った。

3

保安官デイヴィスは、四十五歳ぐらいの男だ。がっしりした体格の体ぜんたいに、うっすらと脂がまわりはじめていた。所属しているガン・クラブのユニフォームとなっているカーキー色のスラックスの太腿から腰にかけて、重さをたたえた丸い張りがまさに四十五歳だ。

濃いグリーンの半袖シャツも、ガン・クラブのユニフォームだ。太い腕が袖口をいっぱいに埋め、腹や胸まわりでは生地が分厚い筋肉をつつみこんで、ぴんと張っていた。

まっすぐに立っているときには腹の出っぱりはまだ目立たないが、椅子にすわると、余分な脂肪がガン・ベルトの上にはみ出てくるのだ。

ガン・ベルトは、きれいな細工ものだった。小さな花模様が手づくりでいくつも浮き彫りにしてあり、ピストルをすばやく抜き出すためにさまざまな工夫を盛りこんだホルスターが、右腰についていた。さしこんである六インチ銃身の・357マグナムと一体になって、一見、なんの飾りもない、素っ気なくて簡素なホルスターに見える。

プラチナ・ブロンドの髪をすこし長目にし、スタイリッシュにまとめている。すこしも薄くなったりはげはじめたりしていないこの髪がデイヴィスの自慢であり、大事に手入れを欠かさない。

顔は、保安官によくある手の顔だ。下層の上から中層の中にかけての肉体労働的な仕事を数多く体験してきた顔だから、タフで冷徹な表情がもっとも目立つ。大きな顔のわりに口が意外に小さく、顔ぜんたいがつるっとした赤ら顔で、ひげがすこしもない。

眉は、まっ白だ。丸くて鋭い光を持った灰色の目が、まっ白い眉の下にある。ずる賢く状況を判断しつつ、その判断を最終的には自分の利益のために利己的に利用せずにはおかないという、タフな目だ。いやしい目、と感じる人も多いにちがいない。

このことには、デイヴィス自身、気づいている。

目の表情を柔和にするよう努力はしているのだが、効果はなかなかあらわれない。だから、デイヴィスは、できるだけひんぱんに笑い、微笑したりすることを仕事のようにしている。

笑うと、つるんとしたひげのない赤ら顔は、愛嬌をたたえる。だが、目は笑っていない。笑ったり微笑したりすることによって、目は笑っていない事実が目立つこともあるので、デイヴィスは笑いかたを工夫した。目を細めて笑うのだ。

目を細めると、丸い目が上下からせばまると同時に、白い眉がかぶさってきて、目の表情を大きくかくすことができる。

両脚を開いて突っ立ち、ガン・ベルトに両手の親指をカジュアルにひっかけ、首を片方へかしげぎみにし、目を細くしてにっこり笑うと、タフだけど気持のやさしい、頼りになる保安官、というイメージがかもし出される。

モーテルの駐車場に得意のポーズと微笑で突っ立ったデイヴィスは、アーロンとロスコーを見ていた。

アーロンはデイヴィスの車のエンジン・フードに腰をもたせかけるようにして立ち、そのとなりのロスコーは、手錠をかけられた左手を車の窓のセンター・ピラーにつながれていた。

「モーテルは、いやだって?」

と、デイヴィスが言った。

「今夜くらい、夜営させてください」

自由な左手で、ロスコーは空を示した。

「こんなにいい天気じゃないですか。外に寝たら気持いいですよ」

「俺はいやだね」

「なにがいいんですか」

「寝るならベッドだよ。きれいなシーツを敷いた、柔らかいベッド。これが一番だ」

「背骨によくないんですよ。腰痛の原因になります」

「俺は、おまえらの年齢よりもっと若いころから、ベッド以外のいろんなところで、さんざん寝てきたんだ。天気がいいから野営しようなどという、なまっ白いアウト・ドア派とはちがうんだ」

「そうですか」

「そうとも。背骨のことなんか心配してくれなくていい。いまさら腰痛などには、なりっこない」

モーテルの建物を、ロスコーは見渡した。顔をしかめ、空をあおぎ、デイヴィスに視線をかえした。

「野営させてください。ときには星の下で眠りたいですよ」

ロスコーの言葉に、デイヴィスは笑った。

「星の下で眠りたいか。なるほど。それもそうだろう。これから先何十年か、おまえは刑務所の屋根の下で眠ることになるんだから」

「刑務所の話は、よしましょう」

デイヴィスは、ふたりに歩みよった。

「よし。今夜は野営だ。夜の星の見おさめをさせてやる」

夕暮れに近い時間の空を、デイヴィスもふりあおいだ。

「星の下で眠るのも、そう言やあ、久しぶりだな」

デイヴィスの言葉に、ロスコーがアーロンへウインクした。

ロスコーはアーロンの友人だ。アーロンよりもふたつ年上の二十三歳。デイヴィスのような保安官のえじきになる青年として、ひとつの典型のような風貌と雰囲気だ。

黒い髪には不思議な艶がある。肌は浅黒い。アーロンとおなじほどの背たけで、骨太だが無駄な肉がなく、やせて華奢に見える。

ロサンジェルスで生まれてそこに育ち、自然と都会のせめぎあいの不条理がつくり出したキャラクターとして、ここでもまたロスコーはひとつの見本のようだ。楽観的な無鉄砲さが身上であり、ひとつの無鉄砲さが生み出した悪しき結果を、反省も修正もせず、さらに無鉄砲さをかさねて、解決しようとする。

十代の後半まではなん度もそれできり抜けてきたのだが、二十代のなかばにさしかかろうとするいま、壁にぶつかろうとしている。アーロンとはハイスクールでずっといっしょだった。

あの店で・44マグナムをいきなり射ちはじめた赤いスポーツ・シャツの男は、捜査の結果、身もとは簡単に割れた。似たような発砲歴が、以前に二度もあり、精神病院に出たり入ったりをくりかえしてきた男だという。

死んだジャネット・エイクレスは、不幸なまきぞえであったことが確認された。したがって、あの事件は、そこで落着した。

ジャネットは、モデルだった。緊急事の連絡さきとして、彼女が持っていた手帳には、所属するモデル・クラブの名があげてあった。そこをとおして彼女の両親に連絡がとれ、遺体を回送する手続きをあの町の警察はその日のうちにすませた。

自動車をリヴァーサイドに住むメル・タッパンという男のところへ回送する許可を、保安官デイヴィスをとおしてアーロンはとりつけた。

車は、真紅のシヴォレー・マリブ2ドア・クーペだった。

保安官デイヴィスは、カリフォルニア州の手前、ネヴァダ州の、自分が保安官をやっている郡まで、ロスコーをつれて帰る。これまで、デイヴィスの車に三人が乗ってきた。車が一台ふえることに関して、デイヴィスに不満はなかった。

モーテルのとなりの食堂で食事だけすませた三人は、二台の自動車で再び西にむかって走った。ロスコーが言うように、ほんとうに快適な天気だった。次第に赤い色を濃くしていく西の空を行手の正面にすえて、二台の自動車は走った。そして、陽が落ちきるまえに、野営地をみつけた。

ロスコーは、銀行強盗の犯人としてFBIによって全米に指名手配されている。その銀行強盗は、五年前の出来事だ。

五年前、十八歳のロスコーは、友人と二人で銀行強盗を計画し実行した。手ごろな大きさの町の銀行に狙いをつけ、友人と二人で、まるで昔の映画のように、閉店まぎわの銀行に押し入ったのだ。

そのときのロスコーの相棒には、結婚している妻がいた。そして、彼女は、お腹のなかに夫の子供を宿していた。

銀行から多額の現金を強奪して逃げるさい、射ち合いとなった。ロスコーは無事に銃撃戦をきり抜けたのだが、相棒は被弾した。重傷だった。逃走用に用意した自動車で計画どおりに逃げきり、かくれ家に落着いた。そこには、相棒の妻が、三カ月分をこえる量の食糧や日用品を用意して、待っていた。

だが、相棒は、その夜のうちに、銃弾による傷で、死んだ。それから一週間後、かくれ家が警察によって発見されてしまった。ロスコーは現金を持って逃げ、相棒の妻は逮捕された。彼女は、獄中で出産した。いったん施設にあずけられたその赤ん坊は、もらい子としてネヴァダ州に住む人のところへ、もらわれていった。

刑務所で五年をすごした彼女は、出所してきた。自分の子供を自分の手にとりかえしたくなった彼女は、しかるべき機関をとおして、訴えを出した。訴えは、却下された。その子供を育てている人のところへ直接に交渉もしたのだが、彼女の願いは、きき入れてもらえなかった。子供に会うことすら拒否された。

そんなとき、ロスコーから、彼女のところへ連絡が入った。警察の目を五年間のがれつづけてきたロスコーは、昔の死んだ相棒の妻が出所したことを知り、危険を承知で、連絡をとった。銀行で強奪してきた現金の分け前を、彼女に渡さなくてはいけない。それに、相棒の取り分も、彼女の手に渡るべきだ。ロスコーが彼女に連絡をとったのは、ロスコーがそんなふうに考えたからだ。ロスコーは、律義なのだ。

自分に渡るべき現金とひきかえに、彼女は、ロスコーに仕事を依頼した。ネヴァダ州でもらい子として育てられている自分の子供を誘拐してとりかえしてくる仕事だ。

ロスコーは、その仕事を、ひきうけてしまった。

計画を練るためには現場を見なくてはいけない。現場の下見にいった帰り道、休暇で小旅行に出ていた保安官デイヴィスに、正体を見破られた。全米指名手配の人間たちについてこまかな部分まで完全に記憶することに関して、デイヴィスは天才的だった。

ガス・ステーションで給油中のロスコーの正体を見抜いたデイヴィスは、給油係員にインチキを働くことを命じた。燃料タンクには半分以下しかガソリンが入っていないのに、満タンになりましたと言え、と命じたのだ。

ロスコーは、ダッシュボードの燃料計を確認せずに走り出した。デイヴィスが追跡した。こんなふうに手間をかけるのがデイヴィスのくせだ。追われていることに気づいたロスコーは、逃げた。だが、デイヴィスは満タン、ロスコーはタンクに半分以下だった。

ガソリンのつづくあいだ熾烈に逃げていたロスコーは、燃料計の針がEの表示をこえて下にさがり、やがてエンジンがとまると、あっさりデイヴィスにつかまった。

つかまったロスコーは、弁護士がわりにアーロンをカリフォルニアから呼んだ。飛行機で、アーロンはやってきた。

デイヴィスは、自分が保安官を務めている郡まで帰り、ロスコーを自分の留置場へ入れてから、ロスコー逮捕の一件を発表しようとしている。手柄は地元で発表するにかぎるのだ。

4

〈これより、リヴァーサイド〉の標識を見てから最初のガス・ステーションに、アーロンは真紅のシヴォレー・マリブを入れた。ガソリンは半分以下だ。

給油を係員にまかせ、アーロンは電話へ歩いた。卵を縦に半分に切ったようなかたちの透明なプラスチックにかこまれて、電話機が太い支柱に乗っていた。

電話機は、強い陽ざしをまともに受けていた。熱い受話器をはずしたアーロンは、メル・タッパンという男が教えてくれた電話番号をダイアルした。

コールのベルが三度鳴ってから、電話の相手が出た。

「はい」

「メルはいますか」

「俺だ」

「マッケルウェイです」

「ああ。よう。リヴァーサイドに着いたのかい」

「ええ」

「指定する場所をきめよう。落ち合う場所をきめよう。指定する」


「車は無事か」

「ええ」

「いまどこなんだ」

自分のいる場所を、アーロンは説明した。

「よし、わかった。これからこっちも出かけていくから、落ち合う場所をきめよう。指定するところへ来てもらえるかな」

「いいですよ」

「リヴァーサイドの町は詳しいかい」

「まあ、なんとか」

落ち合う場所を、メルはアーロンに伝えた。いまアーロンがいる場所から自動車で四十分ちかく走る、リヴァーサイドのほぼ反対側にあるショッピング・センターの駐車場を、メルは指定した。大体の目安としての、落ち合う時間もメルがきめた。

「わかったな」

「ええ」

「すぐにむかってもらえば、こっちのほうがさきに着いて待ってると思う」

「おたがいに初対面だけど、わかるだろうか」

「まっ赤なシヴォレー・マリブだろう」

「ええ」

「こっちで気をつけて見てるから、気にしないでいい」

「ジャネットの友だちですか」

「俺かい」

「ええ」

「まあ、友だちと言えば、友だちだが。トラブルがあってね、金銭的な。車はこっちにもらいたいのさ」

「はあ」

「では、むかってもらおうか」

「むかいます」

「そうしてくれ」

落ち合うショッピング・センターの名前と場所を、メル・タッパンはくりかえした。

「まちがえずに」

「だいじょうぶです」

「では、のちほど」

電話はそこで切れた。

給油をおえた係員は、アーロンを待っていた。

「オイルのゲージがさがってますよ」

と、制服を着た係官は言った。

「どうなさいます。入れときましょうか。いまちょうど、オイルがサービス値の期間中ですが」

アーロンは首を振った。

「入れなくてもいい」

「エンジンが泣きますよ」

「泣かせよう」

料金をクレジットにし、アーロンはガス・ステーションを出た。

普通に走っていれば、約束の時間にほぼ遅れることなく、間に合いそうだった。

ペースを、すこしだけ、あげた。

三十分とちょっとで、指定されたショッピング・センターにアーロンは到着した。

広大な平たい敷地に、平べったくて愛想のない大きな建物が、おたがいに距離を置いて、いくつも建っていた。そのいくつもの建物を幅の広い道路が結んでいた。

建物ごとに広い駐車場があった。ならんでとまっている何台もの自動車の、色とりどりの屋根が午後の陽ざしのなかに輝いていた。

いちばん東の建物の駐車場へ、アーロンはむかった。

敷地のなかからハイウェイにじかにつながっている道路の下を立体交差でくぐり、長いのぼり坂をあがりつつ右に曲がりこんでいった。坂をあがりきると、駐車場のなかだった。

見渡したところ、どこにも人の影はなかった。車がつまっていた。奥のほうには、空いているスペースがあるようだった。徐行して、アーロンは駐車場の奥にむかった。

シヴォレー・マリブを空いたスペースに頭から突っこんで入れ、ハンド・ブレーキを引き、エンジンを切った。

ドアを開き、外に出た。

このショッピング・センターでは、建物ごとに扱う品物がちがっている。いまアーロンがいる駐車場は、野菜や果物を扱っている建物の駐車場だった。

建物のほうから、三人の男が、車の列のなかをアーロンにむかって歩いてきた。あいだにある車の数であと数台のところまで近づき、三人の男たちは同時にアーロンに微笑をむけた。

まんなかの男が、

「マッケルウェイ?」

と、声をかけた。

その三人の男たちを三方からはさみうちにするように、駐車場にならんでいる車の列のなかから、三人の男が、突然、姿を見せた。

「とまれっ!」

と、三人が同時に叫んだ。

三人とも右手にピストルを構えているのを、アーロンは見てとった。

「動くなっ! とまれっ!」

アーロンにむかって歩いていた三人の男たちも、動きはす早かった。コンクリートの敷地にむかってダイヴするように身を低くし、車の列のあいだを猛烈に逃げはじめた。

一瞬、アーロンは、呼吸をとめた。シヴォレー・マリブの後部から男が飛び出し、アーロンに躍りかかった。この男も、右手にピストルを持っていた。

男は、アーロンを蹴り倒した。コンクリートの上に倒れたアーロンを片足で力まかせに踏みつけ、ピストルの銃口を頭にむけた。

「動くな。動いたら頭を吹きとばす」

練達のす早い動作で、男はアーロンの右手首に手錠をかけた。鎖でつながれているもうひとつの手錠を自分の左手にかけ、

「立て!」

と、アーロンに命じた。

「とまれっ!」

という怒鳴り声にかさなり、たてつづけに銃声が轟いた。

首をすくめつつ男といっしょに立ったアーロンは、ふたりの男が建物にむかって逃げていくのを見た。ピストルを持った男がふたり、彼らを追っていた。

もうひとりの男は、車の列のなかへ逃げたらしい。追う男が両手にピストルを構え、発砲した。弾丸は、エンジン・フードに当たった。削り取られたペイントが、ぱっと陽のなかに散った。もう一発、かさねて射った。体を低くして車のなかで逃げまどう男を、彼は追った。

「来い!」

男は手錠をかけたアーロンの右手を力まかせに引いた。

「ついてこい。おかしなことをしたら、ただちに頭を吹きとばす」

男は走った。ひっぱられつつ、アーロンも走った。

さきを逃げていく二人の男は、建物のなかに飛びこんだ。ちょうど出てきた女性の買物客が、おどろいて二人を見守った。追う二人も、つづいて建物に飛びこんだ。買物客は、ショッピング・カートを押してわきへ逃げた。

手錠でつながれて、男とアーロンも建物に走った。

建物に入ると同時に、銃声が何発もかさなった。野菜と果物を扱うマーケットのなかで、追う者と追われる者とが、射ち合いをはじめたのだ。あちこちから鋭い悲鳴が走った。

「とまれっ！」

と怒鳴り声がし、銃声がそれにかさなる。物の倒れる音に、女性の悲鳴がからんだ。そして、轟然たるつるべ射ちの音が、店内にこだました。

残響を追うように、男の声が怒鳴った。

「こちら、バイロン！　ひとり、仕止めた！」

ブロッコリが山積みになっているスタンドの陰に、男とアーロンは身をひそめていた。

「射撃訓練ではいつもビリなのに、あいつは人を射つのはうまいんだ」

アーロンのわきで呼吸を整えている男が、ひとりごとのようにそう言った。男は、スタンドの陰からそっと顔を出した。アーロンもいっしょに動かなくてはならなかった。

むこうのスイカのスタンドの陰へ、男がひとり、走りこんだ。さきほど駐車場でアーロンに名前を呼びかけた男だ。

アーロンのわきの男が、二発かさねて射った。一発は、ずっとむこうのオレンジの山にめりこみ、もう一発は、スイカを一個、吹き飛ばした。

店内放送のスピーカーからいきなり男の声が言った。

「お客さまは物かげに身をかくし、姿勢を低くしてください。店内に逃げこんだ麻薬販売人を警察が逮捕しようとしてます」

スイカのスタンドの陰から、男が走り出た。アーロンのとなりの男が、射った。待ちかまえていた当然の標的を気軽に狙う感じで、射った。・357マグナムのコルト・パイソンだ。すさまじい破壊力を充満させた弾丸は、空中を一直線に飛び、男の頭に命中した。たったいま吹き飛んだスイカとまったくおなじように、男の頭は上半分が内部から爆発したように噴きあがった。男の体は横に飛び、フロアに倒れた。

「終ったぞ！」

アーロンのわきの男が、大声で言った。

「西部劇ごっこ、終り！」

アーロンをひっぱって、男はスイカのスタンドへ歩いた。べったりと倒れている男に一瞥をくれ、割れたスイカから破片をもぎとり、食べた。

種を吐き出し、男はアーロンを見た。そして、こう言った。

「おまえが乗って来た自動車には、あの自動車の値段の千倍以上のヘロインがかくされてるんだ。俺たちが手に入れた情報だと、十七歳のかわいい女の子が運転してくることになってたんだがなあ」

彼岸花狩り

谷　恒生

初出：〈小説推理〉1979年9月号

『錆びた波止場』講談社（一九八〇年七月）

谷恒生（たに・こうせい）一九四五（昭和二十）―二〇〇三（平成十五）

東京都生まれ。本名・恒生（つねお）。鳥羽商船高等専門学校卒。日本海汽船に入社して航海士として世界各国の海を飛び回る傍ら、アリステア・マクリーンやギャビン・ライアルの冒険小説を耽読、自分でも筆を執り始める。一九七五年の第二回野性時代新人文学賞に投じた「冬の前線」が最終候補となり、七七年、『喜望峰』『マラッカ海峡』の二冊を同時に刊行して鮮烈なデビューを飾った。『喜望峰』は同年上半期の第七十七回直木賞、第三作『ホーン岬』は七八年上半期の第七十九回直木賞の、それぞれ候補となっている。

以後、『北の怒濤』『黄金の海』『飛騨一等航海士』『フンボルト海流』『戦時標準船荒丸』と海洋冒険小説を中心に活劇小説の力作を次々と刊行する一方、八二年の『魍魎伝説』以降は『髑髏伝』『妖少女』などの伝奇バイオレンス小説を数多く手がけ、夢枕獏や菊地秀行らとともに八〇年代の伝奇小説ブームを牽引した。

他に『慶長水滸伝』『闇斬り稼業』などの時代小説、《警視庁歌舞伎町分室》シリーズなどの警察小説、『超大本営・戦艦大和』などの架空戦記小説と、作風の幅は広い。

本篇は、元一等航海士の積荷鑑定人・日高凶平が探偵役を務める連作短篇集『錆びた波止場』の一篇。日高は長篇ミステリ『船に消えた女』（文庫版で『横浜港殺人事件』と改題）などにも登場している。（日下）

1

暗い空から、雨が音もなく降り落ちてくる。港は雨すだれにかすみ、錆だらけの空ヴイが濁った海面でいらだつように揺れ動いている。

日高は人気のない岸壁を税関ゲイトの方へ歩いていった。

岸壁に、舷側に錆が盛りあがった貨物船が数珠繋ぎに繋留されている。三日続きの雨にたたられた貨物船の船乗りたちのおかげで、界隈の娼婦《おんな》たちの懐はずいぶんうるおったことだろう。

日高は眼がしらをこすった。額にからんだ髪をつたって、雨が、眼のくぼみに流れこんでくる。

日本船舶鑑定協会のオフィスを出る時から雨は降っていた。傘を借りてくればよさそうなものだが、船乗り当時からの習慣でよほどのどしゃ降りでもないかぎり、傘をさしたりしない。船に乗っている頃は、甲板《デッキ》をたたく雨音が鼓膜にひびいてくると、寝台《ボンク》にもぐりこんだままにんまりしたものだ。

入港船にとって雨は恨んでも恨みきれない憎い仇だ。どれほどローテイションが遅れていようと、雨では荷役にならない。荷物を濡らしでもしたら、途方もない賠償額を記入した請求書が本社営業にまいこんでくる。だから、どれだけ艙口を開けたくとも船長、一等航海士をはじめ荷役関係者は、丸窓をつたう雨だれをうらめしげに眺めているほかはないのだ。

しかも、雨天待機には多額の金がかかる。一万噸《トン》クラスの貨物船が荷役をせず、一日、雨にうたれていると、それだけで五百万円から六百万円の経費が消えてしまうのだ。

だが、にが虫を嚙みつぶしたような顔つきで雨を睨みつけている船長以下営業関係者をよそに、甲板員連中の相好はゆるみっぱなしだ。

荷役がなければ仕事もない。寄港する港々で荷役に追われどおしの彼らにとっては、まさに恵みの雨、貴重な骨休めができるというものである。

極彩色のネオンの渦が港付近を彩りはじめると船乗りたちはいそいそとタラップをおりていく。愛情に飢えた潮くさい男どもがわき目もふらずに殺到する酒場には、やさしい心根の娼婦《おんな》たちが手ぐすねをひいて待ちかまえている。雨が降り続けばそれだけ船乗りの懐はさびしくなり、娼婦《おんな》たちだけがうるおうという筋書になっているのだ。

日高は長雨で水かさが増した掘割り沿いを面倒くさそうに歩いていた。雨に誘いだされたいやな臭いが掘割りからただよってくる。

実際、日本の港ほどうす汚い港は世界中を見てもほかにない。どの国の港も海面は澄み、さわやかな潮のかおりがする。決してどぶ泥のような臭いなどしない。

神子元《みこもと》島の灯台を迂回し、浦賀水道に船首を向けたとたん、粘りつくような風がアンモニアくさい臭気を運んでくる。それだけでさびしい気持になってしまう。

日本の港は世界中でもっともプアーだといってさしつかえないだろう。

掘割りから二本目の路地へ入ると、葦簾《よしず》で囲った源爺の屋台がひっそり雨にうたれている。あたりはだいぶ暗い。そろそろ界隈の路地にネオンがきらめく頃だ。

日高は葦簾を割って入った。肴を仕込んでいた半纒《はんてん》姿の源爺が屋台の中からじろりと睨んだ。相変わらず世の中の不幸を一人で背負ってでもいるような顔付きをしている。

「よう、凶さん」

縁台にあぐらをかいていた先客が妙にかん高い声をかけた。眼の縁がほんのり赤い。だいぶ御機嫌な様子だ。

「これから仕事だろう。いいのか、出目六」

日高は出目六と並んで腰をおろした。

「この雨でしこたま儲けさせていただきましたからね。入港している船の乗組員は、銭なんぞ財布に残っちゃいませんや。早いとこ、ご新規が入港してこないことには商売にならないというわけでさ」

出目六はグラスに口をつけ、きたならしい音をたてて冷や酒を吸いこんだ。髪をていねいになでつけ、金縁のきざな眼鏡をかけている。チェックの背広を小粋に着こなし、フリルのついたピンクのドレスシャツにコバルトブルーのワイドタイ、まるで歌手のマネージャーといった風体だ。

出目六は『オリオン』のポン引である。別に眼がとびだしているわけではない。どちらかといえばインテリタイプだ。どうして出目六というあまりありがたくない仇名をもらったかというと、つまり、『オリオン』の客引は代々出目六なのだ。たぶん、初代の眼がずいぶんとび出していたのだろう。ちなみに『へいかち』は金太、『アンカー』はべえごま、『すばる』は二ッ八という呼称になっている。

「景気がよくてけっこうだな」

源爺が皮肉っぽく呟き、さよりの糸づくりを日高の前に置いた。

「おまえたちポン引がにやにやしとると決って界隈《ここ》にろくでもない騒動がもちあがる。凶さん、近づかない方が無難だぞ」

「疫病神みたいな言草しないでくんな、爺さん」出目六が空のグラスを突きだして催促した。

「ところで凶さん、昼間着岸したグリーク船ですがね、乗組員はやはりフィリピン野郎かい」

「まあな」

日高はひと口、酒を含み、さよりを口に放りこんだ。さより特有のかすかな青くささが口腔に広がる。身のひきしまった生きのよいさよりだ。

「しみったれぞろいのグリークにすかんぴんのフィリピン人か、期待できそうもねえな」

出目六がさむそうに酒をすすった。

不愉快な船だった。

日高はグラスを干した。

鑑定人《サーベイヤー》をはじめて、十ヵ月が過ぎようとしていた。どうやら要領を覚え、陸上《おか》の生活にも馴れた。

鑑定人《サーベイヤー》とは、入港した船舶が、航海中、積地と同じ状態のまま荷物を保存してきたかどうかを鑑定する職業であり、船長や一等航海士の経験がある者は、比較的簡単に就職できる。テストハンマーをベルトに差して入港したての貨物船を訪れ、荷役設備や船艙の状況などを確かめ、サーベイレポートを書く。よほどのことがないかぎり、船側責任の摘要《リマーク》はつけない。摘要をつければ保険がおりず、艙内荷物の損傷はすべて船側《シップサイド》の負担になってしまうからだ。

ブルーコンドル号はいかにもギリシャ船籍らしく、いまにも沈みそうな赤錆だらけの老朽貨物船だった。長期にわたる海運不況で軒の傾いたイギリスの船会社から、ギリシャの一隻船主が二束三文で買いたたいたのだそうだ。

腐りかけたタラップをのぼり、錆止ペンキを塗りたくった継ぎはぎだらけの甲板《デッキ》に立つと、うす暗い居住区《ハウス》から鯨油を煮詰めたような臭気がただよい流れてくる。船に乗ったことがない者は嗅いだとたん、反吐がこみあがってくるはずだ。とても居住区内部に踏みこむ気になれないだろう。

舷門当直のフィリピン人操舵手が踊場の隅にうずくまっていた。声をかけると、眼やにのこびりついた眼をうつろに向けた。充血した瞳孔が拡散している。マリファナを常用しているのだ。

一等航海士室は居住区三階の右舷角を占領していた。

ノックしてドアを開けると、事務机に覆いかぶさって熱心に書類を検討していた一等航海士がおどろいたように振りかえった。

日高も少しばかり面食らった。予期に反して、一等航海士の顔は日本人のものであった。会釈し、鑑定人《サーベイヤー》であることを告げると、一等航海士は安堵したように溜息をつき、中央に据えてあるマホガニーのソファへ愛想よく誘った。

老朽化した外観とはうらはらに、ホテルの特別室とまちがえてしまうほど立派な部屋だ。調度も整っている。だが、床に敷き詰められた燃えるような真紅の絨毯は、あまりよい趣味とはいえない。

「ごくろうさまです」

一等航海士は慇懃《いんぎん》に挨拶すると、煙草盆のふたを取って煙草をすすめた。刈りこんだ髪にきちんと櫛目が入れてある。形のよい鼻梁と薄いピンク色の唇は神経質そうだが、端整な顔立であることはまちがいない。広い額、女性的ななで眉、きれ長の眼に知的な笑みをためている。どのような場合でも冷静な計算を忘れない合理的なビジネスマンといった印象だ。

「くさいでしょう、本船は」

一等航海士が眉宇をひそめた。

「肉を主食の毛唐と米粒ばかり頰張るフィリピン人、どちらも体臭が強くてかないません。本船乗組員で日本人は僕一人でしてね」

「私にも経験があります」

日高がぶっきら棒に答えた。

「リベリア船籍の便宜置籍船に乗った経験がありましてね、馴れるまで往生しました」

さっきよりだいぶ雨勢が激しくなった。甲板をたたきつける雨音が鋼壁越しにうっとうしくひびき、雨をともなった風が唸りをあげて丸窓を叩きつける。せっかくの着岸も、この空模様では無駄になりそうだ。

日高には、落ち着いた物腰で煙草をくゆらしている眼の前の一等航海士がなんとなく腑におちなかった。

便宜置籍船とは、いいかえれば他国籍企業船である。アメリカ、日本、欧州諸国など税率が高い上にさまざまな制約を課せられる国の船会社が、持船の船籍を便宜的に税金の安い国に置く。自国の税率や制約から逃がれる手段だ。違法にはちがいないのだが、取締る法律がいまのところ存在しない。国家までないがしろにして利益を追求する資本主義の貪欲さをまざまざと見せつけられるような思いがする。

船会社は、看板になる最新鋭船を便宜置籍船にしない。ほとんどが人件費のかさむ低能率の老朽船である。

そのいまにも沈みそうな便宜置籍船に、誰も好きこのんで乗りこんだりしない。タラップをのぼってくる連中は、世間を拗《す》ねた落ちこぼれ船乗りばかりだ。

彼らはなんらかの理由、たとえば無税のスコッチや煙草を陸上《おか》の業者に闇値でたたき売ったり、拳銃、麻薬など禁制品の密輸の片棒を担いだり、港の売春宿で眠りほうけて出帆する船に乗り遅れたりして、自国の船会社を追われ、しかたなく一航海契約かぎりの何の保障もない便宜置籍船に乗船してくるのだ。

連中は例外なく、無頼で殺伐とした体臭《におい》がつきまとっている。一発勝負に刹那的な情熱を傾ける博奕打ちのような翳が、潮灼けしたたくましい肩のあたりににじんでいるのだ。

だが、本船、ブルーコンドル号の日本人一等航海士は、そのような無頼な体臭とはおよそ縁遠かった。むしろ、表情や人馴れした態度には、出世コースを驀進しているエリート商社員のような自信に裏打ちされた張りがあった。

この男は、どのような経路からギリシャ船籍の老朽貨物船に乗りこんできたのだろう。

その疑問は、とりとめのない雑談の間中、日高の意識から消えなかった。

「どうしたんです、むっつり黙りこんじまって」

出目六が日高を上眼づかいにのぞきこんだ。

「いや」

日高は曖昧に口を噤んだ。

ほぼ同年代の一等航海士から、なぜか日高は腐臭のような臭いを嗅ぎとったのだった。

あれから、彼と連れ立って甲板へ出た。艙口《ハッチ》の密閉状態、通風の具合、艙内荷物の積付状況などを形どおりに鑑定してまわった。後部甲板の検査《チェック》を終え、前部船艙を順ぐりに調べ、最後の二番艙へ向かう途中、にわかに雨の勢いが鋭くなった。

日高はとっさに船首楼《ホックスル》直下のボースンストアへ通じる通路にとびこんだ。

「サーベイヤー!!」

一等航海士がものすごい剣幕で叫んだ。雨の銀線が雨合羽に跳ね躍り、甲板に激しい雨飛沫《しぶき》が湧いている。

「これくらいの雨で何ですか、鑑定《サーベイ》を続けたまえ」

一等航海士は血相を変えて駆け寄り、日高の腕を摑んでどしゃぶりの甲板にひきずりだしたのだった。こめかみで静脈がわなないている。蒼白の顔面には、病的な殺気がみなぎっていた……。

「虫の好かないやつだった」

日高はグラスの底に溜まっている酒を一息にあおりつけた。

「俺のことですかい」

出目六が薄い眉を困ったようにゆがめた。

「あんたじゃないさ」

日高がにが笑いした。あの時、一等航海士の錯乱したような眼の光に不吉な予感が背筋を這ったのだった。

「そろそろおみこしをあげるとするか、おいらは邪魔みたいですからね」

出目六は日高の耳もとにすばやく顔を寄せ、秘密めかして囁いた。

「実は、冴子が凶さんにぞっこんでね、ぜひお連れしてくれってせがまれてるんです。さいわい、今夜は暇なようですし、顔を見せてやってくれませんか」

出目六は勘定を縁板に乗せると、小走りに小雨の降りつづく路地へ消えていった。

「気が塞ぐのは雨のせいかのう」

源爺の潮枯《しゃが》れ声が鼓膜にふるえた。

「鑑定《サーベイ》してきたギリシャ船だが、どうにも後味が悪くてな」

日高はひかえめにいった。

「源さん、ブルーコンドルって船に記憶があるかい」

「さあな」

源爺は無精髭だらけの顎をなでた。

「この港には初めてのお目見えだな、その青い禿鷲《はげわし》ってボロ船は」

「青い禿鷲か」

路地を這う風が、葦簾《よしず》の割れ目から首筋に冷気の棘を吹きつけてくる。日高は硬い表情で路地の向こうに広がる漆黒の港を見つめた。

陰湿な雨は今夜も降り続くだろう。

おびただしいネオンの洪水が雨膜にきらめいている。路地の両側にひしめき合う船員酒場のドアから雑駁《ざっぱく》な騒音がこぼれ、酔いどれどもがよろめきながら通りすぎていく。

出目六の予想に反して、界隈は今晩も盛況だった。碇泊船の連中は、事務長を拝みたおして、次の航海の給料を前借りしてきたにちがいない。

日高は『オリオン』のドアを押した。

「ようこそいらっしゃいました」

ボックスで娼婦《おんな》にあぶれた毛唐の機嫌をとりむすんでいた出目六が、目ざとく見つけ、息がかかるほどすり寄ってきた。息がにんにくくさい。出がけにギョウザでも食べたのだろう。

「やりっぱなしていいのか」

日高はボックスの隅に坐り、壁に背をもたれた。

「しけた毛唐でしてね、人一倍スケべなくせに、ビール一本しか飲みやがらねえ」

出目六がちらりとボックスを盗み見ると、思わせぶりに咳払いをして、金縁眼鏡をかけ直した。中身はまぎれもない客引だが、黒服に蝶ネクタイと体裁だけはマネージャー然としている。

「立てこんじまいまして、相済みません」

出目六は手をあげて、バーボンの壜を運ばせた。

「冴子のやつ、からまれているんですよ。とかげみたいな客にね。野郎、あれでも船乗りかいな」

日高は注がれたバーボンを含んだ。荒れた舌が焼けるように熱い。バーボン特有の薬品くささが口腔に充ちていく。

出目六は感情が昂ぶりだすと、言葉のはしばしに関西訛りが顔を出すのだ。

「なんだと思ってるんだい、このろくでなし」

歯切れのよい啖呵が、よどんでいる空気を引き裂いた。

「あたいたちは銭で横っ面を張られりゃ股を開くさ、それが稼業だからね。でも、数ある客の中にはどんなに札束を積まれたって裸になりたくない野郎だっているんだ。肝に銘じときな」

店内が水を打ったように鎮まり返った。

スパンコールのドレスを着けた女が、中央のボックスから憤然と立ちあがり、握っていたグラスを憎悪をこめて床にたたきつけた。グラスが烈しい音を立てて砕け散った。

「爆発しよったな」

出目六がスツールから身を乗りだした。

「そのうちとかげ野郎がキンテキ蹴られよるわい」

日高はあっけにとられた。冴子が啖呵を浴びせている相手は、あのギリシャ船の一等航海士だった。見かけよりだいぶ図太い。いくら罵られても口もとにうす笑いを浮かべて平然とグラスを傾けているのだ。

「お客さん、お酔いになっていらっしゃるようで」

潮時と見て、出目六が一等航海士と冴子の間に揉み手をしながら割って入った。

「そろそろ、腰をおあげになったらいかがですか。他のお客さんにも御迷惑ですし」

さすがに手なれたものだ。愛想よくほほえんでいるが、糸のように細い眼は相手を威嚇するだけの凄味をそなえている。

「冴子とかいったな」一等航海士がすずしい微笑をかえした。

「なかなか気性の勝った女だ。近いうちにすばらしい幸運にめぐり合うだろう」

一等航海士がスーツの裾を払って立ちあがった。出目六が気圧《けお》されたように後ずさりした。顔から血の気がひき、頬の肉がひきつっている。

「ここへ置く」

一等航海士は内ポケットから分厚い駝鳥革《オストリッチ》の財布を取りだし、一万円札を三枚抜きとってテーブルへ置いた。ドアの方へ歩きかけ、冴子をさがすように振り向いた。拍子に、日高と眼が合った。

日高はグラスをあおった。

一等航海士がふっと笑った。背筋の寒くなるような冷えた笑みだった。

「今夜は首がつかるまで飲むからね、厄落としさ」

冴子がバーボンをグラスに半分ほど注ぐとビールで割った。

せっかくセットした髪が額に乱れかかり、繊細な感じの肩が苦しげにあえいでいる。勝気そうな瞳は酔いでうるんでいるが、目蓋が不安げに瞬《また》き、表情は硬い。ドレスの襟で汗ばんだ胸が荒い呼吸を繰りかえし、ドレスの裾から形のよい脚がのぞいている。

「そやけど気味の悪い男やったなあ、見詰められたとたん、身体中の血が冷えていくような気持になってしもうた」出目六がそっと首筋をなでた。

「だらしないな、六さん。そんなことじゃ用心棒はつとまらないぜ」

冴子が意地悪く睨んだ。

「ぼくは用心棒とちがうで。しがない客引や、あんたらに喰らいついて生血を吸うとるシラミですわ」

出目六があわれっぽく鼻水をしゃくりあげた。泥酔状態に近い。典型的な泣き上戸なのだ。

看板が近くなった。

ボックスで卑猥にもつれ合う男と女の動きが激しさを増し、アルコールと体臭と香水の融け混ざった空気は、胸が苦しくなるほど過熱していた。

「話はなんだ」

日高が訊いた。出目六はカウンターにだらしなく頰を押しつけて眠りこけている。

「まともに切りだされると弱いな」

冴子が小指の爪で髪をかいた。痩せた身体からやるせないにおいが漂っている。

「そろそろ堅気に戻ろうかと思ってさ、あたいもトシだし」

「金はたまったのか」

「界隈《ここ》にいてたまるわけないじゃない」冴子が淋しそうに笑った。

「お金が欲しいんなら、トルコでもどこでも行くよ」

日高はグラスを口に運んだ。急に酔いがさめてしまったような気持だ。

確かに冴子のいうとおり、界隈は身体を張って稼ぐにはそれほど率がよくない。

以前、日高が新米《しんまい》三等航海士の頃、一晩の恋愛料が三千円から五千円だった。あれから十数年、物価の上昇率に比例して、界隈の相場も三万円にスライドした。それでも一時間足らずのサーヴィスで二万円も稼ぐトルコと較べればべらぼうに安い。しかも、界隈の娼婦《おんな》たちはよほどのことがないかぎり、まわしをとらない。はるかな海原を越えて入港してきた船乗りにむごい仕打ちはできないというわけだ。彼女たちはなじみの船乗りが文無しでも、このつぎ港へ着くまでのツケにして惜しげもなく愛情を提供する。波止場女の心意気だ。

「堅気になるって、屋台でも引っ張るつもりか」

「いやだな、源爺みたいなこといって」

冴子が甘えるようにしなだれかかってきた。体温がじかに伝わってくる。動悸が荒い。細い腕に生えたうぶ毛がきらきら輝いている。

「一緒になってくれって、せっつかれてるんだ」

照れたように笑った。

「船乗りか」

「そう、だから界隈《ここ》から消えちまおうと思うの」

冴子が唇を首筋に押しつけた。熱い息が吹きかかり、よくしなう指先が脇腹づたいにおりていく。

「相手は純《うぶ》な三等航海士《サードメイト》、生意気なところがかわいいんだ」

「けっこうじゃないか」

日高は冴子を見ずに答えた。この手の話は界隈にくさるほどころがっている。

「わかってるんだ」

冴子の瞳が迫った。切実な光がたまっている。

「船乗りと港の女のとり合わせってのはうまくいきっこない。どれだけ身持ちが固くたってあたいたちはしょせん娼婦あがりさ、航海している亭主が疑いだしたら、どんな努力も水の泡。そんなことは百も承知だよ」

「相手次第だ」

日高は視線を落とした。界隈から消えるという冴子の気持が痛いほどわかった。港の女は惚れて裏切られるより惚れられる方がつらいのだ。

「凶さん」冴子がグラスをマニキュアの剝げた指先でもてあそびながら訊いた。

「どうして所帯を持たないのよ、目ざわりでしかたないじゃないか」

「しゃれのつもりで因果な名前をつけた親のせいだ。俺にまといつく女はみんな不幸になっちまう」

「あたいも不幸になりたいな」

冴子が人差指の爪でグラスの縁をはじいた。繊細な音が短く鳴った。

2

あわただしい靴音が外の階段を駆けあがってくる。靴音がドアの前でたたらを踏んで止まった。

「凶さん、凶さん‼」

連呼とともに砕けそうなほどドアを乱打する。

日高凶平は枕から宿酔《ふつかよ》いの頭をもちあげた。今日の非番をあてこんで顔なじみの所轄の刑事《デカ》と源爺の屋台に腰を据えて、泥酔するまで飲んでしまったのだ。

「鍵はポストの中だ」

日高は口のまわりをぬぐった。厭な臭いがする。涎《よだれ》で掌がべとついてしまった。

さすがに頭が重い。身体中から酒気がにじみでてくるような気がする。

「凶さん、えらいこっちゃ、冴子が蒸発しよりましてん」

出目六がとびこんでくるなり、うわずり声を張りあげた。髪が乱れ、濃いブルーの絹シャツのボタンはたがい違いだ。身だしなみによけいな神経をつかうこの男にしては、めずらしいとり乱しようだ。よほど気が動転しているのだろう。

日高は寝台の上にあぐらをかいた。はだけた寝巻の襟からのぞいている胸が寝汗でじっとりしている。

窓のカーテン越しに海が鈍く光っている。ヴィ繋留の貨物船の舷側にはしけが群がり、荷役の騒音が風に乗ってかすかに伝わってくる。

「凶さん、あんた、冴子からなんぞ聞いてはりまへんか」

「なにも」

日高は枕元の水差しに手を伸ばし、音を立ててむさぼり飲んだ。喉が乾いた砂のようにいくらでも水をほしがる。

アパートの住人の誰かが階段のわきに放りだしたゴミ箱から、生まごみの饐《す》えた臭いがただよってくる。

低い合板ベニヤの天井に染みが雨洩りあとのような縞模様を描き、ダンボールを本棚がわりに積みあげた壁が手垢でうすよごれている。古道具屋から買いたたいた寝台と長椅子があるだけの殺風景な部屋には、逃げだしてきた船と海に未練を残した中年にさしかかろうとする男のくたびれた体臭がこもっている。

「冴子は借金でもあったのか」

出目六は首を振った。

日高が眼で出目六に煙草を催促した。三日前の口振りから、冴子が遠からず姿を消すことはわかっていた。だが、界隈には何の制約もないはずだ。女たちはきだめに吹き寄せられる朽葉のようにたどりつき、やがて、気まぐれな風に吹かれてどこかへ消えていく。それは、出目六も十分、承知しているはずだった。

「あんたが、うちへ来はった翌日から消息不明になってしもうたんや」

出目六が、日高のくわえた煙草に金色のカルチェで火をつけた。怯えた鼠みたいなあわれな眼だった。

「冴子がふける理由なんかあらしまへん。それにアパートの部屋は、なにもかも置きっぱなしやし、貯金通帳かて残ってます」

「蒼くなるほどのことでもないだろう」日高が眠そうに眼がしらをこすった。

「休暇を取って駆けつけてきた純《うぶ》な三等航海士《サードメイト》と遠出でもしたんじゃないのか」

「ぼくも初めはそない思いました」

出目六は歯ぐきに溜まった唾液を袖で拭うと、いきおいこんで身を乗りだした。

「それが冴子だけやおまへんのや。うちの店では由紀に花代、金太とこは理花、夕子、直代、『アンカー』は順子とルミ、『すばる』ときた日には娼婦《おんな》が一人もいてしまへん」

「集団失踪というわけか」

日高が眉根を寄せた。意識の底にかすかなおののきがはしった。

「俺が冴子と飲んだ翌日、つまり二日前にみんながそろって煙みたいに消えちまったんだな」

「なんぞ心あたりでも」

出目六がすがりつくように見つめている。

「いや」

日高は煙草をアルミの灰皿に押しつけて消した。

「蒸発した娼婦《おんな》はどれくらいいる」

「ざっと二十人、それも看板の娘ばかりですわ」

「三日前の晩についた客を洗えるかな」

日高の眼が強《きつ》く光った。削げた頰のあたりが無頼な凄味を帯びた。

昨夜、所轄の犬飼が酒の肴に喋った奇妙な話が、鼓膜に甦ってくる。

「凶さん、界隈《ここ》も景気の方はぱっとしねえようだがな、トルコだって閑古鳥が鳴いてるらしいぜ」

犬飼は口の端にくわえた爪楊枝をせせらした。したたかで狡猾でおよそ食えない男だ。黄ばんだハンチングを被り、年代物のレインコートの襟を立て、どうもその恰好を粋だと思いこんでいるような節がある。

路地の暗がりにひそんで絶えず界隈の出来事に神経を配っている犬飼にとって、界隈はやくざ者の縄張り同様、人手に渡せない金づるなのだ。

「昨夜《きのう》、久し振りに築島新地に出ばったんだが、どのトルコにもピチピチした娘なんぞいやしねえ。皮膚のたるんだ糞ばばあばかりさ」

「おめえに似合いだわい」

源爺はにべもない。一升壜のくびを摑んで犬飼のコップへ乱暴に注ぎ足した。

「愛想のねえ爺さんだぜ」

犬飼が下品な音を立てて冷や酒を吸いこんだ。

「あんまり癪にさわったんで、山崎を呼びだしたってわけだ。築島を仕切っている村井組の金バッジでな、なかなか肚のすわった筋者だ。その山崎が野良犬に追いたてられた鴉《からす》そこのけにばたついて、赤ちょうちんにとびこんできやがった」

「手入れだとでも思ったんだろう。あんたも底意地が悪いからな」

日高がほどよい加減の塩からを箸でつまんで口に放り込んだ。

「ところがそうじゃねえんだ。山崎はいきなり俺の胸ぐらを摑んで、犬飼さん、トルコの上玉がほとんどふけちまったと叫びやがる。しかも、あんたが手引したんじゃねえだろうなときた。俺だってむかっ腹をたてるぜ。いくらなんでも、刑事《デカ》が娼婦の足抜けの片棒を担いだりしないさ」

「わからんで」源爺が毒づく。

「近頃の刑事《デカ》は、空巣、強盗、強姦、悪いことならなんでもござれじゃからな」

「よけいな茶々を入れるな、死にぞこないの老いぼれが」

犬飼は爪楊枝を唾液《つばき》と一緒に吐きすてると、日高に向き直って頬づえをついた。

「足抜けした女は築島のトルコ街で二十三人。計画的な脱走ではないらしい。連中のアパートは家財道具がそっくり残っているし、女のヒモ連中は真っ蒼だ」

「まだ事件《ヤマ》までいってないわい」

源爺がうす笑いを浮かべながらにくまれ口をたたいた。

「息抜きに慰安旅行としゃれこんだのかも知れんぞ。たまには娼婦《おんな》も男の体臭《におい》を嗅がずにぐっすり眠りたいだろうて」

「娼婦《おんな》たちはその日、忙しかったのか」

日高が首のつけ根を揉みながら訊いた。このところ、どうも身体が重い。連夜の深酒のせいだろうが、それにしても船に乗っていた頃より疲労が残る。そういえば、このごろ、船の夢を見るようになった。骨の髄まで染みこんだ潮風は、おいそれと抜けないものらしい。

「なんでも船乗りが多かったそうだ。それもフィリピン人と毛唐」

「フィリピン人、妙だな」

日高が喉の奥で呟いた。

フィリピン人乗組員《クリユウ》の懐は、トルコ風呂へ行けるほど潤沢《じゅんたく》ではないはずだ。彼らの報酬は高く見積っても月百五十ドル、その上、彼らは報酬の七割を強制的に国へ送金されてしまう。東南アジアの国々にとって便宜置籍船に乗りこむ船乗りは、ドルを得る貴重な稼ぎ手なのだ。

懐のさびしい東南アジアの船員は、闇商売を小遣い稼ぎの手段にしている。船で買える免税のスコッチやイギリス煙草、それに腕時計、電卓、トランジスタラジオなどを物価統制の厳しい国に密輸し、わずかばかりの利益を得るのだ。日本には、麻薬、マリファナ、拳銃《ハジキ》が最も率のよい闇物資だが、最近は警察や税関の締めつけにあってままならない。

フィリピン人たちは路地の赤ちょうちんに首をつっこんで、モツ焼きの串をくわえながらビールを飲むぐらいがせいぜいだろう。

「村井組はヤクから手を引いたんだろう」

「表向きはな」犬飼が酔いを醒ますように自分の頬を平手でぴしゃぴしゃたたいた。

「少なくとも船乗りにヤクや拳銃を運ばせることはしていない。そんな真似をしやがったら俺がたたきつぶしてやる」

「えらく正義漢ぶるのう」

源爺が皮肉に笑い、犬飼と視線が合うとそしらぬ顔で洗い場をかたづけはじめた。

いつの間にか朝になってしまった。透明な大気が海を覆った暗がりを徐々にはぎとっていく。

微風に海面が騒ぎ、岸壁に湧く華奢な波音が夜明けの界隈にこだまする。

停滞していた前線がようやく去り、四日振りに晴れそうだ。

日高は下駄を鳴らしながら海岸通りをぶらぶら歩いていた。ねばりつくような風が宿酔いを嘲笑うように吹きかかってくる。雨に洗われた鮮かな銀杏の葉がざわめき、強い陽差しを浴びた港の表面に無数の銀鱗がひるがえっている。

日高の脚が止まった。

鍵形になっている港の入口《エントランス》からパトロールカーがあわただしくとびだしてきた。車は日高とすれ違いざま、急にブレーキを踏んだ。

「凶さん！」犬飼がドアを開けるなり、わめいた。

「ちょうどよかった。おまえさんの知恵を借りにいくところだったんだ」

「非番のあんたが駆りだされたってことは、界隈《ここ》に関係のある事件《ヤマ》だな」

「東桟橋の橋桁にどざえもんが二個、ひっかかっていた。女だ」

「界隈《ここ》の娼婦《おんな》か？」

「一人はな」

犬飼が煙草をくわえ、日高にもすすめてジッポで火をつけた。

「『へいかち』の理花、客引している金太が面通し済みだ。もう一人は村井組のチンピラの情《ス》婦《ケ》、あけみって源氏名のトルコ嬢さ」

日高が空を仰ぎ、眩しそうに掌をかざした。陽が高い。腕時計の針は正午を差そうとしている。

「界隈《ここ》の娼婦《おんな》が二十人ばかり、二日前から消息を断っている。築島のトルコ嬢が夜逃げしたのも二日前じゃないのか」

「どういうことだ」

犬飼が詰めよった。

「まだ勘の段階だが、こいつは許せない事件《ヤマ》だぜ。手遅れにならなければよいが……」

日高は足速やに歩きだした。

「どこへ行くんだ」

あわてて追いかける犬飼に日高が振り向いた。顔から表情が消えている。

「ユニバーサルシップカンパニーの代理店だ。一緒に来てくれると好都合なんだがな」

道路沿いに古ぼけたビルが並んでいる。荷役会社、倉庫会社、乙仲、検数の出張所、船具屋、どれも港に入る船を当てこんだ商売だ。考えようによっては、界隈の娼婦たちと大差ない。ユニバーサルシップカンパニーの代理店は、倉庫と荷役会社に挟みつけられたうすぎたないビルの二階にある。

大層な社名だが持船など一隻もない。便宜置籍船相手のけちくさい船員斡旋所である。深刻な海運不況を理由に、日本の各船会社は低能率船をこぞって便宜置籍船化してしまった。大手海運会社が新規採用を取り止め、失業船員が続出し、商船大などを卒業した船員志望者には就職が絶望的な状況だった。

ユニバーサルシップカンパニーは、海運不況によって需要を得た便宜置籍船を一航海単位でサーヴィスする泡沫会社にすぎない。運賃収入など絶無、代理店業務の収入と補充船員の斡旋料で営業している浮き草稼業だ。

日高と犬飼はオフィスと衝立で仕切られた体裁だけの応接ルームに通された。女子事務員が運んできた茶をすすっているうちに、くたびれた背広を着た初老の男がファイルの束をかかえて現われた。

「松田です」

松田はおどおどしながらテーブルに名刺を置いた。肩書は山東海事商会、営業部長とある。

「ブルーコンドル号に関する御用件でしたな」

松田営業部長は眼鏡をかけ直すと、さっそくファイルの束をくりはじめた。

「ユニバーサルシップカンパニーから代理店の代行を押しつけられまして、実のところ私どもは閉口しとりましてな。なにしろ、親会社はギリシャの一隻船主、乗組員は札つきぞろい、日本の代理店ときたらいつ事務所を閉鎖するかしれない船員斡旋所ですからね。いかがわしい便宜置籍船とは、正直な話、できるだけ関わりあいになりたくないのですよ」

「ではどうして、代理店を代行なさったのです」

日高がやや語気を強くして訊いた。松田の反応を確かめたかったのだ。

「ここだけの話ですがね」松田は茶をすすると、あたりをはばかるように声をおとした。

「ユニバーサルシップカンパニーの社長は、アラブ諸国の隠れたロビイストでしてね。レッドファンネルやユニバーサル石油の代理店を別会社でやっているのです。機嫌をそこねでもしたら、それこそ当社の代理店業務はお手上げになってしまいます」

「アラブ諸国のロビイスト?」

日高の眼が一瞬、凶暴な光をおびた。

「片柳剛三氏です。もっとも、本人は公《おおやけ》の場に姿を現わすことなど滅多にありませんがね。そうそう、どういうつもりでしょうか、御子息がブルーコンドル号の一等航海士をしていましたな」

片柳剛三。

日本海運界の陰画《ネガ》にひそむとてつもない怪物である。造船疑獄で飯田海運を食いものにし、いままた国際ラインと五星汽船のどす黒い渦中にうごめき、莫大なリベートを吸いあげたと噂されている。

「ええと、ブルーコンドル号はですね。昨日の午後三時、門司の第四岸壁に着岸いたしまして、明後日の正午に出帆です。行先はベイルート……」

「明後日の正午か、あまり時間がないな」

日高は営業部長を鋭く睨み据えた。

「いいですか、松田さん。私たちが尋ねたことは他言無用。もし、誰かに通報なさった場合、あなたの身辺にとんでもないわざわいが起りますよ」


俯き加減に歩く日高の影が掘割り沿いの道に長く伸びている。青みどろに濁った運河の表面にメタンガスがぶすぶす湧きだし、どぶ泥の臭いがむずがゆく鼻を刺す。朽ちかけたダルマ船が潮の流れに逆らって掘割りをのぼってゆく。

「凶さん」

犬飼が遠慮がちに呼びかけた。

「おまえさん、さっきの話で目星をつけたな」

日高が微笑した。

「俺のあてずっぽうが正しければ、あさっての正午までしか時間がない。あんた、馘《くび》になってもかまわないか」

「馘《くび》ねえ」

犬飼が日灼けした首筋を撫でた。

「口やかましい女房と十を頭《かしら》に三人のガキをかかえて失業か、ぞっとしないぜ」

「あきらめるか」

「あきらめたんじゃ、界隈《ここ》の娼婦《おんな》たちに顔向けできなくなる。ずいぶん小遣い銭をせびったからな」

二人は肩を並べて路地を抜け、いまにも倒れそうな源爺のボロアパートのドアをノックした。

「なんだ、犬飼さんも御一緒ですかい」

源爺に肩を寄せて熱っぽく喋っていた出目六が、露骨に厭な顔をした。昂奮こそしているが、動転からは醒めたようだ。

「そう毛嫌いするな」

犬飼が出目六の背中を軽く小突いた。

「これから凶さんと二人でおまえらの大事な飯のタネを取り返しにいこうとしているのによ」

「娼婦《おんな》連中の客はおおよそつかめました」

出目六が塗りのはげたちゃぶ台から身をのりだした。

「フィリピン人と毛唐だろう」

日高の眼が悪戯っぽく笑った。

「それぱかりじゃないんです」

出目六の表情がにわかに硬くなった。

「青竜会の連中が一枚噛んでるらしいんで。月のもので客をとらなかった幸っぺが、しまい湯の帰りに、地下鉄の駅でたむろしていた連中を見たんです。やつらと界隈《ここ》とは仇同士やさかい」

「青竜会か、こいつは驚きだ、日本最大の暴力団までおでましとはな。凶さん、へたすると生命《いのち》を落とすぞ」

「驚くにはあたらんさ、片柳剛三が背後にひかえてるんだ」

「片柳剛三、あの片柳か」

源爺の皺に埋った眼から異様な光がほとばしった。

「知ってるのか、爺さん」

犬飼が源爺をさぐるように見た。

「終戦後、しばらく付き合いがあってな。黴《かび》の生えそうな古い話じゃがな、わしが佐世保の港からアメリカの兵隊を釜山へ送りこんでいた頃だ。やつは闇物資の元締でな、まるで腐肉をむさぼるハイエナだった」

「一方は日本海運界の闇でうごめく怪物、もう一方は界隈《ここ》の路地で娼婦《おんな》相手に酒を売る屋台の爺さんか。こいつはおもしろい。その因縁とやらをぜひ聞かしてもらいてえな」

「やめとけ」

日高が犬飼の口を封じた。

「吹き溜りに巣喰っている連中には、触れてもらいたくない古傷がひとつやふたつあるものだ」

「それほど大それた傷でもないがな」

源爺が茶をすすった。俯き加減の横顔が泥のように濁っている。

「この事件《ヤマ》は俺たちの手にあまるのとちがうかい」

犬飼の眼にかすかな動揺がよぎった。

「核心に迫るのは無理じゃろう、相手が片柳剛三ではな」

源爺がそういうと台所から一升壜と湯呑みを運んできた。

「気がきかんことで――」

出目六が頭をかいて、酒を注いでまわった。

「界隈《ここ》と築島のめぼしい娼婦《おんな》が一晩で失踪し、そのうち二人が桟橋の橋桁にひっかかっていた。しかも娼婦たちの客はフィリピン人と毛唐、つまり船乗りだ。その上、青竜会がうごいているらしい」

日高は湯呑みを口へ運んだ。酒がすっぱく歯ぐきを刺した。うすよごれた窓に、密集した屋根が映っている。陽を鈍く反射する屋並みの向うにブロック造りの倉庫が建ちならび、フォークリフトが倉庫から次から次におびただしい木箱《ケース》を岸壁へ運びだしている。

「娼婦《おんな》は木箱と同じか」

日高が湯呑みをあおった。削げた頰に暗い怒りが現われている。

「元締を押えることは無理だが、手足をもぎるぐらいはできる」

日高が立ち上がった。

「どちらへ?」

出目六が不安そうに顔をあげた。

「鑑定協会のオフィスさ」

日高が照れくさそうに答えた。

「二日ばかり休暇をもらってくる。せっかくの就職口を棒にふったら飯の食いあげだからな」

「向こう見ずな男じゃ」

源爺が茶簞笥の奥からさらしに巻いたものを取りだした。

「やっ、ぱですか」

出目六が不安そうにいった。

「それほど上等な代物じゃないわい」

源爺がさらしを広げた。角《かく》ヤスリを削った手製のシーナイフが三本、鋼《はがね》独得の透明な光沢を放っていた。

「つまらん道具だが、素手よりはましじゃろう」

「まずいな、爺さん」

犬飼がしぶい顔をつくった。

「俺たちは喧嘩に行くんじゃねえんだぜ」

「片柳が嚙んでる船に、証拠なしで踏み込めると思うとるのか」

源爺の眼が凄味を帯びた。

「尋常な手段じゃ勝負にならんか」

日高がシーナイフを摑んだ。

「とにかく、明日の晩が勝負だ。出目六、博多までの航空券を手配しろ」

「まかしておいてくんなさい」

出目六が気負っていった。

「おいらもおともさせてもらいますよ」

「凶か吉か」

源爺が潮枯《しやが》れた声で呟いた。

「俺が凶を背負っているからな」

日高が不敵に笑った。

「たぶん、むこうさんの方に凶とでるだろう」

3

関門海峡は夜の静寂に沈んでいた。西から迫る低気圧の影響で層雲が空をどんより覆っている。漆黒に塗りこめられた海は、かすかな波もない。

海峡の対岸で下関の街がビーズ玉をぶちまけたように安っぽくきらめき、彦島を迂回して玄界灘へ抜ける水道から分かれた洞海湾は、墨のように暗かった。

門司港は最盛期に較べて閑散としていた。港内にはヴイ繋留の船もなく、岸壁に繋がれた数隻の貨物船が暗い空間に頼りない光を散らしている。

霧がではじめたようだ。空が重く、港の入口に数軒並んだ漁師相手の居酒屋の灯が霧幕にぼんやり透けている。

岸壁づたいに建ち並ぶ煉瓦造りの古ぼけた倉庫が黒く盛りあがり、その脇に敷いてある引込線に二輛の貨車が停っている。

零時になろうとしていた。

酔いどれた靴音が森閑とした倉庫の壁に反響する。

骨格のたくましい船員だった。ギリシャ人らしい。赤茶けた髪が乱れ、呼吸があらかった。したたか酔っている。二、三歩、歩いてはよろめき、倉庫の壁に両手をつっぱって頭を垂れ、内臓をかきまわされるような呻き声をあげて嘔吐する。

どうやらむかつきがおさまったらしい。船員は何度も生ま唾液《つば》を呑みこみ、腕で口のまわりを拭うと、さきほどよりは確かな足どりで歩きだした。

霧のよどんだ前方の暗がりが、いきなり呼吸し、伸びあがった。

黒っぽい輪郭が霧の中から朦朧《もうろう》と浮きあがり、ひきずるような靴音を立てて向かってくる。

船員のがっしりした肩がかすかにふるえた。闇にかくれて獲物を狙うけだもののような息づかいを感じたのだ。

「誰だ」

船員は地を這う霧に眼を凝《こ》らした。物の怪《け》に取り憑かれたような怖《お》ぞけが、胃の腑を衝いてこみあがってくる。

「訊きたいことがあるんだがな、若いの」

肺の奥から響きだすようなくぐもった低音《バス》が、霧に乗って流れてきた。アメリカ南部の沖仲仕が使う伝法な英語だ。

相手が二メートルほど手前で脚を止めた。霧が相手の影を曖昧なものにしている。

「俺のかわいい情婦《おんな》をよくもかどわかしてくれたな。たっぷり礼をさせてもらうぜ」

「てめえ、日本人か」

船員がわめいた。正体がわかったとたん、怖《お》ぞけが去った。剛毛の生えた腕をかまえ、上体を猫背に曲げ、踵をかるく浮かして相手の出方をうかがった。

「ベイルートの人買い市場でたたき売る魂胆だろうが、そううまく筋書通りに運ばないぜ」

相手が冷笑した。

「野郎‼ なめた真似しやがって」

日本猿《イエローモンキー》に愚弄された屈辱感が吐逆《ときやく》のように衝《つ》きあがってきた。

船員が猛然と地を蹴った。ストレートを矢のような速さで相手の顔面に繰りだした。この必殺の一撃で、相手は地ひびきをたてて横転するはずだった。だが、拳はむなしく空をきった。

船員がバランスを崩した瞬間、相手の爪先が股間に襲いかかった。呻き声をあげてうずくまりかけた顎に拳が容赦なくたたきこまれた。船員はあお向けざまにふっとび、コンクリートの岸壁に後頭部をぶつけて、あっけなく昏倒してしまった。

「場馴れしているね、凶さん」

犬飼が暗がりからのっそり歩み寄ってきた。ぶざまな恰好で倒れている船員にしゃがみ込み、ライターをすった。白目を剝《む》いた顔面に光が躍った。

「まさか、死にはしないだろうな」

「わからん」

日高が額を拭いながらいった。

「泥酔していたからな。打ちどころが悪かったら、冥土の土を踏んじまうかもしれない」

「おどかしっこなしだぜ」

犬飼が真面目な口調でいった。

「ただでさえこの現場をおさえられれば懲戒免職だってのに、ホトケになっちまいでもしたらそれこそ刑務所行きだ」

車の疾走音が静寂をついて加速度的に迫ってくる。

「来たな」

日高は表情をひきしめた。海霧混《ま》じりの夜気が汗ばんだ皮膚に快い。満潮が足もとにひたひたと迫り、磯のにおいが鼻につき、飛沫《しぶき》が舌に触れた。

車が急停車した。

「あんばいはどないです」

出目六が運転席の窓から首を突きだした。

「俺たちがドジを踏むとでも思ってるのか」

犬飼が船員の肩をかかえた。

「さっさと出てきて運ぶのを手つだえ。眠っちまった人間は石みてえに重いもんだ」

「吐いたかい」

障子を開けた日高に、犬飼は他人《ひと》ごとのような口振りで訊いた。眼の縁が赤い。テーブルには空《から》の銚子が五本、並んでいる。

さすがに出目六は酒に手を出していない。殊勝に正座で待っていた。顔が緊張でひきつっている。

「どうやらな」

日高がカセットテープをテーブルに置いた。

「こいつがあれば、地元の警察も冷淡にはしないだろう」

「得意の荒療治か」

「警察みたいに陰険な手は使いやしない。シーナイフで首筋をなでてやったまでさ」

「それで縮みあがっちまったのか、だらしのねえ野郎だ」

「欧米の連中は、日本人を頭の皮を剥ぐ土人ぐらいにしか思っていないさ。日本の爺さん婆さんがアフリカの人間はみんな腰みので暮していると信じこんでいるのと同じようにな」

「皮膚の色が白いだけで威張りくさっていやがる。くそおもしろくもねえ野郎どもだぜ」

犬飼が手酌で飲んだ。

「いけませんよ、そないに飲んで」

出目六が顔をしかめた。

「なに、景気づけだ。これでも商売がら場数を踏んでいるんだ」

犬飼は気にもとめない。

「ふんづかめえた毛唐は、ブルーコンドル号の三等航海士《サードメイト》で、真相はくわしく知らないようだ。ただ一等航海士《チーフメイト》の指令で、乗組員全員が娼婦をかどわかしたことは認めた。『へいかち』の理花と村井組のチンピラの情婦を殺して海へ捨てたのは片柳という一等航海士らしい。どんな理由かはわからん」

「青竜会が手を貸したというのは？」

「誘っても船に来ない娼婦《おんな》を拉致する役まわりだったそうだ。拳銃《ハジキ》や日本刀《ながもの》まで使ってな。青竜会は築島と界隈に食指をうごかしはじめたようだぜ」

「ゲス野郎どもが」出目六が叫んだ。怒りで耳のつけ根まで真っ赤にしている。

「女どもの隠し場所は船首楼《ホックスル》直下のボースンストア。どうりで俺が雨に降られて駆けこんだとき、一等航海士《チーフメイト》がものすごい剣幕でひきずりだしたわけだ。彼女たちは航海中、毎晩、乗組員どもに奉仕させられるというぜ」

「かわいそうに」出目六がなみだ声になった。

「どうってことねえじゃねえか、しろうとの娘っ子じゃあるまいし」

犬飼が鼻毛を引きぬきながらいった。

「あんた、そないないい方ないでっしゃろう」

出目六が噛みつかんばかりにつめよった。

「そら、あの娘たちは身体で稼いでます。そやけど、自分の意志で身をまかすのや。厭な男はなんぼ金を積まれたかて袖にしますさかいな。それを、銭ももらわんと毎晩、股を広げさせられてる。屈辱です、屈辱。犬飼はん、わかりますか」

「唾液《つば》をとばすな」

犬飼がいやな顔をした。

「おめえは、界隈の女のことになるとすぐむきになる。どぶ泥みてえなところがよほど気にいってるようだな」

「すきです。そやさかいこの稼業やってますのや。犬飼はんかて、刑事《デカ》、好きでっしゃろ?」

「刑事《デカ》が好きだと。この野郎、人を虚仮《こけ》にしやがって」

今度は、犬飼が気色ばむ番だった。

「二人とも、いいかげんにしないか。なんのために門司くんだりまで来たと思っているんだ」

日高が溜息をついた。

「話を元に戻すが、娼婦《おんな》たちはアラブ諸国の王族のプレゼントになる予定だった。娼婦を選んだのはさすがだ。堅気の娘をひっさらったらどえらい騒ぎになるだろうし、昔みたいに水飲み百姓の娘を買いあさることもできない。だが、娼婦ならそれほど人眼につかない。トルコで働いたり界隈に流れてきたりする女は、ほとんどが素姓を隠すものだ」

「凶さん、そら違います。偏見や。界隈《うち》とこには、親元に仕送りしている娘がぎょうさんいてます」

「話の腰を折るな」

犬飼がにがりきっていった。

「娼婦が消えても世間にあまり知られない。縛っている暴力団があわてるぐらいだ。警察にも捜索願いなど出さない。そして、アラブ諸国にかぎらず、どの国の男も日本女性にあこがれている。だから、外国のシンジケートは相当な高値で引きとる。あんたたちはご存知ないだろうが、西欧やアラブにはいまだに奴隷商人が存在しているんだ。彼らはアフリカの黒人女性を捕えて、闇の奴隷市で競《せ》りにかける。奴隷市が立つのはカサブランカとベイルート」

「日本の女はどれくらいの値がつくんだ」

犬飼が顎をなでながら訊いた。好奇心に駆られた眼だ。

「噂によると捨値で一千万円ってところらしい。界隈の娼婦《おんな》だと三千万はくだらないだろう」

「アラブの王族が買いにくるのか」

「そのようだ。あのへんの国は女性が少ない上に、一夫多妻制だ。石油で莫大な金を得た王族はいくらでも妻を持てるが、石油の恩恵にあずからない一般庶民は一人の女房さえおいそれと手に入らないらしい」

「日本に生まれてよかったな、出目六。おまえなんざ一生センズリで終っちまうところだ」

犬飼が嗤《わら》った。出目六はとりあわず、熱心に耳を傾けている。

「片柳剛三はアラブのロビイスト。日本のほとんどの企業が片柳を通さなければ、アラブ諸国と取引できない。片柳がどのような手段をこうじて利権を握ったかは謎だがな。今度の娼婦密輸事件は、裏で莫大な利権がうごいているはずだ」

日高は銚子をひき寄せ、たてつづけにぐい飲みをあおった。悪い酔いが確実に身体を満たしていく。

「凶さん、今夜は飲もうや、どうせ勝負は明日だ」

犬飼がとりなすようにいった。

「出目六、帳場に行って銚子を十本ばかり頼んでこい」

日高がカーテンを両手で割り、窓を開けた。しっとりした夜気が胸の内奥でくすぶる暗い憤りをなだめてくれる。

眼の前に迫った関門海峡に霧が蒼くよどんでいる。通過していく船の霧笛が間伸びしてひびいてくる。

「おまえさんに張り倒された気の毒な船員さんはだいじょうぶだろうな」

犬飼が訊いた。すっかりできあがってしまったようだ。腕まくらで横になっている。

日高が海峡に眼を据《す》えたまま答えた。

「奥の納戸で気持よく眠っているはずだ。ここの若い衆が寝ずの番をしているから何の心配もない」

「逃げだされたんじゃ元も子もなくなる。大事な生き証人だからな」

「凶さんはこの宿と一体どないな関係なんです」

帳場から酒を運んできた出目六が、いぶかしげに日高を見た。

「こんな夜ふけに厭な顔ひとつしないで燗をつけ、肴までみつくろってくれる。よほど親しいんとちゃいますか」

「この宿は船乗りには昔なじみさ。女将《おかみ》は界隈と同じ稼業、亭主は以前、俺と一緒に乗っていた操舵手だ」

「よけいな詮索はよせ」

犬飼が銚子に手を伸ばした。

「俺たちは便宜をはかってもらっている、それだけでいいんだ」

「八時か」

犬飼が腕時計を覗いた。あたりは暗い。すぐ下で波が揺れ、岸辺にうちかかる飛沫《しぶき》が額に乱れかかる。

大型船の岸壁から鍵形に曲がったはしけやだるま船の船着場の闇に、三人の人影がまぎれていた。

はるかな玄界灘から海鳴りがどよめき、西から東へ、黒雲があわただしく動いていく。

「俺もおともしようか」

犬飼が心配そうに呟いた。

「遠慮してくれ」

日高が煙草を吸いこんだ。

「もし、娼婦《おんな》どもがもぬけの殻だった場合、行き過ぎ捜査の責任をあんたがかぶることになる。それに、船内は俺の家と同じだ。勝手がわからないあんたは、足手まといになるだけだ」

「五十人の頭かずを待機させている。これだけかき集めるのに苦労したんだぜ」

犬飼が恩きせがましくいった。

「合図があり次第、踏みこめる態勢を整えておく。手こずってやきもきさせないでくれ、俺の顔にもかかわる」

日高が岸辺に繋いである伝馬船にとび移り、もやいを手ぎわよくほどいた。

「死ぬなよ」

犬飼が声をかけた。

「たいした生命《いのち》じゃないが、まだ未練があるぜ」

日高が気魄のこもった声をかえした。

櫓《ろ》を漕ぐ物音が波の騒めきを縫って伝わり、小っぽけな伝馬船が海の暗がりへ墨絵のように融けていく。

伝馬船はひしめき合うはしけの間をたくみに進み、大型船の岸壁へ漕ぎだした。波にもまれながら繋留されたブルーコンドル号の反対舷の船尾に取りついた。

日高は深呼吸を繰りかえして、昂ぶる神経を抑えた。緊張が、神経を箍《たが》のように締めつけはじめた。

日高は伸びあがって船脚確認用《ドラフト》のモンキーステップを摑んだ。錆ついた鉄の硬い感触が掌にしっかりと握りこまれた。


冴子は精いっぱいの憎悪をこめて、眼の前で煙草をくゆらせている男を睨みつけた。

天井から降りしきる照明が、衣服を剝がれた痛々しい裸身に光の影の襞《ひだ》をつくっている。

羞恥はすでになかった。恐怖感も消えた。魂をひきちぎられるような屈辱感が、全身を小刻みにふるわせるだけだった。

一等航海士が薄い女性的な唇に酷薄な笑みを溜めながら、粘りつくような視線を送りつける。

冴子は奥歯を砕けるほど嚙みしめた。どうせ、堕ちるところまで堕ちた娼婦だ。数えきれない男たちに身体をまかせてきたのだ。裸にむかれ、両手に手錠をかけられてもどうということはない。

ただ、皮膚を押せばどろりと膿がでてきそうなこの男に凌辱されるのだけはどうしても厭だった。

「股を広げてみろ」

一等航海士が抑揚のない声でいった。無機的な眼がじっと太腿のもやっとした翳りに注がれている。

冴子のこめかみが屈辱と怒りでわなないた。

「聞こえなかったのか」

一等航海士の腕が伸び、冴子の尖がった顎を反らせた。

冴子は眼をきつく閉じた。粘液質な掌が小ぶりな乳房を摑み、品定めするように身体の曲線を這いおりてゆく。

「娼婦にしては崩れていない」

一等航海士は感心したように呟き、冴子の前にひざまずいた。

指先が繁みを押し分けて、身体の最も敏感な部分に触れた。

無数の棘に突き刺されたような痛みが急速に凝縮していく。

冴子は身をよじった。

「やはり娼婦だな」

一等航海士が侮蔑的に鼻を鳴らし、濡れて濃密な臭気を放つ部分から指先を離した。

「合格だ」

生まぐさい息が冴子の顔にかかった。絶望的な怒りが身体の奥底から衝きあがってきた。

「人でなし‼」

冴子が叫んだ。すると金縛りが解けたように意識が軽くなった。

「おまえなんか犬畜生にもおとるわ」

「言葉づかいはつつしむものだ」

一等航海士が尊大にいった。

「私は誇り高い人間でね。侮辱されると殺したくなる。特におまえたちのような女はな」

「おまえこそ下司《げす》じゃないか」

冴子が憎悪をむき出しにわめいた。

「さっさと殺したらどうなの、反吐がでてくるわ」

「二人、死んだ」

一等航海士が囁いた。仮面のような顔だ。

「一人は私に唾《つば》液を吐きかけ、もう一人は額を床にこすりつけて生命《いのち》乞いをした。どちらも私を怒らせた」

一等航海士が冴子の乳首を人差指ではじくと、やけに赤い唇を舐めまわした。

冴子は顔をそむけた。神経を逆なでされたような不快感だ。

ドアがかすかな軋み音をたてた。通路の冷気が静かに流れこんできた。

一等航海士が振り向くと同時に無声音が空気を裂き、鈍い音を立ててソファに角ヤスリが深深と突き刺さった。

「動くなら覚悟して動け、ナイフが心臓を貫く」

一等航海士がその場に釘付けになった。

冴子は息を呑んだ。ドアの隙間から日高凶平が滑りこんできたのだ。だらりと下げた手が、鋼色の輝きを放つ角ヤスリを握っている。

「俺は航海中、退屈しのぎにナイフばかり投げていた。おかげで余興ができるぐらいうまくなったぜ」

日高はドアを背で閉めると、物憂げな足どりで一等航海士に近づいていった。一等航海士のなまじろい喉首に角ヤスリの刃をあてがい、すばやくポケットを探った。

「案の定、拳銃はない。油断大敵だな」日高は手錠の鍵を摑みだした。

「冴子、手を出せ」

冴子は両腕を突きだした。膠着していた意識がにわかに戻った。羞恥心で全身が火のように熱い。軽い音とともに手錠がはずれた。冴子は床に置き捨ててある衣服を焦り気味につけた。

「どうして侵入できた」

一等航海士が訊いた。喉首に刃物を当てられても、意外なほど声がしっかりしていた。

「俺は船乗りだぜ。見張りの頭かずをどれだけふやしても乗りこめるさ」

「通路の見張りは？」

「船ってのはおまえさんも御存知の通り、ダイナモの持続音が四六時中うっとうしくふるえている。その持続震動に足音はまぎれてしまう。壁に背を這わせながら、見張りに寄りついて後から締め落す。別段、むずかしい芸当じゃない」

「たいした度胸だよ、君は」

一等航海士が小さく笑った。

「喋りづらいのでナイフを離してくれないか。どうせ、船は警察に取りまかれているのだろう。悪あがきはしない」

日高が角ヤスリをひいた。一等航海士は深い息をついて、喉首を掌でなでた。

「ところで、この計画はどこから破綻をきたしたのかね。参考までに聞かしてもらいたいね」

「あんたの臭いだ」

日高が無表情で答えた。

「身体から湧きだしてくる腐臭だ。奴隷商人のな」

「侮辱するな」

頬の肉がひきつり、眼が深海魚のようなぬめりをおびた。

不意にドアが蹴開けられた。四、五人の白人が軽機関銃を構えて部屋に躍りこんだ。反射的に日高が一等航海士に寄りそい、その喉首に角ヤスリをあてがった。

「撃つな」

一等航海士が英語で鋭くいった。

「本船は警察隊に包囲されている。ここで、この男を殺害すれば損だ。死刑はまぬがれない」

「さすがに指揮官《コマンダー》だけのことはある。状況分析が正確だ」日高がいった。

「それでは船橋に案内してもらおうか」

日高は一等航海士の頸動脈に角ヤスリをおしあてたまま、銃口が狙う中を船橋へのぼった。

「なぜ、女を二人、殺した」

日高が訊いた。

「損だろうに」

「そんなことは知らんね」

一等航海士が冷ややかに答えた。

「今回の件に関して、私はなにも知らん。すべては本船船長の責任だ。私は彼の命令にしたがったにすぎない」

日高が船橋の前面壁に備えつけてあるボタンを押した。

汽笛が暗い海峡いっぱいにひびきわたった。

わずかに遅れて、乱雑な靴音が急勾配をつけたタラップを駆けのぼってきた。

待機の警官たちだ。

4

「あっけない幕切れだったね」冴子がグラスのビールを喉に流しこむと、放心したような溜息をついた。

「そして界隈《ここ》の娼婦《おんな》に逆戻りか」

犬飼が意地悪く笑った。

「アラブの王様にかわいがられて一生過ごしたほうが、よほどしあわせだったろうにな」

「そうよ、誰かさんがよけいな真似するからさ」

「冴子、冗談でもそないないい方したらあかん」

出目六が真顔でたしなめた。

「日高さんがおらなんだら、毎晩、毛むくじゃらの大男にいたぶられとったんやぞ」

「その大男を言葉たくみに引っ張ってきて、ピンはねしてるのはどこのどいつだ」

犬飼がすかさずからかう。

「それとこれとは違《ちゃ》います。な、爺さん」

「ともかく無事でなによりだわい」

源爺がよどみがちに呟いた。

「じゃが、これで済むはずはなかろう。蛇のように執念深いやつが相手だ。しかも、とほうもない力をもっとる」

「俺たちを闇へ葬ることぐらい、蚊をひねりつぶすようなものだろう」

日高が憂鬱そうに視線を落とした。

「県警の取調べもはかばかしくないようだ」

犬飼がにがいものでも飲むように酒を含んだ。

「女二人の殺害については、青竜会のチンピラ二人の自首でけりがついた」

「そんなのないよ」

冴子が斬りつけるように叫んだ。

「あの男は自分が殺したって確かにいったんだ。あたい、出るところに出て証言してやる」

「止めといた方がいい」

犬飼がいつになく真剣な口調で抑えた。

「証言など何の役にも立たん。殺害現場を目撃したのなら、話は別だが」

「世の中の常じゃて」

源爺が葦簾《よしず》越しに路地をのぞいた。また、雨が降りだしたようだ。ひそやかな雨音が路地の暗がりにこだまし、空気が次第に冷えていく。

「今度の件は青竜会がすべてをかぶってしまいそうな気配だ。ブルーコンドル号の社主や片柳剛三までは、とても捜査が及ばない」

「力のある者にかかると、警察ってほんとに腰抜けだね。あたいたちには威張りちらすけどさ」

「耳が痛いぜ」

犬飼がするめの足を嚙みちぎった。

「確かに警察は権力を握っている連中の道具だ。そいつはわかりすぎるぐらいわかっている。その証拠に権力者が嚙んでいる事件《ヤマ》は、ほとんど迷宮《おみや》入りだ。ロッキードとかグラマンとか、海のむこうで発覚したものを除いてな」

「ほんなら、どないして警察《サツ》を辞めへんのですか」

出目六がにやにやしながら口を挟んだ。

「かかあとがきが飢えて死ぬからさ」

犬飼は、眠そうに生《な》ま欠伸《あくび》をついた。

「それに、所轄の刑事《デカ》はまんざら悪い稼業でもない。おまえらみてえないかがわしい連中ともつきあいができるしな」

「これからは界隈《ここ》も住みづらくなりそうじゃて」

源爺が一人ごとのような呟きを洩らした。

「血なまぐさい風が吹かなければよいが」

日高は口へ運びかけたグラスを前板に戻した。界隈の娼婦を奪いかえしたという昂揚感などない。漠然とした暗い思いが意識をとらえて離さなかった。危険な場所へ一歩ずつ踏みこんでいくように動揺している。眼を閉じると、その得体の知れない不安が満潮のように拡がっていく。

「今夜は帰さないからね、覚悟しなさい」

冴子が腕を引っ張った。

闇のむこうで、意識にこびりついた不安なしこりを惹起させるように、海が重くどよめいている。

血なまぐさい風……。

日高は頬をそっと撫でた。なぜか、これまでとは違う酷薄な空気が界隈にただよっているような気がした。

春は殺人者

小鷹信光

初出：〈ミステリマガジン〉1980年6月号

〈ミステリマガジン〉一九八〇年六月号

小鷹信光（こだか・のぶみつ）一九三六（昭和十一）―二〇一五（平成二十七）

岐阜県生まれ。本名・中島信也。長女は詩人・作家のほしおさなえ。早稲田大学第一文学部卒。在学中はワセダ・ミステリ・クラブに所属。ペイパーバックのコレクターとして知られ、その該博な知識を活かして未訳の海外ミステリのみならずアメリカ文化そのものの紹介を精力的に行った。

一九六一年から久保書店の翻訳ミステリ専門誌〈マンハント〉にコラムを寄稿。たちまちのうちに同誌の常連執筆者となり、「行動派探偵小説史」「行動派ミステリィのスタイル」「行動派ミステリィ作法」などの連載で最新の海外ハードボイルド事情を日本の読者に伝えた。

七〇年から〈ミステリマガジン〉に連載した《パパイラスの舟》シリーズでも大量の作品を紹介。八四年から河出書房新社で《アメリカン・ハードボイルド》、八六年からは国書刊行会で《ブラック・マスクの世界》を、それぞれ編纂した。評論集に『マイ・ミステリー　新西洋推理小説事情』『私のハードボイルド　固茹で玉子の戦後史』『私のペイパーバック　ポケットの中の25セントの宇宙』などがあり『私のハードボイルド　固茹で玉子の戦後史』で二〇〇七年の第六十回日本推理作家協会賞を受賞している。また、翻訳家としても活躍し、多数の訳書がある。

松田優作主演のテレビドラマ「探偵物語」に原案を提供して、自らその小説版を四冊執筆している。本書には《探偵物語》シリーズの単著未収録短篇を収めた。（日下）

ユーコは、ダイニング・キッチンの床にうつ伏せに倒れていた。ベージュ色のニットのワンピースがめくれあがり、内腿を曝《さら》した右足が不自然な角度に折れまがっている。そろえて伸ばした両手の先が、床に置かれた電話機に届きかかっていた。そのプッシュフォンの白いエクステンション・コードが、ユーコの細い頸をきつく締めつけている。首の折れた雛人形のように、ユーコは血の気の失せた顔を真横にねじまげ、片頬を冷たいリノリュームの床に押しつけている。細い頸にくいこんだコードにそって、皮膚が赤黒く変色していた。

苦しみながら死んだのだろう。醜い死顔だった。目をむき、あえぐように舌をのばし、最後の息を吸いこもうと必死に鼻孔をひらき、息絶えていた。死んだ女はみな美しいといったのはどこのどいつだ。

1

東京の街に春一番が吹き荒れた日、おれは宵の口から新宿歌舞伎町の〈パイン〉で、いがらっぽい喉に安バーボンを流しこんでいた。根が生えたように、スツールに尻がへばりついている。二月末日の金曜日、八時をまわっているというのに、店にはおれのほかに若いサラリーマンの二人連れしかいない。

「お客さん、例の女のコたちと約束でも？」

奥のスツールに坐っているおれに、バーテンダー兼業のマスターが如才なく声をかけてきた。チョビひげを生やした、三十前の小太りの男だ。小さな目が、薄い眉の下で去勢されたオットセイのように愛想よく笑っている。

この店に来たのは三度目。まだ名前も通していない。返事のかわりに、空になったグラスを黙ってすべらせると、チョビひげは馴れた手つきでグラスを受けとめ、お代りを注いで、おれの手のなかに戻した。

「あの晩はお客さんも、あのコたちとけっこうおたのしみだったじゃありませんか」

連れのいない客がひとりで飲んでいるのを見ると黙っていられない性分なのだ。

「お目当てはどっちです？　ユーコでしょう？」

「ユーコ?」胸の内を読まれていたらしい。

「ほら、年かさの、目のクリッとした……酔っぱらって、ブツブツひとりごとばかりいってたでしょう。あれが悪いくせなんですよ」

その店で二度会った二人連れだった。最初のときは二言、三言しゃべっただけだったが、二度目にまた偶然顔を合わせ、終電までつきあうハメになった女の子たちだ。

「馴染みのお客さんが何曜日に来るか、たいていわかるんです。めったにはずれません。ユーコなら、今夜は来ないでしょうね、金曜日だから」

いやにしつこい。バーで知り合ったゆきずりの女をあてもなく待ちわびている三十男に見えるのだろう。胸のすみっこに、井上夕子《ゆうこ》のことがひっかかっていたのは確かだった。職業はイラストレイター。すらっと背が高く、きれいな長い髪を肩に垂らし、なげやりなしゃべり方とはうらはらなあどけない顔をしていた。ショートカットのボーイッシュな感じのほうがひろみ。きゃしゃな、小柄な女の子で、ユーコより三つ年下の二十四。こっちはコピー・ライターの卵だといっていた。

二人は一年ほど一緒に住んでいたこともあったらしいが、いまは別々に一人暮しをしている。ポケットの手帳のどこかに、二人の自宅の電話番号が書きこまれているはずだ。

「ひろみは気まぐれだから、一人でも出てくるかもしれません。呼びだしてみたらどうです?」

チョビひげは、カウンターの奥から電話機をとりだし、媚びた手つきでおれの前に置いた。けしかけられているのか、強要されているのか、入りが悪いので、客にまで客引きをさせようという魂胆なのか。

スーツの内ポケットから手帳をとりだし、ページを繰って、一つめの電話番号をまわす。三度目のベルで、若い女の声がこたえた。

「市川です」

「ひろみさん？」

「だれ？」警戒しているような口ぶりだ。

「工藤俊作。ほら、先週新宿の〈パイン〉で会った……」

「あら！　どうしてわかったの？」

「おれの手帳に、勝手に電話番号を書きこんでたじゃないか」

「そういえば、私立探偵だなんて、下手な冗談をいってたわね。ウソなんでしょ、あれ」

酔っていないので、訛りはほとんど感じられない。二人とも大阪の出身で、三年ほど東京で暮しているといっていた。

「確かめにこないか」

「いま、どこ？」

「〈パイン〉のマスターとさし向かいで色気のない酒を飲んでる」

「先約があってしばらく出られないの。ユーコを誘ってみた？」

「きみともう一度会いたかったんだ」

「なんだか口説かれてるみたい」

「いいカンだ」

「じゃ、そこで待ってて。遅くてもよければ行けるかもしれない」

「夜明けまででも待ってる」

ひろみが先に切るのを待って受話器を架台に戻すと、チョビひげがしたり顔でウインクをよこした。

「店は一時で閉めるんですがね」

「勘定だ」

そっけなくこたえ、千円札を二枚カウンターに置き、スツールを降り、外に出た。風はやみ、汚れた夜空に凍えた星が微かに光っていた。コートの襟を立て、背筋をのばして新宿駅に向かう。夜明けまででも待っていられるような女は、おれにはいない。

すれちがった三人連れの女の子の華やいだ嬌声にたじろいで、煙草屋の前で足をとめた。スリムを買い、釣銭を赤電話のスロットに放りこみ、手帳に書きこんであったもう一つの電話番号をまわす。

ベルが鳴りつづけている。

ひろみと電話でしゃべったのははじめてだったが、ユーコとはあれから一度、電話で話していた。真夜中にあっちからかかってきて、一時間近くつきあわされたのだ。

一人暮しの女のひとりごとのような電話だった。話しているだけで気持ちが安まる、と勝手なことをいっていた。会話のなかみはうろおぼえだが、鼻にかかった、ものうげなしゃべり方だけが耳の奥にこびりついている。

意地になってベルの数を十までかぞえたとき、ユーコのこわばった声がきこえてきた。

「はい、井上です」

「工藤だ。ちょっと新宿に出たもんで……」

「まあ、俊作さん！　うれしいわ、電話をくれるなんて」

きゅうに馴れ馴れしい、甘えた口調にかわった。

「〈パイン〉で飲んでたんだが、だれも店にあらわれないし……」

「ごめんね、行けなくて。かわりに今夜、あたしのマンションに遊びに来ない？　十二時すぎならいいわ」

「真夜中に？」

「吉祥寺だからすぐでしょ。五日市街道ぞいの吉祥寺ハイライズ、三〇八号室。そうね、駅から歩いて七、八分……」

不意にユーコの声がとだえ、押し殺した男の声がつたわってきた。送話口をおさえているのだろう。言葉は判別できない。

「男をいきなり誘ったりしていいのかい？」

「……だから、かまわないわ。来てくれる？」

春だから、といったようにも聞こえたが、おかしな理屈だ。

「お招きはうれしいが、ボーイフレンドにうらまれそうだ」

「いいのよ、どうせ帰るところだから。ねえ、今夜……」

悲鳴のような短い叫び声のあと、電話はいきなり切れた。あてつけがましいユーコの言葉に腹を立てた男が、ものもいわずに架台のフックを押したにちがいない。

こっちにしたところで、だしぬけに部屋に誘われるとは思ってもいなかった。あて馬にされたような気分だ。痴話喧嘩の巻きぞえをくう筋合いもない。そっと受話器をかけ、ユーコのことも男のことも、頭のなかから追いはらった。

九時前だというのに、新宿駅の構内はまるで花見どきの酔いどれ天国だった。春先きの金曜日。どいつもこいつも浮かれている。

下北沢のオフィスに戻り、熱いシャワーで酔いをさまし、冷たいベッドにもぐりこんだ。さしあたって仕事はない。依頼人もいない。懐もさびしくなりかけているが、あと一カ月ぐらいはなんとか食いつないでいけるだろう。

北海道で大きな仕事にけりをつけたあと、こんな状態が半年近くつづいている。体の傷はとっくに癒えているが、癒しきれない心の深傷というやつが厄介の種だった。

横になったまま、闇のなかで煙草に火をつけた。ライターの明りに照らされて、壁にかかったカレンダーの二月の写真がほのかに浮かびあがった。ピズモ・ビーチの砂丘と夕陽を撮した写真だ。人の姿はなく、海鳥が一羽中空を舞っている。

三口吸って煙草をもみ消し、目を閉じたが、眠れそうにない。こんな時間からひとりでベッドにもぐりこむというのがそもそも不自然なのだ。体がなまってくると、頭まで狂ってくる。

唐突に途切れたユーコの悲鳴が、別の世界からおれを呼んでいるような気がした。

ベッドからはね起き、冷水をかぶり、腕立て伏せとウサギとびをはじめた。丸裸っていうのは、こういう運動には具合のいいもんじゃない。それでもたてつづけに二百回やって、もう一度熱いシャワーを浴び、新しいシャツに着替えた。

無料駐車場がわりにしているガソリン・スタンドまで歩き、ポンコツのスカイラインをひっぱりだして甲州街道に向かった。環八で右に折れ、高井戸の先で五日市街道に左折。ユーコに電話をかけてから小一時間たっている。

吉祥寺の街の灯がくすんだ夜空にほの暗くにじんでいた。近鉄デパートの裏手には、まだあまり高い建物は建っていない。ユーコが教えてくれた五階建ての薄っぺらなマンションは、進行方向の右側に建っていた。全室が通りに面し、三階の部屋にはどれも明りがついていた。

マンションの前を通りすぎ、三十メートルほど先のホテルの手前にあった公衆電話ボックスのわきに車を駐めた。車を降り、ボックスに入り、もう一度さっきの番号をまわす。一時間もたてば痴話喧嘩もおさまり、あっさり電話を切られるのがオチかもしれない。ユーコは、金曜日は絶対に夜遊びをしない、とマスターがいっていた。おれの電話を乱暴に切った男は、週に一度のきまった相手だったのだろう。

何度鳴らしても、電話に応えるものはいなかった。外出したのだろうか。それとも喧嘩のあとの仲直りの真最中で、電話どころじゃないのかもしれない。

不粋でお節介なベルを鳴らすのをやめ、ボックスを出て、ぶらぶらとマンションの方角に足を向けた。三〇八号室は、一番手前の部屋か向こう端だ。どっちもカーテン越しに淡い光が洩れている。

いやな気分だった。ケチな張り込みで、何度か同じようなことをやったことがある。仕事という名目は立っても、他人の私生活を監視するのは性《しょう》に合わない。卑しい覗き屋になった気がする。それが、いつのまに習い性になっちまったんだろう。

踵を返して車に戻りかけたとき、三階の一番手前の部屋の明りが消えた。だれかがカーテンのすきまから外をうかがっているような気がした。あわてて車に乗り、シートの陰に身を隠す。腕をのばし、バックミラーの位置を調節して、マンションの入口を見張った。こいつも習い性というやつだ。

明りが消えても人が出て来るとはかぎらないが、張り番をしているぶざまな姿を万が一にもユーコに見とがめられたくなかった。ゆきずりの女だからこそなおさらだ。

数分後にマンションから出て来たのは、コートの下にグレイのビジネス・スーツを着た小柄な中年男だった。番犬に吠えられたセールスマンのようにあたふたしている。小わきにブリーフケースをかかえ、右手には不似合いなショッピング・バッグをぶらさげていた。かさばったバッグの口から、白い紙筒の先端がのぞいている。反対側の歩道際に駐まっているおれの車に素早く顔を向けたとき、街灯の光をうけて、メタルフレームの眼鏡がキラッと光った。

小柄な中年男は、コートのすそをはためかせ、吉祥寺駅のほうに急ぎ足で歩き去った。コートのボタンをかけるいとまも惜しかったらしい。

招待された真夜中までにはまだ間があったが、もちまえのものぐさな好奇心に駆られ、道化になるのは覚悟の上で、ユーコの部屋をのぞいてみることにした。あの悲鳴が気にかかり、不吉な胸騒ぎもしていた。

マンションにはエレベーターはついていなかった。中央を階段で仕切られ、各階ごとに左右に各四室。鉄の手すりのついた狭い通路が右と左にのびている。三〇八号室はやはりいましがた明りの消えた部屋だった。

階段から一番離れた四つめのドアの前に立ち、耳を押しつけて中の様子をうかがう。人の気配はない。通路に面した閉った窓も真暗だった。

ドアについた新聞入れの受け口から中を覗こうとかがみこんだとき、靴の先で細い棒のようなものを踏みつけた。端をもって用心深く拾いあげる。茶色い柄の歯ブラシだった。

拾いものをハンカチにくるんでポケットにおさめ、新聞入れの細長いふたをそっと中に押した。ドアの裏側についている金属の箱に遮ぎられて、部屋の中は覗けない。旧式のアパートなら、こいつはデバガメにはおあつらえむきの覗き穴なのだが。

狭いすきまから目を凝らした。新聞受けの箱の底に革の小片のようなものが見える。スーツとシャツの袖をまくり、手をつっこんで、指の先で手探りする。金属のチェーンが人さし指にひっかかった。釣りあがったのは、革製のキー・ホルダー。チェーンの先にキーがぶらさがっていた。

ブザーを押すのはやめ、型通りに短くノックをくれたあと、一呼吸おき、鍵穴にキーをさしこんで把手を引いた。ドアは小さく軋んでひらいた。後ろ手にドアを閉め、ライターの火をつける。

ユーコの死体を見たのはそのときだった。

むきだしの内腿から目をそらし、かがみこんで、とうの昔に脈を失った手首に指を押しあてる。死後硬直はまだはじまっていない。

床の電話機に届きかかった左手は、掌を上に五本の指をひらき、添えられた右手の人さし指と中指がまっすぐ伸びていた。パーとチョキなら右手の勝だが、死にぎわにひとりでジャンケンをやるわけがない。ユーコはだれかに電話をかけようとして、力つき、息絶えたのだろう。コードで首を締められているのに、受話器はおとなしく架台にのっている。だれかが、死体のそばで電話をかけたのだ。それとも整頓好きな殺人者なのか。

ライターの火を消して立ちあがった。死体をまたいで奥の部屋に一歩踏みだしたとき、ひんやりしたものが片頬をかすめた。反射的に腕をふるい、はらい落とす。ハンガーにかかった生乾きの洗濯物が床に舞った。ダイニング・キッチンの端から端に渡した紐に、洗濯物をかけたハンガーが一ダースほど並んでいたのだ。

やっと目が薄暗闇に馴れてくる。はらい落とした黒っぽいスリップが、ユーコの体をふんわりと屍衣のようにおおっていた。ちっちゃなパンティやブラジャーは、けなげにハンガーにしがみついている。なにもかかっていないハンガーも二つ三つあった。

奥の部屋は、団地サイズの八帖で、コタツとセミダブルのベッドがすえつけてあった。それだけで、タタミはほとんど隠れてしまう。コタツの上には二人分の夜食の用意がととのっていた。右の壁には、化粧台と整理タンス。一番下のひきだしがかきまわされ、中身がコタツのそばに散乱している。ベッドのわきの左の壁には、テレビとステレオ・セット。小テーブルの上にシンプルなデザインの電気スタンド。一人暮しの女にしては色気のない部屋だ。

通りに面したアルミ・サッシのガラス戸には薄地のカーテンがかかっていた。斜向かいのホテルの赤いネオンが、白いレースを淡いピンク色に染めている。

ダイニング・キッチンに戻り、壁際に押しつけられているデスクの前に立った。Zライトの頭のスイッチを押す。筆立てに並んでいる筆や色とりどりのマーカー、カラー・チャート、羽箒、ミゾのついた物差しと先端が球状になったガラス棒。道具立てだけは、一人前のイラストレイターの仕事机だ。

2

仕事机の正面の壁にモノクロームの大きな写真が二枚、画鋲でとめてあった。一枚はサンセット大通りの夜景。雪のないロサンジェルスの新年を祝う人の群が近景にぶれて撮っている。車のライトはこんがらがった綾とりのように、白い曲線を描いて交錯していた。

もう一枚は、サンタモニカの砂浜だった。海辺から撮したもので、遠景の切り立った崖の上にパーム・ツリーの並木がつづいている。サンセット大通りは写真だけがきれいに切りとられて貼られていたが、こっちのほうは下に三月の暦がついている。

わけもなく、鼓動が早まった。二月のピズモ・ビーチの写真はどこにも見当らないが、ユーコは、おれと同じカレンダーを使っていたのだ。去年、パック旅行で、アメリカの西海岸に行った、と深夜の電話で教えてくれたことを思いだした。ユーコはもう、カリフォーニアの青い空を頭に思い浮かべることもできない。

ユーコを殺したのはだれなのか？　一足ちがいでこの部屋から出て行ったあの中年男の犯行だったのか？　一時間前に新宿から電話をかけたとき、この部屋にいたのもあの男だったのだろうか。

なんの義理もないのに、おれはまた厄介事に首をつっこもうとしている。かかり合いになるのはごめんだ。

ユーコは死んだ。いまさらおれの出る幕もない。

だが、もしあのとき、電話で悲鳴を聞いてまっすぐここに駆けつけるか、警察に通報していたら、ユーコは死なずにすんだかもしれない。ゆきずりの女の命を救うことが、おれにはできたかもしれないのだ。

その負い目がチクリと胸を刺した。おれにいまできることは、その償いを負うべき殺人者を見つけだすことしかない。

散らかったデスクの片隅に、電話の便利メモがのっていた。普段はそのそばに電話機を置いていたのだろう。長いコードをひきずって、ベッドのわきの小テーブルにのせていたこともあったのかもしれない。

「ベッドのなかで電話してるの。春先って大キライ。けだるくって、なんにもする気にならない。どこか遠くに行ってしまいたいわ。ときどき、眠ったまま二度と目を覚さなければいいのにって考えることがあるの。そんなことない、あなたは？　死ぬときぐらいは安らかに死にたいわね。もしもよ、あなたがあたしの部屋に来て、死んでるあたしを見つけたら、どうする？　つきあってる男たちが、つぎつぎにやって来て、一人ずつあたしの死顔を見ていくの。あたしは、もうとっくに死んじゃってるんだけど、そのときの男たちの顔つきを、じっくり眺めてやるの。なんでこの女は死んだんだろう？　おれのせいだろうか？　みんなそれぞれ胸に手をあてて考えるわ。自殺なのか？　それとも殺されたのか？　ねえ、俊作さん、あなた、私立探偵だっていってたわね。もし、殺されたんだったら、犯人を見つけてくれる？」

いつ果てるともしれぬユーコの長いモノローグの一節が、鮮明によみがえってきた。あのときおれは、この女のためになにもしてやれなかった。まだ、ユーコはおれの依頼人でもなかった。

便利メモの表紙をめくると、一ページ目に数字と記号が並んでいた。プッシュフォンの短縮電話サービスというやつだ。おれのオフィスには、こういうカネのかかるオモチャはないが、ひんぱんにかける番号を記憶していて、ボタンを三つ押すだけで十ケタまでの電話番号に接続するようになっている。００から１９までの数字の頭に＊の印がついている。まずこれを押してから、二つの番号をあとにつづけるのだ。

相手の氏名と正確な電話番号を記入する欄があり、備考欄もついている。

上から順に追っていって09まで目を走らせたとき、心臓がドキンとした。S・Kというイニシャルと下北沢のオフィスの電話番号が黒のサインペンで書きこんであり、備考欄には「探偵さん?」とあったのだ。

「あなたをナンバー9にしてあげるわ」

「ナンバー9?」

「九人目の男っていう意味じゃないのよ。そんなにはいないわ」

「どうせならラッキー7がいい」

「あいにく半年前から先約者がいるの。他人《ひと》のものを欲しがるのはいけないわ」

「なぜ、9なんだ?」

「ちょうど空きができたのよ。それに、クドウのクならおぼえやすくて便利だし」

謎めいたユーコの言葉はこういう意味だったのだ。おれは、〈パイン〉で渡した名刺のことを思いだした。デスクの上を探したが、名刺入れは見つからない。バッグの中か? ひきだしの奥か?

さっきから気になっていたパトカーのサイレンが発情期の牡ネコの低いうなり声をあげて止み、マンションの入口のあたりから、無線で応答する声が聞こえてきた。

とっさに便利メモの一ページ目を破り、ポケットにねじこみ、ライトを消し、戸口に向かう。

靴をはいたままだったことに気づいたのはそのときだった。

ドアのすきまから通路をのぞき、あわてて首をひっこめた。階段をのぼってくる警官の姿がチラッと見えた。起き出してくる住人たちの気配も感じられる。

ドアにチェーンをかけ、錠を内側からロックし、コタツを飛び越え、ガラス戸をそっと引き、かがんだままヴェランダに出た。目隠し用のスクリーンの陰から、マンションの正面に駐ったパトカーの屋根が見える。赤い警告灯が点滅しながらゆっくりまわっていた。警官の姿は見えない。

ブザーがけたたましく鳴り、ドアを辛抱づよくノックする音が響いた。

逃げだす途中でつかまればもっと厄介なことになるのはわかっている。が、真暗な部屋の中で死体と二人っきりでいる現場を押さえられるのもうれしい話じゃない。ポケットにはメモ帳から破りとった紙きれがはいっている。その紙きれにはおれのイニシャルと電話番号が書きこまれている。どう釈明しようと、ゆきずりの関係だとは信じてもらえそうにない。

ガラス戸を外からしめ、警官の姿が見えないことを確かめると同時に、おれはためらわずにヴェランダの金網を乗りこえ、建物の側壁にとりつけられているあぶなっかしい樋にぶらさがった。一息つき、そっと顔だけのぞかせると、パトカーから降りたもう一人の警官が上をあおいでフラッシュライトをつけたところだった。死角に隠れ、古びた樋をつたってそろそろ滑りおりる。樋が軋みだした。見当をつけて最後の三メートルをひととびする。柔かい土の上に四つんばいで着地した。

そのまま建物の横手を這いすすみ、境の低いフェンスを乗り越え、植木の茂った隣家の庭先をつっきった。通りには一歩も出ずに、車を駐めておいた先まで進み、ホテルの正面に出た。マンションのほうに向かって走って行ったタクシーのまうしろを駆け抜けて通りを横断し、ゆっくりと車に戻る。警官のフラッシュライトは、まだ三〇八号室のヴェランダを照らしている。

上の警官が、チェーンのかかった薄いドアを打ち破ったのだろう。部屋の明かりがつき、ヴェランダからの合図で、下にいた警官も駆け足でマンションに入って行った。

即席の密室の中で発見されたユーコの死体を前にして、二人の警官はどんな処置をとるだろう。殺人事件を担当する刑事や鑑識が到着するまでは何にも手をつけないだろうが、連中もそう長くもたついているはずがない。

車を発進させ、吉祥寺の駅前通りを左折し、大ガードをくぐり、井の頭通りを甲州街道に向けて走らせた。

警察に通報したのはなにものなのか？　ショッピング・バッグを持った中年男といれちがいにおれがユーコの部屋に入って十分とたたぬうちに、パトカーが駆けつけて来た。争った物音を聞いて、マンションの住人が通報したのなら、パトカーはおれより前に現場に急行していたはずだ。ユーコの死体はすでに冷たくなりかけていた。殺されたのは、九時前におれが新宿から電話をかけた直後だろう。あのとき電話のそばにいた男が犯人であることはまずまちがいない。

郵便箱から拾いあげた革製のキー・ホルダーがまだポケットに入っているのを思いだした。

つまみだして見ると、握りの飾り革に真鍮のYのエンブレムがついていた。ユーコのYかもしれない。あるいはユーコから合鍵を渡されていた人物が、いったん外に出て鍵をかけ、なんらかの理由で、中に戻したのだろう。二度と会うまいという決心の表明だったのだろうか。会いたくても、死んだ女とはどっちみち二度とデートはできやしない。

現場の状況から一応物盗り説もでるかもしれないが、おそかれ早かれ警察は、顔見知りによる痴情怨恨説を固めてくるだろう。電話番号のメモ帳から一ページ目が破りとられていることが知れたら、プッシュフォンの短縮番号の存在もすぐに割れてしまう。頭の切れる担当刑事が、00から19のボタンを押しはじめるのは時間の問題だ。おれも短縮サービスが記憶している電話番号の消去方法は知っていたが、消すひまがなかった。

警察の捜査より一歩先行しているのは、このメモに記されている名前と正確な電話番号だけだ。車をガソリン・スタンドにとめ、オフィスに戻り、デスクの上に紙きれをひろげた。

ごく親しいものの犯行だとしたら、犯人はこの二十人の中にいる。いまのところ除外できるのは09のおれ一人だ。11から19の九つもあとまわしにしていい。九つのうち三つには、グラフィック・デザイン専門学校、出版社、プロダクションの名称とそれぞれの電話番号が記されていた。特定の個人名は見当らない。

あとの六つには名前も電話番号もなく、備考欄に可愛らしい小さな絵がいたずら描きされていた。最初がワイン・グラスの絵で、これは多分新宿の〈パイン〉だろう。次が握り寿司と蕎麦。出前を頼んでいた近所の店らしい。その次はコートとブラウスの絵で、これはクリーニング屋。その次が髪型で、美容院。最後の欄には稚拙なSLのマンガが描いてあった。判じもののようだが、どうやらこれは「緑の窓口」らしい。故郷に帰るとき、いつも新幹線を利用すると、ユーコはいっていた。

短縮電話サービスの二十本を全部つかいたかったのだろう。〈パイン〉で知り合ったばかりのおれの電話番号も一ケタの空欄にわざわざいれてくれた。これがユーコのすべてなのだ。どんな毎日を過ごしていたのか？　稚拙な六つの絵をそれ以上正視できず、目をそらした。部屋の明りがにじんで見える。

　この九つの短縮電話の中にも、個人的に親しくつきあっていた人間はいたかもしれない。そば屋の出前持ちとか、クリーニング屋のおやじとか、行きつけの美容院のオカマっぽいヘア・スタイリストとか。だが、00から10までの人間を当るほうが先だ。一つを除いて、どの欄にも正確な電話番号が控えてある。

　00と01には、長い番号が記入されていたが、相手の名前は書いてなかった。どちらも同じ市外局番だ。実家と、大阪市内の親戚の電話番号だろう。念のためにダイヤルをまわしてみた。深夜の電話に不快げな返事がかえってきた。どちらも「井上ですが」とこたえた。名乗りもせず、一言もしゃべらずに電話を切る。ユーコの死を、年老いた両親に告げるのはおれの仕事じゃない。

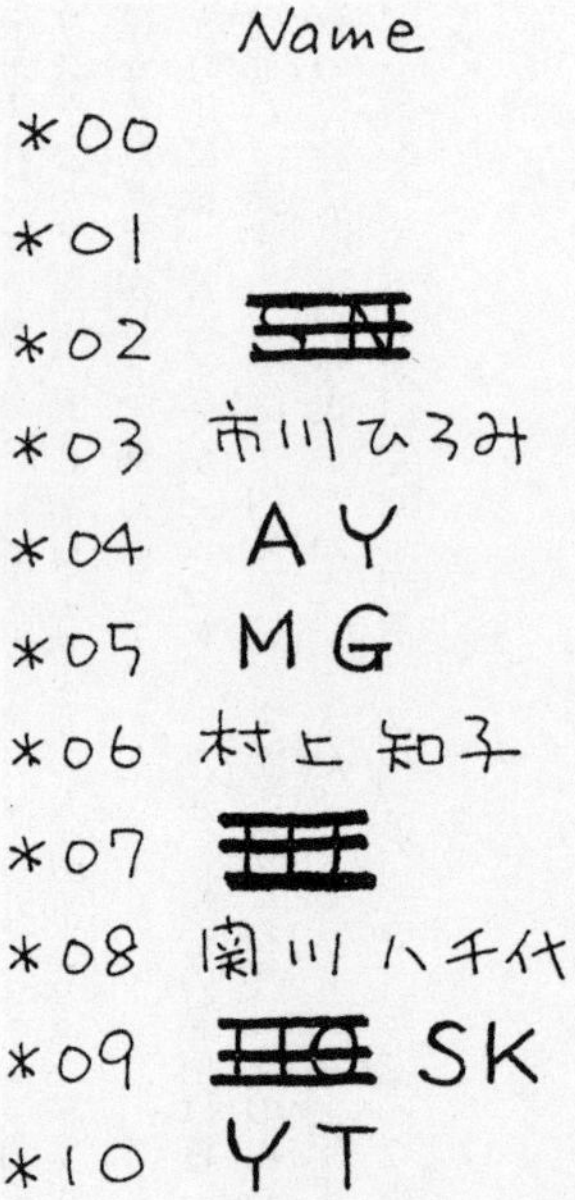

短縮番号のあとにイニシャルだけが記入されているのが、おれのS・Kをふくめて六つ。これは全部男友だちだろう。のこりの三つには女名前が記入されていた。０３が、市川ひろみ。一番の親友だったようだ。０６が、村上知子、０８が、関川八千代。あとの二人は名前にちなんで番号をもらったらしい。

三人の女友だちもあとまわしだ。しぼられてくるのは、イニシャルが黒のサインペンで記入されている六人のボーイフレンドだが、そのうち三組の頭文字は、同色のマーカーで濃く消されていた。アルファベットを識別できぬように、下の細字の上に三本の太い横線がきちんと引かれている。

じて読みとれた。

だが、あとにのこった縦線と斜線、曲線の具合から、なんとか見当はつく。02は、S・N。三本の横線で消された電話番号も、2と7と9、1と4が少し判別しにくかっただけでかろう

男のイニシャルを横線で消したのは、男との仲が切れたことを意味しているらしい。09には、新たにS・Kと記入する以前に、H・Oというイニシャルと電話番号が記されていた。Hの文字は三本の横線で消すと、二本の縦線になる。

どうしても判読できないのは、07の欄の消された頭文字だった。比較的新しく見える三本の横線で消したあとに、縦線が三本のこっている。電話番号は書きこまれていない。一番下の横線は念入りに重ねて引いたのか、上の二本より太目に見える。

ちょっとしたパズルだ。

アルファベットの大文字を二つ並べ、三本の横線で消したあとに縦線が三本。ということは、頭文字のどちらか一方がHだということだ。

AからZまでを電話メモの余白に書きながら、のこりの三組のイニシャルに目をやった。04が、A・Y。05が、M・G。そして10が、Y・T。どれにも正確な電話番号が並記されている。キー・ホルダーについていたエンブレムのYは、A・Yにも、Y・Tにもあてはまる。

当面おれが追うべき相手は、消されていた三人の男と、ユーコとのつきあいがつづいていた三人の男ということになる。

本命はどいつだ？

０７の三本の縦線をじっと見つめているうちに、死んだユーコの両手の指先きを思いだした。右手と左手でジャンケンをやっていたんじゃない。死にぎわにユーコは、「７」という数字を知らせようとしたのだ。この男が犯人なのだろうか。

余白に書いたアルファベットの二十六文字を三本の横線で消してみた。縦線だけがのこる文字はＨのほかに五つあったが、Ｌはローマ字には用いない。のこりは、ＥとＦとＩとＴの四文字だ。Ｈがファースト・ネームなのかラスト・ネームなのかはわからない。が、消えた頭文字を八組にまでしぼったことになる。

こんなことがわかっても、いまの段階ではなんの役にもたたない。おれは電話番号のわかっている五人の男に、順に電話をかけてみることにした。

Ｓ・Ｎの電話は返事がなかった。市外番号の問い合わせサービスにかけて訊ねてみたが、番号から加入者の名前を教えることはできないというつれない応答だった。ユーコは関西の大学を卒業して東京にでてくるまで、しばらく京都で働いていたといっていた。Ｓ・Ｎという男は、ユーコの「京都の男」だったのかもしれない。

Ａ・Ｙの都内番号をまわすと、とたんに相手が出た。

「もしもし、四谷ですが」

歯切れのいい若い男の声だ。いくぶん緊張しているようにも聞こえる。あまり急だったので作戦を立てるひまもなかった。

「四谷さん？　四谷昭男さんですね」

「昭男じゃない。明だ。しつこいな」

「なんだ、四谷ちがいか」

詫びもいわずに電話を切った。もう少し慎重にやる必要がある。次のM・Gは、カゼをひいた女形の声で電話にこたえた。

「後藤光男スタジオですが、ご用件は？」

「ああ、後藤さん。ユーコからことづけがあるんだけど」

「ユーコ？　井上夕子さん？」

「そう、そのユーコだ。いくら連絡してもあんたがつかまらないってこぼしてたぜ」

「暗室に入ってると電話が聞こえないんですよ。三時間ぶっとおしで仕事をやって、いまあがったところです。で、ことづけというのは？」

「よろしくといってた。たまには電話をかけてくれって」

「もしもし、もしもし……」

おれの先輩にあたるH・Oは電話にでなかった。こいつが、この時間に不在だったことだけはおぼえておこう。

Y・Tの電話番号は、自宅の番号ではなかった。電話に応えたのは、新宿にある東邦商品とかいう商事会社の夜間警備員の眠たそうな声だった。頭文字だけでは話にもならない。ていねいに詫びをいって電話を切った。

おれが受話器を置くのを待ちかねていたように、電話のベルが鳴り響いた。こっちからかけるのはいっこうにかまわないが、夜更けの電話ってやつは心臓にわるい。ろくなことが起こったためしがない。電話のベルはあきらめもせずにしつこく鳴りつづけている。

3

「もしもし、こちらは電話局ですが……」

十一時をまわりかけている。こんな時間にいったい何の用だ。このところおれは電話料金も滞納していない。

「はあ、なにか？」

「故障電話の件で調査中なのですが、そちらの番号と加入者名を教えてください」

「電話局なら、それくらいわかるだろう」

鼻をつまんでふくみ声でこたえ、受話器は置かずに架台のフックを押した。相手は、はっきり刑事とわかるいやらしい猫撫で声だった。おれも昔は、同じ口調で囮電話をかけていたのだろうか。

ユーコの部屋に、頭の回転の早い刑事が一人いる。捜査本部もまだ設けられていないはずなのに、相手はすでに初動捜査を開始しているのだ。おれの短縮番号まで押したところをみると、両親への連絡はとっくにすんでいるのだろう。三人の女友だちにもかけているはずだ。四谷明も電話を受けていたのかもしれない。写真家らしい後藤光男は、多分暗室の中にいて刑事からの電話をとらなかったのだろう。おれの電話に応えなかった「京都の男」と07の男は、刑事からの電話に応えたのだろうか。

この刑事とおれには、おたがいに利点と弱点がある。刑事のほうは、電話の相手が正直に名乗った場合、ユーコの死を告げて（あるいは告げずに）、死んだ女との関係やアリバイをその場で追及することができる。東邦商品の夜間警備員は、いまごろ社員名簿の中からY・Tのイニシャルの男を調べさせられているだろう。

だが、相手が電話に出なかった場合は、刑事はなんの手がかりも得られない。出ても名乗らなければ同じことだ。09の相手がおれだということも当分わからない。H・Oのことは、このメモ帳を見せないかぎり、いつまでたっても浮かんでこない。だがこっちはそいつの電話番号を知っている。

きわどいのは07の男だ。刑事が短縮番号を押して相手が応えれば、おれが三本の縦線のパズルを解くより先に、男の素姓は割れてしまう。電話番号もわからず、あのプッシュフォンも押せないおれは、三本の縦線を手がかりに男を割りだすしかない。それには、ユーコの男関係を知っている友人の協力が必要だ。

おれは、市川ひろみの電話番号をまわした。

「ひろみさん？　よかった、いてくれて。私立探偵の工藤だ」

「どこにいるの、工藤さん。〈パイン〉にかけたら、とっくに帰ったっていわれたわ。オフィスの電話はずっと話し中だったし」

「さっきの約束がまだ有効なら、〈パイン〉で会いたいんだが」

「それどころじゃないのよ。ユーコが死んだの！」

「えっ、どうして……」

「死因なんかわからないわ。いましがた警察から電話があって、死んだって教えられたの」

おれが訊ねたのは死因ではなかったが、訊きたかったことはあっちから先に教えてくれた。

「とにかく〈パイン〉まで出てこないか。三十分で行ける」

「連れがいてもかまわない？」

「連れって？　いまそこにいるのか？」

「先約があるっていったでしょ。あたしの婚約者の十条吉晴《よしはる》くんを紹介するわ」またしてもYの登場だ。

「あれからずっと、そのボーイフレンドと一緒だったのか？」

「刑事みたいなしゃべり方はやめて」

「わるかった。あやまる」

「今夜は二人っきりで、八時すぎからずっとたのしいパーティをやっていたの。あたしたちの婚約記念パーティの晩に、ユーコが死んじゃうなんて……」

あとは涙声になってききとれなかった。

「いいわ、十二時に〈パイン〉で会いましょう。マスターも一緒に、今夜はユーコのお通夜よ」

「わかった。〈パイン〉で落ち合おう」

三十分後に、歌舞伎町の駐車場に車を駐め、一足先に〈パイン〉についた。シケた晩だったらしい。店には先客が一人いるだけだった。

「てっきり帰ったのかと思いましたよ。一晩に二度のお運びとはうれしいですがね」

黙ってバーボンを注ぎながら、上目づかいでチョビひげがいった。声が沈んでいる。

「十二時にひろみと会う約束をした」

「ひろみさんから電話で訊きました。お客さん、私立探偵の工藤さんでしょう」

「ああ、そんなところだ」

中央のスツールに坐っていたやさ男が、横目でおれの顔をうかがった。女性的な細い手でグラスをくるくるまわしている。

「紹介しましょう。こちらは、カメラマンの後藤さん。ひろみさんから訊いたでしょうが、ユーコが死んだことを知って、後藤さんもひとまずここに駆けつけてこられたんです」

「警察から電話でも?」

あいさつがわりに、後藤光男にたずねた。

「ことづけをもらって、ユーコのところに電話をかけると、刑事がでてきて……」

よほどデリケートな神経の持主らしい。あとの言葉は喉にかすれて聞きとれなかった。

「服部とかいう本庁のしつこい刑事でしてね。ここにも電話をかけてきました。たまたま武蔵野署に出張していて、この事件を担当することになったそうです」

さっきおれにかかってきた電話の声を思いだした。おれが知っている服部だとしたら、嫌な相手を敵にまわすことになる。

「ユーコは、この店の常連だったんだろう?」

「週に二、三回、顔を見せましたよ。そういえば、今年の分のツケがたまっていた」

「電話もよくかけてきた?」

「電話魔っていう仇名をつけられてたくらいですからね。帰ったかと思うと、すぐまたかかってきたりして。みかけは派手な子だったけど、淋しがり屋だったんでしょう、ユーコは」

「マスターともわけありだったんじゃないの?」

そしらぬ顔で探りをいれると、後藤がキッと目を光らせてチョビひげを見つめた。

「とんでもない。客の女のコにいちいちひっかかっていたんじゃ、商売になりませんよ。わたしは、意気投合したお客さん同士を祝福するキューピッドってところですかね。もっともユーコから、14番をもらってましたが」

「14番?」

「ほら、プッシュフォンの短縮サービスってのがあるでしょ。1と4を押すだけで、この店につながるんだといってました」

「ぼくは、05だった」

おれたちのやりとりからはじきだされていた後藤が、わきから得意げに口をはさんだ。ゴトウのゴか。一ケタと二ケタ、イニシャルとマンガの絵のちがいはなんだろう。いまさらそんなことを詮索するのは野暮というものだ。

「ユーコを殺したのはだれだ!」

酔いがまわったのか、いきなり後藤がやわな握り拳でカウンターをたたいた。

「一ケタの短縮番号をもらっていたほどだから、この人はユーコとかなり親しかったんだろうな」

聞こえよがしに、チョビひげに話しかけた。

「あてつけがましいいい方はやめてくれ。ユーコとぼくは、なんでもなかった。何度かスタジオでヌードを撮ってやったが、それ以上の仲じゃない。それに今夜は、八時すぎからずっと暗室にこもりきりだった」

「ユーコのヌードをね。持ってるんなら、拝見したいもんだ」

「悪い冗談はやめてくれ」

「冗談でいってるんじゃない。今夜はここでお通夜をすると、ひろみがいっていた。お通夜なら写真が要るだろう」

険悪な空気になりかけたとき、若いカップルが店に入って来た。市川ひろみと、イニシャルにYのつく三人めの男だ。年下に見える健康そうながっしりした青年で、ざっくりしたセーターを着こんでいる。運動部の古参といった感じだ。その割には神経質そうな顔つきをしている。

「おくれてごめんなさい。出がけにちょっともたついたもんで」

明るい声でひろみが、おれたちに等分に声をかけた。二人とも湯あがりのつるんとした顔をしている。

「みんなに報告するわ。十条くんとあたしは、今夜、正式に婚約したの。なにを照れてるのよ。きみもなんとかいったら」

後藤のわきに坐った十条が、口の中でなにかつぶやいて、目を伏せた。みかけに似合わぬ内気な青年だ。

「就職もきまったそうだね、十条さん。とうとうひろみに口説き落とされたってわけか」

チョビひげは、このカップルの仲もとりもったらしい。嬉しそうな口ぶりだった。

「ユーコが死んだ晩にお祝いってわけにもいかないが、とりあえず乾杯」

一同に酒を注ぎ、マスターの音頭取りでしめやかにグラスを交した。なんでおれが、ここまでつき合わなきゃならないのだ。おれは婚約披露パーティの客でも、通夜の客でもない。死んだ女に犯人捜しを依頼された私立探偵なのだ。

「きみのところにも服部という刑事から電話があったんだろう？　ユーコが殺されたのは何時頃なんだ」

隣りに坐って、婚約者と仲睦じく額を寄せあっているひろみの小さな肩を指ではじいた。

「九時ちょっとすぎらしいわ。たまたまその時間にユーコに電話をかけたんだけど、ずっと話し中だったので、あきらめてしまったの」

「受話器がはずれていたのかも」

「すると、ユーコはもうそのとき……」

「殺されていたのかもしれない。ユーコの交友関係を教えてくれないか。そこにいる後藤さんは、八時から暗室にこもりっきりだったそうだが、おそらく服部刑事も親しい友人の中に犯人がいると見当をつけているはずだ」

「知り合いなの、あの刑事と？」

「ああ、昔、いろいろあってね。やっこさんより先に犯人を見つけたら、目をむくかもしれない」

「そんな理由で探偵ごっこをはじめるの？　いやに熱心なのね。工藤さん、ユーコとなにかあったんでしょ」

「図星だ。先週以来、真夜中になるときまってラヴ・コールがかかってきた。きみには内緒にしていたけど」

わざとおどけて大げさにいってみせた。ひろみはおれの顔色をうかがい、目を細めて、

「寝たの、ユーコと？」

「いや。だが生きていたら、今夜あたりそうなっていたかもしれない」

「どっちみち今夜は無理だったでしょうね、金曜日だから」

「マスターもさっき同じことをいってたけど、金曜日はなんでダメなんだ？」

「週に一度、部長さんが訪ねてくる晩だったのよ」

「部長さん？」

「パトロンみたいなもんよ。ユーコは仕事なんかほとんどしてなかった。あんなマンションで一人暮しができるのも、部長さんのお手当てがあったからにきまってる」

どんなところに住んでいるのか知らないが、ひろみの言葉にはかすかな羨望と皮肉がこめられていた。

「その部長さんだが、苗字はTではじまるんじゃないのかい？　電話でユーコが、Tさん、Tさんといっていた」

「よくはおぼえてないけど、三鷹あたりに住んでいる戸川という中年男だと思うわ。トガワだから、短縮番号の10番をあげたっていってた。会社は、この近くの中規模の商事会社。どうせワルいことをやって、がっぽり儲けてるのよ」

これで、Y・Tが、東邦商品の戸川部長だということがわかった。

「短縮番号というと、きみたちも？」

「あたしは市川だから1番にしてっていったんだけど、ひろみの〝み〟にちなんで、03をもらってたの。十条くんは？」

「ユーコさんは、おれにはくれなかった。空番号もなかったようだし、それほど親しくはなかった」

十条という青年の気弱そうな声をはじめてきいた。浮かぬ顔で、じっと掌のグラスを見つめている。

「いまさらあたしに気がねをしなくてもいいのよ、十条くん。ほんとはユーコにも気があったんでしょ」

十条は目を伏せ、額にしわを寄せて、首を振っている。だから女ってのは残酷で手に負えない。たとえこの青年が好意をもっていたとしても、ユーコは死んでしまったのだ。死んだ女友だちを相手に優越感をちらつかせ、婚約者をやんわりいびってみせるゆとりが気にくわない。

「ユーコには、ほかにもつきあってた男友だちがいたんだろう？　モテすぎて、交通整理がたいへんだといっていた」

「毎日たのしいことがないと、生きている張り合いがないって……生き急いだのよ、ユーコは」

「四谷という学生を知らないか？」

「明でしょ。十条くんの後輩よ。山岳部の猛者で……」

「今夜は？」

「さっき電話をかけたら、仲間と麻雀をやってたわ。ユーコが死んだことは警察から聞いてたようだけど、夜中まで手が放せないって。薄情なもんね、男って。ひところ、あんなにユーコに熱をあげていたのに」

「きみは、ユーコの男関係を全部知ってるらしい。ついでに〝京都の男〟ってのも教えてくれないか。頭文字はN」

「二宮信二よ。妻つき男。大学を出てから、ユーコは京都でしばらくその男のやってる設計事務所に勤めてたの。あとはお定りの関係よ。ユーコもけっこう尽してたけど、結局なるようにしかならなかったわ」

「離婚して、一緒になってくれと迫り、修羅場のあげくに……」

「その逆よ。男のほうが結婚しようといったのに、どうせダメだろうと見切りをつけて、ユーコが身を引いたの。それで、東京に出て来たんじゃないかしら。電話のやりとりだけはつづいてたようだけど、そこまで追いつめただけで納得がいったといってたわ」

「よくある話だ。その男が、どこに住んでるか、知ってる？」

「市内だと思うけど……あなた、ほんとに、ユーコの男関係を一人ずつ洗っていくつもりなの？」

「いけないか？」

「ヤブヘビじゃないかしら。探偵イコール犯人というミステリーもあるわよ」

若いくせに、ドキリとする台詞を吐く女だ。コピー・ライターの卵だけのことはある。

夜が明けぬうちに、手を打っておきたいことがいくつかあった。服部刑事がすでに動きはじめているとしたらなおさらだ。先手を打たなければ、ひろみの台詞どおり、こっちがヤバイことになる。

「野暮用を思いだした。二時間ほどで戻ってくる。どうせ今夜は、朝まで店をあけといてくれるんだろう？」

カネをはらわずに店を出た。チョビひげは迷惑げな顔をしていたが、今夜はユーコの通夜だ。一晩ぐらいつきあってもいいだろう。

深夜喫茶をみつけ、京都市の電話番号の問い合せサービスにかけて、二宮の自宅の電話番号を調べてもらった。02にはいっていた返事のない電話は、社員が帰ったあとの設計事務所のものだったらしい。警察からはまだ本人に連絡はついていないはずだ。

自宅の電話に応えたのは、二宮の妻だった。そのやりとりで、亭主のアリバイは一応成立した。九時すぎにユーコを殺し、この時間に京都の自宅に帰るというのは、物理的にも不可能だ。

そのあとに、二宮信二が電話口にでた。

友人だといって、ユーコの死を告げる。なんの動揺も感じられない、冷たい応答がかえってきた。悔みの言葉もきけなかった。

東邦商品の夜間警備員を、刑事を装って協力させ、商品開発部の戸川安彦部長の自宅と電話番号を訊きだした。やはりほんものの警察からも問い合わせの電話がかかっていたらしい。このおっさんが余計なことをしゃべらなければ、あとしばらく、Y・Tの素姓は割れないだろう。

4

二時間後に、青梅街道を新宿にとんぼ帰りする車の中で、おれはいま会ってきたばかりの四十男の憔悴しきった寝呆け面を思いだしていた。

戸川安彦が、ユーコを殺した犯人でないことは、訪ねる前から十中八、九、見当がついていた。月末の金曜日の会議が長びき、退社時間が九時をまわっていたことを、警備員の口から訊きだしていたのだ。

　だが、殺人現場に足を踏み入れたのは、おれより先だ。問いただしておきたいことがいくつかあった。

　寝静まった家の呼鈴を押すと、すぐに明りがつき、よれよれのパジャマを着た戸川が、眼鏡をはずした目をしょぼつかせ、おずおずと玄関の戸をあけた。外に駐っているおれの車を見て、一瞬たじろぐのがわかった。刑事を装う必要もなかった。ユーコのマンションを出る姿をおれに目撃されたことを知って、小心な中年男ははなっから観念し、ぼそぼそとしゃべりはじめた。

　深夜の訪問客に家人が起きだす気配があったが、戸川はおれを玄関わきの応接間に通し、だれも応待にださせなかった。家の中では、まだその程度の威厳を保っているらしい。

　戸川は、おれをユーコの男友だちの一人だと判断したのだろう。現場に戻った殺人者、あるいは情事をネタにゆする恐喝者だとカンちがいしたのかもしれない。そのどっちでもないことを納得させるのにしばらく手間どった。

　この部長さんは、毎週金曜日の夜、会議が終わったあと十一時頃までユーコの部屋にいりびたっていた。月々のお手当ては五万円。そのほかに、ドレスや靴やアクセサリーや食事をねだられ、けっこう支出はかさんでいたらしい。下請けのパンフレット製作の仕事で知り合い、関係が一年ほどつづいていた。二、三度ホテルで会ったあと、はじめに条件を切りだしたのは、ユーコのほうだったという。それまで堅物でとおっていた部長さんにとっては、毎週一度やってくる天国のような一夜だったのだ。風呂にはいれば背中を流してくれ、食膳には心のこもった手料理が待っている。そのあと、ベッドの上での小一時間は、まもなく五十になる男にこの世の春をよみがえらせてくれた。

そんなことは、おれの知ったことじゃない。訊きたくもないことだった。

戸川がユーコの部屋についたのは十時十五分前。ドアには鍵がかかっていた。渡されていた合鍵で部屋に入り、死体を発見。滑稽なのはそれからの戸川の行動だった。

ユーコの部屋にのこっている自分の痕跡をすべて消し去ろうと、部屋中をかきまわしたのもこの男だった。整理タンスに入っていた下着類やパジャマ、ハンガーにかかっていた生乾きのシャツやブリーフを、手近にあったショッピング・バッグにつめこみ、洗面所の中も物色した。

「これを落としていきましたよ、あなたは」

ハンカチにくるんだ歯ブラシを目の前につきだすと、戸川はあわてて身をのりだした。

「お返しするわけにはいきません。しばらく預らせてもらいます」

合鍵や持ち帰ったものを、いったいどこで処分したのだろう。どうせドジなことをやっているにきまっている。短縮番号に会社の代表電話番号が記憶されていることも知らなかったようだ。

「なぜ警察に連絡しなかったのですか？」

「こわくて、できなかった」

「そんなものを持ち帰っても、いずれはバレるんです。まもなく警察もここに来るでしょう。下手な嘘はつかずに、ありのまま正直にしゃべったほうがいい」

「やはり、隠しおおせないだろうか？」

警察より家人の追及をおそれているらしい。おれを見る共犯者のような目がいたましかった。

あまり痛々しくて嘔気をもよおすほどだった。

「あのカレンダーに、なにが書いてあったんです？」

ショッピング・バッグからのぞいていた白い紙筒を思いだした。

「今夜、十時頃になるという伝言や、会った晩のこまごましたメモやわたしの名前が……」

「受話器は？」

唐突にたずねると、戸川は意味をとりかねてしばらくきょとんとしていたが、やがて、殺人現場の模様をこわごわ話してくれた。あわてて部屋を出たのは、おれのかけた電話が鳴りはじめたからだった。その前にも、十時ちょっと前に電話が鳴ったという。少くとも、戸川が部屋に入ったときには、受話器は架台にかかっていたということだ。

「すぐ近くにかがみこんでいたので、思わず受話器をとってしまいました。すぐに気づいて、なにも応えなかったのですが、相手もしばらく沈黙を守っていました。それから、相手は十条だがと名前を名乗り、〝ユーコなのか？〟とたずねました。こわくなって電話を切ったあと、またかかってきたので……」

メモを書きこんだ二月のカレンダーや下着や歯ブラシを持ち帰っても、戸川の痕跡は拭いきれない。第一、受話器にはべったり指紋がついているはずだ。正直に事情を話しても、警察はたやすく放免しないだろう。ツケがまわってきたのだ。おれが心配してやる筋合いもない。だがわからないのは、十条がユーコに電話をかけた理由だ。イニシャルはＹ・Ｊだが、十条が縦線三本の０７の男だという可能性はあるだろうか。

さっきの駐車場に車を駐め、〈パイン〉に戻ったのが二時すぎ。手早くケリをつけねば、こっちの身が危うくなってくる。不利な条件を、かぞえあげてみた。

おれが、ユーコのマンションの近くにいたことは、戸川が知っている。把手には警察の台帳にのっているおれの指紋もついている。部屋のどこかには、おれの渡した名刺がある。プッシュフォンの０９は、おれのオフィスの電話番号を記憶している。現場に急行したパトカーの警官は、近くのホテルの前に駐車していたおれの車のナンバーをメモしていたかもしれない。ふりかかる火の粉をはらうには、真犯人をつきとめるのが一番だ。

〈パイン〉には新しい客が三人ふえていた。おれの姿を認めて、一瞬会話がとぎれたが、またすぐに騒がしいおしゃべりがはじまった。話しているのは、みんなユーコのことばかりだ。どうやら本格的な通夜になりそうな雲行きだ。空いていた一番奥のスツールに坐ると、新客の一人が声をかけてきた。

「探偵さんだってね、おじさん。なにか収穫はあったのかい？」

張りのある小生意気な口調だ。このチンピラから見れば、おれもおじさんの口なんだろう。

「きみは、四谷明くん」

相手はうなずいて、いぶかしげにおれを見ている。声に聞きおぼえがあったんだろう。同じように頑丈な体格をした仲間が一人、横に坐っている。ひろみはスツールを降り、もう一人の女客と一緒にすみっこのボックスに坐っていた。従順な付人のように、十条がわきに浅く腰かけている。

「探偵ごっこのつづきはどうなったの？」

いくらか酔いがまわったのか、訛りのあるしゃべり方でひろみが話しかけてきた。

「きみの教えてくれた部長さんはシロだった。会社を出た頃には、ユーコはもう殺されていたんだ」

店の中が静まりかえった。チョビひげも、カウンターの奥から、おれの様子をうかがっている。

「ユーコが昔つきあっていた〝京都の男〟もシロだ。ちゃんと自宅で、女房とたのしくやっていた」

口をはさむものは一人もいない。後藤光男も、細い手で長髪をかきあげながら、じっとおれの話に聞きいっている。

「ユーコを殺した犯人は、この店の中にいる。通夜に来ただれかが殺したのだ」

「どうしてそう断定できる？　ユーコは、デザイン学校のおいぼれ講師とも親しかったし、出版社の編集者やプロダクションの営業マンとも仲良くやっていた」

そういったのは後藤だった。

「妬いてるんだ、このオカマ野郎は。一人で暗室にこもってたなんてのはアリバイにならない」

四谷明が野次った。

「麻雀をしてたってのは本当なんだろうな」

おれが切り返すと、明と連れの若い学生がスツールを降りてつめよってきた。

「思いだしたぞ。おれんとこにふざけた電話をかけてきたのは、おまえだな」

「四谷ちがいだと謝ったろう」

「なめるな、この野郎！」

喧嘩っぱやい血の気の多いチンピラのあつかいには馴れている。奥のスツールに突進してきた四谷明の右ストレートを、頭をさげてひょいとかわし、首筋に水平チョップをお見舞いする。手加減をくわえてやったつもりだが、明の体はもんどりうって床に落ちた。連れの山男には、同時に左の膝蹴りをくわせてやった。当りどころが悪かったのか、股間をおさえて悲鳴をあげている。最近の若いやつはこらえ性がない。

「荒っぽい立ちまわりは、これくらいでおひらきにしよう。みんなも推理ゲームのほうが好きなんじゃないのか」

「犯人がこのなかにいるという軽率な発言をひっこめたまえ」

後藤はまだしつこく食いさがってくる。

「そば屋の出前持ちまで疑っていたんじゃ、おれの話は大長編になっちまう」

「でも、ユーコがつき合ってた男の子は、ほかにもいるわよ」

隅のボックスから、ひろみが発言した。おれに痛い目にあわされた二人の学生は、おとなしくスツールに戻っている。

「じゃあ、教えてくれ。H・Oというイニシャルの男に心当りは？」

ここでおれははじめて、ユーコの部屋にあったメモの一ページをみんなに見せた。S・Kという文字とおれの電話番号だけは、ここに来る前に念入りに塗りつぶしておいたので、読みとられる気づかいはない。

「この09のH・Oという頭文字が見えるだろう。消されているところをみると、いまはつき合っていない男かもしれない」

「もしかするとキューさんじゃないかな」

素頓狂な奇声をあげたのはチョビひげのマスターだった。

「苗字は？」

「太田さんていうんだが、ほら、後藤さんもおぼえてるでしょう？」

「ああ、あのバカか。南米に行って一山当ててくるとかいってたっけ。まだ日本には帰ってきてないんじゃないの」

「太田さんなら、いまパナマよ。二、三日前、絵葉書をくれたわ」

「あら、知子、あの人とつき合ってたの？」

絵葉書をもらったといったのは、06に記入されている村上知子という女性らしい。

「その太田という男の名前は？」

「みんなキューさんと愛称で呼んでましたが、本名はたしか太田久《ひさし》だと思います」

マスターがこたえた。それなら、H・Oというイニシャルも符合する。

「あの人、ユーコにひどい言葉で罵られて、それで日本を飛びだしたのよ」

「インポっていわれたそうだね」オカマのカメラマンが目を細めた。「こっそり帰って来ていても、二度とユーコには顔向けできなかったはずだ」

「そこまでいうことないでしょ、可哀そうに」

「村上さんですね。あなたは、今夜……」

「探偵さんともなると、わたしのようなかよわい女まで疑ってかかるのかしら。残念ながらわたしは、九時まで横浜の元町のお店にいました」

「このメモにのっているもう一人の女性は?」

「関川さんなら、その時間に八王子の自宅でご主人と食事中だったそうよ」

席を立って、おれの手のメモをのぞきこみながら、市川ひろみがいった。

「もう一つのこってるわね。消されているのでよく読めないけど」

ひろみが指さしたのは、07の欄だった。

「そう。このナンバー7の男だけがわからない。だが手がかりはある。縦線が三本あるだろう。どっちかがHだということだ」

「犯人は、その男かもしれない。頭文字の一方がHだとすれば、この店の中にはいないことになる」

そう指摘したのはカメラマンの後藤だった。

「いや、必ずしもそうじゃない。ユーコがつき合っていた親しい人間で、頭文字にHがつく名前のものが一人いる」

「キューさんでしょう。あの人なら、ちゃんと09の欄に記入されていたじゃない」

「太田久じゃない。きみだよ、市川ひろみさん。H・Iなら、ぴたりと符合する」

「名推理だ、工藤。おまけにその07の短縮番号には、市川さんの電話番号がはいっていた」

いつ店に入って来たのか、一同がふり向くと、戸口に顔馴染みの服部刑事が立っていた。四十がらみの猫背の男だ。

「そのメモをどこで、どうやって手に入れたのか、説明してもらえるんだろうな、工藤」

ヤバイことになった。おまけにS・Kのイニシャルも消してある。証拠湮滅といわれても申し開きはできない。

「おまえの車が、十時頃、現場近くに駐車していたことも目撃されている。名探偵気どりでかよわい女性に罪をおっかぶせようというのか。殺したのはおまえさんだろう」

「あたしに難くせをつけるなんて、無茶苦茶だわ。あたしの番号はちゃんと03の欄にはいってるじゃない」

「H・Iなら、この三本の縦線に符合するといっただけだ。きみが犯人だといったおぼえはない。ユーコは、はじめきみに07の番号をくれるといったんじゃないのか」

「そんなおぼえはないわ」

「じゃあ、なぜ07にきみの電話番号がはいっているんだ?」

そのときにはすでに、おれはユーコを殺した犯人の見当がついていた。07のイニシャルの謎も解けた。あれを消したのはユーコじゃない。この店の中にいる男の一人だ。

「この三本の横線をよく見てくれないか、服部さん。消したのは新しいようだが、ちょっとおかしなところがある」

「どれ、見せてみろ」

「まだ渡すわけにはいかない」

服部刑事は、顔だけ近づけ、消されたイニシャルをにらんだ。

「三本めの横線が、上の二本より太目になっている。書かれた文字を消しきれなかったので、上からもう一度なぞったのだ。右端の縦線の一番下の部分をよく見てみろ。ほんのわずかだが、左にカーヴしている。アルファベットの中で、そういう文字は一つしかない。Jだ」

おれの最後の言葉が、狭い店の中でこだました。

「Jだよ、十条くん。頭のいいきみが、なぜこんな手ぬかりをしたのか、おれにはわからない。電話番号も書きこまれていなかったし、文字も横線で同じように消した。ただ、短縮番号だけが、きみの自宅の電話番号をおぼえていた。それで、きみは、新しい番号をおぼえさせて、古い番号を消去した。ふっと思いついたのが、いちばんひんぱんにかけるひろみさんの電話番号だった」

「ウソだ！　そんなことはしていない」

そう叫んで、ボックスから半分腰を浮かしかけた十条吉晴の顔は蒼白だった。

「このメモを現場にのこしたままにしておけば、捜査の目をくらますことができると考えたんだろう。きみが半年前からユーコとこっそりつき合ってたことを、ひろみさんは知ってたのか？」

「知ってたわ。だけどなにもいわなかった。いずれあたしのところに帰ってくるって信じてたから。そのとおりになったのよ。あたしたち、八時すぎからずっと一緒だったわ」

「じゃあ、こいつはいつ、ユーコの部屋に電話をかけた？」

ひろみは返答につまった。かわりにこたえたのは十条だった。

「十時ちょっと前にかけたんだ。ひろみが風呂に入ってるあいだに。死んでるとわかってる女の部屋に電話をかけるやつがいると思うか」

十条は弱々しく反論した。

「気がとがめたんだろう。殺したはずのユーコが、もしかすると生きているかもしれないと思って、電話をかけてみたんだ。だれかが電話にでたんで、きみはびっくりした。だがユーコでないことは気配でわかった。九時すぎに、パトロンが来ることも知っていた。気をとりなおし、素早く頭を働かせ、きみは警察に匿名で急報した。電話をかけたのも、ひろみさんの部屋じゃなく、現場の近くだったはずだ。ユーコの部屋にだれか人がいるのを知って、そいつに罪を着せようとした。それからおじけづいて、タクシーを拾い、ひろみの部屋に逃げこみ、結婚話とひきかえにかばってもらった。そんなところじゃないのか」

「ウソだ！　おれは、ユーコをしめ殺したりしなかった！」

「それ以上しゃべっちゃダメよ、ハル！」

殺しの幕切れはいつも悲しい。都会の一人暮しにくたびれて死んでいった女。その女を発作的に殺した男。その男を結婚とひきかえにかばおうとした女。どいつもこいつも、一人ぼっちで、悲しくて、淋しいやつばかりだ。

十条吉晴と市川ひろみの最後のやりとりが、すべてを物語っていた。ユーコの死因を知っていたのは、おれたちのほかには犯人しかいない。ユーコの部屋の受話器には、奇妙なことに、戸川安彦の指紋しかのこっていなかった。パトロンの来る夜だと承知の上で押し入った十条は、ユーコに鼻であしらわれた腹いせに衝動的にコードで首を締め、そのあと正気にかえって、自分の短縮番号を消去した。そのとき指紋も拭い、受話器もきちんと架台にかけ直したのだ。Yのエンブレムのついた合鍵も返しておいた。

十条とユーコとのあいだに、なにがあったのかは想像するしかない。熱をあげていたのは、ユー年下の十条吉晴のほうだったのだろう。他人のものを欲しがるのはいけないことだと、ユーコがいっていたのを思いだした。コがいっていたのを思いだした。多分、親友の恋人との仲をうしろめたく思っていたのだ。

十条吉晴のイニシャルが、短縮電話のメモ帳に、Y・Jではなく、H・Jと記されているのを知って、いちばんショックをうけたのは、ユーコから恋人を奪いかえしたひろみだったかもしれない。ベッドの中で恋人を呼ぶ愛称を、ユーコも同じようにつかっていたことを知って、ひろみはハルをかばうのをやめた。

殺人のアリバイの代償に、男を一人鎖につないだところで、しあわせなんか得られっこない。

そんなことさえわからない女なんかくたばっちまえ。

ユーコは二度と、あのカリフォーニアの青い空を見ることができない。一人ぽっちになって、もうひとりごともいえなくなった。

くそっ、こっちまで、悪いクセがうつっちまったらしい。

日本ハードボイルド史〔黎明期・一九五〇～一九七〇年代〕

日下《くさか》三蔵《さんぞう》

「固ゆで卵《ハードボイルド・エッグ》」から転じて、「タフな」「非情な」という意味を持つようになった「ハードボイルド」という言葉が、ある種の小説作品の形容として使われ出したのは、一九二〇年代のアメリカからであった。

パルプ・マガジン（粗悪な紙を使った大衆向けの娯楽雑誌）のひとつ〈ブラック・マスク〉誌に、ダシール・ハメット、レイモンド・チャンドラー、E・S・ガードナーらが寄稿した私立探偵小説が、その起源である。従来のミステリに登場する探偵たちが、基本的には推理で事件を解決していたのに対して、ハードボイルド・ミステリの探偵たちは自らの足で捜査し、犯人を探し出し、時には腕力を振るって事件を解決する。このことから日本では、「行動派探偵小説」などとも呼ばれていた。

戦前にもいくつかの作品が散発的に邦訳されているが、やはりミステリ界の新しい潮流、サブジャンルとして認識されるには、戦後の翻訳出版ブームを待たなければならなかった。江戸《えど》川乱歩《がわらんぽ》は一九四六（昭和二十一）年から海外ミステリの紹介コラムで、しばしばハードボイルド派に言及しているが、本格的に作品が翻訳されるようになったのは、五〇年からである。

この年、探偵小説専門誌〈宝石〉が「世界探偵小説名作選」と銘打った翻訳特集の別冊を出し始め、第一集のジョン・ディクスン・カー特集に続いてレイモンド・チャンドラーの三長篇を一挙に訳載した特集号〈別冊宝石　11号　R・チャンドラア篇〉が出た。チャンドラーは翌年の第四集にも『大いなる眠り』が訳載されており、日本の読者にはハードボイルドといえばチャンドラーというイメージが刷り込まれた。

こうした流れを受けて、いち早く日本を舞台にしたハードボイルドとして書かれたのが、大坪砂男《おおつぼすなお》の「私刑《リンチ》」である。四九年に〈宝石〉に発表され、翌年の第三回探偵作家クラブ賞短編賞を受賞している。

鱒書房のアンソロジー『推理小説集1』（五五年七月）に「私刑」が採られた際に、末尾に付された著者の「あとがき」は以下のとおり。


戦後の人心の荒廃は、瓦礫と化した街を背景にして、いわゆるアプレ派の無頼漢時代となった、モラルの喪失、これこそ亡国だ、と心ある人々の眉をひそめさせたものである。しかし、それが現実であるかぎり、私はそこに一切の希望をつなぐよりないと信じていた。

将来の日本を背負って立上る一人の怪傑は、必ずや彼等数千万無頼漢の中に、きびしく鍛錬されているに違いないのだ、と。

昭和二十三年に処女作〝天狗〟を発表してから、一年後、従来のやや高踏的な立場を離れ、突然この作に昭和人情話と題して大衆小説を書きはじめた第一作である。メリケン風のハードボイルドを、私は荒涼たるセンチメンタリズムと評しているのだが、この〝私刑〟はそのハードボイルドの日本版として、東洋的なバックボーンにセンチメンタルな肉づけを試みたつもりなのである。

アプレ派はアプレゲール、即ち「戦後派」のことで、敗戦による体制・権威の崩壊、価値観の大転換を承《う》けて、無軌道な犯罪を犯す若者たちが社会問題となった。アメリカでは禁酒法時代のギャングの台頭や、一九三〇年代の世界恐慌といった荒廃した世相を背景に発展してきたハードボイルドは、日本では戦後の焼け跡に移植される形でスタートしたのだ。

アプレゲールの若者の犯罪を描いて第七回探偵作家クラブ賞奨励賞を受賞した鷲尾《わしお》三郎《さぶろう》の中篇「雪崩」も、ハードボイルドを企図して書かれたものであった。この作品が長篇『屍の記録』(五七年三月/春陽堂書店/長篇探偵小説全集13)に併録された際の月報には、「鷲尾氏の「雪崩」に就ての弁」として著者による以下のようなコメントがある。

「雪崩」は昭和二十八年の十二月号の「宝石」へ発表した作品で、評判は大して悪くなかった。形式は倒叙探偵小説であるが、私としては、スピーディな描写で、事件を出来るだけ残酷に、そして簡潔に描写することに努めた。いわゆるアメリカ直輸入の「ハード・ボイルド」である。今はそんなでもないが一時私は「ハード・ボイルド」に大きい魅力を感じたことがあった。「雪崩」はその未熟な記念品である。

鷲尾三郎は『俺が相手だ』（五四年）、『影を持つ男』（五五年）、『地獄の神々（別題『裸女と拳銃』）』（五六年）など、ハードボイルド作品を数多く手がけている。

前述の〈別冊宝石　11号　R・チャンドラア篇〉にエッセイ「茹で過ぎ卵」を寄稿した島田《しまだ》一男《かずお》も、昭和二十年代からハードボイルドに意欲を示した一人である。当初はヴァン・ダイン風のペダンチックな本格ミステリを書いていたが、自分ならではの作風を模索した結果、新聞記者時代の経験を活かした「遊軍記者」「社会部長」（いずれも四九年）などのブンヤものにたどり着いた。五〇年の「社会部記者（別題「午前零時の出獄」）」では、翌年の第四回探偵作家クラブ賞短編賞を受賞している。

数多くのシリーズキャラクターを生んだ島田一男だが、『昼なき男』（五三年）以下の外池洋祐シリーズや『拳銃を磨く男』（五八年）以下の公安調査官・加下千里シリーズなどのスパイ小説も、ハードボイルドに分類できるだろう。

一九五三（昭和二十八）年、翻訳ものでミッキー・スピレインがブームとなった。この年に創刊された《ハヤカワ・ポケット・ミステリ》（ポケミス）の第一弾は、スピレインの『大いなる殺人』だし、すぐに日本出版協同が《ミッキー・スピレーン選集》で追随し、一年足らずの間に刊行されていたすべての長篇が邦訳される、という過熱ぶりであった。

つまり、当時のミステリ読者にとっては、チャンドラー、ハメット、スピレインがハードボイルド派を代表する作家であり、これにロス・マクドナルド、ハドリー・チェイスらが続いていた。現在はユーモア+本格のイメージのあるクレイグ・ライスも、この頃はハードボイルドの文脈で語られていた。

こうした流れを経て、昭和三十年代に入ると日本でも新しいハードボイルド小説の書き手が、次々と登場することになる。その先陣を切ったのは、一九五五（昭和三十）年に「X橋付近」でデビューした高城高《こうじょうこう》で、「賭ける」「淋しい草原に」「ラ・クカラチャ」（いずれも五八年）といった佳品を立て続けに発表し、国産ハードボイルドの旗手と目された。

高城高は作品のクオリティも高く、日本で初めてハードボイルドをメインに手がけた作家として、歴史的にも重要な存在であるから、本来であればこの全集に一巻が充てられて然るべきだったが、二〇〇八年に同じ創元推理文庫から全四巻の個人全集が刊行されているため、アンソロジーの本巻に短篇を収録するに留まったことをお断りしておく。その代わり、本書に収めた「骨の聖母」は全集の刊行後に存在が確認された作品であり、期せずして全集の内容を補完する形になったのは幸いであった。

既成作家では高木彬光《たかぎあきみつ》が天才型の名探偵・神津恭介に続いてアクション推理で活躍する探偵を登場させている。五五年の「七つの顔を持つ女」で女性私立探偵・川島竜子を探偵役に起用。さらに五六年の「暗黒街の帝王」で侠客・大前田英五郎《おおまえだえいごろう》の五代目と称する私立探偵・大前田英策と川島竜子を共演させた。後に二人は結婚して、夫婦探偵として多くの事件に挑むことになる。

幻想的なミステリの名手として知られる日影丈吉《ひかげじようきち》にも、ハードボイルドの連作がある。銀座でキャバレーを経営する本庄祥作を探偵役にしたシリーズは五七年に始まって『夜の処刑者』(五九年六月／光風社)、安助秘密探偵社の安助探偵が活躍するシリーズは五九年に始まって『イヌの記録』(六四年二月／光風社)に、それぞれまとめられた。

五七年に仁木悦子《にきえつこ》の江戸川乱歩賞受賞作『猫は知っていた』、五八年に松本清張《まつもとせいちよう》『点と線』『眼の壁』と相次ぐベストセラーの出現に湧く探偵小説界に、新たな大型新人が登場する。早稲田大学在学中に同人誌に発表した「野獣死すべし」が江戸川乱歩の目にとまり、〈宝石〉五八年七月号に転載された大藪春彦《おおやぶはるひこ》である。乱歩は作品に添えられたルーブリック(短い解説)で、こう書いている。

これは異常の人生観を持つ一青年の大量殺人物語。拳銃による十人斬り、二十人斬り、三十人斬り、ハードボイルドの机竜之助である。

机竜之助は中里介山《なかざとかいざん》の大長篇時代小説『大菩薩峠』に登場する剣客で、辻斬りを繰り返すダーク・ヒーローであり、その造形は、なるほどハードボイルド的といえる。江戸川乱歩は一貫して「ハードボイルドはよく分からない」「好みのジャンルではない」と発言しながら、こうして大藪春彦をデビューさせているのだから、その編集者としての懐の広さは特筆に値する。

大藪春彦の作品は容赦のない暴力描写と、銃器と車の詳細な解説に特徴があり、その点を批判されることも多かったが、作者はそうした声にひるむことなく個性あふれる作品を書き続け、熱狂的な愛読者たちに支持された。平井《ひらい》和正《かずまさ》、夢枕獏《ゆめまくらばく》、馳星周《はせせいしゅう》ら後世の作家に与えた影響も大きい。

五九年には、日本テレビと〈宝石〉が共同開催したテレビドラマ「夜のプリズム」原作小説募集のコンテストから、河野《こうの》典生《てんせい》が「ゴウイング・マイ・ウェイ」でデビューしている。短篇集『陽光の下、若者は死ぬ』（六〇年五月／荒地出版社）、『アスファルトの上』（六一年一月／光風社）、長篇『殺人群集』（六一年四月／光風社）、『群青』（六三年三月／早川書房）などを経て、『殺意という名の家畜』（六三年九月／宝石社）で第十七回日本推理作家協会賞を受賞。先にデビューしていた高城高、大藪春彦と共に、国産ハードボイルド派の三羽烏と評された。

純文学から大衆文学に転じて犯罪小説やサスペンスを書いていた藤原審爾《ふじわらしんじ》は、五九年に中篇「若い刑事」を発表。これが後の《新宿警察》シリーズの第一作である。《新宿警察》は根来刑事を中心に、さまざまな刑事たちが活躍する群像劇スタイルの連作で、日本における警察小説の元祖と位置付けられる。

ともに十代でデビューし、昭和二十年代から作品を発表してきた山村正夫《やまむらまさお》と都筑道夫《つづきみちお》が、いずれも六〇年からハードボイルドの実作に手を染めているのが面白い。二丁拳銃を操る殺し屋を主人公にした山村正夫の連作は『拳銃の歌』（六一年二月／光風社）として単行本化され、春陽文庫版で『悪人狩り』と改題された。

都筑道夫は早川書房で日本版〈エラリイ・クイーンズ・ミステリ・マガジン〉（ＥＱＭＭ、現在の〈ミステリマガジン〉の前身）の編集長を務める一方、久保書店の翻訳ミステリ誌〈マンハント〉にエヴァン・ハンター（エド・マクベイン）の酔いどれ探偵カート・キャノンシリーズを淡路《あわじ》瑛一《えいいち》名義で訳載した。この連載は好評だったが、原作をすべて訳出してしまったため、エージェントの許可を得て都筑道夫によるオリジナルのパスティッシュが、同誌に連載された。

この連載は初出から十五年後に『酔いどれひとり街を行く』（七五年一月／桃源社／都筑道夫新作コレクション）として初めて単行本化され、新潮文庫版でシンプルに『酔いどれ探偵』と改題されている。本全集の第六巻『酔いどれ探偵／二日酔い広場』に全篇を収録。

都筑道夫は六一年にミステリ長篇『やぶにらみの時計』を刊行して推理作家として本格的にデビューしたが、それ以降に手がけたハードボイルド連作に、元ボクサーの私立探偵・西連寺剛シリーズ、元刑事の私立探偵・久米五郎が活躍する『二日酔い広場』（本全集第六巻に全篇を収録）、ホテル探偵の田辺素直を主人公にした《ホテル・ディック》シリーズなどがある。それぞれの詳細については、本全集第六巻の解説を参照していただきたい。

六〇年にはもう一人、書下し長篇『悪との契約』で登場した島内透《しまうちとおる》が、ハードボイルドを指向していた。六一年に『白いめまい』、六四年に『白昼の曲がり角』をカッパ・ノベルスから刊行したが、その後は七九年まで沈黙が続き、一九九〇（平成二）年までに散発的に六冊を刊行するに留まった。

六一年、ユーモラスな本格推理の書き手として評価されていた結城昌治《ゆうきしょうじ》が、私立探偵の久里と佐久のコンビを主人公にした長篇『死者におくる花束はない』(刊行は六二年)でハードボイルドに進出。同じシリーズに短篇集『死体置場は空の下』と長篇『死の報酬』がある。

凝った構成で第十七回日本推理作家協会賞を受賞した警察小説『夜の終る時』、慟哭の犯罪小説『幻影の絆』(角川文庫版で『幻の殺意』と改題、本全集第五巻に収録)を経て、『暗い落日』『公園には誰もいない』『炎の終り』の私立探偵・真木三部作で、国産ハードボイルドのひとつの頂点を示した。他に紺野弁護士シリーズの連作『死者たちの夜』『犯罪者たちの夜』など。結城昌治のハードボイルド作品については、本全集第五巻の解説を参照のこと。

ミッキー・スピレイン『裁くのは俺だ』、アイラ・レヴィン『死の接吻』、ロス・マクドナルド『人の死に行く道』などの翻訳を手がけた中田《なかだ》耕治《こうじ》は、六一年に長篇『危険な女』を刊行して作家としてもデビュー。以後、長篇『暁のデッドライン』『真昼に別れの接吻を』、短篇集『死角の罠』『殺し屋が街にやってくる』、時代小説『異聞猿飛佐助』『異聞霧隠才蔵』などの著書がある。六八年から翌年にかけて三一書房から初刊行作品を含む選集《中田耕治ハードボイルド・シリーズ》(全六巻)を刊行した。

創刊直後の〈マンハント〉に翻訳スタッフとして参加し、ポケミスではカーター・ブラウン『墓を掘れ!』、ブレット・ハリデイ『殺人稼業』、リチャード・デミング『クランシー・ロス無頼控』などの翻訳を担当した山下《やました》諭一《ゆいち》も、六二年ごろから創作の筆を執り始めている。ニューヨークでタフガイ・曾根達也が活躍する一連の作品は『危険な標的』(六四年八月/三一書房／三一新書）、『危険とのデート』（六五年一月／三一書房／三一新書）、名無しの殺し屋が主人公の連作は『俺だけの埋葬簿』（六五年三月／芸文社／芸文新書）に、それぞれまとめられた。本書には『俺だけの埋葬簿』の第三話「おれだけのサヨナラ」を収めた。

小泉喜美子《こいずみきみこ》の経歴については、六三年に『弁護側の証人』で単行本デビュー、七三年に『ダイナマイト円舞曲《ワルツ》』で再デビューとされることが多く、これは決して間違いではないのだが、実は本当の長篇第一作は、六二年から津田玲子《つだれいこ》名義で〈交通新聞〉に連載された『殺人はお好き？』である。八一年に徳間文庫から初めて刊行されたこの作品は、アメリカ人の私立探偵が日本で事件に巻き込まれるハードボイルド・ミステリであった。エッセイで常々、ハードボイルドへの愛着を語っている著者らしい一作。

五八年に『濡れた心』で第四回江戸川乱歩賞を、「落ちる」「ある脅迫」「笑う男」の三篇で第四十回直木賞を、それぞれ受賞して、さまざまなタイプのミステリを発表していた多岐川恭《たきがわきょう》は、六四年から闇医者の泊定春、通称ドクさんを主人公にしたシリーズを書き始める。『無頼の十字路』（六七年十二月／桃源社／ポピュラー・ブックス）として単行本化されたが、全十二話のうち九話しか収録されていないのが残念である。

都筑道夫の後を引き継いで〈ＥＱＭＭ〉の二代目編集長を務めていた小泉太郎《こいずみたろう》は、書下し叢書《日本ミステリ・シリーズ》を企画した。これはミステリをタイプ別に分類して、それぞれを最も得意とする著者に依頼するというユニークなもので、佐野洋《さのよう》『第六実験室』はサスペンス・ミステリ、高橋泰邦《たかはしやすくに》『衝突針路』は海洋ミステリ、多岐川恭『孤独な共犯者』は倒叙ミステリ、結城昌治『ゴメスの名はゴメス』はスパイ・ミステリ、鮎川哲也《あゆかわてつや》『翳ある墓標』は本格ミステリ、といった具合であった。

この時、ハードボイルドの書き手がなかなか見つからず、ようやく引き受けてくれた水上《みずかみ》勉《つとむ》の予告タイトル『鷹と森と』も未刊に終わったことから、自分で書くと決意して早川書房を退社、六四年に第一長篇『傷痕の街』を生島治郎《いくしまじろう》名義で刊行して、本格的に作家デビューを果たした。

以後、ハードボイルド『死者だけが血を流す』（六五年、本全集第一巻に収録）、冒険小説『黄土の奔流』（六五年）、アクション小説『悪人専用』（六六年）を経て、同僚を誤射した元刑事が単身で暴力団に立ち向かう正統派ハードボイルド『追いつめる』（六七年四月／光文社／カッパ・ノベルス）で第五十七回直木賞を受賞。それ以降の活躍については、本全集第一巻の解説を参照のこと。

海渡英祐《かいとえいすけ》は六七年に『伯林《ベルリン》―一八八八年』で第十三回江戸川乱歩賞を受賞しているが、実はそれ以前、東大在学中の五九年から様々な大衆小説誌に作品を書いており、最初の著書は六一年に東都書房から刊行されたスパイ小説『極東特派員』である。六六年から双葉社の月刊誌〈大衆小説〉に警視庁外事課の石塚警部補を主人公にしたシリーズを発表。これは後に、『地獄《ヘ》への直行便《ルフライト》』（七九年十一月／徳間書店／徳間ノベルズ）として単行本化された。

〈読売新聞〉の記者だった三好徹《みよしとおる》は六〇年の長篇『光と影』で純文学から推理小説に転じた。『風は故郷に向う』（六三年）『風に消えた男《スパイ》』（六五年）『風塵地帯』（六六年）『風葬戦線』（六七年）とタイトルに「風」を冠したスパイ小説を次々と発表、『風塵地帯』で六七年の第二十回日本推理作家協会賞を受賞している。

六八年の短篇「迷子の天使」を第一作とする《天使》シリーズは、名無しの新聞記者が探偵役を務めるハードボイルドの傑作。短篇作品は毎日新聞社の単行本（七一～七三年）、講談社文庫（七七～七八年）、集英社文庫（八九～九〇年）と三度も全集が刊行されており、比較的入手は容易である。他に長篇『汚れた海』（七一年）、『天使が消えた』（七二年）がある。

六八年には〈産経新聞〉の記者だった三浦浩《みうらひろし》も、中篇「霧の国で」を発表してデビューを果たしている。六九年の『薔薇の眠り』と七六年の『さらば静かなる時』は国産ハードボイルドの名品で、後者は直木賞候補にもなっている。著者の詳しい経歴については、本書に収めた短篇「アイシス讃歌」の著者紹介ページを参照していただきたい。なお、三浦浩は小松左京《こまつさきょう》に翻訳小説誌の時評を依頼して、デビューのきっかけを作ったことでも知られている。

仁木悦子が七〇年四月に発表した「くれないの文字」は、私立探偵・三影潤の初登場作品である。エッセイやインタビューを見る限り、著者は特にハードボイルドを意図してはいなかったようだが、ポケミスで海外ミステリを片っ端から読み、特にチャンドラーが好きだというだけあって、自然と私立探偵小説の定石を踏まえたシリーズとなっているのだ。唯一の長篇『冷えきった街』と五つの短篇を本全集第四巻に収録した。

仁木悦子はエッセイ「名探偵二人」で好きな名探偵の一人にフィリップ・マーロウを挙げて「ハードボイルドは、一般に非情の文学と言われますが、それは表面的な見方のように私には思われます。非情なのは、作品に現れる社会や状況や組織や巨大な悪であって、主人公――ひいては作者――は他のジャンルのミステリよりもむしろウェットな面が強いのです」と述べており、ハードボイルドに深い理解と愛着があったことは間違いない。

笹沢左保《ささざわさほ》が同じく七〇年四月に発表した「見かえり峠の落日」は、時代小説のサブジャンルだった股旅ものにハードボイルドの手法を投入した斬新な作品で、大きな反響を呼んだ。これが発展して、著者最大のヒット作《木枯し紋次郎》シリーズへと繋がっていくのである。

著者の時代ミステリにはハードボイルド・タッチのものが多く、主人公が妻子の仇の国定忠治《くにさだちゅうじ》を追って復讐の旅を続ける《無宿人御子神の丈吉》シリーズ（七一～七三年）、悲劇的な過去を持つ岡っ引きを主人公にした《地獄の辰無残捕物控》シリーズ（七一～七四年）に、特にその要素が濃い。

他ジャンルからの有力作家の参入はあったものの、六〇年代後半から七〇年代前半、つまり昭和四十年代の国産ハードボイルドが、ジャンルとして形成されるまでに至らない、夜明け前のような状態であったことは否めないだろう。そして、その間隙を埋めていたのが、ミステリ作家ではなくSF作家たちであったことは、強調しておきたい。

その筆頭は、七二年に『幻覚の地平線』でデビューした田中光二《たなかこうじ》である。海洋冒険SF『わが赴くは蒼き大地』（七四年）、タンカーをジャックしたテロリストとの攻防を描く『爆発の臨界』（七四年）、飛行機事故の生存者がある理由から自衛隊員に狙われる『大いなる逃亡』（七五年）、第一回吉川英治文学新人賞を受賞した宝探し小説『黄金の罠』（七九年）と、多くの作品で冒険小説とハードボイルドの手法を活用している。

ベテランの筒井《つつい》康隆《やすたか》は七二年に連載した『おれの血は他人の血』でハメット『血の収穫』のパターンにSFの要素を投入し、完成度の高いエンターテインメントに仕上げて見せた。

七四年に『神狩り』で鮮烈なデビューを果たした山田《やまだ》正紀《まさき》は、『崑崙遊撃隊』（七六年）『火神《アグニ》を盗め』（七七年）で冒険小説、『謀殺のチェス・ゲーム』（七六年）で謀略小説、『ふしぎの国の犯罪者たち』（八〇年）『裏切りの果実』（八三年）では犯罪小説と、様々なタイプの作品を手がけている。

この時期に登場した最も重要な作家が、七二年に短篇「抱きしめたい」を〈ミステリマガジン〉に発表した矢《や》作俊彦《はぎとしひこ》である。犯罪小説『マイク・ハマーへ伝言』（七八年）、ハードボイルド『リンゴォ・キッドの休日』（七八年）『真夜中へもう一歩』（八五年）、私立探偵小説《マンハッタン・オプ》シリーズ（八一〜八二年）と、どの作品も圧倒的なクオリティ。本全集の対象範囲の作家であるため、当初は一巻を矢作俊彦集に充てるつもりだったが、交渉の結果、残念ながら「そういう人たちと一緒の全集には入りたくない」と断られてしまった。矢作氏は、推理小説という狭いジャンルの枠内で少しずつ発展してきた国産ハードボイルドの流れとは、一線を画す活動を続けている存在であり、「俺はあの人たちとは違う」という判断は、筋が通っているとも言えるのだが、読者の皆さまには、編者の交渉力不足をお詫びするしかない。

矢作俊彦と同じく立ち位置がミステリのジャンル外の作家に谷克二《たにかつじ》がいる。七四年に「追うもの」で第一回野性時代新人文学賞を受賞してデビュー。大自然を背景にした狩猟小説を書き続け、七六年に第一短篇集『サバンナ』（角川文庫版で『追うもの』と改題）、七七年に第二短篇集『越境線』を刊行した。七八年の第一長篇『狙撃者』はスケールの大きな国際謀略小説で、第五回角川小説賞を受賞している。

片岡義男《かたおかよしお》は七四年に創刊された角川書店の月刊誌〈野性時代〉でデビューして、『スローなブギにしてくれ』『彼のオートバイ、彼女の島』などの青春小説、都会小説で知られているから、ミステリとは無関係な作家と思われているかもしれないが、実は六〇年代から〈マンハント〉や〈ミステリマガジン〉で活躍していた翻訳ミステリ生え抜きの作家である。カーター・ブラウン『エンジェル！』、ウェイド・ミラー『殺人鬼を追え』（三条美穂《さんじょうみほ》名義）、リチャード・スターク《悪党パーカー》シリーズなどの翻訳を手がける一方、テディ片岡名義でエッセイ、コラム、ナンセンス小説、サスペンス小説などを、様々な雑誌に発表している。『ミス・リグビーの幸福』（八五年八月／早川書房）は再デビュー後に古巣の〈ミステリマガジン〉に連載した私立探偵アーロン・マッケルウェイシリーズ（七六～八四年）を単行本化したもの。

他に本巻への収録候補として、〈野性時代〉七七年八月号に発表された中篇「給料日」が挙がっており、編者一同の評価も高かったが、百五十枚を超える分量のため、アンソロジーへの収録は断念せざるを得なかった。

片岡義男を文筆の道に誘ったのは、ミステリ仲間だった小鷹信光《こだかのぶみつ》である。いうまでもなく日本におけるハードボイルド紹介の第一人者だが、もちろん当時は、二人ともまだ無名の若者だった。

小鷹信光の夥《おびただ》しい業績（翻訳、評論、エッセイ、アンソロジー編纂、創作）については、二〇〇七年に第六十回日本推理作家協会賞評論その他の部門を受賞した自伝的エッセイ集『私のハードボイルド　固茹で玉子の戦後史』（〇六年十一月／早川書房）に詳細なリストが掲載されているので、ぜひ確認していただきたい。

リストの「小説」の項目には七冊が挙がっていて、うち二冊は海外ポルノの翻訳という体裁で刊行された創作、一冊はテレビドラマ「刑事コロンボ」のパスティッシュ、残る四冊は、著者自身が原案を提供した松田優作《まつだゆうさく》主演のテレビドラマ「探偵物語」のノベライズである。

まず、ドラマ放映中の七九年と八〇年に第一作『探偵物語』と第二作『探偵物語　赤き馬の使者』が徳間ノベルズから刊行された。次いで、九八年と九九年にこの二作が幻冬舎文庫に収められ、二〇〇〇年に第三作『新・探偵物語』（幻冬舎）、二〇〇一年に第四作『新・探偵物語Ⅱ　国境のコヨーテ』（幻冬舎文庫）が、それぞれ刊行されたのである（第四作は文庫書下し）。

他に短篇が六篇あり、いずれも単行本未収録。アンソロジーで読めるものが二篇あるが、本書にはもっとも早く発表され、アンソロジーにも入っていない「春は殺人者」を収めた。

この全集では、七九年デビューの大沢在昌《おおさわありまさ》、佐々木譲《ささきじょう》、船戸与一《ふなどよいち》、八〇年デビューの逢坂剛《おうさかごう》、八一年デビューの志水辰夫《しみずたつお》、北方謙三《きたかたけんぞう》（ミステリ作家として）以降を「現代ハードボイルド」と位置付け、「それ以前」の作家と作品を対象としたため、本巻収録作品の発表年も、一九八〇年を限度として選定した。

収録作品は発表順に並べてあるので、この解説と併せて通読していただければ、国産ハードボイルド黎明期のおよその流れを実感していただけると思う。八〇年代にジャンルとして確立した現代ハードボイルドの隆盛については、引き続き北上次郎《きたがみじろう》さんの解説をご覧ください。

日本ハードボイルド史〔成長期・一九八〇〜一九九〇年代〕

北《きた》上《がみ》次《じ》郎《ろう》

1　矢作俊彦と大沢在昌

この稿を個人的な話から始めることをお許しいただきたい。雑誌のバックナンバーを探して古書店を歩きまわったことは何度もあるが、発行元まで買いに行ったのは一度しかない、という話から始めたいのである。

　あれは一九七八年だから、もう四十年以上前のことになる。訪ねたのは産経新聞社。買いに行ったのは〈週刊サンケイ〉だ。矢作俊彦《やはぎとしひこ》が〈週刊サンケイ〉に「太った裕次郎はボクらの敵だ」というエッセイを連載していることに途中で気づき、あわてて発行元に買いに行ったわけである。単行本になることはないとなぜか決めつけ、いまのうちに揃えておきたいと考えたのだ。それから九年後に上梓された『複雑な彼女と単純な場所』（東京書籍・一九八七年）に収録されるとは思ってもいなかった。ちなみに収録のときに「夢を獲える檻」と連載エッセイのタイトルは変更されている。

このエッセイは、初出のタイトルから明らかなように日活映画論である。石原裕次郎《いしはらゆうじろう》がまだ痩せていた時代の日活映画、すなわち一九六〇年前後までの「不良の映画」を語るエッセイだ。

「やがて、高倉健《たかくらけん》が土臭い匂いのする筋肉と便所の悪臭に満ちた浅草に、入れ墨に長ドスを下げて登場し、日活の陽気なヒーローたちが銀幕の向こうへ去ってしまうまでの六年とちょっとの幸福は何だったのか」

このエッセイで矢作俊彦はこう書いているが、留意すべきは、チャンドラーの「待っている」（すばらしい短篇小説、と彼は書いている）を、裕次郎主演の「俺は待ってるぜ」（監督蔵《くら》原惟繕《はらこれよし》／一九五七年公開）と重ねて語る構成である。まだ痩せていた裕次郎はハードボイルドだった、というのだ。裕次郎が太ることで、そのハードボイルドの精神が失われたことを嘆いている。「夢を獲える檻」はその哀しみと怒りと断念のエッセイだ。

なぜこのエッセイを、「日本ハードボイルド史〈成長期〉」の枕で紹介したのかというと、矢作俊彦のハードボイルド小説の根底には、一九六〇年前後までの「日活の不良の映画」の精神が横たわっていると思うからである。その匂いを感じないか。

矢作俊彦の小説デビューは周知のように、「抱きしめたい」（〈ミステリマガジン〉一九七二年六月号）だ。この短編の冒頭近くに次のような一節がある。

「翎《りょう》は上を向いて口を開き、樹々の間から落下して来る雨を口に迎えた。それから銃をポケットに移し、擦れ違ったパトカーや警官たちを想って、ポケットの中で小さく笑った」

なぜかこのシーンが強く印象に残り、ジープに足を投げ出して座っている川地《かわち》民夫《たみお》が雨に打たれて笑っている絵として、記憶に刷り込まれてしまった。念のために今回、〈ミステリマガジン〉の一九七二年六月号を調べたが、そんな絵はどこにもなく、私の贋記憶であることが判明。そうか、ちがったのか。

前記『複雑な彼女と単純な場所』のあとがきで、矢作は次のように書いている。

「二十一歳のとき、最初の短篇小説を書いたが、今、つらつら思い起こすと、それすら彼（裕次郎・筆者注）へのラヴ・コールだった」

また私の勘違いだった。あの短編小説の主人公は川地民夫ではなく、痩せていたころの若き裕次郎だった。その「抱きしめたい」に次の一節があることも引いておく。

少し行くと、背の高い雑草の中に身の丈四メートルはありそうな石原裕次郎が聳立《しょうりつ》していた。往年のタフガイも、今はただニッコリ笑ってレコードの売り上げを数えているだけだった。――裕次郎、男を唱う二十四曲――ばかばかしい！　翎は彼を見上げながら足許を廻り込んだ。前口上を並べなけりゃあ引き金の引けない野郎じゃないか。バックミラー越しの、老いた英雄の微笑は悲しかった。

そうか。太った裕次郎の看板を、痩せた裕次郎が見ている光景だったのか。

最初の長編小説『マイク・ハマーへ伝言』（一九七八年一月）、二村永爾シリーズの第一作

『リンゴォ・キッドの休日』（一九七八年七月）と、矢作俊彦は次々に話題作を発表していくが、その『リンゴォ・キッドの休日』にも裕次郎主演映画に対する言及があることを付け加えておく。さらに、二村永爾シリーズの第四作、幻の映画フィルムを探して二村が香港に飛ぶ『フィルムノワール／黒色影片』（二〇一四年）にはなんと宍戸錠《ししどじょう》まで登場する。それもワンシーンだけでなく、何度も登場して日活映画ウンチクを語るから楽しい。

『リンゴォ・キッドの休日』角川文庫版の解説（池上冬樹《いけがみふゆき》）に興味深いことが書かれていたので、矢作俊彦の項の最後に、それを引いておく。矢作俊彦の『リンゴォ・キッドの休日』を読んだ大沢在昌《おおさわありまさ》の反応だ。

「衝撃を受けて布団被《かぶ》って寝ちゃうんですけどね。俺はこんな華麗な比喩《ひゆ》を使った文章は書けない、と」

あるインタビューで、大沢在昌はそう言ったというのである。これは大変に興味深い証言だ。

さて、次はその大沢在昌だ。矢作俊彦『マイク・ハマーへ伝言』の翌一九七九年、大沢在昌は「感傷の街角」で小説推理新人賞を受賞してデビューする。本としては『標的走路』（一九八〇年十二月）、『ダブル・トラップ』（一九八一年三月）、『ジャングルの儀式』（一九八二年一月）が先行し、デビュー作を含む短編をまとめた双葉ノベルス『感傷の街角』（一九八二年二月）は第四作になるが、実質的デビュー作「感傷の街角」を抜きにしてこの時期の大沢在昌は語れない。

この「感傷の街角」の主人公は、法律事務所の調査員、佐久間公。つまりこれは《佐久間公》シリーズの第一作でもある。昔の女友達を探してくれと依頼された佐久間公の物語で、「もう、甘いの甘くないのといったら、もうトロトロに甘いんですよね」(逢坂剛との対談「作家の想像力――ハードボイルドの舞台と心、そして可能性」『シナリオ 新宿鮫』光文社文庫・一九九三年所収)とのちに作者自身が語っているように、甘いセンチメンタリズムに覆われた短編といっていい。二十年後に書かれた『心では重すぎる』(これは《佐久間公》シリーズのある意味での到達点だ)と比べると、その稚拙さが余計に露になる。しかし問題はその完成度ではなく、「若きチャンドラリアン在昌」の苦闘がここから始まったということだ。

中学二年のときにチャンドラーを読み、「ハードボイルド小説を書きたい」と思ったというが、別のところでは理想の小説はチャンドラーの「待っている」だとも語っている。矢作俊彦が「すばらしい短篇小説」と書いた作品を、大沢もまた絶賛していることに留意したい。この二人はともに、チャンドラーを愛する読者なのだ。大沢はこの短編についてこう語っている。「本当に淡々とした静かな短篇なのですが、そこに女の情と男の意地みたいなものがあって、過酷なアウトローの世界の匂《にお》いがふっと香ってくる。それがハードボイルドの一番凝縮された、昇華された短篇だと思う」(井沢元彦《いざわもとひこ》対論集『だからミステリーは面白い』集英社文庫・一九九六年所収)

日本作家の中で生島治郎《いくしまじろう》に惹かれたのも、チャンドラーの匂いをその作品の中に嗅いだからだろう。中学生のときからチャンドラーの小説に惚れ込み、そのようなハードボイルド小説を書きたいと思った大沢にとって、生島治郎は尊敬する師匠であり、大きな目標であり、よきライバルでもあった。

日本ハードボイルド史の〈成長期・一九八〇～一九九〇年代〉のレポートがこの項のテーマであり、「黄金の八〇年代」に先行する二人の作家、矢作俊彦と大沢在昌をそのプロローグとして紹介するつもりだったのだが、話の行きがかり上、時代を下って一九八九年の『氷の森』にここで触れざるを得ない。「感傷の街角」でデビューして十年。大沢在昌の二十八作目の著作として刊行されたのが『氷の森』であった。

その十七年後に、大沢在昌は次のように書いている。

「だが結果は無惨だった。さほど書評にとりあげられることもなく、文学賞の候補にもならなかった。デビュー来二十八冊目の本で、私はやっていく自信を失いかけた。それでも食っていかなければならない。難しい理屈は捨て、ひたすら自分が書いて楽しめるものでいこう、と開き直ったのが、次の作品となる『新宿鮫』だ」(「『氷の森』17年後のあとがき」〈IN★POCKET〉二〇〇六年十二月号所載)

『氷の森』は、たしかに「感傷の街角」から始まる「若きチャンドラリアン在昌」の一つの到達点であった。ではなぜ、作者が期待した通りにはならなかったのか。ちなみに前記の「17年後のあとがき」で、その時点における大沢作品の文庫で『氷の森』は一、二を争う部数を更新している、と作者が書いていることも付け加えておく。つまり、時がたてば作品はきちんと評価され、読者の支持も得たということだ。スルーされたのは発売当時だけ、ということである。

大沢在昌の作品を時間軸に沿って縦に見ていると、この理由は解けない。こういう場合は横に見る。世の中にあふれているのは、大沢在昌の作品だけではないのだ。他にもたくさんの作品がある。そういうふうに横に見ればいい。

結論から先に言うと、『氷の森』の前年、一九八八年に原尞《はらりょう》『そして夜は甦る』が出ているということだ。刊行と同時に絶賛を浴びた正統派のハードボイルド小説である。しかも原尞もチャンドラーを愛する作家で、その作品もまた正統派のハードボイルドだった。ここからあとは私の推論になるが、あれほど原尞が絶賛を浴びたのは、当時、この手のハードボイルド小説がなかったからではないか。こういう小説を読みたかったのだ、と思った記憶がある。それは私の個人的体験にすぎないが、私の周囲にも同じような感想を言った人がいたから、あるいは多くの人に共通した感慨だったのかもしれない。『そして夜は甦る』が素晴らしい作品であったのは事実だが（作品としては第二作『私が殺した少女』のほうが上位だとは思うが）、このように懐かしい香りがあったことは否定できない。

『氷の森』が上梓されたのはその翌年なのである。正直な実感を書き留めておけば、興奮が削がれたのは、『そして夜は甦る』を読んだばかりだったからではなかったか。以前も書いたが繰り返す。誤解を招きかねない言い方だが、チャンドラーも結城昌治《ゆうきしょうじ》も、一人いればいいのだ。一人くらいはいなければ淋しいが、二人も三人もいる必要はない。

『私が殺した少女』の六年後に上梓された『さらば長き眠り』に興奮できなかったことについても以前書いたが、それを改めて論じるのは九〇年代をレポートするときにしよう。そのときに鍵となるのは、大沢在昌の『新宿鮫』だ。チャンドラーを愛する二人の作家、大沢在昌と原尞は、複雑に絡み合っている。

2　黄金の八〇年代

志水辰夫《しみずたつお》『背いて故郷』（一九八五年、第三十九回日本推理作家協会賞長編部門受賞）の冒頭は鶴岡郊外の墓参りのシーンだ。雪がちらついている。左手に鳥海山《ちょうかいさん》が見え、右手に月山《がっさん》、背後が日本海。そのくだりを引く。

「山肌が薄く雪化粧し、松林では風音がしていた。行くほどにうすら寒さが増してくる。ぬかっている足下から微妙な冷たさが這い上がってきた」

「後の竹藪が強くもない風をとらえてざわざわ鳴っていた。前は湯野浜温泉へ向かう街道と、あと一望の庄内平野。野はすでに人影がなく、これから冬の長い眠りにつこうとしている。色彩は白と灰色だけ。ひとり痛みのような冷気が支配していた」（引用はともに講談社文庫・一九八八年）

志水辰夫の小説には、こういう自然描写が多い。特に『背いて故郷』は、前半こそ大手町や横須賀などの都会が出てくるものの、後半の大半は北海道の原野や、庄内平野の厳しい自然を舞台にしている。秀逸なのは、同じく厳しい自然を描いても、冒頭では静かさを帯びているのに対し、後半はそれが激しくなることだ。たとえばラストは、吹雪の場面だ。その箇所を引用したいところだが、長くなるので我慢。荒れ狂う吹雪は、主人公の心の激しさを映しているかのようでもある。

デビュー作『飢えて狼』(一九八一年)の択捉島《えとろふ》に潜入する第二部を始めとして、志水辰夫の小説にはいつも自然の濃密な匂いがたちこめている(一九八四年の『尋ねて雪か』は札幌を舞台にした長編だが、全編に雪が舞っているのが印象深い。都会を舞台にしていても、そこに自然が入り込むのが志水辰夫の特徴だ)。

荒野に生きていた西部のヒーローが都会に出てきて始まったのがアメリカのハードボイルドだ(大雑把かもしれないが、小鷹信光《こだかのぶみつ》が『ハードボイルド以前』草思社・一九八〇年で書いたのはそういうことだ)とするなら、志水辰夫の描く男たちは荒野を背負ったまま現代の都会にいる、と言い換えてもいいような気がしてならない。

志水辰夫の作品は、冒険ハードボイルドを離れてからも、匂いたつような自然の香りがいつも行間から立ち上がってくる。一九九四年に上梓された傑作『いまひとたびの』を見られたい。草花が咲き乱れ、鳥や虫が鳴き、木々がざわめく。この季節感の強調は尋常ではない。それは時代小説に転じてからも変わらない。たとえば、『みのたけの春』(集英社・二〇〇八年)の、「鶯《うぐいす》がきています」と母に言われて、清吉が庭を覗くシーン。

「目の前にひろがっているのは、新芽の萌えはじめた山里の風景だ。正面にひときわ高く鉢伏山。芽吹きの季節を迎えて山々は桃色に染まり、谷間の雪は日ごとにやせ細っている。濃くなってきた空の青。一年のうちでいちばん美しい季節を迎えていた」

志水辰夫は「私は基本的に田舎の人間だから東京を書けないんです。東京を舞台にすると手にあまるところがある」(『逢坂剛《おうさかごう》対談集2　世界はハードボイルド』玉川大学出版部・二〇〇四年)と語っているが、そういう個人的な事情はあったにせよ、冒険ハードボイルドが花開いた八〇年代において、志水辰夫の作品は、はなはだ異色であった。そしてその志水辰夫もやがて理想の衣装を発見していく。

その話の前に、一九八〇年代の後半の、日本推理作家協会賞の長編部門受賞リストを掲げておく。文学賞の受賞作だけがその時代を象徴するわけではないが、このジャンルの作家たちがこの時期、「黄金の八〇年代」と言われたことの一端が伺えるかもしれない。

一九八五年　『渇きの街』　北方謙三《きたかたけんぞう》
一九八六年　『背いて故郷』　志水辰夫
一九八七年　『カディスの赤い星』　逢坂剛
一九八九年　『伝説なき地』　船戸与一《ふなどよいち》

傑作ばかりだが、この四作に共通するものはない。類稀な才能を持った作家たちがある時期にいっせいに花開いたというにすぎない。日本ハードボイルド派の成熟、と無理に括る必要はあるまい。この四人の作家たちにハードボイルド派への共感があったにしても、その内実は一様ではなく、かなり異なっている。

いちばん驚くのは、前記した『逢坂剛対談集2　世界はハードボイルド』で、志水辰夫がハメットを評価していたことだ。ハードボイルドが好きだったこと、一通り読んだが最後はハメットに落ちついたことを語ったあとに、志水辰夫はこう付け加えている。

「二十代はチャンドラー。四十代になって読み返すと、ハメットの方が上だったなと。二十代じゃハメットはわからないですよ」

逢坂剛が『ガラスの鍵』を絶賛していたのは理解できるが、志水辰夫の作品にハメットとの類似を感じたことがなかったので、ハメットを評価していたとは意外であった。もっとも、評価しているからといって、自分の作品をそちらに近づける必要はない。逢坂剛はハメットへの共感と同時に、ハドリー・チェイスへの愛を語っているが、志水辰夫と同様に、ハメット的な作品は書いていない。デビュー長編『裏切りの日日』(一九八一年)は悪徳警官ものだが、ハメットよりもチェイスの匂いのほうが強い。

では、北方謙三はどうか。『棒の哀しみ』(一九九〇年)という作品があるが、「一切の心理描写を排した第三者の視点」と「男の心理」だけの双方から書いた、と著者自身が語っている(〈ダ・カーポ〉一九九四年四月二十日号所載)作品である。ようするに、「文体の実験的な試み」なのだが、こういう好奇心がこの作家を前へ前へと進めてきた因だろう。しかし、ここにもハメットの匂いはなく、『逃がれの街』(一九八二年)『渇きの街』(一九八四年)などの初期作品に見られるのは、ジョゼ・ジョバンニの濃厚な影だ。

志水辰夫については再度、この項の最後に触れるが、ようするに八〇年代の作家たちのハードボイルドに対する考えはそれぞれ異なっていたということだ。一九八〇年代後半に日本推理作家協会賞の長編部門を受賞した四人の作家のうち、堂々とハメット派の宣言をしているのは船戸与一だ。「チャンドラーがハードボイルド小説を堕落させた」(『レイモンド・チャンドラー読本』早川書房・一九八八年)という論考はあまりにも有名だが、自身のデビュー作『非合法員』(一九七九年)をハードボイルドとして書いたのに冒険小説と呼ばれたことの驚きを、船戸与一はその冒頭で書いている。

ハードボイルドの定義にはいろいろあるが、「対象を突き放したうえで私情を差し挟まずに描く文学形式、ないしはその文体」という戸川安宣《とがわやすのぶ》の定義(逢坂剛『裏切りの日日』解説。集英社文庫・一九八六年)に私は与する者なので、船戸与一のデビュー長編は私の考えるハードボイルドからかけ離れていた。しかし、当時、『非合法員』を冒険小説と名付けた当事者の一人として弁解すれば、『非合法員』は作者の意図を超えて、まぎれもなく冒険小説の心を持っていたと思う。そもそも船戸与一の小説は、ハードボイルドというには物語性が豊かすぎる。

ここでは一九九六年刊の『蝕みの果実』、二〇〇一年刊の『新宿・夏の死』を並べておく。二冊ともに作品集だが、特に前者に収録の「からっ風の街」という短編がいい。『蝕みの果実』はアメリカ・スポーツ社会に生きる日本人を描いた作品集なのだが、「からっ風の街」は日本人プロレスラーを登場させて、日米の文化の違いと、若者の欲望の表出を巧みに描いた作品である。

それでは、話を志水辰夫に戻して、この作家が最後にたどりついて発見した理想の衣装とは何か、という話に移りたい。二〇〇九年から始まる《蓬莱屋帳外控》シリーズが、この作家にとって理想の衣装ではなかったか、と思うのである。

ここは一九八〇年～一九九〇年代を語る場であり、二〇〇〇年代は対象外なのだが、志水辰夫という作家を語るための例外として許されたい。《蓬莱屋帳外控》は、二〇〇七年『青に候』から時代小説に転じた志水辰夫が早々に発見した金脈である。

江戸京大坂間の商取引には為替切手が使われたが、商業経済が十分でなかった他の地域になるとまだ正金のやりとりが中心で、その運送を飛脚問屋が引き受けていた――これがこのシリーズの前提だ。つまり、大金を運ぶ男たちがいたのだ。大金を腹に巻いて駆け抜けるわけだから、人の少ない土地、燕の通う尾根、脇道が中心になる。もちろんそういう山深い地にも人は住んでいるから、あるいは旅人とすれ違ったりもするから、まったく人に接触せずに駆け抜けるというわけにもいかず、そこにドラマも生まれてくる。しかし、出来れば人にかかわりたくない。山深い地を、大自然の中を、彼らは一心に駆けてゆく。

さらに強調すべきは、語り手の独白がないことだ。シリーズ第一作『つばくろ越え』収録の傑作「彼岸の旅」には、独白がまだ少し残っているので、極端に少ないと言い換えておくが、第二作『引かれ者でござい』(二〇一〇年)収録の「観音街道」では主人公が観察者に徹していることに留意したい。

笹沢左《ささざわさ》保《ほ》の《木枯し紋次郎》シリーズを想起する読者も多いと思うが、紋次郎が人とかかわらないのは彼の性格の問題であるのに比べ、こちらの男たちは職業上の特性であるのが特徴。実に巧みな設定であった。大自然を背景に、無口な男たちが駆けてゆく物語は、志水辰夫ハードボイルドの完成形といってもいい。第三作『待ち伏せ街道』（二〇一一年）以降、このシリーズが書かれていないのは残念である。

3　百花繚乱の九〇年代

日本ハードボイルドの九〇年代は、大沢在昌VS原尞の第二ラウンドから始まる。第一ラウンドは先に書いたように、大沢在昌『氷の森』VS原尞『そして夜は甦る』だった。では、第二ラウンドとは何か。

原尞は「ミステリ再読」というエッセイで次のように書いている。

結局は私が「こういう小説こそ書きたい」と思ったのはレイモンド・チャンドラーの私立探偵小説だった。（引用は『ミステリオーソ』ハヤカワ文庫JA・二〇〇五年）

つまり原尞は、大沢在昌がそうであったように、熱狂的なチャンドラリアンであった。そうして完成したのが、一九八八年に刊行されたデビュー作『そして夜は甦る』である。ところが翌年、長編第二作『私が殺した少女』を発表し、一九九〇年に連作短編集『天使たちの探偵』を上梓したものの、長編第三作はなかなか刊行されなかった。第三長編『さらば長き眠り』が上梓されたのは一九九五年一月。長編だけで言うと、第二長編から六年後である。

問題は、その『さらば長き眠り』だ。このことについては、〈小説すばる〉一九九五年八月号に「日本ハードボイルドの三十年」と題した論考を書いているが（『一人が三人』晶文社・二〇〇〇年に収録）、大事なことなので繰り返しをおそれず、ここにも書いておく。

第一長編『そして夜は甦る』、第二長編『私が殺した少女』を興奮して読んできた私が、この第三長編『さらば長き眠り』には興奮できなかったのである。お断りしておくが、原尞は変わっていない。乱暴に言ってしまえば、同じような物語なのだ。その筆致も特別変化しているわけではない。にもかかわらず、前二作のような躍動感に欠けていたのはなぜか。ちなみに、「週刊文春傑作ミステリー」と「このミステリーがすごい！」のランキングでは、第一長編『そして夜は甦る』が七位と二位、第二長編『私が殺した少女』が二位と一位、であったのに比べ、第三長編『さらば長き眠り』は三位と五位。微妙にランクを下げている。しかしこれは作品の優劣を正確に反映したものとは限らない。それよりはむしろ、自分の読後感と周囲の知人たちの反応のほうが、私にとっては大事だ。多くの友人たちから電話がきて、同じような反応を示したのである。

原尞が変わっていないにもかかわらず、このように変化したのは、作品以外のところに変化が起きていたとしか考えようがない。第二長編『私が殺した少女』と、第三長編『さらば長き眠り』の間に、つまりその六年の空白の間に何かが起きていたのだ。それを私は、一九九〇年九月に刊行された大沢在昌『新宿鮫』だと考える。

勝負作『氷の森』が期待したほどの反響がなく、一敗地に塗《まみ》れた（と本人は回想している）大沢在昌が、チャンドラー的世界に決別して、あざといまでにケレンを導入してみせたのがこのシリーズの新しさだった。大沢在昌は、一九九〇年『新宿鮫』、一九九一年『毒猿』、一九九三年『屍蘭』、同年『無間人形』と、原尞の六年の空白の間にこのシリーズを四作も刊行した。あるいはもっと時間がたてば、『さらば長き眠り』も冷静に読むことが出来るようになるのかもしれない。しかし一九九五年の段階で私たちは、「新しい大沢在昌」の圧倒的なパワーを浴びていたのだ。原尞の小説から興奮が失われてしまったのも無理はない。

大沢在昌VS原尞の第二ラウンドから始まった九〇年代の日本ハードボイルドは、さまざまなかたちを示していく。それを三人の作家に絞ってしまうのは乱暴きわまりないが、許されたい。花村萬月《はなむらまんげつ》、打海文三《うちうみぶんぞう》、稲見一良《いなみいっら》だ。

まず、花村萬月からいく。

「だいたい初期にはハードボイルドに区分されていたみたいだけど、ハードボイルドを書いてるつもり、なかったんだよ」（「ロング・インタビュー　これからはこう書く」引用は『あとひき萬月辞典』光文社文庫・二〇〇二年）

とあるように、本人にハードボイルドの意識はなかったようだが、『なで肩の狐』（トクマ・

ノベルズ・一九九一年）には、「ハードボイルドの枠を超えた大型新鋭渾身の究極のエンターテインメント」と惹句がついていた。元やくざを主人公にしたストーリーも、すこぶるハードボイルドだ。ただし、その前年の一九九〇年に出た『眠り猫』がそうであったように、暴力の匂いがすでにこの段階から散見されるのが特徴といっていい。その傾向を一段と強めた作品が、一九九二年の『ブルース』（カドカワノベルズ）だろう。この長編の終わり間近に、徳山が日本刀を持ち出して、その刀身を舐めるシーンがある。

「吸いつくんだよ。この子は吸いつくんだ。肉に触れると、この子はきつく吸いついていくんだよ。村上ちゃん、俺とこの子が仇《かたき》を討ってあげるからね」

で、この男は射精するのだ。ここまでくると、ハードボイルドの文脈は明らかに超えていると言わざるをえない。独自の、花村萬月的世界としか言いようがない。

打海文三もまた、独自の道を進んだ作家のひとりで、一九九四年の『時には懺悔を』はまだハードボイルドの結構を持っているが、二〇〇二年の『ハルビン・カフェ』は角川文庫版の解説で「二十一世紀のハードボイルド」（大森望《おおもりのぞみ》）とされているものの、『裸者と裸者』（二〇〇四年）から始まる大作《応化戦争記》にかぎりなく近い作品で、これも打海文三でなければ書き得ない作品だったろう。

『ダブルオー・バック』（一九八九年）『ダック・コール』（一九九一年）という印象深い作品で知られる稲見一良は、『セント・メリーのリボン』（一九九三年）の表題作に登場した竜門卓を主人公に据えた『猟犬探偵』（一九九四年）が忘れがたい。もともと、『ダブルオー・バック』

『ダック・コール』は自然の中で生きる人間を描いて強い印象を残していたが、その線を押し進めたのが「セント・メリーのリボン」であり、『猟犬探偵』だった。居なくなった猟犬を探す探偵、という設定が素晴らしいし、これもまた稲見一良でなければ書きえない作品であった。

このように、それぞれが独自の道を歩んでいるのが、日本ハードボイルドの九〇年代であったと思う。

日本ハードボイルド史〔発展期・一九九〇～二〇二〇年代〕

杉江《すぎえ》松恋《まつこい》

桐野《きりの》夏生《なつお》がハードボイルドという小説形式に留まらなかった。

一九九〇年代から現代に至るまでの転換点は、実はそこにあるのではないか。

桐野は一九九三年に『顔に降りかかる雨』（現・講談社文庫）で第三十九回江戸《えど》川乱歩《がわらんぽ》賞を獲得し、ミステリ作家としてのデビューを果たした。私立探偵・村野ミロを主人公とする第一作でもある。日本の女性私立探偵小説は、この連作を嚆矢《こうし》とする。一九八〇年代にサラ・パレツキーらの作品が翻訳紹介されて、男性のものというハードボイルド暗黙の了解は壊されていた。これらの作品には、作者・主人公・読者が女性ということから「3F」という呼称が当てられることもあったが、そうした見方が作品そのものの理解を妨げた一面がある。

女性を主人公とする犯罪小説は増えていった。たとえば一九九五年に第十五回横溝正史《よこみぞせいし》賞に輝いた柴田《しばた》よしきのデビュー作、『RIKO　女神《ヴィーナス》の永遠』（現・角川文庫）である。村上緑子を主人公とする警察小説で、男社会の中で戦う女性刑事の物語もこれ以降多くなっていく。アジテーターを務めたわけではないが、桐野がこうした変化の扉をこじ開けたのだ。

桐野は一九九七年に『OUT』（現・講談社文庫）で第五十一回日本推理作家協会賞長編部門を、一九九九年に『柔らかな頬』（現・文春文庫）で第百二十一回直木賞をそれぞれ受賞、この二作の犯罪小説を機に私立探偵小説という形式からは離れていき、二〇〇二年の『ダーク』（現・講談社文庫）以降は《ミロ》シリーズを発表しなくなる。私立探偵による世界の観察という叙述方式が、この作家には合わなくなっていたのではないか。東電OL殺人事件から着想を得たと言われる『グロテスク』（二〇〇三年。現・文春文庫）は、不審死を遂げた女性の心理を、過去に遡って掘り下げていくという内容であり、書きようによっては私立探偵小説の題材となってもおかしくない作品であったと思う。しかし、二〇〇〇年代の桐野夏生はもうその選択肢を採らなかった。

桐野が犯罪小説に転じ、さらにジャンルを問わない書き手へと作域を拡げていく一九九〇年代の変化は、ミステリ・ジャンルがこの時期にどういう状況であったかをよく表している。この十年間に最も注目された書き手は一九九〇年に『黄金を抱いて翔べ』（現・新潮文庫）で第三回日本推理サスペンス大賞を受賞してデビューした高村薫《たかむらかおる》だろう。同作は強奪小説、次作『神の火』（一九九一年。現・新潮文庫）はスパイ小説ということでハードボイルドの文脈で語られることは少ないが、本質的に孤独である主人公がわずかな友人との信義を守り、自身の価値観を守るために巨大な敵と対峙していくという初期作品の構造は、このジャンルとも親和性を持っている。一九九二年の『わが手に拳銃を』（全面改稿の後『李《り》歐《おう》』と改題。現・講談社文庫）を経て一九九三年に警察小説『マークスの山』（現・講談社文庫）を発表、同作の主人公である合田雄一郎刑事が登場する長篇を以降も書き続けることになる。警察小説というジャンルは現在も隆盛だが、『マークスの山』はブームの幕開けを行った作品の一つである。合田の登場する作品は一九九四年の『照柿』（現・講談社文庫）、一九九七年の『レディ・ジョーカー』（現・新潮文庫）と続いた。シリーズが進むにつれ合田は狂言廻しに近い役回りに変化し、高村の作品からはミステリの要素が薄まって現実の似姿としての虚構世界を描き出すことが主目的になっていった。二〇一二年の『冷血』（現・新潮文庫）の主役は明らかに殺人犯たちであり、彼らの非人間的な行動と心理状態を明らかにすることに作者の主眼がある。また、二〇一九年の『我らが少女A』（毎日新聞出版）は中心人物すら不在の群像小説で、少女の死から始まる状況を描くための作品だ。

犯罪という人間臭い、人間にしかありえない行為を描くために果たして既存の小説定型は必要だろうか、というのが桐野や高村の投げかけた問いである。

急いで補足すると、一九九〇年代にはハードボイルドの定型を継承し、発展させた書き手も多く出現している。たとえば香納諒一《かのうりよういち》『梟の拳』（一九九五年。現・徳間文庫）は盲目の人物を主人公とし、その徒手空拳の闘いを一人称で綴った意欲作である。香納には第五十二回日本推理作家協会賞を受賞した『幻の女』（一九九八年。現・角川文庫）もある。主人公が死んだ恋人の知らなかった過去を掘り起こしていくという物語で、私立探偵小説的な叙述が効果的に用いられている。警察小説から出発した黒川博行《くろかわひろゆき》は、大阪の風土を巧みに織り込んだ犯罪小説の書き手であり、一九九七年の『疫病神』（現・新潮文庫）は長く続くシリーズ作となった。

暴力団のフロント企業に属する二宮啓之とコテコテのヤクザである桑原保彦の二人が主人公で、相棒小説の形式を用いたハードボイルドと見ることもできる。

香納・黒川は他のジャンルも手がける書き手だが、一九九二年に『探偵はバーにいる』（現・ハヤカワ文庫JA）でデビューした東直己《あずまなおみ》は、私立探偵小説を基本としたハードボイルド専業と言ってもいい作家である。同作は事務所を構えず札幌市ススキノのバーにたむろし、そこで出会った人からの依頼を引き受ける〈俺〉が主人公だ。シリーズ化され、大泉洋《おおいずみよう》主演で映画化も実現して、二〇〇〇年代を代表する私立探偵小説となった。

シリーズ作品では石田衣良《いしだいら》も重要な作家である。石田のデビュー作は一九九七年に第三十六回オール讀物推理小説新人賞を受賞した短篇「池袋ウエストゲートパーク」であり、翌年に同題の短篇集が刊行された。池袋駅西口付近で営業する果物屋の息子である真島誠が主人公で、彼が非公式の探偵として持ちこまれる揉め事を解決していくというのが作品の骨子だ。誠には池袋を根城とするカラーギャングのリーダー・安藤崇という友人があり、彼が大きな後ろ盾になっている。誠たちの活躍で読ませるヒーロー小説であり、弱者の側に立って強者の横暴と闘うという姿勢が一貫している。若者の生態や流行を巧みに織り込んだ点にも特色があり、風俗小説としての価値もある。こちらも宮藤官九郎《くどうかんくろう》脚本、長瀬智也《ながせともや》主演でテレビドラマ化され、好評を博した。

順番は前後するが、一九八〇年代以前のデビューで一九九〇年代以降に注目すべき活躍をしている作家にも言及しておかなければならない。

まず矢《や》作《はぎ》俊彦《としひこ》がいる。一九七〇年代に漫画家ダディ・グースとして創作活動を開始した矢作は、短篇「抱きしめたい」を〈ハヤカワ・ミステリマガジン〉一九七二年六月号に発表して小説家デビューを果たす。矢作名義を初めて用いたのはこのときである。一九七八年には長篇『マイク・ハマーへ伝言』と中篇集『リンゴォ・キッドの休日』（共に現・角川文庫他）を相次いで発表、一九八〇年代にはラジオ・ドラマを元にした『マンハッタン・オプ』（一九八一年。現・SB文庫）や、司城《つかさき》志《し》朗《ろう》と共作した『暗闇にノーサイド』（一九八三年。現・角川文庫）などの諸作があり、時代の先端を行く書き手の一人であった。一九九〇年代以降は作域を拡げてハードボイルドに限定されない活動をしており、奇想に満ちたSF小説『あ・じゃ・ぱん』（一九九七年。現・角川文庫）は高く評価された。二〇〇四年には突如原点回帰した『THE WRONG GOODBYE ロング・グッドバイ』（現・角川文庫）を発表して周囲を驚かせる。これは一九八二年の『死ぬには手頃な日』（現・光文社文庫）、一九八五年の『真夜中へもう一歩』（現・角川文庫）に続く、神奈川県警の刑事・二村永爾ものの第三長篇なのである。以降も犯罪小説を発表して、このジャンルとの縁が切れたわけではないことを示している。

藤田《ふじた》宜永《よしなが》はフランス・ミステリの翻訳などから創作活動に進んできた作家だ。デビュー作『野望のラビリンス』（一九八六年。現・角川文庫）は、パリ在住の私立探偵・鈴切信吾を主人公とする作品で、数年間にわたる渡仏体験が活かされた作品を以降も時折発表するようになる。戦前の東京を舞台とした秘密探偵・的矢健太郎の活躍する《モダン東京物語》シリーズを経て、一九九二年に『探偵・竹花とボディ・ピアスの少女』（『探偵・竹花　ボディ・ピアスの少女』

と改題し、現・光文社文庫）を発表、いくつかシリーズは存在するが、この竹花の登場する連作が私立探偵小説における藤田の代表作となった。恋愛小説の名手でもあり、二〇一〇年代以降には人生の秋や冬を迎えた世代の男女が登場する作品を多く手がけた。二〇一六年に発表した《竹花》シリーズの最終作『探偵・竹花　女神』（現・光文社文庫）にはそうした物語を経由した書き手ならではの視点が活かされており、読み応えがある。作家として円熟期を迎えたが、残念なことに病のために二〇二〇年に亡くなってしまった。

もう一人、大人の恋愛小説を書ける作家として樋口有介《ひぐちゆうすけ》の名前も挙げておきたい。樋口のデビューは一九八八年、青春ミステリ『ぼくと、ぼくらの夏』（現・文春文庫）で第六回サントリーミステリー大賞読者賞を受賞した。洒脱な会話を嫌味なく書ける稀有な才能の持ち主で、どんなに重い主題を扱っても作品に軽妙なユーモアを漂わせることができる作家であった。一九九〇年に『彼女はたぶん魔法を使う』（現・創元推理文庫）でフリーライターの柚木草平が初登場する。仕事はできるが酒飲みで、なぜか美女にもてるという主人公である。彼の扱う事件は、外部の者にはわからない家族の悲劇やこじれた恋愛関係が引き起こしたものが多く、それを哀しく見守る柚木の視線に小説としての温かさがあった。二〇一九年に『うしろから歩いてくる微笑』（現・創元推理文庫）が発表された後、さらに続篇の噂もあったが、二〇二一年に作者が急逝したため、これが遺作となった。

こうして見ると多士済々であり、一九九〇年代の時点でハードボイルドの未来に不安を感じる要素はないようにも思われる。続く二〇〇〇年代には犯罪小説の書き手として、垣根涼介《かきねりようすけ》がデビュー、銃器や車についてのディテールが際立った『ワイルド・ソウル』（二〇〇四年。現・新潮文庫）で第六回大藪春彦《おおやぶはるひこ》賞、第二十五回吉川英治《よしかわえいじ》文学新人賞、第五十七回日本推理作家協会賞長編及び連作短編集部門を同時受賞して期待される存在になっていくのである。そうした状況ではあったが、ハードボイルドという形式を神格化したり、形式美を称賛したりする声に対して疑問の声を挙げる者もいた。その一人が書評家・坂東齢人《ばんどうれいじん》、後の馳星周《はせせいしゅう》である。『バンドーに訊け！』（一九九七年。馳星周名義にて現・文春文庫）は〈本の雑誌〉連載をまとめた書評集だが、回を重ねるにつれてハードボイルド・冒険小説の定型化に不満を募らせていることがわかる。一九九五年十二月号では、「昔はあんなに大好きだったチャンドラー流のハードボイルドも、今じゃぜんぜん読む気にならないし」と書き、その年の話題作であったある長篇を出来そのものは認めつつも「ハードボイルドの記号を記号として使ってしまう無神経さ」があると指摘している。

　この感覚は当時の状況を踏まえないと理解が不十分になってしまう。一人称私立探偵小説を狭義の、文体などの技巧や犯罪小説というジャンル上の特徴までさまざまな共通項を備えた作品を広義のそれとするハードボイルドは、翻訳されるアメリカ小説の動向に強い影響を受けていた。一九八〇年代に中心的だったのは、小鷹信光《こだかのぶみつ》命名するところの〈ネオ・ハードボイルド〉、つまり主人公が単なる視点人物ではなく、その私生活や過去の出来事などが作中で扱われる事件と同等の比重で語られる形式の作品群だった。たとえばローレンス・ブロックが創造したマット・スカダーはアルコール依存症であるし、ジョゼフ・ハンセンのディヴ・ブランドステッターは同性愛者としてその生活が克明に描かれる。そうした傾向の作品で人気を博していたのが、ロバート・B・パーカーの《スペンサー》シリーズである。レイモンド・チャンドラーの研究者でもあるパーカーは、先人の作品を分析し、スペンサーという主人公を中心としたヒーロー小説として私立探偵小説というジャンルを再構築した。そうした空気が受容する側にも伝わり、チャンドラーを頂点とする美学大系のようなものができあがっていた。坂東が倦んでいたのはそういう空気である。

ハードボイルドというジャンルへの倦怠感を表明した翌一九九六年、坂東は馳星周名義の長篇『不夜城』(現・角川文庫)を発表する。同作で第十八回吉川英治文学新人賞と第十五回日本冒険小説協会大賞、一九九七年の続篇『鎮魂歌』で第五十一回日本推理作家協会賞長編部門を授与された。新宿の中国系移民共同体を香港映画の暗黒社会風に見立てた点に独自性があるのだが、作中に描かれた出来事を「今」を描いた「リアル」だと受け止める読者も多かった。ここを起点にしていわゆる「ノワール」のブームが起きるのである。翻訳小説でもジェイムズ・エルロイに代表される、ヒーロー小説の要素を持たず、事態が悲劇的な結末を迎える作品群への注目が始まっていた。これらは総じてノワールと呼ばれるようになる。

ハードボイルドのヒロイズムは絵空事で、ノワールの身も蓋もない悲劇こそがリアル、というのはあまりにも表面的な理解にすぎない。馳作品にしても、設定などは虚構に近い部分が多いのである。ただ、ノワールは新しく見えた。これがなぜなのかをきちんと言語化し、創作の中で回答を示した書き手は当時少なかったように思う。

馳自身はそれをやった。ジェイムズ・エルロイ的な犯罪小説を文体ごと再現することを狙った『ダーク・ムーン』（二〇〇一年。現・集英社文庫）を頂点とするノワール作品を書き続ける一方で、一人称私立探偵小説を納得しうる形で再構成する試みに挑戦する。それが二〇〇六年の『ブルー・ローズ』（現・中公文庫）で、主人公の徳永は元刑事の私立探偵である。彼は元上司の警視監から失踪した娘の捜索を依頼されるのだが、その調査を進めるうちに腐敗した状況の中に踏み込んでしまう。ここで馳が試したのは「汚れた街を一人行く探偵」を高潔の士ではなく、退廃した人間と交わるうちに自身の手も汚してしまう弱い人間に設定することである。ゆえに、汚穢《おわい》の中を突き進む人間の一人称で綴られる物語であることに大きな意味がある。自らが倦んだハードボイルドという形式も、これならば再生しうると踏んだのだろう。こうした挑戦を意図的に行った作品は他に類例がない。だからこそ『ブルー・ローズ』は二〇〇〇年以降のハードボイルドを考える上での最重要作品なのである。

　北上稿と重複してしまうが、大沢在昌《おおさわありまさ》の功績については触れておかなければならない。ノワールが大流行した中でもこの作家はハードボイルドの書き手であり続けた。犯罪が描かれる小説においても、最終的に正義が行われなければならないというのが大沢の信念である。重要なのは、法の正義の執行、倫理上の正義の実現といった主題を描くためにこの作家が、それにふさわしい小説の形を作り上げたことだ。

　代表作である《新宿鮫》シリーズの第一作は一九九〇年に刊行された。以降二〇二二年の『黒石』（光文社）まで長篇十二作、短篇集一作を数える長寿シリーズになったのだが、作風は徐々に変化してきた。初期作品は主人公・鮫島が強大な敵と戦うというヒーロー小説の色合いが強かったが、第九作『狼花』（二〇〇六年。現・光文社文庫）あたりでは、単純な敵対図式だけでは語れない小説になっている。『狼花』の鮫島は、不可解な状況の中に投げ込まれた形でまず登場する。彼がすべきは証人を探し当てて事実を確認することで、それを繰り返していくうちに視界が開け、今何が起きているのかが明らかになっていくのである。つまり行動によって推理のために必要な証拠を集めることが主眼となる物語だ。

大沢は《新宿鮫》以外にも複数のシリーズや単発作品を持っている書き手だが、二〇一〇年代に入ってからの長篇にはこうした構造が共通するものが多い。『北の狩人』（一九九六年。現・幻冬舎文庫）で開幕した時点では派手な活劇が売り物であった《狩人》連作も、最新の『冬の狩人』（二〇二〇年。現・幻冬舎ノベルス）では、刑事同士がいかに共助関係を保ちながら一つの真相に到達するかという物語に変わっている。

大沢の初期シリーズで主人公を務めたのは私立探偵の佐久間公である。一九九六年の『雪蛍』（現・講談社文庫）、二〇〇〇年の『心では重すぎる』（現・文春文庫）で従来型の私立探偵小説は書き尽くしたという手応えがあったのだろう。大沢は書きなれた場所に安住せず、どう書けば現代の読者にも正義の執行という物語が通用するか、それを一人の視点で社会を描くというハードボイルドの叙述形式で書きうるかを考え、実践する道を選んだ。その結果として、行動によって事態を切り拓き世界の姿を明らかにする新たな、しかし私立探偵小説の原点に回帰した様式を確立したのである。

大沢の功績を私立探偵小説という形式の再構築だと定義するならば、原尞《はらりょう》は従来のそれをほぼ完成といっていい水準に高めた作家だ。ジャズ・ピアニストとして長く活動し、映画制作の仕事にも携わった原は翻訳ミステリの濫読者であり、自身もレイモンド・チャンドラーに代表される一人称私立探偵小説を書きたいと考えるようになった。十年間の小説修業の果て、版元となった早川書房に持ちこんだのが一九八八年に刊行された長篇第一作『そして夜は甦る』（現・ハヤカワ文庫JA）である。

沢崎に探偵業のいろはを叩きこんだ元のパートナーである渡辺が、影のような存在で物語の背景に佇む。渡辺が起こした現金と麻薬の持ち去り事件が今も沢崎が警察と暴力団の双方から睨まれる原因となっており、そのことが進行中の事件とは別に彼の身を縛る。こうした探偵に関する設定が盛り込まれていることからもわかるように、原は初めから連作を企図してこのデビュー長篇を書いたのだった。翌年発表した第二作『私が殺した少女』（現・ハヤカワ文庫JA）は高く評価され、第百二回直木賞に輝いている。

沢崎は西新宿の古ぼけたビルに事務所を構える個人経営の探偵で、煙草を吸い、おんぼろのブルーバードでどこにでも出かけていく。沢崎の視点を可能な限り現実感のある形で描くことに作者は腐心しており、現実に存在する地名などもそのまま書かれている。沢崎は個であることに徹したキャラクターで、警察官や暴力団員などの暴力手段を持った相手、富裕の依頼人など社会の上層にいる人間と対峙したときには、特にその性質が際立つのである。私立探偵が付属品のように口にするワイズクラックについても原はきちんと配慮した上で使う。沢崎がへらず口を叩くのは、恐怖の裏返しなのだ。他に武器がないから言葉を口にするしかないという個人の無力さを原はそうした形で表現する。存在自体が形骸化した俗流の私立探偵キャラクターと沢崎が一線を画するのはこの点だ。

原はチャンドラーの研究家である。それだけではなく、ダシール・ハメットやロス・マクドナルドといった他のいわゆるハードボイルド・スクールの作家、さらに一九八〇年代のネオ・ハードボイルドという最新世代の書き手を経由し、もう一度チャンドラーに回帰した読み手だ。チャンドラーの小説が特異であるのは、究極的な個人と言うべきフィリップ・マーロウという視点を作りだした点にある。自作の成否は沢崎を同じような視点に育てられるかに掛かっていると理解し、作家としては主人公を成熟させることに専念した。同時に、プロットの構築に関してはチャンドラーに倣わなかった。原は過去の埋もれた出来事を現代に接続する手腕に秀でており、特に第三長篇『さらば長き眠り』（一九九五年。現・ハヤカワ文庫JA）は結末の意外性も含め完成度は高い。こうした技巧は、おそらくロス・トーマスなどのアメリカ作家から吸収したものだろう。読み手としての優れた資質が書き手としての地盤に反映されているのが、原の隠れたもう一つの才能である。

『さらば長き眠り』までを初期三部作とし、以降はさらなる挑戦をしていくと宣言した原だったが、その後に発表した長篇はわずかに二〇〇四年の『愚か者死すべし』（現・ハヤカワ文庫JA）と二〇一八年の『それまでの明日』（現・ハヤカワ文庫JA）二作のみとなった。二〇二三年の没後に刊行された〈ハヤカワ・ミステリマガジン〉九月号には絶筆となった長篇『それからの昨日』の冒頭三章が掲載されている。同作を原が完成させずに亡くなったことを残念に思う。原はハードボイルドという形式を徹底的に突き詰めた作家だった。その姿勢には大いに学ぶべきである。大沢とはまた別のやり方で、原は伝統的な小説形式を蘇生させた。

桐野夏生がハードボイルドから離脱したのとはまったく逆の道筋を辿って、このジャンルに回帰した作家もいる。宮部《みやべ》みゆきである。

一九八七年に短篇「我らが隣人の犯罪」(同題短篇集所収。現・文春文庫)で第二十六回オール讀物推理小説新人賞を獲ってデビューした宮部は、特定のジャンルやシリーズに固執することなく創作を開始した。時代小説からスティーヴン・キング的なモダン・ホラーに至るまで、ジャンルを幅広く横断する書き手として注目を集めたのである。そうした活動を通じて作家としての練度を高めていき、犯罪という切り口を通して社会全体に光を当てる、奥行きのある長篇を発表するようになる。

一九九二年の『火車』(現・新潮文庫)は行方不明の女性を捜索する過程から、枠組みから脱落したら這い上がることの難しい残酷な社会の姿が浮かび上がってくるという内容で、高く評価されて翌年には第六回山本周五郎賞を受賞した。失踪人捜しから始まるプロットは私立探偵小説の基本形であり、同作の時点で宮部作品はこのジャンルとも高い親和性を持っていたとも言える。一九九八年には『理由』(現・朝日文庫)を発表し、同作は第百二十回直木賞と第十七回日本冒険小説協会大賞を同時受賞する。この作品は高層マンション内で起きた一家四人殺害事件の顚末をノンフィクション的な文体で綴ったもので、「幸せな家族はどれもみな同じようにみえるが、不幸な家族にはそれぞれの不幸の形がある」（望月哲男訳。光文社古典新訳文庫）というトルストイ『アンナ・カレーニナ』の冒頭を連想させる数奇な物語である。事件について語る者を数十人も登場させ、その証言によって状況を構成していくという手法が取られており、インタビュー小説の性格も備えている。

続いて二〇〇一年には〈週刊ポスト〉連載が『模倣犯』（現・新潮文庫）として単行本化された。自己承認欲求を満たすために他人を操る非情な犯罪者を中心とした物語で、引き起こされる事件の規模の大きさ、入り組んだ構造の複雑さには絶句させられる。それに挑むのは警察組織ではなく、被害を被った個人なのである。個人が巨大な悪に対してどう闘えるかが描かれる。別の見方をすれば、社会に存在する悪が市井人からはいかに理解不能で、致命的な毒であるかという恐怖を描いた小説でもあるということだ。他人にも命があって自分の生活を営んでいるということへの無理解、自己本位な人間が他の誰かの人生を蝕んでいく行為に対する絶望が主題として取り上げられたことに『模倣犯』は意味がある。同作で宮部は第五十五回毎日出版文化賞特別賞と芸術選奨文部科学大臣賞文学部門を受賞した。

『火車』『理由』『模倣犯』といった重量級の作品と比べると、二〇〇三年に刊行された『誰かSomebody』（現・文春文庫）がいささか軽く見えたことは事実である。主人公は巨大企業・今多コンツェルンの社内報編集部で働く杉村三郎という人物だ。杉村の妻・菜穂子はコンツェルンの主・嘉親の庶子である。企業の中で彼女に発言権は与えられないが、嘉親からは可愛がられており、そのために杉村も彼と個人的なつながりがある。そうした特殊な立場から杉村は、嘉親の下で長年運転手を務めた男性が遭遇した交通事故に関する調査を依頼されるのである。事故の真相は無作為の悲劇とでも言うべきもので、杉村は他人の人生に関わることの苦さを味わわされる。

第二作の『名もなき毒』（二〇〇六年。現・文春文庫）、第三作の『ペテロの葬列』（二〇一三年。同）は『模倣犯』では壮大な規模で描かれた非人間的な犯罪を、個人の視点から再構築したような内容になっている。『名もなき毒』では他人の痛みを感じとることのできない者の壊れてしまった人間性、『ペテロの葬列』では営利を追求するあまり人間としては許されない領域に踏み出してしまった者によって引き起こされた犯罪が描かれる。それを杉村三郎という市井の住人が、一人の眼で見て受け止めるということに意味があったのだった。ここで『火車』から続く一連の宮部犯罪小説は、一人称一視点のハードボイルドとして完成を見る。『ペテロの葬列』の結末で杉村は、庇護者である今多嘉親の下を離れ、私立探偵として一人で生きていくことを選択するのである。

以降のシリーズは二〇一六年の『希望荘』（現・文春文庫）、二〇一八年の『昨日がなければ明日もない』（現・文春文庫）と続いていく。いずれも短篇集であり、事務所を構えて一本立ちした杉村の活動が描かれる内容だ。この連作は単行本、文庫版共に杉田《すぎた》比呂美《ひろみ》が装画を手がけている。マイクル・Z・リューインの《アルバート・サムスン》シリーズのハヤカワ・ミステリ文庫版を意識したもので、もちろん同作に対する尊崇の念が根底にある。アルバート・サムスンは力を誇示することなく、理知と優しさだけで依頼人に寄り添う私立探偵であり、離婚した妻に引き取られた娘のことが気になって仕方ない、愛すべき中年男だ。そうしたサムスンが非情な犯罪にどう立ち向かうかという物語なのである。宮部は最初の長篇三作で、平凡な会社員である杉村三郎が私立探偵として立つまでを描いた。社会を見る眼となり、個人を守る楯になることは容易ではない。彼にその決意を固めさせるために、長篇三作分の期間を与えたのである。ハードボイルド史上でも類例のないことだろう。それだけの念入りな準備を行って、宮部は私立探偵・杉村三郎を世に送り出した。彼にこの世の悪、社会の歪みから生じる哀しみを見させるために。これだけしっかりと根を張った私立探偵は、同時代を見渡して他に存在しない。現在を代表するシリーズと呼ぶべきである。

二〇二三年現在、宮部の杉村三郎連作に比肩する存在感を示しているのが、若竹七海《わかたけななみ》の《葉村晶》シリーズだ。杉村三郎は性格で言えば篤実で、現実に可能な限り立脚しようとする人物だが、葉村晶には斜に構えたところがあり、作品中でも意外極まりない事態にはまり込むことが多いのが対照的だ。並べて見るとまったく違う主人公なのだが、共に本の装画を杉田比呂美が手がけているのがおもしろい。

葉村晶の初登場作は短篇「海の底」で、〈小説中公〉一九九四年七月号に掲載された。いわゆるフリーターで、事件に巻き込まれたために成り行きで私立探偵的な働きをすることになる。最初の短篇集『プレゼント』（一九九六年。現・中公文庫）では、彼女と小林警部補という刑事の二人が視点人物を務める話が交互に収められる形式になっている。当初、若竹は葉村の連作を長く続けるつもりがなかったが、女性私立探偵の登場する作品をという依頼が溜まっていき、二〇〇〇年に第二短篇集の『依頼人は死んだ』（現・文春文庫）が刊行される。続いて二〇〇一年に第一長篇『悪いうさぎ』（現・文春文庫）が発表されたが、それからしばらくは二〇〇九年に『メフィスト 2009 VOL. 1』に短篇「蝿男」が発表されたのみで、登場作が途絶えていた。

二〇一四年、「暗い越流」が第六十六回日本推理作家協会賞短編部門を受賞したのを機に同作を表題作とする短篇集を刊行（現・光文社文庫）、ここに「蝿男」と書き下ろし「道楽者の金庫」が収録されて葉村は復活を遂げる。同年、第二長篇『さよならの手口』（現・文春文庫）が刊行され、以降は二〇一六年に第四短篇集『静かな炎天』（文春文庫）、二〇一八年に第三長篇『錆びた滑車』（同）、二〇一九年に第五短篇集『不穏な眠り』（同）と連続刊行されている。『依頼人は死んだ』の葉村は、勤めていた長谷川探偵事務所から仕事を回してもらうフリーランスと紹介される。『さよならの手口』ではその長谷川が引退したため探偵としては開店休業状態で、ミステリ書店〈MURDER BEAR BOOKSHOP〉でアルバイト中という身の上になっている。やがて同店に間借りする形で探偵事務所を再開するのだが、店主の富山泰之（元東京創元社社長の戸川安宣《とがわやすのぶ》がモデル）から持ちかけられる無理難題もあり、仕事の上では不運に見舞われてばかりで難渋するのである。私立探偵小説としての魅力は、この葉村の働きぶりにある。受けた依頼に裏があるために、探偵が余計な苦労を強いられるという図式だ。若竹のプロットは毎回ひねりの効いたもので、葉村が翻弄されるさまがシニカルな笑いと共に描かれる。私立探偵という職業は実在するが、創作の登場人物である以上は虚構性を身にまとうことになる。小説ならではの魅力がこの連作では十二分に発揮されているのである。

杉村三郎と葉村晶のシリーズは人気の面で現代を代表する私立探偵シリーズと言うべきである。これに加えてもう一人、肩を並べる可能性を秘めた作家を挙げるとするならば、深町秋生《ふかまちあきお》こそがふさわしいのではないかと思う。端的に定義すれば暴力小説の書き手であり、その活動はハードボイルドの定義には収まりきらない。ただしその作品には、個人の視点から社会の歪みを描き、弱い者を圧殺しようとする巨悪に対する怒りを主人公の行動を通じて表現するという一人称私立探偵小説の定型に則ったものも多いのである。

深町のデビュー作は第三回「このミステリーがすごい!」大賞を獲得した二〇〇五年の『果てしなき渇き』(現・宝島社文庫)であり、以降は社会矛盾が暴力として噴出する過程を描いた作品を書き続けて地歩を固めていく。二〇一一年の『アウトバーン』(現・幻冬舎文庫)に始まる《組織犯罪対策課八神瑛子》シリーズで男性社会である警察組織の中であえてはみ出し者となることを選び、夫の仇である巨悪を倒すための隠密活動をとる女性刑事を描いて新機軸を打ち出した。『バッドカンパニー』(二〇一六年。集英社文庫)『オーバーキル　バッドカンパニーⅡ』(二〇一八年。同)は金で問題解決を請け負うトラブルシューターものなのだが、荒くれ者の男たちを率いる社長の野宮が得体の知れない美女として書かれているのが特色で、こうした強いヒロインの造形に深町は優れている。

私立探偵小説の代表作は『探偵は女手ひとつ』(二〇一六年)で、二〇一九年に光文社文庫に入った際「シングルマザー探偵の事件日誌」と副題がついたように、シングルマザーとして娘を育てる椎名留美が主人公である。物語の舞台は作者の出身地でもある山形県で、地方の状況を零細業者である私立探偵の視点から描いた点に特色がある。長篇『探偵は田園をゆく』（二〇二三年。光文社）の冒頭で椎名は、アルバイトで風俗業の送迎ドライバーをやっており、食うためになんでもやるタフネスぶりが魅力である。地方在住の私立探偵はまだ珍しいので、継続に期待したいところである。

深町にはこのほか、『地獄の犬たち』（二〇一七年。『ヘルドッグス　地獄の犬たち』と改題して角川文庫）に始まる三部作がある。武闘派の広域暴力団に覆面捜査官が潜入することから始まる物語で、『血の収穫』現代版変奏曲の趣きがある。こうした硬質の物語と『探偵は女手ひとつ』のような私立探偵小説を並行して続けていくことで深町はハードボイルドの歴史に新章を刻んでくれるものと期待している。

以上、二〇二三年までの状況を駆け足に紹介した。ハードボイルドという用語の定義は定まっておらず、最も狭義には一人称私立探偵小説を指すし、広く考えれば犯罪小説全般を含むこともある。私は犯罪小説を、個人と社会の本質的に対立する関係を犯罪という機会によって端的に表現するものだと考えている。その中でも特に、個人がそうした状況をどう見るかという視点の問題が意識された作品にハードボイルドの語義を当てはめるべきなのではないだろうか。ハードボイルドとは文体用語だと考える向きもあるが、どのようにそれを描くかという視点とこの場合の文体とは同義だからである。本稿ではあえて定義を厳密にせずにハードボイルドの語句を使用したが、形式だけに固執するのではなく、それによって何を小説にするのかという小説の中味に着目したほうがこのジャンルは豊かになるという思いがあるためである。新たな書き手が出現することを望みたい。

本稿で紹介した以外にもハードボイルドの資質を備えた書き手は多数存在する。犯罪小説作家としては大門剛明《だいもんたけあき》、堂場瞬一《どうばしゅんいち》、伊岡瞬《いおかしゅん》、伊兼源太郎《いがねげんたろう》といった面々である。また現時点では冒険小説のほうに軸足があるが、月村了衛《つきむらりょうえ》、長浦京《ながうらきょう》らも将来的にはこのジャンルを代表する作品を発表してくれるのではないかと思う。中継のバトンはまだ止まっていない。

《日本ハードボイルド全集》編集を終えて

日下三蔵《くさかさんぞう》

北上次郎《きたがみじろう》さんから、《日本ハードボイルド全集》という企画を考えたから、作品選定を手伝ってくれないか、と声をかけられたのは二〇〇〇年前後のことだったと思う。当初は全二十巻から全二十四巻という大きな企画だった。

いま手元にある全二十巻バージョンの構成は、①生島治郎《いくしまじろう》②結城昌治《ゆうきしょうじ》③河野典生《こうのてんせい》④高城高《こうじょうこう》⑤大藪春彦《おおやぶはるひこ》⑥中田耕治《なかだこうじ》⑦仁木悦子《にきえつこ》⑧山下諭一《やましたゆいち》⑨都筑道夫《つづきみちお》⑩西村寿行《にしむらじゅこう》⑪矢作俊彦《やはぎとしひこ》⑫北方謙三《きたかたけんぞう》⑬船《ふな》戸与一《どよいち》⑭志水辰夫《しみずたつお》⑮逢坂剛《おうさかごう》⑯佐々木譲《ささきじょう》⑰大沢在昌《おおさわありまさ》⑱藤田宜永《ふじたよしなが》⑲アンソロジー1⑳アンソロジー2、となっている。結城昌治、河野典生、仁木悦子の巻は、実際に刊行された本と、内容はほぼ同じである。

大沢在昌以降に登場した作家が現代ハードボイルド、という認識は一致しており、黎明期から現代まで、バランスよく作家を選んだつもりだ。アンソロジー巻は、1が黎明篇、2が現代篇であった。

当時は現代作家の作品にも品切れのものが目立っていたが、志水辰夫『行きずりの街』のリバイバルヒット（二〇〇六年ごろ）を境に次々と復刊が進んだため、北方謙三以降の現代作家の巻は外して黎明期の作品のみに絞った。

その後もまさかの創元推理文庫版《高城高全集》の刊行などがあり、最終的に個人巻6、アンソロジー巻1という現在の形に落ち着いた。それが二〇一一年のことで、杉江《すぎえ》松恋《まつこい》さんに加わってもらったのも、この頃だったと思う。

それからも一進一退を繰り返し、東京創元社の担当編集者も二回変わって、三人目の宮澤正之《みやざわまさゆき》くんの仕切りで刊行に向けて動き出したのが二〇一九年。実際に第一巻が発売されたのが二〇二一年のことであった。

まる二年かけて個人巻六冊を刊行し、アンソロジー巻を残すのみとなった二〇二三年一月、北上次郎さんの訃報に接して、私たちは呆然とするしかなかった。だが、北上さんは約束していた解説の原稿を、生前に書き上げてくれていたのだ。それは、日下、北上、杉江のリレー解説で日本のハードボイルド史を通覧するというものであった。

数々の予期せぬトラブルはあったものの、結果的に、この第七巻を当初に予定していた通りの形で刊行することが出来、編者のひとりとしてホッと胸を撫で下ろしている。

この大部の全集を、ハードボイルドというジャンルを愛するすべての読者の皆さんに、とりわけ、そのもっとも熱心なひとりであった北上次郎さんに捧げたいと思う。ありがとうございました。

初出・底本一覧

私刑
初出：〈宝石〉一九四九年六月号
底本：『大坪砂男全集3　私刑』創元推理文庫（二〇一三年五月）

おれだけのサヨナラ
初出：〈ユーモア画報〉一九六三年五月号（初出題：「ひとりだけのサヨナラ」）
底本：『俺だけの埋葬簿』芸文新書（一九六五年三月）

あたりや
初出：〈週刊実話〉一九六五年二月二十二日号、三月一日号
底本：『無頼の十字路』桃源社ポピュラー・ブックス（一九六七年十二月）

待伏せ
初出：〈季刊藝術〉一九六七年四月号
底本：『野性の庭』河出書房（一九六七年十一月）

凍土のなかから
初出：〈推理ストーリー〉一九六八年八月号
底本：『短編で読む推理傑作選50　上』光文社（一九九五年十一月）

天使の罠
初出：〈小説新潮〉一九六九年二月号
底本：『迷子の天使』講談社文庫（一九七七年十月）

新宿その血の渇き
初出：〈アサヒ芸能問題小説〉一九六九年十月号
底本：『新宿警察』双葉社（一九七五年五月）

アイシス讃歌
初出：〈推理文学〉四号（一九七〇年十月）

底本：〈推理文学〉四号（一九七〇年十月）

骨の聖母

初出：〈農業北海道〉一九七二年一月号
底本：〈農業北海道〉一九七二年一月号

無縁仏に明日をみた

初出：〈小説現代〉一九七二年五月号
底本：『無縁仏に明日をみた』富士見時代小説文庫（一九八三年二月）

暗いクラブで逢おう

初出：〈ミステリマガジン〉一九七四年六月号
底本：『暗いクラブで逢おう』徳間文庫（一九八四年五月）

東一局五十二本場

初出：〈週刊文春〉一九七六年六月三日号
底本：『東一局五十二本場』角川文庫（一九八二年五月）

裏口の客

初出：〈潮〉一九七七年二月号
底本：『下町探偵局　ＰＡＲＴ１』角川文庫（一九八四年五月）

時には星の下で眠る

初出：〈ミステリマガジン〉一九七八年十月号
底本：『ミス・リグビーの幸福』ハヤカワ文庫ＪＡ（二〇〇九年六月）

彼岸花狩り

初出：〈小説推理〉一九七九年九月号
底本：『錆びた波止場』講談社文庫（一九八四年十月）

春は殺人者

初出：〈ミステリマガジン〉一九八〇年六月号
底本：〈ミステリマガジン〉一九八〇年六月号

本文中における用字・表記の不統一は明らかな誤りについてのみ訂正し、原則としては底本のままとしました。また、難読と思われる漢字についてはルビを付しました。

現在からすれば穏当を欠く表現がありますが、作品内容の時代背景を鑑みて、原文のまま収録しました。

（編集部）

編者紹介

北上次郎（きたがみ・じろう）一九四六年東京都生まれ。明治大学卒。評論家。二〇〇〇年まで「本の雑誌」の発行人を務める。主な著書に『冒険小説論』『感情の法則』『書評稼業四十年』などがある。二〇二三年没。

日下三蔵（くさか・さんぞう）一九六八年神奈川県生まれ。専修大学卒。書評家、フリー編集者。主な著書に『日本ＳＦ全集・総解説』『ミステリ交差点』、主な編著に『天城一の密室犯罪学教程』〈中村雅楽探偵全集〉〈大坪砂男全集〉などがある。

杉江松恋（すぎえ・まつこい）一九六八年東京都生まれ。慶應義塾大学卒。書評家、ライター。主な著書に『路地裏の迷宮踏査』『読み出したら止まらない！海外ミステリーマストリード100』などがある。

検印
廃止

日本ハードボイルド全集7
傑作集

2023年9月15日　初版

編　者　北上次郎《きたがみじろう》・日下三蔵《くさかさんぞう》・杉江松恋《すぎえまつこい》

発行所　（株）東京創元社
代表者　渋谷健太郎

162-0814/東京都新宿区新小川町1-5
電　話　03・3268・8231-営業部
03・3268・8204-編集部
URL　http://www.tsogen.co.jp
晩印刷・本間製本

乱丁・落丁本は、ご面倒ですが小社までご送付ください。送料小社負担にてお取替えいたします。

Printed in Japan

ISBN978-4-488-40027-9　C0193

警察小説の雄が描く組織の闇

HANDS OF SIN◆ Shunichi Doba

穢れた手

堂場瞬一

創元推理文庫

◆

ある事情を背負ったふたりの警察官には、
20年前に決めたルールがあった……。
大学と登山の街、松城市。
松城警察の警部補・桐谷は、収賄容疑で逮捕された同期で
親友の刑事・香坂の無実を確信していた。
彼がそんなことをするはずはない！
処分保留で釈放されたものの、
逮捕された時点で彼の解雇は決まっていた。
処分の撤回はできないのか？
親友の名誉を回復すべくたったひとり、
私的捜査を開始した桐谷。
組織の暗部と人間の暗部、
そして刑事の熱い友情を苦い筆致で見事に描いた傑作。

人は耐えがたい悲しみに慟哭する——

HE WAILED ◆ Tokuro Nukui

慟哭

貫井徳郎

創元推理文庫

◆

連続する幼女誘拐事件の捜査は行きづまり、
捜査一課長は世論と警察内部の批判をうけて懊悩する。
異例の昇進をした若手キャリアの課長をめぐって
警察内部に不協和音が漂う一方、
マスコミは彼の私生活に関心をよせる。
こうした緊張下で、事態は新しい局面を迎えるが……。

人は耐えがたい悲しみに慟哭する——

幼女殺人や黒魔術を狂信する新興宗教、
現代の家族愛を題材に、
人間の内奥の痛切な叫びを鮮やかな構成と筆力で描破した、
鮮烈なデビュー作。

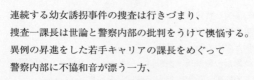